21 世纪全国高职高专电子信息系列技能型规划教材

电工电子技术

主　编　倪　涛

副主编　周小薇　兰子奇　游　佳

内容简介

“电工电子技术”是高职高专机电大类及相关专业必修的一门专业基础课程。本书编写以“重基础，力求全面、精简，突出职业基础能力培养”为原则。本书分为三大部分：第一部分电工电路基础；第二部分模拟电子技术；第三部分数字电子技术。电工电路基础部分含电路基础理论、直流电阻电路的等效变换、线性网络的一般分析方法、正弦交流电路、变压器、三相交流电路、三相异步电动机、电气安全技术知识；模拟电子技术部分含常用半导体器件、放大电路、放大电路中的反馈、集成运算放大器、功率放大电路、函数信号发生器、直流稳压电源；数字电子技术部分含数字逻辑基础、逻辑门电路、组合逻辑电路、触发器、时序逻辑电路、脉冲信号的产生与变换电路。本书共21章，各章配有相关习题。

本书为高职高专院校机电大类及相关专业的教材，不同专业可根据自身实际需求选取相关章节作为学习内容；对于从事电工电子技术的工作人员及相关工程技术人员可作为专业基础参考书，也可作为初学者的学习参考书。

图书在版编目(CIP)数据

电工电子技术/倪涛主编. —北京：北京大学出版社，2011.9

(21世纪全国高职高专电子信息系列技能型规划教材)

ISBN 978-7-301-19525-3

Ⅰ.①电… Ⅱ.①倪… Ⅲ.①电工技术—高等职业教育—教材②电子技术—高等职业教育—教材 Ⅳ.①TM②TN

中国版本图书馆CIP数据核字(2011)第190259号

书　　名：电工电子技术

著作责任者：倪　涛　主编

策 划 编 辑：赖　青　张永见

责 任 编 辑：李婷婷

标 准 书 号：ISBN 978-7-301-19525-3/TM·0041

出　版　者：北京大学出版社

地　　址：北京市海淀区成府路205号　100871

网　　址：http://www.pup.cn　http://www.pup6.cn

电　　话：邮购部62752015　发行部62750672　编辑部62750667　出版部62754962

电 子 邮 箱：pup_6@163.com

印　刷　者：河北滦县鑫华书刊印刷厂

发　行　者：北京大学出版社

经　销　者：新华书店

787毫米×1092毫米　16开本　20.25印张　473千字

2011年9月第1版　2011年9月第1次印刷

定　　价：38.00元

前　言

高等职业教育的根本任务是培养技能人才，学生应重点掌握从事本专业领域实际工作所需的基本知识和职业技能。为适应高等职业教育的需要，根据高等职业教育的特点，编者参考了大量的国内外文献资料，并结合多年积累的教学与科研经验，在结构、内容安排等方面，吸收了编者近几年在教材建设方面取得的经验体会，以“重基础，力求全面、精简，突出职业基础能力培养”为原则，力求体现高职高专教育的特点，满足当前教学需求，特别是理论实践一体化教学经验，从培养学生的职业能力的角度出发，编写了本书。

本书以高职高专教育为主线，以实际应用为目的，侧重于培养学生解决实际问题的能力，以够用为度，强调概念，强调内容的应用性和实用性，降低理论分析的难度和深度，突出能力培养，建立以能力培养为主线的课程教学模式和教材体系。本书层次分明，条理清晰，结构合理，突出重点，概念阐述清楚、准确，内容深入浅出、通俗易懂，内容选材上以工程实践中常用和推广应用所需的理论基础为主，通过例题来说明理论的实际应用。各章在紧扣基本内容的同时，介绍了一些实用电路，以便学生加深对知识的理解，更好地掌握所学的知识。

“电工电子技术”是高职高专机电大类及相关专业必修的一门专业基础课程。通过对本书的学习，掌握必备的电工电子技术的基本理论、基本分析方法和技能，为后续专业课的学习和参考工作打下良好的理论基础。

本书由黄冈职业技术学院倪涛任主编并负责统稿，黄冈职业技术学院周小薇、兰子奇、游佳任副主编。

由于编者水平有限，书中难免存在不妥之处，恳请广大读者批评指正。如读者在使用本书的过程中有其他意见或者建议，恳请向编者提出，以便修订时改进。

编　者

2011 年 8 月

目　录

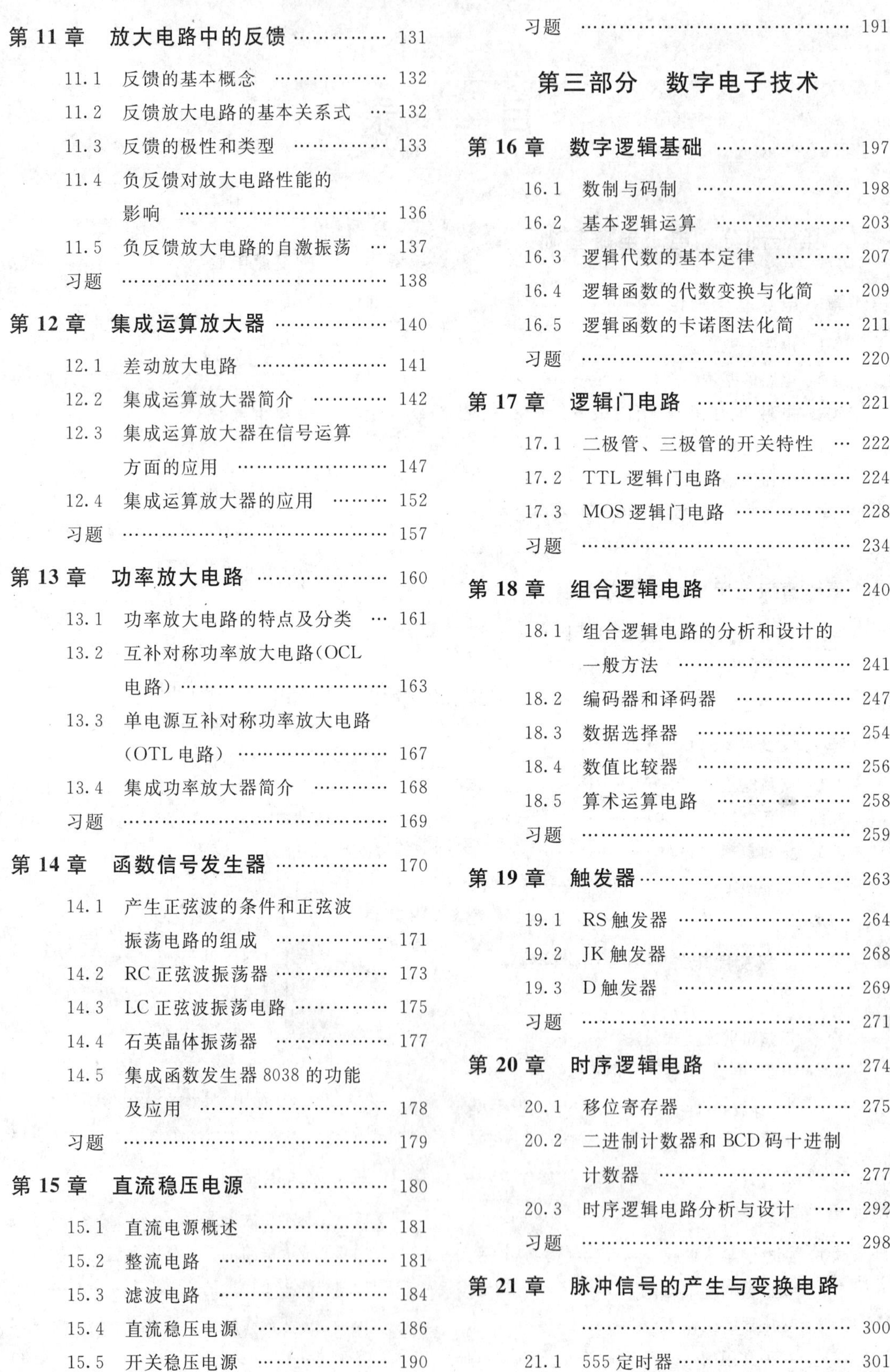

第三部分 数字电子技术

第一部分

电工电路基础

第1章

电路基础理论

知识要点	教学重点	教学难点
(1) 电路的基本概念，电路的基本物理量 (2) 电阻、电容、电感元件的基本特性，电压源与电流源的概念与转换 (3) 电路的基本定律：欧姆定律、基尔霍夫定律的应用	(1) 电路的基本概念，考核基本物理量 (2) 欧姆定律和基尔霍夫定律的应用	常用电路元件的特性和电流源与电压源的转换

引言

本章主要介绍电路的基本物理量和基本定律，包括：电流、电压的参考方向；电流、电压、电功率和电位的计算；欧姆定律和基尔霍夫定律等重要概念。学习电路的基本理论和基本规律后，可以为深入学习电类的后续课程打下基础。

1.1 电路的概念

1. 什么是电路?

电路就是电流可以流通的回路。例如在图 1.1(a)中所示的一个小灯泡的接线实物图，就是最简单的一种电路。它由干电池、小灯泡、导线和开关组成的。

电路有如下 3 种状态。

(1) 通路。电源与负载连通构成了闭合回路，电路中有电流，是电路的正常工作状态。

(2) 开路。电路中没有电流通过的状态，这是电路的第二种状态。

(3) 短路。电路中负载两端被导线连接，或者是用电器不应该接触的地方被连接起来，电路中出现很大的电流，可能会损坏电气设备。尤其是电源直接短路会形成很强的电流，在没有保护设置下很容易烧毁电源。在实际电路中，要采取各种防护措施避免短路现象的发生。

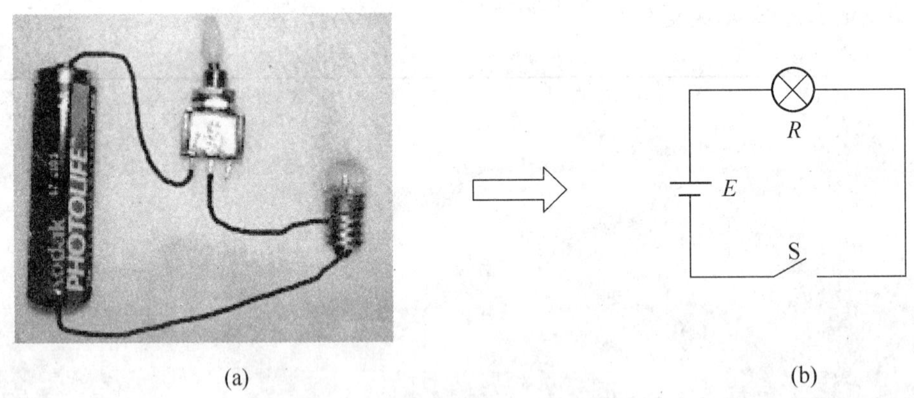

图 1.1 小灯泡的电路图

(a) 实物接线图 (b) 电路图

电路的作用主要表现在以下两个方面。

(1) 用于电能的传输、分配和转换，例如电力传输系统。

(2) 用于电信号的产生、传递和处理，例如电视、计算机、通信系统等。

2. 电路模型

实际中电路是由有各种各样的电气设备和器件组成的，人们把它们统称为实际电路元件。实际电路元件中的各种电磁现象交织在一起，给分析电路带来很大的困难。通常将实际电路元件理想化，就是只考虑其主要的电磁性质，而忽略次要的电磁性质，然后用一个

理想电路元件或几个理想电路元件的组合来代替它。

理想电路元件只代表单一的电磁性质。常见的理想负载元件有 3 种。

（1）电阻元件，称为耗能元件，把电能转换为其他形式的能量，用字符 R 表示。

（2）电感元件，称为储能元件，把电能转换为磁场能并储存起来，用字符 L 表示。

（3）电容元件，称为储能元件，把电能转换为电场能并储存起来，用字符 C 表示。

这 3 种理想负载元件的图形符号如图 1.2 所示。

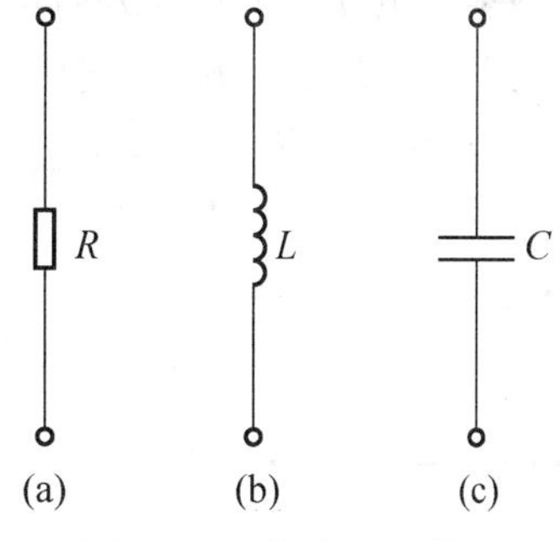

图 1.2　理想电路元件

（a）电阻元件　（b）电感元件　（c）电容元件

还有其他一些理想元件，它们的图形符号及文字符号见表 1－1。

表 1－1　电路图常用的元件符号

名　称	图形符号	文字符号	名　称	图形符号	文字符号	名　称	图形符号	文字符号
电池	+ −	E	电阻器		R	电容器		C
电压源	+ −	E_S	可变电阻器		Rp	可变电容器		Cp
电流源		I_S	电位器		RPw	空心线圈		L
发电机	~		开关		S	铁心线圈		L
电流表	A		电灯		R	接地接机壳		GND
电压表	V		保险丝		FU	导线 连接 / 不连接		

用理想电路元件表示和代替实际电路元件后，一个实际电路就可以由一些理想电路元件连接而成，这种由理想电路元件组成的电路称为实际电路的电路模型。由理想元件的图形符号表示的电路模型，称为电路图。图 1.1(b)就是小灯泡电路的电路图，是实际电路的理想化，近似化后的一种科学抽象，便于用数学方法来分析计算电路，这是后面研究的主要对象。电路模型简称为电路。

1.2　电路的基本物理量

1. 电流

自由电荷的定向移动形成了电流，金属导体中的电流是自由电子在电场力作用下形成的。习惯上，规定正电荷移动的方向为电流的实际方向。

电流按其随时间的变化情况，可以分为两大类。

一类是电流的大小和方向不随时间变化而变化的直流电流，简称直流，记作 DC，用大写字母 I 表示，如图 1.3(a)所示。

一类是电流的大小和方向均随时间而变化的交变电流，简称交流，记作 AC，用小写字母 i 表示，其中电流大小随时间变化，而方向不随时间变化的电流又称为脉动直流，如图 1.3(b)所示；电流的大小和方向都随时间而变化的电流称为交流电流，简称交流，如图 1.3(c)所示。

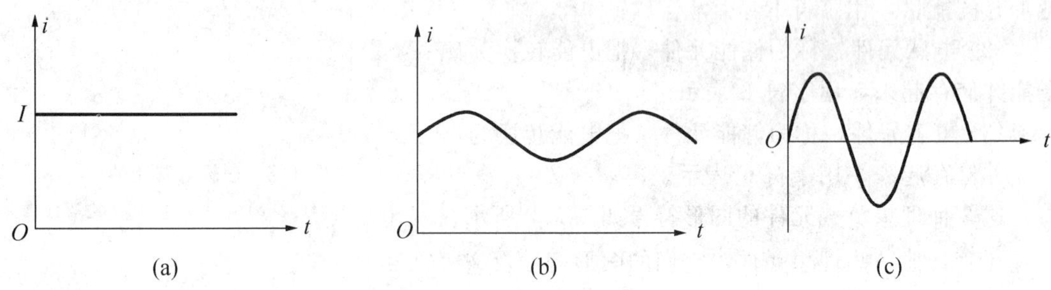

图 1.3　电流的种类

(a) 稳恒直流电流　(b) 脉动直流电流　(c) 交流电流

这种大写字母表示常量，小写字母表示随时间而变化的变量的表示方法，也用于电路的其他各物理量。

电流强度是衡量电流大小的物理量。定义为在单位时间内通过导体横截面的电量。通常电流强度简称为电流。

直流电路中，如果在 t 秒钟内通过导体横截面的电量为 Q 库[仑]，则流过该导体的电流强度为

$$I=\frac{Q}{t} \tag{1-1}$$

交变电流的电路中，电流随时间变化，如果在很短的时间间隔 $\mathrm{d}t$ 内，通过导体横截面的电量为 $\mathrm{d}q$，则瞬时电流强度为

$$i=\frac{\mathrm{d}q}{\mathrm{d}t} \tag{1-2}$$

式中，$\mathrm{d}q$ 表示电量对时间的变化率，即变动电流的电流强度是电量对时间的变化率。

电流的单位是安[培]，简称安，记为 A。1A 表示 1s 内通过导体横截面的电量为 1 库[仑]。电流单位还有毫安(mA)、微安(μA)。它们的转换关系如下。

$$1\mathrm{mA}=10^{-3}\mathrm{A},\ 1\mu\mathrm{A}=10^{-6}\mathrm{A}$$

2. 电压

电压的定义是：电场力把单位正电荷从 a 点移到 b 点所做的功称为 a、b 两点之间的电压。电压用 U 表示，即

$$U=\frac{W}{Q} \tag{1-3}$$

式中，W 是电场力将正电荷从 a 点移到 b 点所做的功，单位为焦[耳](J)。Q 是被移动正电荷的电量，单位是[库仑](C)。U 是电路中 a、b 两点之间的电压，单位为伏[特]，简称伏(V)，常用单位还有千伏(kV)、毫伏(mV)、微伏(μV)，转换关系如下。

$$1\mathrm{kV}=10^{3}\mathrm{V},\ 1\mathrm{mV}=10^{-3}\mathrm{V},\ 1\mu\mathrm{V}=10^{-6}\mathrm{V}$$

与电流一样，不随时间变化的电压称为恒定电压或直流电压，用 U 表示；随时间变化

的电压称为交变电压，用 u 表示。

由定义可见，电压总是和电路中的两个点有关。如果正电荷从 a 点移到 b 点时是失去(或放出)能量，则 a 点为高电位，b 点为低电位。这时 a 端为正极，用“＋”号表示，b 端为负极，用“－”号表示。如果正电荷由 a 点移到 b 点时是获得(或吸收)能量，则 a 点为低电位，应标“－”号；b 端为高电位，应标“＋”号。习惯上规定：电压的实际方向是由高电位指向低电位的方向。所以，电压也称为电位降或电压降。

3. 电流、电压的参考方向

在电路分析中，某条支路中的电流方向有时难于判断或是经常变动的。当无法判断实际方向时，引入参考方向(又称正方向)的概念。

如图 1.4 所示，图中实线箭头代表电流的参考方向，虚线箭头表示电流的实际方向。当电流的参考方向与实际方向一致时，电流为正值；相反时，电流为负值。

电流的参考方向可以用双下标表示。如 I_{ab} 表示电流的参考方向由 a 指向 b，而 I_{ba} 表示电流的参考方向由 b 指向 a，且有 $I_{ab}=-I_{ba}$。电流的参考方向可以任意选取。

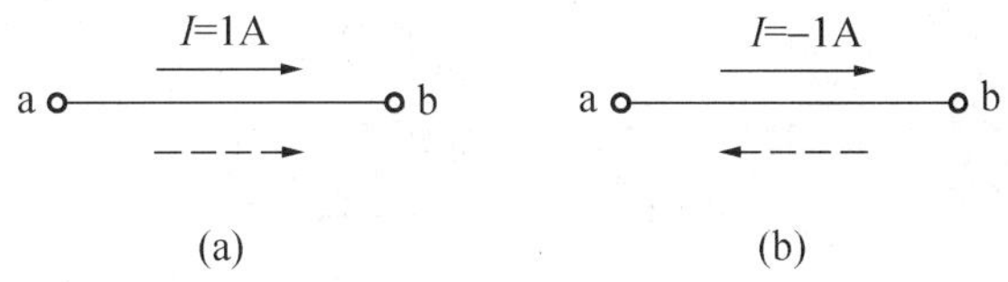

图 1.4　电流的参考方向

(a) 实际方向与参考方向一致　(b) 实际方向与参考方向相反

特别提示

在分析计算电路时，首先要选定电流的参考方向，并以此为依据来列写有关电流的方程式，由计算结果的正负来确定电流的实际方向。

和电流一样，也要先为电压选定参考方向。参考方向又称为正方向，可用实线箭头表示；也可用“＋”、“－”号表示，如图 1.5 所示。

在选定电压的参考方向后，就应依据参考方向进行计算，如果计算得出电压为正值，说明电压的实际方向与参考方向一致；如果算得电压为负值，则说明电压的实际方向与参考方向相反。在图 1.6 中用实线箭头表示电压的参考方向，虚线箭头表示电压的实际方向。

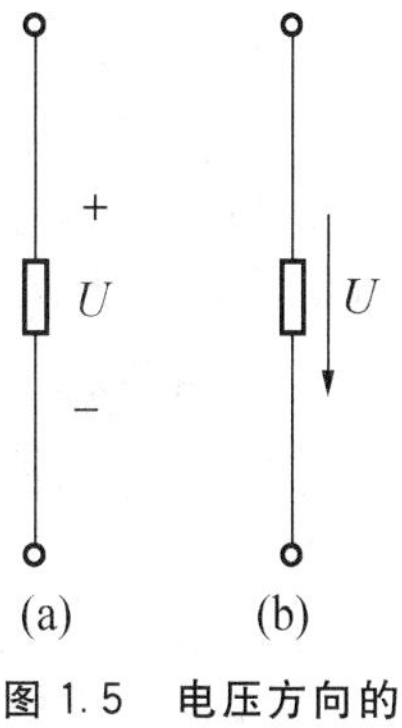

电压的参考方向也可以用双下标表示，如 U_{ab} 表示电压的参考方向由 a 指向 b，而 U_{ba} 表示电压的参考方向由 b 指向 a，所以有 $U_{ab}=-U_{ba}$。

(a)　(b)

图 1.5　电压方向的表示方法

电压的参考方向也可以任意选定。如果选取电流和电压的参考方向一致，即电流从电压的“＋”极流入，从电压的“－”极流出，称为关联参考方向，简称关联方向；若电流和电压的参考方向相反，即电流从电压的“－”极流入，从“＋”极流出，称为非关联方向，如图 1.7 所示。对于负载元件，常选取关联方向。

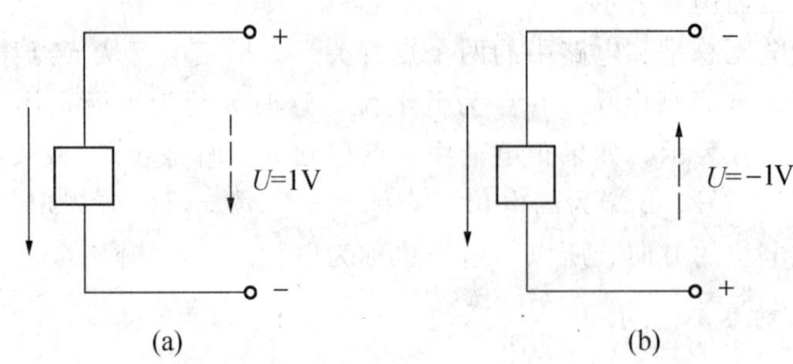

图 1.6　电压的参考方向

(a) 参考方向与实际方向一致　(b) 参考方向与实际方向相反

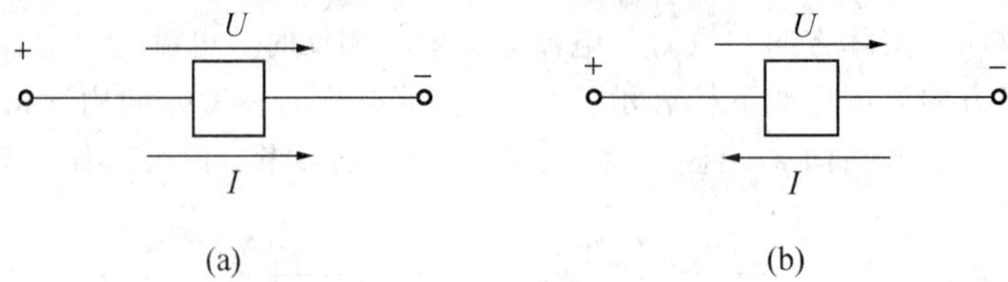

图 1.7　电流与电压的关联方向

(a) 关联方向　(b) 非关联方向

4. 电位

在电路中，两点之间的电压也称为两点之间的电位差，即

$$U_{ab}=U_a-U_b \tag{1-4}$$

式中，U_a 为 a 点的电位；U_b 为 b 点的电位。本书电压和电位都采用大写字母 U 表示，双下标或无下标代表电压，单下标代表电位。

在电路中任选一点为参考点，则某点的电位就是该点到参考点之间的电压。规定参考点的电位为 0，并标注接地符号“⊥”，但不是真正与大地连接。

如果某点的电位为正值，表示该点的电位比参考点电位高。某点的电位为负值，表示该点的电位比参考点电位低。

【例 1-1】　在图 1.8 所示的部分电路中，试求 a、b 两点的电位和电压 U_{ab}。

解： 由图可见

$$U_a=U_{a0}=6\text{V}$$

$$U_b=U_{b0}=-3\text{V}$$

$$U_{ab}=U_a-U_b=6-(-3)=9\text{V}$$

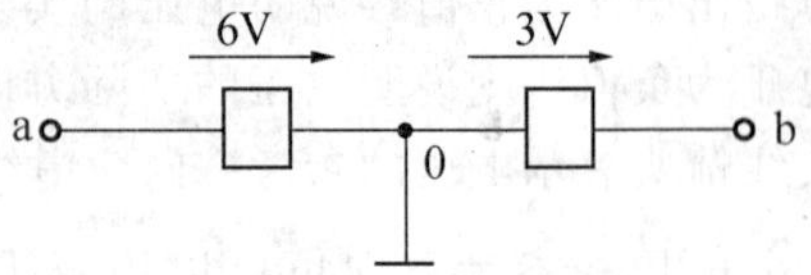

说明 a 点电位比 b 点电位高出 9V。

图 1.8　例 1-1 图

5. 电动势

电动势表示单位正电荷在电源内部，从负极移到正极时所获得的电位能。直流电动势用 E 表示，交流电动势用 e 表示。电动势的单位与电压单位相同，也是伏[特](V)。

电动势是电源的一个特征量，仅由电源本身的性质决定，与外接电路无关，其大小等于电源没有接入电路时两极间的电压，即电源的开路电压。

电动势的实际方向规定为在电源内部由负极板指向正极板。与电压一样，电动势也可以引入参考方向，由其数值的正负来确定实际方向。

当电源端电压 U 的参考方向与电动势 E 的参考方向选取相反时，如图 1.9(a)所示，在忽略电源内部的能量损耗情况下，它们之间的关系如下

$$U=E \tag{1-5}$$

如果 E 与 U 的参考方向选取一致时，如图 1.9(b)所示，它们之间的关系式为

$$U=-E \tag{1-6}$$

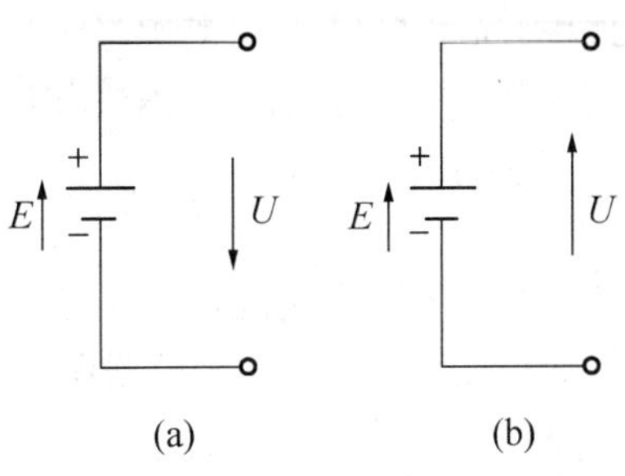

图 1.9　电动势与端电压的关系

(a) $U=E$　(b) $U=-E$

图 1.9 所示的 E 与 U 的关系在后面要经常用到，这表明：电源在没有内部能量损耗时，它的端电压就等于电动势。

1.3　电阻、电容、电感元件

1. 电阻

自由电子在导体中运动时要不断受到导体中原子和分子的碰撞与摩擦，使自由电子的运动受到一定的阻碍作用。物体对电流的阻碍作用，称为该物体的电阻，用 R 或 r 表示。电阻的基本单位是欧[姆]，简称欧(Ω)，常用单位还有千欧(kΩ)、兆欧(MΩ)。

$$1\text{k}\Omega=10^3\Omega,\ 1\text{M}\Omega=10^6\Omega$$

物体的电阻由它本身的物理条件决定。实验表明，金属导体的电阻与导体的材料、长短、粗细有关。用一定材料制成的粗细均匀的导体，在一定的温度下，其电阻与长度成正比，与横截面积成反比。用公式表示为

$$R=\rho\frac{L}{S} \tag{1-7}$$

式中，导体的长度 L，单位为米(m)；导体的截面积 S，单位为平方米(m^2)；导体的电阻率 ρ，也叫电阻系数，单位为欧[姆]米(Ω·m)。它表示长 1m，截面积为 1m^2 的导线所具有的电阻，反映了这种材料的导电性能。电阻值越大，表明材料的导电能力越差。

电阻的倒数称为电导，用字母 G 表示。

$$G=\frac{1}{R}$$

电导的单位是西[门子]，用 S 表示，1S=1/Ω。电导 G 用来表示导体的导电能力，G 越大表明材料的导电能力越强。

2. 电容元件

电容是能够储存和释放电场能量的电路元件，是一种储能元件，也称为电容器，用 C 表示。

当在电容器两端加上电压 u 时，电容器被充电，两块极板上将出现等量的异性电荷 q，并形成电场。则电容 C 的定义为

$$C=\frac{q}{u} \tag{1-8}$$

式中，u 的单位是伏[特](V)；q 的单位是库[仑](C)；电容量 C 的单位是法[拉](F)，常用单位还有微法(μF)、纳法(nF)和皮法(pF)。

它们的换算关系是

$$1\text{F}=10^{6}\mu\text{F}=10^{9}\text{nF}=10^{12}\text{pF} \tag{1-9}$$

当电容接上交流电压 u 时，极板上的电荷也随之变化，电路中便出现了电荷的移动，形成电流 i。若 u、i 为关联参考方向，则有

$$i=\frac{\mathrm{d}q}{\mathrm{d}t}=C\frac{\mathrm{d}u}{\mathrm{d}t} \tag{1-10}$$

通过上式表明，电容器对直流有“隔直”作用，即不允许直流电流通过；对于交流，电容器有“通交”作用，即电容器会有交流电流通过。

当两端的电压增加时，电容元件就将电能储存在电场中；当电压减小时，电容器就将储存的能量释放给电源。因此，电容器通过加在两端的电压的变化来进行能量转换。如果忽略它的电阻和引线电感的影响，则电容器本身是不消耗电能量的。因此，电容器储存的能量可以由以下公式计算。

$$W_C=\int_0^t ui\,\mathrm{d}t=\int_0^u Cu\,\mathrm{d}u=\frac{1}{2}Cu^2 \tag{1-11}$$

3. 电感元件

假设线圈 N 匝，则在线圈中通入电流 i 时，内部产生磁通 Φ。若每匝线圈中通过同一磁通 Φ，则 Φ 与 N 的乘积称为磁链 Ψ，即 $\Psi=N\Phi$。那么，磁链和通过线圈的电流 i 的比值称为电感，用 L 表示，即

$$L=\frac{\Psi}{i} \tag{1-12}$$

式中，Φ 和 Ψ 的单位是韦[伯](Wb)；i 的单位是安[培](A)；L 的单位是亨[利](H)，电感常用单位还有 mH(毫亨)，$1\text{H}=10^3\text{mH}$ 。

当电感电路中的电流发生变化时，Φ 和 Ψ 都将发生变化，并且在线圈中产生感应电动势 e_L。在规定 e_L 参考方向与 i 参考方向一致时，可由电磁感应定律求得该线圈产生的自感电动势为

$$e_L=-N\frac{\mathrm{d}\Phi}{\mathrm{d}t}=-\frac{\mathrm{d}\Psi}{\mathrm{d}t} \tag{1-13}$$

则可得到

$$e_L=-L\frac{\mathrm{d}i}{\mathrm{d}t} \quad \text{或} \quad u=-e_L=L\frac{\mathrm{d}i}{\mathrm{d}t} \tag{1-14}$$

式(1-14)表明，电感元件对于直流电流，可视为短路。

电感是能够储存和释放磁场能量的电路元件，也是一种储能元件。当电感中通过的电流增加时，电感元件将电场能转换为磁场能储存在磁场中；当通过电感的电流减小时，电感元件将储存的磁场能转换为电能释放给电源。因此，在电感中的电流发生变化时，它能进行电能和磁场能的互换。电感储存的能量可以由以下公式计算。

$$W_L=\int_0^t ui\,\mathrm{d}t=\int_0^i Li\,\mathrm{d}i=\frac{1}{2}Li^2 \tag{1-15}$$

可见，电感储能的大小与电感量以及电流的平方成正比。同时也表明：电感在某一时刻的储能，只取决于该时刻的电感电流值，而与电感电压值的大小无关。

当两个同类元件串联和并联时，电路的等效电阻、等效电感和等效电容可以分别计算如下。

串联时

$$R=R_1+R_2,\ L=L_1+L_2,\ C=\frac{C_1C_2}{C_1+C_2}$$

并联时

$$R=\frac{R_1R_2}{R_1+R_2},\ L=\frac{L_1L_2}{L_1+L_2},\ C=C_1+C_2$$

其中，L 的计算公式仅适用于两个无互感线圈串联或并联后等效电感的计算。

1.4　欧姆定律

欧姆定律反映的是电流与电压、电阻的关系。它是分析和研究任何电路的最基本定律之一。欧姆定律指出：导体中的电流跟它两端的电压成正比，跟它的电阻成反比。

欧姆定律的数学表达式为

$$I=\frac{U}{R}=UG \tag{1-16}$$

式中，电压 U 的单位为 V；电流 I 的单位为 A；电阻 R 的单位为 Ω。

如图 1.10 所示，当电压 U 和电流 I 为关联参考方向时，欧姆定律 $U=RI$；当电压 U 和电流 I 为非关联参考方向时，欧姆定律 $U=-RI$。

【例 1-2】　在图 1.11 中，已知 $I=-2A$，$R=10\Omega$，a、b 两点中哪一点的电位高？

解：由图可见，电流 I 与电压 U 的参考方向相反，为非关联方向，所以

$$U=-IR$$

由 $I=-2\text{A}$，$R=10\Omega$，得

$$U=-(-2)\times10=20\text{V}$$

由于 $U>0$，所以 U 的实际方向与图中标出的参考方向相同，表明 a 点电位高。

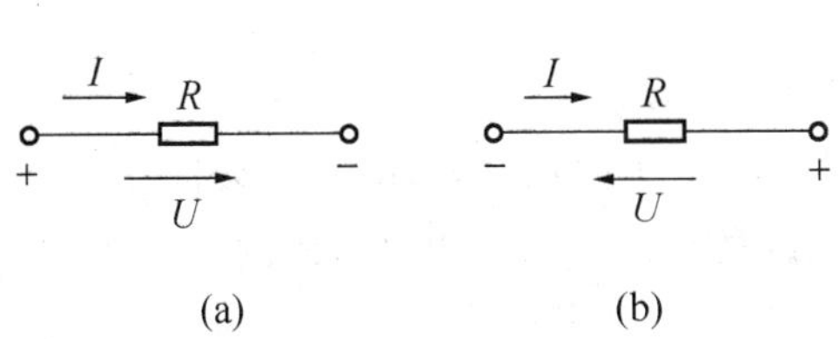

图 1.10　欧姆定律

(a) 关联方向 $U=IR$　(b) 非并联方向 $U=-IR$

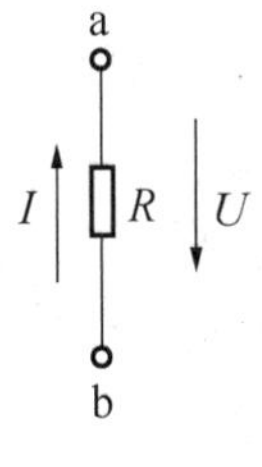

图 1.11　例 1-2 图

1.5　电压源与电流源

1.5.1　电压源

1. 理想电压源

理想电压源是实际电源的一种抽象概念。理想电压源具有如下两个特点。

(1) 元件两端的电压总是保持一恒定值或给定的某一函数值不变，与通过它的电流无关，不受外电路的影响。

(2) 元件上的电流由与之相连接的外电路决定，与电压源本身无关。

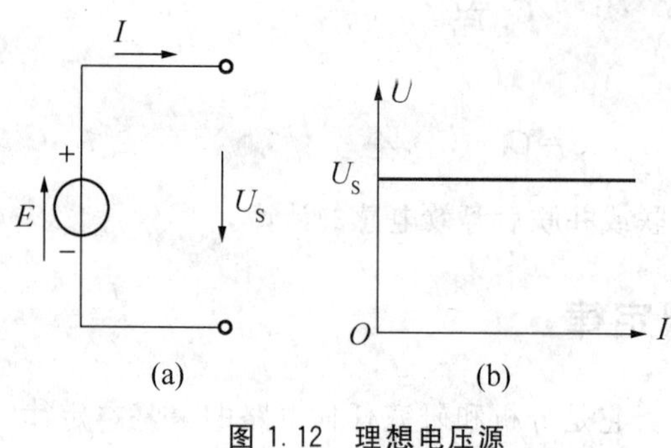

图 1.12 理想电压源

电流可以从不同方向通过电压源，因此，电压源既可以向外电路提供电能，也可以从外电路接收电能成为负载，由外电路决定的电流方向而定。由于电压源的端电压总是保持给定值不变，这类电源又称为恒压源。

理想电压源的图形符号如图 1.12(a)所示，图 1.12(b)为其电压与电流的关系特性，称为伏安特性或者外特性。

2. 实际电源的电压源模型

实际电压源可以用理想电压源与一个电阻串联的电路来模拟其特性。如图 1.13(a)所示，图中虚线框内的电路称为实际电源的电压源模型，R_0 为其内阻。图 1.13(b)为其外特性。

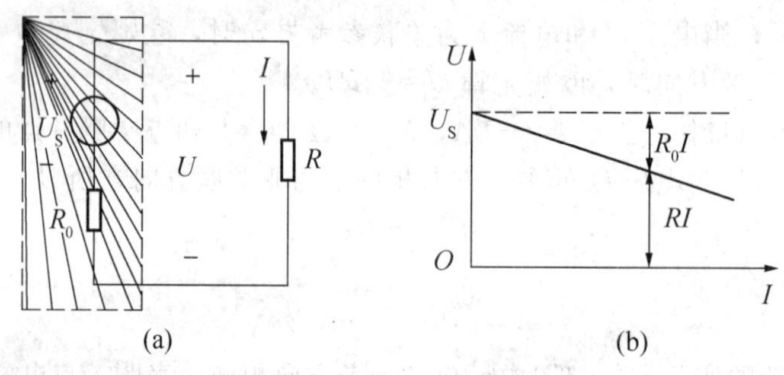

图 1.13 实际电压源

从图 1.13(a)可得

$$U=U_S-R_0I \tag{1-17}$$

可见，当理想电压源的电压 U_S 为定值时，随着 I 的增加，端电压 U 将下降。内阻越大，端电压下降越多。当 $R_0=0$ 时，实际电源的外特性成为理想电压源的外特性。

1.5.2 电流源

1. 理想电流源

理想电流源也是实际电源的一种抽象概念。电流源是另一种理想化电源元件，它也具有两个基本性质。

(1) 元件输出的电流总是保持一恒定值或给定的某一函数值不变，与两端的电压无关，不受外电路的影响。

(2) 元件两端的电压，由与之相连接的外电路来决定，而与电流源本身无关。

两端电压的极性，即方向可以不同，由外电路确定。因此，电流源既可以向外电路提供电能，也可以从外电路接收电能成为负载，视其端电压的极性而定。由于电流源的输出

电流总是保持给定值不变，故这类电源又称为恒流源。

理想电流源的图形符号如图 1.14(a)所示，其外特性如图 1.14(b)所示。

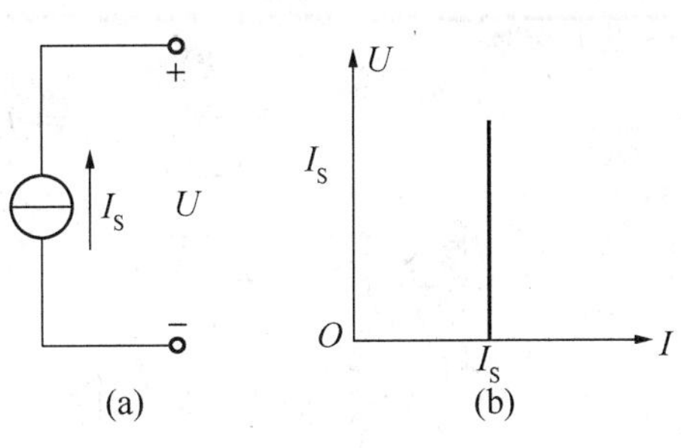

图 1.14　理想电流源

2. 实际电源的电流源模型

实际电源可以用一个理想电流源和电阻的并联来表示，如图 1.15(a)所示，图 1.15 (b)为其外特性。从图 1.15(a)可得

$$I = I_S - I_i = I_S - \frac{U}{R_i} \tag{1-18}$$

可见，由于电源内部有 I_i，所以输往负载的电流小于理想电流源的电流

$$I = \frac{U_S - U}{R_0} = \frac{U_S}{R_0} - \frac{U}{R_0}$$

内阻越大，内部消耗的电流越小。当内阻无限大时，该电源成为理想电流源。

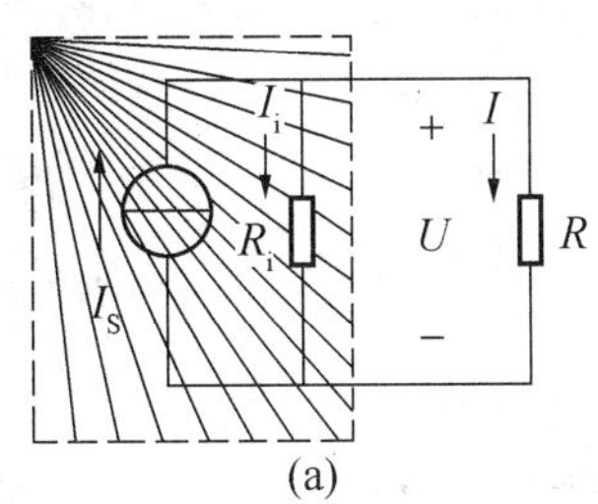

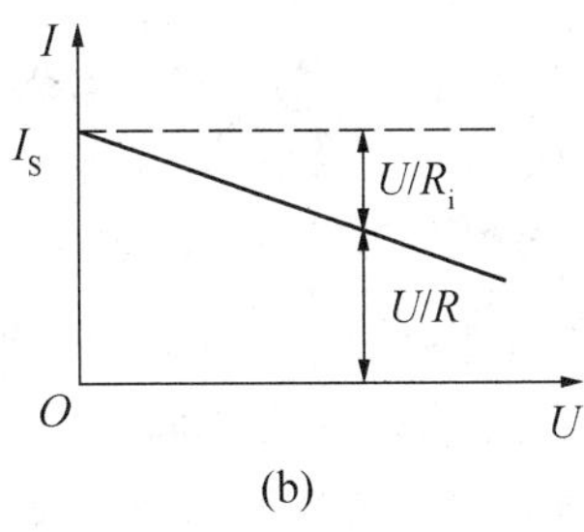

图 1.15　实际电源的电流源模型

3. 电压源串联和电流源并联的等效电源

(1) n 个电压源 u_{S1}，u_{S2}，…，u_{Sn} 串联的等效电压源 u_S 是 n 个电压源电压的代数和，即

$$u_S = u_{S1} + u_{S2} + \cdots + u_{Sn} = \sum_{k=1}^{n} u_{Sk} \tag{1-19}$$

(2) n 个电流源 i_{S1}，i_{S2}，…，i_{Sn} 并联的等效电流源 i_S 是 n 个电流源电流的代数和，即

$$i_S = i_{S1} + i_{S2} + \cdots + i_{Sn} = \sum_{k=1}^{n} i_{Sk} \tag{1-20}$$

4. 电压源模型与电流源模型的等效变换

因为电压源模型和电流源模型的外特性相同，所以两种电源模型之间可以进行等效变换。

在图 1.16 中，图 1.16(a)的电路形式可以变换成图 1.16(b)的电路形式，而不影响外电路的电压和电流。反之，图 1.16(b)的电路形式也可以转换为图 1.16(a)的电路形式。等效变换的条件。在如图 1.16 所示的两种电源模型中有以下关系。

电压源模型

$$I = \frac{U_S - U}{R_0} = \frac{U_S}{R_0} - \frac{U}{R_0} \tag{1-21}$$

电流源模型

$$I=I_S-I_i=I_S-\frac{U}{R_i} \tag{1-22}$$

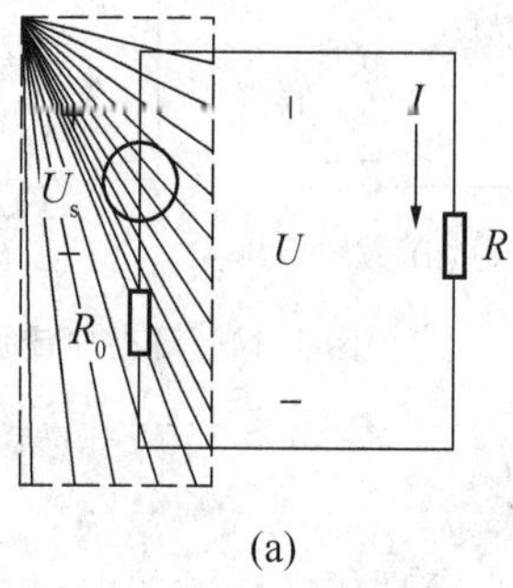

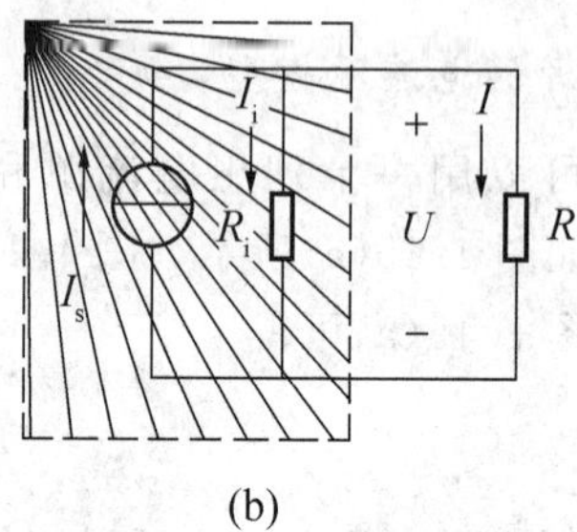

图 1.16 实际电源的两种模型

(a) 电压源模型 (b) 电流源模型

可见两种电源模型能进行等效变换，只要满足以下条件。

$$I_S=\frac{U_S}{R_0}，R_i=R_0 \tag{1-23}$$

特别提示

等效变换中应注意的几个问题。

(1) 理想电压源 U_S 与理想电流源 I_S 之间不能等效变换。

(2) 等效变换时，对外电路的电压、电流大小和方向都不变。电流源模型的电流流出端应与电压源模型的正极相对应。

(3) 等效变换是对外电路等效，对电源内部并不等效。例如当外电路是开路时，电压源模型中没有电流，而电流源模型中仍有内部电流。

【例 1-3】 将图 1.17(a)的电压源等效变换为电流源，图 1.17(b)中的电流源变换为电压源。

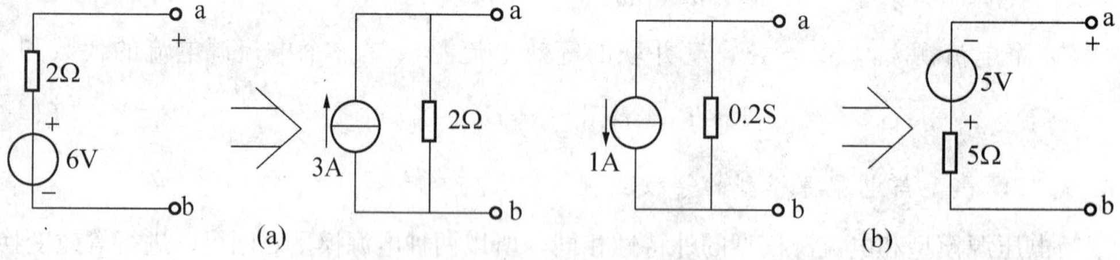

图 1.17 例 1-3 图

解: (a)电压源变换为电流源

$$I_S=\frac{U}{R_0}=\frac{6}{2}=3\text{A}$$

(b)电流源变换为电压源

$$U=I_SR_0=\frac{I_S}{G_0}=\frac{1}{0.2}=5\text{V}$$

1.6 基尔霍夫定律

基尔霍夫定律是电路的基本定律之一，是由德国科学家基尔霍夫在1845年提出的，它包含两个内容，一个是基尔霍夫电流定律(KCL)，另一个是基尔霍夫电压定律(KVL)。

1.6.1 电路名词

在讨论基尔霍夫定律之前，先介绍几个有关电路结构的名词。

(1) 支路与支路电流。由一个或几个元件串联组成的一段无分支的电路称为支路。图1.18中的电路共有3条支路，在同一条支路中，通过各个元件的电流是相同的，这个电流称为支路电流。

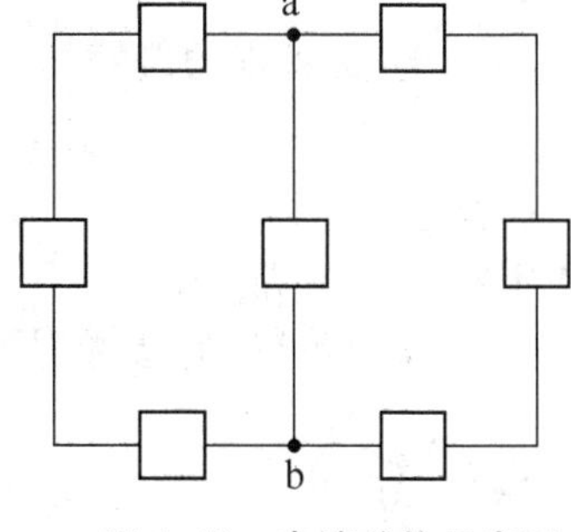

图1.18 电路结构示意图

(2) 节点。3条或3条以上支路的连接点叫做节点。图1.18中的电路共有2个节点a、b。节点是支路电流的汇合点。

(3) 回路。电路中的任一闭合路径称为回路。图1.18中的电路共有3个回路。

(4)网孔。内部没有支路的回路称为网孔。图1.18中的电路共有2个网孔。

1.6.2 基尔霍夫电流定律

基尔霍夫电流定律又称为基尔霍夫第一定律，它反映电路中连接在任一节点的各支路电流的关系。基尔霍夫电流定律的内容是：在任何时刻，流入节点的电流的总和等于流出节点的电流的总和。

图1.19为电路的一个节点，由图标电流方向可见支路电流 I_1 和 I_2 流入节点，I_3 和 I_4 从节点流出。各电流前的符号可以这样规定：如果流入节点的电流取“+”号，则流出节点的电流取“-”号，反之亦可。数学表达式为

$$I_1+I_2=I_3+I_4$$

如果把各电流项都移到等号一边，则有

$$I_1+I_2-I_3-I_4=0$$

写成一般表达式

$$\sum I=0$$

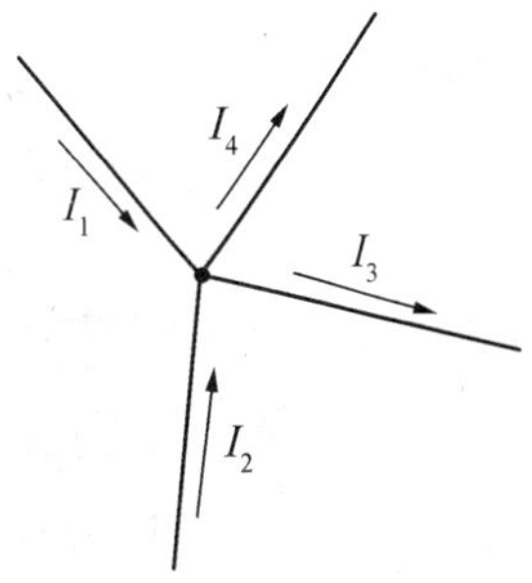

图1.19 节点电流

上式是基尔霍夫电流定律的数学表达式。它也可表示为：在任一时刻，流入(或流出)任一节点的所有支路电流的代数和恒等于零。

按照基尔霍夫电流定律列写的节点电流关系式，称为KCL方程。在列写KCL方程时，各支路电流的方向应按电路中标定的参考方向，不须考虑电流的实际方向。电流的实际方向只由其值的正负来确定。

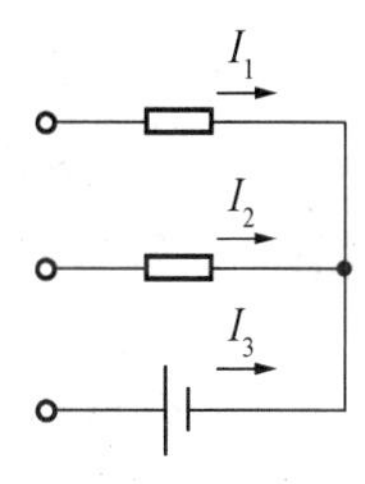

图1.20 例1-4图

【例 1-4】 在图 1.20 中，已知 $I_1=2A$，$I_2=3A$，求 I_3。

解： 对节点列出 KCL 方程

$$I_1+I_2+I_3=0$$

$$I_3=-I_1-I_2=-2-3=-5A$$

I_3 为负值，表明其实际方向与参考方向相反。

1.6.3 基尔霍夫电压定律

基尔霍夫电压定律又称为基尔霍夫第二定律，它反映电路的任一回路中各段电压之间的关系。基尔霍夫电压定律的内容是：在任何时刻，沿回路绕行一周。各段电压的代数和等于零，即

$$\sum U=0 \tag{3-20}$$

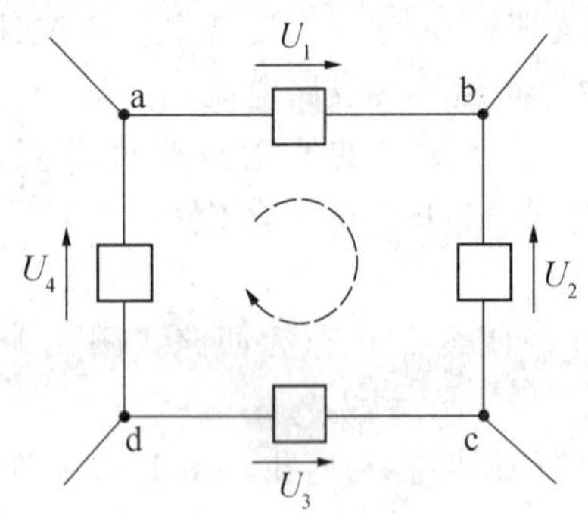

图 1.21 回路电压

在列写表达式时，首先要随意选取回路的绕行方向，若各段电压的参考方向与绕行方向一致，该电压取正号，相反则取负号。

图 1.21 所示为复杂电路中的一个回路，其中 U_1 和 U_4 的参考方向与绕行方向一致；U_2 和 U_3 的参考方向与绕行方向相反，则有

$$U_1-U_2-U_3+U_4=0$$

按照基尔霍夫电压定律列写的电压关系式，称为 KVL 方程。

【例 1-5】 在图 1.21 中，已知 $U_1=2V$，$U_2=5V$，$U_3=-7V$，试求 U_4。

解： 将已知数据代入 KVL 方程有

$$U_1-U_2-U_3+U_4=2-5-(-7)+U_4=0$$

$$U_4=-4V$$

U_4 为负值，表明 U_4 的实际方向与图中的参考方向相反。

由此例可知，在列写 KVL 方程时，会涉及两套符号：一套是方程中每一项前面的正负号，其取决于各段电压的参考方向与绕行方向是否一致；另一套是每段电压本身数值的正负号，它取决于各段电压的实际方向与参考方向是否一致。在列写方程时，要注意区别这两套符号。

习　题

1. 电阻、电容、电感元件各有何特性？
2. 实际电压源和实际电流源等效变换的注意事项是什么？
3. 电路由哪些部分组成？
4. 电路通常有哪几种状态？
5. 求如图 1.22 所示电路中的各未知电流。

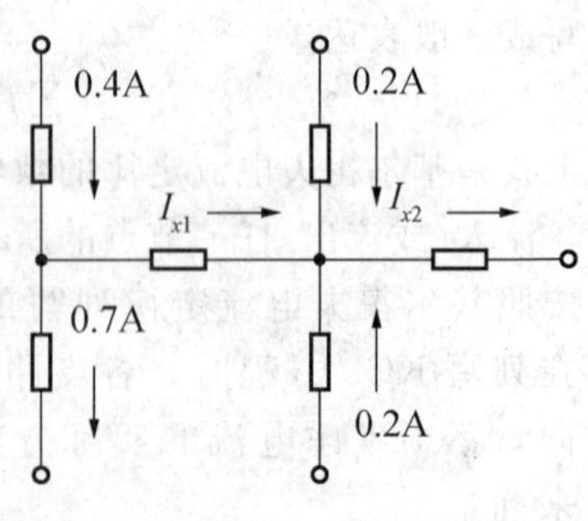

图 1.22 题 5 图

第2章

直流电阻电路的等效变换

知识要点	教学重点	教学难点
(1) 电阻的串联、并联、混联的特点 (2) 电阻的Y连接与△连接的方式和转换关系	电阻的串联、并联、混联的等效计算	电阻的Y连接与△连接的方式的用途和转换关系

引言

由时不变线性无源元件、线性受控源和独立源组成的电路称之为线性电路；无源元件为线性电阻的电路称为电阻电路；交流电路是指构成电路的独立源为交流电源；由线性电阻和直流电源构成的电路称为直流电阻电路，简称直流电路。对电路进行分析首先必须对直流电阻电路的等效变换有一定的了解。

2.1 电阻的串并混联及等效电阻

在电路中，电阻的连接形式是多种多样的，其中最简单和最常用的是串联与并联。

2.1.1 电阻的串联

电阻的串联：把若干个电阻一个接一个依次连成一串，通过同一电流，如图 2.1(a)所示。

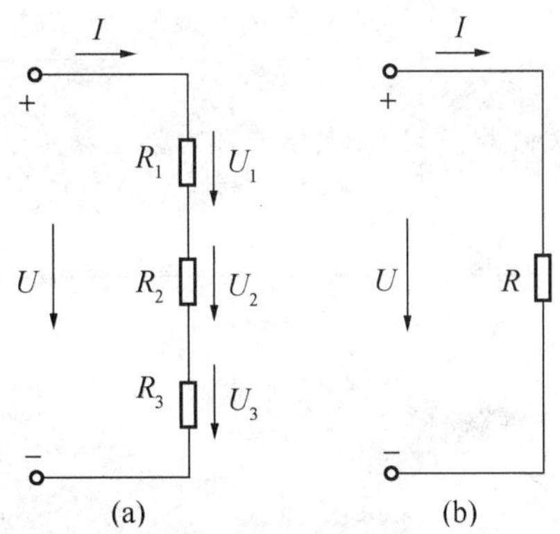

图 2.1 电阻的串联

(a) 电阻的串联 (b) 等效电阻

1. 等效电阻

几个电阻串联可以用一个电阻来代替，代替后，两个电路的两端具有相同的伏安关系，即在同一电压的作用下，电流保持不变。这个电阻称为等效电阻，又称为总电阻。

图 2.1(a)是 3 个电阻的串联电路，在电压 U 的作用下，流过同一电流 I。各电阻上的电压分别为

$$U_1 = IR_1,\ U_2 = IR_2,\ U_3 = IR_3$$

根据 KVL 定律，串联电阻两端的电压 U 等于各电阻上电压之和，即

$$U = U_1 + U_2 + U_3 = I(R_1 + R_2 + R_3)$$

由上式可以看出，如果用一个电阻

$$R = R_1 + R_2 + R_3 \tag{2-1}$$

代替这 3 个串联的电阻，接到同一电压 U 上，电流 I 是完全相同的，如图 2.1 (b)所示。因而电阻 R 是 R_1、R_2 和 R_3 串联的等效电阻。由式(2-1)可知，n 个电阻串联的等效电阻等于各个电阻之和。

2. 串联分压

R_1、R_2、R_3 串联后，每个电阻上的电压分别为

$$U_1 = R_1 I = \frac{R_1}{R_1 + R_2 + R_3} U = \frac{R_1}{R} U$$

$$U_2 = R_2 I = \frac{R_2}{R_1 + R_2 + R_3} U = \frac{R_2}{R} U$$

$$U_3 = R_3 I = \frac{R_3}{R_1 + R_2 + R_3} U = \frac{R_3}{R} U$$

式中，$\frac{R_1}{R}=\frac{U_1}{U}$、$\frac{R_2}{R}=\frac{U_2}{U}$、$\frac{R_3}{R}=\frac{U_3}{U}$为各电阻上的电压与总电压之比，称为分压比。分压比是小于1的数值。上式称为串联电阻的分压公式，由此式可得出

$$U_1:U_2:U_3=R_1:R_2:R_3$$

上式表明：串联的各电阻的电压与其电阻值成正比。电阻越大，分配到的电压也就越大。

在电路计算中，常用的是两个电阻串联的分压公式，即

$$U_1=\frac{R_1}{R_1+R_2}U$$

$$U_2=\frac{R_2}{R_1+R_2}U$$

3. 功率

由电阻功率公式

$$P_1=R_1I^2,\ P_2=R_2I^2,\ P_3=R_3I^2$$

可以得出

$$P_1:P_2:P_3=R_1:R_2:R_3$$

则串联各电阻消耗的功率与其电阻值成正比。

电路的总功率为

$$P=UI=P_1+P_2+P_3$$

【例2-1】 在图2.2中，$R_1=30\Omega$，$R_2=60\Omega$，$U=18\text{V}$。求：(1)各电阻上的电压降；(2)电路中的电流；(3)电阻R_2所消耗的功率。

解：(1)由分压公式，得

R_1上的电压降

$$U_1=\frac{R_1}{R_1+R_2}U=\frac{30}{30+60}\times18\approx6\text{V}$$

R_2上的电压降

$$U_2=\frac{R_2}{R_1+R_2}U=\frac{60}{30+60}\times18\approx12\text{V}$$

(2) 电流

$$i=\frac{U}{R_1+R_2}=\frac{18}{30+60}=0.2\text{A}$$

(3) R_2消耗的功率

$$P_2=I^2R_2=0.2^2\times60=2.4\text{W}$$

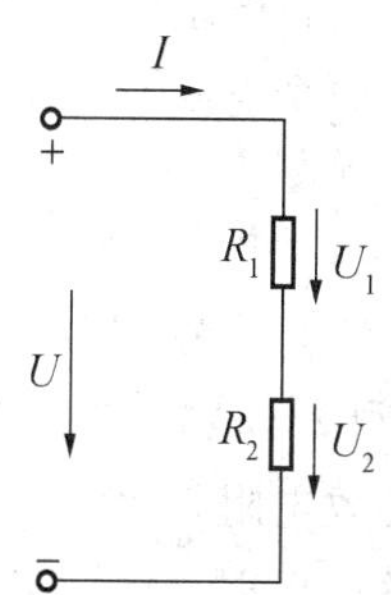

图2.2　例2-1图

电阻串联的分压作用，广泛应用于各种分压电路。例如电位器和利用串联电阻的分压原理可以扩大电压表的量程。

2.1.2　电阻的并联

电阻的并联：把若干个电阻的一端连在一起，另一端也连在一起。电阻并联时，各电阻的端电压是相同的，如图2.3(a)所示。

1. 等效电阻

图 2.3(a)是 3 个电阻并联的电路，在电压 U 的作用下，电阻 R_1、R_2、R_3 中的电流分别为

$$I_1=\frac{U}{R_1},\ I_2=\frac{U}{R_2},\ I_3=\frac{U}{R_3}$$

根据 KCL 定律，总电流等于各并联电阻上电流的总和，即

$$I=I_1+I_2+I_3=\frac{U}{R_1}+\frac{U}{R_2}+\frac{U}{R_3}=\left(\frac{1}{R_1}+\frac{1}{R_2}+\frac{1}{R_3}\right)U$$

由上式可以看出

$$\frac{1}{R}=\left(\frac{1}{R_1}+\frac{1}{R_2}+\frac{1}{R_3}\right) \tag{2-2}$$

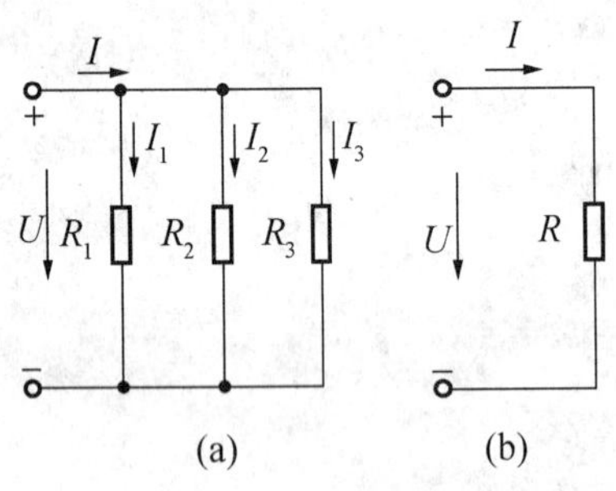

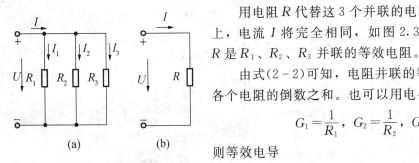

图 2.3　电阻的并联

(a) 电阻的并联　(b) 等效电阻

用电阻 R 代替这 3 个并联的电阻，接到同一电压 U 上，电流 I 将完全相同，如图 2.3(b)所示。因而电阻 R 是 R_1、R_2、R_3 并联的等效电阻。

由式(2-2)可知，电阻并联的等效电阻的倒数等于各个电阻的倒数之和。也可以用电导来表示，即

$$G_1=\frac{1}{R_1},\ G_2=\frac{1}{R_2},\ G_3=\frac{1}{R_3}$$

则等效电导

$$G=G_1+G_2+G_3$$

即电导并联的等效电导等于各个电导之和。

在电阻并联的电路中，当并联的支路较多时，采用电导进行分析计算比较方便。当只有两个电阻并联时，可采用下列公式直接计算等效电阻。

$$R=R_1//R_2=\frac{R_1R_2}{R_1+R_2} \tag{2-3}$$

式中，符号“//”表示并联关系。

【例 2-2】　求(1)$R_1=30\Omega$ 和 $R_2=60\Omega$ 并联的等效电阻；(2)$R_1=10\Omega$ 和 $R_2=5\Omega$ 并联的等效电阻。

解：根据式(2-3)，等效电阻

$$R=\frac{R_1R_2}{R_1+R_2}=\frac{30\times60}{30+60}=20\Omega$$

$$R=R_1//R_2=\frac{10}{3}=3.33\Omega$$

由此题可以看出，只要并联的两电阻 R_1 和 R_2 是两倍关系就可以直接按$\frac{1}{3}\times$(大电阻)的关系式很快计算出等效电阻，便于心算。

2. 并联分流

R_1、R_2、R_3 并联后，每个电阻中的电流分别为

$$I_1=\frac{U}{R_1}=\frac{R}{R_1}I$$

$$I_2=\frac{U}{R_2}=\frac{R}{R_2}I \tag{2-4}$$

$$I_3=\frac{U}{R_3}=\frac{R}{R_3}I$$

式中，$\frac{R}{R_1}=\frac{I_1}{I}$、$\frac{R}{R_2}=\frac{I_2}{I}$、$\frac{R}{R_3}=\frac{I_3}{I}$为各电阻的电流与总电流之比，称为分流比。分流比是小于 1 的数值，式(2－4)称为并联电阻分流公式，由此可得

$$I_1:I_2:I_3=\frac{1}{R_1}:\frac{1}{R_2}:\frac{1}{R_3}$$

此式说明：并联的各电阻上的电流与其电阻值成反比。

特别提示

在电路计算中，常用的是两个电阻并联的分流公式，即

$$I_1=\frac{R_2}{R_1+R_2}I，I_2=\frac{R_1}{R_1+R_2}I$$

3. 功率

由电阻功率公式 $P_1=\frac{U^2}{R_1}$、$P_2=\frac{U^2}{R_2}$可得并联各电阻消耗功率与电阻值成反比，即

$$P_1:P_2:P_3=\frac{1}{R_1}:\frac{1}{R_2}:\frac{1}{R_3} \tag{2-5}$$

电阻值越大，消耗的功率越小。

电路的总功率

$$P=UI=P_1+P_2+P_3$$

【例 2－3】　在图 2.3(a)中，$R_1=10\text{k}\Omega$，$R_2=20\text{k}\Omega$，$R_3=60\text{k}\Omega$，$U=6\text{V}$，求：(1)总电阻 R；(2)流过各电阻的电流 I_1、I_2、I_3；(3)电阻 R_1 所消耗的功率 P_1。

解：(1)

$$\frac{1}{R}=\frac{1}{R_1}+\frac{1}{R_2}+\frac{1}{R_3}=\frac{1}{10}+\frac{1}{20}+\frac{1}{60}=\frac{1}{6}$$

$$R=6\text{k}\Omega$$

(2) 电流

$$I_1=\frac{U}{R_1}=\frac{6}{10\times10^3}=0.6\text{mA}$$

$$I_2=\frac{U}{R_2}=\frac{6}{20\times10^3}=0.3\text{mA}$$

$$I_3=\frac{U}{R_3}=\frac{6}{60\times10^3}=0.1\text{mA}$$

(3) 功率

$$P_1=I_1R_1=(0.6\times10^{-3})^2\times10\times10^3=3.6\text{mW}$$

2.1.3　电阻的混联

电路中既有电阻串联又有电阻并联的连接，称为混联。

图 2.4 所示为两种基本的混联电路。图 2.4(a)是 R_1 和 R_2 串联后再与 R_3 并联的电路，

称为“先串后并”的结构，其等效电阻可写成

$$R=(R_1+R_2)//R_3$$

图 2.4(b)是 R_2 和 R_3 并联后再与 R_1 串联的电路，称为“先并后串”的结构，其等效电阻可写成

$$R=R_1+R_2//R_3$$

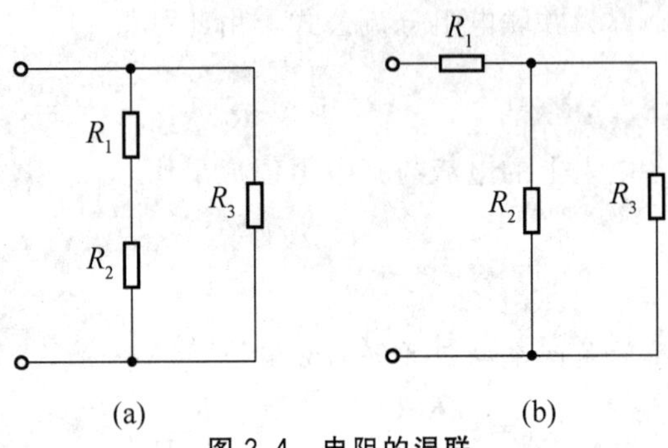

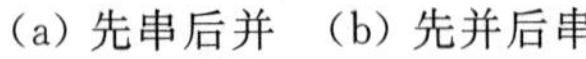
图 2.4　电阻的混联

(a) 先串后并　(b) 先并后串

分析混联电路，关键在于分清各电阻的串并联关系，然后采用逐步合并的化简方法，最后求出等效电阻。

下面举例说明混联电路的分析计算。

【例 2-4】　求图 2.5(a)所示电路中，通过 a、b 导线的电流 I_{ab}。

解： 由图 2.5(a)可见两个 8Ω 电阻是并联，其等效电阻 $R_a=8//8=4\Omega$，电阻 3Ω 与 6Ω 也是并联，其等效电阻 $R_b=3//6=2\Omega$。

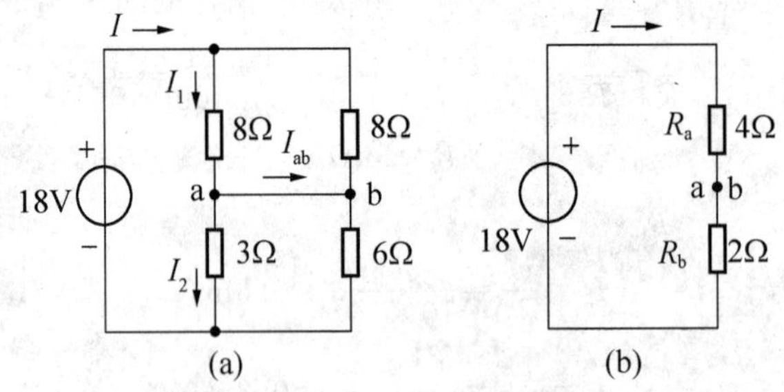

图 2.5　例 2-4 图

导线 ab 可以缩为一点，电路简化为图 2.5(b)所示电路。

由图 2.5(b)算出总电流

$$I=\frac{18}{4+2}=3A$$

在图 2.5(a)中，由分流公式算出各分支电流

$$I_1=\frac{1}{2}I=1.5A，I_2=\frac{6}{3+6}\times I=2A$$

根据 KCL，对节点 a 有

$$I_{ab}=I_1-I_2=1.5-2=-0.5\text{A}$$

负号说明电流的实际方向是从 b 到 a。

2.2 电阻的星形连接与三角形连接

2.2.1 星形连接和三角形连接

把 3 个电阻 R_1、R_2、R_3 的一端连接在一起，成为一个节点，电阻的另外三端分别与电路的不同部分相连接，这种结构称为电阻的星形连接，简称 Y 连接，如图 2.6(a)所示。也可用 T 形连接表示，如图 2.6(b)所示。

把 3 个电阻 R_{12}、R_{23}、R_{31} 连成一个闭合的三角形，三角形的 3 个顶点分别与电路的不同部分相连接，这种结构称为三角形连接或角形连接，简称△连接，如图 2.7(a)所示。也可用Ⅱ形连接表示，如图 2.7(b)所示。

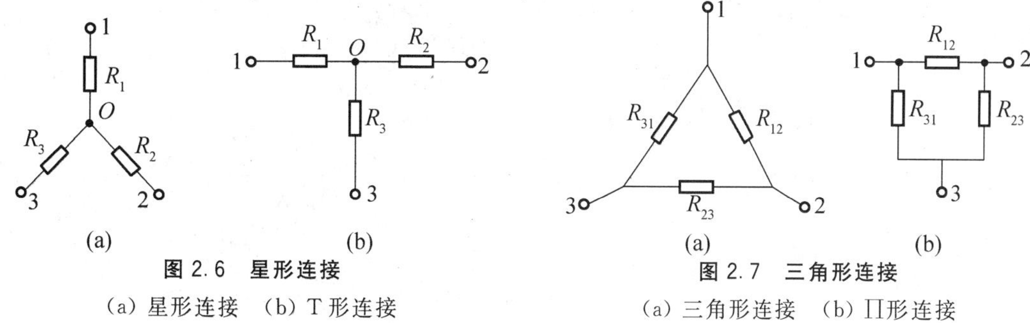

图 2.6 星形连接

(a) 星形连接 (b) T 形连接

图 2.7 三角形连接

(a) 三角形连接 (b) Ⅱ形连接

2.2.2 Y－△等效变换

电阻的 Y 连接与△连接可以相互等效代换，称为 Y－△等效变换。

等效变换的条件是：三端的电流与任两点之间的电压在变换前后保持相同，对外电路的作用是完全一样的。根据这个等效原则，可推导出如下转换的关系式。

△连接变换为 Y 连接的变换公式为

$$R_1=\frac{R_{12}R_{31}}{R_{12}+R_{23}+R_{31}}$$

$$R_2=\frac{R_{23}R_{12}}{R_{12}+R_{23}+R_{31}}$$

$$R_3=\frac{R_{31}R_{23}}{R_{12}+R_{23}+R_{31}}$$

Y 连接变换为△连接的变换公式为

$$R_{12}=R_1+R_2+\frac{R_1R_2}{R_3}$$

$$R_{23}=R_2+R_3+\frac{R_2R_3}{R_1}$$

$$R_{31}=R_3+R_1+\frac{R_3R_1}{R_2}$$

若构成Y连接的3个电阻相等，即

$$R_1=R_2=R_3=R_Y$$

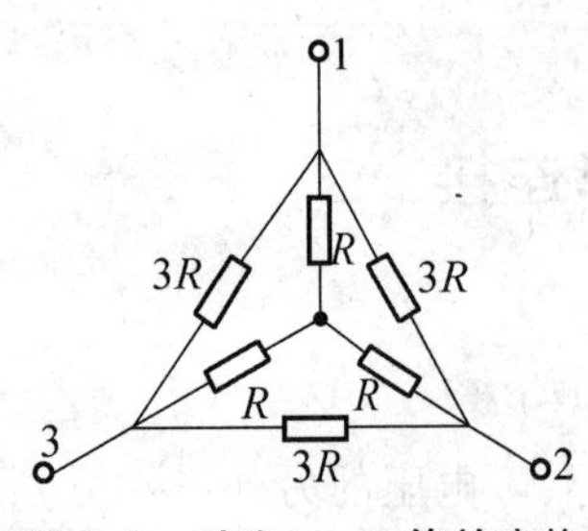

图2.8 对称Y－△等效变换

则称为对称的Y连接，若构成△连接的3个电阻相等，即

$$R_{12}=R_{23}=R_{31}=R_{\triangle}$$

则称为对称的△连接。

对称的Y和△连接的等效变换公式简化为

$$R_Y=\frac{1}{3}R_{\triangle} \quad 或 \quad R_{\triangle}=3R_Y \tag{2-6}$$

如图2.8(b)所示，Y－△等效变换除了用于化简复杂的电阻电路，还在三相交流电路的分析和计算中经常用到。

习　题

1. 试分析串联分压、并联分流的原理。
2. 简述电阻的Y连接和△连接的特点。

第3章 线性网络的一般分析方法

知识要点	教学重点	教学难点
(1) 支路电流法和网孔电流法的概念 (2) 叠加定理和戴维南定理的概念	(1) 掌握支路电流法和网孔电流法的分析方法和步骤 (2) 掌握叠加定理和戴维南定理的分析方法和步骤	理解戴维南定理的应用和分析方法

引言

电路可以分为简单电路和复杂电路两大类。分析电路的基本方法是欧姆定律和基尔霍夫定律，当电路复杂时，计算过程也很复杂，因此要根据电路的结构特点寻找分析与计算的简单方法。本章着重介绍几个常用的求解复杂电路的方法和定理。

3.1 支路电流法

支路电流法的内容：以各支路电流为未知量，应用基尔霍夫电流定律和基尔霍夫电压定律列出节点和回路的方程组，求解出各支路电流。

用支路电流法解题的步骤如下：

(1) 选定电路中各未知支路的电流参考方向，按 KCL 定律列出各节点的电流方程(基尔霍夫电流定律独立方程数＝节点数－1)。

(2) 根据 KVL 定律列回路电压方程式(基尔霍夫电压定律独立方程数＝网孔数)。

(3) 解联立方程组，求出各未知电流。

【例 3-1】 图 3.1 所示电路中，已知 $U_1=14\text{V}$，$U_2=4\text{V}$，$R_1=2\Omega$，$R_2=R_3=4\Omega$。试求各支路电流。

解： 在图 3.1 中标出各支路电流的参考方向，列出独立的 KCL 和 KVL 方程

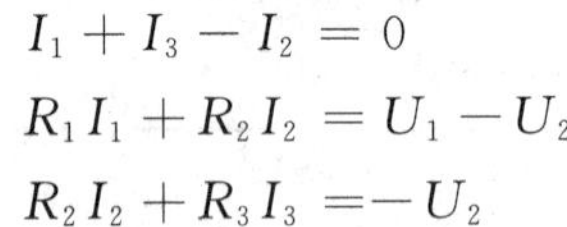

$$I_1+I_3-I_2=0$$
$$R_1I_1+R_2I_2=U_1-U_2$$
$$R_2I_2+R_3I_3=-U_2$$

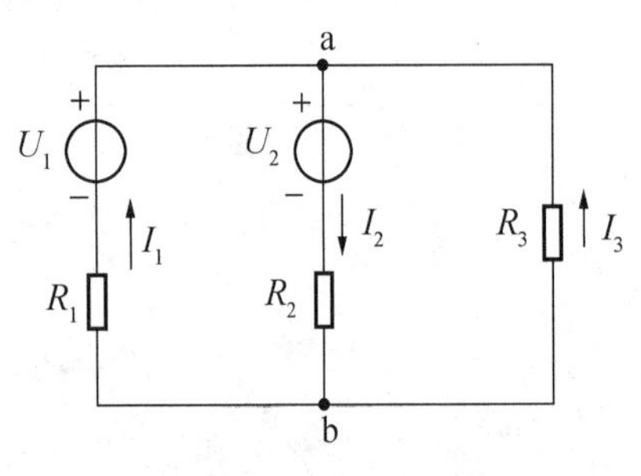

图 3.1 例 3-1 图

代入数据得

$$I_1+I_3-I_2=0$$
$$2I_1+4I_2=14-4$$
$$4I_2+4I_3=-4$$

求解得

$$I_1=3A,\quad I_2=1A,\quad I_3=-2A$$

【例 3-2】 对图 3.2 的电路，试用支路电流法列出求解各支路电流的方程组。

解： 此电路中共有 6 条支路，分别标出参考方向，如图 3.2 所示。

有 3 个节点，由 KCL 可列出两个独立电流方程。

a 节点

$$I_1+I_2+I_3-I_4=0 \tag{3-1}$$

b 节点

$$I_4+I_5-I_3-I_6=0 \tag{3-2}$$

对 4 个网孔分别列出基尔霍夫电压定律电压方程。

左网孔

$$R_1I_1-R_2I_2=U_{S1} \tag{3-3}$$

右网孔

$$R_5I_5+R_6I_6=-U_{S4} \tag{3-4}$$

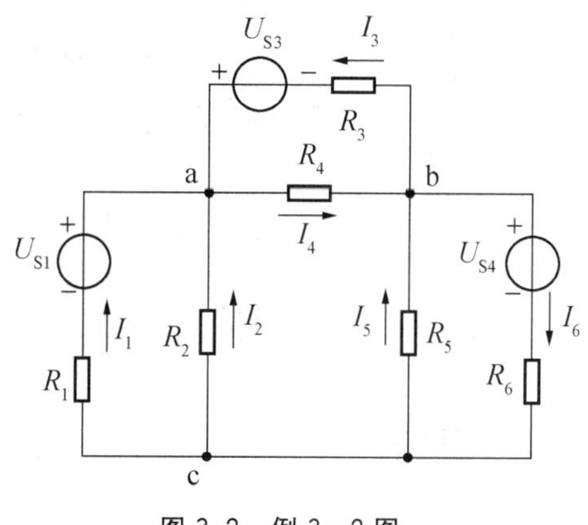

图 3.2　例 3-2 图

上网孔

$$R_3I_3+R_4I_4=-U_{S3} \tag{3-5}$$

中网孔

$$R_2I_2+R_4I_4-R_5I_5=0 \tag{3-6}$$

这 6 个独立的方程联立，可求解出 6 个支路电流。

如果在列方程之前，支路电流的参考方向选择得不同，那么所列出的方程也会不同。最后解出的答案可能会相差符号，但各支路电流的实际方向应该是一致的。

3.2　网孔电流法

当电路的支路数目较多时，支路电流法联立方程的数目也相应增加。增加了计算复杂程度，此时用网孔法解题，网孔法也是分析复杂电路的基本方法之一。

网孔法的内容是：以网孔电流为未知量，根据 KVL 定律列出各网孔的电压方程，求解方程组得到网孔电流，根据各支路电流与网孔电流的关系，就可得到各支路电流。

【例 3-3】　用网孔法解例 3-1。

解： 如图 3.3 所示。假设网孔电流 I_a，I_b 的方向如图中所标出的同为顺时针方向，列出网孔方程。

左网孔：自电阻 R_1+R_2，互电阻 R_2，电源电压之和 $U_1=-U_2$，方程为

$$(R_1+R_2)I_a-R_2I_b=U_1-U_2$$

右网孔：自电阻 R_2+R_3，互电阻 R_2，电压之和 U_2，方程为

$$(R_2+R_3)I_b-R_2I_a=U_2$$

代入数值，就有

$$\begin{cases}(2+4)\ I_a-4I_b=14-4\\(4+4)\ I_b-4I_a=4\end{cases}$$

联立求出

$$I_a=3A,\ I_b=2A$$

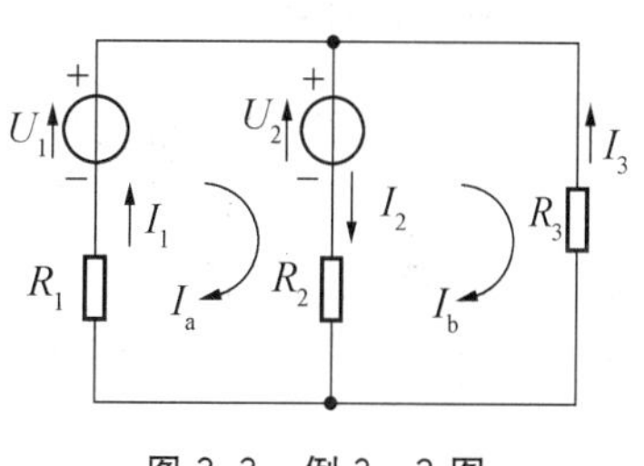

图 3.3　例 3-3 图

支路电流

$$I_1 = I_a = 3\text{A}$$

$$I_2 = I_a - I_b = 3 - 2 = 1\text{A}$$

$$I_3 = -I_b = -2\text{A}$$

计算结果与例 3－1 完全相同，但求解联立方程的个数少了，这使运算过程较为简便。

【例 3－4】 如图 3.4 所示电路，求各支路电流。

解：首先将电路图中左边的电流源等效变换为电压源，如图 3.4(b)所示。这样可以减少网孔的个数，即方程的个数。

假设网孔电流 I_a、I_b 的参考方向同为顺时针，如图 3.4(b)所示，列出网孔方程

$$(2+3+4)I_a - 4I_b = 20 - 10$$

$$(4+3+2)I_b - 4I_a = 13 + 10$$

联立解出

$$I_a = 2.8\text{A},\ I_b = 3.8\text{A}$$

根据支路电流的参考方向，有

$$I_4 = I_a = 2.8\text{A}$$

$$I_3 = I_b = 3.8\text{A}$$

$$I_2 = I_a - I_b = -1\text{A}$$

再由图 3.4(a)得

$$I_1 = 10 - I_4 = 7.2\text{A}$$

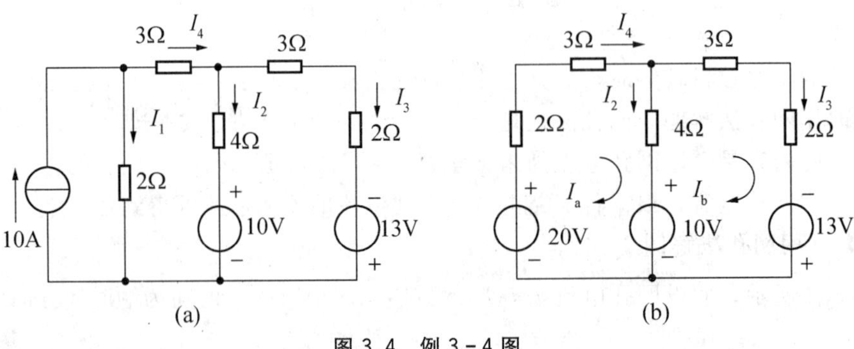

图 3.4 例 3－4 图

3.3 叠加定理

3.3.1 叠加定理的内容

叠加定理是线性电路的基本定理，要理解它的两种基本性质。

(1) 可加性：若线性电路中的 n 个独立电源 e_1，e_2，…，e_n，它们分别单独作用时，电路中某一支路的电流或电压分别为 $f(e_1)$，$f(e_2)$，…，$f(e_n)$，则 e_1，e_2，…，e_n 共同作用时，电路中某一支路的电流或电压是 n 个电源单独作用时数值的代数和，即

$$f(e_1 + e_2 + \cdots + e_n) = f(e_1) + f(e_2) + \cdots + f(e_n)$$

(2) 齐次性：若线性电路在电源 e 的作用下，某一支路的电流或电压为 $f(e)$，则电源

的电流或电压的数值增加或减少 k 倍时，在 ke 作用下电路中该支路的电流或电压为

$$f(ke)=kf(e)$$

综合线性电路的以上两种性质，叠加定理的内容可表示为：任一线性电路在 n 个独立电源共同作用时，某一支路的电流或电压等于每一个独立电源单独作用电流或电压的代数和。即线性电路有 k_1e_1，k_2e_2，…，k_ne_n 个电源作用时的支路电流或电压为

$$f(k_1e_1+k_2e_2+\cdots+k_ne_n)=k_1f(e_1)+k_2f(e_2)+\cdots+k_nf(e_n)$$

用叠加定理分析多电源线性电路的一般步骤如下。

(1) 假定所求支路电流、电压的参考方向，标示于电路图中。

(2) 分别作出每一独立电源单独作用时的电路，这时其余所有独立电源置零，即电压源短路，电流源开路。

(3) 分别计算出每一独立电源单独作用时，待求支路的电流或电压，这时它们的参考方向均应不变。

(4) 进行叠加，求出待求支路在所有电源共同作用时的电流或电压，等于每一独立电源单独作用时待求支路电流或电压的代数和。

叠加定理适用于任何多电源线性电路的分析，用来计算任一支路的电流或电压，而不能直接用来计算功率。因功率是电流或电压的二次函数。

【例 3－5】　用叠加原理求解图 3.5(a)中 R_1 支路的电流 I_1。

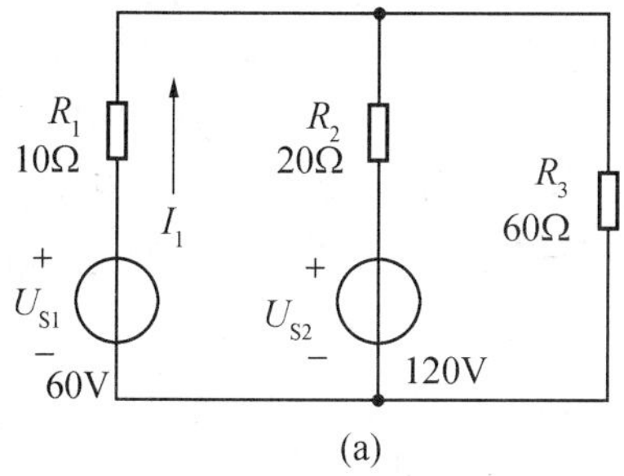

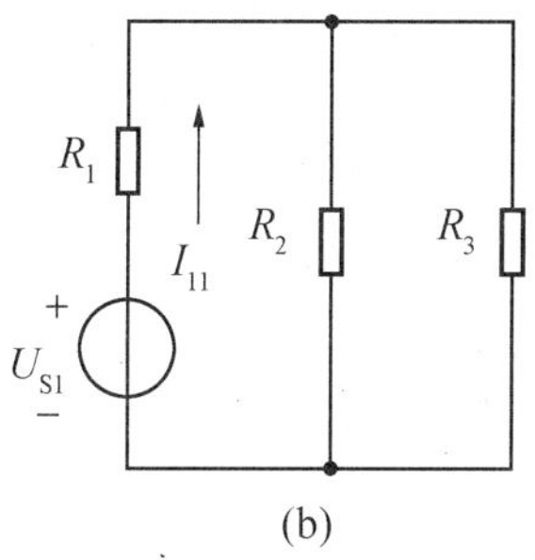

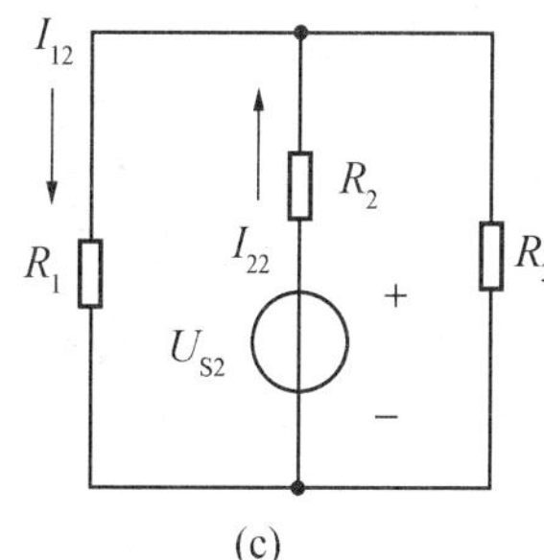

图 3.5　例 3－5 图

解： 设 R_1 支路的电流为 I_1，其参考方向如图中箭头方向所示。

设 $U_{S2}=0$，让 U_{S1} 单独作用，又设 I_{11} 的参考方向如图 3.5(b)所示。可得

$$I_{11}=\frac{U_{S2}}{R_1+(R_2//R_3)}=\frac{60}{10+\frac{20\times60}{20+60}}=2.4\text{A}$$

设 $U_{S1}=0$，让 U_{S2} 单独作用，又设 I_{12}、I_{22} 的参考方向如图 3.5(c)所示。可得

$$I_{22}=\frac{U_{S2}}{R_2+(R_1//R_3)}=\frac{120}{20+\frac{10\times60}{10+60}}=4.2\text{A}$$

应用分流公式可得

$$I_{12}=\frac{R_3}{R_1+R_3}I_{22}=\frac{60}{60+10}\times4.2=3.6\text{A}$$

由此可得

$$I_1 = I_{12} - I_{22} = (2.4 - 3.6)\text{A} = -1.2\text{A}$$

3.4 戴维南定理

支路电流法和叠加定理可以把所有支路的电流、电压都计算出来，但实际情况下，只需计算一个复杂的电路中的某一条支路的电流或电压，这时应用戴维南定理进行计算，就比较方便快捷。

与外电路只有两个出线端的部分电路，称为二端网络。电路内部含有电源的称为有源二端网络，用标注 N 的大方框表示，如图 3.6(a)所示。电路内部不含有电源的称为无源二端网络，用标注 N_0 的方框表示，如图 3. 6(b)所示。

对于无源二端网络，如果内部是电阻电路，总能利用电阻的串并联及 Y－△变换公式进行化简，最后简化为一个等效电阻。

对于有源二端网络，不论它内部是简单电路还是任意复杂的电路，它对外电路来看，仅相当于一个电源作用，它对接在两端的外电路提供电能。因此有源二端网络一定可以化简为一个等效电源。在经过这种等效变换后，接在两端的外电路中的电流和其两端的电压没有任何改变。

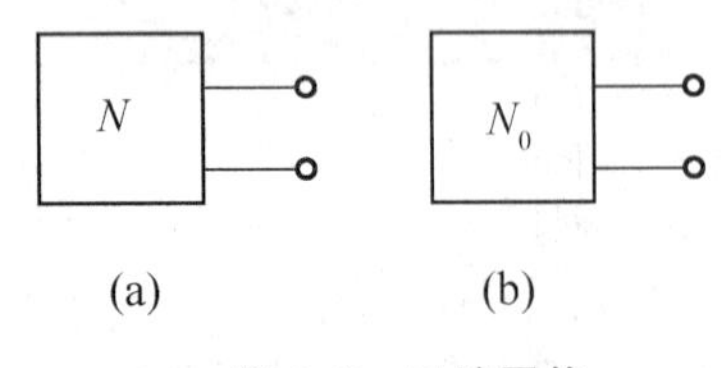

图 3.6　二端网络

(a) 有源二端网络　(b) 无源二端网络

戴维南定理(戴维宁定理)的内容是：任何一个有源二端线性网络 N 可以用一个电动势为 E 的理想电压源和内阻 R_0 串联的电源来等效代替。等效电源的电动势 E 是有源二端网络 N 的开路电压 U_{OC}；等效电源的内阻 R_0 等于有源二端网络 N 中所有电源(独立源)取零后所得到的无源二端网络 N_0 两端之间的等效电阻。

图 3.7(a)表示有源二端网络 N 通过 a、b 两端与一个外电路相连，a、b 之间电压为 U，电流为 I。图 3.7(b)表示将有源二端网络 N 用一个电动势 $E = U_{OC}$，内阻 R_0 的电压源模型代替后的电路，用虚线框表示，称为戴维南等效电路，其中对与外电路相连的 a、b 两端，电压 U 和电流 I 是保持不变的。

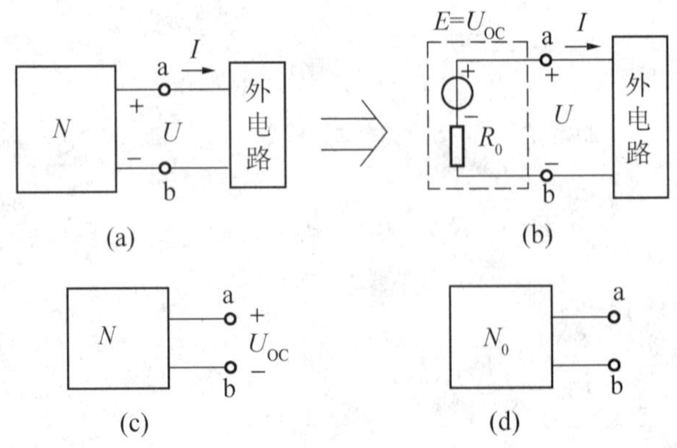

图 3.7　戴维南定理

(a) 原电图　(b) 戴维南等效电路　(c) 求开路电压 U_{OC}　(d) 求等效电阻 R_0

图 3.7(c)，表示求开路电压 U_{OC} 的电路。断开外电路，求出 a、b 两端之间的开路电压，这时要根据有源二端网络的内部电路结构计算出电压 U_{OC}。

在图 3.7(d)中，N_0 为有源二端网络 N 内部所有电源取零后的无源二端网络，即将理想电压源用短路代替，理想电流源用开路代替。然后根据 N_0 的电路结构计算出 a、b 两端的等效电阻 R_0。

利用戴维南定理的关键是求出等效电压源的电动势 E 和电阻 R_0。

【例 3-6】　把图 3.8(a)所示的有源二端网络化简为一个等效电压源，即戴维南等效电路。

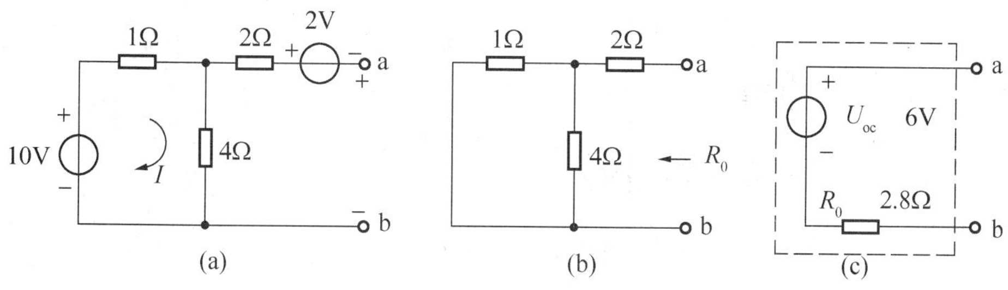

图 3.8　例 3-6 图

解：(1) 求有源二端网络的开路电压 U_{OC} 在图 3.8(a)中，由于 a、b 端开路，所以只有左边回路中的电流，参考方向如图中标出顺时针方向，电流

$$I=\frac{10}{1+4}=2\text{A}$$

由基尔霍夫电压定律

$$U_{ab}=-2+2\times0+4I=6\text{V}(\text{选择 }4\Omega\text{ 路径})$$

等效电压源的电动势

$$E=U_{OC}=U_{ab}=6\text{V}$$

(2) 求等效电压源内阻 R_0。将图 3.8(a)中的理想电压源短路后得到无源二端网络，如图 3.8(b)所示。a、b 两端的等效电阻为

$$R_0=R_{ab}=2+1//4=2.8\Omega$$

(3) 画出戴维南等效电路，标出理想电压源的极性和电动势，要注意电压源的极性应与 U_{OC} 的极性保持一致，同时标出电阻值。如图 3.8(c)虚线框所示的等效电路。

【例 3-7】　电路如图 3.9(a)所示，应用戴维南定理求电流 I。

解：(1) 断开负载支路求开路电压 U_{OC}。将图 3.9(a)中的 7Ω 支路从 a、b 断开并移走，得到图 3.9(b)所示的有源二端网络。由图 3.9(b)可知，U_{OC} 就是 3Ω 电阻上的电压，由于 a、b 端开路，2A 电流源的电流全部流过 3Ω，故

$$U_{OC}=3\times2=6\text{V}$$

(2) 求断开负载后二端网络内部所有电源为零值时的等效电阻 R_0。把图 3.9(b)所示电路中的 2V 电压源短路，2A 电流源开路，可得到电路如图 3.9(c)所示。a，b 端的等效电阻为

$$R_0=3\Omega$$

(3) 由 U_{OC} 和 R_0 画出戴维南定理等效电路。如图 3.9(d)中虚线框内所示，再接上负

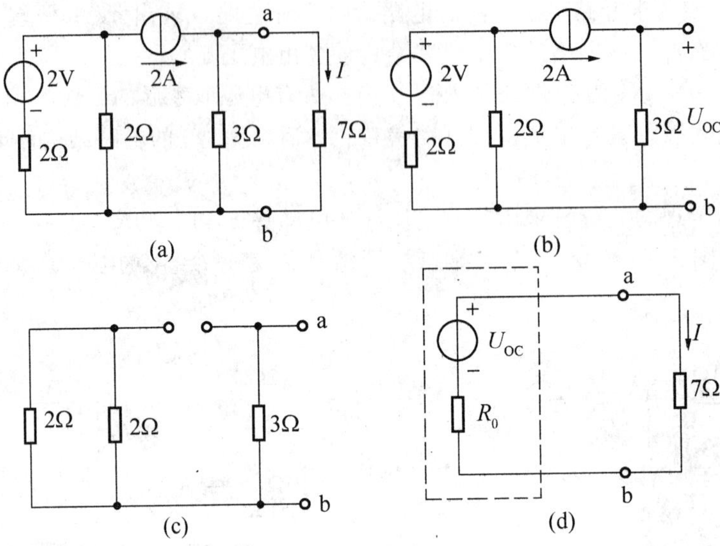

图 3.9 例 3-7 图

载支路。由图 3.9(d)的单回路电路求出

$$I=\frac{U_{OC}}{7+R_0}=\frac{6}{7+3}=0.6\text{A}$$

由于戴维南定理只要求被等效变换的有源二端网络是线性的，对负载并没有要求。所以负载可以是非线性的，这就扩大了戴维南定理的应用范围。

特别提示

在分析含有半导体非线性元件的电路时，经常把线性部分电路作为有源二端线性网络并应用戴维南定理化简，再来进行分析处理。

习　　题

1. 如图 3.10 所示，已知 $E_1=90\text{V}$，$E_2=60\text{V}$，$R_1=6\Omega$，$R_2=12\Omega$，$R_3=36\Omega$，试用支路电流法求各支路电流。

2. 用叠加原理求图 3.11 中的电压 U。

3. 用戴维南定理求图 3.12 中的电流 I。

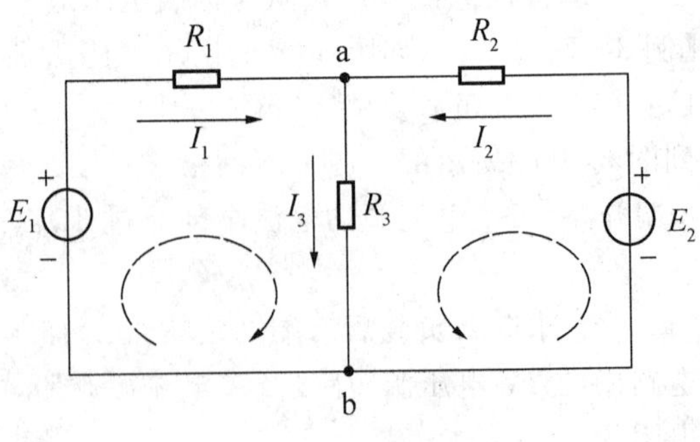

图 3.10 题 1 图

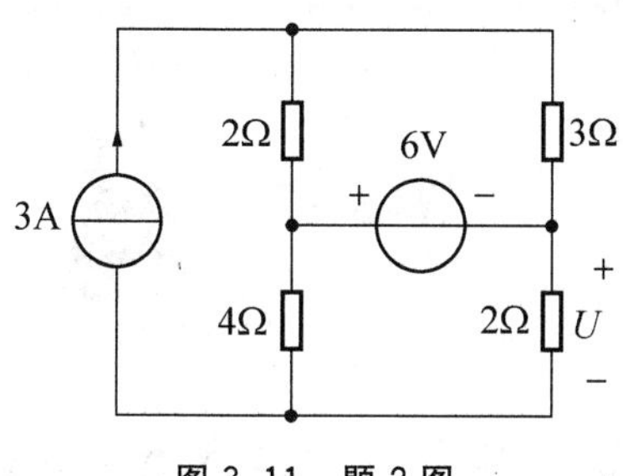

图 3.11　题 2 图

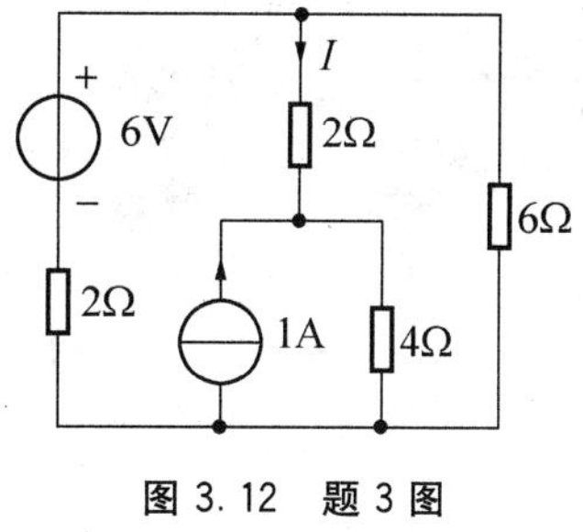

图 3.12　题 3 图

第4章

正弦交流电路

知识要点	教学重点	教学难点
(1) 正弦交流电的概念、正弦交流电的三要素、正弦量的相量表示法 (2) 电阻、电感、电容元件组成的正弦交流电路特性及计算	(1) 掌握正弦交流电的基本概念和三要素 (2) 电阻、电容、电感组成的正弦交流电的电路特性	(1) 理解正弦交流电的相量表示法 (2) 正弦交流电路的计算

引言

前面介绍的支路电流法、叠加原理以及戴维南定理都是结合直流电路讨论的，而在实际应用中，正弦交流电才是应用最广泛的，它具有容易产生、传输经济、便于使用等优点，在工农业生产和日常生活等各个领域中都得到最为广泛的应用。在发电和输配电时均采用三相交流电，工业用电也大多采用三相交流电。本章的基本概念、基本理论和基本分析方法，是学习电子技术、变压器、异步电动机和电气控制技术的重要基础，需要重点掌握。

4.1　正弦交流电的三要素

正弦交流电的波形如图 4.1(a)所示，正半周的波形在横轴上方，负半周的波形在横轴下方。由于正弦电压和正弦电流的方向是周期性变化的，因此，在分析交流电路某一瞬时的电压或电流时，必须先设定参考方向。通常，把交流电正半周时的方向规定为参考方向(正方向)。这样，当交流电为正半周时，电压或电流的瞬时值大于零，即为正值，交流电为负半周时，电压或电流的瞬时值小于零，即为负值，如图 4.1(b)所示，表示实际方向(图中的虚线符号)与参考方向(图中的实线符号)一致；如图 4.1 (c)所示，表示实际方向与参考方向相反。

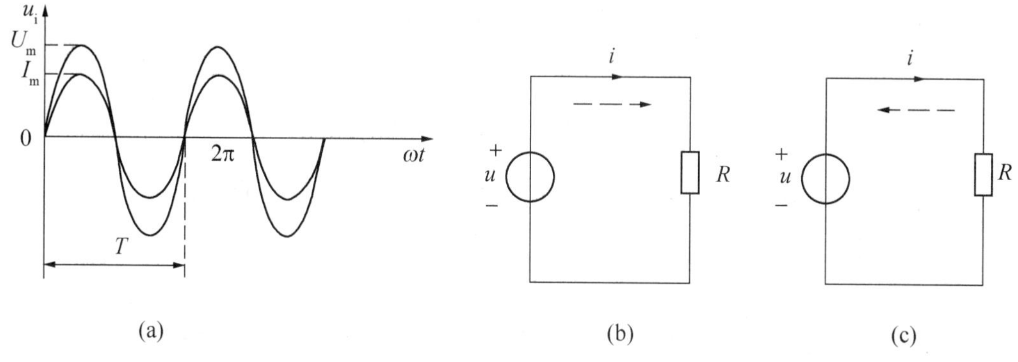

图 4.1　正弦交流电及其参考方向

(a) 正弦交流电波形　(b) 正半周($u>0$，$i>0$)　(c) 负半调($u<0$，$i<0$)

正弦交流电的电压 u、电动势 e 和电流 i，常用正弦函数式表示为

$$
\begin{aligned}
u &= U_m \sin(\omega t + \varphi_u) \\
e &= E_m \sin(\omega t + \varphi_e) \\
i &= I_m \sin(\omega t + \varphi_i)
\end{aligned}
\qquad (4-1)
$$

正弦电压、正弦电动势和正弦电流统称为正弦量。式(4－1)中的 u、e 和 i 称为正弦量的瞬时值；U_m、E_m 和 I_m 称为正弦量的幅值；ω 称为正弦量的角频率；φ_u、φ_e 和 φ_i 称为正弦量的初相位。幅值、频率(或角频率)和初相位称为正弦量的三要素。

1. 周期、频率、角频率

交流电变化的快慢是用周期、频率或角频率表示的。

周期：正弦交流电重复变化一次(周)所需要的时间，用 T 表示，单位是秒(s)。

频率：每秒内变化的周期数，用 f 表示，单位是赫[兹](Hz)。

角频率：交流电在一周期内经历了 2π 弧度，而每秒内所经历的弧度数就称为角频率，用 ω 表示，单位是每秒弧度(rad/s)。

它们的关系为

$$f=\frac{1}{T} \quad 或 \quad \omega=2\pi f=\frac{2\pi}{T} \tag{4-2}$$

我国电力系统的交流电频率为 50Hz，称为工频，则周期为

$$T=\frac{1}{f}=\frac{1}{50}=0.02\text{s}$$

角频率为

$$\omega=2\pi f=2\times 3.14\times 50=314\text{rad/s}$$

欧美不少国家的交流电频率都采用 60Hz。

2. 幅值或有效值

正弦交流电在某一时刻的数值称为交流电的瞬时值。瞬时值中最大值称为幅值(最大值)，电压、电动势和电流的幅值分别用 U_m、E_m 和 I_m 表示。

实际使用中，很少用幅值或瞬时值来表示正弦量的大小，而是用有效值表示。有效值是从交流电流的热效应等于直流电流 I 的热效应来定义的(即 $Q_{AC}=Q_{DC}$)。即不论是交流电还是直流电，只要它们对同一负载的热效应相等，那么交流电流 i 的有效值在数值上等于直流电流 I 的数值。

当 $i=I_m\sin\omega t$ 时，则交流电流的有效值 I 为

$$I=\sqrt{\frac{1}{T}i^2\,\text{d}t}=\sqrt{\frac{1}{T}\int_0^T I_m^2\sin^2\omega t\,\text{d}t}=\frac{I_m}{\sqrt{2}}\approx 0.707I_m \tag{4-3}$$

对于交流电压的有效值 U 和电动势的有效值 E，也有类似的结论，即

$$U=\frac{U_m}{\sqrt{2}}\approx 0.707U_m \qquad E=\frac{E_m}{\sqrt{2}}\approx 0.707E_m \tag{4-4}$$

由此看出，正弦量的幅值是有效值的 $\sqrt{2}$ 倍。

在各种电气设备铭牌上标注的额定电压、额定电流及电工仪表上的读数均指有效值。例如，家庭或工业使用的电压 220V 或 380V，指的就是电压的有效值。

3. 相位、初相位和相位差

相位是指交流电变化的进程。在 $t=0$ 瞬间的相位，称为初相位，用 φ 表示。在波形图中，φ 是坐标原点(即 $\omega t=0$)与零值点(即正弦波由负值变为正值所经过的零点)之间的电角度，可正可负，但规定 $|\varphi|\leqslant\pi$。

图 4.2 所示为 3 个同频率的电流和电压波形，i_1 的坐标原点与零值点重叠，则 $\varphi_1=0°$，其正弦函数式可写成

$$i_1=I_{1m}\sin\omega t$$

i_2 的零值点在坐标原点左边的 $\frac{\pi}{2}$ 处，则 $\varphi_2=90°$，所以

$$i_2=I_{2m}\sin\left(\omega t+\frac{\pi}{2}\right)$$

而 u 的零值点在坐标原点右边的$\frac{\pi}{2}$处，则 $\varphi_3=-90°$，则

$$u=U_m\sin\left(\omega t-\frac{\pi}{2}\right)$$

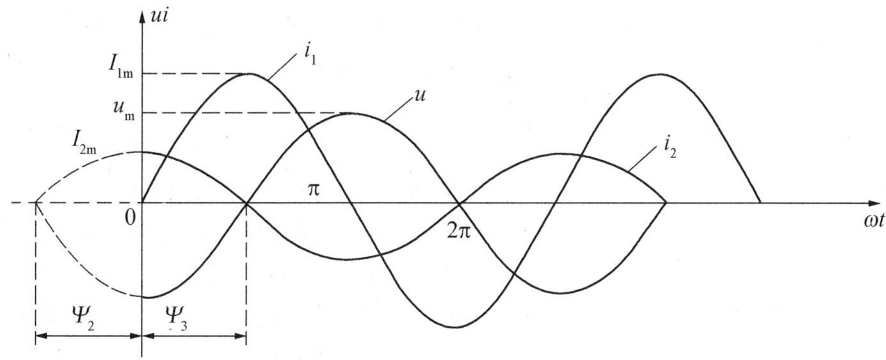

图 4.2　正弦波的初相位

特别提示

u 波形中，实际的 $\varphi_3=\frac{3}{2}\pi$ 已大于 π，根据初相位的规定，故取 $\varphi_3=-\frac{\pi}{2}$。

两个同频率正弦量的初相位之差，简称为相位差，用 φ 表示。以式(4-1)的电压和电流为例，则电压与电流的相位差 φ 为

$$\varphi=(\omega t+\varphi_u)-(\omega t+\varphi_i)=\varphi_u-\varphi_i \tag{4-5}$$

相位差是反映两个同频率正弦量相互关系的重要物理量，表示了两个同频率正弦量步调的先后。一般有以下几种情况。

(1) 同相：若 u 和 i 的初相位 $\varphi_u=\varphi_i$，那么它们的相位差 $\varphi=\varphi_u-\varphi_i=0$，这种情况称为同相。它说明 u 和 i 步调一致，同时过零，又同时达到正的最大值或负的最大值。在纯电阻的交流电路中 u 和 i 的相位差就是同相关系。

(2) 反相：若 u 和 i 的相位差 $\varphi=\varphi_u-\varphi_i=-\pi$ 或 $\varphi=\varphi_i-\varphi_u=\pi$，说明 u 和 i 步调相反，总是一个达到正的最大值时，另一个必为负的最大值。故把相位差 $\varphi=\pm\pi$ 的这种情况称为反相，如图 4.2 中，i_2 与 u 的相位差为反相关系。在晶体管的共射极放大器中，输出电压与输入电压的相位差总是反相的。

(3) 超前与滞后：若 $\varphi=\varphi_u-\varphi_i>0$。即 u 和 i 随时间 t 变化时，u 比 i 先到达零值点(或正的最大值)。这时称电压 u 超前电流一个 φ 角，或者称电流滞后电压 φ 角。图 4.2 中 i_2 超前 i_1 90°角，或者称 i_1 滞后 i_2 90°角。

同样，规定 $|\varphi|\leqslant\pi$。若 $|\varphi|>\pi$，则可用 $2\pi-|\varphi|$ 来表示相位差，但原来超前的要改为滞后，即 φ 记为负角，或原来滞后的要改为超前，即 φ 记为正角。

特别提示

在进行两个正弦量相位关系的比较时，两正弦量必须是同频率、同正负和同是 sin 函数或同是 cos 函数。如果其中之一是 $\cos(\omega t+\varphi)$ 函数，则应转换为 sin 函数形式，即

$$\cos(\omega t+\varphi)=\sin(\omega t+\varphi+90°)$$

4.2 正弦量的相量表示法

正弦量随时间变化的过程可以通过正弦函数式和波形图来表示，虽然都直观，但对正弦量的分析却很繁复，不便于计算。所以为了简化交流电路的分析和计算，通常是用相量来表示正弦量，而相量的基础是复数，即可用复数表示正弦量。

图 4.3 所示是一个复数直角坐标系，横轴表示复数的实部，称为实轴，以+1 为单位；纵轴表示虚部，称为虚轴，以+j 为单位。那么，由实轴和虚轴所构成的复平面中的有向线段 A，在实轴上的投影为 a(即实部)，在虚轴上的投影为 b(即虚部)。于是，有向线段 A 可用复数的代数(或称为直角坐标)式表示为

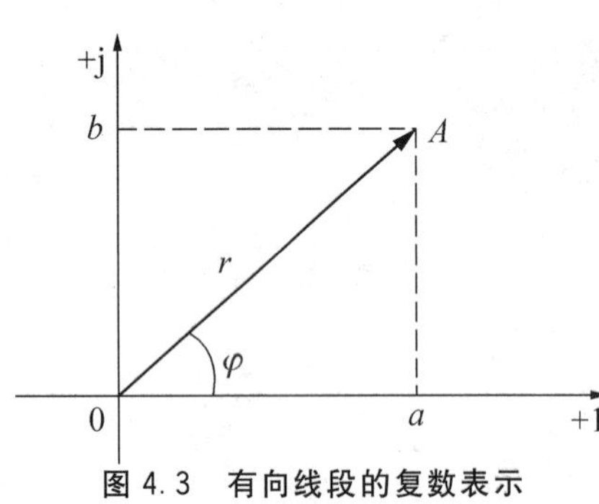

图 4.3 有向线段的复数表示

$$A=a+\mathrm{j}b \tag{4-6}$$

在复数平面上，可得到下列关系

$$r=\sqrt{a^2+b^2} \quad \varphi=\arctan\frac{b}{a} \tag{4-7}$$

式中，r 是复数的大小，称为模；φ 是模与实轴正方向之间的夹角，称为辐角。则 $a=r\cos\varphi$，$b=r\sin\varphi$。所以，复数的代数式可转换为复数的三角函数式，即

$$A=a+\mathrm{j}b=r\cos\varphi+\mathrm{j}r\sin\varphi=r(\cos\varphi+\mathrm{j}\sin\varphi) \tag{4-8}$$

将欧拉公式 $\cos\varphi=\frac{\mathrm{e}^{\mathrm{j}\varphi}+\mathrm{e}^{-\mathrm{j}\varphi}}{2}$和 $\sin\varphi=\frac{\mathrm{e}^{\mathrm{j}\varphi}-\mathrm{e}^{-\mathrm{j}\varphi}}{2\mathrm{j}}$代入式(4-8)，可得到指数式

$$A=r\left(\frac{\mathrm{e}^{\mathrm{j}\varphi}+\mathrm{e}^{-\mathrm{j}\varphi}}{2}+\mathrm{j}\,\frac{\mathrm{e}^{\mathrm{j}\varphi}-\mathrm{e}^{-\mathrm{j}\varphi}}{2\mathrm{j}}\right)=r\mathrm{e}^{\mathrm{j}\varphi} \tag{4-9}$$

也可写成极坐标式

$$A=r\angle\varphi \tag{4-10}$$

综上所述，复数的代数式、三角函数式、指数式、极坐标式之间可以相互转换，即

$$A=a+\mathrm{j}b=r(\cos\varphi+\mathrm{j}\sin\varphi)=r\angle\varphi \tag{4-11}$$

式(4-11)中，代数式适用于复数的加、减运算，极坐标式或指数式适用于复数的乘、除运算，三角函数式适用于代数式与极坐标(或指数)式之间的相互转换。

由上述可知，一个复数由模和辐角两个要素确定，而正弦量有 3 个要素。在分析线性电路时，激励和响应的正弦量均为已知的同一频率，故不必考虑频率这个要素。因此，用复数表示正弦量时，可用复数的模表示正弦量的幅值或有效值，用复数的辐角表示正弦量的初相位。为了与一般的复数相区别，用于表示正弦量的复数就称为相量，并在相量式开头的大写字母头上加“·”(黑点)。于是，表示正弦电压 $u=U_\mathrm{m}\sin(\omega t+\varphi)$的相量式为

$$\dot{U}_\mathrm{m}=U_\mathrm{m}(\cos\varphi+\mathrm{j}\sin\varphi)=U_\mathrm{m}\mathrm{e}^{\mathrm{j}\varphi}=U_\mathrm{m}\angle\varphi \tag{4-12}$$

或

$$\dot{U}=U(\cos\varphi+\mathrm{j}\sin\varphi)=U\mathrm{e}^{\mathrm{j}\varphi}=U\angle\varphi$$

式中，$\dot{U}_{\mathrm{m}}$是电压的幅值相量；$\dot{U}$是电压的有效值相量。

由此可见，一个正弦量的相量就是在给定角频率 ω 的条件下，用它的有效值(也可用最大值)和初相角两个要素的表征量。在概念上关于相量应明确如下几点。

(1) 相量只用于表示正弦量，并不等于正弦量，它不是时间 t 的函数。因为正弦量是随时间交变的量，它不是相量。所以，用相量表示正弦量实质上是一种数学变换，目的是简化运算。

(2) 只有同频率的正弦量才能用相量式或相量图分析。

(3) 相量中的 j 就是复数中的虚数单位，即 $\mathrm{j}=\angle 90°$。当任意一个相量若乘上 +j 后，即该相量向前(逆时针)旋转了 90°；若乘上 −j 后，即该相量向后(顺时针)旋转了 90°。所以 j 也称为旋转 90°的算子。

(4) 正弦量的相量，用有效值和初相角表示时，称为有效值相量；用最大值和初相角表示时，称为最大值相量或振幅相量。本课程在教学中是采用有效值相量。因此，不特别说明相量是指有效值相量。

【例 4-1】　已知 $i_1=8\sin 314t$ A，$i_2=6\sin(314t+90°)$A。(1) 试写出电流幅值的相量式；(2)求 $i=i_1+i_2$；(3)画出相量图。

解：

(1) $\dot{I}_{1\mathrm{m}}=8\angle 0°\mathrm{A}$，$\dot{I}_{2\mathrm{m}}=6\angle 90°=\mathrm{j}6\mathrm{A}$

(2) $\dot{I}_{\mathrm{m}}=\dot{I}_{1\mathrm{m}}+\dot{I}_{2\mathrm{m}}=8+\mathrm{j}6=10\angle 36.9°\mathrm{A}$

则总电流的瞬时值

$$i=10\sin(314t+36.9°)\mathrm{A}$$

(3) 画相量图时，通常坐标轴可以省略。选 $\dot{I}_{1\mathrm{m}}$ 为基准相量，那么 $\dot{I}_{2\mathrm{m}}$ 就应该画在虚轴的正方向上，如图 4.4 所示。

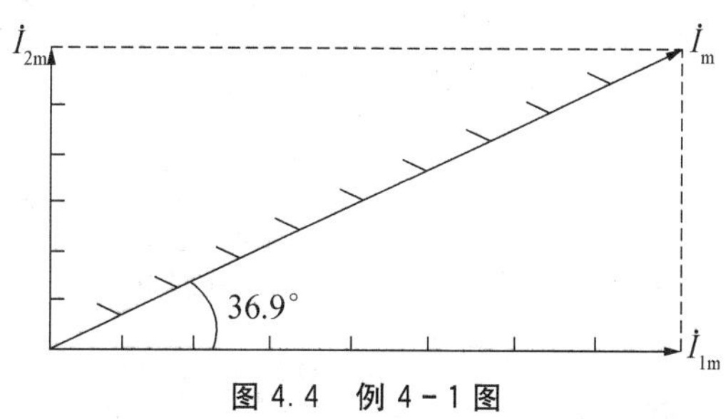

图 4.4　例 4-1 图

从图 4.4 可以看出，当相量图上的线段标出刻度时，也可直接求出电流的幅值或有效值。

4.3　电阻、电感、电容元件的正弦交流电路

电阻、电容和电感都是电路元件。在实际电路中当只是考虑元件的一种参数而忽略其他次要参数的作用时，该元件就成为理想元件。只有一种理想元件的电路称为单一参数电

路。了解这些元件在交流电路中的特性，是分析复杂交流电路的基础。

4.3.1 电阻元件的正弦交流电路

1. 电压和电流的关系

图 4.5(a)是一个由线性电阻元件构成的电阻交流电路。当电压 u_R 与电流 i 取关联方向时，若设 $i=I_m\sin\omega t$，则 u_R 与 i 的关系为

$$u_R=iR=I_mR\sin\omega t=U_{Rm}\sin\omega t \tag{4-13}$$

由此可知，电流为正弦量时，电压也是正弦量。因此，电路具有以下特性。

(1) 电阻交流电路仍然遵循欧姆定律，即

$$U_{Rm}=I_mR \quad 或 \quad U_R=IR \tag{4-14}$$

(2) 电压和电流的频率相同。

(3) 电压和电流的相位相同，即

$$\varphi_u=\varphi_i \quad 或 \quad \varphi=0 \tag{4-15}$$

(4) 用相量表示时，伏安特性可写成相量欧姆定律的形式，即

$$\dot{U}_{Rm}=\dot{I}_mR \quad 或 \quad \dot{U}_R=\dot{I}R \tag{4-16}$$

上述特性还可以用波形和相量图来表示，如图 4.5(b)、(c)所示。

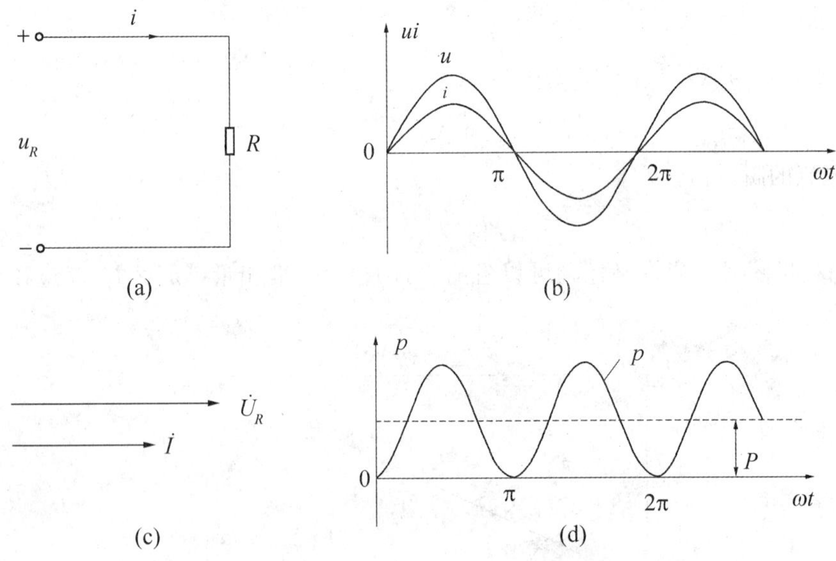

图 4.5 电阻元件的正弦交流电路及其特性

(a) 电阻交流电路 (b) 电压和电流的波形 (c) 相量图 (d) 功率的波形

2. 电阻元件的功率

电阻在任何时刻所消耗的功率称为瞬时功率，用小写字母 p 表示。因为 u_R 和 i 为关联方向，则

$$p=u_Ri=U_{Rm}I_m\sin^2\omega t=2U_RI\sin^2\omega t=U_RI(1-\cos 2\omega t) \tag{4-17}$$

由此画出瞬时功率的波形，如图 4.5 (d)所示，虚线部分为功率的平均值 p。虽然瞬时功率的波形随时间变化，但始终在横轴的上方，为正值，这表明电阻元件是消耗功

率的。

在设备上所标注的额定功率，一般均指平均功率。因此，工程上常用平均功率来计量。平均功率是指瞬时功率在一个周期内的平均值，也称为有功功率，用大写字母 P 表示。计算方法为

$$P=\frac{1}{T}\int_0^T p\mathrm{d}t=\frac{1}{T}\int_0^T U_R I(1-\cos 2\omega t)\mathrm{d}t=U_R I$$

即

$$P=U_R I=\frac{U_R^2}{R}=I^2 R \tag{4-18}$$

式(4－18)与直流电路中的功率计算公式完全相同，即平均功率等于电压有效值和电流有效值的乘积。

4.3.2　电容元件的正弦交流电路

1. 电压和电流关系

图 4.6(a)是一个由线性电容元件构成的交流电路。当电压 u_C 与电流 i 取关联方向时，两者的伏安关系为

$$i=\frac{\mathrm{d}q}{\mathrm{d}t}=C\frac{\mathrm{d}u_C}{\mathrm{d}t} \tag{4-19}$$

设 $u_C=U_{Cm}\sin\omega t$ 时，则

$$i=C\frac{\mathrm{d}u_C}{\mathrm{d}t}=C\frac{\mathrm{d}U_{Cm}\sin\omega t}{\mathrm{d}t}=\omega CU_{Cm}\cos\omega t=I_m\sin(\omega t+90°) \tag{4-20}$$

若以电流为基准，且设 $i=I_m\sin\omega t$，则 $u=U_m\sin(\omega t-90°)$。

由此可知，电容元件的交流电路具有以下特性。

(1) 电压和电流的频率相同，波形如图 4.6(b)所示，图中以电流为基准。

(2) 电流在相位上超前于电压 90°，或者说电压滞后于电流 90°。若以电流为基准，则它们的相量图如图 4.6(c)所示。

(3) 电压与电流的大小关系为

$$I_m=\omega CU_{Cm}=\frac{U_{Cm}}{\frac{1}{\omega C}}=\frac{U_{Cm}}{X_C}\quad 或\quad I=\frac{U_{Cm}}{X_C} \tag{4-21}$$

$$X_C=\frac{1}{\omega C}=\frac{1}{2\pi fC} \tag{4-22}$$

式(4－22)中，X_C 称为容抗，单位为 Ω。容抗 X_C 也与电阻类似，对交流电流同样有阻碍作用。但不同的是，X_C 不仅与电容量成反比，还与频率成反比。在直流电路中，由于 $f=0$，$X_C\to\infty$，所以电容元件具有隔断直流的作用，故可视为开路。

(4) 若以电流为基准相量，则电容元件交流电路的相量欧姆定律可表示为

$$\dot{U}_{Cm}=-\mathrm{j}X_C I_m\quad 或\quad \dot{U}_C=-\mathrm{j}X_C I \tag{4-23}$$

式(4－23)中，$-\mathrm{j}$ 表示电压滞后电流 90°。

2. 电容元件的功率

设 $i=I_m\sin\omega t$，且 u、i 取关联方向时，则 $u_C=U_{Cm}\sin\omega t\sin(\omega t-90°)$。那么，电容

元件上的瞬时功率 p 为

$$\begin{aligned} p &= ui = U_{Cm} I_m \sin \omega t \sin(\omega t - 90^\circ) \\ &= -U_{Cm} I_m \sin \omega t \cos \omega t = -U_C I \sin 2\omega t \end{aligned} \tag{4-24}$$

由此画出的功率波形如图 4.6(d)所示。当交流电变化一个周期时，瞬时功率变化了两个周期，平均功率即有功功率也为零。电容只与电源之间进行能量互换。在$\left(0\sim\frac{\pi}{2}\right)$和$\left(\pi\sim\frac{3\pi}{2}\right)$内，$p<0$，表明电容处于放电状态；在$\left(\frac{\pi}{2}\sim\pi\right)$和$\left(\frac{3\pi}{2}\sim 2\pi\right)$内，$p>0$，表明电容处于充电状态。因此，电容器也是一种储能元件。

由于电容元件并不消耗电能，故有功功率 P 为

$$P = \frac{1}{T}\int_0^T p\mathrm{d}t = \frac{1}{T}\int_0^T -U_C I \sin 2\omega t \mathrm{d}t = 0 \tag{4-25}$$

电源与电容元件之间发生能量的互换规模，也用无功功率 Q_C 来衡量，它等于瞬时功率的最大值，即

$$Q_C = -U_C I = -\frac{U_C^2}{X_C} = -I^2 X_C \tag{4-26}$$

式(4-26)中，“-”仅是与电感的无功功率相区别的特定符号，即 Q_C 取负值，而 Q_L 取正值。

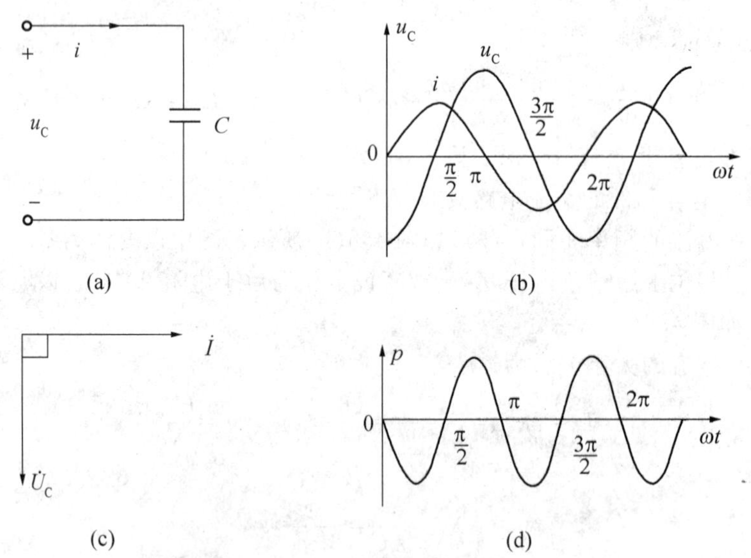

图 4.6 电容元件的正弦交流电路及其特性

电容元件的交流电路 (b) 电压和电流的波形 (c) 相量图 (d) 功率的波形

【例 4-2】 有一只 47pF 的电容，当将它接到 50Hz、电压有效值为 110V 的交流电源时，(1)电路电流和无功功率各为多少？(2)若电压值不变，而电源频率为 100Hz，此时电流的有效值为多少？

解：(1) 当 $f=50\text{Hz}$ 时，有

$$X_C = \frac{1}{2\pi fC} = \frac{1}{2\times 3.14\times 50\times 47\times 10^{-6}} \approx 68\Omega$$

则

$$I=\frac{U_C}{X_C}=\frac{110}{68}\approx1.62\text{A}$$

$$Q_C=-U_CI=-110\times1.62\approx-178\text{var}$$

(2) 当 $f=100\text{Hz}$ 时，有

$$X_C=\frac{1}{2\pi fC}=\frac{1}{2\times3.14\times100\times47\times10^{-6}}\approx34\Omega$$

则

$$I=\frac{U_C}{X_C}=\frac{110}{34}\approx3.24\text{A}$$

由上述分析可知，在电压一定时，电源频率越高，通过电容的电流越大。

4.3.3 电感元件的正弦交流电路

1. 电压与电流的关系

图 4.7(a)为由电感元件构成的交流电路。

由 KVL 可得

$$u_L+e_L=0 \tag{4-27}$$

式(4-27)中

$$u_L=-e_L=L\frac{\text{d}i}{\text{d}t} \tag{4-28}$$

设 $i=I_\text{m}\sin\omega t$，代入式(4-28)可得

$$u_L=L\frac{\text{d}i}{\text{d}t}=L\frac{\text{d}(I_\text{m}\sin\omega t)}{\text{d}t}=I_\text{m}\omega L\cos\omega t=U_{L\text{m}}\sin(\omega t+90°) \tag{4-29}$$

由式(4-29)可以看出，在电感元件的交流电路中，电流和电压都是正弦量，且电路具有下列特性。

(1) 电压和电流的频率相同，它们的波形如图 4.7 (b)所示。

(2) 电压在相位上超前于电流90°，或者说电流滞后于电压90°。当用相量图表示时，如图 4.7(c)所示。

(3) 电压与电流的大小关系为

$$U_{L\text{m}}=\omega LI_\text{m}=X_LI_\text{m}\quad 或\quad U_L=X_LI \tag{4-30}$$

$$X_L=\omega L=2\pi fL \tag{4-31}$$

式(4-31)中，X_L 称为感抗，单位 Ω。在交流电路中，感抗 X_L 类似电阻对电流的阻碍作用。但 X_L 不仅与电感量成正比，也与频率成正比。

(4) 电感交流电路的相量欧姆定律可表示为

$$\dot{U}_{L\text{m}}=+\text{j}X_L\dot{I}_\text{m}\quad 或\quad \dot{U}_L=+\text{j}X_L\dot{I} \tag{4-32}$$

式(4-32)中，“+j”表示电压超前电流90°。

2. 电感元件的功率

电感交流电路的瞬时功率为

$$P=u_Li=U_{L\text{m}}L_\text{m}\sin\omega t\sin(\omega t+90°)=U_{L\text{m}}L_\text{m}\sin\omega t\cos\omega t=U_L\sin2\omega t \tag{4-33}$$

由此画出的功率波形，如图 4.7(d)所示。其中，在$\left(0\sim\frac{\pi}{2}\right)$和$\left(\pi\sim\frac{3\pi}{2}\right)$内，$p>0$，表明电感处于储能状态；在$\left(\frac{\pi}{2}\sim\pi\right)$和$\left(\frac{3\pi}{2}\sim 2\pi\right)$内，$p<0$，表明电感处于释放能量状态，可见交流电变化一个周期，电感并不消耗电能，故平均功率即有功功率为零，即

$$P=\frac{1}{T}\int_0^T p\mathrm{d}t=\frac{1}{T}\int_0^T U_L I\sin 2\omega t\,\mathrm{d}t=0 \tag{4-34}$$

综上所述，电感在交流电路中没有消耗电能，只是与电源之间进行能量的互换。这种能量互换的规模，可用无功功率 Q_L 来衡量，一般规定，无功功率等于瞬时功率 p 的最大值，单位是乏(var)或千乏(kvar)。故由式(4-26)可得

$$Q_L=U_L I=\frac{U_L^2}{X_L}=I^2X_L \tag{4-35}$$

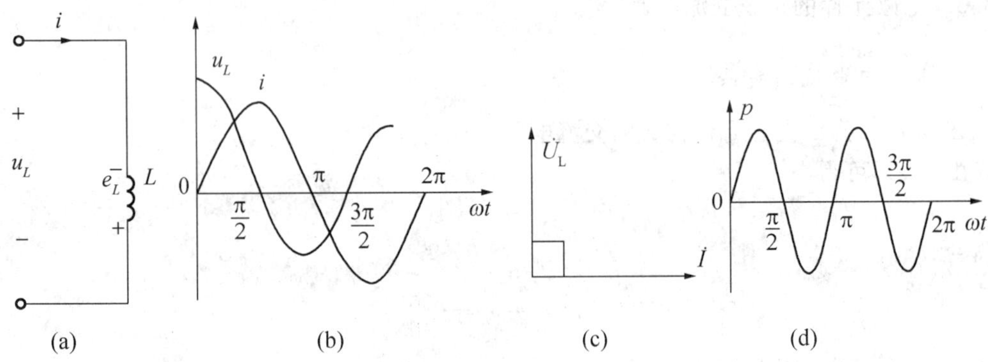

图 4.7 电感元件的正弦交流电路及其特性

(a) 电感元件构成的交流电路 (b) 电压和电流的波形 (c) 相量图 (d) 功率的波形

【例 4-3】 把电感为 0.4H 的线圈接到市电 220V 上，试求线圈的感抗、电流有效值和无功功率；若将此线圈接到直流电源上，将会出现怎样的现象？

解： 市电频率 $f=50\text{Hz}$，则

$$X_L=2\pi fL=2\times 3.14\times 50\times 0.4\approx 126\Omega$$

$$I=U_L/X_L=220/126\approx 1.75\text{A}$$

$$Q_L=U_L I=220\times 1.75=385\text{var}$$

当一个理想电感接在直流电源上时，由于 $f=0$，使 $X_L=2\pi fL=0$，则该线圈相当于短路元件。实际电感中的电流仅由电源内阻和线圈电阻决定。这些电阻的数值通常都很小，若将它接到直流电源上，则电路电流很大，很容易损坏电源，甚至会引起火灾。因此，电感线圈一般不能直接接到直流电源上。

4.4 正弦交流电路的计算

在实际的交流电路中，更多的情况是由 2 个或 3 个元件组成的。因此，可以应用上节所得出的结论来分析复杂的交流电路。在复杂交流电路中，电压和电流的瞬时关系依然遵循基尔霍夫定律，即

$$\sum i=0 \qquad \sum u=0$$

如果用基尔霍夫定律的相量式，则

$$\sum\dot{I}=0,\ \sum\dot{U}=0 \tag{4-36}$$

4.4.1 RLC 串联交流电路

由 R、L、C 串联的交流电路，用相量表示如图 4.8(a)所示。因此，由 KVL 的相量式，可得出电路的电压方程，即

$$\dot{U}=\dot{U}_R+\dot{U}_L+\dot{U}_C \tag{4-37}$$

式中

$$\dot{U}_R=\dot{I}R,\ \dot{U}_L=\mathrm{j}X_L\dot{I},\ \dot{U}_C=-\mathrm{j}X_C\dot{I} \tag{4-38}$$

将式(4-38)代入式(4-37)，得

$$\begin{aligned}\dot{U}&=[R+\mathrm{j}(X_L-X_C)]\dot{I}\\&=(R+\mathrm{j}X)\dot{I}=Z\dot{I}\end{aligned} \tag{4-39}$$

式(4-39)中的 $R+\mathrm{j}(X_L-X_C)$ 称为阻抗，用大写的 Z 表示，单位为 Ω。它的模 $|Z|$ 为

$$|Z|=\sqrt{R^2+(X_L-X_C)^2}=\sqrt{R^2+X^2}$$

设以 $\dot{I}=I\angle 0^\circ$ 为基准相量，利用各元件上电压与电流的相位关系，可画出电压的相量图，如图 4.8(b)所示，$\dot{U}$、$\dot{U}_R$、$\dot{U}_L+\dot{U}_C$ 构成一个直角三角形。因此，可求得总电压的有效值为

$$\begin{aligned}U&=\sqrt{U_R^2+(U_L-U_C)^2}=\sqrt{(IR)^2+(IX_L-IX_C)^2}\\&=I\sqrt{R^2+(X_L-X_C)^2}=I|Z|\end{aligned}$$

式(4-39)中，$X=X_L-X_C$ 称为电抗。而且 $|Z|$、R 和 X 三者也构成一个直角三角形，如图 4.8(c)所示。根据电压和阻抗三角形，可得到总电压和电流的相位差为

$$\varphi=\arctan\frac{U_L+U_C}{U_R}=\arctan\frac{X_L-X_C}{R} \tag{4-40}$$

φ 角的大小由电路的电阻和电抗决定，所以 φ 也称为阻抗角。

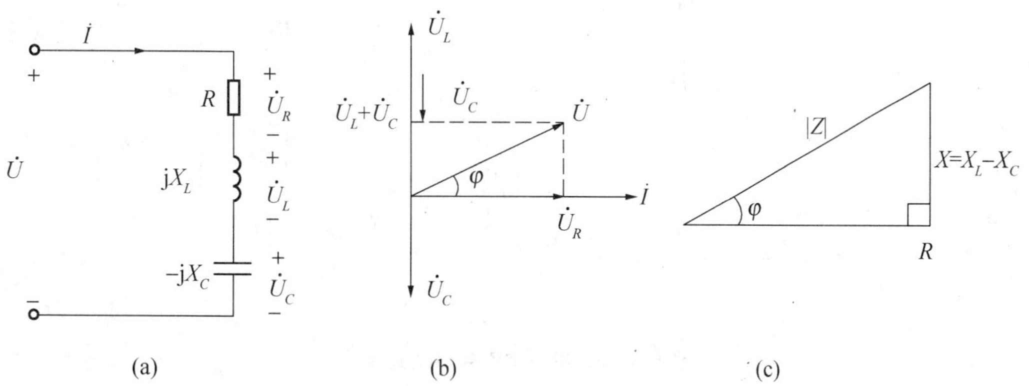

图 4.8　RLC 串联的交流电路、向量图以及阻抗关系

(a) RLC 串联的交流电路　(b) 相量图　(c) 阻抗关系

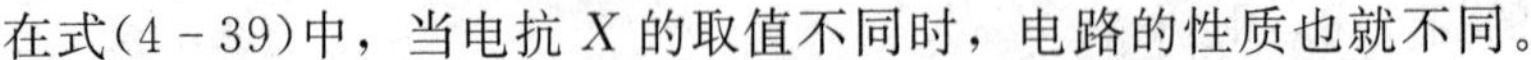

在式(4-39)中，当电抗 X 的取值不同时，电路的性质也就不同。

1. $X>0$，电路为电感性

若 $X=X_L-X_C>0$，则 $\varphi>0$，说明总电压 $\dot{U}$ 超前电流 $\dot{I}$ 一个 φ 角，电路呈电感性，这种电路称为感性电路。它的电路模型如图 4.9 (a)所示。在串联交流电路中，一般选电流相量为基准相量。由单元件的交流电路可知，电阻上的电压与电流同相位，电感上的电压超前电流 90°，如图 4.9 (b)所示。则电路的 KVL 相量式为

$$\begin{aligned}\dot{U}&=\dot{U}_R+\dot{U}_L=R\dot{I}+\mathrm{j}X_L\dot{I}=R\dot{I}+\mathrm{j}\omega L\dot{I}\\&=\dot{I}(R+\mathrm{j}X_L)=\dot{I}Z\end{aligned} \tag{4-41}$$

由电压相量图可知，总电压和电阻电压以及电感电压的大小关系为

$$U=\sqrt{U_R^2+U_L^2} \tag{4-42}$$

这种电路的阻抗 $Z=R+\mathrm{j}X_L$。它的模 $|Z|$ 和阻抗角 φ 分别为

$$|Z|=\sqrt{R^2+X_L^2} \quad 和 \quad \varphi=\arctan\frac{U_L}{U_R}=\arctan\frac{X_L}{R} \tag{4-43}$$

式中，φ 由电阻和感抗决定，即 $0\leqslant\varphi\leqslant 90°$。

在图 4.9(a)电路中，有功功率 P 是电阻上消耗的功率，无功功率 Q 是电感产生的功率，即

$$\begin{aligned}P&=IU_R=I^2R=\frac{U_R^2}{R}=UI\cos\varphi\\Q&=U_LI=UI\sin\varphi\end{aligned} \tag{4-44}$$

视在功率是指电路的总电压有效值和总电流有效值的乘积，用 S 表示，单位为伏安(VA)，通常用来表示电源设备的容量，即

$$S=UI=\sqrt{P^2+Q^2} \tag{4-45}$$

可见，S、P、Q 三者之间的关系也可用一个直角三角形表示，称为功率三角形，如图 4.9(b)所示。

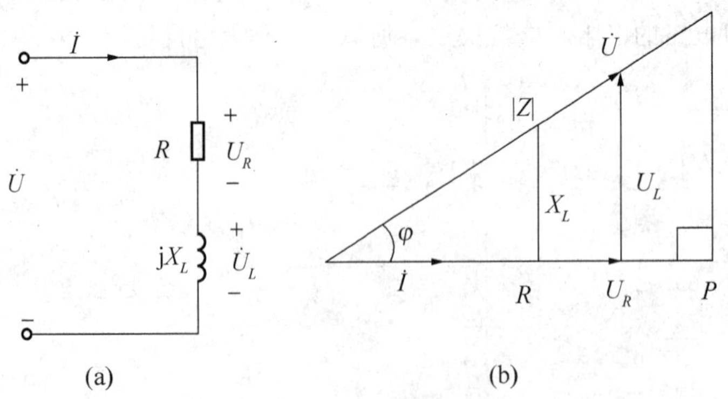

图 4.9　RL 串联交流电路及其特性

(a) RL 串联交流电路　(b) 阻抗关系

由于电压三角形、阻抗三角形和功率三角形都是相似直角三角形，故可画在同一个坐标系上，如图 4.9(b)所示。

特别提示

要注意，阻抗和功率不是相量，故阻抗三角形和功率三角形各边的线段不带箭头，而电压三角形是相量，所以它的三边线段须带有箭头。

【例 4-4】　图 4.9(a)为日光灯的简化电路，R 为日光灯电阻，X_L 为镇流器的感抗。已知交流电压的有效值 $U=220\text{V}$，$R=300\Omega$，$L=1.65\text{H}$。试求电路的复阻抗 Z、灯管电压 U_R 和有功功率 P、无功功率 Q 及视在功率 S。

解：为了简便分析和计算，设以电压为基准相量，即 $\dot{U}=220\angle 0°\text{V}$，则

$$X_L=2\pi fL=2\times 3.14\times 50\times 1.65\approx 518\Omega$$

式(4-43)中，阻抗模 $|Z|=598\Omega$，阻抗角 $\varphi=60°$。

$$\dot{I}=\frac{\dot{U}}{Z}=\frac{220\angle 0°}{598\angle 60°}\approx 0.37\angle -60°\text{A}$$

式中，电流有效值为 0.37A；初相位为 $-60°$，说明电流滞后于电压 $60°$

由图 4.9(b)中的电压相量三角形，得

$$U_R=U\cos\varphi=220\times\cos 60°=110\text{V}$$

则

$$P=UI\cos\varphi=220\times 0.37\times\cos 60°=41\text{W}$$
$$Q=UI\sin\varphi=220\times 0.37\times\sin 60°\approx 70\text{var}$$
$$S=\sqrt{P^2+Q^2}=\sqrt{41^2+70^2}\approx 81\text{VA}$$

2. $X<0$，电路为电容性

若 $X=X_L-X_C<0$，则 $\varphi<0$，说明总电压 u 滞后电流 i 一个 φ 角，电路呈电容性，这种电路称为容性电路。它的电路模型如图 4.10 (a)所示。可列出图 4.10(a)电路中的 KVL 相量式，即

$$\dot{U}_R=\dot{I}R,\ \dot{U}_C=-\text{j}X_C\dot{I}$$
$$\dot{U}=\dot{U}_R+\dot{U}_C=\dot{I}(R-\text{j}X_C)=IZ \tag{4-46}$$

式中，电压有效值之间以及阻抗值的关系分别为

$$U=\sqrt{U_R^2+U_C^2}\qquad |Z|=\sqrt{R^2+X_C^2} \tag{4-47}$$

相位差或阻抗角

$$\varphi=-\arctan\frac{U_C}{U_R}=-\arctan\frac{X_C}{R} \tag{4-48}$$

同理，可得到电路中的功率关系，即

$$P=U_RI=UI\cos\varphi$$
$$Q=-U_CI=-UI\sin\varphi$$
$$S=UI=\sqrt{P^2+Q^2} \tag{4-49}$$

可见，电压、阻抗和功率三者的三角形也都是相似直角三角形，如图 4.10(b)所示。

【例 4-5】　图 4.11(a)是由 RC 串联构成的低通滤波器。其中，$\dot{U}_\text{i}$是输入信号电压，$\dot{U}_\text{o}$是输出信号电压。试分析$\dot{U}_\text{o}$与$\dot{U}_\text{i}$的关系。

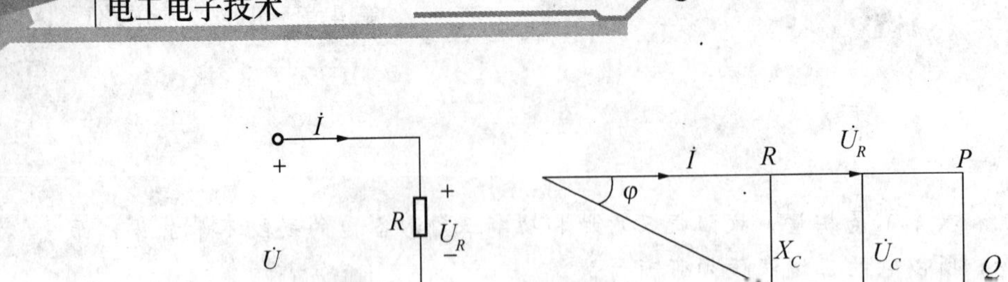

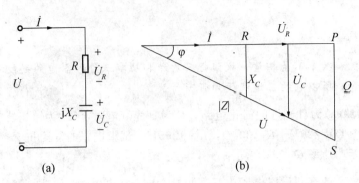

图 4.10　RC 串联交流电路及其特性

(a) RC 串联交流电路　(b) 电压、阻抗和功率的三角形关系

解：

$$\dot{U}_o = -jX_C\dot{I} = -j\frac{1}{\omega C}\dot{I} = \frac{1}{j\omega C}\dot{I}$$

$$\dot{U}_i = R\dot{I} + \dot{U}_o = (R + \frac{1}{j\omega C})\dot{I}$$

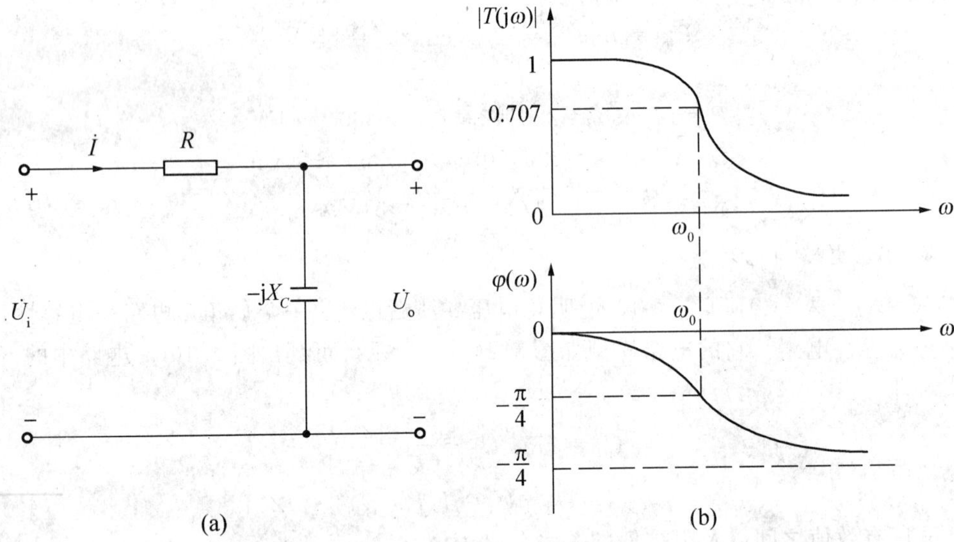

图 4.11　RC 串联交流电路及其特性

(a) RC 低通滤波器　(b) 频率特性曲线

所以，$\dot{U}_o$与$\dot{U}_i$之比称为频率特性，用 $T(j\omega)$表示，即

$$T(j\omega) = \frac{\dot{U}_o}{\dot{U}_i} = \frac{\frac{1}{j\omega C}\dot{I}}{(R+\frac{1}{j\omega C})\dot{I}} = \frac{1}{1+j\omega RC} = \frac{1}{\sqrt{1+(\omega RC)^2}}\angle \underline{\arctan(\omega RC)}$$

设

$$\omega_0 = \frac{1}{RC}$$

则

$$T(\mathrm{j}\omega)=\frac{1}{\left(1+\mathrm{j}\frac{\omega}{\omega_0}\right)}=\frac{1}{\sqrt{1+\left(\frac{\omega}{\omega_0}\right)^2}}\angle -\arctan(\omega/\omega_0)$$

$$=|T(\mathrm{j}\omega)|\angle\varphi(\omega)$$

式中，$|T(\mathrm{j}\omega)|=\frac{1}{\sqrt{1+(\omega RC)^2}}$称为幅频特性；$\varphi(\omega)=-\arctan(\omega RC)$称为相频特性，它们都是频率的函数，故称为频率特性。

下面讨论频率特性的几种特殊情况。

当 $\omega=0$ 时，$|T(\mathrm{j}\omega)|=1$，$\varphi(\omega)=0$；即 $U_o=U_i$。

当 $\omega=\infty$时，$|T(\mathrm{j}\omega)|=0$，$\varphi(\omega)=\frac{\pi}{2}$；即 $U_o=0$，U_o 移相滞后于 U_i 为90°。

当 $\omega=\omega_0=\frac{1}{RC}$时，$|T(\mathrm{j}\omega)|=\frac{1}{\sqrt{2}}=0.707$，$\varphi(\omega)=-\frac{\pi}{4}$；即 $U_o=0.707U_i$，U_o 移相滞后于 U_i 45°。这种情况对应的角频率 ω_0，称为截止角频率。

3. $X=0$，电路谐振为电阻性

在 RLC 串联电路中，若 $X=X_L-X_C=0$，则电路发生谐振。因此，谐振条件为

$$X=X_L-X_C=0 \quad 或 \quad \omega L-\frac{1}{\omega C}=0 \tag{4-50}$$

经整理得到串联谐振的频率为

$$\omega_0=\frac{1}{\sqrt{LC}} \quad 或 \quad f_0=\frac{1}{2\pi\sqrt{LC}} \tag{4-51}$$

由此可知，只要改变电路参数(L 或 C)满足 $X_L=X_C$ 或改变信号源频率使 $f=f_0$，均可使电路发生谐振，谐振频率就是 f（或 ω_0）。

谐振时，电路具有以下特点。

(1) 谐振阻抗 Z 为电阻性，阻值最小，谐振电流 I_0 最大。

由于$|Z|=\sqrt{R^2+(X_L-X_C)^2}=R=Z_0$ 为最小值，所以，在电源电压 U 一定时，$I_0=\frac{U}{Z_0}$为最大值。

(2) 总电压 $\dot{U}$ 和总电流 $\dot{I}$ 同相。

由于 $\varphi=\arctan\frac{X_L-X_C}{R}=0$，则 $\dot{U}$ 与 $\dot{I}$ 同相；它们的相量图，如图 4.12 所示。

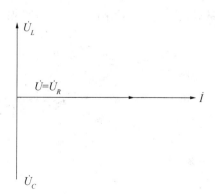

图 4.12　相量图

(3)U_L 或 U_C 为 U 的 Q 倍。

在工程应用中，谐振时还引入品质因数来衡量电路的谐振质量，用 Q 表示，即

$$Q=\frac{U_L}{U}=\frac{U_C}{U}=\frac{\omega_0 L}{R}=\frac{1}{\omega_0 RC} \tag{5-52}$$

【例 4-6】　图 4.13(a)为收音机的天线输入回路。L_L 表示天线线圈，用于将各地电台到达的无线电波

变换为不同信号频率 f_1，f_2，f_3，…感应电动势 e_1，e_2，e_3，…了便于分析，可将图 4.13(a)等效为图 4.13(b)所示的 RLC 串联电路。已知 L 线圈的电阻 $R=20\Omega$，$L=3\text{mH}$，C 在 3～370pF之间可调。

试求：(1)收音机收听的频率范围：(2)若接收的电台频率为 640kHz，且该信号输入电压 U_i 为 3μV，此时电容器的容量及输出电压 U_C 各是多少？

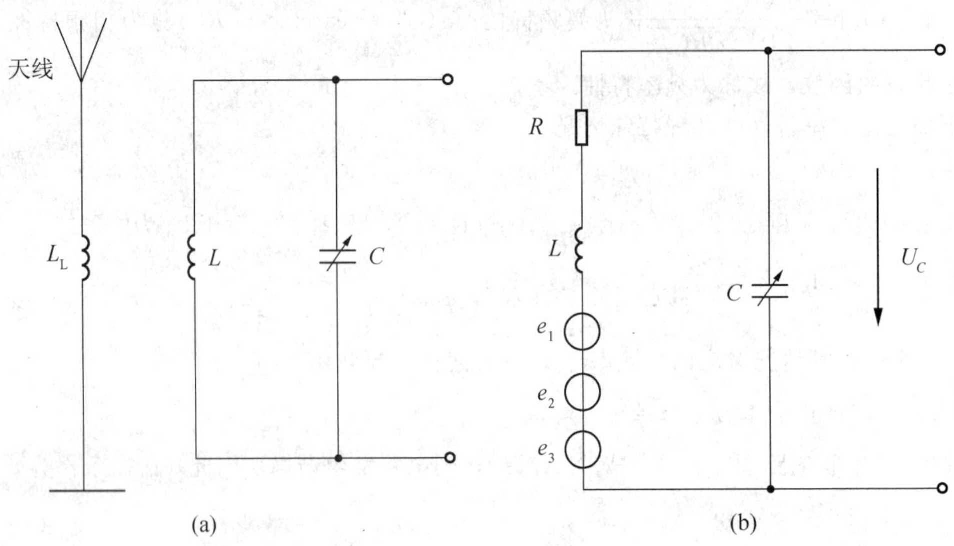

图 4.13 例 4-6 图

(a) 天线输入回路 (b) 等效电路

解：(1) 当 $C=370\text{pF}$ 时，有

$$f=\frac{1}{2\pi\sqrt{LC}}=\frac{1}{2\times3.14\times\sqrt{3\times10^{-3}\times370\times10^{-12}}}\approx150\text{kHz}$$

当 $C=3\text{pF}$ 时，有

$$f=\frac{1}{2\pi\sqrt{LC}}=\frac{1}{2\times3.14\times\sqrt{3\times10^{-3}\times3\times10^{-12}}}\approx1678\text{kHz}$$

由此可知，收听的频率范围为 150～1678kHz，这是收音机的中波频段。

(2) 只有当 $C=\frac{1}{(2\pi f)^2L}=\frac{1}{(2\times3.14\times640\times10^3)^2\times3\times10^{-3}}\approx20.6\text{pF}$ 时，天线输入回路对频率为 640kHz 的信号发生谐振。此时

$$Q=\frac{\omega_0 L}{R}=\frac{2\times3.14\times640\times10^3\times3\times10^{-3}}{20}\approx602$$

所以从 C 两端输出电压 U_C 为 $U_C=QU_i=602\times3\approx1.8\text{mV}$。

由此可知，输出电压 U_C 远高于输入的信号电压 U_i，因此，串联谐振又称为电压谐振。无线电技术就是利用电压谐振的特性，从众多的信号中得到选择信号频率的目的。但对于电力系统，应避免电压谐振或接近谐振情况的发生。例如，谐振时 $Q=100$，$U=220\text{V}$,则

$$U_L=U_C=QU=100\times220=22000\text{V}$$

这种高电压易使电路元件的绝缘物击穿而损坏。

习　题

1. 一正弦电流 $i=10\sqrt{2}\sin\left(628t+\frac{\pi}{6}\right)$A，求电流的有效值 I、频率 f 和初相位 φ。

2. 把一个 100Ω 的电阻元件接到频率为 50Hz、电压有效值为 10V 的正弦电源上，则电流是多少？如保持电压值不变，电源频率改变为 5000Hz 时电流为多少？

第5章 变压器

知识要点	教学重点	教学难点
(1) 了解磁路的基本概念及磁路的特点 (2) 变压器的基本结构和工作原理 (3) 了解几种常用变压器的应用	(1) 变压器的结构组成和分类 (2) 变压器工作原理和工作特性的分析	磁路的概念及特点

引言

变压器是根据电磁感应原理制成的一种能实现电压变换的静止的电气设备。电压变换的目的是满足各种工作的需要。例如传输电能时为了减小线路损失，需要变压器将交流发电机发出的电压升高，在用户端，为了保证用电安全和符合用电设备的电压要求，还要用变压器降低电压。

变压器的种类很多，根据不同用途，有输配电用的电力变压器、冶炼用的电炉变压器、电解用的整流变压器、焊接用的电焊变压器、实验用的调压器和测量用的仪用互感器等。虽然变压器的种类多，结构上也有差异，但基本工作原理是一样的，都是通过磁路来工作。下面简要介绍磁路的基本概念。

5.1 磁路的基本概念

变压器是以电磁感应原理为基础实现能量转换的。磁力线集中的闭合路径，称为磁路。为了使较小的励磁电流能产生强磁场，磁路需要用高导磁性的铁磁材料构成。

5.1.1 铁磁材料的特性

1. 高导磁性

在物理学中可知，铁磁材料在外加磁场的作用下会被磁化。此时，由于铁磁材料内部磁畴转到与外磁场相同的方向，故产生的附加磁场将远大于外磁场。铁磁材料的这种高导磁性，使得它在一定的励磁电流作用下，可得到很高的磁感应强度，即产生足够强的磁通。

2. 磁饱和性

磁性材料所产生的磁化磁场不会随着外磁场的增强而一直增强。在直流励磁时，铁磁材料的磁化特性曲线 $B=f(H)$ 如图 5.1 所示。图 5.1 中，B 称为磁感应强度，H 称为外磁场强度。由图 5.1 可见，磁化特性曲线为非线性，在 oa 段 B 随 H 的变化缓慢；在 ab 段 B 随 H 几乎按正比例变化；在 bc 段 B 随 H 的变化又缓慢下来；在 c 点以后，随着 H 的继续增加，B 基本不变，此时 B 达到了最大值，这种现象称为磁饱和。当铁磁材料饱和时，其导磁系数 μ 变小，导磁性能下降。

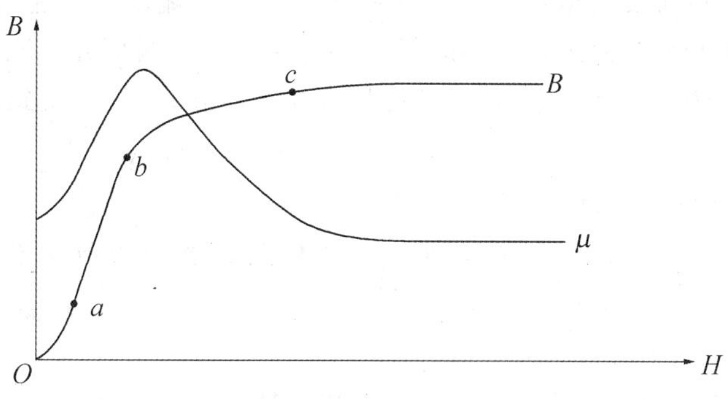

图 5.1 铁磁材料的磁化特性曲线

3. 磁滞性

当交流励磁时，磁感应强度 B 的变化总是滞后于磁场强度 H，这种现象称为磁性材料的磁滞性。此时，磁性材料的磁化曲线如图 5.2 所示，它是一条封闭曲线，称为磁滞回线。

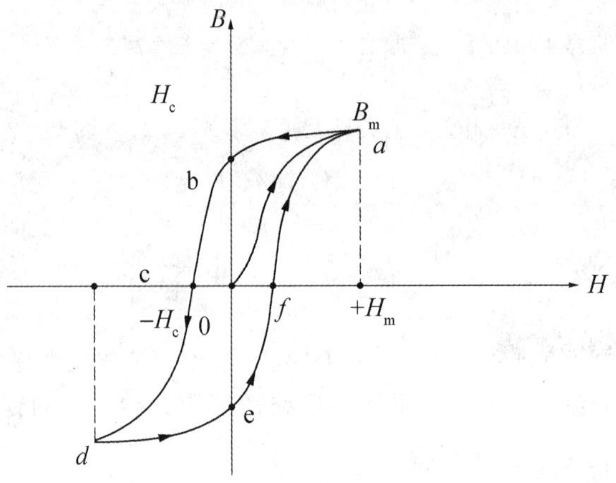

图 5.2 铁磁材料的磁滞回线

由图 5.2 可知，当磁场强度由 H_m 减小到零时，B 并没有回到零值，此时的 B 称为剩磁感应强度，简称剩磁。由于磁滞现象的存在，铁磁材料在交变励磁电流的作用下，在被磁化的过程中还会产生磁滞损耗，使铁磁材料发热。磁滞损耗的大小与磁滞回线的面积成正比。

铁磁材料可分为软磁材料和硬磁材料两大类：软磁材料磁导率高，磁滞回线窄，剩磁和矫顽力都较小。常用的硅钢片、铁镍合金、铁铝合金等，适用于制造变压器、电动机等各种铁心。硬磁材料磁导率低，磁滞回线宽，剩磁和矫顽力都较大。常用的硬磁材料有铝镍钴、铁氧体等，适用于制造永久磁铁等。

5.1.2 电磁关系

磁路通常是由铁心构成的，而铁心线圈是将线圈绕制在铁心上做成的。变压器和交流电动机都要用到交流铁心线圈，该铁心线圈所接的电源是交流电，如图 5.3 所示。

1. 电磁感应定律

在图 5.3 中，当外加交流电压 u 时，线圈中便产生交流励磁电流 i，此时，线圈匝数 N 与励磁电流 i 的乘积称为磁通势 F，即 $F=Ni$。由此产生两部分磁通，即主磁通 Φ 和漏磁通 Φ_σ。它们分别产生主磁电动势 e 和漏磁电动势 e_σ，由 KVL 可得到铁心线圈的电压平衡方程为

$$u=iR-e-e_\sigma$$

式中，R 为线圈电阻，通常很小，一般情况下，iR 和 e_σ 都可以忽略不计。因此，上式可写成

$$u\approx -e \tag{5-1}$$

主感应电动势与线圈 N 以及磁通的关系，符合电磁感应定律。即

$$e=-N\frac{\mathrm{d}\Phi}{\mathrm{d}t} \tag{5-2}$$

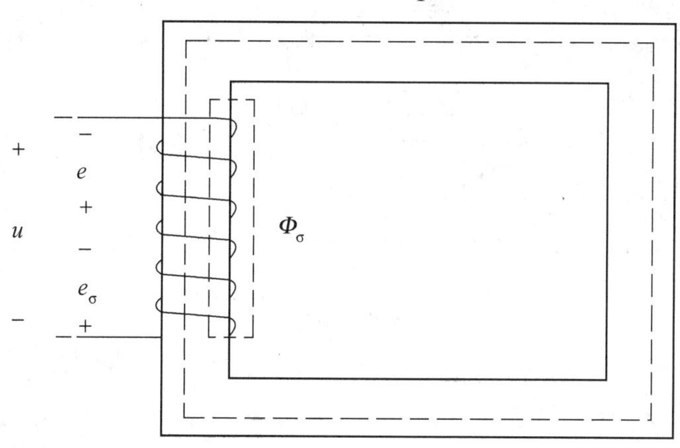

图 5.3 交流铁心线圈电路

设主磁通 $F=\Phi_m sin\ \omega t$，并代入式(5－2)中可得到

$$e=-N\frac{\mathrm{d}\Phi}{\mathrm{d}t}=N\Phi_\mathrm{m}\omega\sin(\omega t-90^\circ) \tag{5-3}$$

由式(5－3)可得主磁通产生的感应电动势有效值为

$$E=\frac{E_\mathrm{m}}{\sqrt{2}}=\frac{N\Phi_\mathrm{m}\omega}{\sqrt{2}}\approx 4.44fN\Phi_m \tag{5-4}$$

因此，外加电压的有效值近似等于电动势的有效值，即

$$U\approx E=4.44fN\Phi_\mathrm{m} \tag{5-5}$$

式(5－5)表明，当线圈匝数和电源频率一定时，磁路中的主磁通只取决于线圈的外加电压，与磁路的导磁材料和尺寸无关。

2. 功率损耗

交流铁心线圈中的功率损耗有两部分，一部分是铜损 P_{Cu}，它是线圈电阻通过电流时发热产生的损耗，故 $P_{\mathrm{Cu}}=I^2R_{\mathrm{Cu}}$；另一部分是铁损 P_{Fe}，它是铁心的磁滞损耗 P_h 和涡流损耗 P_e 的总称。则交流铁心线圈总的功率损耗 ΔP 可表示为

$$\Delta P=P_{\mathrm{Cu}}+P_{\mathrm{Fe}}=I^2R_{\mathrm{Cu}}+P_\mathrm{h}+P_\mathrm{e} \tag{5-6}$$

为了减小 P_{Cu}的损耗，线圈的线径应选择粗些，电阻系数小些；为了减小磁滞损耗，应选择软磁性材料做铁心；为了减小涡流损耗，交流铁心线圈的铁心应做成叠片状，并且各片之间要有很好的绝缘性。

5.2 变压器的基本结构

变压器实际上是一种特殊的交流铁心线圈，其结构可分为心式和壳式两种，如图 5.4 所示。从结构看，它们都由一次绕组和二次绕组、闭合铁心等几个主要部分组成。

1. 铁心

变压器铁心构成磁路。为了减少磁滞损耗和涡流损耗，铁心通常用厚度为

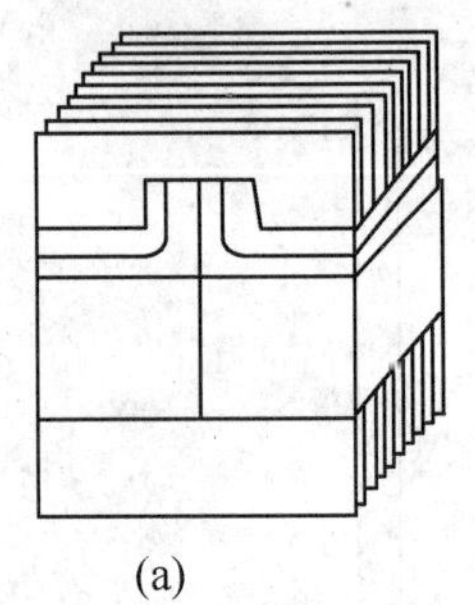
(a)

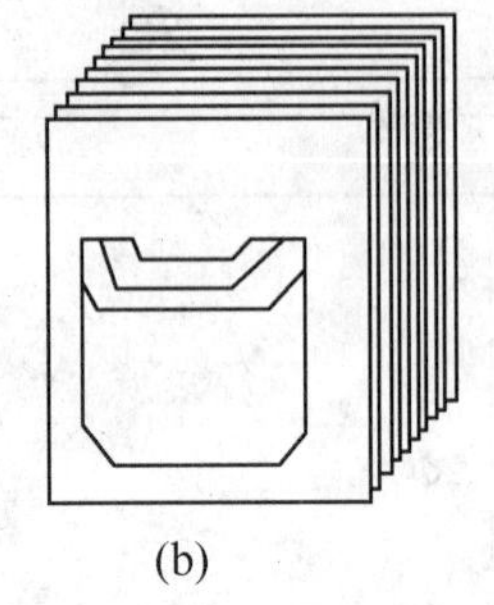
(b)

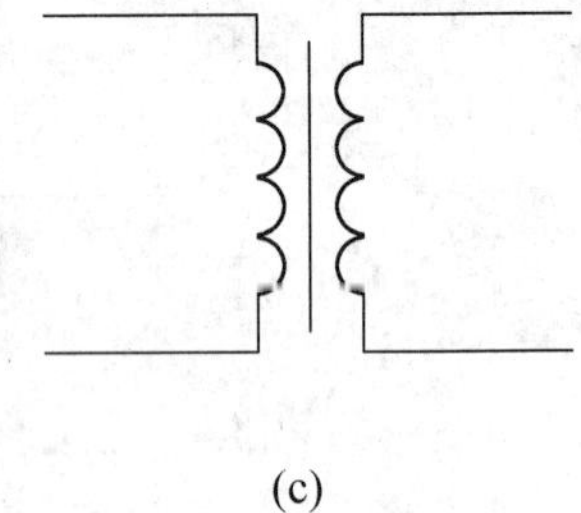
(c)

图 5.4 变压器的基本结构和符号

(a) 心式 (b) 壳式 (c) 符号

0.2～0.35mm的硅钢片交错叠装而成，而且硅钢片的表面涂有绝缘漆，形成绝缘层。在一些小型变压器中，也可采用铁磁铁氧体替代硅钢片。

壳式变压器的结构特点是铁心包围线圈；心式是线圈包围铁心，其结构简单，绕组装配容易，故目前多数变压器均采用心式结构。

2. 绕组

绕组是用导线绕成的线圈。小容量变压器的绕组多用高强度漆包线绕制，大容量变压器的绕组可用绝缘铜线或铝线绕制。接在电源的绕组称为一次(又称原边)绕组，接在负载的绕组称为二次(又称副边)绕组。变压器绕组可以做成同心式和交叠式两种。其中，同心式绕组的一次和二次绕组同心地套装在铁心柱上。为便于绝缘，一般将二次绕组装在里层，一次绕组套在外层。交叠式绕组做成饼式，一次和二次绕组互相交叠放置，主要用于电炉和电焊变压器，应用范围较小。

变压器除了上述基本部件外，还有其他附件，如油箱、冷却油、绝缘套管、储油柜(油枕)、气体继电器、测温装置和分接开关等。小型变压器一般采用空气制冷，大、中型变压器采用油冷。

5.3 变压器的工作原理

5.3.1 空载运行

图 5.5 为单相变压器空载时的原理图，其中，变压器的一次绕组接电源，二次绕组不接负载(开路)。这时，一次绕组产生的电流 i_1 称为空载电流，在铁心中产生主磁通 Φ，而且一次和二次绕组同时与主磁通 Φ 交链。根据电磁感应定律可知，主磁通在一次和二次绕组中分别产生频率相同的感应电动势 e_1 和 e_2，即

$$e_1=-N_1\frac{\mathrm{d}\Phi}{\mathrm{d}t}=-N_1\omega\Phi_{\mathrm{m}}\cos\omega t=E_{1\mathrm{m}}\sin(\omega t-90^\circ)$$

$$e_2=-N_2\frac{\mathrm{d}\Phi}{\mathrm{d}t}=-N_2\omega\Phi_{\mathrm{m}}\cos\omega t=E_{2\mathrm{m}}\sin(\omega t-90^\circ) \tag{5-7}$$

式(5-7)中，N_1 和 N_2 分别为一次绕组和二次绕组的匝数；$\omega=2\pi f$ 为电源的角频率；$E_{1\mathrm{m}}$ 和 $E_{2\mathrm{m}}$分别为 e_1 和 e_2 的最大值。

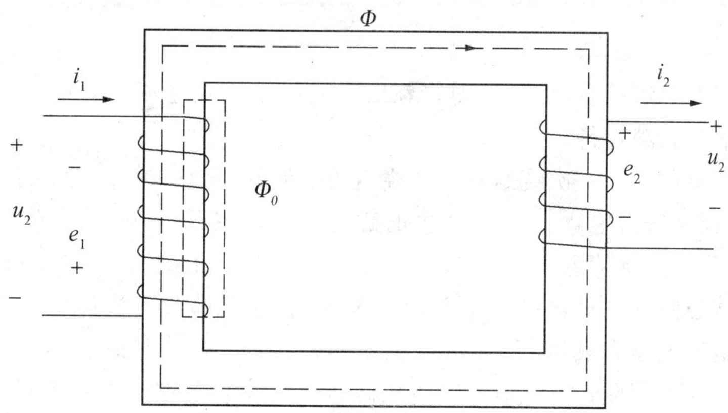

图 5.5 单相变压器的空载运行

由式(5-7)可得电动势的有效值表达式为

$$
\begin{aligned}
E_1 &= \frac{E_{1m}}{\sqrt{2}} = 4.44 f N_1 \Phi_m \\
E_2 &= \frac{E_{2m}}{\sqrt{2}} = 4.44 f N_2 \Phi_m
\end{aligned}
\tag{5-8}
$$

变压器空载时一次绕组的情况与交流铁心线圈中的情况类似。根据式(5-4)和式(5-1)可得到

$$U_1 \approx 4.44 f N_1 \Phi_m \tag{5-9}$$

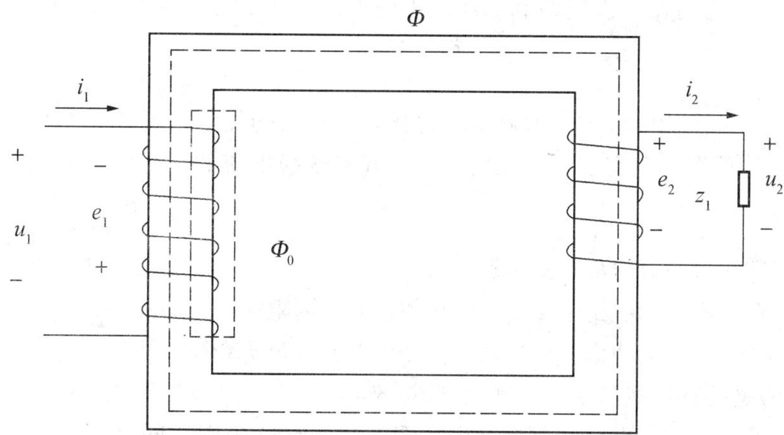

图 5.6 变压器的负载运行

再看二次绕组，由于 $I_2=0$，即 $I_2r_2=0$，故二次绕组电压 u_2 等于开路电压 u_{20}，则有

$$U_2 = U_{20} = E_2 = 4.44 f N_2 \Phi_m \tag{5-10}$$

由式(5-9)和式(5-10)可以推导出变压器的电压变换关系为

$$\frac{U_1}{U_2} \approx \frac{E_1}{E_2} = \frac{N_1}{N_2} = k \tag{5-11}$$

由此可见，输入电压和输出电压之比近似等于感应电动势之比，也是一次绕组和二次绕组的匝数比，故将 k 定义为变压器的变压比。

5.3.2 有载运行

当变压器二次绕组接有负载 Z_1 时，在二次绕组中产生电流 i_2，如图 5.6 所示。这种情况称为变压器的有载运行。

变压器接上负载后，一次绕组和二次绕组的电流分别为 i_1 和 i_2，它们分别产生磁通势 i_1N_1 和 i_2N_2。根据楞次定律，i_2N_2 产生的磁通势是与主磁通 Φ_m 反向的。所以，i_1 建立的磁通势 i_1N_1 除了要维持主磁通 Φ_m 基本不变外，还要抵消磁通势 i_2N_2 对主磁通的影响。因此，作用在铁心中的总磁通势为($i_1N_1+i_2N_2$)。由于磁路具有恒磁通特性，因此无论有无负载，只要电源电压有效值 U_1 不变，主磁通必 Φ_m 就基本不变，也就是说产生主磁通的磁通势总和不变。因此，有负载时产生主磁通的合成磁通势($i_1N_1+i_2N_2$)等于空载时产生主磁通的磁通势 $i_{10}N_1$，用相量可表示为

$$\dot{I}_1N_1+\dot{I}_2N_2=\dot{I}_{10}N_1 \tag{5-12}$$

由于变压器的空载电流 $\dot{I}_{10}$ 很小，约为一次侧额定电流 $\dot{I}_1$ 的 2%～10%，故 $\dot{I}_{10}N_1$ 可视为零。那么式(5－12)可写成 $\dot{I}_1N_1+\dot{I}_2N_2\approx0$，则有

$$\dot{I}_1\approx-\frac{N_2}{N_1}\dot{I}_2 \tag{5-13}$$

式(5－13)中的负号说明 i_1 和 i_2 的相位相反，即 i_1N_1 对 i_2N_2 有去磁作用。

1. 变换电流

由式(5－13)可得出一次绕组和二次绕组的电流有效值之比为

$$\frac{I_1}{I_2}\approx\frac{N_2}{N_1}=\frac{1}{k} \tag{5-14}$$

式(10－10)说明一次侧电流与二次侧电流之比，与绕组的匝数成反比，与变压比的倒数成正比。可见，变压器不仅有变换电压的作用，还有变换电流的作用。

2. 变换阻抗

在电子技术中，总是希望负载能获得最大功率。负载能获得最大功率的条件是负载电阻等于信号源内阻。在实际电路中，负载阻抗与信号源内阻往往是不相等的，若将负载直接接在信号源上难于获得最大功率。因此，可由变压器进行阻抗变换，从而实现阻抗匹配。

图 5.7(a)是接有负载阻抗 Z 的变压器电路，图 5.7 (b)为变压器从一次侧看进来的等效电路，它与图 5.7 (a)中一次侧的端电压 U_1 和电流 I_1 分别相同，Z' 是负载 Z 等效到一次侧的阻抗。下边讨论 Z' 和 Z 之间的数量关系。

由图 5.7(b)可知

$$|Z'|=\frac{U_1}{I_1}$$

在图 5.7(a)中

$$|Z|=\frac{U_2}{I_2}=\frac{U_1/k}{kI_1}=\frac{1}{k^2}|Z'|$$

$$|Z'|=k^2|Z| \tag{5-15}$$

为了获得最大的功率输出，可以利用变压器将负载阻抗增大或减小到正好等于电源的

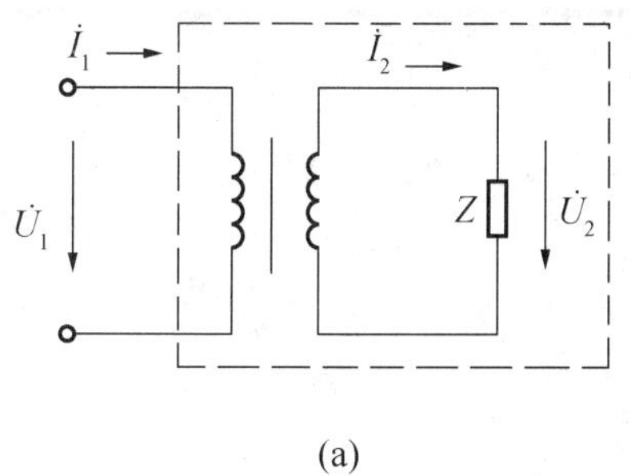

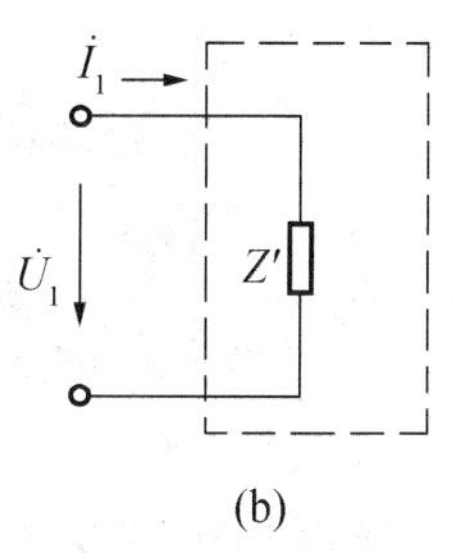

图 5.7 变压器阻抗变换的等效电路

(a) 接有负载阻抗 Z 的变压器 (b) 变压器从一次侧扭进来的等效电路

内阻抗，以达到最佳的功率匹配。

【例 5-1】 收音机的扬声器为 8Ω。(1)若将它接在内阻 R_S 为 800Ω、电动势 E_S 为 10V 的交流放大器上，求放大器输送给扬声器的功率。(2)若通过 $k=10$ 的变压器连接在放大器上，再求放大器输送给扬声器的功率。

解：(1)若将扬声器直接接在放大器上，如图 5.8(a)所示，此时扬声器的功率为

$$P = RI^2 = R\left(\frac{E_S}{R_S + R}\right)^2 = 8 \times \left(\frac{10}{800+8}\right)^2 = 0.0012\text{W} = 1.2\text{mV}$$

(2) 若将扬声器(R)通过变压器接在放大器上，如图 5.8(b)所示，则根据图 5.8(c)的等效电路，扬声器得到的功率为

$$P = kRI^2 = k^2R\left(\frac{E_S}{R_S + k^2R}\right)^2 = 10^2 \times 8 \times \left(\frac{10}{800 + 10^2 \times 8}\right)^2 = 31.25\text{mV}$$

可见，通过变压器进行阻抗变换以后，扬声器可以得到大得多的功率。

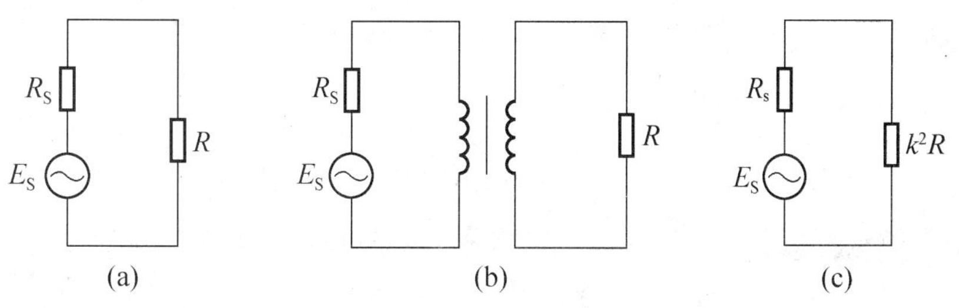

图 5.8 例 5-1 图

5.3.3 变压器的外特性

变压器的外特性是当一次绕组加上电压 U_{1N} 和二次绕组的负载功率因数 $\cos\varphi_2$ 不变时，二次电压 U_2 随负载电流 I_2 的变化规律，即 $U_2 = f(I_2)$。变压器相对于负载是一个电源。因此，当 I_2 增大时，在二次绕组中由于电阻 r_2 及漏电抗 x_2 上的电压降增大，U_2 随 I_2 的增大略有下降，所以变压器外特性是一条略向下倾斜的特性曲线，如图 5.9所示。

二次侧电压的变化情况，除了用外特性表示外，还可以用电压调整率 $\Delta U\%$ 表示。当 I_2 由 0 增大到 I_{2N}(二次侧的额定电流)时，若输出端从开路电压 U_{20} 降到 U_2，则电压调整率 $\Delta U\%$ 为

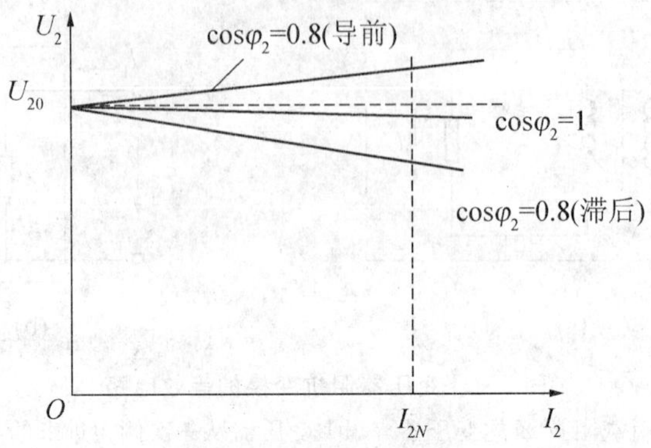

图 5.9　变压器的外特性

$$\Delta U\% = \frac{U_{20}-U_2}{U_{20}} \times 100\% = \frac{\Delta U_2}{U_{20}} \times 100\% \tag{5-16}$$

5.3.4　变压器的同名端

电源变压器往往有多个绕组，使用时根据需要可进串联或并联，然而在串联或并联时，必须注意绕组的同名端。

在图 5.10 (a)中，同一铁心上绕有两个线圈，其绕向相同，在图 5.10 (b)中，同一铁心上绕有两个线圈，其绕向相反。

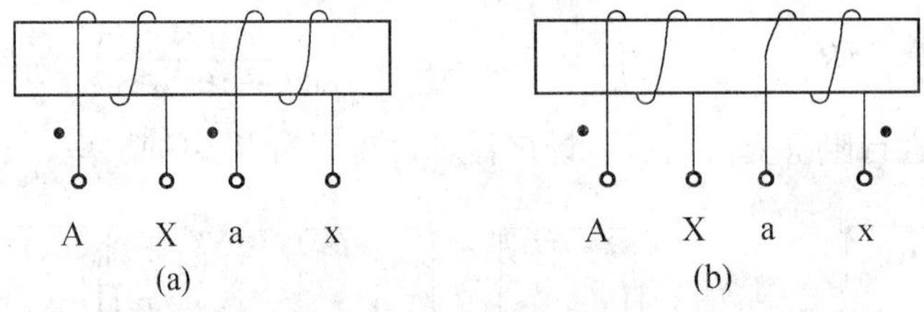

图 5.10　同一铁心上的两个线圈

(a) 绕向相同　(b) 绕向相反

当铁心中的磁通变化时，两个线圈中均产生感应电动势。由电流的方向和绕组的绕向，利用右手螺旋定则可以判断出磁场的方向。如果两个绕组中的电流都从图 5.10 (a)所示的 A 和 a 端流入，从 X 和 x 端流出，或者都相反，它们产生的磁场方向相同。两个线圈中的感应电动势的极性必然是 A 和 a 端相同，X 和 x 端相同；即 A 和 a 端是一组对应端，X 和 x 端是另一组对应端。这种对应端称为同极性端或同名端。而两个绕组中的非对应端，即 A 和 x 端、X 和 a 端，则称为异极性端或异名端。在变压器的符号图上，同名端常用小圆点表示。同理可以分析出图 5.10 (b)的同名端和异名端。

然而，在电路图和一台现成的变压器或其他电器中绕组的绕向常常是看不出来的，为此，需要一种标记来反映绕组的极性。这种标记如图 5.11 所示，在两绕组对应的一端各标以小圆点(或其他符号)。这两个绕组上有标记的端点是它们的一组同极性端，无标记的端点是另一组同极性端；一个绕组上有标记的一端与另一个绕组上无标记的一端是它们的异极性端。当两绕组中的电流从同极性端流入时，产生的磁场方向相同，同方向的磁场都增强或都减弱时在两绕组中产生的感应电动势方向相同。

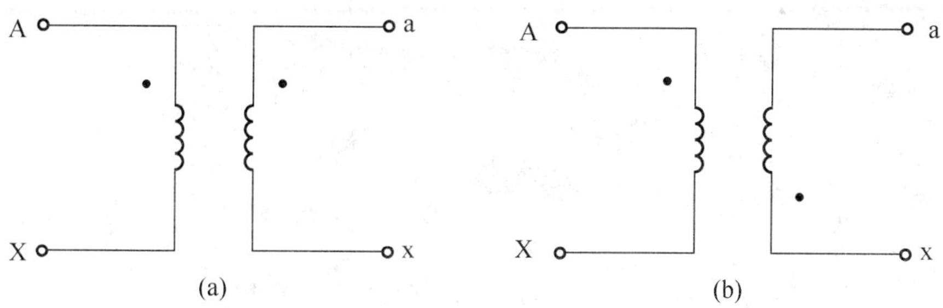

图 5.11 绕组极性的标记
(a) 绕向相同 (b) 绕向相反

5.3.5 变压器的主要额定参数

1. 额定容量 S_N

变压器额定容量是指变压器的额定视在功率 S_N，单位用 VA、kVA 或 MVA 表示。变压器在传递能量过程中，效率很高，可达95%以上，故通常二次绕组按一次绕组的相等容量设计。

2. 额定电压 U_{1N}和 U_{2N}

U_{1N}是指额定运行情况下，一次绕组接线端点之间所施加的电压 U_{2N}是指一次绕组在外加电压为 U_{1N}时，二次绕组输出端的空载电压 U_{20}，即

$$U_{2N}=U_{20}$$

3. 额定电流 I_{1N}和 I_{2N}

根据额定容量和额定电压计算的电流，称为额定电流，单位用 A 或 kA 表示。

$$I_{1N}=\frac{S_N}{U_{1N}},\quad I_{2N}=\frac{S_N}{U_{2N}} \tag{5-17}$$

4. 额定频率 f_N

我国规定电力工业的标准频率 f_N 为 50Hz，在欧洲许多国家及美国的市电频率则为 60Hz。

5.4 几种常用的变压器

变压器的种类很多，在此介绍几种常用的特殊功能变压器。

1. 自耦变压器

图 5.12 是自耦变压器的示意图。这种变压器的特点是铁心上只绕有一个线圈。如果把整个线圈作一次线圈，二次线圈只取线圈的一部分，就可以降低电压，如图 5.12(a)所示；如果把线圈的一部分作一次线圈，整个线圈作二次线圈，就可以升高电压，如图 5.12(b)所示。

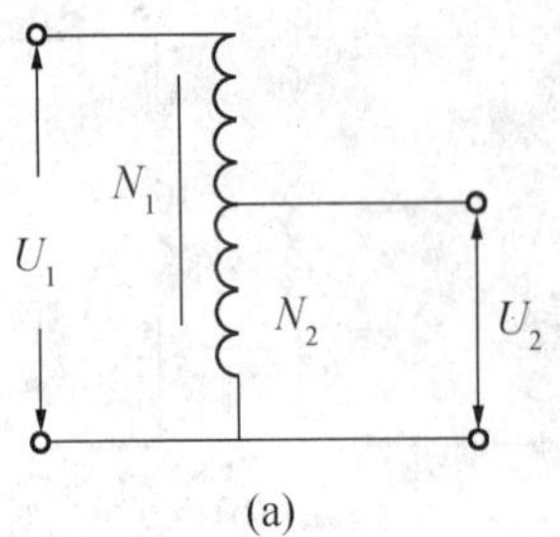

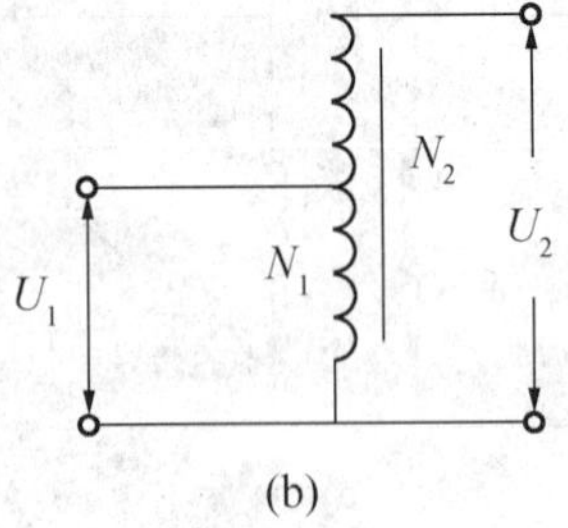

图 5.12　自耦变压器原理图

(a) 降压　(b) 升压

2. 仪用互感器

互感器也是一种变压器。主要用于用小量程的仪表去测高电压和大电流。互感器分为电压互感器和电流互感器两种。

电压互感器用来把高电压变成低电压，它的一次线圈并联在高压电路中，二次线圈上接入交流电压表，如图 5.13 所示。根据电压表测得的电压 U_2 和铭牌上注明的变压比 (U_1/U_2)，可以算出高压电路中的电压。为了工作安全，电压互感器的铁壳和二次线圈应该接地。

电流互感器用来把大电流变成小电流，它的一次线圈串联在被测电路中，二次线圈上接入交流电流表，如图 5.14 所示。根据电流表测得的电流 I_2 和铭牌上注明的变流比 (I_1/I_2)，可以算出被测电路中的电流。如果被测电路是高压电路，为了工作安全，同样要把电流互感器的外壳和副线圈接地。

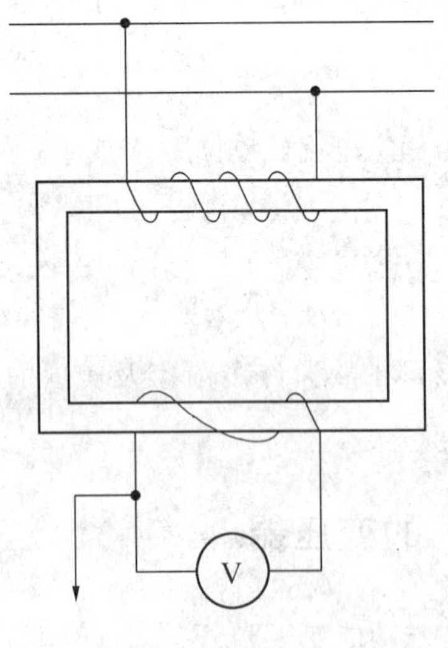

图 5.13　电压互感器图

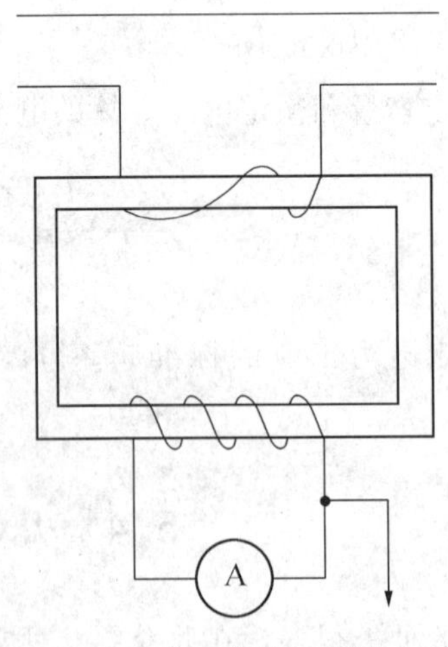

图 5.14　电流互感器

习　题

1. 简述变压器的工作原理。
2. 如何判断变压器的同名端？
3. 仪用互感器的分类及作用是什么？

第6章 三相交流电路

知识要点	教学重点	教学难点
(1) 三相电源的概念和联接方式 (2) 三相负载的概念和联接方式	(1) 三相电源和三相负载的联接方式 (2) 三相电路的计算及线电压、相电压、线电流、相电流的大小关系	理解三相交流电路不同联接方式中的线电压、相电压、线电流、相电流的相位关系

引言

目前，电能的大规模生产、输送、分配以及使用，大部分采用三相交流电的形式。与前面介绍的单相交流电相比，三相交流电具有以下优点。

(1) 三相交流发电机比单相交流发电机输出的功率大、效率高，可以满足大功率设备的用电需求。

(2) 在相同距离下传输同等功率时，三相输电要比单相输电节约25%左右的材料成本。

(3) 三相发电机的结构并不比单相发电机复杂，且使用和维护也比较方便，运行成本低。

6.1 三相电源

由3个幅值相等、频率相同、相位相差120°的单相交流电源构成的电源，称为三相电源。由三相电源供电的电路，称为三相电路。

电动势的参考方向选定为自绕组的末端指向首端，如图6.1所示。若以U相为参考，则三相电动势的瞬时表达式为

$$\begin{aligned} e_U &= E_m \sin \omega t \\ e_V &= E_m \sin (\omega t - 120^\circ) \\ e_W &= E_m \sin (\omega t + 120^\circ) \end{aligned} \qquad (6-1)$$

也可用相量式表示为

$$\begin{aligned} E_U &= E \angle 0^\circ \\ E_V &= E \angle -120^\circ \\ E_W &= E \angle 120^\circ \end{aligned} \qquad (6-2)$$

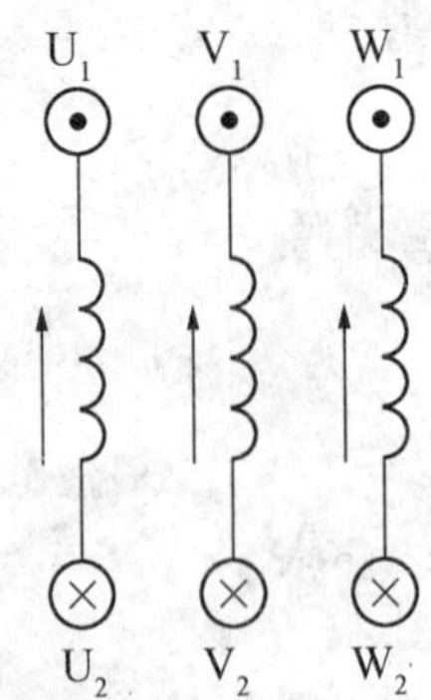

图6.1 三相绕组的电动势

如果用正弦波形图和相量图来表示，则如图6.2所示。

由于三相电源的相电压(每相绕组的端电压)近似等于三相电动势，所以，3个相电压也是对称的，分别记为U_U、U_V和U_W。三相交流电依次到达正最大值的顺序称为相序，它与磁极的旋转方向有关。在图6.2(a)中，三相电源出现最大值的顺序是U相、V相、W相，这样的顺序U－V－W称为正序。否则，称为逆序。

由于3个相电压是对称的，所以它们的瞬时值或相量之和均为零，这是三相对称交流电的重要特征，可用如图6.2(c)所示的相量图来证明。由该图可见，$\dot{U}_U+\dot{U}_V=-\dot{U}_W$，所以三相电压的相量和为零，即$\dot{U}_U+\dot{U}_V+\dot{U}_W=0$。

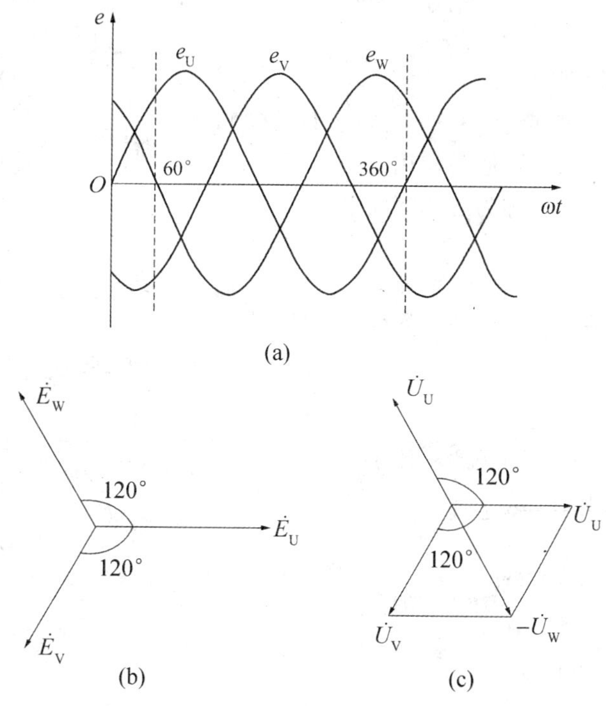

图6.2　三相电动势的波形和相量图

(a) 三相电动势的波形　(b) 三相电动势的相量图　(c) 三相电压的相量图

三相电源在对外供电时有星形连接和三角形连接两种方式，最常用的是星形连接。将三相绕组的末端(即U_2，V_2，W_2)连在一起，作为电源的中性点，由此引出的一条导线称为中性线，用N表示；三相绕组的首端分别引出L_1、L_2、L_3 3条导线，称为相线或端线，俗称火线。这种连接方法称为星形连接，用Y表示，如图6.3(a)所示。由此看到，三相电源引出4根导线向用户供电，这种供电方式称为三相四线制，在低压供电系统中被普遍采用。

在如图6.3(a)所示的星形供电系统中，可以得到两种电压，一种是相线与中线之间的电压，称为相电压，分别用$\dot{U}_U$、$\dot{U}_V$、$\dot{U}_W$表示，参考方向均由相应绕组的首端指向末端；另一种是相线之间的电压，称为线电压，分别用$\dot{U}_{UV}$、$\dot{U}_{VW}$、$\dot{U}_{WU}$表示，参考方向由电压下标字母的顺序确定。在图6.3(a)中，可由KVL得到线电压与相电压的下列相量关系，即

$$
\begin{aligned}
\dot{U}_{UV}&=\dot{U}_U-\dot{U}_V\\
\dot{U}_{VW}&=\dot{U}_V-\dot{U}_W\\
\dot{U}_{WU}&=\dot{U}_W-\dot{U}_U
\end{aligned}
\tag{6-3}
$$

在相电压相量图的基础上，由上式可画出线电压$\dot{U}_{UV}$、$\dot{U}_{VW}$、$\dot{U}_{WU}$的相量图，如图 6.3(b)所示。由此可见，线电压也是对称的，且比对应的相电压超前 30°，例如，$\dot{U}_{UV}$超前$\dot{U}_{U}$ 为 30°。因此，相电压 U_P 与线电压 U_L 的大小关系为

$$U_L = \sqrt{3}U_P$$

则线电压的相量式表示为

$$\dot{U}_{UV}=\sqrt{3}\dot{U}_{U}\ \angle 30^\circ \quad \dot{U}_{VW}=\sqrt{3}\dot{U}_{V}\ \angle 30^\circ \quad \dot{U}_{WU}=\sqrt{3}\dot{U}_{W}\ \angle 30^\circ \tag{6-4}$$

在我国低压供电系统中，通常使用的相电压为 220V，线电压为 380V。采用星形连接而不引出中线的供电方式，称为三相三线制。

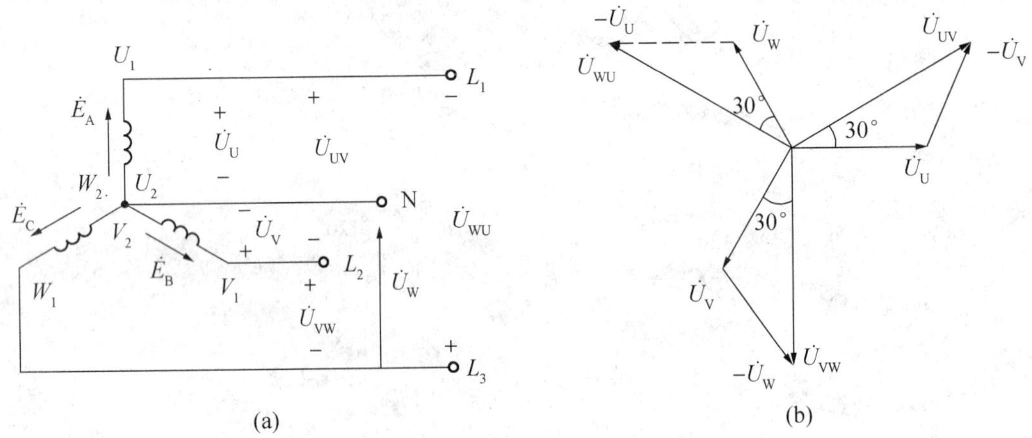

图 6.3 三相电源的星形连接

(a) 三线四线制的星形连接 (b) 电压向量图

6.2 三相负载

交流用电设备的种类很多，从用电的相数可分为单相和三相两大类。由三相电源供电的负载称为三相负载，如三相交流电动机、三相变压器等；由单相电源供电的负载称为单相负载，如风扇、电灯等家用电器。三相负载的连接有星形和三角形两种。但不论哪一种负载或者何种连接方式，在负载与电源连接时，必须使电源的实际相电压等于负载额定的相电压，才能确保负载的正常工作，这是电源与负载连接的基本原则。

在用电设备方面，三相负载通常是对称的。也就是说，各相的负载阻抗一样，即阻抗的模相等，阻抗角也相同。这样，由对称三相电源和对称三相负载组成的电路，称为对称三相电路。为了使三相电源供电均衡，对于各种单相负载，就要求将它们平均分配到三相电源上。

6.2.1　对称负载的星形连接

在图6.4(a)所示电路中，三相负载Z_U，Z_V，Z_W的3个末端连接在一起，接到电源的中线上，三相负载的首端分别接到电源的3条相线上，这种连接方式称为负载的星形连接。由此可知，每相负载的电压等于电源的相电压。

在三相电路中，流经每相负载的电流称为相电流，用$\dot{I}_P$表示；流经电源相线的电流称为线电流，用$\dot{I}_L$表示。由于三相电源提供的线电压和相电压是对称的，当负载对称，即$Z_U=Z_V=Z_W=Z_P=|Z|\angle\varphi$，且作星形连接时，由图6.4(a)可看出，线电流等于相电流，即

$$\dot{I}_L=\dot{I}_P \tag{6-5}$$

设以$\dot{U}_U$为基准相量，则各相电压可表示为

$$\dot{U}_U=U_U\angle 0^\circ=U_P\angle 0^\circ$$

$$\dot{U}_V=U_V\angle -120^\circ=U_P\angle -120^\circ$$

$$\dot{U}_W=U_W\angle 120^\circ=U_P\angle 120^\circ$$

那么，各相电流也是对称的，即

$$\dot{I}_U=\frac{\dot{U}_U}{Z_U}=\frac{U_P\angle 0^\circ}{|Z|\angle\varphi}=\frac{U_P}{|Z|}\angle -\varphi$$

$$\dot{I}_V=\frac{\dot{U}_V}{Z_V}=\frac{U_P\angle -120^\circ}{|Z|\angle\varphi}=\frac{U_P}{|Z|}\angle -120^\circ-\varphi$$

$$\dot{I}_W=\frac{\dot{U}_W}{Z_W}=\frac{U_P\angle 120^\circ}{|Z|\angle\varphi}=\frac{U_P}{|Z|}\angle 120^\circ-\varphi \tag{6-6}$$

由此可画出电流的相量图，如图6.4(b)所示。图中可见，中线电流$\dot{I}_N$为零。即

$$\dot{I}_N=\dot{I}_U+\dot{I}_V+\dot{I}_W=0 \tag{6-7}$$

综上所述，对称负载采用星形连接时具有以下特点。

(1) 由于三相负载和三相电压都是对称的，所以相电流也对称，即大小相等，相位互差120°。当阻抗为感性负载时，其相电流在相位上滞后于该相电压一个φ角，它们的相量图如图6.4(c)所示。

(2) 相电流对称使得中线电流为零，所以中线可以省略，变成三相三线制的供电方式。此时，利用节点电压法可证明N点和N′点之间的电压$\dot{U}_{NN'}=0$，说明在对称负载和对称三源的三相电路中，即使中线断开，电源的中性点和负载的中性点也是等电位，与有中性线时完全相同，各相负载的电流和电压都是对称的，负载的工作不受中线的影响。

【例6-1】　在图6.4(a)所示的三相对称电路中，已知电源的线电压$u_{AB}=380\sqrt{2}\sin(\omega t+30^\circ)$V，每相负载阻抗一样，即$Z_P=20\angle 45^\circ$。试求出各相负载的瞬时电流。

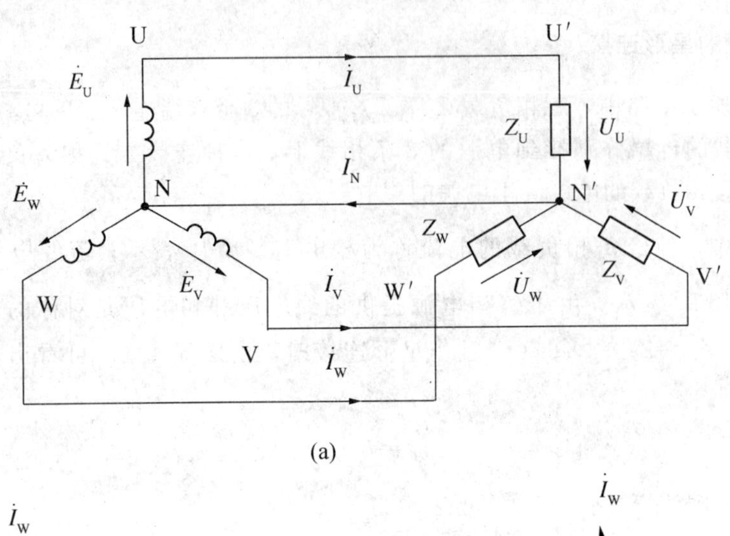

(a)

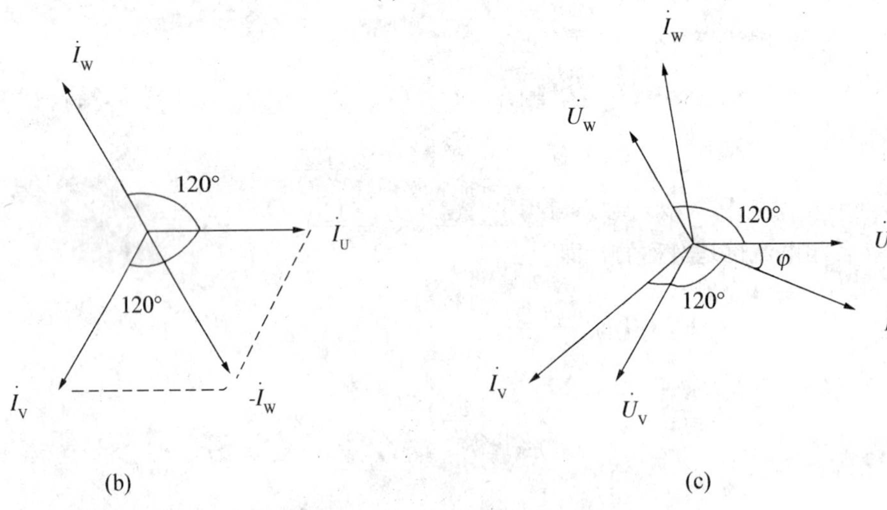

(b)　　(c)

图 6.4　负载的星形连接和电流向量

(a) 负载的星形接接　(b) 电流相量图　(c) 感性负载的相量图

解：根据已知条件，线电压的相量为$\dot{U}_{AB}=380\angle 30°$V，则 A 相电压为

$$\dot{U}_A=\frac{\dot{U}_{AB}}{\sqrt{3}}\angle -30°=\frac{380\angle 30°}{\sqrt{3}}\angle -30°=220\angle 0°\text{V}$$

A 相电流为

$$\dot{I}_A=\frac{\dot{U}_A}{Z_A}=\frac{220\angle 0°}{20\angle 45°}=11\angle 45°\text{A}$$

则

$$i_A=11\sqrt{2}\sin(\omega t+45°)\text{A}$$

由于负载对称，故可直接推出其他两相电流的瞬时表达式为

$$i_B=11\sqrt{2}\sin(\omega t-120°-45°)=11\sqrt{2}\sin(\omega t-165°)\text{A}$$

$$i_C=11\sqrt{2}\sin(\omega t+120°-45°)=11\sqrt{2}\sin(\omega t+75°)\text{A}$$

6.2.2　对称负载的三角形连接

负载依次连接在三相电源的两根相线之间，称为负载的三角形连接，如图 6.5(a)所示。图中，各相负载阻抗和相电流以及线电流分别用Z_{UV}、Z_{VW}、Z_{WU}和$\dot{I}$ UV、$\dot{I}_{VW}$、$\dot{I}_{WU}$及$\dot{I}_{U}$、$\dot{I}_{V}$、$\dot{I}_{W}$表示。

当负载连接成三角形时，各相负载的相电压就等于电源的线电压，不论负载是否对称，其相电压总是对称的，即

$$U_{UV}=U_{VW}=U_{WU}=U_{L}=U_{P}$$

当各相负载对称时，即 $Z_{UV}=Z_{VW}=Z_{WU}=|Z|\angle\varphi$，各相电流也是对称的。即

$$\dot{I}_{UV}=\frac{\dot{U}_{UV}}{Z}=\frac{U_{L}}{|Z|}\angle-\varphi$$

$$\dot{I}_{VW}=\frac{\dot{U}_{VW}}{Z}=\frac{U_{L}}{|Z|}\angle-120^{\circ}-\varphi$$

$$\dot{I}_{WU}=\frac{\dot{U}_{WU}}{Z}=\frac{U_{L}}{|Z|}\angle120^{\circ}-\varphi \tag{6-8}$$

由图 6.5(a)可以看出，负载相电流与线电流显然不同。因此，可由相量 KCL 求出它们的相量关系式，即

$$\dot{I}_{U}=\dot{I}_{UV}-\dot{I}_{WU}$$

$$\dot{I}_{V}=\dot{I}_{VW}-\dot{I}_{UV}$$

$$\dot{I}_{W}=\dot{I}_{WU}-\dot{I}_{VW} \tag{6-9}$$

若三相都为感性对称负载，则根据上述分析结果可作出相量图，如图 6.5(b)所示。由此看出，线电流的有效值等于相电流的$\sqrt{3}$倍，即

$$I_{L}=\sqrt{3}I_{P} \tag{6-10}$$

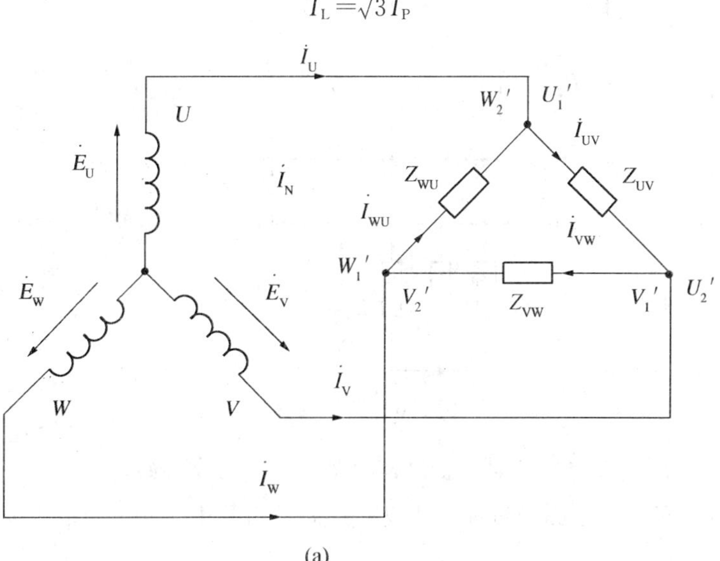

(a)

图 6.5　负载的三角形连接和相量图

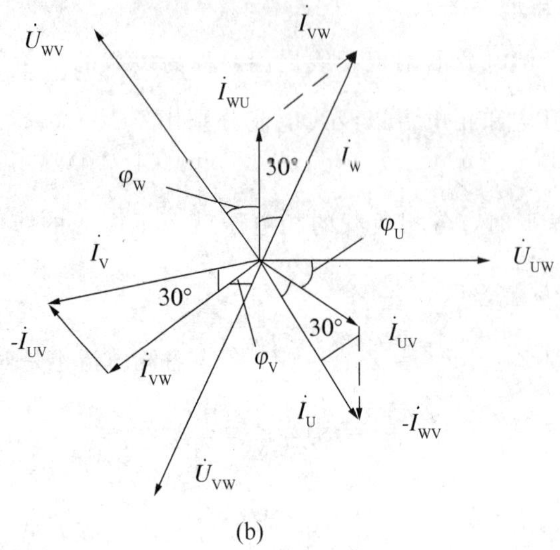

图 6.5　负载的三角形连接和相量图(续)

(a) 负载的三角形连接　(b) 相量图

在相位上，线电流滞后于相应的相电流 30°。所以，线电流也是对称的。

【例 6-2】　如图 6.6 所示为两组对称的三相负载，分别接成三角形和星形，其中星形负载阻抗 $Z_A = 10\angle -53.1^\circ \Omega$，三角形负载阻抗 $Z_B = 5\Omega$，A 电源相电压 $U_U = 220V$，试求线电流 $\dot{I}_U$。

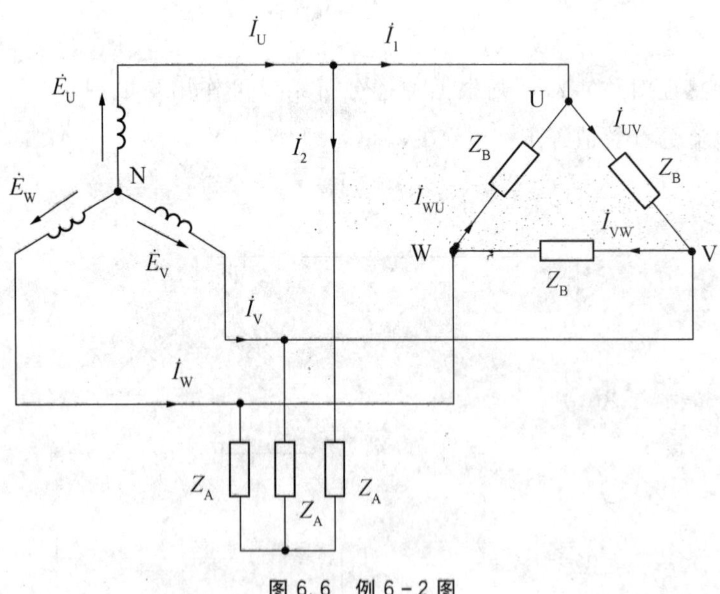

图 6.6　例 6-2 图

解： 设以 U 相相电压为参考正弦量，即 $\dot{U}_U = 220\angle 0^\circ V$。

由于三相负载和三相电源均对称，所以，只需求出其中一相的负载电流即可。

星形的相电流

$$\dot{I}_2=\frac{\dot{U}_U}{Z_A}=\frac{220\angle 0^\circ}{10\angle 53.1^\circ}=22\angle 53.1^\circ \text{A}$$

三角形的相电流

$$I_{UV}=\frac{\dot{U}_{UV}}{Z_B}=\frac{380\angle 30^\circ}{5}=76\angle 30^\circ \text{A}$$

则三角形的线电流

$$\dot{I}_1=\sqrt{3}\dot{I}_{UV}\angle 30^\circ=\sqrt{3}\times 76\angle -30^\circ+30^\circ\approx 131.6\angle 0^\circ \text{ A}$$

根据相量 KCL，就可求得电路的线电流

$$\dot{I}_A=\dot{I}_1+\dot{I}_2=131.6\angle 0^\circ+22\angle -53.1^\circ\approx 145.8\angle -7^\circ \text{ A}$$

习　　题

1. 有一对称三相负载，每相的电阻是 80Ω，感抗是 60Ω，额定相电压是 220V，试问能否由线电压为 380V 的三相电源供电？如果可以，则负载的相电流和线电流是多少？

2. 在对称线电压为 380V 的三相四线制电路中，接对称星形连接负载，每相阻抗为 60＋j80Ω，(1)各相电流、线电流及中线电流相量；(2)作电压和电流向量图；(3)如果去掉中线，各相电压和电流为多少？

第7章

三相异步电动机

知识要点	教学重点	教学难点
(1) 三相异步电动机的结构及工作原理 (2) 三相异步电动机的铭牌含义	(1) 三相异步电动机的结构组成和工作原理分析 (2) 三相异步电动机的铭牌	三相异步电动机的转动原理的理解

引言

电动机的功能是将电能转变成为机械能。电动机能够提供的功率范围很大，从几毫瓦到几十万千瓦。电动机的使用和控制也很方便，电动机种类繁多，按供电性质不同可以分为交流电机和直流电机两大类。在交流电机中又分为异步电机和同步电机。

异步电动机具有工作可靠、维修方便、结构简单、价格低廉等多项优点。工农业生产上主要使用三相异步电动机，常常用来驱动各种金属刀削机床、传送带、锻压机、铸造机械、功率不大的通风机及水泵等。在家庭中主要使用单相异步电动机，用来驱动洗衣机、电冰箱、电风扇等家用电器设备。

7.1　三相异步电动机的结构

如图7.1所示，电动机的定子由机座、铁心和绕组三部分组成。机座是用铸铁浇铸而成的，小型单相电机也有用铝浇铸而成的。机座两端用螺钉固定着端盖。机座内侧是由硅钢片叠加而成的铁心。轴承安装在端盖中心，起到支撑转子的作用，并保护了轴承。电动机运行时产生的热量，会通过铁心传给机座，再传到表面散热。为了加大散热面积，电机表面的散热片一般呈沟槽状。转轴一端固定有风扇页，风扇页会随转子一同转动，起到通风散热的作用。风扇罩起到了安全防护的作用。

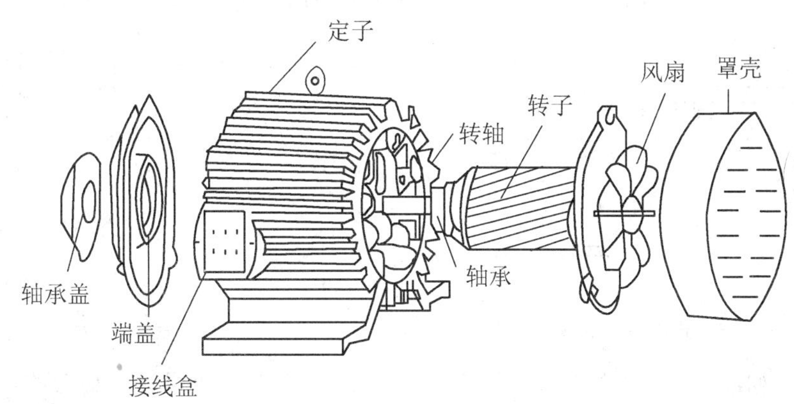

图7.1　三相异步电动机结构

定子铁心是用厚度为0.35～0.5mm的圆环形硅钢片叠成的。硅钢片表面涂有一层绝缘漆。由于硅钢片自身的电阻值很高，片与片间又是相互绝缘的，大大减小了涡流损失。铁心内圆冲有均匀分布的槽，在槽中安放定子绕组。由机座、定子铁心和端盖构成了磁路的一部分，如图7.1所示。中、小型电动机的绕组是用高强度聚脂漆包线绕成的。三相异步电动机有3个互相独立、匝数相等的定子绕组。

转子由转子铁心、转子绕组和转轴三部分组成。转子铁心也是电机磁路的一部分，是由硅钢片叠压而成的圆柱体，外圆上冲有均匀分布的槽、槽内安放着转子绕组。转子绕组有鼠笼式和绕线式两种。

异步三相电机多种结构，最常见的有两种：一种称为鼠笼式电机，转子的形状类似于鼠笼，虽不易调速，但因结构简单、价格便宜，应用最广泛；另一种是绕线式电机，又称为滑环式电机。转子是一个绕组，启动时可以在转子绕组中串入启动电阻，以便改善启动性能。

7.2 三相异步电动机的转动原理

图 7.2 所示为一个手摇电动机模型。马蹄形磁铁上装有手柄，中间有一个形似鼠笼的转子，转子是由一根根铜条组成的，分别固定于两端的铜环上。如果摇动马蹄形磁铁旋转，可观察到转子会跟着磁铁旋转。并且，转子的转向和转速都会随着手柄的摇动而变化。

用手柄转动马蹄形磁铁时相当于磁铁顺时针旋转。转子也做顺时针旋转。由于转子的转速 v_2 比磁铁的转速 v_1 略低，即 $v_2 < v_1$。相对于马蹄形磁铁，转子作逆时针旋转。因此，铜条在不断地切割 N 极到 S 极的磁力线。根据右手定则，导体切割磁力线，会在导体中产生感应电动势。同时，在感应电动势的作用下，导体内会出现感应电流。根据左手定则，磁场里通电导体中的电流会使导体受到电磁力 F。由图 7.3 可见，电磁力 F 会使转子做顺时针旋转，也就是说，在电磁力 F 的作用下，转子的旋转方向和马蹄形磁铁的旋转方向相一致。这也是电动机能够旋转的根本原因。

在感应电动势的作用下，闭合的铜条中有电流。这电流与旋转磁极的磁场相互作用，而使转子铜条受到电磁力 F。电磁力的方向可用左手定则来确定。由电磁力产生电磁转矩，转子就转动起来。由图 7.3 所见，转子转动的方向和磁极旋转的方向相同。

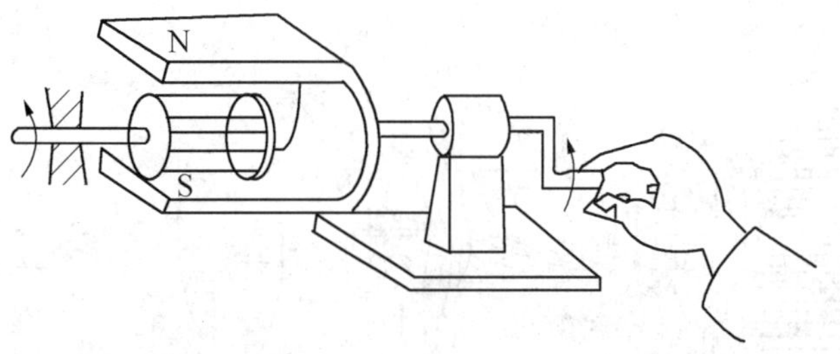

图 7.2 异步电动机转动原理演示

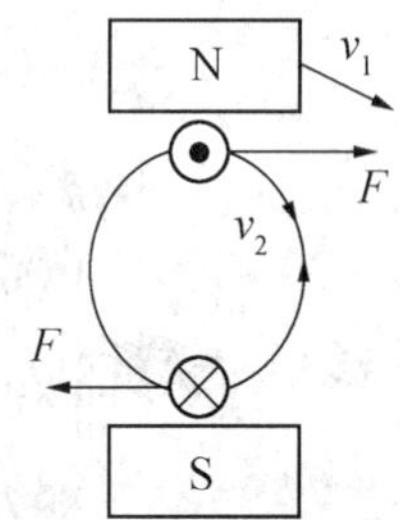

图 7.3 转子转动原理

如果把三相绕组的首端接到三相电源上，在定子绕组中便通过三相对称电流 i_A、i_B、i_C。三相异步电动机的定子铁心中放有三相对称绕组 AX、BY 和 CZ。设将三相绕组联接成星形，接在三相电源上，绕组中通入三相对称电流

$$i_A = I_m \sin \omega t$$
$$i_B = I_m \sin (\omega t - 120°)$$
$$i_C = I_m \sin (\omega t + 120°)$$

根据上式可以画出三相电流的波形图如图 7.4 所示。并规定电流正方向是从各绕组的首端流向末端。当电流为正值时，电流处于正半周，位于波形图上方。规定当电流为正值时，在定子剖面图中，A 绕组中电流从 A 端流向 X 端，B 绕组中电流从 B 端流向 Y 端、C 绕组中电流从 C 端向 Z 端(图 7.5)，表示为 A→X，B→Y，C→Z。反之，当电流为负值时，波形位于波形图下方。在定子剖面图中，A 绕组中的电流从 X→A，B 绕组中的电流从 Y→B，C 绕组中的电流从 Z→C。

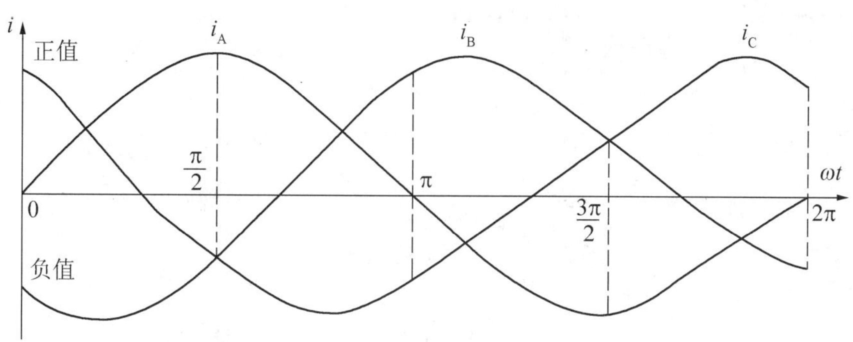

图 7.4　三相异步电动机电流波形

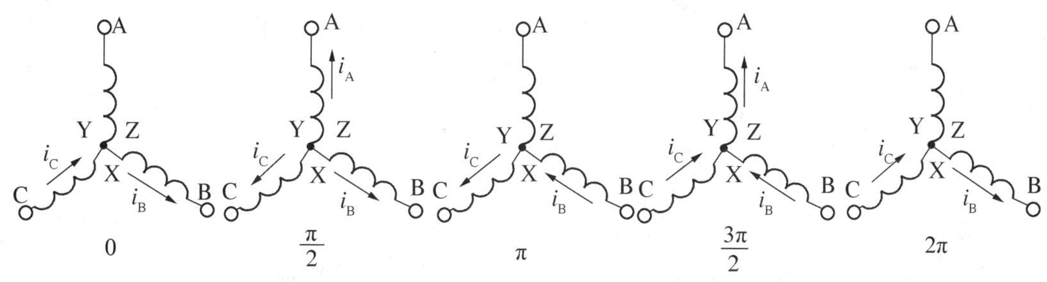

图 7.5　绕组中的电流实际方向图

当 $\omega t=0$ 时，从波形图上可以看出 $i_A=0$，因而定子剖面(图 7.6)在 A 端，X 端没有"•"或"×"符号，表示电流为零。当 $\omega t=0$ 时，波形图中的 i_B 处于横轴下方，表示电流值为负值。根据上面规定，当电流为负值时，电流从 B 端流向 Y 端，即 B→Y。在定子剖面图上，"×"符号表示负值电流从 Y 端流入纸面，"•"表示电流从 B 端流出纸面。当 $\omega t=0$ 时，i_C 在横轴上方，电流为正值，在定子解剖面图上从 C 流入，从 Z 流出。

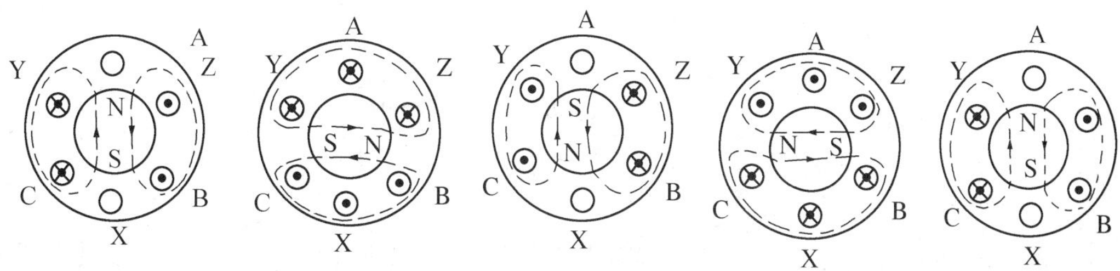

图 7.6　定子剖面图

图 7.6 应用右手螺旋定则，用大拇指指向电流的方向上，四指指出了磁力线的方向，从而可以确定出这一时刻的合成磁场。当 $\omega t=0$ 时，在图 7.6 左侧，拇指指向纸面，表示 Y 端、C 端电流流入纸面，右手四指表示磁力线方向为顺时针。在图 7.6 右侧，拇指表示 B 端、Z 端电流流出纸面，四指表示出磁力线方向为逆时针。将剖面看成时钟，两条磁力线合成后可见 N 极在上方 12 点钟的位置上，S 极在下方 6 点钟的位置上。

当$\omega t=\frac{\pi}{2}$时，i_A为正，即电流从A流入，从X流出；i_B和i_C都为负，即i_B从Y流入，从B流出，i_C从Z流入，从C流出。此时合成磁场，由图7.6可见，N极的位置在时钟3点钟处，表示合成磁场的方向在空间按顺时针方向转过了90°。

用同样的分析方法可以得出$\omega t=\pi$、$\omega t=\frac{3\pi}{2}$、$\omega t=2\pi$的磁场。由此可见，当三相绕组中通入三相电流时，在定子空间就能产生一个旋转磁场。

7.3 三相异步电动机的工作原理

异步三相电机转子转动的方向与定子旋转磁场的旋转方向是一致的，作为电动机使用时，通常转子的转速n总是低于定子旋转磁场的转速n_0，即$n<n_0$。如果$n=n_0$，则转子与旋转磁场之间没有相对运动，转子导体不能切割磁力线就不会产生转子电动势和转子电流。因而使电机旋转的电磁转矩也就不存在了，转子也就不能转动了。定子旋转磁场的转速n_0称为同步转速。

当电动机没有带动生产机械运动时，电机处于空载状态。很小的电磁转矩就可以使转子旋转。空载下转子转速n很接近定子旋转磁场的同步转速n_0。当电机带动生产机械运动时，转子上阻力矩大于电磁力矩，使得转子速度n开始减慢。但磁场的同步转速n_0仅和电源频率f有关，与负载大小无关。同步转速n_0不变，转子导体与定子磁场同步转速的相对速度(n_0-n)变大，感生电流随之加大，电磁力矩也随之加大。直到电磁力矩和阻力矩相平衡时，转子在新的速度下稳定旋转。由上述分析可知，转子转速n随负载的加大而降低。它和定子旋转磁场的同步转速n_0有差异。所以常把这类电动机称为异步电动机。

电动机的旋转磁场转速n_0与转子速度n之差叫转差，转差与同步转速的比值称为转差率，用s表示。s常用百分数表示，即

$$s=\frac{n_0-n}{n_0}\times 100\%$$

三相异步电动机启动瞬间的转子转速$n=0$，$s=1$。异步电动机的最大转速不超过同步转速。极限为$n\approx n_0$。此时，$s\approx 0$，所以三相异步电动机的转差率($0<s<1$)，一般约为1%～9%。

三相异步电动机的极数指的是旋转磁场的极数。具有一个N极和一个S极的两极电动机又称为一对极电动机，极对数用p表示，二对极电机$p=2$，指的是四极电机。当交流电完成一个周期的变化时，一对极电机旋转磁场的磁极也随着旋转了一圈。当交流电的频率为50Hz时，一对极电机的旋转磁场每秒钟转50圈，每分钟转3000圈。同步转速n_0是以分钟为单位计算的，一对极电机的n_0等于交流电的频率f和60s的乘积。即$n_0=60f$。

由此类推，当旋转磁场具有p对磁极时，每当交流电变化一周，旋转磁场就在空间转过去$1/p$周。当交流电的频率为f时，具有p对磁极的磁场转速为

$$n_0=\frac{60f}{p}$$

根据上式，得到表7-1。

表7-1　极对数和旋转磁场的同步转速关系

极数	极对数 p	同步转速 n_0	绕翘首端与首端的空间夹角
2	1	3000r/min	120°
4	2	1500r/min	60°
6	3	1000r/min	40°
8	4	750r/min	30°
10	5	600r/min	24°
12	6	500r/min	20°

在不改变电源三相端子的相序的条件下，将负载的3根导线中的任意2根的一端对调位置，例如：将B与C两相对调，则原来A先通电、B再通电、C最后通电的A→B→C相序，就变成了A→C→B，也就是C→B→A的相序。电动机旋转磁场因此反转，电动机也就跟着反向转动。

7.4　三相异步电动机的铭牌数据

铭牌上标有电动机的主要额定数据，是正确使用电动机的重要依据，如图7.7所示。下面说明铭牌上各个数据的意义。

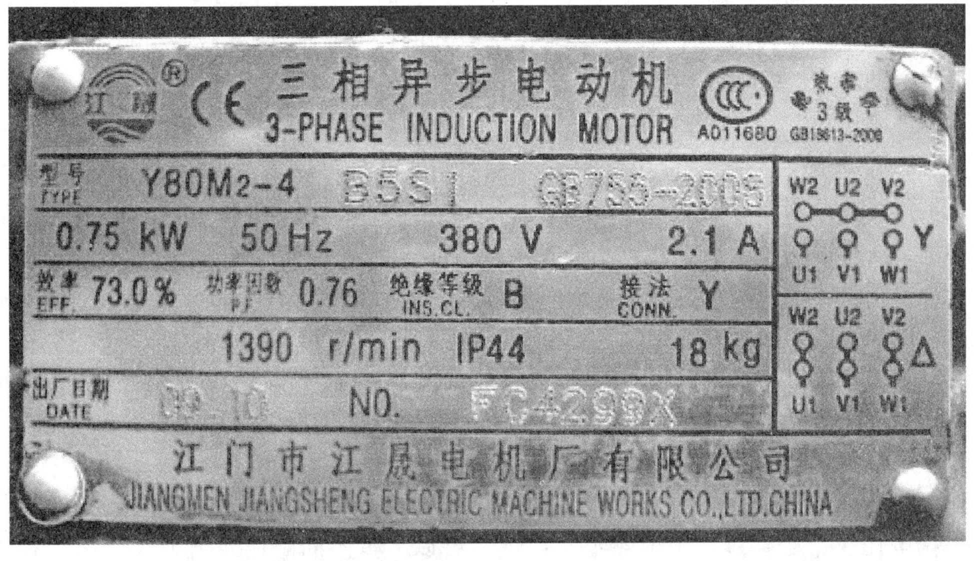

图7.7　三相异步电动机的铭牌

型号表示电动机的结构类型。为了适应不同用途和不同工作环境的需要，电动机制成不同的系列，每种系列用各种型号表示。由机座号用户可以查到电动机的外形号尺寸及安装尺寸。产品名称用汉语拼音的缩写形式表示。例如用“Y”表示“异步”电动机、“YR”表示“异步绕线”式电动机、“YB”表示“异步防爆”型电动机、用“YQ”表示“异步高起动转矩”电动机等。铭牌上型号 Y132M－4 中的汉语拼音“Y”表示“异步”电动机，132 表示机座的中心高度为 132mm，M 表示中型机座(短型机座用“S”表示，长型机座用“L”表示)，4 表示四极电机。

接法指定子三相绕组的接法。鼠笼式三相电动机的接线盒中有 6 根引出线，标号 U_1、V_1、W_1 是三相电动机绕组的首端，U_2、V_2、W_2 是各绕组相应的末端或称为尾端。如图 7.8 所示，三相电动机的联接方法有星 Y 接和角 Δ 接两种。

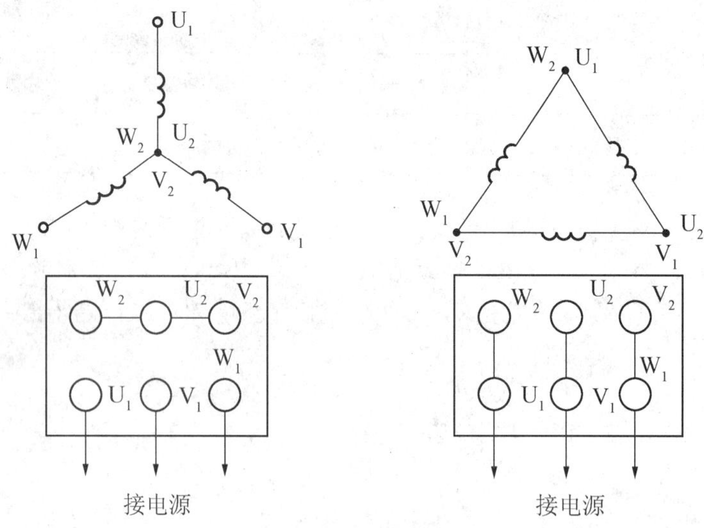

图 7.8　三相电动机的接法

铭牌上所标的额定电流值是指电动机在额定运行时定子绕组的线电流值。铭牌上所标的电压值是指电动机在额定运行时定子绕组上应加的线电压值。一般规定电压不应高于或低于额定值的 5%。实用中，电源电压的波动往往大于 5%。一台额定电压为 380V 的三相电机，当电源电压 U_1 低于额定值 10%以上时，会使转速明显下降，电流增加。如果在满载或接近满载的情况下，电流的增加将超过额定值，使绕组过热。还必须注意，在低于额定电压下运行时，和电压平方成正比的最大转矩 T_{max} 会显著地降低。

铭牌上所标的功率 P 是指电动机在额定运行时，电动机轴上输出的机械功率值。电动机本身的损耗功率包括铜损、铁损及机械损耗等。所谓效率 η 就是电动机输出的机械功率与输入的电功率的比值。

绝缘等级是按电动机绕组所用的绝缘材料在使用时容许的极限温度来分级的。所谓极限温度是指电机绝缘结构中最热点的最高允许温度。A 级绝缘，极限温度为 105℃；E 级绝缘，极限温度为 120℃；B 级绝缘，极限温度为 130℃。

电动机的工作方式分 3 种。一种是连续工作制，表示电动机在环境温度、负载功率、电源电压都符合铭牌给出的额定条件下，可以 24h 不间断地连续工作；第二种表示电动机在铭牌规定给出的条件下，能够短时间使用，称为短时工作制；第三种表示电动机按铭牌规定，需要间歇、断续使用，称为断续工作制。多数电动机属于连续工作制电机。

习　　题

1. 简述三相异步电动机的工作原理。
2. 简述三相异步电动机的基本结构和各部分的作用。
3. 电动机的工作方式有哪些?

第8章 电气安全技术知识

知识要点	教学重点	教学难点
(1) 安全用电的特点及基本要求 (2) 常见的安全用电事故分析及危害 (3) 触电急救的相关处理方法	(1) 安全用电的基本要求 (2) 电气触电事故、电气线路事故、雷电事故的发生原因及防御措施 (3) 触电急救方法	电气事故的防范措施

引言

电力是国民经济的重要能源，随着四个现代化的迅速发展，电力系统日益扩大，物配电网络向边远地区及农村纵深发展，应用范围越来越广泛，因此，供用电的安全问题就越来越重要。

8.1　安全用电及基本要求

1. 安全用电的特点

1）特殊性

由于电力生产和使用的特殊性，即发电、供电和用电是同时进行的，用电事故的发生会造成全厂停电、设备损坏以及人身伤亡，还可能波及到电力系统，造成大面积停电的重大事故。

2)广泛性

不论是工业、农业，还是其他行业；不论是大企业，还是小企业；不论是生产领域，还是生活领城，都离不开电，都会遇到各种不同的安全用电问题。

3）综合性

安全用电不仅与电力工业密切相关，还与建筑、煤炭、冶金、石油、化工、机械等行业密切相关，再者安全用电工作既有科学技术的一面，又有组织管理的一面。安全用电是一项系统管理工程，造成电气事故的原因是多方面的，有主观因素，如违章作业、误操作或缺乏电气知识等；也有客观因素，如电气装置结构设计不合理，电气元件或设备质量不合格，工作环境恶劣以及雷击过电压等自然外力破坏。因此，保证安全用电的措施也必然是多方面的。

4）严重性

电力工业的高速发展必将促进安全用电工作，用电事故的严重性决定了安全用电的迫切性。据劳动部门不完全统计，我国县级以上工矿企事业单位的触电死亡人数在各类工伤事故中所占的比例已经超过10%。就用电而言，我国大约每用电8.2亿度即死亡1人；而美国、日本等国每用电30～40亿度才死亡1人，我国安全用电水平之低，令人震惊。我国电气火灾约已超过火灾总数的20%，电气火灾造成的经济损失所占比例还要更高一些。在管理方面，尚有许多安全用电问题待解决，例如电气安全标准、规范、规程还不够完善；专业人员素质还有待提高等。此外，电具有看不见、模不着、嗅不到的特点，人们不易直接感受和认识它，电磁学的理论也比较抽象，这些都将增加电气安全培训的难度。当然，只要人们努力适应它的特点，就一定能够掌握安全用电的规律，并做好安全用电工作。

2. 安全用电基本要求

1）贯彻“安全第一，预防为主”的方针

为保证人身、设备(电气设备)、系统〔电力系统)三方面的安全，用电单位必须把电气安全工作放在首位，贯彻“安全第一，预防为主”的方针，加强安全用电教育和安全技术培训。同时还要不断地总结经验，认真地吸取教训，采取各种切实有效的措施，防止事故发生。

2）设备的本质安全是安全用电的根本保证

所谓用电设备处于本质安全的状态，就是指设备在正常运行时出现异常故障，或操作人员出现误操作时，设备本身固有的条件仍然可以保证人身安全。设备的本质安全是安全用电的最根本保证。

3）提高电气安全管理的科学性

随着现代科学技术的发展，安全用电必须朝着更科学、更实用、更系统的方向发展。在工程技术方面，主要任务是完善传统的安全技术方法，研究和开发新的安全技术方法，建立完整的安全用电体系，并注意开发先进的自动化技术和电气检测、监测技术在安全领域的应用。在管理科学方面，主要任务是逐步提高相关人员的安全用电水平，逐步实现安全用电标准化。

4）安全用电必须思想、措施、组织三落实

电气事故统计分析表明，事故发生的原因大部分是由于不遵守安全工作规程和缺乏安全用电知识，而且大量的用电事故都是频繁发生的、重复性的，并且是可以预知的。例如误操作事故，设备质量、安装、维修事故等。上述事故只要思想重视，采取有效措施是完全可以避免的。

措施落实就是要坚决贯彻保证安全的组织措施和技术措施，其中包括贯彻安全规程，同时也要严格执行有关设计、施工、验收、定期检修、预防性试验等各项行之有效的规程和制度。

电气安全技术是一项专业性很强的技术，不撑握电气知识，不了解电气设备，就不可能理解规程，也不可能认真执行规程。电气工作人员的队伍必须不断提高业务素质，作为特殊工种，必须预先培训，合格后待证上岗，并且还要不断更新知识。

8.2 电流对人体的危害及常见触电事故

8.2.1 电流对人体的危害

触电对人体的伤害形式一般可分为电击和电伤两种。

1. 电击

电流直接通过人体的伤害称为电击。电流通过人体内部造成人体器官的损伤，破坏人体内细胞的正常工作，主要表现为生物学效应。电流通过人体会引起麻感、针刺感、压迫感、打击感、痉挛、疼痛、呼吸困难、血压异常、昏迷、心律不齐、窒息、心室颤动等症状。

心室颤动是小电流电击使人致命最多见和最危险的原因。发生心室颤动时，心脏每分钟颤动 1000 次以上。但幅值很小，而且没有规则，血液实际上已终止循环。发生心室颤动时的心电图如图 8.1 所示。心室颤动是在心电图上 T 波前半部发生的。

当人体遭受电击时，如果有电流通过心脏，可能直接作用于心肌，引起心室颤动；如果没有电流通过心脏，亦可能经中枢神经系统反射作用于心肌，引起心室颐动。

由于电流的瞬时作用而发生心室颤动时，呼吸可能持续 2～3min。在其丧失知觉前，有时还能叫喊几声，有的还能走几步，但是，由于其心脏已进入心室颇动状态，血液已终止循环，大脑和全身迅速缺氧，病情将急剧恶化，如不及时抢救，很快将导致死亡。

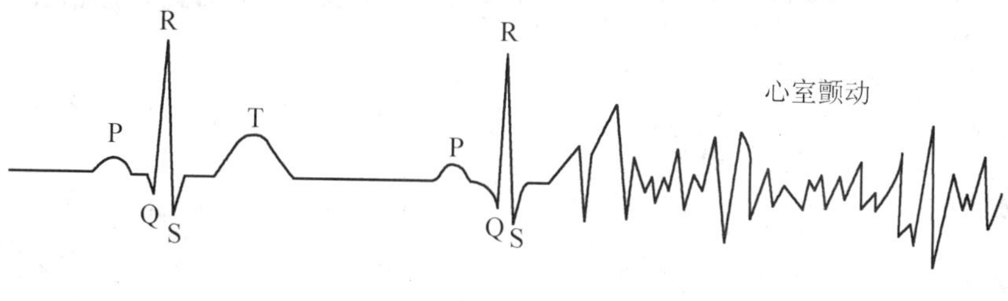

(a)

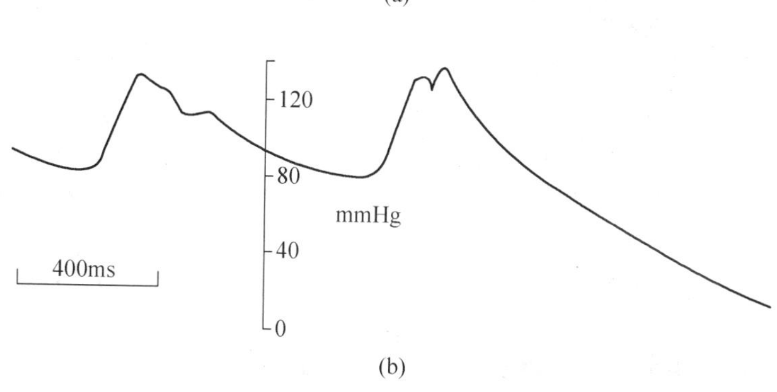

(b)

图 8.1 心电图和血压图

(a) 心电图 (b) 血压图

2. 电伤

电流转换为其他形式的能量作用于人体的伤害称为电伤。电伤是由电流的热效应、化学效应、机械效应等对人造成的伤害。

(1) 电灼伤。灼伤是电流的热效应造成的伤害，分为电流灼伤和电弧烧伤两种情况。电流灼伤是人体与带电体接触，电流通过人体由电能转换成热能造成的伤害。电弧烧伤是由弧光放电造成的烧伤，分为直接电弧烧伤和间接电弧烧伤两种情况，直接电弧烧伤是带电体与人体之间发生电弧，有电流流过人体的烧伤；间接电弧烧伤是电弧发生在人体附近对人体的烧伤，包含熔化了的炽热金属溅出造成的烫伤。

(2) 电烙印。人体与带电体接触的部位留下的永久性斑痕，斑痕外皮肤失去弹性，表皮坏死。

(3) 皮肤金属化。由于电流的作用，融化和蒸发了的金属微粒渗入人体的皮肤时，使皮肤坚硬和粗糙而呈现特殊的颜色。皮肤金属化多是在弧光放电时发生和形成的，在一般情况下，此种伤害是局部性的。

(4) 机械性损伤。电流作用于人体，由于中枢神经反射和肌肉强烈收缩等作用导致的机体组织断裂、骨折等伤害。

(5) 电光眼。当发生弧光放电时，由红外线、可见光、紫外线对眼睛的伤害，电光眼表现为角膜炎或结膜炎。

8.2.2 电气触电事故

1. 触电事故形式

(1) 直接接触触电。是指在正常运行条件下，人体误触及电气设备带电导体。直接接触触电的特点是：人体的接触电压就是运行设备的工作电压，人体触及带电体造成的故障电流就是人体的触电电流。

直接接触触电是伤害程度最为严重的一种触电形式。直接接触触电分为单相触电和两相触电两种。

①单相触电。人体接触电气设备的任何一相带电导体所发生的触电，称为单相触电。中性点直接接地的电网及中性点不接地的低压电网都能发生单相触电，如图 8.2 和 8.3 所示。

②两相触电。人体同时接触带电的任何两相电源，不论中性点是否接地，人体受到的电压是线电压。触电后果往往很严重。两相触电一般比单相触电事故少一些，如图 8.4 所示。

(2)间接接触触电。当电气设备的绝缘在运行中发生故障而损坏时，使电气设备本来在正常工作状态下不带电的外露金属部件(外壳、构架、护罩等)呈现危险的对地电压，当人体触及这些金属部件时，就构成间接触电，亦称为接触电压触电。

在低压中性点直接接地的配电系统中，电气设备发生碰壳短路将是一种危险的故障，如果该设备没有采取接地保护，一旦人体接触外壳，加在人体上的接触电压近似等于电源对地电压，这种触电的危险程度相当于直接接触触电，完全有可能导致人身伤亡。

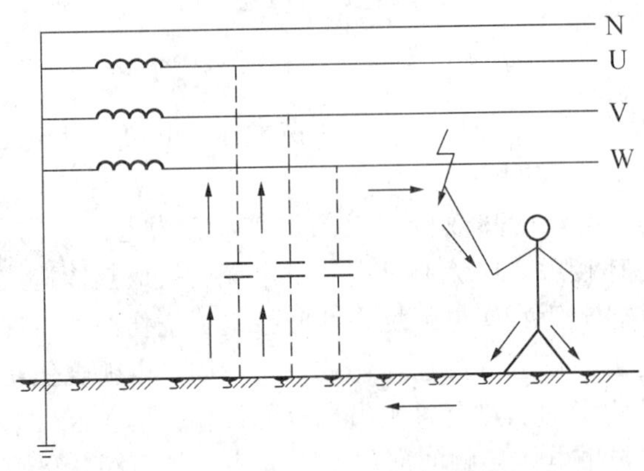

图 8.2　中性点直接接地单相触电

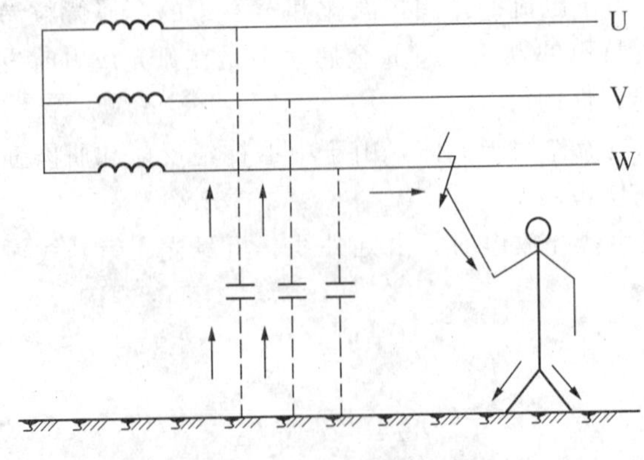

图 8.3　中性点不接地单相触电

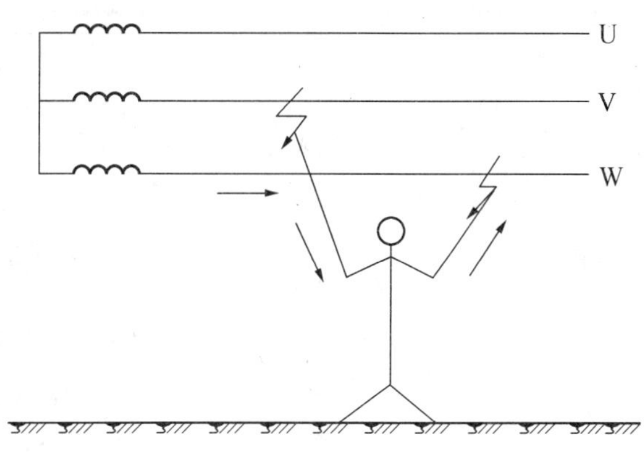

图 8.4　两相触电

根据历年来触电伤亡事故的统计分析，在低压配电系统中触电伤亡事故主要是间接接触所引起的，因此，防止间接触电事故是降低触电事故的重要方面。

(3) 跨步电压触电。实际上也属于间接触电形式。当两脚踏在为接地电流所确定的各种电位的地面上，且其跨距为0.8m时，两脚间的电位差称为跨步电压。由跨步电压造成的触电称为跨步电压触电。

在图 8.5 中，跨步电压为

$$U_S = \varphi_1 - \varphi_2$$

式中，U_S 为跨步电压(V)；φ_1 为人左脚所站处的电位(V)；φ_2 为人右脚所站处的电位(V)。

接触电压则是指在接地电流回路上，一人同时触及的两点之间的电位差。接触电压通常以水平方向为0.8m，垂直方向1.8m计算。图 8.5 中的 U_C 表示人接触到油断路器 QF 时的接触电压，等于油断路器 QF 的电位 φ_3 和脚所站地方的电位 φ 之差，即

$$U_C = \varphi_3 - \varphi$$

接地电流是指由于绝缘损坏而发生的经故障点流入地中的电流，亦称故障接地电流。在图 8.5 中，接地电流经油断路器 QF 的外壳、接地导线、钢管接地体而散流入地中。

下列情况和部位可能发生跨步电压触电。

① 带电导体特别是高压导体故障接地或接地装置流过故障电流时，流散电流在附近地面各点产生的电位差可造成跨步电压触电。

② 正常时有较大工作电流流过的接地装置附近，流散电流在地面各点产生的电位差可造成跨步电压触电。

③ 防雷装置遭受雷击或高大设施、高大树木遭受雷击时，极大的流散电流在其接地装置或接地点附近地面产生的电位差可造成跨步电压触电。

跨步电压的大小受接地电流大小、人体所穿的鞋和地面特征、两脚之间的跨距、两脚的方位以及离接地点的远近等很多因素的影响。人的跨距一般按0.8m考虑，由于跨步电压受很多因素的影响以及地面电位分布的复杂性，几个人在同一地带(如在同一棵大树下或在同一故障接地点附近)遭到跨步电压触电完全可能出现截然不同的后果。

人体受到跨步电压触电时，电流沿着人的下身、从脚到脚与大地形成回路，使双脚发

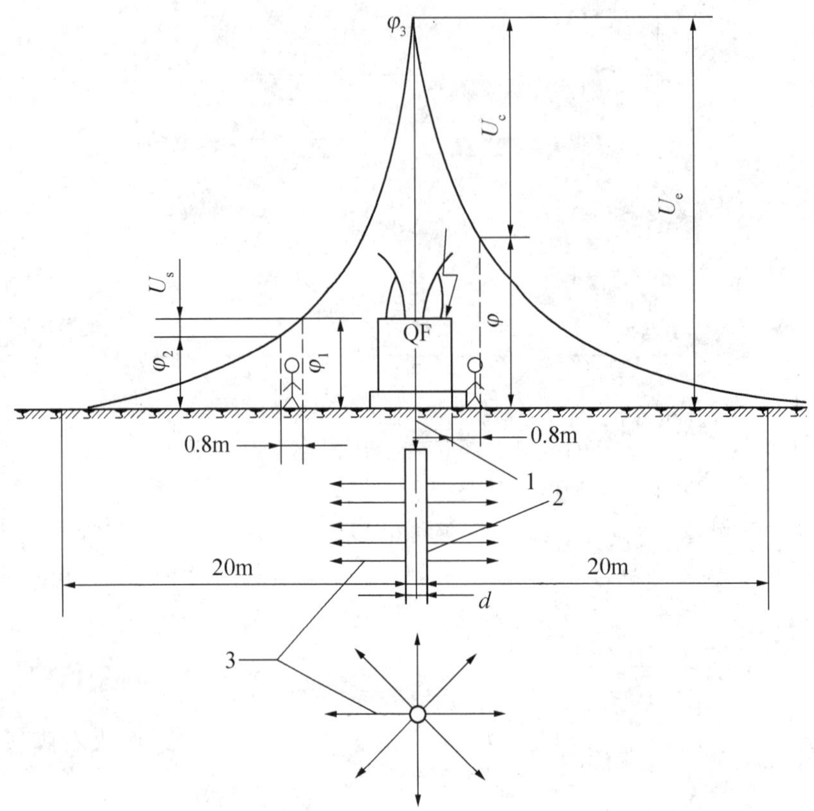

图 8.5　接地电流由单根接地体向四周流散的情况

麻或抽筋并很快倒地，跌倒后由于头脚之间的距离大，作用于人身体上的电压增高，电流相应增大，并有可能使电流通过人体内部重要器官而出现致命的危险。

(4) 剩余电荷触电。电气设备的相间绝缘和对地绝缘都存在电容效应，由于电容器具有储存电荷的性能，因此，在刚断开电源的停电设备上，都会保留一定量的电荷，称为剩余电荷，如此时有人触及停电设备，就可能遭受剩余电荷电击。另外，如大容量电力设备和电力电缆、并联电容器等在摇测绝缘电阻后或耐压试验后都会有剩余电荷的存在。设备容量越大、电缆线路越长，这种剩余电荷的积取电压越高。因此在测绝缘电阻或耐压试验工作结束后，必须注意充分放电，以防剩余电荷电击。

(5) 感应电压触电。带电设备的电磁感应和静电感应作用，能使附近的停电设备上感应出一定的电位，其数值的大小决定于带电设备电压的高低、停电设备与带电设备两者接近程度的平行距离、几何形状等因素。感应电压往往是在电气工作者缺乏思想准备的情况下出现的，因此，具有相当的危险性，在电力系统中，感应电压触电事故屡有发生，甚至造成伤亡事故。

(6) 静电触电。静电电位可高达数万伏至数十万伏，可能发生放电，产生静电火花，引起爆炸、火灾，也能造成对人体的电击伤害。由于静电电击不是电流持续通过人体的电击，而是由于静电放电造成的瞬间冲击性电击，能量较小，通常不会造成人体心室颤动而死亡，但是往往造成二次伤害，如高空坠落或其他伤害，因此同样具有相当的危险性。

2. 造成触电事故的原因

发生触电事故的原因很多，主要有以下几方面。

(1) 电气设备安装不合理。例如室内、外配电装置的最小安全净距离不够，室内配电装置各种通遭的最小宽度小于规定值；架空线路的对地距离及交叉跨越的最小距离不合要求；电气设备的接地装置不符合规定；落地式变压器无围栏；电气照明装置安装不当。如相线未接在开关上；灯头离地面太低；电动机安装不合格；导线穿墙无套管；电力线和广播线同杆架设；电杆梢径过小；等等。

(2) 违反安全工作规程。例如，非电气工作人员操作或维修电气设备；带电移动或维修电气设备，带电登杆或爬上变压器台作业；在线路带电情况下，砍伐靠近线路的树木，在导线下面修建房屋、打井、堆柴；使用行灯和移动式电动工具不符合安全规定；在带电设备附近进行起重工作时，安全距离不够；在全部停电和部分停电的电气设备上工作；未完成组织措施和技术措施，申请送电后又进行工作；带负荷分合隔离开关或跌开式熔断器，带临时接地线合闸、隔离开关和油断路器，带电将两路电源误并列等误操作；私自乱拉乱接临时电线；低压带电作业的工作位置、活动范围、使用工具及操作方法不正确等。

拓展阅读

某电厂电气变电班班长安排工作负责人王某及成员沈某和李某对户李开关(35kV)进行小修，户李开关小修的主要内容是：①擦洗开关套管并涂硅油；②检修操作机构；③清理A相油渍。并强调了该项工作的安全措施。工作负责人王某与运行值班人员一道办理了工作许可手续，之后王某又回到班上。

当他们换好工作服后，李某要求擦油渍，王某表示同意，李即去做准备。王对沈说："你检修机构，我擦套管"。随即他俩准备去检修现场，此时，班长见他们未带砂布即对他们说："带上砂布，把辅助接点砂一下"。沈某即返回库房取砂布，之后向检修现场追王，发现王某已到与户李开关相临正在运行的户城开关(35kV)南侧准备攀登。沈某就急忙赶上去，把手里拿的东西放在户城开关的操作机构箱上，当打开操作机构箱准备工作时，突然听到一声沉闷的声音，紧接着发现王某已经头朝东脚朝西摔爬在地上，沈便大声呼救。此时其他同志在班里也听到了放电声，便迅速跑到变电站，发现王躺在户城开关西侧，人已失去知觉，马上开始对王进行胸外按压抢救。约10分钟后，王苏醒，便立即送往医院继续抢救。但因伤势过重，经抢救无效死亡。从王某的受伤部位分析得知，王某的左手触到了带电的户城开关(35kV)上，触电途经左手——左腿内侧，触电后从1.85米高处摔下，将王戴的安全帽摔裂，其头骨、胸椎等多处受伤。

发生该事故的主要原因是，当工作负责人王某和沈某到达带电的户城开关处时，既未看见临时遮栏，也未看见"在此工作"标示牌，更未发现开关西侧有接地线。根本未核对自己将要工作的开关，到底是不是在20分钟前和电气值班员共同履行工作许可手续的那台开关，就冒然开始检修工作，其安全意识淡薄。

(3) 缺乏安全用电常识。例如家用电器不按使用说明书的要求接线；私设电网防盗和用电捕鱼、捕鼠；将湿衣服晒在电线上；用活树当电杆；等等。

(4) 运行维修不及时。例如架空线路被大风刮断或外力扯断，造成断线接地或电话

线、广播线搭连；电杆倾倒、木杆腐朽等没有及时修复；电气设备外壳损坏，导线绝缘老化破损，致使金属导体外露等没有及时发现和修理。

3. 发生触电事故的规律

(1) 农村触电事故多于城市。主要原因是农村用电条件差，设备因陋就简，技术水平低，缺乏安全用电知识。

(2) 季节性明显。一年当中，春冬两季触电事故较少，夏秋两季特别是7、8、9这3个月，触电事故较多，主要原因是这个期间雷雨多，空气湿度大，降低了电气设备的绝缘性能，并且人体多汗，皮肤电阻下降，易导电，衣着单薄，身体裸露部分较多，增加了触电的机会。

(3) 单相触电事故多。据有关单位统计资料表明，单相触电事故占70%以上。

(4) 触电事故多发生在电气连接部位。如分支线、电缆线、灯头、插头、电线接头、熔断器、接触器等处。

(5) 低压触电事故多于高压。主要原因是低压电网厂，低压设备多，人们接触的机会多，有些人对低压电气设备有麻痹大意思想，设备一旦有缺陷，就易发生触电事故。据资料统计，低压设备引起的事故占事故总数的80%以上。

(6) 与用电环境有密切的关系。在高温高湿及多粉尘、有腐蚀性气体的用电环境中，触电事故极易发生。

8.2.3 电气线路或设备事故

电气线路或设备故障可能发展成为事故，并可能危及人身安全。

1. 用户影响系统的事故

这类事故是指由于用电单位内部发生电气设备或线路事故，造成公用网络及其他单位停电，或引起系统波动，甚至电网解列的重大事故。例如用户的大型起重吊装设施触及系统高压电网，造成接地或短路事故，引起系统变电站掉闸，甚至系统的电网解列；另一种是用户内部短路事故，继电保护驱动越级掉闸，造成上级变电站停电，使系统网络上的其他用户停电；再一种情况是用户出了重大短路事故、使部分地区电压大幅度下降，迫使其他用户电气开关低电压释放。使用户用电设备大量停止运转。

2. 用户全厂范围的停电事故

这类事故是指由于用户本身内部原因，造成全厂停电并影响生产的事故。但下列两种情况可不属于全厂停电事故。

(1) 双路电源供电的单位，其中一路电源因内部故障断电后，另一路电源能及时投入运行，而未影响生产的。

(2) 备有电源自动重合装置的用户，在出现内部故障全厂停电后，自动重合成功、恢复正常供电的。

3. 重大设备损坏事故

这类事故是指大型用户(供电容量在10000kVA及以上的工矿企业)的设备发生损坏事故，如主变压器以及电源侧的断路器等电气设备的损坏，这类设备损坏时，必然导致大面积停电，经济损失很大。

8.2.4　雷电事故

雷电事故是指发生雷击时，由雷电放电造成的事故。雷电放电具有电流大(可达数十至数百千安)、电压高(300～400kV)、陡度高(雷击冲击波的波首陡度可达500～1000kA/μs)、放电时间短(30～50μs)、温度高(可达20000℃)等特点，释放出来的能量可形成极大的破坏力，除可能毁坏建筑设施和设备外，还可能伤及人、畜，甚至引起火灾和爆炸，造成大规模停电等。因此，电力设施、高大建筑物，特别是有火灾和爆炸危险的建筑物和工程设施，均需考虑防雷措施。

8.2.5　触电急救

1. 人体触电时常见的临床表现

(1) 假死。触电者丧失知觉、面色苍白、瞳孔放大、脉搏和呼吸停止。分为3种类型：心跳停止，尚能呼吸；呼吸停止，心跳尚存，但脉搏很微弱；心跳、呼吸均停止。由于触电时心跳或呼吸是突然停止的，虽然中断了供血供氧，但人体的某些器官还存在微弱活动。有些组织的细胞新陈代谢还在进行，加之一般体内重要器官并未损伤，只要及时进行抢救，极有救活的可能。

(2) 局部电灼伤。触电者神智清醒，电灼伤常见于电流进出人体的接触处，进口处的伤口常为1个，出口处的伤口有时不止1个。电灼伤的面积有时较小，但较深，有时可深达骨骼，大多为三度灼伤。灼伤处是焦黄色或褐黑色。伤面与正常皮肤有明显的界限。

(3) 伤害较轻。触电者神智尚清醒，只是有些心慌、四肢发麻、全身无力。一度昏迷，但未失去知觉，出冷汗或恶心呕吐等。

2. 急救方法

现场急救的原则是“迅速、就地、准确、坚持”8个字。

(1) 迅速。就是要动作迅速，切不可惊慌失措，争分夺秒、千方百计地使触电者脱离电源，并将触电者放到安全地方。

(2) 就地。就是要争取时间，在现场(安全地方)就地抢救触电者。

(3) 准确。就是抢救的方法和施行的动作姿势要正确。

(4) 坚持。急救必须坚持到底，直至医务人员判定触电者已经死亡，已再无法抢救时，才能停止抢救。

习　　题

1. 单相触电和两相触电的区别是什么？
2. 触电后急救原则有哪些？
3. 常见的造成触电事故的原因有哪些？

第二部分

模拟电子技术

第9章

常用半导体器件

知识要点	教学重点	教学难点
(1) 半导体的基本知识、单向导电性、二极管结构、伏安特性及主要参数 (2) 三极管的基本结构和类型，三极管的电流放大作用及实现电流放大作用的外部条件，三极管的输入、输出特性及主要参数	(1) PN结的单向导电性，半导体二极管的伏安特性 (2) 三极管的输入、输出特性及主要参数	半导体的单向导电性、三极管的电流放大作用

引言

半导体元器件是用半导体材料制成的电子元器件，随着电子技术的飞速发展，各种新型半导体元器件层出不穷。半导体元器件是组成各种电子电路的核心元件，学习电子技术必须首先了解半导体元器件的基本结构和工作原理，掌握它们的特性和参数。

9.1 半导体基础知识

半导体器件是近代电子学的重要组成部分，它是构成电子电路的基本元件，半导体器件是由经过特殊加工且性能可控的半导体材料制成的。

9.1.1 本征半导体

1. 半导体材料

根据物体导电能力(电阻率)的不同来划分导体、绝缘体和半导体。导电性能介于导体与绝缘体之间材料，称为半导体，半导体的电阻率为 $10^{-3}\sim10^{-9}\Omega\cdot\text{cm}$。在电子器件中，常用的半导体材料有：元素半导体，如硅(Si)、锗(Ge)等；化合物半导体，如砷化镓(GaAs)等；掺杂或制成其他化合物的半导体材料，如硼(B)、磷(P)、铟(In)和锑(Sb)等。其中硅是最常用的一种半导体材料。半导体的导电能力在不同的条件下有很大的差别：当受外界热和光的作用时，它的导电能力明显变化；往纯净的半导体中掺入某些特定的杂质元素，会使它的导电能力具有可控性。这些特殊的性质决定了半导体可以制成各种器件。

特别提示

半导体有以下特点。

(1) 半导体的导电能力介于导体与绝缘体之间。

(2) 半导体受外界光和热的刺激时，其导电能力将会有显著变化。

(3) 在纯净半导体中，加入微量的杂质，其导电能力会急剧增强。

2. 半导体的共价键结构

本征半导体是纯净的、没有结构缺陷的半导体单晶。制造半导体器件的半导体材料的纯度要达到 99.9999999%，常称为“九个 9”，它在物理结构上为共价键、呈单晶体形态。硅和锗都是四价元素，在其最外层原子轨道上具有 4 个电子，称为价电子，原子呈中性，邻近原子之间由共价键联结。

硅和锗的原子结构简化模型及晶体结构如图 9.1 所示。

3. 半导体的本征激发与复合现象

在常温下，热能的激发使本征半导体共价键中的价电子获得足够的能量而脱离共价键的束缚，成为自由电子。同时，在共价键中留下一个空位，叫空穴。这种产生自由电子和

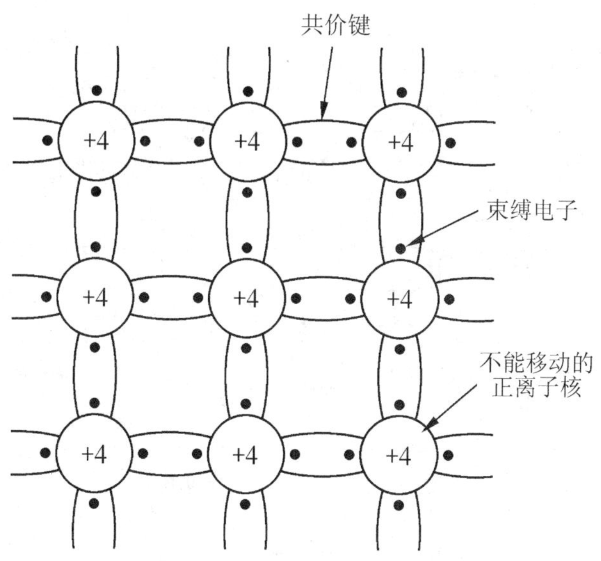

图 9.1 本征半导体结构示意图

空穴对的现象，叫本征激发。本征半导体中，自由电子和空穴成对出现，数目相同。温度越高，半导体材料中产生的自由电子便越多。

由于本征激发而在本征半导体中存在一定浓度的自由电子(带负电荷)和空穴(带正电荷)对，故其具有导电能力，但其导电能力有限。图 9.2 为本征激发所产生的电子空穴对。

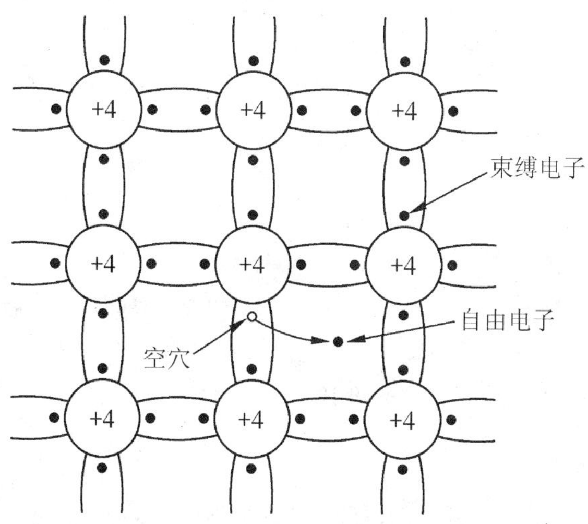

图 9.2 本征激发产生的电子空穴对

如图 9.3 所示，空穴(如图中位置 1)出现以后，邻近的束缚电子(如图中位置 2)可能获取足够的能量来填补这个空穴，而在这个束缚电子的位置又出现一个新的空位，另一个束缚电子(如图中位置 3)又会填补这个新的空位，这样就形成束缚电子填补空穴的运动。为了区别自由电子的运动，称此束缚电子填补空穴的运动为空穴运动。

游离的部分自由电子也可能回到空穴中去，称为复合。在一定温度下本征激发和复合会达到动态平衡，此时，载流子浓度一定，且自由电子数和空穴数相等。在室温下，本征

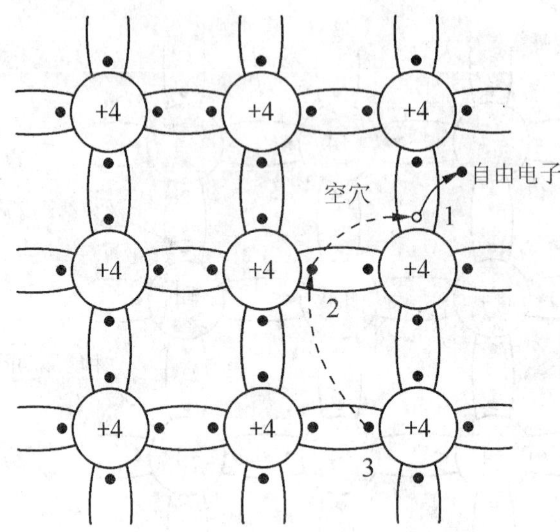

图 9.3　束缚电子填补空穴的运动

半导体中的载流子数目是一定的，数量很少，当温度升高时，会有更多的价电子挣脱束缚，产生的自由电子—空穴对的数目也相对增加。

4. 半导体的导电机理

在没有外电场的作用下，自由电子和空穴的运动是无规则的，半导体中没有电流。在外电场作用下，带负电的自由电子将逆电场方向作定向运动形成自由电子电流，带正电的空穴将顺电场方向作定向运动形成空穴电流，因此，在半导体中有自由电子和空穴两种承载电流的粒子(即载流子)，这是半导体的特殊性质。空穴导电的实质是：相邻原子中的价电子(共价键中的束缚电子)依次填补空穴而形成电流。由于电子带负电，而电子的运动与空穴的运动方向相反，因此认为空穴带正电。

9.1.2　杂质半导体

本征半导体中掺入某些微量元素，可使半导体的导电性发生显著变化，掺入的杂质主要是三价或五价元素，掺入杂质的本征半导体称为杂质半导体，杂质半导体是半导体器件的基本材料。按掺入的杂质元素不同，可形成 N 型半导体和 P 型半导体，如图 9.4 所示；控制掺入杂质元素的浓度，就可以控制杂质半导体的导电性能。

1. N 型半导体

在本征半导体中掺入五价元素(如磷)，就形成 N 型(电子型)半导体，因五价杂质原子中只有 4 个价电子能与周围 4 个半导体原子中的价电子形成共价键，而多余的一个价电子因无共价键束缚而很容易形成自由电子。每掺入一个磷原子都能提供一个电子，从而使半导体中电子的数目大大增加，这种半导体导电主要靠自由电子，所以称为电子型半导体。

在 N 型半导体中自由电子是多数载流子，它主要由杂质原子提供；空穴是少数载流子，由热激发形成。提供自由电子的五价杂质原子因最外层失去一个自由电子成为正离子，因此五价杂质原子也称为施主杂质。

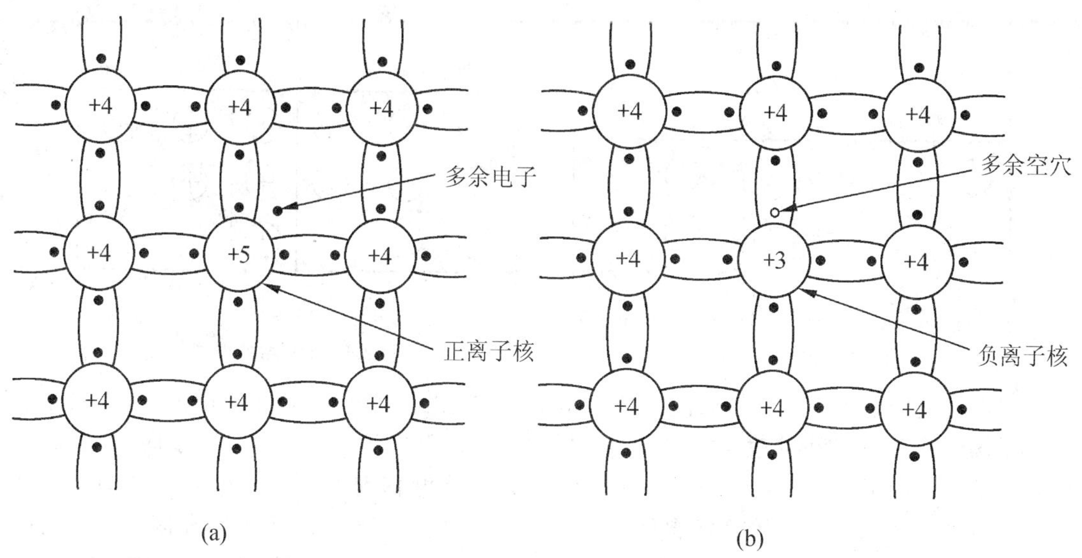

图 9.4　两种主要杂质半导体的结构示意图

(a) N 型半导体的共价键结构　(b) P 型半导体的共价键结构

2. P 型半导体

在本征半导体中掺入三价元素(如硼)，就形成 P 型(空穴型)半导体，因三价杂质原子在与硅原子形成共价键时，缺少一个价电子而在共价键中留下一个空穴。每掺入一个硼原子都能提供一个空穴，从而使半导体中空穴的数目大大增加，这种半导体导电主要是靠空穴，所以称为空穴型半导体。

在 N 型半导体中空穴是多数载流子，它主要由杂质原子提供；自由电子是少数载流子，由热激发形成。提供空穴的三价杂质原子将相邻的价电子吸引来填补这个空穴。从而使三价杂质原子带负电，因此三价杂质原子也称为施主杂质。

9.1.3　PN 节及其正向导电性

1. PN 结的形成

当通过一定的工艺，使一块 P 型半导体和一块 N 型半导体结合在一起时，在它们的交界处会形成一个特殊的区域，称为 PN 结。

在 P 型半导体和 N 型半导体结合后，由于 N 型区内电子很多而空穴很少，而 P 型区内空穴很多电子很少，在它们的交界处就出现了电子和空穴的浓度差别，这样，电子和空穴都要从浓度高的地方向浓度低的地方扩散。于是，有一些电子要从 N 型区向 P 型区扩散，也有一些空穴要从 P 型区向 N 型区扩散，如图 9.5 所示。它们扩散的结果就使 P 区一边失去空穴，留下了带负电的杂质离子，N 区一边失去电子，留下了带正电的杂质离子。半导体中的离子不能任意移动，因此不参与导电。这些不能移动的带电粒子在 P 和 N 区交界面附近，形成了一个很薄的空间电荷区，就是所谓的 PN 结，扩散越强，空间电荷区越宽，如图 9.6 所示。

空间电荷区缺少多数载流子，称为耗尽层。在出现了空间电荷区以后，由于正负电荷之间的相互作用，在空间电荷区形成一个内电场，其方向是从带正电的 N 区指向带负电的 P

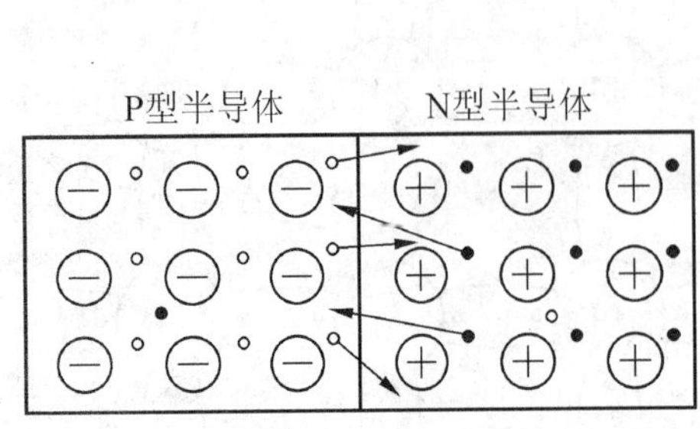

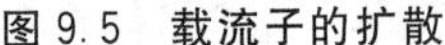

图 9.5 载流子的扩散

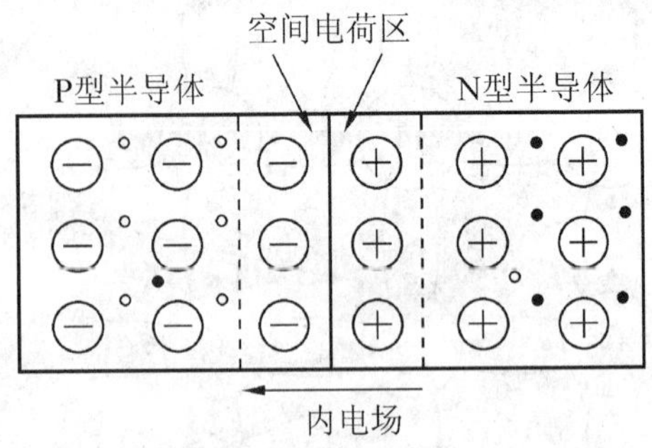

图 9.6 PN 结的形成

区。显然，这个电场的方向与载流子扩散运动的方向相反，它是阻止扩散的。另一方面，这个电场将使 N 区的少数载流子空穴向 P 区漂移，使 P 区的少数载流子电子向 N 区漂移，漂移运动的方向正好与扩散运动的方向相反。从 N 区漂移到 P 区的空穴补充了原来交界面上 P 区所失去的空穴，从 P 区漂移到 N 区的电子补充了原来交界面上 N 区所失去的电子，这就使空间电荷减少，因此，漂移运动的结果是使空间电荷区变窄。当漂移运动达到和扩散运动相等时，PN 结便处于动态平衡状态。内电场促使少子漂移，阻止多子扩散。最后的结果是多数载流子的扩散运动和少数载流子的漂移运动达到动态平衡。

2. PN 结的单向导电性

当外加电压使 PN 结中 P 区的电位高于 N 区的电位时，称为加正向电压，简称正偏；反之称为加反向电压，简称反偏，如图 9.7 所示。

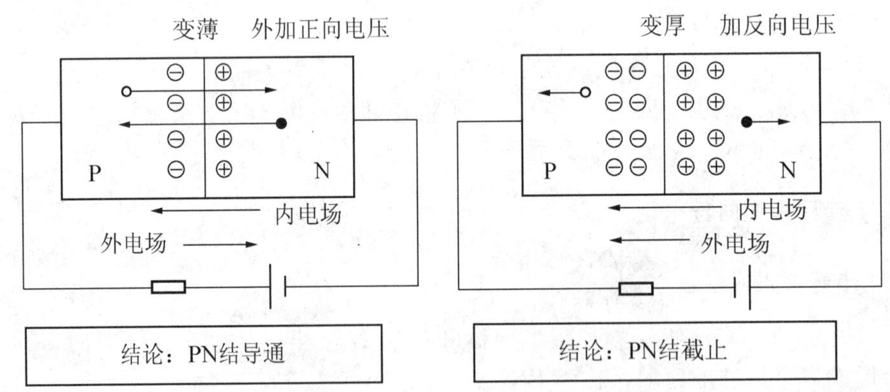

图 9.7 PN 结单向导电性

(1)PN 结正偏时。在正向电压的作用下，PN 结的平衡状态被打破，P 区中的多数载流子空穴和 N 区中的多数载流子电子都要向 PN 结移动，P 区空穴进入 PN 结后，就要和原来的一部分负离子中和，使 P 区的空间电荷量减少。同样，N 区电子进入 PN 结时，中和了部分正离子，使 N 区的空间电荷量减少，PN 结变窄，即耗尽区厚变薄，这时耗尽区中载流子增加，因而电阻减小。势垒降低使 P 区和 N 区中能越过势垒的多数载流子大大增加，形成扩散电流。在这种情况下，由少数载流子形成的漂移电流的方向与扩散电流相反，和正向电流比较，其数值很小，可忽略不计。这时 PN 结内的电流由起支配地位的扩散电流决定。在外电路上形成一个流入 P 区的电流，称为正向电流 I_F。外加电压 V_F 稍有变化(如 0.1V)，便能引起电流的显著变化，因此电流 I_F 是随外加电压急速上升的。这时，

正向的PN结表现为一个很小的电阻。在一定的温度条件下，由本征激发决定的少子浓度是一定的，故少子形成的漂移电流是恒定的，基本上与所加反向电压的大小无关，这个电流也称为反向饱和电流。

此时，PN结导通，呈现低电阻，相当于开关闭合。

(2) PN反偏时。在反向电压的作用下，P区中的空穴和N区中的电子都将进一步离开PN结，使耗尽区厚度加宽，PN结的内电场加强。这一结果，一方面使P区和N区中的多数载流子很难越过势垒，扩散电流趋近于零。另一方面，内电场的加强使得N区和P区中的少数载流子更容易产生漂移运动。这样，此时流过PN结的电流由起支配地位的漂移电流决定。漂移电流表现在外电路上有一个流入N区的反向电流I_R。由于少数载流子是由本征激发产生的，其浓度很小，所以I_R是很微弱的，一般为微安数量级。当管子制成后，I_R的数值决定于温度，而几乎与外加电压V_R无关。I_R受温度的影响较大，在某些实际应用中，必须予以考虑。PN结在反向偏置时，I_R很小，PN结呈现一个很大的电阻，可认为它基本是不导电的。这时，反向的PN结表现为一个很大的电阻。

此时，PN结截止，呈现高电阻，相当于开关断开。

PN结是半导体的基本结构单元，其基本特性是单向导电性：即当外加电压极性不同时，PN结表现出截然不同的导电性能。PN结加正向电压时，呈现低电阻，具有较大的正向扩散电流；PN结加反向电压时，呈现高电阻，具有很小的反向漂移电流。这正是PN结具有单向导电性的具体表现。

9.2　半导体二极管

1. 半导体二极管的结构与类型

在PN结上加上引线和封装，就成为一个二极管。其中P区一侧的电极称为阳极，N区一侧的电极称为阴极。

二极管按结构分有点接触型、面接触型和平面型三大类。点接触型二极管的特点是PN结面积小，结电容小，用于检波和变频等高频电路；面接触型二极管的特点是PN结面积大，用于工频大电流整流电路；平面型二极管往往用于集成电路制造业中，其PN结面积可大可小，用于高频整流和开关电路中，如图9.8所示。

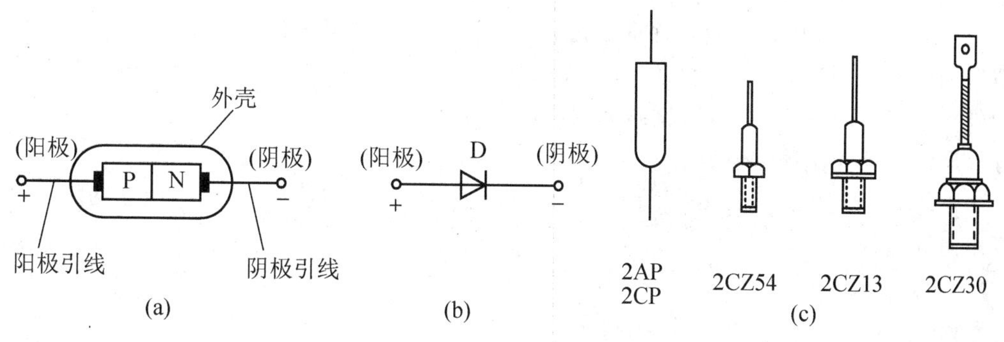

图9.8　二极管结构、符号及外形

另外，按材料分有硅二极管、锗二极管和砷化镓等二极管；按用途分有整流、稳压、开关、发光、光电、变容、阻尼等二极管；按封装形式分有塑封及金属封等二极管；按功率分有大功率、中功率及小功率等二极管。

2. 半导体二极管的伏安特性

半导体二极管的核心是PN结，它的特性就是PN结的特性——单向导电性。常用伏安特性曲线来形象地描述二极管的单向导电性，如图9.9所示。

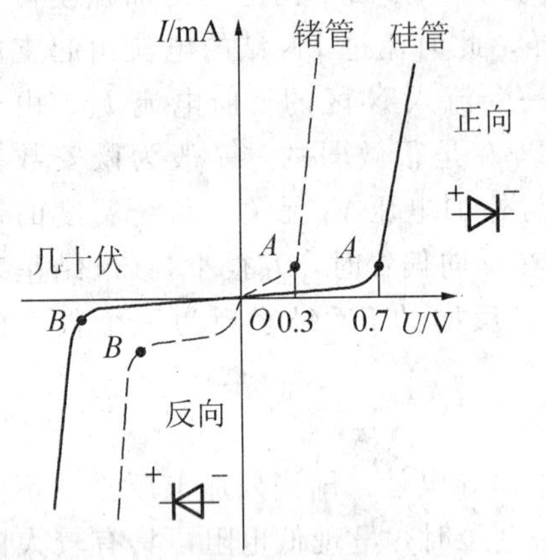

图9.9　二极管的伏安特性曲线

(1) 正向特性。二极管两端加正向电压时，就产生正向电流，当正向电压较小时，正向电流极小(几乎为零)，这一部分称为死区(也称阈值电压)，硅管约为0.5V，锗管约为0.1V。当正向电压超过死区电压时，正向电流急剧增大，二极管呈现很小电阻而处于导通状态，这时硅管的正向导通压降约为0.6～0.7V，锗管约为0.2～0.3V。二极管正向导通时，要特别注意正向电流不能超过最大值，否则将烧坏PN结。

(2)反向特性。二极管两端加上反向电压时，在开始很大范围内，二极管相当于非常大的电阻，反向电流很小，且不随反向电压变化，此时的电流称为反向饱和电流。在同样的温度下，硅管约为几微安至几十微安，锗管可达几百微安，此时半导体处于截止状态。反向电压继续增加到某一电压时，反向电流剧增，半导体二极管失去单向导电性，称为反向击穿，该电压为反向击穿电压。半导体二极管正常工作的时候，不允许出现这种情况。

(3) 温度对特性曲线的影响。由于二极管的核心是PN结，它的导电性能与温度有关，温度升高时二极管正向特性曲线向左移动，正向压降减小；反向特性曲线向下移动，反向电流增大。

3. 二极管的主要参数

半导体二极管的参数是合理选择和使用半导体二极管的依据。

(1) 最大整流电流 I_F：二极管长时间通电运行所允许的最大平均正向电流。使用时如果超过该值，将会烧毁二极管。

(2) 大反向工作电压 U_{RM}：保证二极管正常工作、不被反向击穿所能承受的反向电压。一般取反向击穿电压的一半左右作为最高反向工作电压。

(3) 反向电流 I_{RM}：二极管反向运用，承受最高反向工作电压时的反向电流。I_{RM}越小越好。反向电流受温度影响比较大。

(4) 最高工作频率 f_M：二极管正常工作的上限频率。超过此值会因结电容的作用而影响其单向导电性。

特别提示

应当指出，由于制造工艺所限，半导体器件参数具有分散性，同一型号管子的参数值

会有相当大的差距，因而手册上往往给出的是参数的上限值、下限值或范围。此外，使用时应特别注意手册上每个参数的测试条件，当使用条件与测试条件不同时，参数也会发生变化。

4. 二极管的应用

1）稳压二极管

稳压管又称齐纳二极管，利用二极管反向击穿特性实现稳压。半导体二极管的伏安特性曲线显示，反向击穿后，反向电流在一较大范围内变化，其端电压却基本不变。稳压二极管就是利用这一特点，实现“稳定电压”作用的。使用稳压二极管的关键是要在电路中加入阻值适当的电阻，限制反向电流，使反向电流的大小在允许范围内，使稳压二极管的功率损耗不致过大。这样，当反向电压的数值减小后，稳压二极管即可恢复到原先的正常状态，重复使用。稳压二极管稳压时工作在反向电击穿状态。稳压管伏安特性曲线和符号如图 9.10 所示

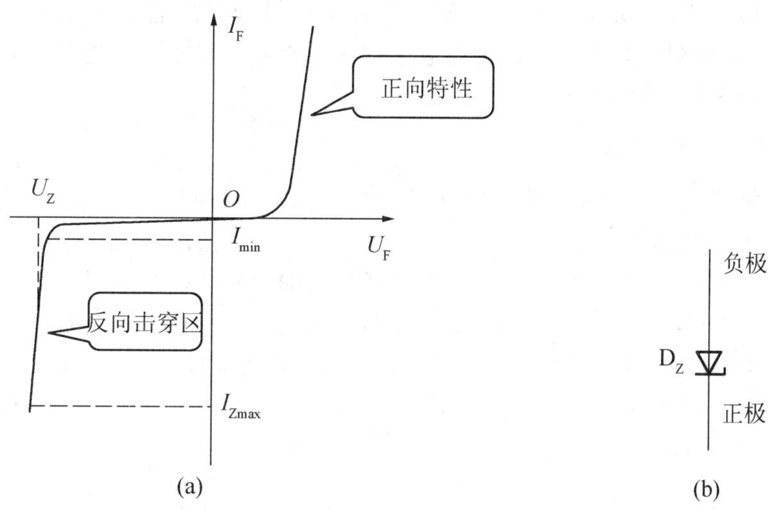

图 9.10　稳压管的伏安特性曲线和符号

(a) 伏安特性曲线　(b) 符号

稳压管的主要参数如下。

(1) 稳定电压 U_Z：规定电流下稳压管的反向击穿电压。

(2) 稳定电流 I_Z：稳压管工作在稳定电压时的电流。电流低于此值时稳压效果变坏，甚至根本不能稳压，故也经常将 I_Z 记作 $I_{Z\min}$。

(3) 最大稳定工作电流 $I_{Z\max}$：稳压管工作时允许通过的最大反向电流。最小稳定工作电流 $I_{Z\min}$：稳压管的最大稳定工作电流取决于最大耗散功率，即 $P_{Z\max}=U_Z I_{Z\max}$。

(4) 最大允许耗散功率 P_{ZM}：$P_{ZM}=U_Z I_{Z\max}$，超过此值，管子会因结温升太高而烧坏。

(5) 动态电阻 r_Z：$r_Z=\Delta U_Z/\Delta I_Z$，其概念与一般二极管的动态电阻相同，只不过稳压二极管的动态电阻是从它的反向特性上求取的。R_Z 越小，反映稳压管的击穿特性越陡，稳压效果越好。

(6) 温度系数 α：温度的变化将使 U_Z 改变，在稳压管中，当 $|U_Z|>7V$ 时，U_Z 具有正

温度系数，反向击穿是雪崩击穿；当$|U_Z|<4V$时，U_Z具有负温度系数，反向击穿是齐纳击穿；当$4V<|U_Z|<7V$时，稳压管可以获得接近零的温度系数。这样的稳压二极管可以作为标准稳压管使用。

2）发光二极管

发光二极管(LED)与普通二极管一样，也是由PN结构成的，同样具有单向导电性，但在正向导通时能发光，主要用于音响设备及线路通、断状态指示。所以它是一种把电能转换成光能的半导体器件。

3）光电二极管

光电二极管的反向电流随光照强度的变化而变化，主要用于需要光电转换的自动探测、技术、控制装置中。光电二极管是一种能将光信号转换成电信号的半导体器件。

9.3 双极性晶体管(半导体三极管)

双极性晶体管(BJT)又称晶体三极管、半导体三极管，是通过一定的工艺，将两个PN结接合在一起而构成的器件，是放大电路的核心元件，它能控制能量的转换，将输入的任何微小变化不失真地放大输出，放大的对象是变化量。

1. 半导体三极管的基本结构

半导体三极管可分为PNP型和NPN型两类，图9.11为半导体三极管的结构示意图和符号。由3个区(发射区、集电区和基区)、2个PN结(发射结和集电结)、3个电极(发射极、集电极和基极)组成。其中基区与发射区之间的PN结称为发射结，基区与集电区之间的PN结称为集电结。分别从基区、发射区、集电区各引出一个电极，基区引出的是基极(B)，发射区引出的是发射极(E)，集电区引出的是集电极(C)。

发射区杂质浓度最高，基区杂质浓度最低；基区厚度很小，集电区的几何尺寸比发射区大；发射区和集电区不能互换。

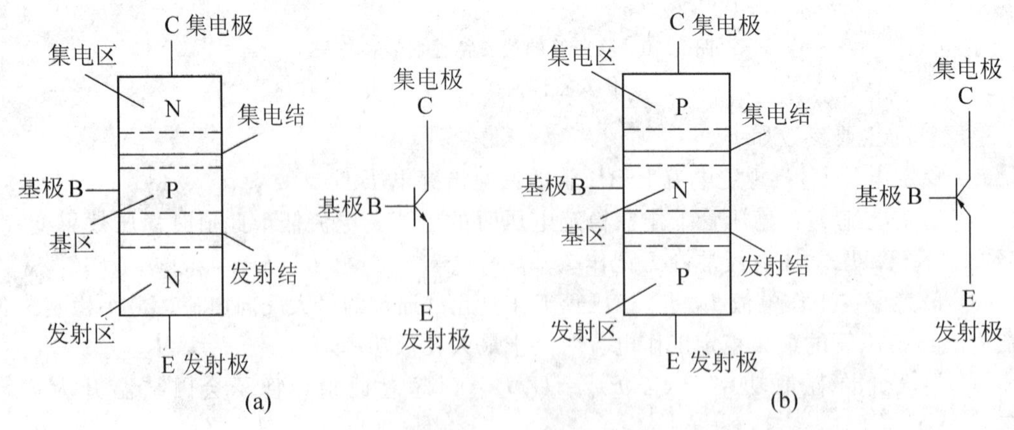

图9.11 半导体三极管的结构示意图和符号

(a) NPN型 (b) PNP型

2. 半导体三极管的放大原理

以NPN型半导体三极管为例，要使其具有电流放大作用，发射结要正向偏置，集电

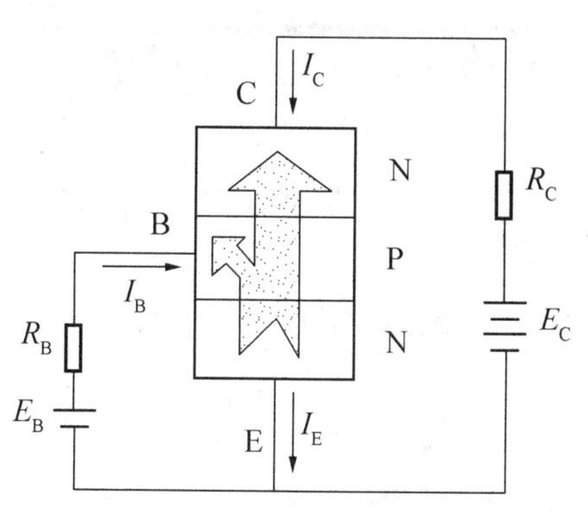

图 9.12 三极管中载流子的运动

结要反向偏置。如图 9.12 所示，这种接法为三极管的共射极接法。NPN 管是由两块 N 型半导体中间夹着一块 P 型半导体组成的，B 点电位高于 E 点电位，发射结处于正偏状态，而 C 点电位高于 B 点电位，集电结处于反偏状态，集电极电源 E_C 要高于基极电源 E_B。

在制造三极管时，有意识地使发射区的多数载流子浓度大于基区的多数载流子浓度，同时基区做得很薄，而且，要严格控制杂质含量，这样，一旦接通电源，由于发射结正偏，发射区的多数载流子(电子)及基区的多数载流子(空穴)很容易越过发射结互相向对方扩散，但因发射区的杂质浓度远大于基区的杂质浓度，基区扩散到发射区的空穴电流可以忽略不计，所以通过发射结的电流基本上是发射区扩散到基区的电子流，这股电子流称为发射极电流 I_E。

由于基区很薄，加上集电结的反偏，进入基区的电子大部分越过集电结进入集电区而形成集电集电流 I_C，只剩下很少(1%～10%)的电子在基区的空穴进行复合，被复合掉的基区空穴由基极电源 E_B 重新补给，从而形成了基极电流 I_B。

根据电流连续性原理得 $I_E=I_B+I_C$，就是说，在基极补充一个很小的 I_B，就可以在集电极上得到一个较大的 I_C，这就是所谓电流放大作用，可将 I_C 看成电流 I_B 控制的电流源。

I_C 与 I_B 维持一定的比例关系，即 $\bar{\beta}=I_C/I_B$。式中 $\bar{\beta}$ 为直流电流放大倍数。集电极电流的变化量 ΔIc 与基极电流的变化量 ΔI_B 之比为：$\beta=\Delta I_C/\Delta I_B$，式中 β 为交流电流放大倍数。

由于低频时 $\bar{\beta}$ 和 β 的数值相差不大，所以有时为了方便起见，对两者不作严格区分，β 值约为几十至一百多。三极管是一种电流放大器件，但在实际使用中常常利用三极管的电流放大作用，通过电阻转变为电压放大作用。

半导体三极管要具有电流放大作用，必须满足内部条件和外部条件。内部条件为基区做得很薄，杂质浓度低，集电区面积大，发射区掺杂浓度高；外部条件为发射结正偏，集电结反偏。从而才能实现基极电流的微小变化引起集电极电流较大变化。

3. 半导体三极管的特性曲线

三极管的特性曲线是指三极管的各电极电压与电流之间的关系曲线，它反映出三极管的特性。它可以用专用的图示仪进行显示，也可通过实验测量得到。以 NPN 型硅三极管为例，其常用的特性曲线有以下两种。

1）输入特性曲线

它是指在一定集电极和发射极电压 U_{CE} 下，三极管的基极电流 I_B 与发射结电压 U_{BE} 之间的关系曲线。实验测得三极管的输入特性曲线如图 9.13 所示。

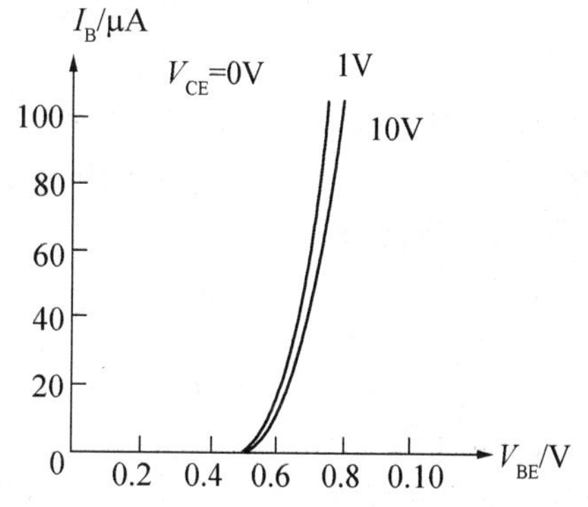

图 9.13 三极管的输入特性曲线

其中$U_{CE}=0V$的那一条相当于发射结的正向特性曲线。当$U_{CE} \geqslant 1V$时，$U_{CB}=U_{CE}-U_{BE}>0$，集电结已进入反偏状态，开始收集电子，且基区复合减少，I_C/I_B增大，特性曲线将向右稍微移动一些。但U_{CE}再增加时，曲线右移很不明显。曲线的右移是三极管内部反馈所致，右移不明显说明内部反馈很小。

2)输出特性曲线

它是指一定基极电流I_B下，三极管的集电极电流I_C与集电结电压U_{CE}之间的关系曲线。实验测得三极管的输出特性曲线如图 9.14 所示。

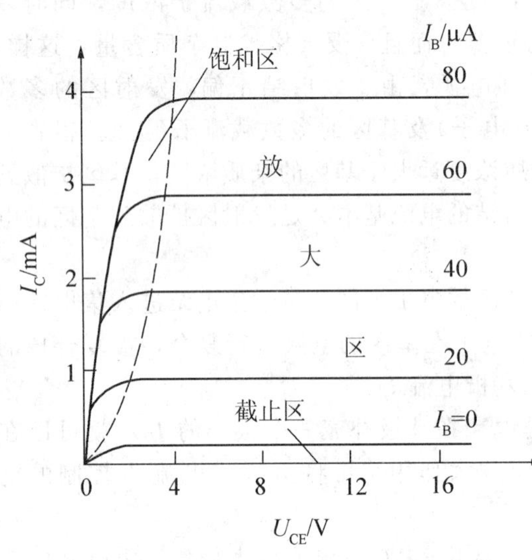

图 9.14　三极管的输出特性曲线

一般把三极管的输出特性分为 3 个工作区域，下面分别介绍。

(1) 截止区。三极管工作在截止状态时，具有以下几个特点。

① 发射结和集电结均反向偏置。

② 若不计穿透电流I_{CEO}，有I_B、I_C近似为 0。

③ 三极管的集电极和发射极之间电阻很大，三极管相当于一个开关断开。

(2) 放大区。图 9.14 中，输出特性曲线近似平坦的区域称为放大区。三极管工作在放大状态时，具有以下特点。

① 三极管的发射结正向偏置，集电结反向偏置。

② 基极电流I_B微小的变化会引起集电极电流I_C较大的变化，有电流关系式$I_C=\beta I_B$。

③ 对 NPN 型的三极管，有电位关系$U_C>U_B>U_E$。

④ 对 NPN 型硅三极管，有发射结电压$U_{BE}\approx 0.7V$；对 NPN 型锗三极管，有$U_{BE}\approx 0.2V$。

(3) 饱和区。三极管工作在饱和状态时具有如下特点。

① 三极管的发射结和集电结均正向偏置。

② 三极管的电流放大能力下降，通常有$I_C<\beta I_B$。

③ U_{CE}的值很小，称此时的电压U_{CE}为三极管的饱和压降，用U_{CES}表示。一般硅三极管的U_{CES}约为 0.3V，锗三极管的U_{CES}约为 0.1V。

④ 三极管的集电极和发射极近似短接，三极管类似于一个开关导通。

三极管作为开关使用时，通常工作在截止和饱和导通状态；作为放大元件使用时，一般要工作在放大状态。

4. 三极管的主要参数

三极管的参数有很多，如电流放大系数、反向电流、耗散功率、集电极最大电流、最大反向电压等，这些参数可以通过查半导体手册得到。三极管的参数是正确选定三极管的重要依据，下面介绍三极管的几个主要参数。

1）共发射极电流放大系数$\bar{\beta}$和β

在共发射极接法下，静态无变化信号输入时，三极管集电极电流与基极电流的比值称为共射极直流电流放大系数$\bar{\beta}$，表达式为$\bar{\beta}=\frac{I_C}{I_B}$。

共射交流电流放大系数β是指在交流工作状态下，三极管集电极电流变化量与基极电流变化量的比值，表达式为：$\beta=\frac{\Delta I_C}{\Delta I_B}$。一般有$\beta\approx\bar{\beta}$。

它是指从基极输入信号，从集电极输出信号，此种接法（共发射极）下的电流放大系数。

2）极间反向电流

（1）集电极基极间的反向饱和电流I_{CBO}。它是指发射极开路时，集电结在反向电压作用下，集—基之间由少子漂移运动形成的反向饱和电流。I_{CBO}对温度十分敏感，该值越小，三极管温度特性越好。

（2）集电极发射极间的穿透电流I_{CEO}。基极（$I_B=0$）开路时，集电极到发射极间的穿透电流。其值越小，三极管的热稳定性越好。

3）极限参数

极限参数是指三极管正常工作时不能超过的值，否则有可能损坏管子。

（1）集电极最大允许电流I_{CM}。I_C在一定的范围内变化，β值保持基本不变，但当数值I_C数值大到一定程度时，β值将减小。β值减小到额定值的70%时，所允许的电流称为集电极最大允许电流。

（2）集电极最大允许功率损耗P_{CM}。它表示集电结上允许损耗功率的最大值，超过此值就会使三极管的性能下降甚至烧毁。图9.15的虚线为三极管的允许功率损耗线，虚线以内的区域为管子工作时的安全区。

（3）反向击穿电压。

$U_{(BR)EBO}$：集电极开路时，发射极与基极间允许的最大反向电压。

$U_{(BR)CBO}$：发射极开路时，集电极与基极间允许的最大反向电压。

$U_{(BR)CEO}$：基极开路时，集电极与发射极间允许的最大反向电压。

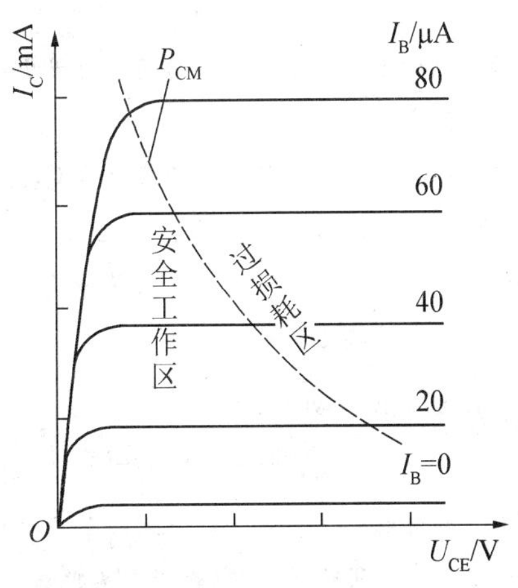

图9.15　三极管的安全工作区

选择三极管时，要保证反向击穿电压大于工作电压的两倍以上。

根据极限参数I_{CM}、P_{CM}、$U_{(BR)CEO}$，可确定半导体三极管的安全工作区。

拓展阅读

如何用万用表检测三极管—指针式万用表

三极管的管型及引脚的判别是电子技术初学者的一项基本功，为了迅速掌握测判方法，总结出四句口诀：“三颠倒，找基极；PN结，定管型；顺箭头，偏转大；测不准，动嘴巴。”

1. 三颠倒，找基极

大家知道，三极管是含有两个 PN 结的半导体器件。根据两个 PN 结的连接方式不同，可以分为 NPN 型和 PNP 型两种不同导电类型的三极管。

测试三极管要使用万用电表的欧姆挡，并选择 R×100 或 R×1k 挡位。由万用电表欧姆挡的等效电路可知，红表笔所连接的是表内电池的负极，黑表笔则连接着表内电池的正极。

假定并不知道被测三极管是 NPN 型还是 PNP 型，也分不清各引脚是什么电极。测试的第一步是判断哪个引脚是基极。这时，任取两个电极(如这两个电极为 1、2)，用万用电表两支表笔颠倒测量它的正、反向电阻，观察表针的偏转角度；接着，再取 1、3 两个电极和 2、3 两个电极，分别颠倒测量它们的正、反向电阻，观察表针的偏转角度。在这 3 次颠倒测量中，必然有 2 次测量结果相近：即颠倒测量中表针一次偏转大，一次偏转小；剩下一次必然是颠倒测量前后指针偏转角度都很小，这一次未测的那只引脚就是基极。

2. PN 结，定管型

找出三极管的基极后，就可以根据基极与另外两个电极之间 PN 结的方向来确定管子的导电类型。将万用表的黑表笔接触基极，红表笔接触另外两个电极中的任一电极，若表头指针偏转角度很大，则说明被测三极管为 NPN 型管；若表头指针偏转角度很小，则被测管为 PNP 型。

3. 顺箭头，偏转大

找出了基极 B，另外两个电极哪个是集电极 C，哪个是发射极 E 呢？这时可以用测穿透电流 I_{CEO} 的方法确定集电极 C 和发射极 E。

(1) 对于 NPN 型三极管，用万用电表的黑、红表笔颠倒测量两极间的正、反向电阻 R_{CE} 和 R_{EC}，虽然两次测量中万用表指针偏转角度都很小，但仔细观察，总会有一次偏转角度稍大，此时电流的流向一定是：黑表笔→C 极→B 极→E 极→红表笔，电流流向正好与三极管符号中的箭头方向一致(“顺箭头”)，所以此时黑表笔所接的一定是集电极 C，红表笔所接的一定是发射极 e。

(2) 对于 PNP 型的三极管，道理也类似于 NPN 型，其电流流向一定是：黑表笔→E 极→B 极→C 极→红表笔，其电流流向也与三极管符号中的箭头方向一致，所以此时黑表笔接的一定是发射极 E，红表笔接的一定是集电极 C。

4. 测不出，动嘴巴

若在“顺箭头，偏转大”的测量过程中，当由于颠倒前后的两次测量指针偏转均太小难以区分时，就要“动嘴巴”了。具体方法是：在“顺箭头，偏转大”的两次测量中，用两只手分别捏住两表笔与引脚的结合部，用嘴巴含住(或用舌头抵住)基电极 B，仍用“顺箭头，偏转大”的判别方法即可区分开集电极 C 与发射极 E。其中人体起到直流偏置电阻的作用，目的是使效果更加明显。

9.4 场效应管

场效应管(英缩写 FET)是利用输入电压产生的电场效应来控制输出电流的，所以又称为电压控制型器件。它工作时只有一种载流子(多数载流子)参与导电，故也叫单极型半导体三极管。因它具有很高的输入电阻，能满足高内阻信号源对放大电路的要求，所以是较理想的前置输入级器件。它还具有热稳定性好、功耗低、噪声低、制造工艺简单、便于集

成等优点，因而得到了广泛的应用。

从参与导电的载流子来划分，有电子作为载流子的 N 沟道器件和空穴作为载流子的 P 沟道器件。

从场效应三极管的结构来划分，有两大类：结型场效应管 JFET(Junction type Field Effect Transistor)和绝缘栅型场效应管 IGFET(Insulated Gate Field Effect Transistor)，IGFET 也称金属氧化物半导体三极管 MOSFET(Metal Oxide Semiconductor FET)，下面主要以绝缘栅型场效应管为例进行介绍。

1. 绝缘栅型场效应管 MOSFET 的结构和工作原理

绝缘栅型场效应管按制造工艺可分为增强型和耗尽型两类，每类又有 N 沟道和 P 沟道两种类型。下面以 N 沟道为例介绍绝缘栅型场效应管。

1）结构和符号

图 9.16 是 N 沟道增强型 MOS 管的示意图。MOS 管以一块掺杂浓度较低的 P 型硅片做衬底，在衬底上通过扩散工艺形成两个高掺杂的 N 型区，并引出两个极作为源极 S 和漏极 D；在 P 型硅表面制作一层很薄的二氧化硅(SiO2)绝缘层，在二氧化硅表面再喷上一层金属铝，引出栅极 G。这种场效应管栅极、源极、漏极之间都是绝缘的，所以称为绝缘栅场效应管。

绝缘栅场效应管的图形符号如图 9.16(b)、(c)所示，箭头方向表示沟道类型，箭头指向管内表示为 N 沟道 MOS 管(图 9.16(b))，否则为 P 沟道 MOS 管(图 9.16(c))。

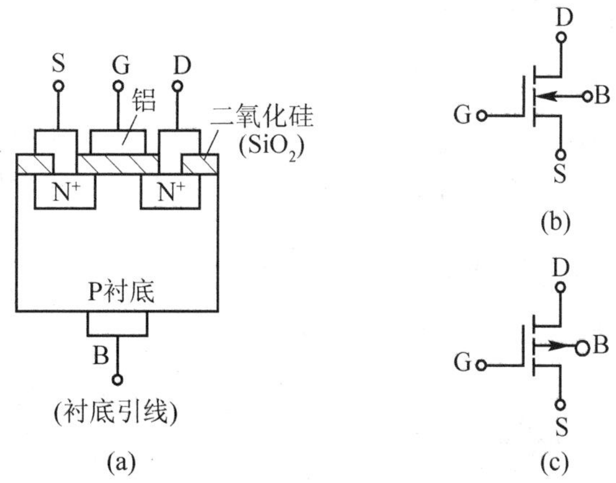

图 9.16 MOS 管的结构及其图形符号

2）工作原理

(1) 增强型场效应管的工作原理。当 $U_{GS}=0$V 时，漏源之间相当两个背靠背的二极管，在 D、S 之间加上电压不会在 D、S 间形成电流。其工作原理如图 9.17 所示

当栅极加有电压时，若 $0<U_{GS}<U_{GS}(\text{th})$(称为开启电压)时，通过栅极和衬底间的电容作用，将靠近栅极下方的 P 型半导体中的空穴向下方排斥，出现了一薄层负离子的耗尽层。耗尽层中的少子将向表层运动，但数量有限，不足以形成沟道，将漏极和源极沟通，所以不可能以形成漏极电流 I_D。如图 9.17(a)所示。

进一步增加 U_{GS}，当 $U_{GS}>U_{GS}(\text{th})$(称为开启电压)时，此时的栅极电压已经比较

强，在靠近栅极下方的P型半导体表层中聚集较多的电子，可以形成沟道，将漏极和源极沟通。如果此时加有漏源电压，就可以形成漏极电流 I_D，如图 9.17(b)所示。在栅极下方形成的导电沟道中的电子，因与P型半导体的载流子空穴极性相反，故称为反型层。

随着 U_{GS} 的继续增加，I_D 将不断增加。在 $U_{GS}=0$V 时 $I_D=0$，只有当 $U_{GS}>U_{GS}$(th)后才会出现漏极电流，这种 MOS 管称为增强型 MOS 管。

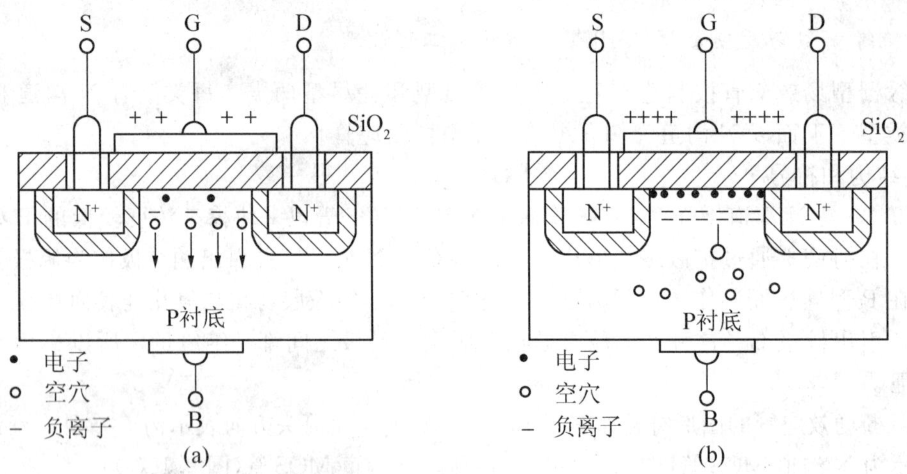

图 9.17 N沟道增强型绝缘栅型场效应管的工作原理

(a) 栅源极间电压小于开启电压 (b) 栅源极间电压大于开启电压

(2) 耗尽型场效应管的工作原理。它在栅极下方的 SiO_2 绝缘层中掺入了大量的金属正离子。所以当 $U_{GS}=0$ 时，这些正离子已经感应出反型层，在漏源之间形成了沟道。于是只要有漏源电压，就有漏极电流存在。

当 $U_{GS}>0$ 时，将使 I_D 进一步增加。当 $U_{GS}<0$ 时，随着 U_{GS} 的减小，漏极电流逐渐减小，直至 $I_D=0$。对应 $I_D=0$ 的 U_{GS} 称为夹断电压，用符号 U_{GS}(off)表示，有时也用 U_P 表示。

2. 绝缘栅型场效应管 MOSFET 的特性曲线

1) 漏极特性

漏极特性是指 U_{GS} 为常数时，I_D 随 U_{GS} 的变化关系。

$U_{GS}<U_T$，I_D 约为 0 的区域为截止区。

$U_{GS}>U_T$，且 U_{GS} 较小的区域，称为可变电阻区。

$U_{GS}=U_T$，且 U_{GS} 较大的区域，称为恒流区也叫放大区，在此区域 I_D 受 U_{GS} 控制，与 U_{DS} 无关。

3. 转移特性

转移特是指 U_{GS} 为常数时，I_D 与 U_{GS} 的关系。

绝缘栅型场效应管的特性曲线总结见表 9-1。

表 9-1　绝缘栅型场效应管的特性曲线表

（从左到右分别为符号、转移特性曲线、漏极特性曲线）

绝缘栅型场效应管	N沟道增强型	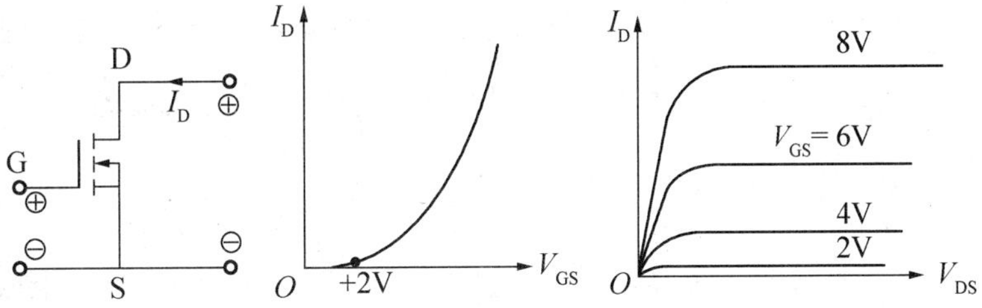
	P沟道增强型	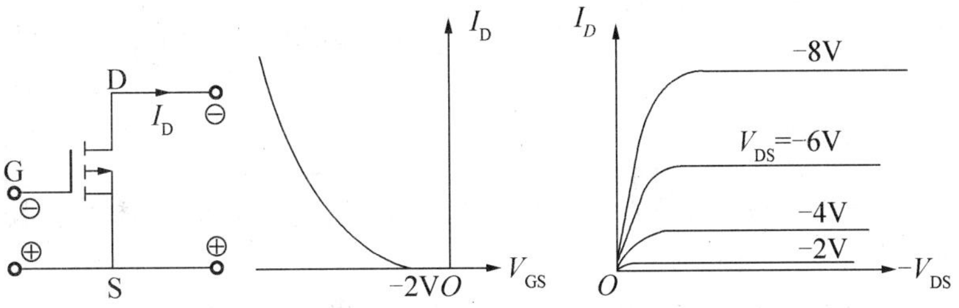
	N沟道耗尽型	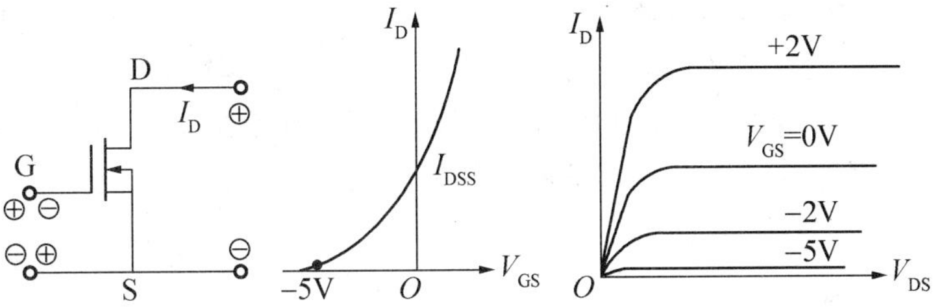
	P沟道耗尽型	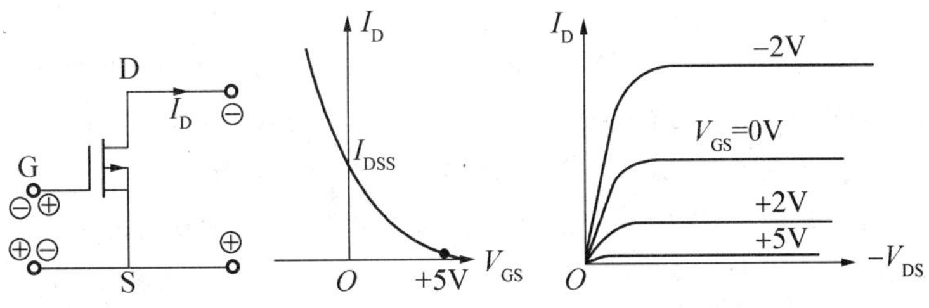

4. 主要参数

1）开启电压 U_{GS}(th)(或 U_T)

开启电压是MOS增强型管的参数，栅源电压小于开启电压的绝对值，场效应管不能导通。

2）夹断电压 U_{GS}(off)(或 U_P)

夹断电压是耗尽型场效应管的参数，当 $U_{GS}=U_{GS}$(off)时，漏极电流为零。

3）饱和漏极电流 I_{DSS}

饱和漏极电流是耗尽型场效应管的参数，当 $U_{GS}=0$ 时所对应的漏极电流。

4）低频跨导 g_m

是指 U_{DS} 为某一定值时，漏极电流的微变量和引起这个变化的栅源电压微变量之比，即 $g_m=\frac{\Delta I_D}{\Delta U_{GS}}|U_{DS}$，$g_m$ 反映了 U_{GS} 对 I_D 的控制能力，是表征场效应管放大能力的重要参数，单位为西门子(S)。

5）极限参数

(1) 最大漏极电流 I_{DM}：是场效应管正常工作时漏极电流的上限值。

(2) 漏源击穿电压 $U_{(BR)DS}$：场效应管进入恒流区后，使 I_D 骤然增大的 U_{DS} 值称为漏—源击穿电压，U_{DS} 超过此值会使管子烧坏。

(3) 最大耗散功率 P_{DM}：可由 $P_{DM}=U_{DS}I_D$ 决定，与双极型三极管的 P_{CM} 相当。

特别提示

(1)在使用场效应管时，要注意漏源电压 U_{DS}、漏源电流 I_D、栅源电压 U_{GS} 及耗散功率等值不能超过最大允许值。

(2) 场效应管从结构上看漏源两极是对称的，可以互相调用，但有些产品制作时已将衬底和源极在内部连在一起，这时漏源两极不能对换用。

(3) 结型场效应管的栅源电压 U_{GS} 不能加正向电压，因为它工作在反偏状态。通常各极在开路状态下保存。

(4) 绝缘栅型场效应管的栅源两极绝不允许悬空。

(5) 注意各极电压的极性不能接错。

拓展阅读

场效应管 FET 与晶体管 BJT 的比较

(1) FET 是另一种半导体器件，在 FET 中只是多子参与导电，故称为单极型三极管；而普通三极管参与导电的既有多数载流子，也有少数载流子，故称为双极型三极管(BJT)。由于少数载流子的浓度易受温度影响，因此，在温度稳定性、低噪声等方面 FET 优于 BJT。

(2) BJT 是电流控制器件，通过控制基极电流达到控制输出电流的目的。因此，基极总有一定的电流，故 BJT 的输入电阻较低；FET 是电压控制器件，其输出电流取决于栅源间的电压，栅极几乎不取用电流，因此，FET 的输入电阻很高，可以达到 109～1014Ω。高输入电阻是 FET 的突出优点。

(3) FET 的漏极和源极可以互换使用，耗尽型 MOS 管的栅极电压可正可负，因而 FET 放大电路的构成比 BJT 放大电路灵活。

(4) FET 和 BJT 都可以用于放大或作可控开关。但 FET 还可以作为压控电阻使用，可以在微电流、低电压条件下工作，且便于集成。在大规模和超大规模集成电路中应用极为广泛。

9.5 可控硅(晶闸管)

1. 可控硅介绍

可控硅是一种以硅单晶为基本材料的P1N1P2N2四层三端器件，创制于1957年，由于它特性类似于真空闸流管，所以国际上通称为硅晶体闸流管，简称可控硅T，又由于可控硅最初应用于可控整流方面所以又称为硅可控整流元件，简称为可控硅SCR。

在性能上，可控硅不仅具有单向导电性，还具有比硅整流元件(俗称“死硅”)更为可贵的可控性。它只有导通和关断两种状态。可控硅能以毫安级电流控制大功率的机电设备，如果超过此频率，因元件开关损耗显著增加，允许通过的平均电流相降低，此时，标称电流应降级使用。

可控硅的优点很多，例如：以小功率控制大功率，功率放大倍数高达几十万倍；反应极快，在微秒级内开通、关断；无触点运行，无火花、无噪音；效率高，成本低；等等。可控硅的弱点：静态及动态的过载能力较差；容易受干扰而误导通。

可控硅从外形上分类主要有螺栓形、平板形和平底形。

2. 可控硅元件的结构

不管可控硅的外形如何，它们的管芯都是由P型硅和N型硅组成的四层P1N1P2N2结构，如图9.18所示。它有3个PN结(J1、J2、J3)，从J1结构的P1层引出阳极A，从N2层引出阴级K，从P2层引出控制极G，所以它是一种四层三端的半导体器件。

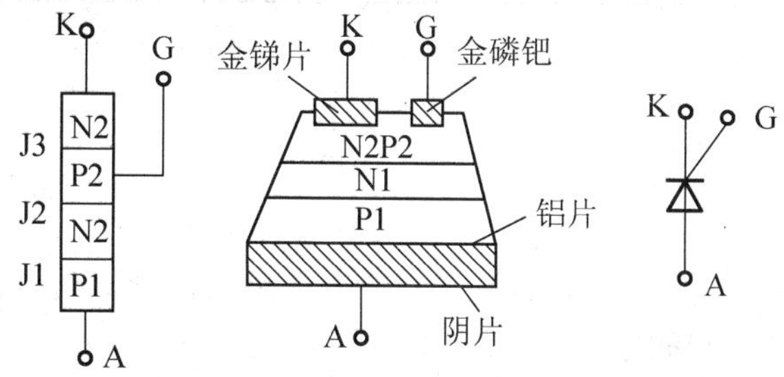

图9.18 可控硅结构示意图和符号图

3. 可控硅工作原理

可控硅是P1N1P2N2四层三端结构元件，共有3个PN结，分析原理时，可以把它看作由一个PNP管和一个NPN管组成，其等效图解如图9.19所示。

当阳极A加上正向电压时，BG1和BG2管均处于放大状态。此时，如果从控制极G输入一个正向触发信号，BG2便有基流I_{b2}流过，经BG2放大，其集电极电流$I_{c2}=\beta_2 I_{b2}$。因为BG2的集电极直接与BG1的基极相连，所以$I_{b1}=I_{c2}$。此时，电流I_{c2}再经BG1放大，于是BG1的集电极电流$I_{c1}=\beta_1 I_{b1}=\beta_1\beta_2 I_{b2}$。这个电流又流回到BG2的基极，形成正反馈，使$I_{b2}$不断增大，此正向反馈循环的结果，使两个管子的电流剧增，可控硅饱和导通。

由于BG1和BG2构成的正反馈作用，所以一旦可控硅导通，即使控制极G的电流消

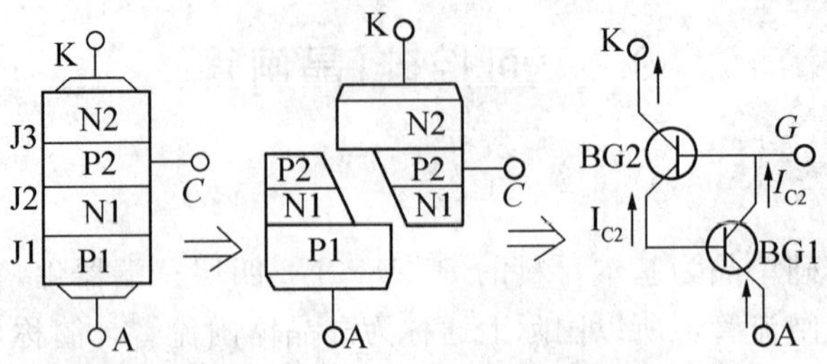

图 9.19 可控硅等效图解图

失，可控硅仍然能够维持导通状态，由于触发信号只起触发作用，没有关断功能，所以这种可控硅是不可关断的。

由于可控硅只有导通和关断两种工作状态，所以它具有开关特性，这种特性需要一定的条件才能转化，此条件见表 9－2。

表 9－2 可控硅导通和关断条件

状态	条件	说明
从关断到导通	(1)阳极电位高于阴极电位 (2)控制极有足够的正向电压和电流	两者缺一不可
维持导通	(1)阳极电位高于阴极电位 (2)阳极电流大于维持电流	两者缺一不可
从导通到关断	(1)阳极电位低于阴极电位 (2)阳极电流小于维持电流	任一条件即可

习　题

1. 二极管电路如图 9.20 所示，假设二极管为理想二极管，判断图中的二极管是导通还是截止，并求出 AO 两端的电压 U_{AO}。

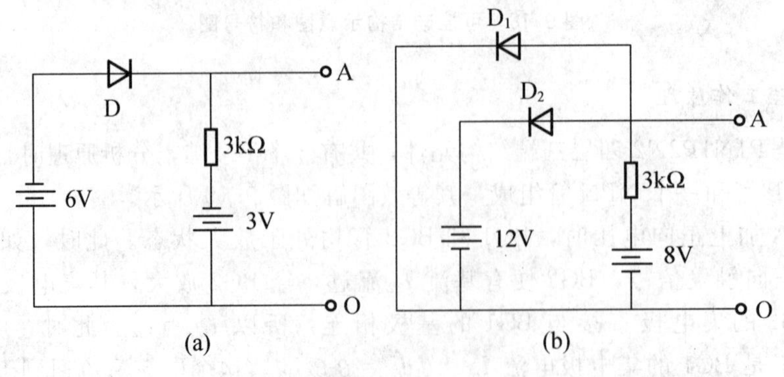

图 9.20 题 1 图

2. 二极管电路如图 9.21 所示，设输入电压 $u_i(t)$ 波形如图 9.21(b)所示，在 $0<t<5$ms 的时间间隔内，试绘出 $u_o(t)$ 的波形，设二极管是理想的。

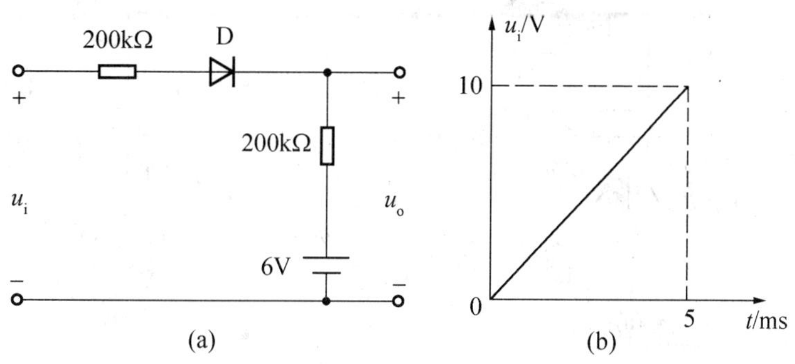

图 9.21 题 2 图

3. 电路如图 9.22(a)所示，设二极管是理想的。

(1) 画出它的传输特性；

(2) 若输入电压 $u_i=20\sin\omega t$(V)，如图 9.22(b)所示，试根据传输特性绘出一周期的输出电压 u_o的波形。

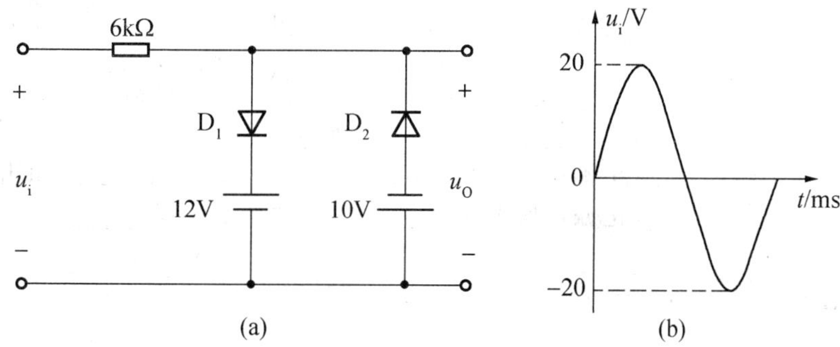

图 9.22 题 3 图

4. 电路如图 9.23(a)、(b)所示，稳压管的稳定电压 $U_Z=3$V，R 的取值合适，u_I 的波形如图 9.23(c)所示。试分别画出 u_{O1} 和 u_{O2} 的波形。

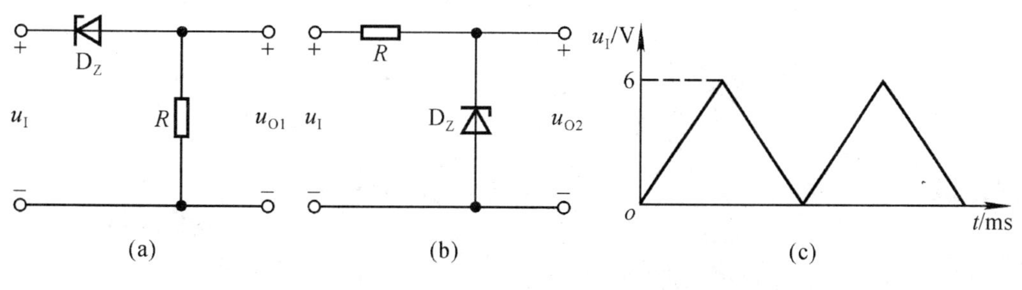

图 9.23 题 4 图

5. 三极管工作在放大状态时，测得三只晶体管的直流电位如图 9.24 所示。试判断各管子的管脚、管型和半导体材料。

6. 如何用万用表判断一个三极管的 E、B、C 极？

7. 三极管的每个电极对地的电位，如图 9.25 所示，试判断各三极管处于何种工作状态？(NPN 型为硅管，PNP 型为锗管)

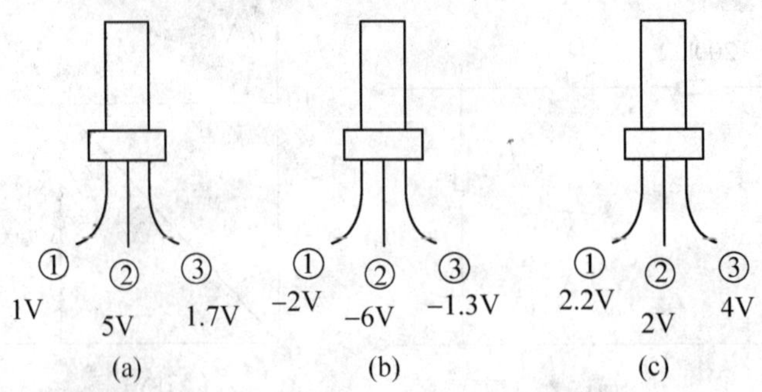

图 9.24 题 5 图

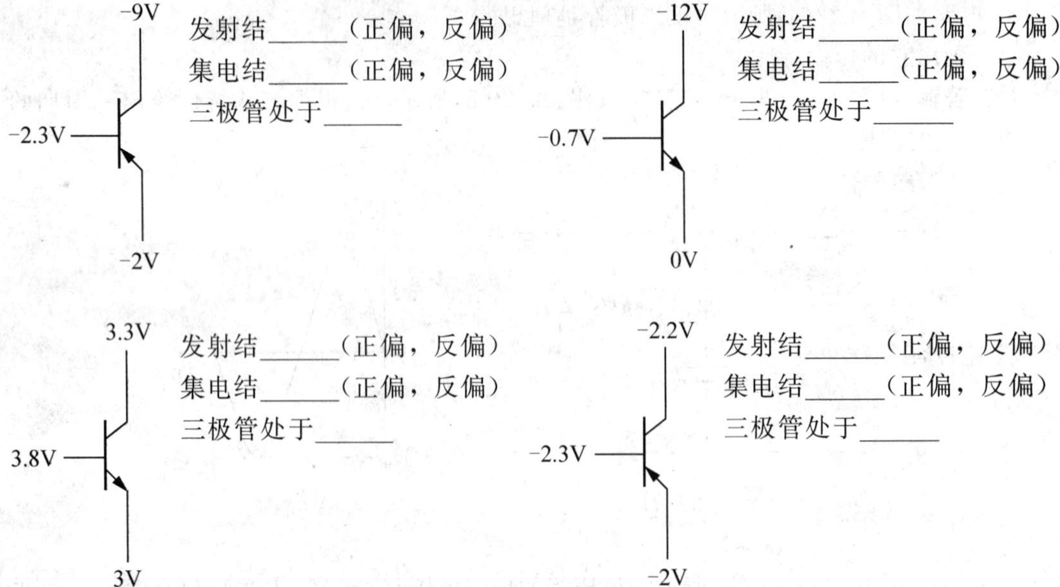

图 9.25 题 7 图

第10章

放大电路

知识要点	教学重点	教学难点
(1) 单管共射级放大电路的组成、分压式放大电路稳定工作点的原理 (2) 放大电路静态工件点的计算和分析方法，微变特效电路的分析方法 (3) 单管放大电路的电压放大倍数、输入电阻和输出电阻的计算 (4) 多级放大电路、负反馈的作用	放大电路静态工件点的计算和分析方法	(1) 三极管的电流放大作用，计算单管放大电路的电压放大倍数、输入电阻和输出电阻 (2) 放大电路静态工作点的设置方法

引言

晶体管的主要用途之一是利用其放大作用组成放大电路。放大电路的应用极其广泛，它是电子设备中的基本单元。

所谓放大，就是增大微弱电信号幅度或功率的物理过程，实现放大作用的电路就是放大电路。放大电路又称放大器，是模拟电子技术中最基本、最常用的电路，也是构成目前广泛使用的集成运算放大器的基本单元，如图 10.1 所示。三极管放大电路有 3 种形式(共射放大器、共基放大器、共集放大器)，由一只晶体管组成的放大电路就是单管放大电路，本节介绍应用最多的共射极单管放大电路。

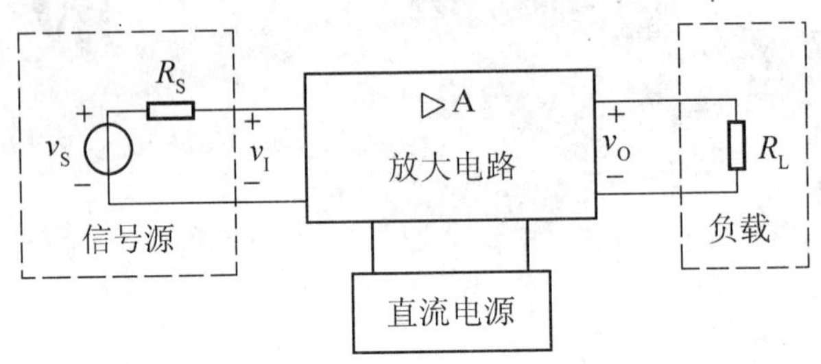

图 10.1　放大电路的结构示意图

10.1　基本放大电路

在电子电路中，放大的对象是变化量，常用的测试信号是正弦波。放大电路放大的本质是在输入信号的作用下，通过有源元件(BJT 或 FET)对直流电源的能量进行控制和转换，使负载从电源中获得输出信号的能量，比信号源向放大电路提供的能量大得多。因此，电子电路放大的基本特征是功率放大，表现为输出电压大于输入电压，输出电流大于输入电流，或者二者兼而有之。

在放大电路中必须存在能够控制能量的元件，即有源元件，如 BJT 和 FET 等。放大的前提是不失真，只有在不失真的情况下放大才有意义。

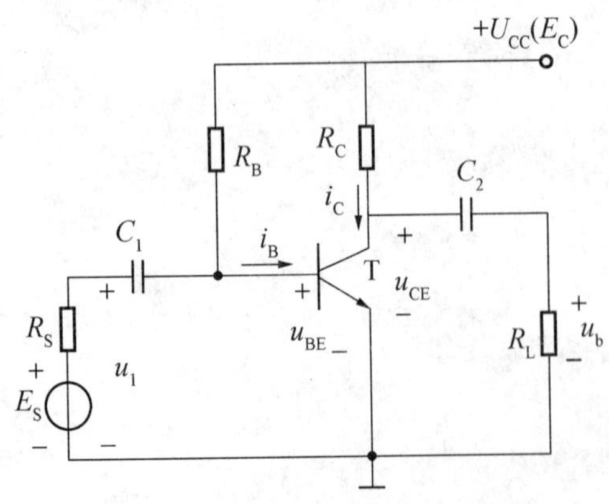

图 10.2　基本交流放大电路

图 10.2 是共发射极接法的基本交流放大电路。交流信号从基极输入，集电极输出，发射极是输入、输出的公共端，故称为共发射极接法。电路中基极电阻 R_B 和基极电源 E_B 的作用是使发射结处于正向偏置，并提供大小合适的基极电流，以使放大电路获得合适的静态工作点。实际往往将 E_B 省去，再把 R_B 改接到 E_C，适当调整 R_B 的大小，仍可达到同样的目的。另外，在放大电路中，常把公共端接“地”，作为电路中其他各点的电位参考点，为简化电路画法，将集电极电源 E_C 用电位 U_{CC} 表示，简化后的电路如图 10.3 所示。

1. 放大电路的主要性能指标

1）输入电阻 r_i

从输入端看进去的等效电阻，反映放大电路从信号源索取电流的大小。放大电路一定要有前级(信号源)为其提供信号，那么就要从信号源取电流。输入电阻是衡量放大电路从其前级取电流大小的参数。输入电阻越大，从其前级取得的电流越小，对前级的影响就越小。

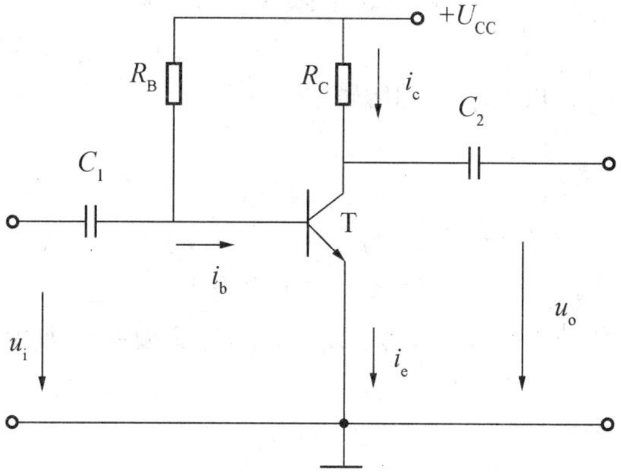

图 10.3 简化后的基本交流放大电路

2）输出电阻 r_o

放大电路对其负载而言，相当于信号源，可以将它等效为戴维南等效电路，这个戴维南等效电路的内阻就是输出电阻。输出电阻表明放大电路带负载的能力，若 r_o 大，则表明放大电路带负载的能力差，反之则强。

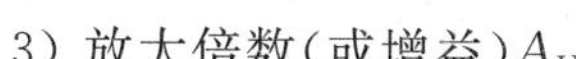

3）放大倍数(或增益) A_U

输出变化量幅值与输入变化量幅值之比，或二者的正弦交流值之比，用以衡量电路的放大能力。根据放大电路输入量和输出量为电压或电流的不同，有 4 种不同的放大倍数：电压放大倍数、电流放大倍数、互阻放大倍数和互导放大倍数。

电压放大倍数定义为

$$\dot{A}_{uu}=\dot{A}_u=\frac{\dot{U}_o}{\dot{U}_i} \tag{10-1}$$

电流放大倍数定义为

$$\dot{A}_{ii}=\dot{A}_i=\frac{\dot{I}_o}{\dot{I}_i} \tag{10-2}$$

互阻放大倍数定义为

$$\dot{A}_{ui}=\frac{\dot{U}_o}{\dot{I}_i} \tag{10-3}$$

互导放大倍数定义为

$$\dot{A}_{iu}=\frac{\dot{I}_o}{\dot{U}_i} \tag{10-4}$$

特别提示

放大倍数、输入电阻、输出电阻通常都是在正弦信号下的交流参数，只有在放大电路处于放大状态且输出不失真的条件下才有意义。

4）最大不失真输出电压

未产生截止失真和饱和失真时，最大输出信号的正弦有效值或峰值。一般用有效值 U_{OM} 表示；也可以用峰—峰值 U_{OPP} 表示。

5）上限频率、下限频率和通频带

由于放大电路中存在电感、电容及半导体器件结电容，在输入信号频率较低或较高时，放大倍数的幅值会下降并产生相移。一般地，放大电路只适合于放大某一特定频率范围内的信号。

（1）上限频率 f_H（或称为上限截止频率）：在信号频率下降到一定程度时，放大倍数的数值等于中频段的 0.707 倍时的频率值即为上限频率。

（2）下限频率 f_L（或称为下限截止频率）：在信号频率上升到一定程度时，放大倍数的数值等于中频段的 0.707 倍时的频率值即为下限频率。

（3）通频带 f_{BW}：$f_{BW}=f_H-f_L$，如图 10.4 所示。通频带越宽，表明放大电路对不同频率信号的适应能力越强。

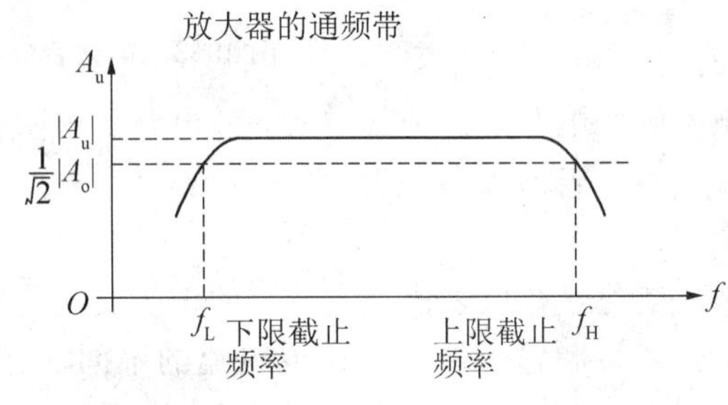

图 10.4 通频带的定义

6）最大输出功率 P_{OM} 与效率 η

P_{OM} 是在输出信号基本不失真的情况下，负载能够从放大电路获得的最大功率，是负载从直流电源获得的信号功率。此时，输出电压达到最大不失真输出电压。

η 为直流电源能量的利用率。$\eta=\dfrac{P_{OM}}{P_V}$，P_V 为电源消耗的功率。

7）非线性失真系数 D

在某一正弦信号输入下，输出波形因放大器件的非线性特性而产生失真，其谐波分量的总有效值与基波分量之比为非线性失真系数，即 $D=\dfrac{\sqrt{A_2^2+A_2^2+\cdots}}{A_1}\times100$，$A_1$ 为基波幅值，A_2、A_3 为各次谐波幅值。

2. 两种常见的共射放大电路组成及各部分作用

以图 10.3 所示电路为例进行说明。

1）直接耦合共射放大电路

信号源与放大电路、放大电路与负载之间均直接相连。适合于放大直流信号和变化缓慢的交流信号。

2）阻容耦合共射放大电路

信号源与放大电路、放大电路与负载之间均通过耦合电容相连。不能放大直流信号和变化缓慢的交流信号，只能放大某一频段范围的信号。

3）放大电路中元件及作用

三极管 T：起放大作用。

集电极负载电阻 R_C：将变化的集电极电流转换为电压输出。

偏置电路U_{CC}，R_B：使三极管工作在放大区，U_{CC}还为输出提供能量。

耦合电容C_1，C_2：输入电容C_1用来隔断放大电路与信号源之间的直流通路。输出电容C_2用来隔断放大电路与负载之间的直流通路。

3. 实现放大作用的条件

不管放大电路的结构形式如何，组成放大电路时只要遵循以下几个原则就能实现放大作用。

(1) 外加直流电源的极性必须使晶体管的发射结正向偏置，集电结反向偏置，以保证晶体管工作在放大区。此时，若基极电流i_B有一个微小的变化量Δi_B，将控制集电极电流i_C产生一个较大的变化量Δi_C，二者之间的关系为

$$\Delta i_C = \beta \Delta i_B$$

(2) 输入回路的接法，应该使输入电压的变化量能够传送到晶体管的基极回路，并使基极电流产生相应的变化量Δi_B。

(3) 输出回路的接法，应该使集电极电流的变化量Δi_C能够转化为集电极电压的变化量Δu_{CE}，并传送到放大电路的输出端。

(4) 为了保证放大电路能够正常工作，在电路没有外加信号时，不仅必须要使晶体管处于放大状态，而且还要有一个合适的静态工作电压和静态工作电流，即要合理地设置放大电路的静态工作点。

10.2　放大电路的基本分析方法

1. 直流通路、交流通路及其画法

(1) 直流通路：在直流电源的作用下，直流电流流经的通路，用于求解静态工作点Q的值。

(2) 直流通路的画法：电容视为开路、电感视为短路；信号源视为短路，但应保留内阻。

(3) 交流通路：在输入信号作用下，交流信号流经的通路，用于研究和求解动态参数。

(4) 交流通路的画法：耦合电容视为短路；无内阻直流电源视为短路。

2. 共射极基本放大电路的静态分析

静态是指无交流信号输入时，电路中的电流、电压的状态，静态时三极管各极电流和电压值称为静态工作点Q(主要指I_{BQ}、I_{CQ}和U_{CEQ})。静态分析主要是确定放大电路中的静态值I_{BQ}、I_{CQ}和U_{CEQ}。主要方法有估算法和图解法。

1) 估算法计算静态工作点

共射极基本放大电路的直流通路如图10.5所示。结果有

$$I_{BQ} = \frac{U_{CC} - U_{BEQ}}{R_B} \tag{10-5}$$

$$I_{CQ} = \beta I_{BQ} \tag{10-6}$$

$$U_{CEQ} = U_{CC} - I_{CQ} R_C \tag{10-7}$$

对于硅管U_{BEQ}＝0.6～0.7V，对于锗管U_{BEQ}＝0.2～0.3V。

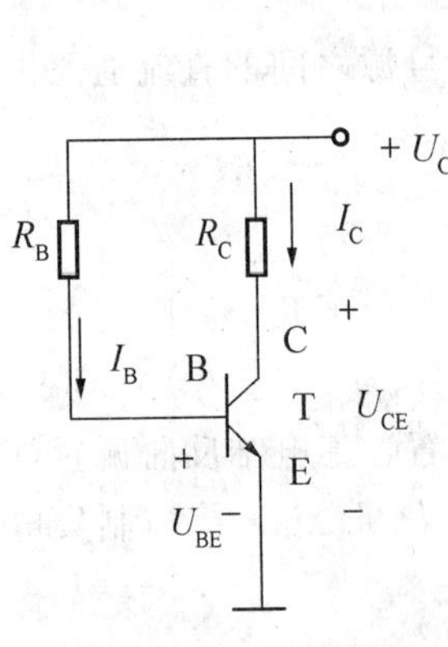

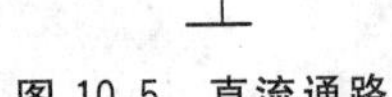

图 10.5 直流通路

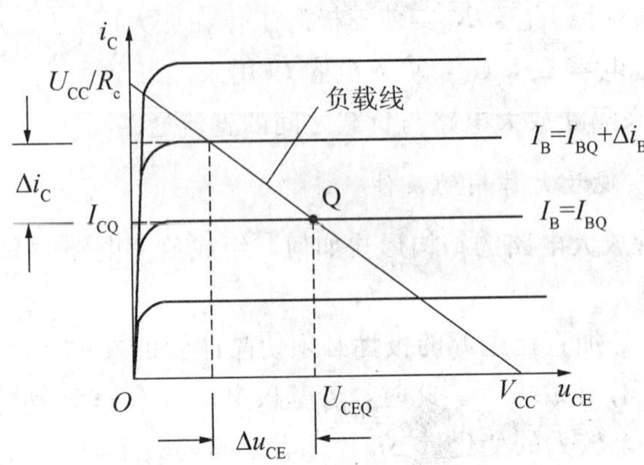

图 10.6 图解法确定静态工作点

2)图解法求解静态工作点

图解法确定静态工作点如图 10.6 所示，具体步骤如下。

(1) 画出放大电路的直流通路。

(2) 根据基极回路用估算法求出基极偏置电流 I_B。

(3) 由 I_B值在输出特性曲线中找到对应的曲线。

(4) 作直流负载线，根据集电极电流 I_C与集射极电压 U_{CE}的关系式 $U_{CE}=U_{CC}-I_C R_C$ 可以画出一条直线，该直线在纵坐标上的截距为$\frac{U_{CC}}{R_C}$，在横坐标上的截距为 U_{CC}，其斜率为 $-1/R_C$，由于该直线是通过直流通路得出的，又与集电极负载电阻 R_C有关，故称为直流负载线。

(5) 求静态工作点 Q 并确定 I_{BQ}、I_{CQ}和 U_{CEQ}值。三极管的 I_{CQ}和 U_{CEQ}既要满足相应的 I_B输出特性曲线，又要满足直流负载线，因而三极管必然工作在它们的交点 Q，该点就是静态工作点。由静态工作点就可在坐标上查得静态值 I_{CQ}和 U_{CEQ}。

【例 10 - 1】 在基本共射极交流放大电路中，已知 $U_{CC}=12\text{V}$，$R_C=3\text{k}\Omega$，$R_B=300\text{k}\Omega$，$R_L=3\text{k}\Omega$，$R_S=3\text{k}\Omega$，$\beta=50$，试求静态工作点。

解：

$$I_{BQ}=\frac{U_{CC}-U_{BEQ}}{R_B}=\frac{12-0.7}{300}\approx 40\mu\text{A}$$

$$I_{CQ}=\beta I_{BQ}=50\times 40\mu\text{A}=2\text{mA}$$

$$U_{CEQ}=U_{CC}-I_{CQ}R_C=12-2\times 3=6\text{V}$$

3. 共射极基本放大电路的动态分析

动态分析就是求解各动态参数和分析输出波形。通常，利用三极管参数等效模型画出放大电路在小信号作用下的微变等效电路，并进而计算输入电阻、输出电阻与电压放大倍数。或利用图解法确定最大不失真输出电压的幅值、分析非线性失真等情况。

放大电路的分析应遵循“先静态，后动态”的原则，只有静态工作点合适，动态分析才有意义。Q 点不但影响电路输出信号是否失真，而且与动态参数密切相关。

由于动态时放大电路是在直流电源 U_{CC}和交流输入信号 u_i 共同作用下工作，电路中的电压 u_{CE}、电流 i_B 和 i_C 均包含两个分量。

交流通路即为 u_i 单独作用下的电路。由于电容 C_1和 C_2足够大，容抗近似为零，直流电

源U_{CC}去掉，图10.7所示为共射极放大电路的交流通路。

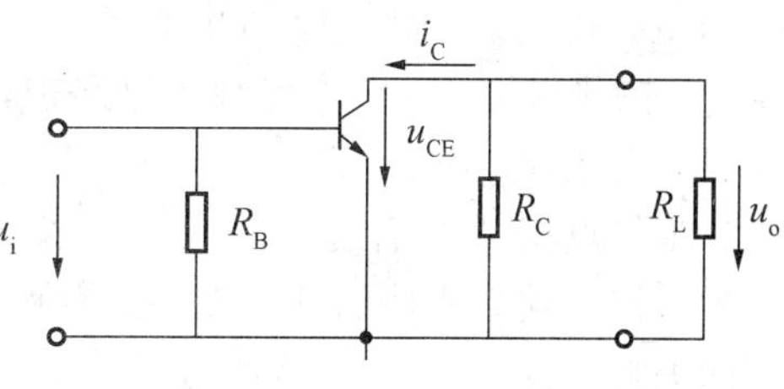

图10.7 共射极放大电路的交流通路

1）图解法进行动态性能分析

图解法分析放大电路的动态放大过程如图10.8所示。动态分析步骤如下(以图10.7所示放大电路为例进行)。

(1) 作出放大电路的直流负载线，确定静态工作点Q。

(2) 根据u_i在输入特性曲线上求u_{BE}和i_B。

(3) 在输出特性曲线上作交流负载线，求i_C及u_{CE}的波形。

(4) 动态分析，确定动态输出电压范围。

设放大电路输入一个正弦交流信号$u_i = U_{im}\sin\omega t$。u_i输入后，$u_{BE} = U_{BE} + u_i$，$i_B = I_B + i_b$。根据已求得的i_B在输入特性曲线上找到Q点，并对应画出u_{BE}和i_B的波形图。交流负载电阻是R_C和R_L的并联值，用R'_L表示，即

$$R'_L = \frac{R_C R_L}{R_C + R_L} \tag{10-8}$$

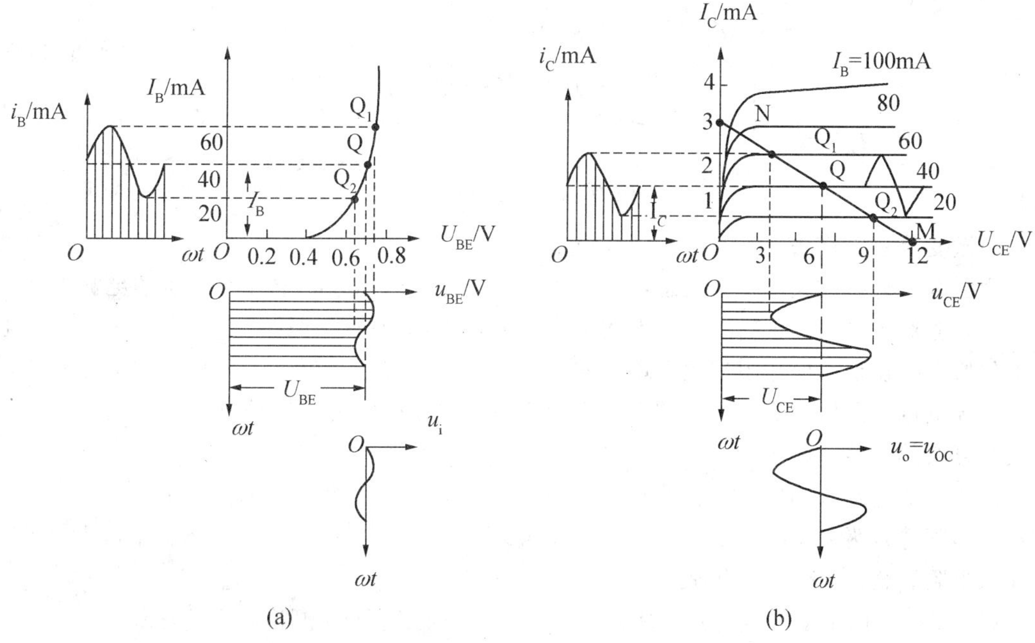

图10.8 图解法分析放大电路的动态放大过程

在输出回路中，交流信号电压、电流的关系为$u_{CE} = -i_C R'_L$，这是一条直线，斜率为$-1/R'_L$，称为交流负载线。交流负载线必然通过静态工作点Q。这样，在输出特性曲线上作出交流负载线，并可画出对应的i_C及u_{CE}的波形。

由以上图解分析可得出如下结论。

(1) 当放大器有交流信号输入时，晶体管各极的电流和电压都是在原静态(直流)的基础上叠加了一个由交流输入信号产生的交流分量。

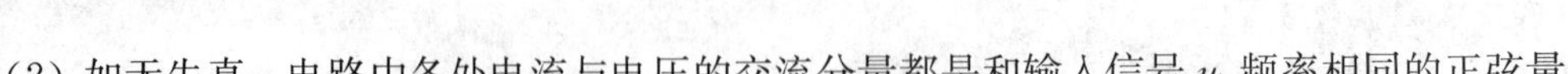

(2) 如无失真，电路中各处电流与电压的交流分量都是和输入信号 u_i 频率相同的正弦量。

(3) 在共射极接法的交流放大电路中，输出电压与输入电压相位相反。这种现象称为放大器的倒相作用。

当工作点 Q 选得合适，u_i 大小适当时，u_o 与 u_i、i_B、i_C 均为相似的正弦波，即不失真。当工作点偏高或偏低时，要产生饱和失真或截止失真。若信号输入幅度过大，则会产生双向失真。这些都是由晶体管的非线性特性造成的，统称为非线性失真，如图 10.9 所示。

图解法作图麻烦，不准确，但概念清晰，可作为定性分析的工具。

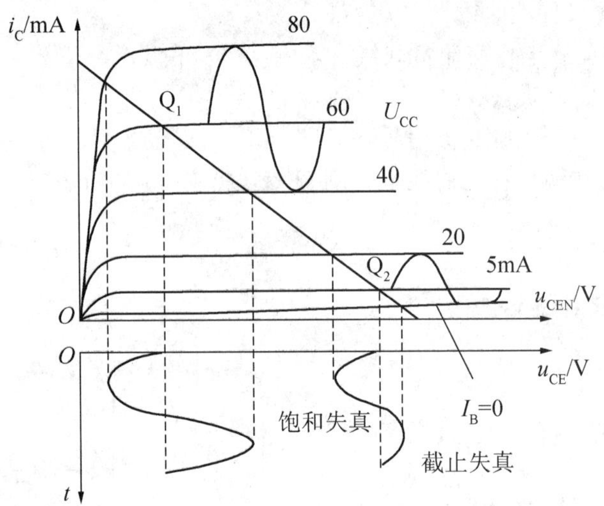

图 10.9 非线性失真

2)微变等效电路法

用图解法分析放大电路的动态，能形象、直观地反映出电路中各处电压和电流的变化情况。若能对工作点的正确设置及饱和失真、截止失真的情况加深认识，有利于对放大电路工作原理的认识。但作图过程烦琐，容易出现误差，且不适用于较为复杂的电路。所以一般情况下都采用微变等效电路的方法来分析放大电路的动态。这种方法既简便，也适用于较为复杂的电路。

微变等效电路法的实质是在小信号(微变量)的情况下，将非线性元件晶体管线性化，即把晶体管等效为一个线性电路。这样，就可以采用计算线性电路的方法来计算放大电路的输入电阻、输出电阻及电压放大倍数等。

(1) 三极管的微变等效电路。所谓的等效，就是替代前后电路的伏安关系不变。三极管的输入端、输出端的伏安关系可用其输入、输出特性曲线来表示。设 Q 点设置在放大区，在其输入特性的 Q 点附近，特性基本上是一条直线，即 Δi_B 与 Δu_{BE} 成正比。故在三极管的 B、E 间可用一等效电阻 r_{be} 来代替，其近似值为

$$r_{BE}=300+(1+\beta)\frac{26\text{mV}}{I_{EQ}\text{mA}} \tag{10-9}$$

从输出特性看，在 Q 点附近的一个小范围内，可将各条输出特性曲线近似认为是水平的，而且相互之间平行等距，即集电极电流的变化量 Δi_C 与集电极电压的变化量 Δu_{CE} 无关，而只取决于 Δi_B。故在三极管的 C、E 间可用一个线性的受控电流源来等

效，其大小为 $\beta\Delta i_B$。

（2）放大电路的微变等效电路。共射极放大电路的微变等效电路如图 10.10 所示。

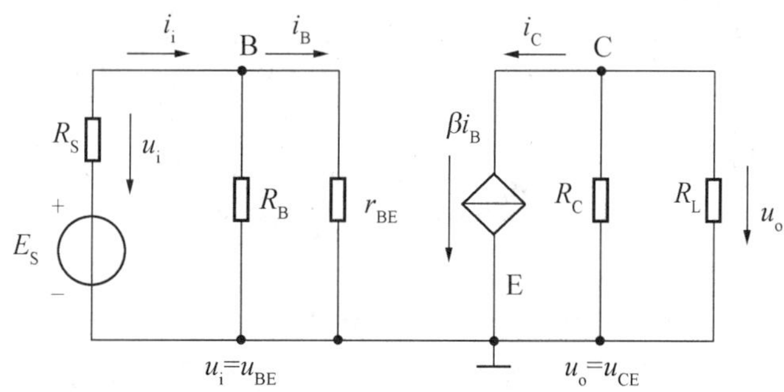

图 10.10 共射极放大电路的微变等效电路

（3）电压放大倍数的计算。如图 10.10 所示，输入的信号为 $u_i=U_{im}\sin\omega t$，电压和电流均用相量表示，有

$$A_u=\frac{\dot{U}_o}{\dot{U}_i} \tag{10-10}$$

放大倍数为负值表示输出电压与输入电压相位相反。

（4）输入电阻。

$$r_i=R_B//r_{BE}\approx r_{BE} \tag{10-11}$$

输入电阻 r_i 的大小决定了放大电路从信号源吸取电流的大小。为了减轻信号源的负担，总希望 r_i 越大越好，另外，较大的输入电阻 r_i 也可以降低信号源内阻 R_S 的影响，使放大电路获得较高的输入电压。在式(10-11)中，由于 R_B 比 r_{BE} 大得多，r_i 近似等于 r_{BE}，在几百欧到几千欧之间，一般认为是较低的，并不理想。

（5）输出电阻。对负载而言，放大电路相当于一个具有内阻的信号源，这个信号源的内阻就是放大电路的输出电阻。输出电阻 r_o 的计算方法是：信号源 E_S 短路，断开负载 R_L，在输入端加电压 $\dot{U}$，求出由 $\dot{U}$ 产生的电流 $\dot{I}$，则输出电阻 r_o 为

$$r_o=\frac{\dot{U}_o}{\dot{I}}=R_C \tag{10-12}$$

对于负载而言，放大器的输出电阻 r_o 越小，负载电阻 R_L 的变化对输出电压的影响就越小，表明放大器带负载能力越强，因此总希望输出电阻越小越好。

【例 10-2】 如图 10.3 所示电路，已知=12V，$R_B=300\text{k}\Omega$，$R_C=3\text{k}\Omega$，$R_L=3\text{k}\Omega$，$R_S=3\text{k}\Omega$，$\beta=50$。试求：

（1）R_L 接入和断开两种情况下电路的电压放大倍数 A_u；

（2）输入电阻 r_i 和输出电阻 r_o；

（3）输出端开路时的电源电压放大倍数 A_{uS}。

解： 三极管的动态输入电阻(例 10-1 已经给出静态工作点的计算)为

$$r_{BE}=300+(1+\beta)\frac{26\text{mV}}{I_{EQ}\text{mA}}=300+(1+50)\frac{26\text{mV}}{2\text{mA}}=0.963\text{k}\Omega$$

(1) R_L 接入时的电压放大倍数 A_u 为

$$A_u=-\beta\frac{R'_L}{r_{BE}}=-50\,\frac{\frac{3\times 3}{3+3}}{0.963}=-78$$

R_L 断开时的电压放大倍数 A_u 为

$$A_u=-\beta\frac{R_C}{r_{BE}}=-50\,\frac{3}{0.963}=-156$$

(2) 输入电阻 r_i 为

$$r_i=R_B//r_{BE}=300//0.963=0.963\text{k}\Omega$$

输出电阻 r_o 为

$$r_o=R_C=3\text{k}\Omega$$

(3) 输出端开路时的电源电压放大倍数 A_{uS} 为

$$A_{uS}=\frac{\dot{U}_i}{\dot{U}_S}=\frac{\dot{U}_i}{\dot{U}_o}\times\frac{\dot{U}_o}{\dot{U}_S}=\frac{r_i}{R_S+r_i}\times A_u=\frac{0.963}{3+0.933}\times(-156)=-38$$

4. 射极输出器

射极输出器如图 10.11(a)所示，图 10.11(b)、10.11(c)分别是射极输出器的直流通路和微变等效电路。它为共集电极放大电路，具有以下优点。

(1) 电压放大倍数小于 1，但约等于 1，即所谓的电压跟随。

(2) 输入电阻较高，输出电阻较低。

(3) 输出电压与输入电压同相，具有跟随作用。

射极输出器具有较高的输入电阻和较低的输出电阻，这是射极输出器最突出的优点。射极输出器通常用作多级放大器的第一级或最末级，也可用作中间隔离级。用作输入级时，其较高的输入电阻可以减轻信号源的负担，提高放大器的输入电压。用作输出级时，其较低的输出电阻可以减小负载变化对输出电压的影响，并易于与低阻负载相匹配，向负载传送尽可能大的功率。

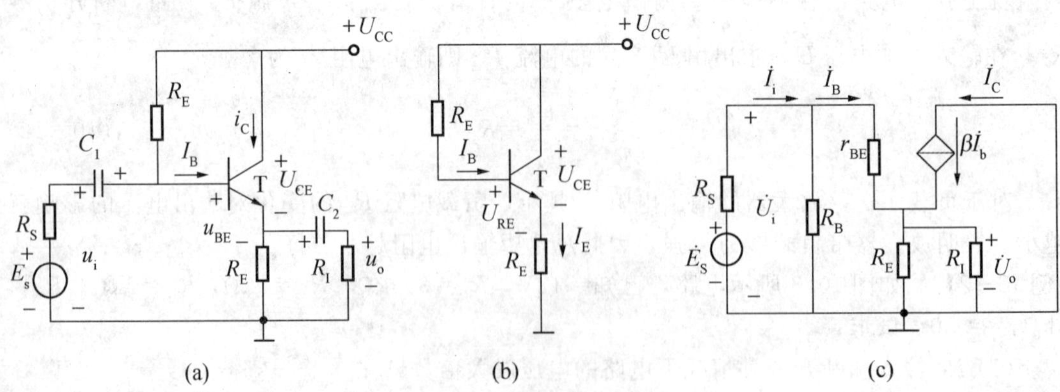

图 10.11 射极输出器

(a) 电路 (b) 直流通路 (c) 微变等效电路

1)静态分析

根据图 10.11(b)射极输出器的直流通路，分析无交流信号输入时，电路中的电流、

电压的状态，静态时三极管的各极电流和电压值 I_{BQ}、I_{CQ} 和 U_{CEQ}。

$$I_{BQ}=\frac{U_{CC}-U_{BEQ}}{R_{BQ}+(1+\beta)R_{EQ}} \tag{10-13}$$

$$I_{CQ}=I_{BQ}+I_{CQ}=(1+\beta)I_{BQ} \tag{10-14}$$

$$U_{CEQ}=U_{CC}-R_{EQ}I_{CQ} \tag{10-15}$$

2）动态分析

(1) 画出微变等效电路。射极输出器的微变等效电路如图 10.11(c)所示。从图中可看出，集电极 C 为电路的公共端，故射极输出器又称为共集电极放大电路。

(2) 电压放大倍数。

$$A_u=\frac{U_o}{U_i}=\frac{(1+\beta)R'_L\dot{I}_B}{r_{BE}\dot{I}_B+(1+\beta)R'_L\dot{I}_B}=\frac{(1+\beta)R'_L}{r_{BE}I_B+(1+\beta)R'_L} \tag{10-16}$$

由上式可知：电压放大倍数接近 1，但恒小于 1；输出电压与输入电压同相，具有跟随作用。所以射极输出器又称为射极跟随器。

(3) 输入电阻。

$$r_i=\frac{\dot{U}_i}{\dot{I}_i}=\frac{\dot{U}_i}{\frac{\dot{U}_i}{R_B}+\frac{\dot{U}_i}{r_{BE}+(1+\beta)(R_E//R_L)}}=\frac{1}{\frac{1}{R_B}+\frac{1}{r_{BE}+(1+\beta)(R_E//R_L)}}$$

$$=R_B//\left[r_{BE}+(1+\beta)(R_E//R_L)\right] \tag{10-17}$$

射极输出器的输入电阻较高，可达几十千欧到几百千欧。

(4) 输出电阻。

$$r_o=\frac{\dot{U}'_o}{\dot{I}'_o}=\frac{\dot{U}'_o}{\frac{\dot{U}'_o}{r_{BE}+(R_B+R_E)}+\frac{\dot{U}'_o}{R_E}}=R_E//\frac{r_{BE}+(R_B//R_S)}{1+\beta}$$

$$=R_E//\frac{r_{BE}+R'_S}{1+\beta}\approx\frac{r_{BE}+R'_S}{\beta} \tag{10-18}$$

其中 $R'_S=R_S//R_B$，可见射极输出器的输出电阻很低。

10.3 静态工作点的稳定

1. 静态工作点稳定的必要性

对放大电路的基本要求一是不失真，二是能放大。只有保证在交流信号的整个周期内三极管均处于放大状态，输出信号才不会产生失真。故需要设置合适的静态工作点 Q。

静态工作点不但决定了电路是否产生失真，还影响着电压放大倍数和输入电阻等动态参数。实际上，电源电压的波动、元件老化以及因温度变化引起的晶体管参数变化，都会造成静态工作点的不稳定，从而使动态参数不稳定，有时甚至造成电路无法正常工作。在引起 Q 点不稳定的诸多因素中，温度对晶体管的影响是最主要的。

2. 温度变化对静态工作点产生的影响

温度变化对静态工作点的影响主要表现为，温度变化影响晶体管的 3 个主要参数：

I_{CBO}、β和U_{BE}。这三者随温度升高产生变化，其结果都使I_{CQ}值增大。硅管的I_{CBO}小，受温度影响小，故其β和U_{BE}受温度影响是主要的；而锗管的I_{CBO}大，受温度影响是主要的。

为了保证输出信号不失真，对放大电路必须设置合适的静态工作点，并保证工作点的稳定。采用不同偏置电路稳定静态工作点的原则是：当温度升高使I_{CQ}增大时，I_{BQ}要自动减小以牵制I_{CQ}的增大。

稳定静态工作点可以归纳为3种方法。

(1) 温度补偿。

(2) 直流负反馈。

(3) 集成电路中采用恒流源偏置技术。

3. 典型静态工作点稳定电路——分压式偏置电路的分析

分压式偏置放大电路的工作原理如图10.12所示，在图示电路中，当满足条件：$I_1 \gg I_B$和$I_1 \approx I_2$时，$U_B = \frac{R_{B2}}{R_{B1}+R_{B2}}U_{CC}$，即当温度变化时，$U_B$基本不变。当环境温度变化时，电路可以完成如下自动调节过程。

静态工作点的稳定过程为：$T\uparrow \to I_C\uparrow \to I_E\uparrow \to U_E\uparrow \to U_{BE}\downarrow \to I_B\downarrow \to I_C\downarrow$，通过上述调节达到稳定静态工作点的目的。

1) 静态分析

根据图10.12(b)电路的直流通路，分析无交流信号输入时，电路中的电流、电压的状态，静态时三极管各极电流和电压值为I_{BQ}、I_{CQ}和U_{CEQ}。静态工作点的计算有估算法和戴维南定理法两种方法，一般采用估算法。

B点的电位为

$$U_B = \frac{R_{B2}}{R_{B1}+R_{B2}}U_{CC}$$

则

$$I_{CQ} \approx I_{EQ} = \frac{U_B - U_{BEQ}}{R_E} \approx \frac{U_B}{R_E} \tag{10-19}$$

$$I_B = \frac{I_C}{\beta}$$

$$U_{CEQ} = U_{CC} - I_{CQ}R_C - I_{EQ}R_E \approx U_{CC} - I_{CQ}(R_C + R_E) \tag{10-20}$$

2) 动态分析

(1) 画出微变等效电路。分压式偏置放大电路的微变等效电路如图10.12(c)所示。

(2) 电压放大倍数。

$$A_u = \frac{\dot{U}_o}{\dot{U}_i} = \frac{-\beta \dot{I}_B R'_L}{\dot{I}_B r_{BE}} = \frac{-\beta R'_L}{r_{BE}} = -\beta \frac{R_C // R_L}{r_{BE}} \tag{10-21}$$

(3) 输入电阻。

$$r_i = \frac{\dot{U}_i}{\dot{I}_i} = R_{B1} // R_{B2} // r_{BE} \tag{10-22}$$

(4) 输出电阻。

$$r_o = R_C \tag{10-23}$$

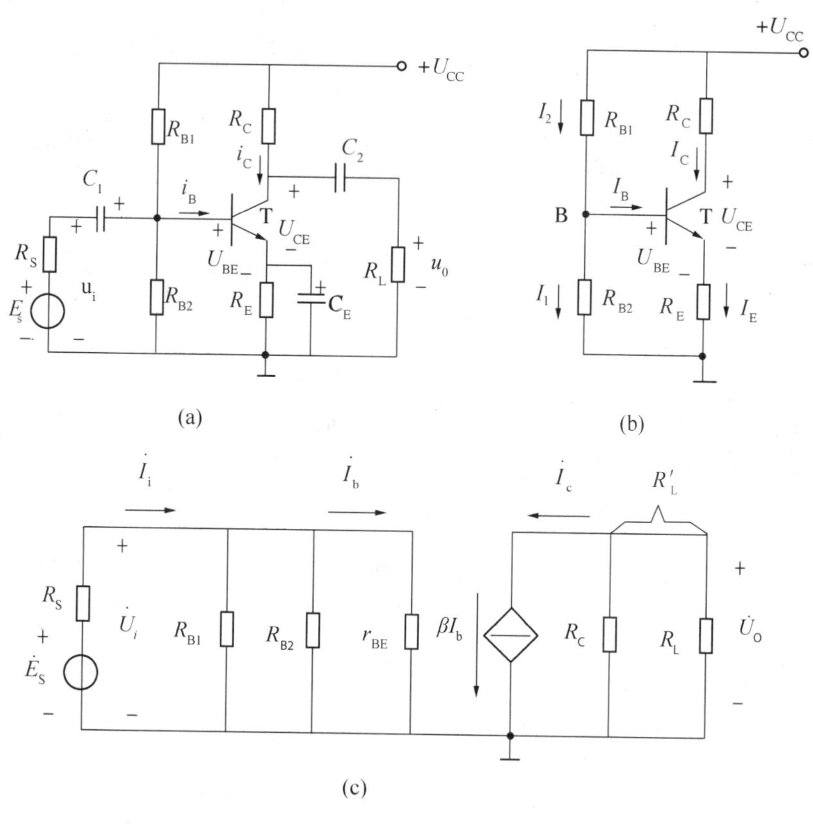

图 10.12 分压式偏置放大电路

(a) 电路 (b) 直流通路 (c) 微变等效电路

10.4 多级放大电路

在实际应用中，一般对放大电路的性能有多方面的要求，如输入电阻大于 2MΩ、电压放大倍数大于 2000、输出电阻小于 100Ω 等，依靠单管放大电路的任何一种，都不可能同时满足要求。这时，就可以选择多个基本放大电路，并将它们合理连接，从而构成多级放大电路。

组成多级放大电路的每一个基本单管放大电路称为一级，级与级之间的连接称为级间耦合。常用的耦合方式有阻容耦合、直接耦合、变压器耦合和光电耦合。

1. 直接耦合多级放大电路

图 10.13 所示为直接耦合多级放大电路，耦合电路采用直接连接或电阻连接，不采用电抗性元件。

值得注意的是，由于温度等因素的影响，放大电路在无输入信号的情况下，输出电压会出现缓慢、不规则的波动，称为零点漂移现象，但因其低频特性好，能够放大变化缓慢的信号且便于集成，而得到越来越广泛的应用。但直接耦合电路各级静态工作点之间会相互影响，应注意静态工作点的稳定问题。

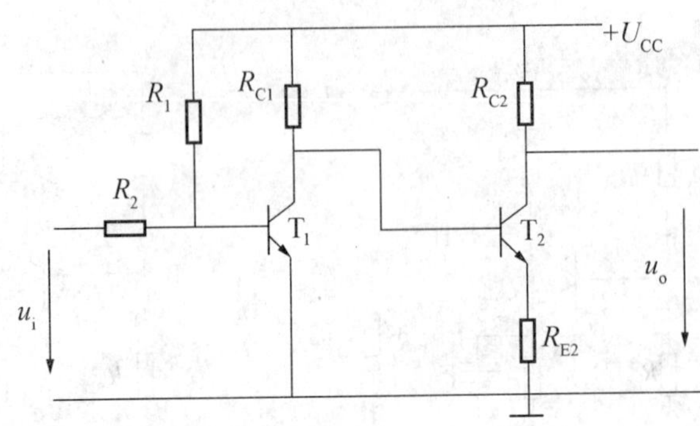

图 10.13　直接耦合多级放大电路

抑制零点漂移的方法有多种，如采用温度补偿电路、高性能的稳压电源以及精选电路元件等方法，广泛使用的方法是输入级采用差动放大电路。

2. 阻容耦合多级放大电路

通过耦合电容将两级放大电路连接起来，前级放大电路输出的交变信号通过耦合电容传递给下级输入电阻，这种耦合方式称为阻容耦合，如图 10.14 所示。

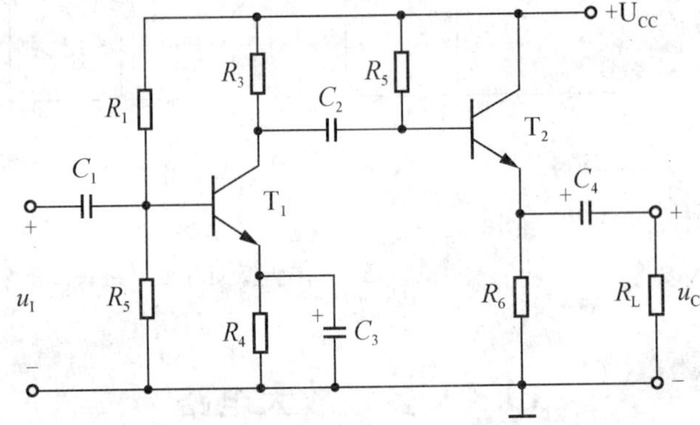

图 10.14　阻容耦合多级放大电路

阻容耦合式的放大电路只能对交流信号进行放大，而不能对直流信号进行放大。由于这种耦合方式每级之间有电容将直流隔开，因此每级的直流通路是独立的，即每级静态工作点不会相互影响和牵制，计算静态工作点也可以每级分别计算。其低频特性差，不能放大变化缓慢的信号，且由于需要大容量的耦合电容，因此不便于集成化。

3. 变压器耦合多级放大电路

将放大电路前一级的输出端通过变压器接到后一级的输入端或负载电阻上，这种放大电路称为变压器耦合放大电路，如图 10.15 所示。

采用变压器耦合也可以隔除直流，传递一定频率的交流信号，各放大级的 Q 互相独立，便于分析、设计和调试。但低频特性差，不能放大变化缓慢的信号，且笨重，不能集成化。变压器耦合的优点是可以实现输出级与负载的阻抗匹配，以获得有效的功率传输。常用作调谐放大电路或输出功率很大的功率放大电路。

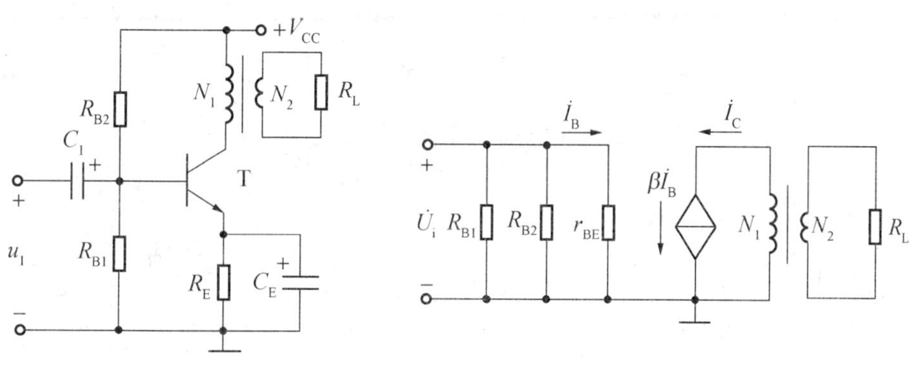

图 10.15 变压器耦合多级放大电路

4. 光电耦合

以光信号为媒介来实现电信号的耦合与传递。光电耦合放大电路利用光电耦合器将信号源与输出回路隔离，两部分可采用独立电源且分别接不同的“地”，因而，即使是远距离传输，也可以避免各种电干扰，如图 10.16 所示。

当动态信号为零时，输入回路有静态电流 I_D，输出回路有静态电流 I_C，从而确定出静态管压降 U_{CE}。当有动态信号时，随着 i_D 的变化，i_C 将产生线性变化，负载电阻将电流的变化转换成电压的变化，u_{CE} 也将产生相应的变化。由于传输比的数值较小，所以一般情况下，输出电压还需进一步放大。实际上，目前已有集成光电耦合放大电路，具有较强的放大能力。

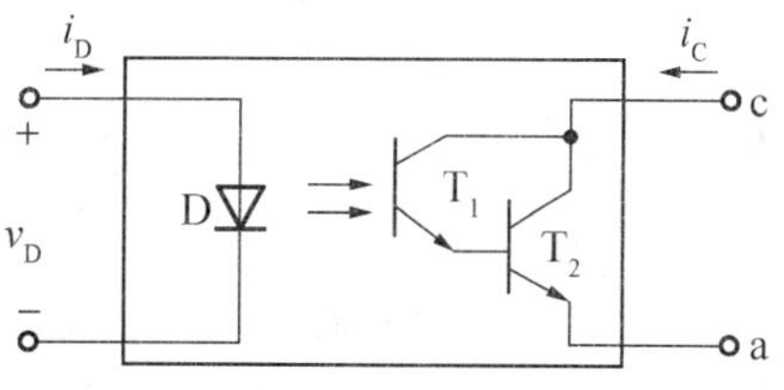

图 10.16 光电耦合放大电路

5. 多级放大电路的分析

1）直接耦合放大电路的静态分析

直接耦合放大电路各级之间的直流通路相连，静态工作点相互影响，因而在求解 Q 点时，应写出直流通路中各个回路的方程，然后求解。使用各种计算机辅助分析软件可使电路设计和 Q 点的求解过程大大简化。

2）阻容耦合多级放大电路的静态分析

阻容耦合多级放大电路中，由于级间耦合电容的隔直作用，所以每一级 Q 点都可以按单管放大电路求解。

3）多级放大电路的动态分析

多级放大电路的总电压放大倍数等于组成它的各级放大电路电压放大倍数的乘积，即 $A_u = A_{u1} \cdot A_{u2} \cdot A_{u3} \cdot \cdots \cdot A_{un}$，其输入电阻是第一级的输入电阻，输出电阻是末级的输出电阻。

在求解某一级电压放大倍数时，有两种处理方法：一是将后一级的输入电阻作为前一级的负载考虑，简称输入电阻法；二是将后一级与前一级之间开路，计算前一级的开路电压和输出电阻，作为后一级的信号源和内阻，简称开路电压法。

习　题

1. 分析图 10.17 所示的电路是否有放大作用？如果没有放大作用，请在图上改正。

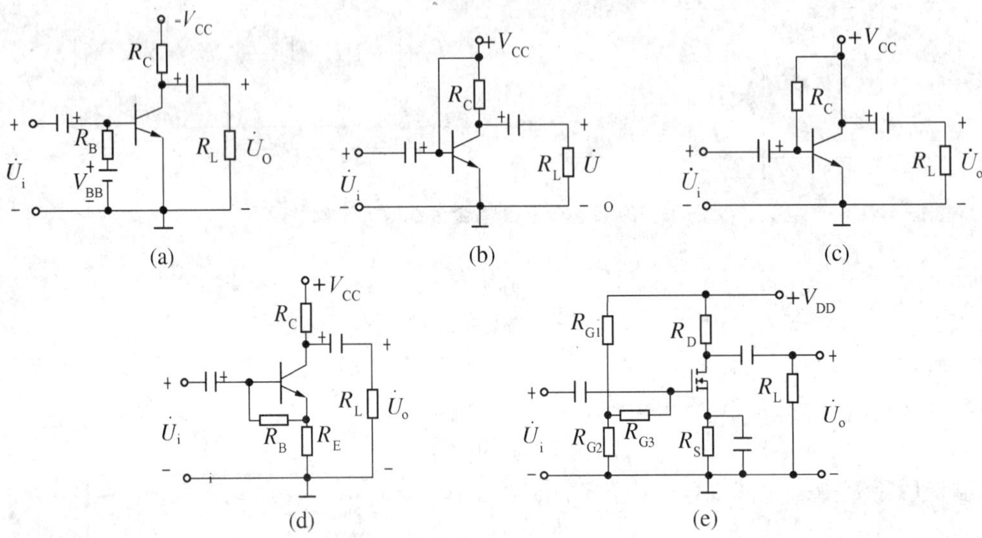

图 10.17　题 1 图

2. 用一只 PNP 管接成一个简单的共发射极放大电路，问直流电源的极性和耦合电容的极性应当如何考虑？试画出电路，并在图上标出 I_{BQ}、I_{CQ}的方向和静态管压降 U_{CEQ}的极性。

3. 电路如图 10.18 所示。设 $+V_{CC}=20\text{V}$，$R_C=4\text{k}\Omega$，$R_B=400\text{k}\Omega$，$\beta=40$，U_{BE}忽略。

(1) 计算放大电路的静态工作点 U_{CEQ}、I_{CQ}值。

(2) 画出交流等效电路。

(3) $R_L=40\text{k}\Omega$ 时，求放大电路的 A_u、r_i、r_o。

(4) R_L 开路时，求放大电路的 A_u、r_i、r_o。

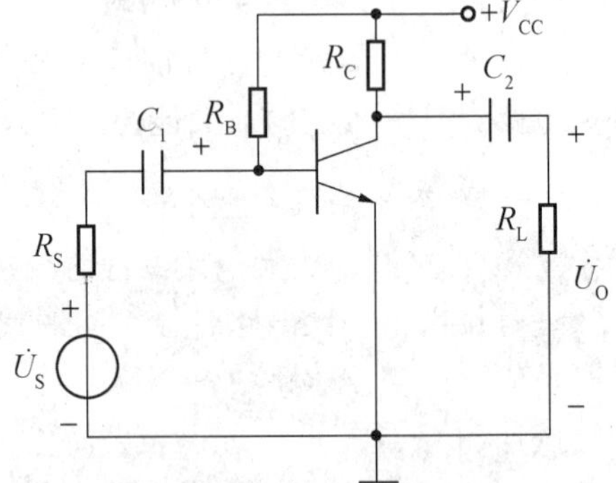

图 10.18　题 3 图

4. 共集电极电路如图 10－19 所示。设 $\beta=100$，$r_{BE}=1\text{k}\Omega$，$U_{BE}=0.6\text{V}$。

(1) 计算 U_{CEQ}，I_{CQ}。

(2) 画交流通路和交流等效电路。

(3) 求 $R_L=1.2\text{k}\Omega$ 时的 A_u、r_i、r_o。

(4) 求 $R_L=\infty$时的 A_u、r_i、r_o。

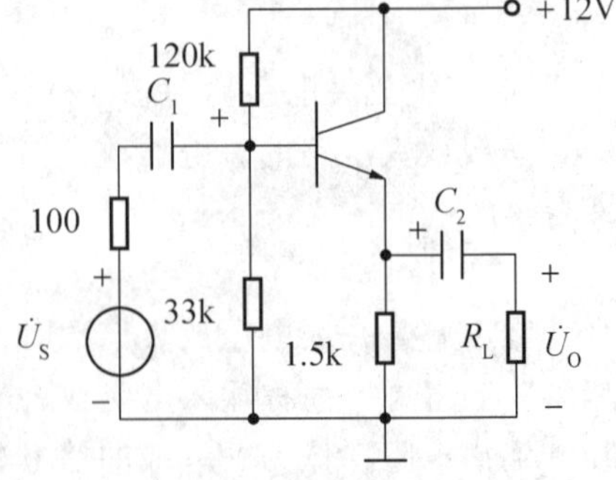

图 10.19　题 4 图

第11章

放大电路中的反馈

知识要点	教学重点	教学难点
(1) 放大电路中的反馈类型及判断 (2) 负反馈对放大器性能的改善 (3) 深度负反馈放大器电压放大倍数的估算 (4) 负反馈放大器的自激现象	深度负反馈放大器电压放大倍数的估算	放大电路中反馈类型的判断

引言

电子产品之所以能够日新月异，主要依托于电子电路的飞速发展。而几乎所有的电子电路都离不开反馈环节，因此反馈在电子电路中具有十分重要的地位，熟练掌握放大电路中的反馈环节对学习和应用放大电路具有重要的意义。什么是反馈，如何判断放大器是否存在反馈，反馈极性如何，反馈类型有哪些，将是这一章中要讨论的问题

11.1 反馈的基本概念

将放大电路输出端的信号(电压或电流)的一部分或全部，通过一定电路形式(反馈网络)引回到放大电路的输入端，并与输入信号一起参与控制作用，使放大电路的某些性能获得改善的过程，称为反馈，可以用图 11.1 所示的方框图来表示。引入反馈后的放大电路称为反馈放大电路。

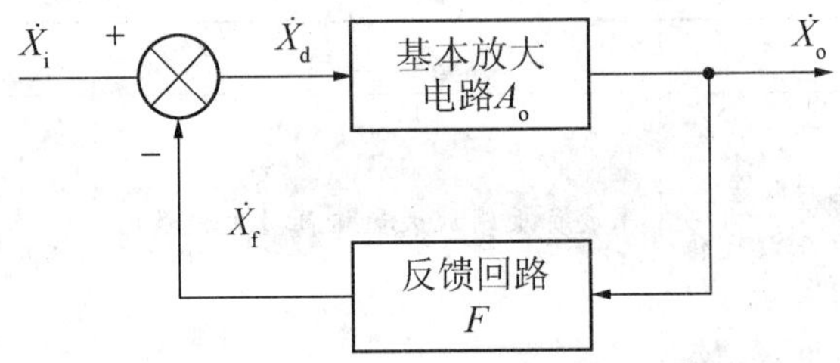

图 11.1 反馈放大电路方框图

实际上，在图 10.12(a)所示的分压示偏置放大电路中，通过射极电阻 R_E，将输出回路中的直流电流 I_E 以 $U_E=I_ER_E$ 的形式回送到输入回路，三极管发射结两端的电压 $U_{BE}=U_B-I_ER_E$，因其受到输出电流的影响，从而使输出电流趋于稳定。这种输出电量影响输入电量的方式就是反馈。不过这里的反馈仅仅是直流分量的反馈(交流分量被 C_E 旁路)，称为直流反馈。直流反馈主要用于稳定静态工作点。如将 C_E 去掉，这时输出回路中的交流信号也将反馈到输入回路，并使放大电路性能发生一系列改变，这种交流信号的反馈称为交流反馈。实际电路中，一般同时存在直流反馈和交流反馈。这里主要讨论交流反馈对放大电路性能的影响。

11.2 反馈放大电路的基本关系式

图 11.1 所示的反馈放大电路表明，反馈放大电路是由基本放大电路和反馈网络构成的一个闭环系统，故常称反馈放大电路为闭环放大电路，同样将未引入反馈的放大电路称为开环放大电路。

图 11.1 中，$\dot{X}_d$为基本放大电路的输入信号，$\dot{X}_i$、$\dot{X}_o$分别为反馈放大电路的输入、输出信号，$\dot{X}_f$为反馈网络的输出信号。

基本放大电路的放大倍数 $\dot{A}$ 为

$$\dot{A}=\frac{\dot{X}_o}{\dot{X}_d}$$

反馈网络的反馈系数 $\dot{F}$ 为

$$\dot{F}=\frac{\dot{X}_f}{\dot{X}_o}$$

图 11.1 所示方框图有如下关系

$$\dot{X}_o=\dot{A}\,\dot{X}_d,\quad \dot{X}_d=\dot{X}_i-\dot{X}_f,\quad \dot{X}_f=\dot{F}\,\dot{X}_o$$

反馈放大电路的闭环放大倍数$\dot{A}_f$为

$$\dot{A}_f=\frac{\dot{X}_o}{\dot{X}_i}=\frac{\dot{A}}{1+\dot{A}\dot{F}}$$

这是反馈放大电路的基本关系式，是分析单环反馈放大电路的重要公式。

为了分析方便，在以后讨论反馈大电路性能时，除频率特性外，均假定工作信号在中频范围，且反馈网络具有纯电阻性质，因此 $\dot{A}$、$\dot{F}$ 均可用实数表示，上式可变为

$$A_f=\frac{A}{1+AF}$$

式中，$(1+AF)$称为反馈深度，用 D 表示，负反馈对放大电路性能改善的程度均与 D 有关。当$|1+AF|\gg 1$时，有

$$A_f\approx\frac{1}{F}$$

这种情况称为深度反馈。此时闭环放大倍数仅与反馈系数有关。

11.3　反馈的极性和类型

1. 反馈的极性

按照反馈对放大电路性能影响的效果，可将反馈分为正反馈和负反馈两种极性。引入反馈后，反馈到放大电路输入回路的信号与外加激励信号比较的结果，使得放大电路的有效输入信号削弱，即$\dot{X}_d<\dot{X}_i$，从而使放大倍数降低，这种反馈称为负反馈。引入反馈后，使得放大电路的有效输入信号增强，即$\dot{X}_d>\dot{X}_i$，从而使放大倍数提高，这种反馈称为正反馈。正反馈虽然提高放大倍数，但同时也加剧了放大电路性能的不稳定性，主要用于振荡电路；负反馈虽然降低了放大倍数，但却换来了放大电路性能的改善。

2. 反馈的判断

1）有无反馈的判断

（1）是否存在除前向放大通路外，另有输出至输入的通路，即反馈通路。

（2）反馈至输入端不能接地，否则不是反馈。

2）正、负反馈极性的判断之一——瞬时极性法

（1）在输入端，先假定输入信号的瞬时极性；可用“+”、“−”或“↑”、“↓”表示。

（2）根据放大电路各级的组态，决定输出量与反馈量的瞬时极性。

（3）最后观察引回到输入端反馈信号的瞬时极性，若使净输入信号增强，为正反馈，否则为负反馈。

特别提示

极性按中频段考虑；必须熟悉放大电路输入和输出量的相位关系；反馈类型主要取决于电路的连接方式，而与 U_i 的极性无关。

3. 反馈的类型

（1）根据输出端反馈采样对象的不同，可以将反馈分为电压反馈和电流反馈。

① 电压反馈：对交变信号而言，若基本放大器、反馈网络、负载三者在取样端是并联连接，则称为并联取样，又称电压反馈。

② 电流反馈：对交变信号而言，若基本放大器、反馈网络、负载三者在取样端是串联连接，则称为串联取样，又称电流反馈。

③ 电流反馈和电压反馈的判定：将输出电压“短路”，若反馈回来的反馈信号为零，则为电压反馈；若反馈信号仍然存在，则为电流反馈。应用中，若要稳定输出端某一电量，则采样该电量，以负反馈形式送输入端。

图 11.2(a)、(b)的交流通路如图 11.2(c)、(d)所示。图 11.2(c)中反馈元件 R_f 跨接在输入回路和输出回路之间，所以引进了反馈，又因 R_f 的一端与输出电压 U_o 的一端都接同

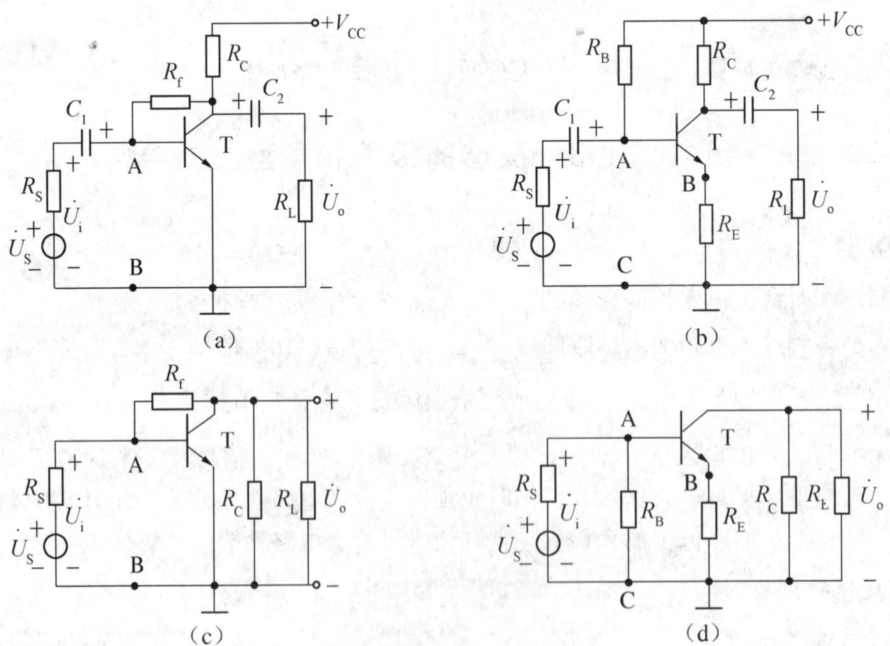

图 11.2 电压反馈和电流反馈

一电极(c 极)，因此图 11.2(a)属于电压反馈；图 11.2(d)中，反馈元件 R_E 既在输入回路中，又在输出回路中，所以图 11.2(b)中有交流反馈，又因 R_E 的一端接发射极，U_o 的一端接集电极，所以图 11.2(b)中引进了交流电流反馈。

特别提示

电压反馈，并不是指反馈量一定以电压形式出现，而是指引起反馈量的原因是输出电压，且反馈量的大小正比于输出电压，反馈量可能是电压，也可能是电流。同样，不能把电流反馈理解为反馈量一定以电流形式出现；反馈量以电压还是以电流的形式出现，取决于反馈网络在输入回路的连接形式。这就是接下来要讨论的问题。

(2)根据输入端采样对象的不同可以将反馈分为并联反馈和串联反馈。

① 并联反馈：对交流信号而言，若信号源、基本放大器、反馈网络三者在比较端是并联连接，则称为并联反馈。

② 串联反馈：对交流信号而言，若信号源、基本放大器、反馈网络三者在比较端是串联连接，则称为串联反馈。

③ 串联反馈和并联反馈的判定方法：对交变分量而言，若信号源的输出端和反馈网络的比较端接于同一个放大器件的同一个电极上，则为并联反馈；否则为串联反馈。

在图 11.2(c)中，信号源、基极—发射极与包括 R_f 在内的等效的反馈网络三者在 A、B 两点间是并联，所以图 11.2(a)电路中引进了并联反馈；在图 11.2(d)中，信号源(包括 R_B 在内)、基极—发射极、反馈元件 R_E 三者在输入回路中是串联。所以说，图 11.2(b)电路中引进了串联反馈。

由于输入端分为串联和并联，输出端分为电压和电流，因此反馈有电压串联负反馈、电压并联负反馈、电流串联负反馈、电流并联负反馈这四种基本组态。不同的反馈电路形式，其作用也不同。

【例 11-1】　放大电路如图 11.3 所示，判断图中所示电路的反馈组态。

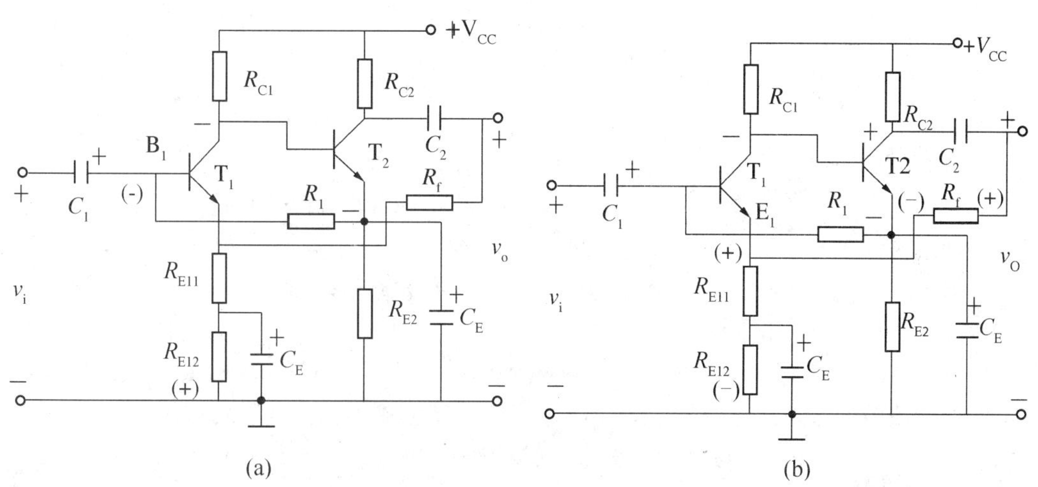

图 11.3　反馈极性判断实例

(a) 实例　(b) 实例

解：根据瞬时极性法，由图 11.3(a)中的“+”、“-”号，可知经电阻 R_1 加在基极 B_1 上的是直流并联负反馈。因反馈信号与输出电流成比例，故又为电流反馈。结论为直流电流并联负反馈。由图 11.3(b)中的“+”、“-”号，经 R_f 加在 E_1 上的是交流负反馈。反馈信号和输入信号加在 T_1 的两个输入电极，故为串联反馈。结论为交流电压串联负反馈。

11.4 负反馈对放大电路性能的影响

放大电路引入负反馈后，虽然使放大电路的增益有所下降，但却从多方面改善了放大电路的性能。

1. 负反馈对放大倍数的影响

根据负反馈基本方程，不论何种负反馈，都可使反馈放大倍数下降 $|1+AF|$ 倍，只不过不同的反馈组态 AF 的量纲不同而已。

在负反馈条件下放大倍数的稳定性也得到了提高：

$$\mathrm{d}A_{\mathrm{f}}=\frac{(1+AF)\cdot \mathrm{d}A-AF\cdot \mathrm{d}A}{(1+AF)^2}=\frac{\mathrm{d}A}{(1+AF)^2}$$

$$\frac{\mathrm{d}A_{\mathrm{f}}}{A_{\mathrm{f}}}=\frac{1}{(1+AF)}\cdot\frac{\mathrm{d}A}{A}$$

有反馈时，增益的稳定性比无反馈时提高了$(1+AF)$倍。

2. 负反馈对输入和输出电阻的影响

负反馈对输入电阻的影响与反馈加入的方式有关，即与串联反馈或并联反馈有关，而与电压反馈或电流反馈无关。

负反馈对输出电阻的影响与反馈采样的方式有关，即与电压反馈或电流反馈有关，而与串联反馈或并联反馈无关。

(1) 对输入电阻的影响。串联负反馈使输入电阻增加，并联负反馈使输入电阻减小。

(2) 电压负反馈使输出电阻减小，电流负反馈可以使输出电阻增加，电压负反馈可以使输出电阻减小，这与电压负反馈可以使输出电压稳定是相一致的。输出电阻小，带负载能力强，输出电压的降落就小。

3. 负反馈对通频带的影响

对放大电路进行动态分析时，都假设耦合电容和旁路电路在输入信号频率范围内阻抗很小，可以忽略不计，所以在画交流通道时都将电容按“短路”处理。当信号频率较低时，电容的阻抗就不能被忽略，电压放大倍数就会降低。当信号频率较高时，晶体管的极间寄生电容的存在以及 β 值随频率的增高而下降，也会使电压放大倍数降低。这就使放大电路的带宽有一个限制。引入负反馈后，由于闭环放大倍数对开环放大倍数的依赖性减小，而且反馈越深(即当$|1+AF|\gg 1$ 时)，这种依赖性越小，这样就可以使闭环放大倍数在宽得多的频率范围内不随频率变化，也就是使放大电路的通频带展宽。

4. 负反馈对非线性失真的影响

负反馈可以改善放大电路的非线性失真，但是只能改善反馈环内产生的非线性失真。因加入负反馈，放大电路的输出幅度下降，不好对比，因此必须要加大输入信号，使加入

负反馈以后的输出幅度基本达到原来有失真时的输出幅度才有意义。

5. 负反馈对噪声、干扰和温漂的影响

在放大电路中，各种元器件内部载流子运动的不规则等原因，使各元器件上存在杂乱无章变化的电流和电压，造成输出端有噪声输出。例如，收音机未收到电台时，喇叭中有“沙沙”的声音。放大电路引入负反馈后，输出端的有用信号和输出端的噪声一样受到负反馈放大器放大倍数减小的影响，下降 $1/(1+AF)$ 倍。但是对有用输出信号的衰减，可以通过增加输入信号的幅度来弥补，而放大电路的内部噪声未变。利用这个办法可以减小放大电路输出端噪声对有用信号的影响。

11.5　负反馈放大电路的自激振荡

由前面所学的知识已经知道，反馈深度越大，负反馈对放大电路性能的改善就越明显。但是，反馈深度过大有可能使放大电路产生自激振荡，即输入端不加输入信号，在输出端也有一定的输出，这就破坏了正常的放大功能。在这一节中，将对该问题进行定性的说明。

1. 产生自激振荡的原因和条件

在中频范围内，放大器的输入信号与输出信号不是同相就是反相。在实际电路中，根据中频范围内放大器的输入输出信号的相位关系确定反馈网络在输入回路和输出回路的接法，以实现负反馈。然而，放大器的放大倍数严格讲是频率的复函数，当信号频率高于中频范围时，由于结电容的影响，不仅放大器的放大倍数的幅值要下降，还要产生一个偏离中频相角的附加相移。当工作在某一频率 f_0，附加相移等于 180°时，原先在中频范围内引入的是负反馈，现在则变成了正反馈，反馈信号不再削弱净输入信号而是加强净输入信号，放大电路的性能将恶化。当反馈深度较大使反馈信号大于、等于净输入信号时，即使输入信号为零，仅由反馈信号就能维持输出一定的波形，这便产生了自激振荡，放大电路完全不能稳定工作。

通过上述分析可知，产生自激振荡要满足两个条件。

(1) 附加相移等于 180°，使负反馈变为正反馈。

(2) 反馈深度大，使反馈信号等于或大于净输入信号。

一般单级放大器是稳定的，不会产生自激振荡，因为其最大附加相移较小。两级反馈电路也不会产生自激，因为当其附加相移为 180°时，相应的放大器的放大倍数已非常小，难以满足第二个条件。当出现三级或三级以上反馈电路时，容易产生自激振荡。故在深度反馈时，必须采取措施破坏其自激振荡条件。

2. 消除自激振荡的方法

要消除负反馈放大器的自激振荡，使其稳定工作，就要设法破坏自激振荡的两个条件，使放大器“远离”自激振荡状态。一般采用以下几种方法。

(1) 减小反馈深度。也就是减小基本放大器的放大倍数或反馈网络的反馈系数。实际上就是减小反馈信号，使反馈放大器不满足自激振荡的第二个条件。这种方法简单易行，但是反馈深度的减小对放大器性能的改善不利，有的反馈放大器对反馈深度有一定的要求，不宜减小反馈深度。

（2）在反馈放大器的基本放大电路中加入由 RC 元件组成的校正电路，进行相位补偿，附加电阻、电容后必然使放大器的带宽减小，这是以牺牲带宽为代价换取放大器的稳定工作。

习　题

1. 找出图 11.4 中各电路的反馈元件，并判断反馈的类型及反馈量。

2. 判断图 11.5 中的电路是否产生自激振荡。

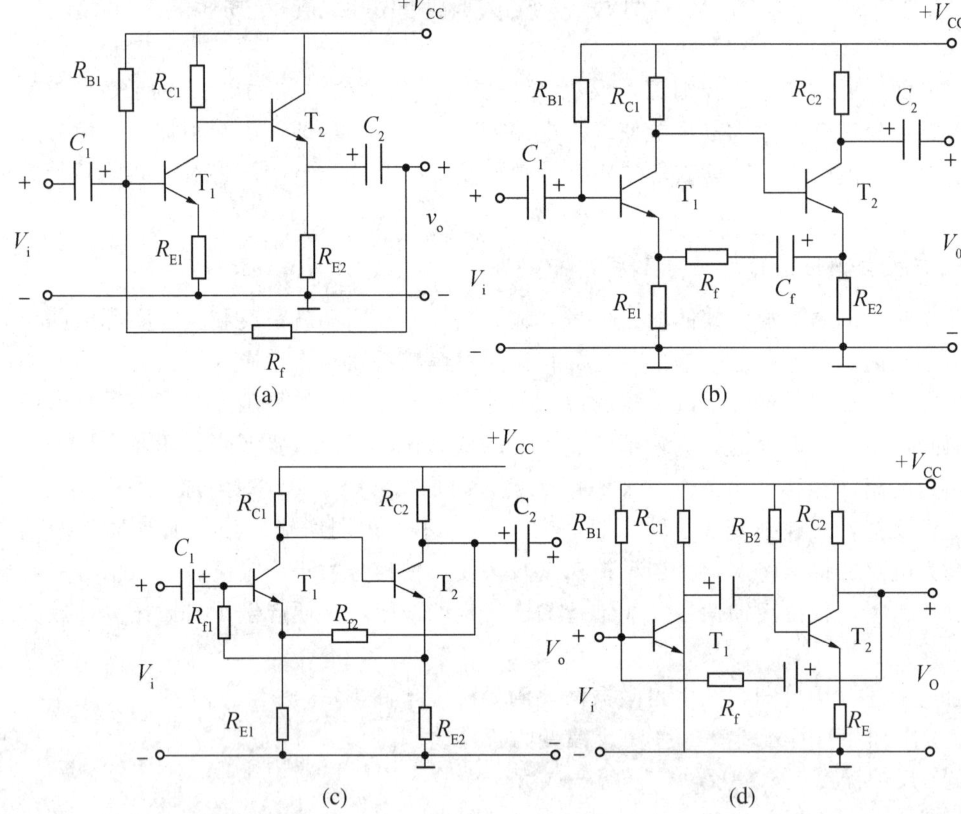

图 11.4　题 1 图

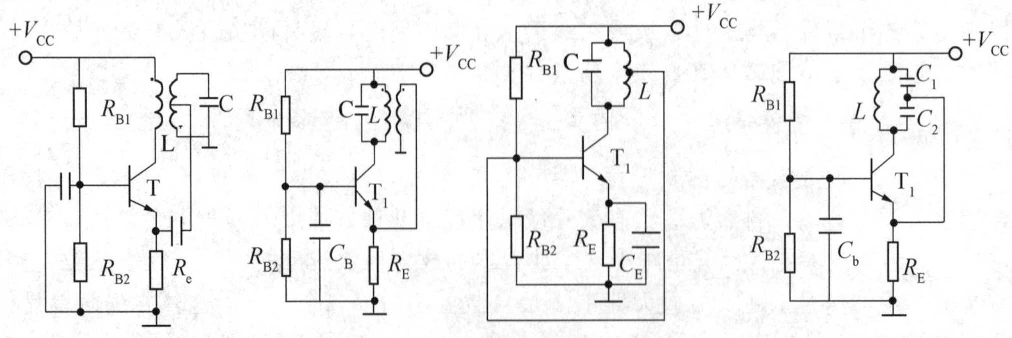

图 11.5　题 2 图

3．某放大电路未加负反馈时的电压放大倍数 $A_u=103$，采用反馈系数为 $F_u=0.05$ 的负反馈后，其电压放大倍数 $A_{uf}=$？若加负反馈后的输出电压为 $U_o=2V$，计算输入电压 U_i、反馈电压 U_f 及净输入电压 U_i'。

第12章 集成运算放大器

知识要点	教学重点	教学难点
(1) 掌握典型差动式放大电路的组成和工作原理、共模抑制比的概念，差动放大电路的输入、输出方式 (2) 了解集成运算放大器的结构及基本分析方法 (3) 会分析集成运算放大器组成的基本运算电路 (4) 了解集成运算放大器的应用及应用中的实际问题	集成运算放大器的基本运算电路	(1) 集成运算放大器的基本运算电路 (2) 差动放大电路原理 (3) 基本运放电路的分析方法

引言

随着集成工艺的发展，采用专门的集成工艺把二极管、晶体管、场效应管、电阻、电容等元件以及它们之间的连线所组成的完整的电路制作在一小块半导体芯片上，使其具有特定功能的电路就称为集成电路。集成电路按照功能分，有数字集成电路和模拟集成电路。模拟集成电路有通用型(实质是一高增益的直流放大器)和专用型(集成功率放大器和集成稳压电路等)之分。运算电路早期由分立元件组成的高增益直流放大器构成，用来对信号进行加法、减法、乘法、除法、对数、反对数、积分、微分等基本运算，故通用型模拟集成电路又称为集成运算放大器。随着集成运放各项技术指标的不断改善，性能越来越好，价位越来越低，而且又不断出现各种特殊要求的专用电路。目前集成运放几乎渗透到电子技术的各个领域，除了对模拟信号进行运算外还可以对信号进行处理、变换和测量，也可以用来产生正弦波信号和非正弦波信号。集成运放已成为电子系统中的基本功能单元。

12.1　差动放大电路

在直接耦合放大器中，由于级与级之间无隔直(流)电容，因此各级的静态工作点相互影响，从而要求在设计电路时，合理安排，使各级都有合适的静态工作点。若将直接耦合放大器的输入端短路($u_i=0$)，理论上讲，输出端应保持某个固定值不变。然而，实际情况并非如此，输出电压往往偏离初始静态值，出现缓慢的、无规则的漂移，这种现象称为零点漂移。

图 12.1 是，由两个特性相同的三极管组成的对称电路，其参数也是对称的，且有两个输入端和输出端。当输入信号 $u_i=0$ 时，两管的电流相等，两管的集电极电位也相等，所以输出电压 $U_o=U_{o1}-U_{o2}=0$。温度上升时，两管电流均增加，集电极电位均下降，由于它们处于同一温度环境，因此两管的电流和电压变化量均相等，其输出电压仍然为零。

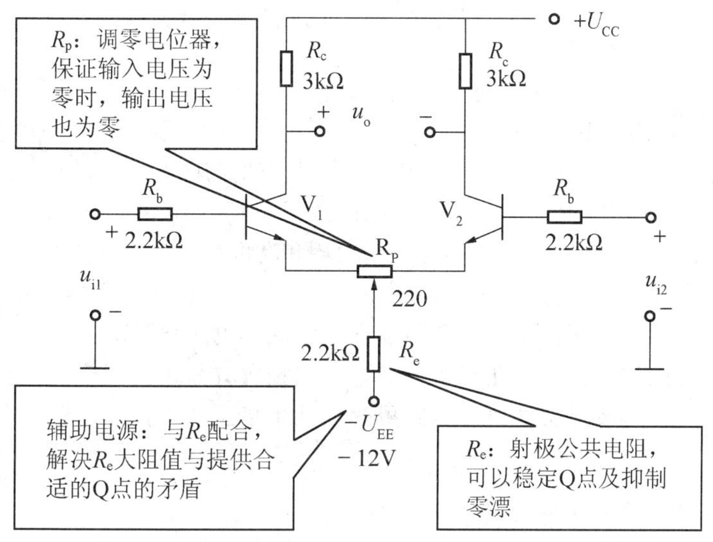

图 12.1　差动放大电路

电路输入电压　$u_i = u_{i1} - u_{i2}$

电路输出电压　$u_o = u_{o1} - u_{o2}$

在放大器两输入端分别输入大小相等、相位相反的信号，称为差模输入信号(用 u_{id} 表示)，设两输入信号为 $u_{i1} = \frac{u_{id}}{2}$，$u_{i2} = -\frac{u_{id}}{2}$，电压放大倍数用 A_d 表示，则输出电压为 $u_{o1} = A_d u_{i1}$，$u_{o2} = A_d u_{i2}$。所以有 $u_o = u_{o1} - u_{o2} = A_d(u_{i1} - u_{i2}) = A_d u_{id}$。得到差模输入的电压放大倍数为 $A_d = \frac{u_o}{u_{id}}$。

可见差模电压放大倍数等于单管放大电路的电压放大倍数，差动放大电路用多一倍的元件为代价，换来了对零点漂移的抑制。

在放大器两输入端分别输入大小相等、相位相同的信号，称为共模输入信号(用 u_{ic} 表示)，设两输入信号为 $u_{i1} = u_{i2} = u_{ic}$，则输出电压为 $u_{o1} = u_{o2} = A_c u_{ic}$，$u_o = u_{o1} - u_{o2} = 0$。可得到共模电压放大倍数为 $A_c = 0$。

上式说明该电路对共模信号无放大作用，抑制了共模信号，实际上，差动放大电路对零点漂移的抑制就是该电路对共模信号抑制的一个特例。差动放大电路对共模信号的抑制能力反映了它对零点漂移的抑制能力。

实际应用中，差动放大电路两输入信号中既有差模信号成分，又有无用的共模输入成分，此时可利用叠加原理求总的输出电压。

$$u_o = A_d u_{id} + A_c u_{ic} \tag{12-1}$$

【定义】　共模抑制比 K_{CMR}。

$$K_{CMR} = \left|\frac{A_d}{A_c}\right|$$

$$K_{CMR} = 20\lg\left|\frac{A_d}{A_c}\right|(dB) \tag{12-2}$$

共模抑制比越大，表示电路放大差模信号和抑制共模信号的能力越强。

12.2　集成运算放大器简介

所谓的集成电路，是一种微型电子器件或部件。采用一定的工艺，把一个电路中所需的晶体管、二极管、电阻、电容和电感等元件及布线互连一起，制作在一小块或几小块半导体晶片或介质基片上，然后封装在一个管壳内，成为具有所需电路功能的微型结构；其中所有元件在结构上已组成一个整体，这样整个电路的体积大大缩小，且引出线和焊接点的数目也大为减少，从而使电子元件向着微小型化、低功耗和高可靠性方面迈进了一大步。

集成电路具有体积小、重量轻、引出线和焊接点少、寿命长、可靠性高、性能好等优点，同时成本低，便于大规模生产。它不仅在工、民用电子设备如收录机、电视机、计算机等方面得到广泛的应用，同时在军事、通信、遥控等方面也得到广泛的应用。用集成电路来装配电子设备，其装配密度比晶体管可提高几十倍至几千倍，设备的稳定工作时间也可大大提高。

1. 集成运算放大器的组成

1) 集成运算放大电路的组成及各部分的作用

集成运算放大器是一种集成化的半导体器件，它实质上是一个具有很高放大倍数的直

流耦合的多级放大电路，可以简称为集成运放组件。实际的集成运放组件有许多不同的型号，每一种型号的内部线路都不同，从使用的角度来说，人们感兴趣的只是它的参数、特性指标及使用方法。集成运放的类型很多，电路也基本不相同，但从其结构组成看，基本上由输入级、中间放大级、互补输出级、偏置电流源组成，如图12.2所示。

输入级要使用高性能的差分放大电路，它必须对共模信号有很强的抑制力，而且采用双端输入、双端输出的形式。中间放大级要提供高的电压增益，以保证运放的运算精度。中间级的电路形式多为差分电路和带有源负载的高增益放大器。互补输出级由PNP和NPN两种极性的三极管或复合管组成，以获得正负两个极性的输出电压或电流。具体电路参阅功率放大器。偏置电流源可提供稳定的几乎不随温度变化的偏置电流，以稳定工作点，一般由恒流源电路组成。

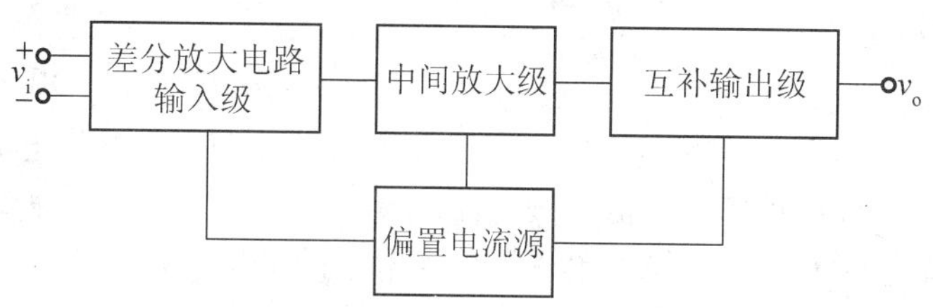

图12.2 集成运算放大器组成方框图

2)集成运算放大器的引线和符号

(1) 集成运算放大器的符号中有3个引线端，2个输入端，1个输出端。一个称为同相输入端，即该端输入信号变化的极性与输出端相同，用符号“+”或“IN+”表示；另一个称为反相输入端，即该端输入信号变化的极性与输出端相异，用符号“−”或“IN−”表示。输出端一般画在输入端的另一侧，在符号边框内标有“+”号。实际的运算放大器通常必须有正、负电源端，有的品种还有补偿端和调零端。

(2) 集成运算放大器的符号。按照国家标准符号如图12.3所示。

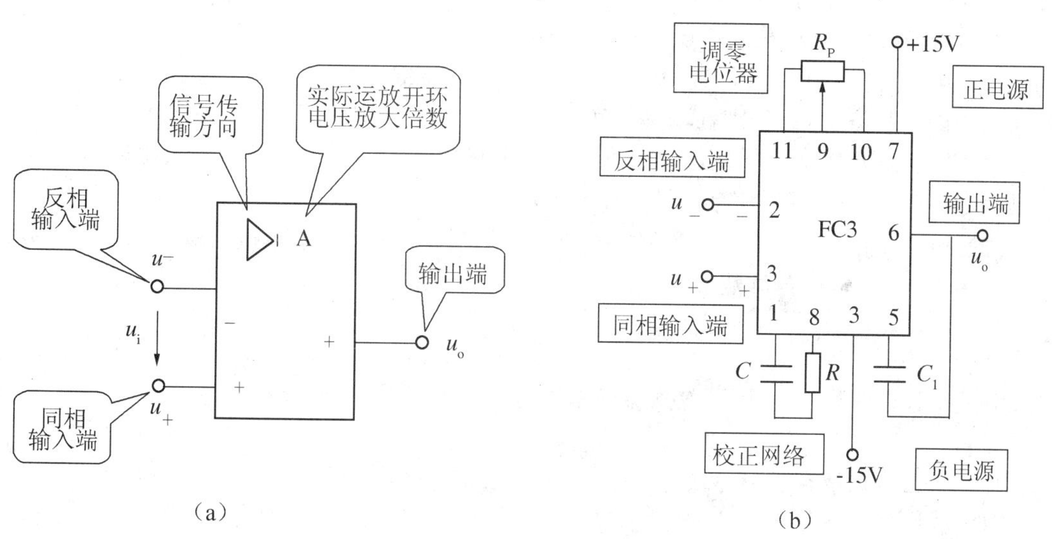

图12.3 集成运放符号及其实例

(a) 集成运放符号 (b) FC3集成运算放大器的管脚图

从集成运放的符号看，可以把它看作是一个双端输入、单端输出、具有高差模放大倍数的、高输入电阻、低输出电阻、具有抑制温度漂移能力的放大电路。

2. 集成运算放大器的主要参数

运算放大器的技术指标很多，其中一部分与差分放大器和功率放大器相同，另一部分则是根据运算放大器本身的特点设立的。各种主要参数均比较适中的是通用型运算放大器，对某些项技术指标有特殊要求的是各种特种运算放大器。

1）运算放大器的静态技术指标

（1）输入失调电压 U_{IO}：理想情况下，当输入电压为零时，输出电压也将为零。实际上，当输入信号为零时，输出电压不为零，在输入端加上相应的补偿电压使其输入电压为零，该补偿电压称为输入失调电压，一般为毫伏级。实际处理时，输入电压为零时，将输出电压除以电压增益，即为折算到输入端的失调电压。U_{IO}是表征运放内部电路对称性的指标。

（2）输入失调电流 I_{IO}：在零输入时，差分输入级的差分对管基极电流之差，用于表征差分级输入电流不对称的程度，其值一般为几十至几百纳安。

（3）输入偏置电流 I_B：运放两个输入端偏置电流的平均值，用于衡量差分放大对管输入电流的大小。

（4）输入失调电压温漂 dU_{IO}/dT：在规定工作温度范围内，输入失调电压随温度的变化量与温度变化量之比。

（5）输入失调电流温漂 dI_{IO}/dT：在规定工作温度范围内，输入失调电流随温度的变化量与温度变化量之比。

（6）最大差模输入电压 U_{idmax}：运放两输入端能承受的最大差模输入电压，超过此电压时，差分管将出现反向击穿现象。

（7）最大共模输入电压 U_{icmax}：在保证运放正常工作条件下，共模输入电压的允许范围。共模电压超过此值时，输入差分对管出现饱和，放大器失去共模抑制能力。

2）运算放大器的动态技术指标

（1）开环差模电压放大倍数 A_{ud}：运放在无外加反馈条件下，输出电压与输入电压的变化量之比，其值越高，所构成的运算电路越稳定，精度越高。

（2）差模输入电阻 r_{id} 和输出电阻 r_o：输入差模信号时，集成运放的输入电阻，通常希望其值尽可能大一些，一般为几百千欧到几兆欧。

（3）共模抑制比 K_{CMR}：与差动放大电路中的定义相同，是差模电压增益 A_{ud} 与共模电压增益 A_{uc} 之比，常用分贝数表示。

$$K_{CMR}=20\lg\left|\frac{A_{ud}}{A_{uc}}\right|(\text{dB})$$

（4）-3dB 带宽 f_H：运算放大器的差模电压放大倍数 A_{ud} 在高频段下降 3dB 所定义的带宽 f_H。

（5）单位增益带宽 f_c：A_{ud} 下降到 1 时所对应的频率，定义为单位增益带宽 f_C。

（6）转换速率 S_R：反映运放对于快速变化的输入信号的响应能力。转换速率 S_R 的表达式为

$$S_R=\left|\frac{dU_o}{dt}\right|_{max}$$

(7) 等效输入噪声电压 U_n：输入端短路时，输出端的噪声电压折算到输入端的数值。这一数值往往与一定的频带相对应。

3. 运算放大器的种类

1) 按制作工艺分类

按照制造工艺，集成运放分为双极型、COMS 型和 BiFET 型 3 种，其中双极型运放功能强、种类多，但是功耗大；CMOS 运放输入阻抗高、功耗小，可以在低电源电压下工作；BiFET 是双极型和 CMOS 型的混合产品，具有双极型和 CMOS 运放的优点。

2) 按照工作原理分类

(1) 电压放大型。输入是电压，输出回路等效成由输入电压控制的电压源，F007、LM324 和 MC14573 属于这类产品。

(2) 电流放大型。输入是电流，输出回路等效成由输入电流控制的电流源，LM3900 就是这样的产品。

(3) 跨导型。输入是电压，输出回路等效成输入电压控制的电流源，LM3080 就是这样的产品。

(4) 互阻型。输入是电流，输出回路等效成输入电流控制的电压源，AD8009 就是这样的产品。

3) 按照性能指标分类

(1) 高输入阻抗型。对于这种类型的运放，要求开环差模输入电阻不小于 1MΩ，输入失调电压 U_{IO} 不大于 10mV。

(2) 低漂移型。这种类型的运放主要用于毫伏级或更低的微弱信号的精密检测、精密模拟计算以及自动控制仪表中。对这类运放的要求是：输入失调电压温漂 $dU_{IO}/dT<2\mu V/℃$，输入失调电流温漂 $dI_{IOI}/dT<200pA/℃$，$K_{CMR}\geqslant 110dB$。

(3) 高速型。对于这类运放，要求转换速率 $S_R>30V/\mu s$，单位增益带宽 $f_c>10MHz$。

(4) 低功耗型。对于这种类型的运放，要求在电源电压为±15V 时，最大功耗不大于 6mW；或要求工作在低电源电压时，具有低的静态功耗并保持良好的电气性能。低功耗的运放一般用于对能源有严格限制的遥测、遥感、生物医学和空间技术设备中。

(5) 高压型。为得到高的输出电压或大的输出功率，在电路设计和制作上需要解决三极管的耐压、动态工作范围等问题，在电路结构上常采取以下措施：利用三极管的 CB 结和横向 PNP 的耐高压性能；用单管串接的方式来提高耐压；用场效应管作为输入级。

4. 运算放大器选择与使用中的一些问题

(1) 运放的选择。选择运放时尽量选择通用运放，而且是市场上销售最多的品种，只有这样才能降低成本，保证货源。只要满足要求，就不选择特殊运放。

(2) 使用集成运放首先要会辨认封装方式，目前常用的封装是双列直插型和扁平型。常见的封装形式如图 12.4 所示。

(3) 学会辨认管脚，不同公司的产品管脚排列是不同的，需要查阅手册，确认各个管脚的功能。

(4) 一定清楚运放的电源电压、输入电阻、输出电阻、输出电流等参数。

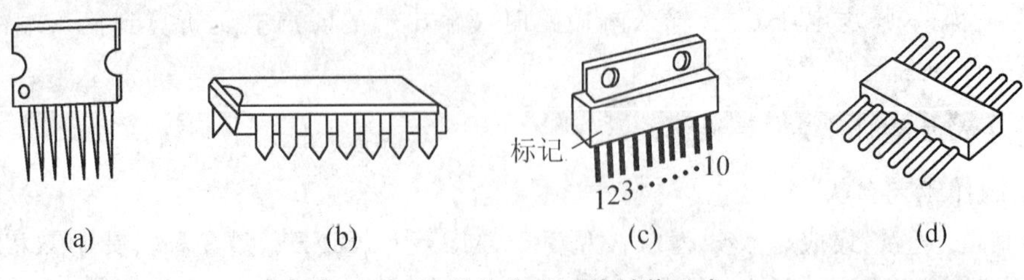

图 12.4 常见的集成运放封装形式

(a) 列扁平式 (b) 双列直插式 (c) 单列直插式 (d) 扁平式

(5) 集成运放单电源使用时，要注意输入端是否需要增加直流偏置，以便能放大正负两个方向的输入信号。

(6) 设计集成运放电路时，应该考虑是否增加调零电路、输入保护电路、输出保护电路。

5. 集成运算放大器的基本分析方法

在分析集成运算放大器时，为了简化分析并突出其主要性能，通常把集成运算放大器看成是理想集成运算放大器。理想集成运算放大器应当满足下列条件。

开环电压放大倍数为 $A_{ud}=\infty$。

共模抑制比为 $K_{CMR}=\infty$。

输入电阻为 $r_{id}=\infty$。

输出电阻为 $r_o=0$。

理想的集成运算放大器是不存在的，如果实际的集成运算放大器的性能参数接近于理想集成运算放大器的条件，通常就可以把集成运算放大器看成理想元件。再用分析理想元件的方法来分析计算实际的集成运算放大器，所得到的结果完全可以用于工程领域。

集成运算放大器的电压传输特性可以用运算放大器输出电压和输入电压之间的关系曲线表示，对应有两种工作状态，线性工作区和非线性工作区。如图 12.5 所示，由于集成运算放大器的电压放大倍数很大，即使在输入端的输入信号很小，甚至受到干扰时，都会使得输出达到饱和，从而进入非线性工作状态，所以实际集成运算放大器有一个线性区域(电压传输特性曲线的斜直线部分)。实际集成运算放大器的特性很接近理想特性，如果集成运算放大器的外部电路接成正反馈，则可以加速变化过程，使实际的电压传输特性更接近理想特性。

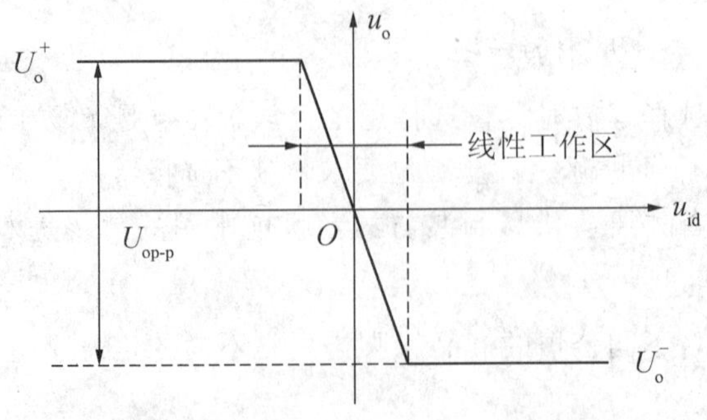

图 12.5 集成运算放大器的电压传输特性

实际上，为了使集成运算放大器工作在线性区域，需要限制其电压放大倍数，常用的办法是在输出端和反向输入端直接跨接电阻、电容、半导体器件等，构成闭环工作状态。工作在线性区域的集成运算放大器有两个重要结论。

1）集成运算放大器同相输入端和反相输入端电位相等(虚短)

工作在线性区的集成运算放大器，其输入输出之间应该满足如下关系式。

$$u_o = A_{ud} u_i = A_{ud}(u_+ - u_-) \tag{12-3}$$

两个输入端之间的电压为

$$u_i = u_+ - u_- = \frac{u_o}{A_{ud}}$$

式中，集成运算放大器的电压放大倍数 $A_{ud}=\infty$，输出电压 u_o 为一个有限值，所以可以得到一个结论

$$u_i = u_+ - u_- \approx 0 \tag{12-4}$$

同相和反相两个输入端之间好像短路，但又不是实际上的短路(即不能用一根导线直接连接同相输入端和反相输入端)，故这种现象称为虚短。集成运算放大器工作在线性区域时，虚短现象总是存在。但是对于工作在非线性区域的集成运算放大器，由于其输出已经饱和，因此即使其输入端存在电位差，输出仍然是饱和电压，因此虚短现象不适用于非线性区域的集成运算放大器。

2）集成运算放大器同相输入端和反相输入端的输入电流等于零(虚断)

因为集成运算放大器的输入电阻 $r_{id}=\infty$，所以由同相端和反相端流入集成运算放大器的信号电流为0，因此有

$$i_+ \approx i_- \approx 0 \tag{12-5}$$

同相和反相两个输入端不从外部取用电流，两个输入端之间好像断开一样，但又不是真正断开，故这种现象称为虚断，因为 $r_{id}=\infty$这个条件对于线性区和非线性区来说都是成立的，因此式(12-5)适用于线性区和非线性区。

特别提示

应用这两个结论，可以使集成运算放大器应用电路的分析大大简化，因此这两个结论是分析具体集成运算放大器组成的电路的依据。

12.3　集成运算放大器在信号运算方面的应用

运算电路是指电路的输出信号与输入信号之间存在某种数学运算关系。运算电路是由运放和外接元件组成的，引入了负反馈使集成运放工作于线性区域，此时的放大环节是集成运放而不是分立元件放大电路。

运算电路可以实现模拟量的运算。虽然现在数字计算机在许多方面已经取代了模拟计算机，但是在许多实时控制和物理量的测量方面，模拟运算仍有其优越性，因此，运算电路仍是集成运放应用的重要方面。基本运算放大器包括反相运算放大器和同相运算放大器，它们是构成各种复杂运算电路的基础，是最基本的运算放大电路。

1. 反相比例运算电路

图 12.6 为反相比例运算电路，输入信号 u_i 通过电阻 R_1 加到集成运放的反相端，而输出信号又通过电阻 R_f 反馈到反相输入端，R_f 为反馈电阻，构成深度电压并联负反馈。同相端通过电阻 R_2 接地，R_2 称为直流平衡电阻，其作用是使集成运放两输入端的对地直流电阻相等，故 $R_2=R_1//R_f$。

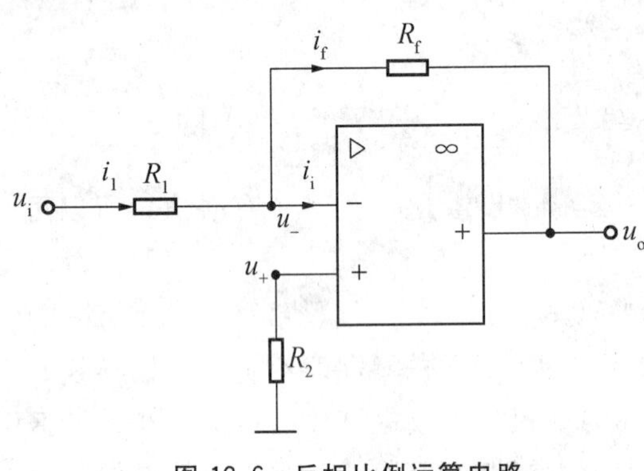

图 12.6　反相比例运算电路

根据运放输入端“虚断”可得 $i_+\approx i_-\approx 0$，根据运放输入端“虚短”可得 $u_+\approx u_-\approx 0$，因此，由图 12.6 可得

$$\frac{u_i-u_-}{R_1}=\frac{u_--u_o}{R_f}$$

有

$$\frac{u_i}{R_1}=-\frac{u_o}{R_f}$$

故引入反馈后的电压放大倍数为

$$A_{uf}=\frac{u_o}{u_i}=-\frac{R_f}{R_1} \tag{12-6}$$

可见，u_o 与 u_i 成比例，输出电压与输入电压反相，因此称为反相比例运算电路。比例系数即就是电路的电压放大倍数。

反相比例运算电路主要有如下特点：①它是深度电压并联负反馈电路，可作为反相放大器，调节 R_f、R_1 的比值即可调节放大倍数 A_{uf}，A_{uf} 值可大于 1 也可小于 1；②输入电阻等于 R_1 较小；③$u_+\approx u_-\approx 0$，所以运放共模输入信号为零，对集成运放 K_{CMR} 的要求较低，这也是所有反相运算电路的特点；④根据反相运算电路中 $u_+\approx u_-\approx 0$，常将集成运放输入端称为“虚地”。

2. 同相比例运算电路

图 12.7 为同相比例运算电路，输入信号 u_i 通过电阻 R_2 加到集成运放的同相输入端，而输出信号通过反馈电阻 R_f 反馈到反相输入端，构成深度电压串联负反馈，反相端通过电阻 R_1 接地。R_2 同样是直流平衡电阻，应满足 $R_2=R_1//R_f$。

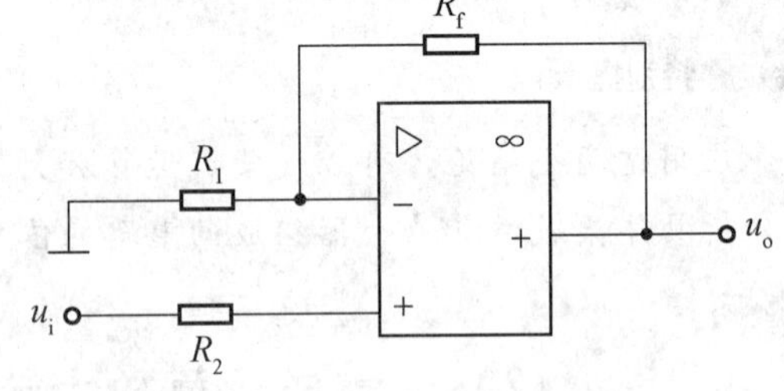

图 12.7　同相比例运算电路

根据运放输入端“虚断”和“虚短”可得 $i_-\approx i_+\approx 0$，$u_+\approx u_-\approx u_i$，故可得

$$\frac{o-u_-}{R_1}=\frac{u_--u_o}{R_f}$$

解得

$$u_o=\left(1+\frac{R_f}{R_1}\right)u_i$$

得到其闭环电压放大倍数为

$$A_{uf}=\frac{u_o}{u_i}=1+\frac{R_f}{R_1} \tag{12-7}$$

u_o 与 u_i 成比例，输出电压与输入电压同相，故称为同相比例运算电路，比例系数就是电路的电压放大倍数。

上式中如取 $R_1=\infty$(断开)或 $R_f=0$，则可得电压放大倍数 A_{uf} 为 1，这种电路称为电压跟随器，如图 12.8 所示。

同相比例运算电路主要有如下特点：①它是深度电压串联负反馈电路，可作为同相放

大器，调节 R_f、R_1 的比值就可调节放大倍数 A_{uf}，电压跟随器是它的应用特例；②输入电阻趋于无穷大。在同相放大器电路分析中不存在“虚地”概念，只能利用“虚短”和“虚断”进行分析。

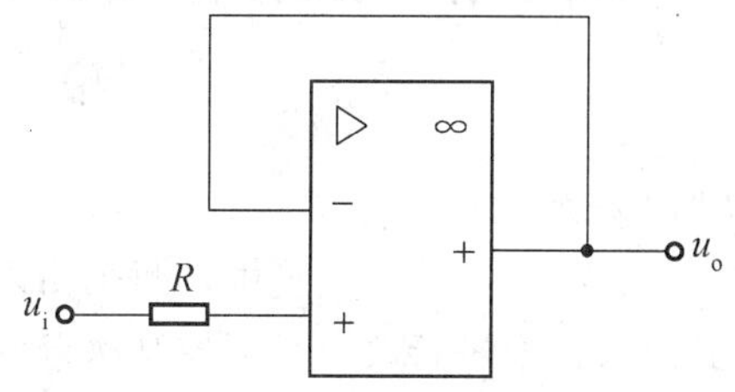

图 12.8　电压跟随器

3. 反相加法运算电路

反相输入加法运算电路如图 12.9 所示，它是利用反相比例运算电路实现的。图 12.9 中，输入信号 u_{i1}、u_{i2}、u_{i3} 分别通过电阻 R_1、R_2、R_3 加至运放的反相输入端，R 为直流平衡电阻，即有 $R_1//R_2//R_3$。

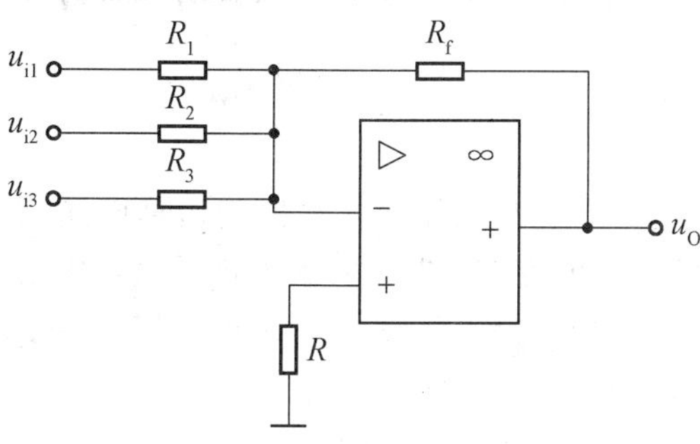

图 12.9　反相加法运算加路

根据运放反相输入端“虚断”可知 $i_f=i_1+i_2+i_3$，再根据运放反相运用时输入端“虚短”，即 $u_+\approx u_-\approx 0$，因此，输出电压为

$$u_o=-\left(\frac{R_f}{R_1}u_{i1}+\frac{R_f}{R_2}u_{i2}+\frac{R_f}{R_3}u_{i3}\right)\quad(12-8)$$

从而实现了反相加法运算。若 $R_1=R_2=R_3=R_f$，则有

$$u_o=-(u_{i1}+u_{i2}+u_{i3})$$

同理，可以将反相加法运算电路的输入端扩充到 3 个以上，而电路的分析方法是相同的。

由式可见，这种电路在改变任意一路输入端电阻时并不影响其他各路信号产生的输出值，因而调节方便。另外，“虚地”使运放的共模输入电压很小，因而在实际工作中，反相输入方式的加法运算电路应用比较广泛。

4. 减法运算电路

图 12.10 为单级运放减法运算电路，这种形式的电路实际就是由单级运放构成的差分放大器。在图 12.10 中，输入信号 u_{i1}、u_{i2} 分别加至反相输入端和同相输入端。对该电路同样用“虚短”和“虚断”来分析。

首先，设 u_{i1} 单独作用，而 $u_{i2}=0$，此时电路相当于一个反相比例运算电路，可得 u_{i1} 产生的输出电压 u_{o1} 为

$$u_{o1}=-\frac{R_f}{R_1}u_{i1}$$

同理，设由 u_{i2} 单独作用，而 $u_{i1}=0$，则电路成为一同相比例运算电路，可得 u_{i2} 产生的输出电压 u_{o2} 为

$$u_{o2}=(1+\frac{R_f}{R_1})u_+=(1+\frac{R_f}{R_1})\frac{R_3}{R_2+R_3}u_{i2}$$

应用叠加原理可求得总输出电压为

$$u_o=u_{o1}+u_{o2}=(1+\frac{R_f}{R_1})\frac{R_3}{R_2+R_3}u_{i2}-\frac{R_f}{R_1}u_{i1}\quad(12-9)$$

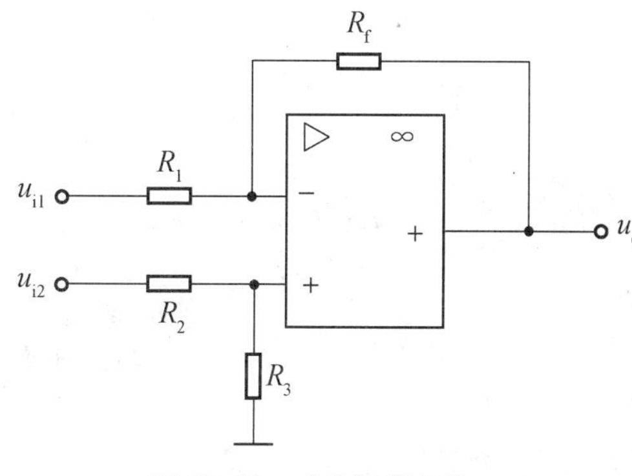

图 12.10　减法运算电路

当 $R_1=R_2$、$R_3=R_f$ 时，则有

$$u_o=\frac{R_f}{R_1}(u_{i2}-u_{i1})$$

式中若 $R_1=R_f$，则 $u_o=u_{i2}-u_{i1}$。

在控制和测量系统中，两个输入信号可分别为反馈输入信号和基准信号，取其差值送到放大器中进行放大后可控制执行机构。

特别提示

差分输入放大电路结构简单，但若输入信号不止一个且有一定的关系，则调整电阻比较困难。差分输入时电路存在共模电压，为了保证运算精度，应当选用共模抑制比较高的集成运算放大器。

5. 积分运算电路

反相积分运算电路的基本形式如图 12.11(a)所示，它与反相输入的比例运算电路比较，是把跨接在输出端和反相输入端之间的电阻换成了电容 C，电路引入了负反馈，集成运放工作在线性区。

由电路可得

$$\frac{u_i}{R}=C\frac{du_c}{dt}=C\frac{d(-u_o)}{dt}$$

有

$$u_o=-\frac{1}{RC}\int_{-\infty}^{t}u_i dt=U_O(0)-\frac{1}{RC}\int_{0}^{t}u_i dt \tag{12-10}$$

可见，u_o 与 u_i 的关系式中有积分项，因此称为积分运算电路。图 12.11(b)为 $U_O(0)=0$ 时 u_o 与 u_i 的波形。

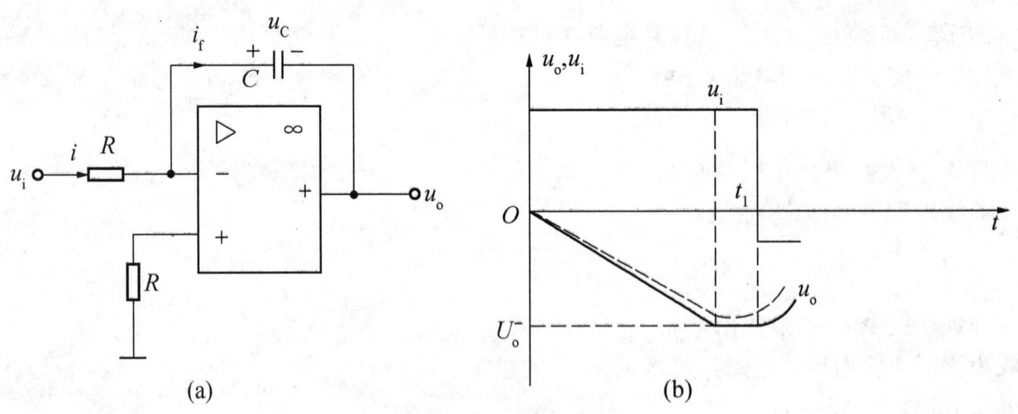

图 12.11 积分运算电路

(a) 电路图 (b) 波形图

6. 微分运算电路

在数学中积分和微分互为逆运算。把图 12.11(a)积分电路中的电容 C 和电阻 R_1 换个

位置，则构成基本微分运算电路，如图12.12(a)所示。12.12(a)电路中引入了负反馈，集成运放工作在线性区。由于存在“虚地”，即 $u_-=0$，再考虑到“虚断”，则

$$C\frac{\mathrm{d}u_i}{\mathrm{d}t}=-\frac{u_0}{R}$$

得到

$$u_o=-RC\frac{\mathrm{d}u_i}{\mathrm{d}t} \tag{12-11}$$

式(12－11)表明 u_o 与 u_i 的微分成比例，式中负号说明 u_o 与 u_i 相位相反，图12.12(a)实现了微分运算关系。

图12.12(a)的基本微分运算电路，对输入信号中的快速变化分量敏感，对输入中的高频干扰也同样敏感，电路工作不稳定。实用的微分电路，通常是在图12.12(a)电路的输入回路中与电容 C 串联一个小阻值的电阻。

在自动控制电路中，微分运算电路不仅可以实现数学微分运算，还可以用于延时、定时以及波形变换。如图12.12(b)所示，当 u_i 为矩形脉冲时，则 u_o 为尖脉冲。显然正的尖脉冲比 u_i 的上升沿滞后一个信号脉冲宽度，可见微分电路对输入信号的脉冲沿起到延时作用。

积分和微分运算电路应用很广，除了微积分运算外，还可以用于延时、波形变换、波形发生、模数转换以及移相等，微分和积分互为可逆运算，两种的应用也很类似。

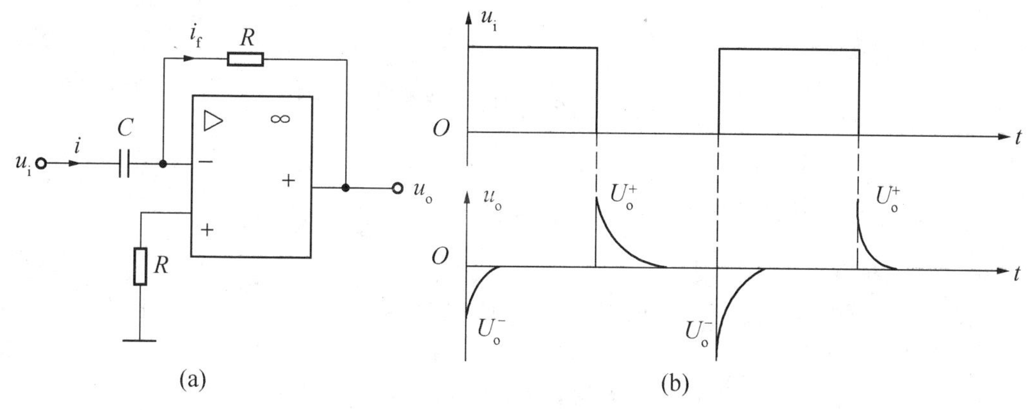

图12.12　微分运算电路

(a) 电路图　(b) 波形图

【例12－1】　由集成运放 A_1 和 A_2 构成的电路如图12.13所示，已知 $R_1=60\text{k}\Omega$，$R_2=30\text{k}\Omega$，$R_{f1}=120\text{k}\Omega$，$R_3=R_4=20\text{k}\Omega$，$R_{f2}=R_5=100\text{k}\Omega$，试：

(1) 指出 A_1、A_2 各构成何种基本运算电路；

(2) 指出 A_1、A_2 哪些存在“虚短”，哪些存在“虚地”；

(3) 写出 u_o 与 u_{i1}、u_{i2} 和 u_{i3} 的关系式；

(4) 计算平衡电阻 R'；

(5) 若 $u_{i1}=0.5\text{V}$，$u_{i2}=-0.5\text{V}$，$u_{i3}=2\text{V}$，求 u_o。

解： (1) A_1 构成反相加法运算电路，A_2 构成差动输入比例运算电路。

(2) A_1 和 A_2 都存在“虚短”，A_1 存在“虚地”。

$$u_{o1}=-\frac{R_{f1}}{R_1}u_{i1}-\frac{R_{f1}}{R_1}u_{i2}=-\frac{120}{60}u_{i1}-\frac{120}{30}u_{i2}=-2u_{i1}-4u_{i2}$$

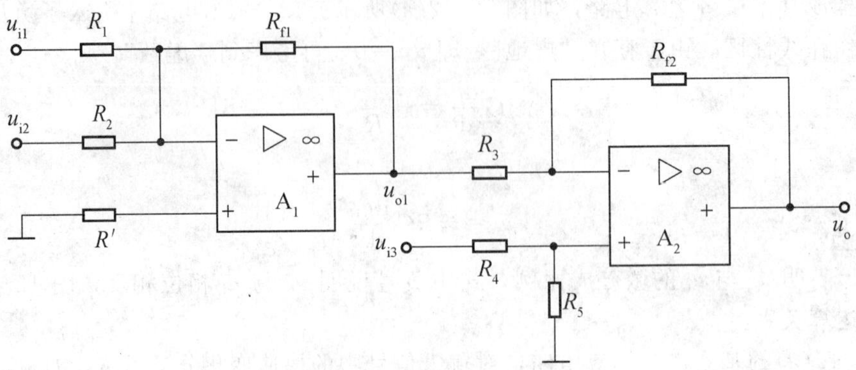

图 12.13　例 12-1 图

(3)因为 $R_3=R_4$，$R_{f2}=R_5$，则

$$u_o=\frac{R_5}{R_4+R_5}(1+\frac{R_{f2}}{R_3})u_{i3}-\frac{R_{f2}}{R_3}u_{o1}$$

$$=\frac{100}{20+100}(1+\frac{100}{20})u_{i3}-\frac{100}{20}(-2u_{i1}-4u_{i3})$$

$$=5u_{i3}+10u_{i1}+20u_{i2}$$

(4) 平衡电阻 $R'=R_1//R_2//R_{f1}=60//30//120=17.14\text{k}\Omega$

(5) $u_o=10u_{i1}+20u_{i2}+5u_{i3}=5\times2+10\times0.5+20\times(-0.5)=5\text{V}$

12.4　集成运算放大器的应用

12.4.1　集成运放的线性应用

在非电量的检测技术中，若把非电的物理量如温度、压力、位移等的变化转换成电信号，需要通过传感器和测量电路实现，但非电的物理量转换成的电信号往往很微弱，必须经过放大后才能达到测量、显示或控制的目的，为此需要放大器，这类放大器就称为测量放大器又称数据放大器。对测量放大器的要求是输入阻抗高、电压放大倍数高、共模抑制比高、输出阻抗抵、漂移小等。图 12.14 就是用 3 个集成运放构成的测量放大器，图中 A_1 和 A_2 都是同相输入方式，A_3 组成对称的差动输入电路，具有高输入阻抗、低漂移、高共模抑制比、高电压放大倍数的特点。实际上测量放大器都已做成组件，即把测量放大器完整的电路制作在一个芯片上，使性能更好，使用更方便。

根据集成运放的“虚短”和“虚断”，对 A_1 和 A_2 有

$$u_{1-}\approx u_{1+}\approx u_{i1}$$

$$u_{2-}\approx u_{2+}\approx u_{i2}$$

得

$$\frac{u_{o2}-u_{i2}}{R_2}=\frac{u_{i2}-u_{i1}}{R_1}=\frac{u_{i1}-u_{o1}}{R_2}$$

由上式可得

$$u_{o2}-u_{o1}=\left(1+\frac{2R_2}{R_1}\right)(u_{i2}-u_{i1})$$

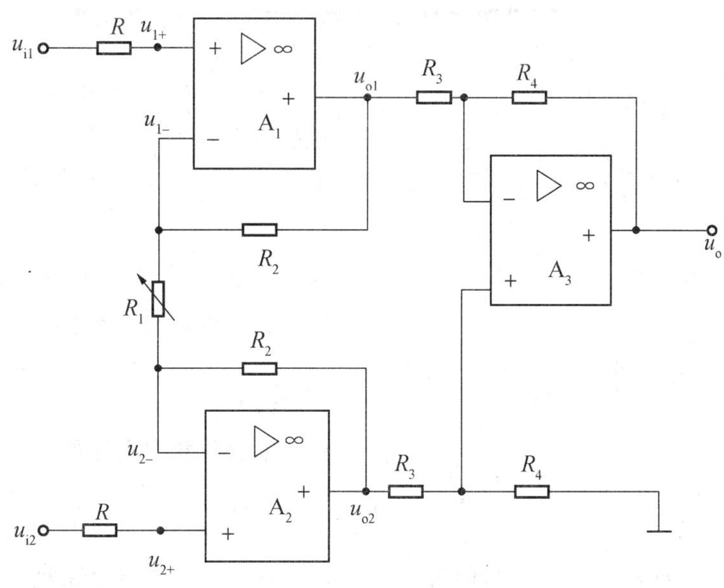

图 12.14 测量放大器电路

由上式可知，只要改变电阻 R_1，就可以灵活地调节电压放大倍数。当 R_1 开路时，$\frac{u_{o2}-u_{o1}}{u_{i2}-u_{i1}}=1$，得到单位增益。

集成运算放大器 A_3 为差动输入比例放大电路，其输出为

$$u_o=\frac{R_4}{R_3}(u_{o2}-u_{o1})=\frac{R_4}{R_3}\left(1+\frac{2R_2}{R_1}\right)(u_{i2}-u_{i1})$$

故电路的差模电压放大倍数为

$$A_{ud}=\frac{u_o}{u_{i2}-u_{i1}}=\frac{R_4}{R_3}\left(1+\frac{2R_2}{R_1}\right)$$

或

$$A_{ud}=\frac{u_o}{u_{i1}-u_{i2}}=-\frac{R_4}{R_3}\left(1+\frac{2R_2}{R_1}\right) \tag{13-12}$$

特别提示

需要指出的是，R_3、R_4 必须采用高紧密度电阻并要精确匹配，否则不仅会给电压放大倍数带来误差，还将降低电路的共模抑制比。

12.4.2 集成运放的非线性应用

在分析集成运放的电压传输特性时已经知道，集成运放的线性输入范围很窄，当集成运放的净输入信号 $|u_+-u_-|\leqslant 0.06$mV 时，集成运放才能工作在线性区。当集成运放在开环时，干扰信号都会超过 0.06mV，使集成运放的输出电压达到 $\pm U_{om}$，工作在非线性区。因此有如下结论。

(1) 集成运放开环应用或其外部引入正反馈，集成运放都工作在非线性区。

(2) 集成运放工作在非线性区，输出电压只有两种状态，运放使用双电源时：

$$当\ u_+ > u_-\ 时，u_o = +U_{om}$$

$$当\ u_+ < u_-\ 时，u_o = -U_{om}$$

$u_+ = u_-$ 时，是输出电压从高电平到低电平或由低电平到高电平跳变的时刻。

(3) 理想集成运放工作在非线性区仍存在“虚断”，即 $i_+ \approx i_- \approx 0$。

上述结论是分析集成运放非线性应用电路的基本出发点，应很好地理解并能熟练掌握。

1. 简单电压比较器

电压比较器(图 12.15)是用来比较两个输入电压大小关系的，输出电压的高电平或低电平表示两个输入电压的大小关系。一般情况下，其中一个输入信号是固定不变的参考电压，另一个输入信号是随时间连续变化的模拟量，而输出则是高电平(表示数字量“1”)或低电平(表示数字量“0”)。因此，比较器可作为模拟电路与数字电路的接口。比较器在测量及自动控制等领域应用广泛。

分析电压比较器，重要的是画出比较器的电压传输特性曲线。所谓电压传输特性曲线是指输出电压 u_o 随输入电压 u_i 变化的关系曲线。要画出电压传输特性曲线必须掌握下面 3 个方面内容：

(1) 输出电压的高电平 U_{OH} 和低电平 U_{OL}。

(2) 门限电压 U_{TH}。所谓门限电压是指输出电压发生跳变时刻的 u_i 值。

(3) u_i 变化经过 U_{TH} 时 u_o 跳变的方向。即 u_o 是从 U_{OH} 跳变到 U_{OL}，还是从 U_{OL} 跳变到 U_{OH}。这要根据是反相输入(u_i 加到集成运放的反相输入端)比较器还是同相输入(u_i 加到集成运放的同相输入端)比较器而判定。

有了电压传输特性，根据 u_i 波形画 u_o 波形就简单了。

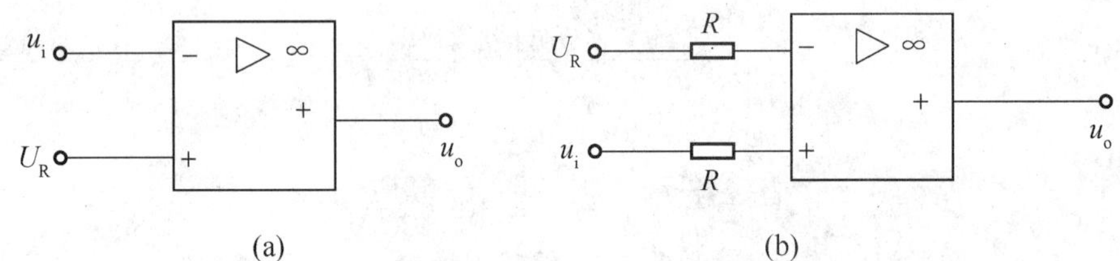

图 12.15 简单电压比较器

(a) 反相输入比较器 (b) 同相输入比较器

图 12.15(a)中，信号 u_i 加到集成运放的反相输入端，称为反相输入比较器，参考电压 U_R 加到同相输入端。

当 $u_i > U_R$ 时，$u_- > u_+$，$u_o = U_{0L} = -U_{om}$

当 $u_i < U_R$ 时，$u_- < u_+$，$u_o = U_{0H} = +U_{om}$

当 $u_i = U_R$ 时，$u_- = u_+$，是输出电压 u_o 的跳变时刻，所以门限电压 $U_{TH} = U_R$。

因 U_R 可正、可负、可为零，所以图 12.15 的传输特性为：图 12.16(a)为 $U_R > 0$ 的电压传输特性，图 12.16(b)为 $U_R < 0$ 的电压传输特性，图 12.16(c)为 $U_R = 0$ 的电压传输特性。$U_{TH} = 0$ 的比较器称为过零比较器，即 u_i 每经过一次零值，输出电压 u_o 就跳变一次。

参考电压加到集成运放的反相输入端，输入信号 u_i 加到同相输入端，称为同相输入比较器，如图 12.15(b)所示。

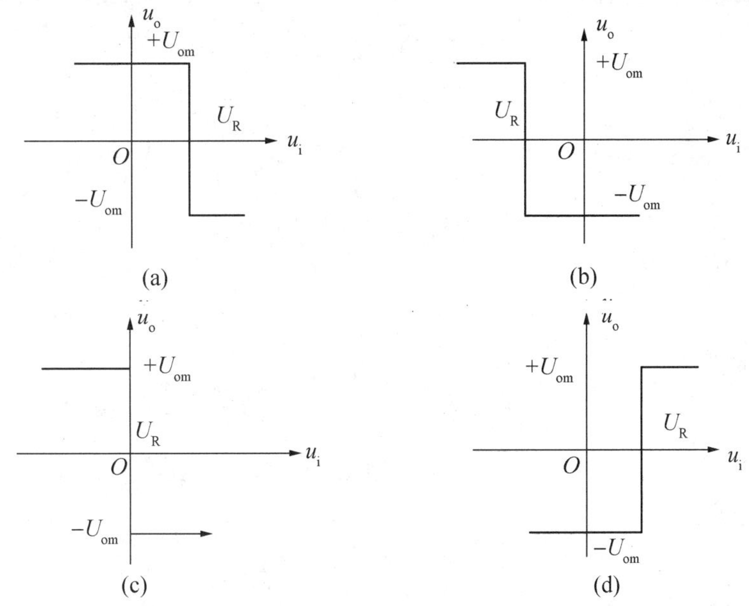

图 12.16　电压比较器的电压传输特性

(a) 反相输入比较器 $U_R>0$　(b) 反相输入比较器 $U_R<0$

(c) 反相输入比较器 $U_R=0$　(d) 同相输入比较器 $U_R>0$

当 $u_i>U_R$ 时，$u_+>u_-$，$u_o=U_{0H}=+U_{om}$

当 $u_i<U_R$ 时，$u_+<u_-$，$u_o=U_{0L}=-U_{om}$

当 $u_i=U_R$ 时，$u_+=u_-$，u_o 发生跳变，所以门限电压 $U_{TH}=U_R$。

$U_R>0$ 时的电压传输特性如图 12.16(d)所示。

2. 反相滞回比较器

前面介绍的简单比较器只有一个门限电压，当输入电压本身在门限电压 U_{TH} 上下发生微小变化，或因干扰信号使输入电压在 U_{TH} 上下发生微小变化时，都会引起输出电压不应该有的跳变。因此，简单比较器虽然电路结构简单、灵敏度高，但抗干扰能力差。

滞回比较器能够克服简单比较器抗干扰能力差的缺点。图 12.17(a)为反相输入的滞回比较器。由图 12.17(a)可以看出，R_3 跨接在集成运放的输出端与同相输入端之间，集成运放外部引入正反馈，集成运放工作在非线性区。

由图 12.17(a)知：$u_-=u_i$，而

$$u_+=\frac{R_3}{R_2+R_3}U_R+\frac{R_2}{R_2+R_3}u_o$$

当 $u_-=u_i$ 时，u_i 为门限电压 U_{TH}，所以

$$u_{TH}=\frac{R_3}{R_2+R_3}U_R+\frac{R_2}{R_2+R_3}u_o$$

当 u_i 非常小时，$u_o=U_{oH}$。u_i 继续增大，到 u_o 由 U_{oH} 跳到 U_{oL} 时的 u_i 值为上门限电压 U_{TH1}

$$u_{TH1}=\frac{R_3}{R_2+R_3}U_R+\frac{R_2}{R_2+R_3}u_{oH}$$

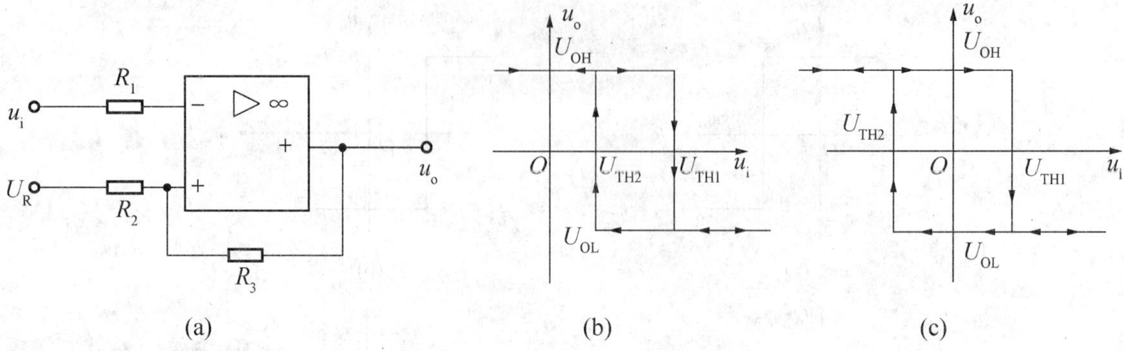

图 12.17　反相滞回比较器及其电压传输特性

(a) 电路　(b) 电压传输特性曲线　(c) 特殊传输特性曲线

当 u_i 非常大时，$u_o=U_{oL}$。继续减小 u_i，到 u_o 由 U_{oL} 跳变到 U_{oH} 时的 u_i 值即为下门限电压 U_{TH2}

$$u_{TH2}=\frac{R_3}{R_2+R_3}U_R+\frac{R_2}{R_2+R_3}u_{oL}$$

可以看出 $U_{TH1}>U_{TH2}$。

由于图 12.17(a)是反相输入滞回比较器，当 u_i 很小时，$u_o=U_{0H}$，u_i 由小到大变化到上门限电压 U_{TH1} 时，u_o 由高电平 U_{0H} 跳变到低电平 U_{oL}，以后 u_i 继续增大，$u_o=U_{oL}$ 不变，。当 u_i 很大时，$u_o=U_{oL}$，u_i 由大到小变化到下门限电压 U_{TH2} 时，u_o 由低电平 U_{oL} 跳变到高电平 U_{oH}，以后 u_i 继续减小，$u_o=U_{oH}$ 不变。反相输入滞回比较器的电压传输特性如图 12.17(b)所示。

在图 12.17(a)所示电路中，若 $U_R=0$，则

$$u_{TH1}=\frac{R_2}{R_2+R_3}U_{oH}$$

$$u_{TH2}=\frac{R_2}{R_2+R_3}U_{oL}$$

若 U_{oH} 和 U_{oL} 大小相等极性相反，则 $U_{TH1}=-U_{TH2}$，如图 12.17(c)所示。

滞回比较器两门限电压之差称为门限宽度或称为回差电压，用 ΔU 表示。$\Delta U=U_{TH1}-U_{TH2}$。回差电压越大，抗干扰能力越强，但灵敏度降低。反之，ΔU 越小，抗干扰能力越差，灵敏度增高。在实际应用中，回差电压应取大还是取小，应综合考虑。

3. 窗口比较器

前面分析的是简单比较器和滞回比较器，当它们的输入电压 u_i 单方向变化时，输出电压 u_o 只能变化一次，因此只能与一个电平进行比较。若要判断 u_i 是否在两个电平之间，可采用窗口比较器。窗口比较器有两个门限电压，当 u_i 单方向变化时，u_o 可以变化两次，所以又称为双限比较器。窗口比较器的一种电路如图 12.18(a)所示。图(12.18)中参考电压 $U_{R1}>U_{R2}$，稳压二极管 D_Z 的稳定电压为 U_Z。

对图 12.18(a)所示电路，有如下结论。

当输入信号 $u_i > U_{R1}$ 时，必然 $u_i > U_{R2}$，这时 $u_{o1} = +U_{om}$，D_1 导通，而 $u_{o2} = -U_{om}$，D2 截止，输出电压 $u_o = U_{oH} = U_Z$。

当输入信号 $u_i U_{R2}$，必然 $u_i U_{R1}$，这时 $u_{o1} = -U_{om}$，D_1 截止，而 $u_{o2} = +U_{om}$，D2 导通，输出电压 $u_o = U_{oH} = U_Z$。

当 $U_{R1} > u_i > U_{R2}$ 时，$u_{o1} = -U_{om}$，$u_{o2} = -U_{om}$，D_1 和 D_2 都截止，输出电压 $u_o = U_{0L} = 0$。

设参考电压 U_{R1} 和 U_{R2} 均大于零，图 12.18(a)所示电路的电压传输特性如图 12.18(b)所示。

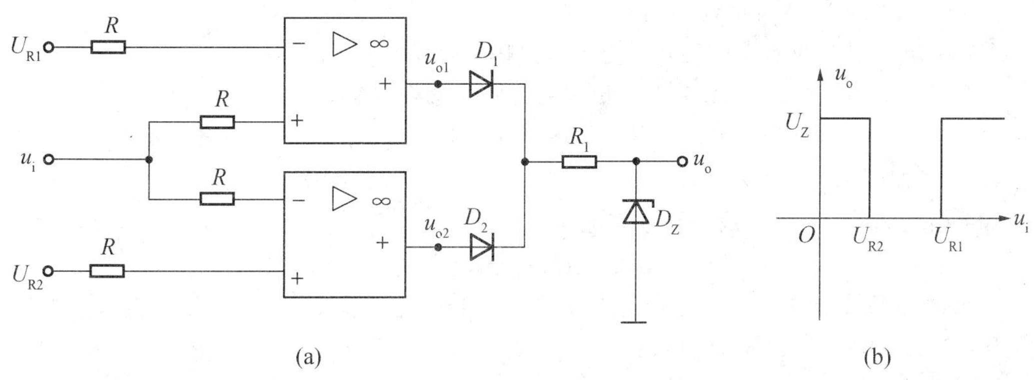

图 12.18　窗口比较器及其电压传输特性

(a) 电路图　(b) 电压传输特性曲线

前面介绍的电压比较器均由集成运放构成，由集成运放构成的电压比较器输出电压较高，若要输出驱动数字电路中的 TTL 门电路，还需要加上限幅电路，这给应用带来不便。而且由集成运放构成的电压比较器一般响应速度低。选用专用的集成电压比较器可解决上述问题。目前有单个的集成比较器，也有 2 个或 4 个独立的集成比较器制作在一块芯片上，应用很方便。集成比较器的型号很多，如通用型的 AD790(单)、LM119(双)、LM193(双)、高速型的 MXA900(四)、低功耗型的 TCL374(四)等。

习　题

1. 填空题

(1) 集成运算放大器由 4 个基本部分组成，它们是________，________，________和________。

(2) 理想集成运放的 A_{Od} = ______，K_{CMR} = ______，r_{id} = ______，r_o = ________。

(3) 为了使集成运放工作在线性区，必须在集成运放组成的电路中引入________使其工作在闭环状态。

(4) 集成运放工作在线性区时，其同相输入端的电位与反相输入端的电位相等，即 $u_+ = u_-$，称为________。集成运放两个输入端的信号电流为零，即 $I_+ = I_- = 0$，称为________。

(5) 电压比较器的输出电压只有________和__________两种状态。

2. 反相比例运算电路如图 12.6 所示，$R_1 = 30\text{k}\Omega$，$R_f = 90\text{k}\Omega$，求电压放大倍数、输

入电阻及平衡电阻 R_2。

3. 同相比例运算电路如图 12.7 所示，$R_1=40\text{k}\Omega$，若要求电压放大倍数为 4，试估算 R_f 及平衡电阻 R_2。

4. 电路如图 12.7 所示，其中已知集成运放的最大输出电压为±12V，电阻 $R_1=10\text{k}\Omega$，$R_f-290\text{k}\Omega$，$R_2-R_f//R_1$，输入电压 $u_i-1.5\text{V}$。试求下列 3 种情况下的输出电压 u_0。

(1) 正常情况。

(2) 电阻 R_1 开路。

(3) 电阻 R_f 开路。

5. 电路如图 12.19 所示，设集成运放的最大输出电压为±12V。

(1) 指出各图中的集成运放分别构成何种基本运算电路。

(2) 指出图中集成运放 $A_1 \sim A_4$，哪些存在“虚短”，哪些存在“虚地”。

(3) 若 $u_{i1}=1\text{V}$，$u_{i2}=2\text{V}$，写出各电路的输出电压表达式，并计算各输出电压。

6. 电路如图 12.20 所示，$R_1=R_2=R_3=R_{f2}=30\text{k}\Omega$，$\text{R}_{f1}=90\text{k}\Omega$。

(1) 指出 A_1、A_2 各构成何种基本电路。

(2) 若 $u_{i1}=2V$，$u_{i2}=1\text{V}$，求输出电压 u_0。

7. 电路如图 12.21 所示，分析写出 u_0 与 u_{i1} 和 u_{i2} 的关系式，写出平衡电阻 R'_2 的表达式。图 12.21 中 $R_1=1\text{k}\Omega$，$R_F=R=10\text{k}\Omega$，$R_2=5\text{k}\Omega$。

8. 电路如图 12.22 所示，$C=0.2\mu\text{F}$，设 C 上的初始电压为零，$R_1=R_2=R_4=10\text{k}\Omega$，$R_3=5\text{k}\Omega$。

(1) 指出集成运放 A_1、A_2 各构成何种运算电路。

(2) 写出输出电压 u_{01} 与 u_{i1} 的关系式。

(3) 写出输出电压 u_0 与 u_{i1} 和 u_{i2} 的关系式。

9. 电路如图 12.23 所示，指出 A_1、A_2 各构成何种基本运算电路，写出 u_0 与 u_{i1} 和 u_{i2} 的关系式。

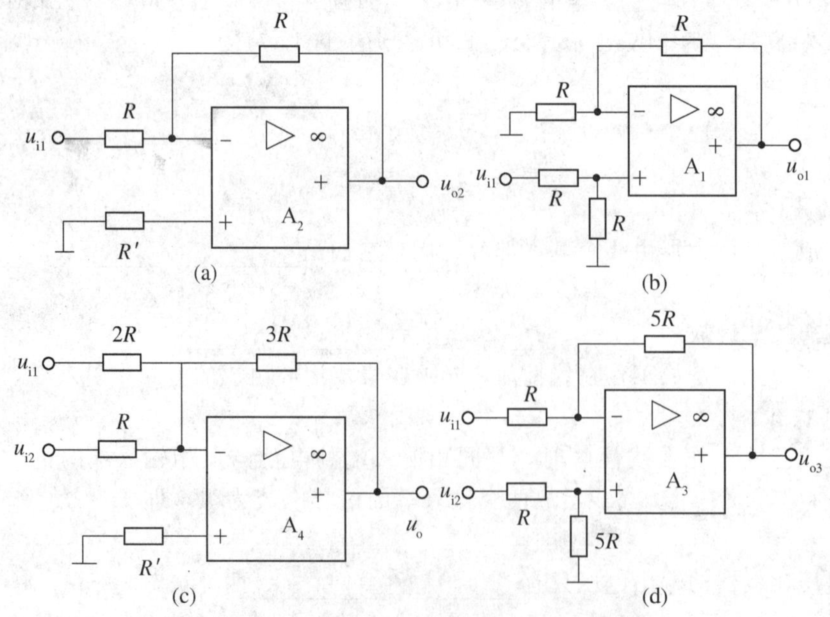

图 12.19 题 5 图

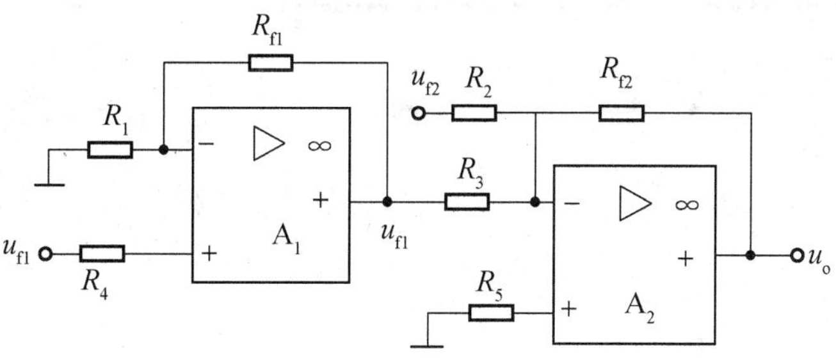

图 12.20 题 6 图

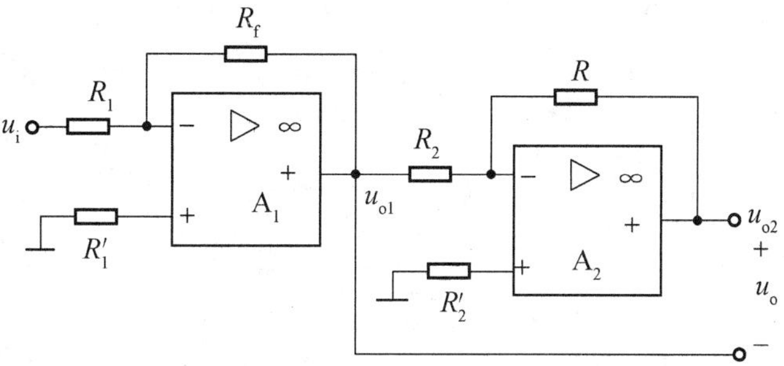

图 12.21 图 7 图

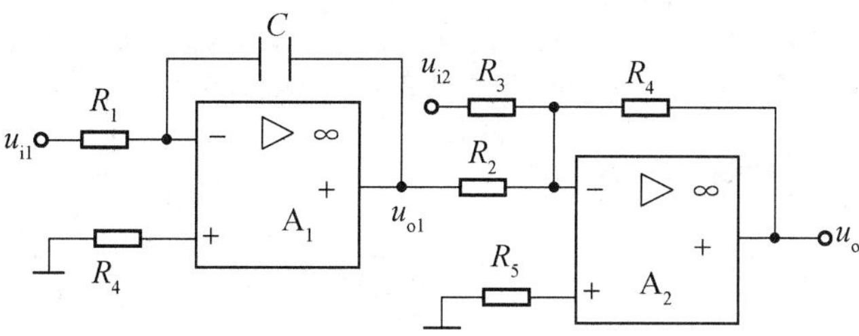

图 12.22 题 8 图

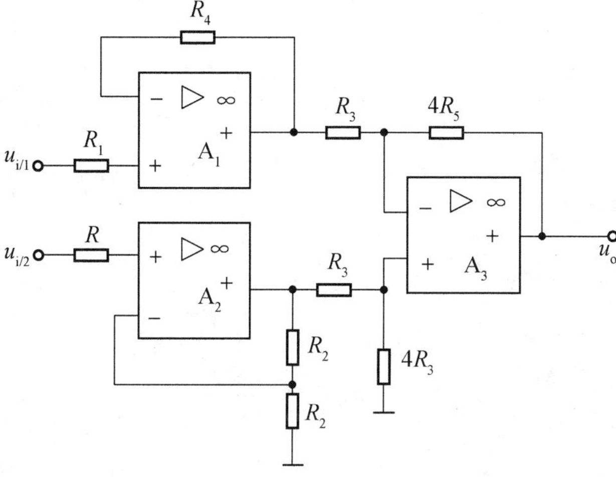

图 12.23 题 9 图

第13章

功率放大电路

知识要点	教学重点	教学难点
(1) 功率放大器的特点 (2) 互补对称功率放大电路及其输出功率、效率、管耗的计算 (3) 乙类功放电路中的交越失真及其消除方法 (4) 单电源互补对称功放电路(OTL)的工作原理	互补对称功放电路的工作原理；互补对称功放电路的参数计算	(1) 互补对称功放电路的工作原理及其参数计算 (2) 互补对称功放电路的交越失真及其消除

引言

功率放大电路通常作为多级放大电路的输出级。在很多电子设备中，要求放大电路的输出级能够带动某种负载，例如驱动仪表，使指针偏转；驱动扬声器，使之发声；或驱动自动控制系统中的执行机构；等等。总之，要求放大电路有足够大的输出功率。这样的放大电路统称为功率放大电路。

13.1　功率放大电路的特点及分类

1. 功率放大电路的特点

功率放大器的主要任务是向负载提供较大的信号功率，与电压放大器不同，具有以下特点。

1）要求输出功率尽可能大

为了获得大的功率输出，要求功放管的电压和电流都有足够大的输出幅度，因此管子为大功率管，往往工作在极限运用状态。

如输入信号是某一频率的正弦信号，则输出功率表达式为

$$P_o = U_o I_o = \frac{1}{2} U_{om} I_{om}$$

式中，I_o、U_o 均为有效值；I_{om}、U_{om} 为振幅值。

2）效率要高

由于输出功率大，因此直流电源供给功率也大，存在一个效率问题。所谓效率就是负载得到的输出功率 P_o 和电源供给的直流功率 P_V 的比值 η，这个比值越大，电路的效率越高。

3）非线性失真要小

为使输出功率大，I_{om}、U_{om} 也应大，故功率放大器的三极管工作在大信号状态下。由于三极管是非线性器件，在大信号工作状态下，器件本身的非线性问题突出，因此，输出信号不可避免地产生一定的非线性失真。

4）散热问题

在功率放大电路中，有相当大的功率消耗在管芯上，使管芯温度升高，为了使管子输出足够大的功率，放大器件散热就成为一个重要问题。通常要加散热装置。

由于信号幅值大，在分析时不能用等效电路法，而要借助于图解法。

2. 功率放大电路分类

功率放大电路按放大信号频率，可分为低频功率放大电路（几十赫兹到几十千赫兹）和高频功率放大电路（几百千赫兹到几十兆赫兹），本课程介绍的是低频功率放大电路。

功率放大电路按静态工作点 Q 在特性曲线中位置不同，可分为甲类、乙类、甲乙类和丙类等。

1）甲类

图 13.1(a)中，晶体管 Q 点设置在特性曲线的线性区，在输入信号的整个周期内都有电流流过放大管，这种工作方式称为甲类。甲类放大电路中，在没有输入信号时，直流电

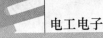

源仍提供功率，消耗在放大管上。在有输入信号时，其中一部分直流功率转换为交流输出功率。甲类功放的特点是失真小，效率低。理想情况下最高效率为 50%。

2）乙类

图 13.1(b)中，Q 点设置在 $I_C=0$，晶体管在输入信号的整个周期内，仅在半个周期导通，称为乙类工作状态。乙类工作状态输入信号为零时，电源不提供功率，随着输入信号的变化，电源提供功率，输出功率随之而变。乙类功放的特点是效率高，失真大。理想情况下，乙类功放最高效率为 78.5%。

3.）甲乙类

图 13.1(c)中 Q 点介于在甲类、乙类之间，晶体管在信号半个周期以上时间内处于导通状态，称为甲乙类。它的特点介于甲、乙类之间。

4）丙类

图 13.1(d)为丙类工作状态，晶体管导通时间小于半个周期。用在谐振功率放大器(谐振系统作为匹配网络的功率放大器)中。

在低频功率放大电路中，主要用甲乙类功率放大电路。

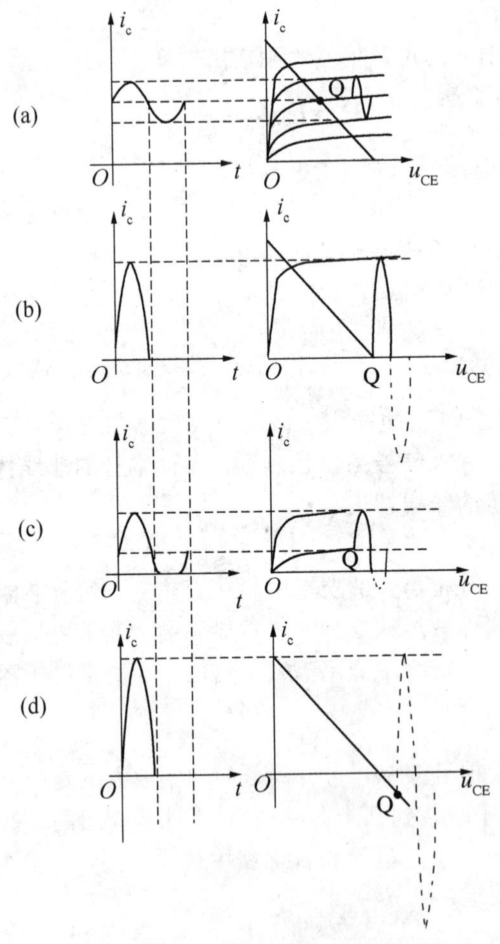

图 13.1　甲类、乙类、甲乙类、丙类工作状态

(a) 甲类　(b) 乙类　(c) 甲乙类　(d) 丙类

13.2　互补对称功率放大电路(OCL电路)

1. 电路结构和工作原理

图13.2是OCL互补对称功放电路。放大器由一对特性参数具有良好的对称性、类型不同(NPN和PNP)的两个晶体管组成，两管的基极和发射极分别连在一起，信号从基极输入，从发射极输出，R_L是负载。电路可看成由两个射极输出器组合而成，使用对称正负电源，它们均工作在乙类放大状态。

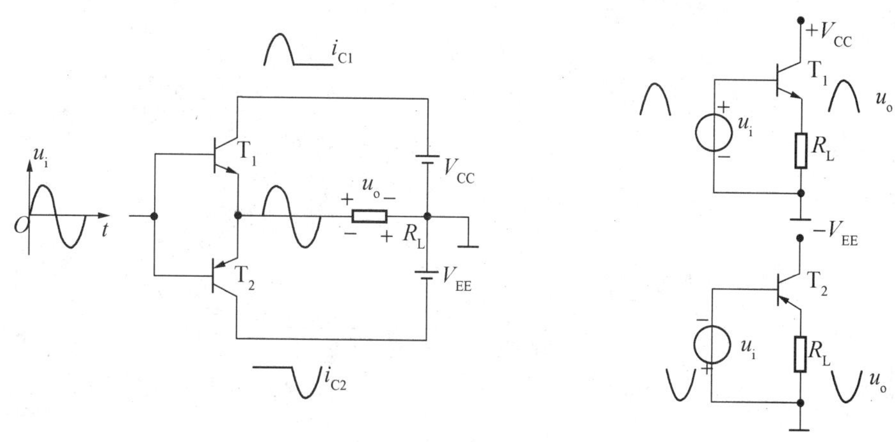

图13.2　双电源互补对称电路

当输入信号 $u_i=0$ 时，$I_B=0$，$I_C=0$，两管均处于截止状态。

当输入端加一正弦信号：在正半周时，由于 $u_i>0$，T_1管NPN型正偏导通，T_2管PNP型反偏截止，i_{c1}流过负载电阻 R_L，两端获得正半周输出电压；在负半周时，由于 $u_i<0$，T_1管反偏截止，T_2管正偏导通，$i_{c2}=0$ 流过负载电阻 R_L，两端获得负半周输出电压。即 T_1、T_2管交替工作，R_L流过的电流为一完整正弦波信号，这就解决了乙类工作状态非线性失真太大的问题，波形如图13.2所示。由于该电路中两个管子导电特性互为补充，电路对称，因此该电路称为互补对称功率放大电路。

2. 参数计算

双电源互补对称电路的图解分析如图13.3所示。图13.3(a)为电路在 u_i 正半周时 T_1 管导通时的工作情况，T_2管的工作情况和 T_1相似，只是在 u_i 的负半周导电。为了便于分析，将 T_2的特性曲线倒置后与 T_1特性曲线画在一起，让静态工作点Q重合，形成 T_1、T_2两管的合成曲线，这时负载线是通过Q点(V_{CC}，0)的一条直线，其斜率为 $-1/R_L$。由图13.3(b)可看出输出电流 i_C 的变化范围为 $2I_{Cm}$，输出电压 u_{Ce}的变化范围为 $2U_{CEm}$。根据以上分析可以求出：工作在乙类的双电源互补对称电路的输出功率 P_O、管耗 P_T、直流电源供给功率 P_V和效率 η。

1)输出功率 P_O

负载电阻 R_L取得的功率即功放电路的输出功率 P_o。因 $U_{om}=U_{CEm}$，$I_{om}\approx I_{Cm}$所以

$$P_O=\frac{1}{2}U_{om}I_{om}=\frac{1}{2}\frac{U_{CEm}^2}{R_L}=\frac{1}{2}I_{Cm}^2R_L \tag{13-1}$$

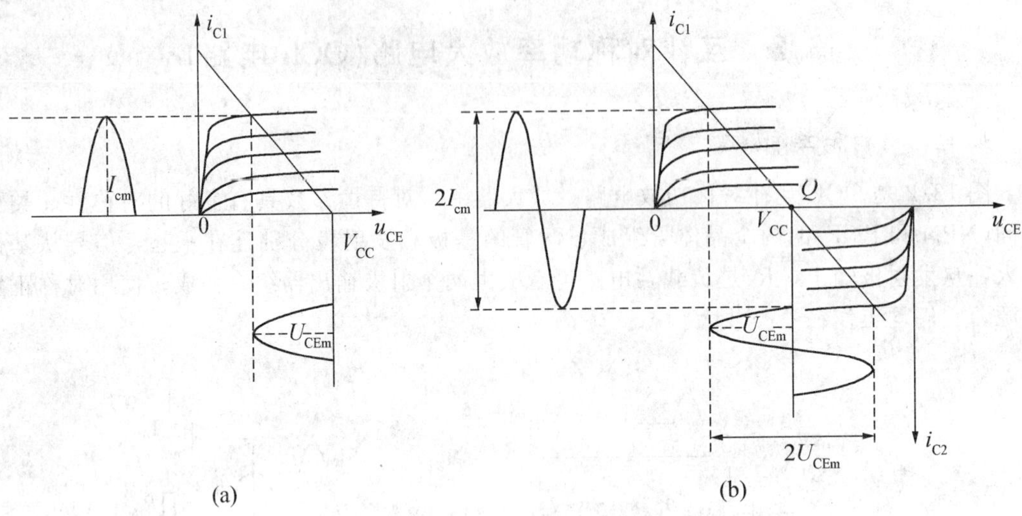

图 13.3 双电源互补对称电路的图解分析

(a) 单管输出特性 (b) 双管合成特性曲线

当考虑饱和压降 U_{CES} 时，输出电压的最大幅度为 $U_{om}=V_{CC}-U_{CES}$，最大输出功率为

$$P_{Om}=\frac{1}{2}\frac{U_{om}^2}{R_L}=\frac{1}{2}\frac{(V_{CC}-U_{CES})^2}{R_L} \tag{13-2}$$

理想情况下，忽略饱和压降 U_{CES}

$$P_{om}=\frac{1}{2}\frac{V_{CC}}{R_L} \tag{13-3}$$

2）直流电源供给功率 P_V

在乙类互补对称电路中，正弦输入时，每个晶体管半周导通，电流的平均值(直流分量)为

$$I_{v1}=\frac{1}{2\pi}\int_0^{2\pi}I_{C1}\,d(\omega t)=\frac{1}{2\pi}\int_0^{\pi}I_{Cm}\sin\omega t\,d(\omega t)=\frac{1}{\pi}I_{Cm} \tag{13-4}$$

因此直流电源 V_{CC} 供给功率为

$$P_{v1}=I_{v1}\cdot V_{CC}=\frac{1}{\pi}I_{Cm}V_{CC} \tag{13-5}$$

正负两组直流电源供给的功率为

$$P_v=2P_{v1}=2\frac{I_{Cm}}{\pi}V_{CC}=\frac{2}{\pi}\frac{U_{cem}}{R_L}V_{CC} \tag{13-6}$$

3）效率 η

输出功率 P_O 与电源供给功率 P_V 的比值为效率 η，即

$$\eta=\frac{P_o}{P_v}=\frac{\frac{1}{2}\frac{U_{CEm}^2}{R_L}}{\frac{2}{\pi}\frac{U_{CEm}}{R_L}V_{CC}}=\frac{\pi}{4}\frac{U_{CEm}}{V_{CC}} \tag{13-7}$$

忽略饱和压降，输出电压最大值 $U_{CEm} \approx V_{CC}$ 时，乙类功放的效率最大值为

$$\eta_m = \frac{\pi}{4} = 78.5\%$$

4）功率管的最大管耗 P_{Tm}

两管的管耗是

$$P_T = P_v - P_o = \frac{2}{\pi}\frac{U_{CEm}}{R_L}V_{CC} - \frac{1}{2}\frac{U_{CEm}^2}{R_L} \tag{13-8}$$

乙类功放电路中，输入信号为零时两管截止，管耗 $P_T = 0$，当输出信号为最大时，管子两端电压 $u_{CE} \approx U_{CES}$，管耗 P_V 也不大。用求极值的方法可求得每管的最大管耗为

$$P_{Tm} = 0.2P_{om} \tag{13-9}$$

此处 $P_{om} = \frac{1}{2}\frac{V_{CC}}{R_L}$，为理想情况下($U_{CES} = 0$)的最大输出功率。

5）功率管选择的原则

由上分析可知，要想得到最大输出功率，三极管的参数按下列公式计算。

$$P_{Cm} \geqslant 0.2P_{om} \tag{13-10}$$

$$U_{(BR)CEO} \geqslant 2V_{CC} \tag{13-11}$$

$$I_{Cm} \geqslant \frac{V_{CC}}{R_L} \tag{13-12}$$

3. 交越失真产生的原因及消除方法

1）交越失真

工作在乙类状态的放大电路，由于发射结存在“死区”电压，因此当输入信号 u_i 在正、负半周交替的一段时间内，两管的电流增加很慢。因此造成输出信号在正、负半周交接处产生波形失真，称交越失真，波形如图 13.4 所示。

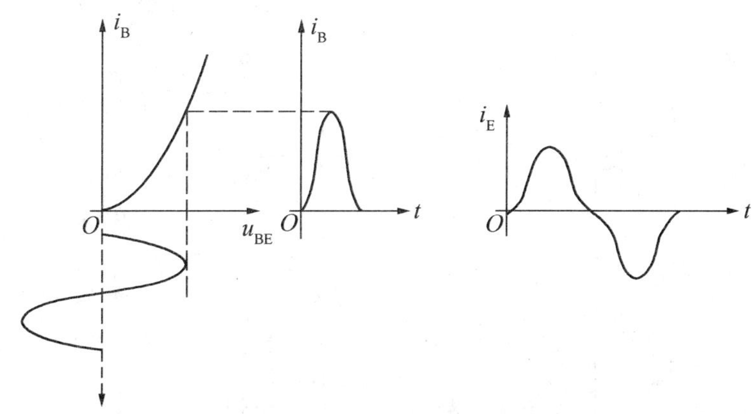

图 13.4　乙类互补对称功放的交越失真

2)交越失真的消除

克服交越失真的措施是避开“死区”电压，静态时，给 T_1、T_2 管提供较小的正向偏置电压，使每一个晶体管处于微导通状态。输入信号一旦加入，晶体管立即进入线性放大区，从而消除了交越失真。

消除交越失真的电路如图 13.5 所示。图 13.5(a)是利用 T_3 管静态电流 I_{C3Q} 在电阻 R

上的压降来提供 T_1、T_2 管所需偏压的，即 $U_{BB'}=I_{C3Q}\times R$。图 13.5(b)是利用二极管的正向压降为 T_1、T_2 提供所需偏压的，即 $U_{BB'}=U_{D1}+U_{D2}$。图 13.5(c)是利用 U_{BE} 倍增电路向 T_1、T_2 提供所需偏压的，其关系式如下。

$$U_{BE4}=\frac{R_2}{R_1+R_2}U_{BB'},\ U_{BE'}=\frac{R_2}{R_1+R_2}U_{BB4}=\left(1+\frac{R_1}{R_2}\right)U_{BE4}$$

调整电阻 R_1、R_2 的比值，即可得到合适的偏压值，在集成电路中经常用到。

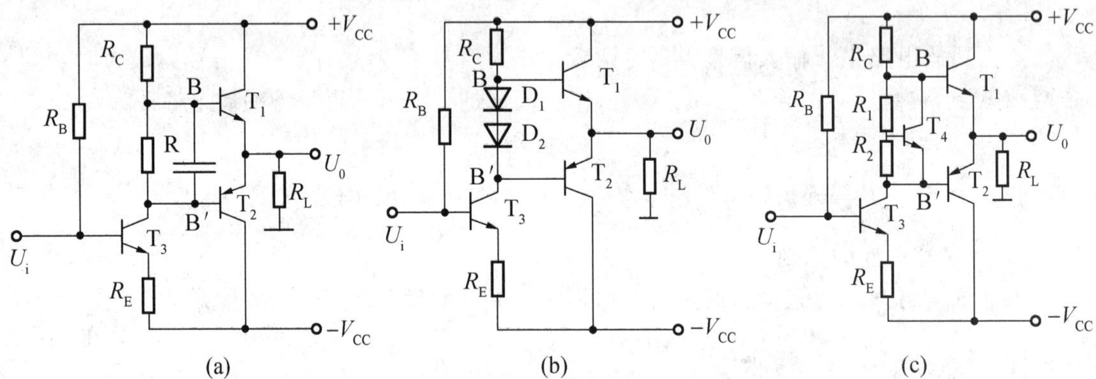

图 13.5　克服交越失真的几种电路

4. 用复合管组成互补对称电路

作为输出功率较大的功率放大电路，功率管的输出电流一般都很大，所需的驱动电流亦很大，一般通过复合管来解决。将第一管的基极 B_1 作为输入，将它的集电极 C_1 或发射级 E_1 接到第二管的基极 B_2，具体接法如图 13.6 所示。从图中可以看出，复合管类型和第一管子的类型相同，等效电流放大系数 $\beta\approx\beta_1\times\beta_2$，若 $P_{om}=\frac{V_{CC}^2}{2R_L}=\frac{18^2}{2\times 8}=20.25\text{W}=100$，$\beta_2=20$，则 $\beta=100\times 20=2000$。

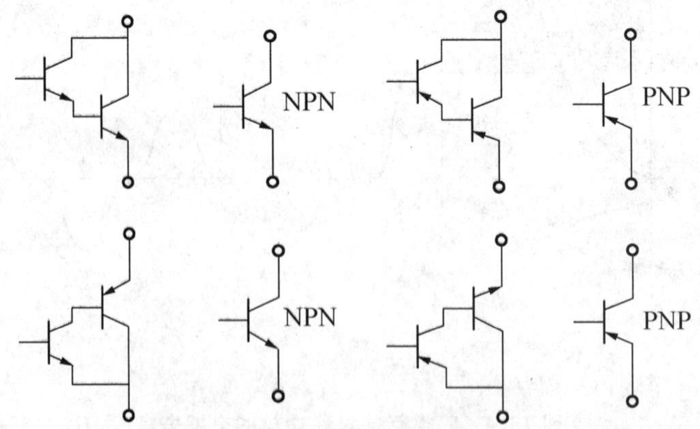

图 13.6　复合管的结构

由复合管组成的互补功率放大电路如图 13.7 所示。如果 T_3、T_4 是同种型号的大功率管子，T_1、T_2 的接法如图 13.8 所示，这样组成的电路称准互补电路。

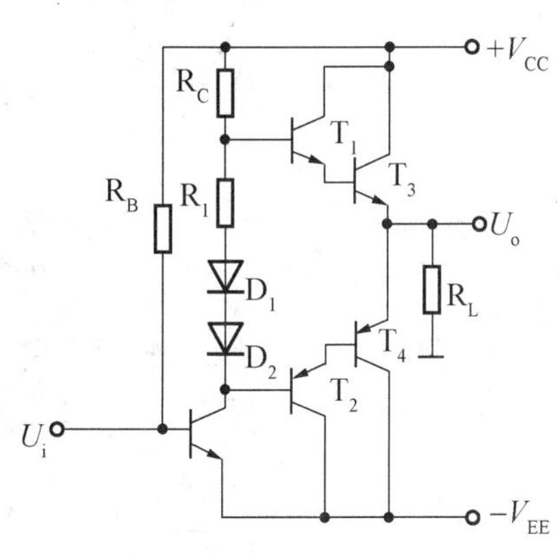

图 13.7　复合管互补对称电路

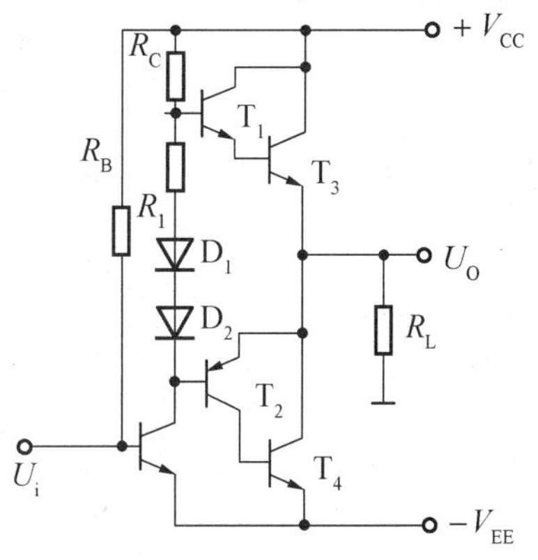

图 13.8　准互补对称电路

13.3　单电源互补对称功率放大电路(OTL 电路)

1. 电路结构

图 13.9 所示是采用一个电源的互补对称原理电路。T_1、T_2组成互补对称功率放大电路，两管射极通过一个大电容C_2接到负载R_L上，二极管D_1、D_2用来消除交越失真。

2. 工作原理

静态时调整电路使 A 点电位$V_A=\frac{1}{2}V_{CC}$，则C_2两端直流电压为$\frac{1}{2}V_{CC}$。当加入交流信号正半周时，T_1导通，T_2截止，有电流通过负载R_L，得到正半周输出电压，同时向C_2充电；在信号负半周，T_1截止，T_2导通，电容C_2上的电压代替负电源的作用向T_2提供电流，流过负载电阻R_L得到输出电压负半周。由于C_2容量很大，C_2充、放电时间常数远大于输入信号周期，C_2上的电压可认为近似不变，始终保持为$\frac{1}{2}V_{CC}$。因此T_1、T_2管的等效直流电源电压都是$\frac{1}{2}V_{CC}$。

采用单电源的互补对称电路，由于每个管子的工作电压不是V_{CC}，而是$\frac{1}{2}V_{CC}$，工作过程与双电源电路相同，功率、效率计算只需将 OCL 电路计算公式中的V_{CC}用$\frac{1}{2}V_{CC}$代替即可。

【例 13-1】　图 13.10 所示的电路中，(1)为了实现互补对称功率放大，T_1、T_2应分别是什么类型三极管，在图中画出发射极箭头的方向；(2)在理想情况下，电路的最大输出功率是多少？

解：(1) T_1是 NPN 型管、T_2是 PNP 型管。按 OCL 电路组成原理，T_1、T_2与R_L均组成射极跟随器，所以T_1、T_2的射极与R_L相连，T_1箭头向外，T_2箭头向里。

(2) OCL 为双电源，理想情况下

$$P_{om}=\frac{V_{CC}^2}{2R_L}=\frac{18^2}{2\times 8}=20.25\text{W}$$

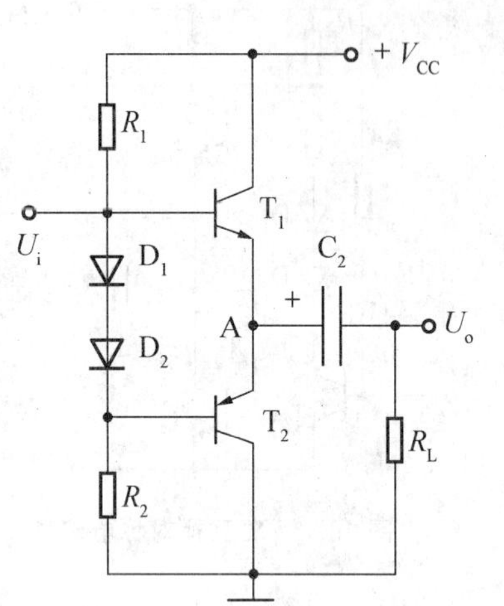

图 13.9 采用一个电源的互补对称原理电路

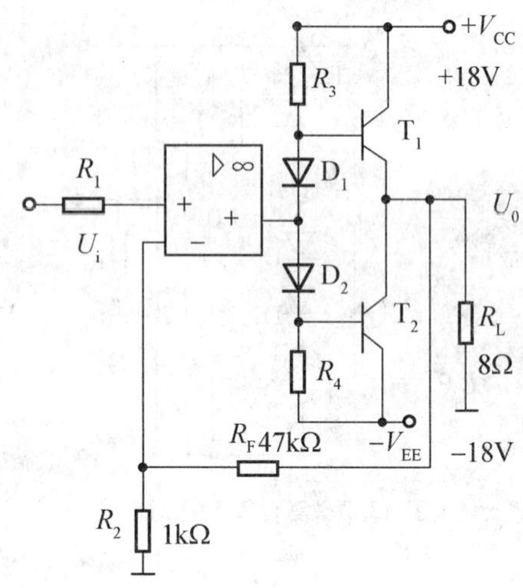

图 13.10 例 13－1 图

13.4 集成功率放大器简介

随着线性集成电路的发展，集成功率放大器的设计和生产工艺有了长足的进步，它综合了双极型晶体管低噪声和功率 MOS 管在线性、温度系数、音色上的优势。如单片音响功放集成电路 TDA7294。TDA7294 内部主要分为 3 级：双极型晶体管构成差分输入级和场效应管结构的推动级，末级采用 DMOS 功率晶体管，具有输出大、频带宽、失真小、通用性好等特点。该集成电路还具有完善的温度保护、短路保护、静音控制等。用 TDA7294 构成功放电路，具有外围电路简单、易于制作的特点；电路输入阻抗 20kΩ，输入灵敏度 750mV，电压增益 32dB，电源电压范围±(25～40)V，静态电流 50mA。当负载阻抗为 8Ω 时输出功率为 100W；负载阻抗为 4Ω 时输出功率可达 180W。(应加足够散热片)，典型应用电路如图 13.11 所示。

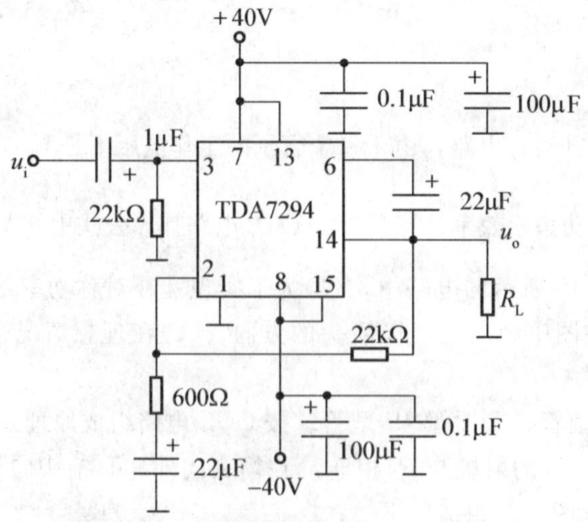

图 13.11 TDA7294 集成功放典型接法

习　题

1. 双电源互补对称电路如图13.12所示，电源电压$V_{CC}=6V$，负载电阻$R_L=4\Omega$。试求：

(1) 若输入电压幅值$U_{im}=2V$，输出功率是多少？

(2) 该电路最大的输出功率是多少？理想情况$U_{CES}=0$。

(3) 各晶体管的最大功耗是多少？

2. 电路如图13.13所示，电源电压$V_{CC}=12V$，负载电阻$R_L=8\Omega$，问：二极管D_1、D_2的作用是什么？A点电位是多少？调整什么元件使U_A符合要求？

3. 电路如图13.13所示，已知电源电压$V_{CC}=26V$，负载电阻$R_L=8\Omega$，T_1、T_2的饱和压降$U_{CES}=1V$，求电路的最大输出功率及效率。

4. 在图13.14所示电路中，当$V_{CC}=V_{EE}=9V$，$R_L=16\Omega$，在理想状态下的每一晶体管的极限参数P_{CM}、$U_{(BR)CEO}$、I_{CM}为多少？

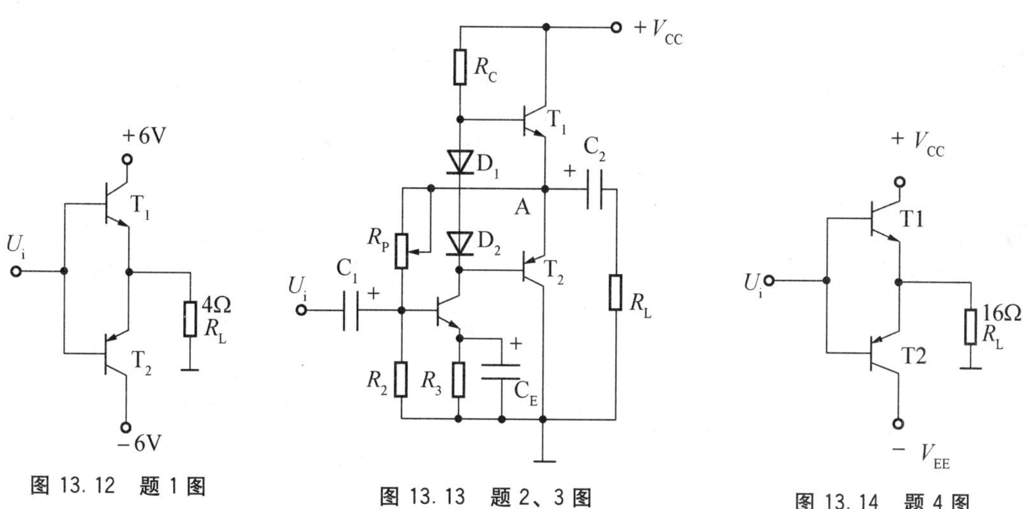

图13.12　题1图　　图13.13　题2、3图　　图13.14　题4图

第14章 函数信号发生器

知识要点	教学重点	教学难点
(1) 掌握正弦波振荡器的基本概念 (2) 掌握RC正弦波振荡电路、LC正弦波振荡电路、石英晶体振荡器的工作原理	(1) 正弦波振荡电路所产生的自激振荡和负反馈放大电路中所产生的自激振荡的区别 (2) 正弦波振荡电路中选频网络的组成 (3) 正弦波振荡的条件，正弦波振荡电路的组成	各种振荡电路的组成和工作原理

引言

信号发生器又称信号源或振荡器，在生产实践和科技领域中有着广泛的应用。各种波形曲线均可以用三角函数方程式表示。能够产生多种波形，如三角波、锯齿波、矩形波(含方波)、正弦波的电路被称为函数信号发生器。

函数信号发生器在电路实验和设备检测中具有十分广泛的用途。例如在通信、广播、电视系统中，都需要射频(高频)发射，这里的射频波就是载波，把音频(低频)、视频信号或脉冲信号运载出去，就需要能够产生高频的振荡器。在工业、农业、生物医学等领域内，如高频感应加热、熔炼、淬火、超声诊断、核磁共振成像等，都需要功率或大或小、频率或高或低的振荡器。

14.1　产生正弦波的条件和正弦波振荡电路的组成

振荡电路是用来产生一定频率和一定幅度输出信号的电路。能产生正弦波信号的电路称为正弦波振荡器。正弦波信号在科学研究、通信、广播技术、自动控制等领域应用广泛。正弦波还被用来作为模拟电子电路的测试信号，正弦波振荡器是模拟电子技术中重要的测试仪器之一。

1. 正弦波振荡的条件

正弦波振荡电路能产生正弦波输出，它是在放大电路的基础上加上正反馈而形成的，它是各类波形发生器和信号源的核心电路。正弦波振荡电路(图14.1)也称为正弦波发生电路或正弦波振荡器。

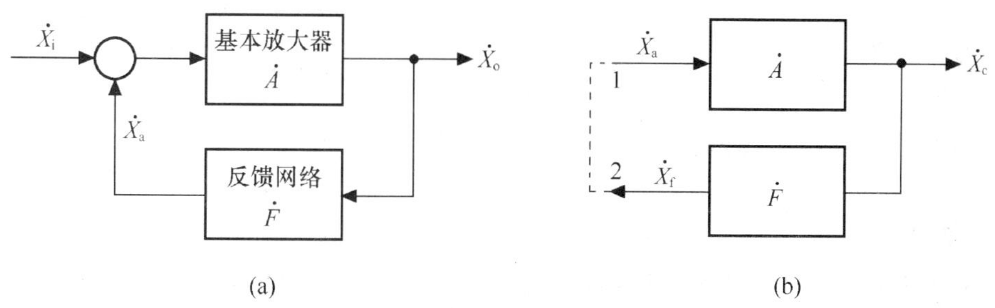

图14.1　正弦波信号振荡电路方框图

为了产生正弦波，必须在放大电路里加入正反馈，因此放大电路和正反馈网络是振荡电路的最主要部分。但是，这样两部分构成的振荡器一般得不到正弦波，这是由于很难控制正反馈的量。如果正反馈量大，则增幅，输出幅度越来越大，最后由于三极管的非线性限幅，必然产生非线性失真。反之，如果正反馈量不足，则减幅，可能停振，为此振荡电路要有一个稳幅电路。为了获得单一频率的正弦波输出，应该有选频网络，选频网络往往和正反馈网络或放大电路合而为一。选频网络由R、C和L、C等电抗性元件组成。正弦波振荡器的名称一般由选频网络来命名。

产生正弦波的条件与负反馈放大电路产生自激的条件十分类似。只不过负反馈放大电路中是由于信号频率达到了通频带的两端，产生了足够的附加相移，从而使负反馈变成了正反馈。在振荡电路中加的就是正反馈，振荡建立后只是一种频率的信号，无所谓附加相移。

由于振荡电路的输入信号 $\dot{X}_i=0$，所以 $\dot{X}'_i=\dot{X}_f$。由于正、负号的改变，有反馈的放大倍数为

$$\dot{A}_f=\frac{\dot{A}}{1-\dot{A}\dot{F}}$$

振荡条件是

$$\dot{A}\dot{F}=1 \tag{14-1}$$

幅度平衡条件

$$|\dot{A}\dot{F}|=1 \tag{14-2}$$

相位平衡条件

$$\varphi AF=\varphi A+\varphi F=\pm 2n\pi \tag{14-3}$$

振荡器在刚刚起振时，为了克服电路中的损耗，需要正反馈强一些，即要求

$$|\dot{A}\dot{F}|>1 \tag{14-4}$$

这称为起振条件。既然 $|\dot{A}\dot{F}|>1$，起振后就要产生增幅振荡，需要靠三极管大信号运用时的非线性特性去限制幅度的增加，这样电路必然产生失真。这就要靠选频网络的作用，选出失真波形的基波分量作为输出信号，以获得正弦波输出。

也可以在反馈网络中加入非线性稳幅环节，用以调节放大电路的增益，从而达到稳幅的目的。

2. 振荡电路的起振与输出振幅稳定的过程

振荡电路合上电源后为何有信号输出，又是如何进入稳定振荡工作的呢？电路通电，开始瞬间由于扰动信号，在基本放大电路输入端有一个很小的输入信号 u'_i，经过放大后有个小的输出信号 u_{o1}，电路满足振荡的相位平衡条件，若 $AF=1$，则反馈信号 $u_{f1}=u'_i$，输出电压仍为 u_{o1}，输出电压不会增大，这样电路不能输出较大幅值信号。要使振荡电路输出较大幅值的信号，除了电路满足相位平衡条件之外，还应满足 $AF>1$。也就是说正弦波振荡电路的起振条件为：$\varphi A+\varphi F=\pm 2n$ 和 $AF>1$。这样每经过一次正反馈，u_f、u'_i、u_o 的值都会比前一次增大，经过若干次的正反馈之后，输出电压 u_o 就会达到较大的输出幅值。但振荡电路输出幅值不会无限制的增大，靠基本放大电路的非线性，使振荡电路的输出最后稳定在人们需要的幅值上。电路达到稳定振荡后 $AF=1$，输出电压 u_o 的幅值稳定在较大幅值上。振荡电路完成了从 $AF>1$ 到 $AF=1$ 的过渡，也就是完成了电路从起振到稳定振荡工作的过渡。

3. 正弦波振荡电路的组成

由前面的分析可知，正弦波振荡电路包括 4 个基本组成部分。

(1) 基本放大电路：保证信号被放大，实现能量的控制，使电路有较大幅值的输出。

(2) 正反馈网络：主要使电路满足正弦波振荡的相位平衡条件。

(3) 选频网络：振荡器合上电源后，在基本放大电路输入端的扰动信号是包含有丰富

频率的信号。而正弦波振荡电路要求输出单一频率的信号，因此需要选频网络，选出人们所需要的单一频率信号输出。

(4) 稳幅环节：稳幅有两层意思。一是振荡电路起振后，最后输出电压要稳定在一个较大的幅值上；二是当人们选定某一输出幅值后，由于外部因素的影响，会使输出幅值大小变动，这时稳幅环节起作用，使输出电压基本稳定在人们所选定的幅值上。可见，这种幅值稳定是非常需要的。

4. 判断电路能否产生正弦波振荡

判断一个电路是不是正弦波振荡电路，首先要看电路是否包含正弦波振荡电路的4个基本组成部分。然后再判断电路能否实现正反馈。判断的一般方法如下。

(1) 基本放大电路结构是否合理，能否进行正常放大，如静态工作点是否合适，输入信号能否加到放大元件输入端，信号能否正常输出。

(2) 电路是否引入正反馈，即电路是否满足相位平衡条件。满足相位平衡条件后，再判断幅度平衡条件是否满足。

根据选频网络构成元件的不同，可把正弦信号振荡电路分为如下几类：选频网络若由RC元件组成，则称RC振荡电路；选频网络若由LC元件组成，则称LC振荡电路；选频网络若由石英晶体构成，则称为石英晶体振荡器。

14.2　RC正弦波振荡器

桥式RC正弦波振荡电路是常见的典型的RC正弦波振荡电路，因为它的选频网络是由RC串并联网络构成的，所以必须了解RC串并联网络的选频特性。

1. RC串并联网络的选频特性

图14.2(a)是RC串并联网络，设串并联网络的输入端电压为$\dot{U}_1$，输出电压为$\dot{U}_2$。

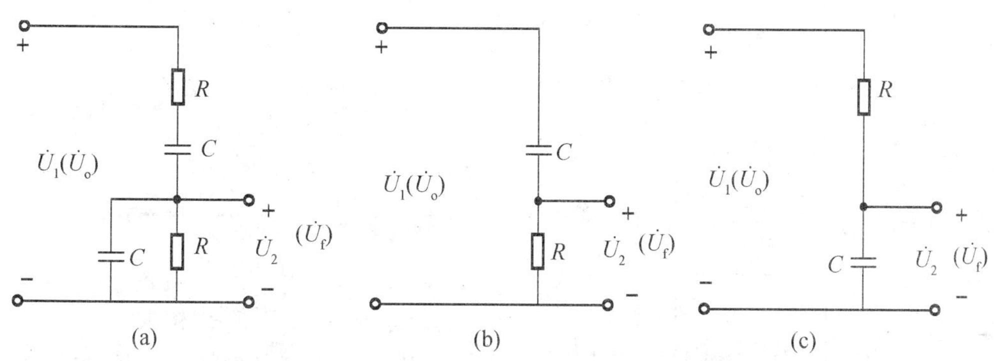

图14.2　RC串并联网络及其高、低频等效电路

当信号频率足够低时，有$R \ll \frac{1}{\omega C}$，因此它的低频等效电路可近似为图14.2(b)所示。图14.2(b)是一个相位超前的电路，即输出电压$\dot{U}_2$超前于输入电压$\dot{U}_1$，$\dot{U}_2$超前于$\dot{U}_1$的相位角在0～90°之间，而且随着频率的降低$|\dot{U}_2|$下降。

当信号频率足够高时，有 $R \gg \frac{1}{\omega C}$，因此它的高频等效电路可近似为图 14.2(c)所示。图 14.2(c)是一个相位滞后的电路，即输出电压$\dot{U}_2$滞后于输入电压$\dot{U}_1$，$\dot{U}_2$滞后于$\dot{U}_1$的相位角在 0～90°之间，而且随着频率的升高$|\dot{U}_2|$下降。

由上述分析可知，在信号频率由零逐渐增大到无穷大的过程中，中间必有一个频率 $f=f_0$，使$\dot{U}_2$与$\dot{U}_1$的相位差为零，即在频率 f_0 时$\dot{U}_2$与$\dot{U}_1$同相位，而且此时的$|\dot{U}_2|$最大。*RC* 串并联网络的频率特性曲线如图 14.3 所示。

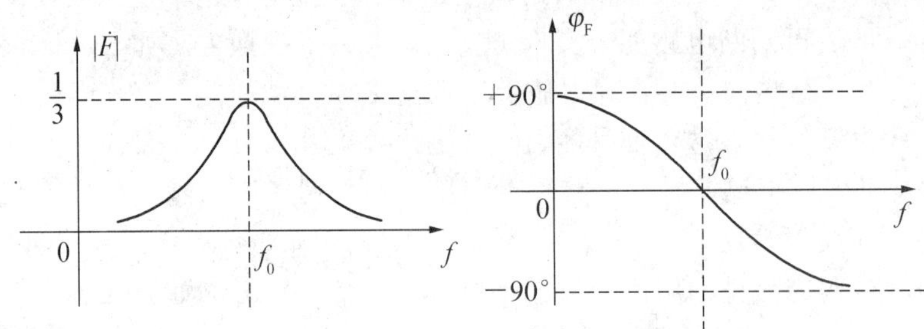

图 14.3　RC 串并联网络频率特性

在 RC 正弦波振荡电路中，RC 串并联网络的输入端接的是输出电压$\dot{U}_o$，而其输出端的电压$\dot{U}_2$作为正反馈电压$\dot{U}_f$，如图 14.4 所示。$\dot{U}_f$与$\dot{U}_o$之比为反馈系数$\dot{F}$，通过对 RC 串并联网络的分析可知

$$\dot{F}=\frac{\dot{U}_f}{\dot{U}_o}=\frac{\dot{U}_2}{\dot{U}_1}=\frac{1}{3+j\left(\frac{\omega}{\omega_0}-\frac{\omega_0}{\omega}\right)} \tag{14-5}$$

式(14－5)中 $\omega_0=\frac{1}{RC}$，因此有

$$f_0=\frac{1}{2\pi RC}$$

由式(14－5)和图 14.3 可知，当信号频率 $f=f_0=\frac{1}{2\pi RC}$时，反馈系数 $|\dot{F}|=\left|\frac{\dot{U}_f}{\dot{U}_o}\right|=\frac{1}{3}$为最大，而这时$\dot{U}_f$与$\dot{U}_o$的相位差 $\varphi_F=0$。

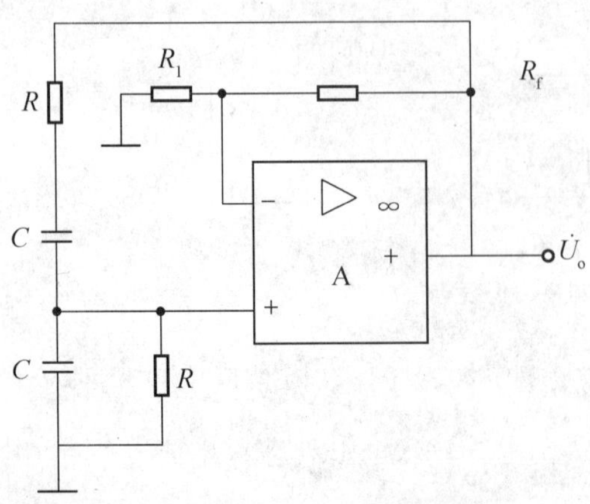

图 14.4　RC 正弦振荡电路

2. RC 正弦波振荡器

桥式 RC 正弦波振荡电路如图 14.4 所示，图中集成运放 A 和 R_f、R_1 构成同相输入比例运算电路，RC 串并联网络既是选频网络又是正反馈网络。

首先分析图 14.4 所示的电路是否满足振荡的相位平衡条件。由 RC 串并联选频网络的频率特性知，在 $f=f_0=\frac{1}{2\pi RC}$时，其相位移 $\varphi_F=0$。而振荡的相位平衡条件为 $\varphi_F+\varphi_A=\pm 2n\pi$，通常

取 $n-0$。可见要满足振荡的相位平衡条件，基本放大电路的相位移必须是 $\varphi_A=0$。而图 14.4 所示的放大电路是由集成运放 A 和 R_f、R_1 构成的同相比例运算电路，$\varphi_A=0$，所以图 14.4 所示的电路满足振荡的相位平衡条件。

其次分析图 14.4 电路在什么情况下满足振荡的幅度平衡条件。要满足起振时的幅度条件，必须有 $|\dot{A}\dot{F}|>1$。基本放大电路是同相比例运算电路，电压放大倍数 $A_u=1+\frac{R_f}{R_1}$，而信号频率在 $f=f_0$ 时，反馈系数 $|\dot{F}|=\frac{1}{3}$。

要满足

$$A_uF=(1+\frac{R_f}{R_1})\frac{1}{3}>1$$

则需要

$$R_f>2R_1 \qquad (15-6)$$

式(14-6)就是图 14.4RC 正弦波振荡电路起振时的振幅条件。由式(15-6)知，只要 R_f 的阻值大于 $2R_1$ 的阻值，电路就可以起振，这一点对同相比例运算电路来说是很容易实现的。若 $R_1=10\text{k}\Omega$，取 $R_f=22\text{k}\Omega$，电路就可以振荡，输出电压 u_o 波形良好。

关于稳幅问题，通常是利用热敏电阻、二极管和稳压二极管的非线性或利用场效应管的可变电阻特性来自动稳定振荡电路输出幅值的。例如，可用具有负温度系数的热敏电阻 R_t 取代图 14.4 电路中的 R_f 来实现稳幅。若由于某种原因 $\dot{U}_O$ 的幅值下降，流过 R_t 的电流减小，R_t 的温度降低，则 R_t 的阻值增大，$A_u=1+\frac{R_t}{R_1}$ 增大，输出电压 $\dot{U}_O$ 的幅值增大，最终使 $\dot{U}_O$ 的幅值基本保持不变。

也可以用具有正温度系数的热敏电阻 R_t 取代图 14.4 电路中的 R_1，同样可起到使输出电压 $\dot{U}_O$ 的幅值稳定的作用。

由于 RC 正弦波振荡电路起振容易，振荡稳定，输出正弦波形好，所以广泛用于产生几十千赫兹以下的低频信号。在实验室中使用的低频信号发生器，其核心部分就是桥式 RC 正弦波振荡器。低频信号发生器输出信号频率是可调的，那是通过波段开关改变 RC 串并联电路中的电容实现换挡调节的，而频率连续调节可通过调节 RC 串并联网络中的同轴电位器来实现。

14.3 LC 正弦波振荡电路

LC 正弦波振荡电路的构成与 RC 正弦波振荡电路相似，包括放大电路、正反馈网络、选频网络和稳幅电路。这里的选频网络由 LC 并联谐振电路构成，正反馈网络因不同类型的 LC 正弦波振荡电路而有所不同。

LC 振荡电路产生频率高于 1MHz 的高频正弦信号。根据反馈形式的不同，LC 正弦波振荡电路可分为互感耦合式(变压器反馈式)、电感三点式、电容三点式等几种电路形式。

1. LC 并联谐振回路

在选频放大器中，经常用到图 14.5 所示的 LC 并联谐振回路。

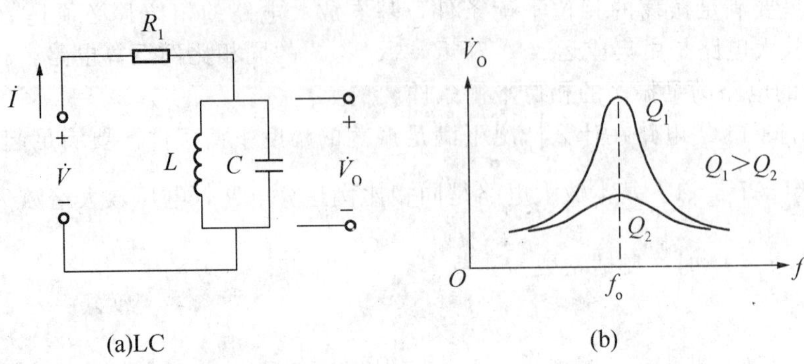

图 14.5 并联谐振电路及其谐振曲线

(a) LC 并联谐振电路 (b) 并联谐振曲线

输入信号频率过高，电容的旁路作用加强，输出减小；反之频率太低，电感将短路输出。并联谐振曲线如图 14.5(b)所示。

谐振时

$$\omega_0 L-\frac{1}{\omega_0 C}=0$$

谐振频率

$$f_0=\frac{1}{2\pi\sqrt{LC}}$$

2. LC 正弦波振荡电路

变压器反馈 LC 振荡电路如图 14.6 所示。LC 并联谐振电路作为三极管的负载，反馈线圈将反馈信号送入三极管的输入回路。交换反馈线圈的两个线头，可改变反馈的极性。调整反馈线圈的匝数可以改变反馈信号的强度，以使正反馈的幅度条件得以满足。

变压器反馈 LC 振荡电路的振荡频率与并联 LC 谐振电路相同，为 $f_0=\frac{1}{2\pi\sqrt{LC}}$。

三点式振荡电路的连接规律如下：对于振荡器的交流通路，与三极管的发射极或者运放的同相输入端相连的 LC 回路元件，其电抗性质相同(同是电感或同为电容)；与三极管的基极和集电极或者运放的反相输入端和输出端相连的元件，其电抗性质必相反(一个为电感，另一个为电容)。可以证明，这样连接的三点式振荡电路一定满足振荡器的相位平衡条件。

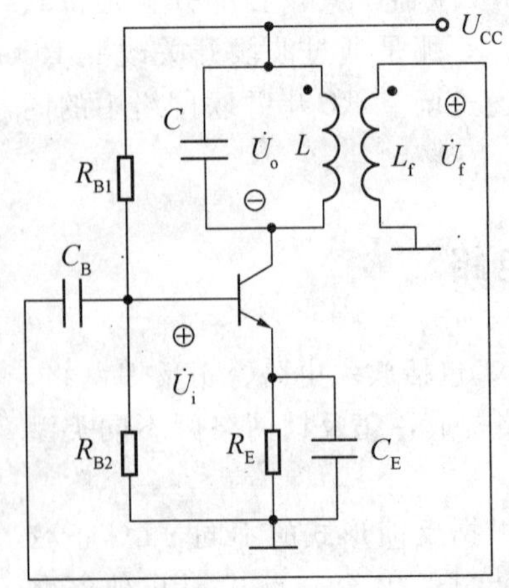

图 14.6 变压器反馈 LC 振荡电路

电感三点式 LC 振荡电路原理和电容三点式振荡电路原理分别如图 14.7 和图 14.8 所示。

电容三点式振荡电路与电感三点式振荡电路基本相同，不过正反馈选频网络由电容 C_1、C_2 和电感 L 构成，反馈信号 U_f 取自电容 C_2 两端，故称为电容三点式振荡电路，也称为电容反馈式振荡电路。

分析 3 种 LC 正弦波振荡电路能否正常工作的步骤可归纳如下。

(1) 检查电路是否具备正弦波振荡器的基本组成部分，即基本放大器和反馈网络，并且有选频环节。

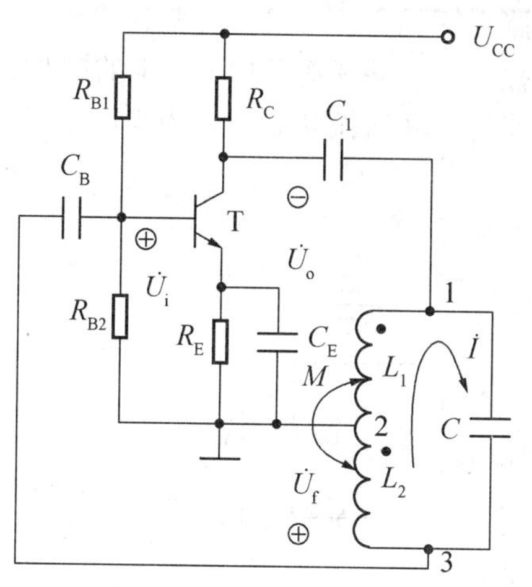

图 14.7　电感三点式电路图

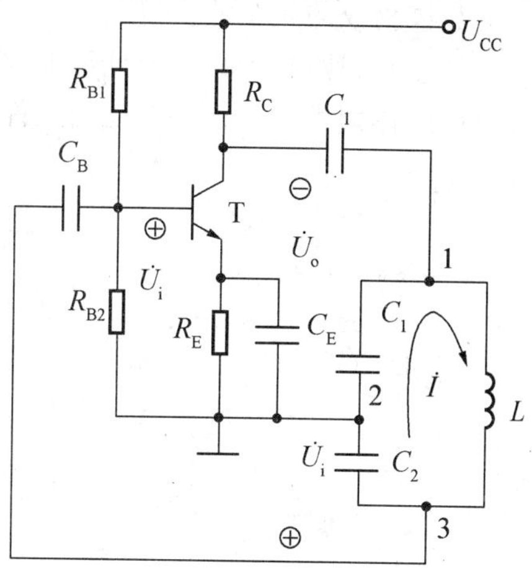

图 14.8　电容三点式电路图

(2) 检查放大器的偏置电路，看静态工作点是否能确保放大器正常工作。

(3) 分析振荡器是否满足振幅平衡条件和相位平衡条件(主要看是否满足相位平衡条件，即用瞬时极性法判别是否存在正反馈)。

14.4　石英晶体振荡器

天然的石英是六菱形晶体，其化学成分是二氧化硅(SiO_2)。石英晶体具有非常稳定的物理和化学性能。从一块石英晶体上按一定的方位角切割，得到的薄片称“晶片”。晶片通常是矩形，也有正方形。在晶片两个对应的表面用真空喷涂或用其他方法涂敷上一层银膜，在两层银膜上分别引出两个电极，再用金属壳或玻璃壳封装起来，就构成了一个石英晶体谐振器。它是晶体振荡器的核心元件。

晶体谐振器的代表符号如图 14.9(a)所示，它可用一个 LC 串并联电路来等效，如图 14.9(b)所示。其中 C_0 是晶片两表面涂敷银膜形成的电容，L 和 C 分别模拟晶片的质量(代表惯性)和弹性，晶片振动时因摩擦而造成的损耗用电阻 R 来代表。

从图 14.9(b)所示的等效电路可得到它的电抗与频率之间的关系曲线，称晶体谐振器的电抗频率特性曲线，如图 14.9(c)所示。

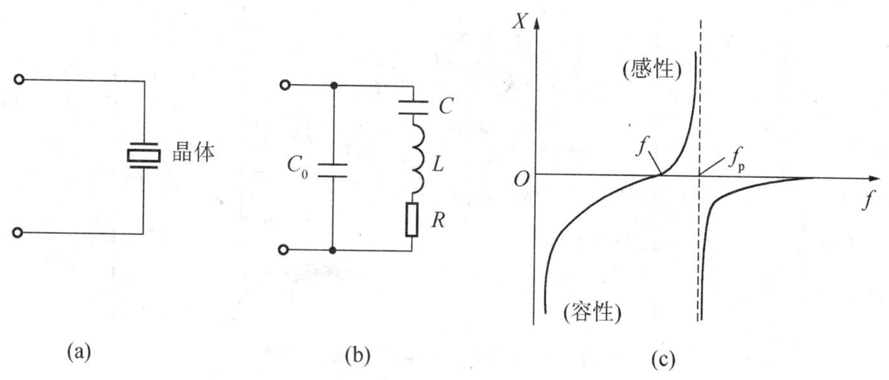

图 14.9　晶体谐振器的等效电路

(a) 图形符号　(b) 等效电路　(c) 电抗—频率特性曲线

用石英晶体构成的正弦波振荡电路的基本电路有两类：一类是石英晶体作为一个高 Q 值的电感元件，和回路中的其他元件形成并联谐振，称为并联型晶体振荡电路(图 14.10)；另一类是石英晶体作为一个正反馈通路元件，工作在串联谐振状态，称为串联型晶体振荡电路(图 14.11)。

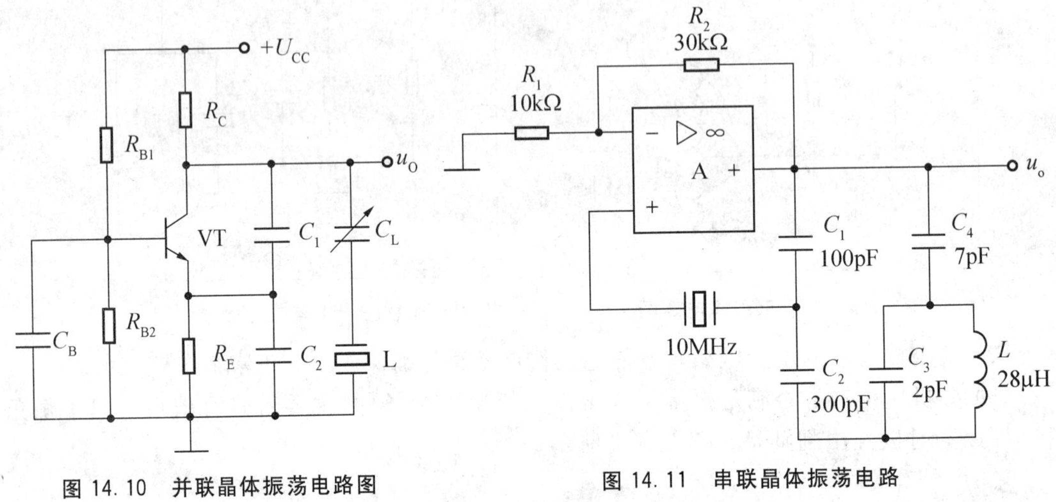

图 14.10　并联晶体振荡电路图　　　图 14.11　串联晶体振荡电路

14.5　集成函数发生器 8038 的功能及应用

集成函数发生器 8038 是一种多用途的波形发生器，可以用来产生正弦波、方波、三角波和锯齿波，其振荡频率可通过外加的直流电压进行调节，所以是压控集成信号产生器。8038 为塑封双列直插式集成电路，其管脚功能如图 14.12 所示。

其内部电路结构如图 14.13 所示。由图 14.13 可见，外接电容 C 的充、放电电流由两个电流源控制，所以电容 C 两端电压 u_C 的变化与时间成线性关系，从而可以获得理想的三角波输出。另外，8038 电路中含有正弦波变换器，故可以直接将三角波变成正弦波输出。

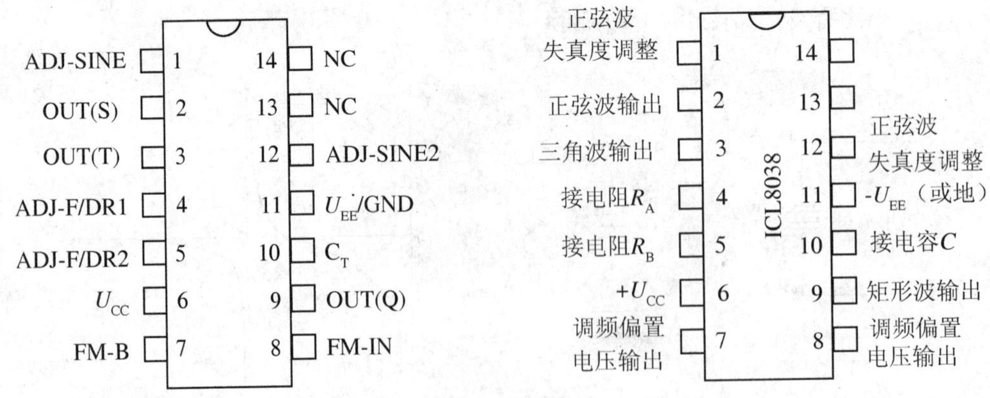

图 14.12　8038 管脚中英文排列对照

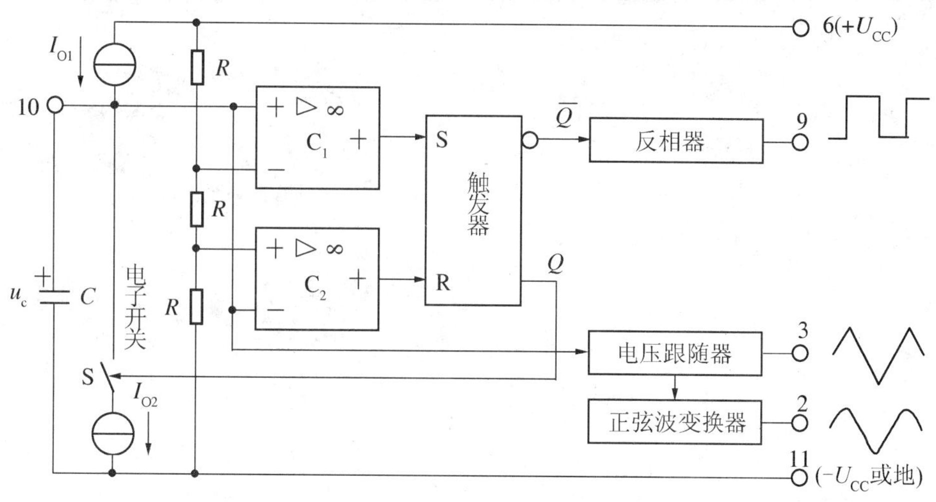

图 14.13　8038 内部电路结构

习　　题

1. 正弦波振荡电路的 4 个基本组成部分是__________、__________、__________、__________。

2. 正弦波振荡电路起振时的相位条件是________；振幅平衡条件是__________。

3. 在桥式 RC 正弦波振荡电路中，RC 串并联网络既是________网络，又是________网络。桥式 RC 正弦波振荡电路的振荡频率 f_0 的表达式为__________。

4. 振荡电路如图 14.14 所示，若 $L_1=50\text{mH}$，$L_2=20\text{mH}$，互感系数 $M=15\text{mH}$，$C=0.01\mu\text{F}$。

(1) 画出交流等效电路，判断振荡电路类型。

(2) 计算振荡频率 f_0 的大小。

(3) 分析电路中各元件的作用。

5. 在改进的电容三点式振荡电路中，如图 14.15 所示，$C_1=C_2=500\text{pF}$，$C_3=50\text{pF}$，$L=1\text{mH}$，试计算振荡频率 f_0。

电阻画法如下

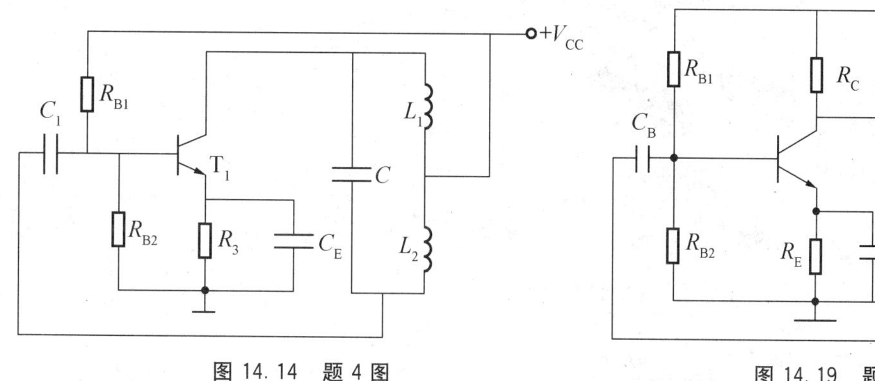

图 14.14　题 4 图

图 14.19　题 5 图

第15章

直流稳压电源

知识要点	教学重点	教学难点
(1) 掌握整流电路的工作原理及用途 (2) 了解滤波电路的原理 (3) 掌握稳压电路的工作原理 (4) 了解常用三端式稳压器及开关稳压电源	整流电路、滤波电路、稳压电路	桥式整流电路的工作原理，串联型稳压电路的工作原理

引言

在各种电子设备和装置中，通常都需要供给电压稳定的直流电源，而电厂提供的是一个交流电，因此，为了满足对各种电子线路的要求，必须对交流电源输出的电压进行降压、整流、滤波和稳压。

15.1　直流电源概述

1. 直流电源的作用

电子电路工作时都需要直流电源提供能量，电池因使用费用高，一般只用于低功耗便携式的仪器设备中，大部分电子仪器设备、家用电器、计算机都需要把交流电源变换为直流稳压电源。

2. 直流电源的定义

将频率为 50Hz、有效值为 220V 的交流电压转换为电压幅值为几伏到几十伏、输出电流为几安以下的单相小功率直流稳压电源。

3. 直流电源的组成及各部分作用

直流电源由变压器、整流电路、滤波电路、稳压电路 4 个部分组成，它的方框图如图 15.1 所示；其中变压器把有效值为 220V 的交流电压变换为幅值为几伏到几十伏的交流电；整流电路将交流电转化为具有直流电成分的脉动直流电；滤波电路将脉动直流中的交流成分滤除，减少交流成分，增加直流成分；稳压电路对整流后的直流电压采用稳压及负反馈技术进一步稳定直流电压。

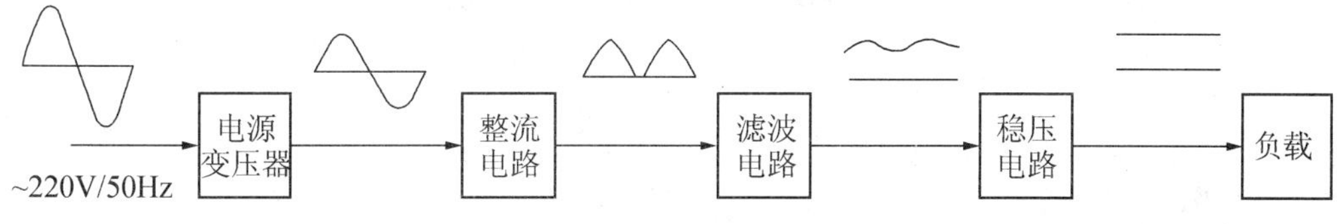

图 15.1　直流稳压电源方框图

15.2　整流电路

利用具有单向导电性能的整流元件如二极管等，将交流电转换成单向脉动直流电的电路称为整流电路。整流电路按输入电源相数可以分为单相整流电路和三相整流电路，按输出波形又可分为半波整流电路和全波整流电路。目前使用最广泛的是桥式整流电路。

1. 单相半波整流电路

1）工作原理

单相半波整流电路如图 15.2 所示。当 u_2 正半周时，二极管 V_D 承受正向电压而导通，产生电流从 a 点流出，经过二极管 V_D 和负载电阻 R_L 流入 b 点，如果忽略二极管的导通压降，则 $u_o=u_2$，输出电压 u_o 的波形与 u_2 相同。

u_2 负半周，二极管 V_D 承受反向电压二截止，无电流产生，输出电压 $u_o=0$，变压器副边的电压全部加在二极管 V_D 上。

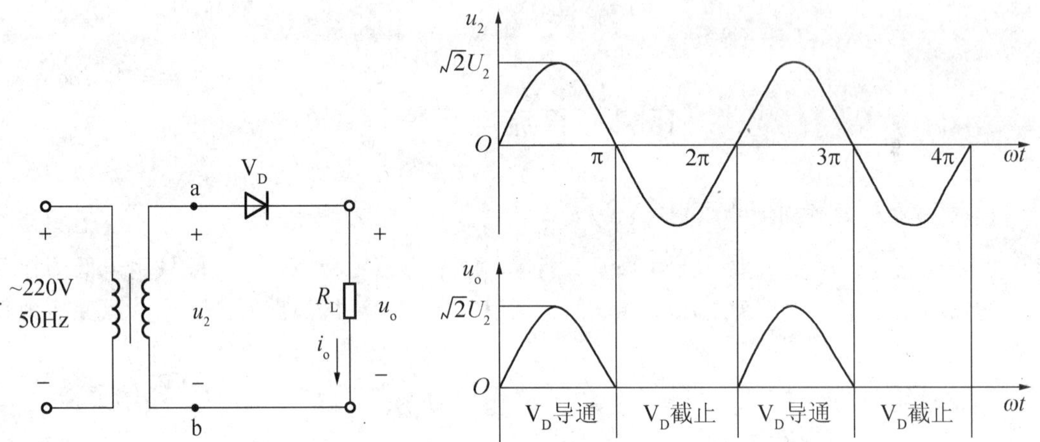

图 15.2　单相半波整流电路

2）半波整流电路基本参数的含义及其计算

（1）输出电压平均值 U_o：负载电阻上电压的平均值。

$$U_o=\frac{1}{2\pi}\int_0^{\pi}\sqrt{2}U_2\sin\omega t\,\mathrm{d}(\omega t)=\frac{\sqrt{2}}{\pi}U_2\approx 0.45U_2 \tag{15-1}$$

（2）输出电流平均值 I_o：流过负载电阻上电压的平均值

$$I_o=\frac{U_o}{R_L}\approx 0.45\frac{U_2}{R_L} \tag{15-2}$$

（3）脉动系数 S：基波峰值与输出电压平均值之比定义为输出电压的脉动系数。

$$S=\frac{U_{O1M}}{U_O}=\frac{\frac{U_2}{\sqrt{2}}}{\frac{\sqrt{2}U_2}{\pi}}=\frac{\pi}{2}\approx 1.57 \tag{15-3}$$

（4）二极管的平均电流 I_D：等于负载电流的平均值 I_O

$$I_D=I_O=0.45\frac{U_2}{R_L} \tag{15-4}$$

（5）二极管所承受的最大反向电压 U_{RM}。

$$U_{RM}=U_{2M}=\sqrt{2}U_2 \tag{15-5}$$

2. 单相全波整流电路

单相全波整流电路如图 15.3 所示。将两个半波整流电路组合起来即组成全波整流电路。

全波整流电路的输出电压平均值为

$$U_o=\frac{2\sqrt{2}}{\pi}U_2\approx 0.9U_2 \tag{15-6}$$

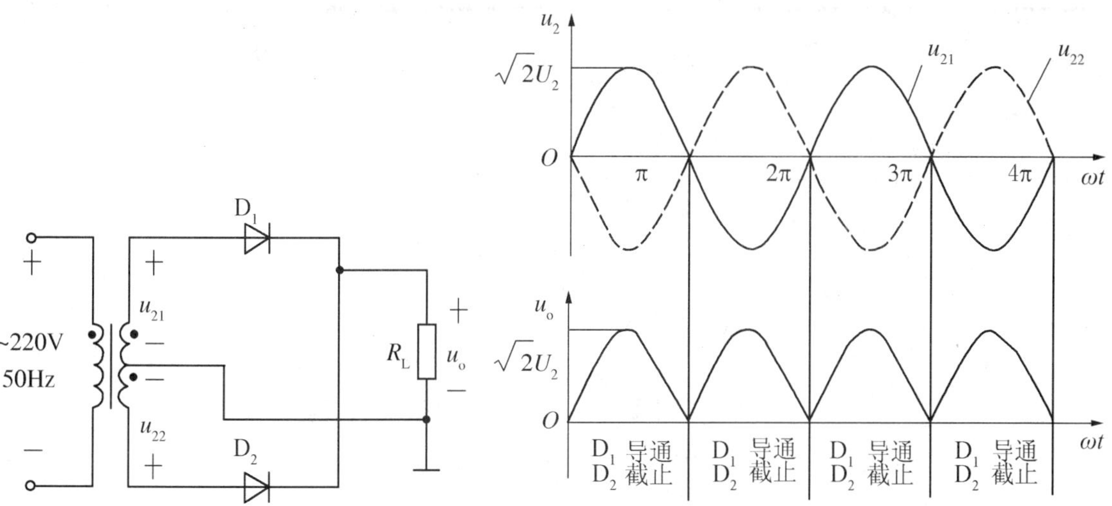

图 15.3　单相全波整流电路

输出电流平均值为

$$I_o=\frac{U_o}{R_L}\approx\frac{0.9U_2}{R_L} \tag{15-7}$$

输出电压脉动系数为

$$S=\frac{4\sqrt{2}U_2/(3\pi)}{2\sqrt{2}U_2/\pi}\approx 0.67 \tag{15-8}$$

3. 单相桥式整流电路

1）工作原理

单相桥式整流电路(Bridge Rectifier Circuit)如图 15.4 所示。与单相全波整流电路相比，桥式整流电路的变压器次级无中心抽头，但二极管数目增加，由 4 个二极管 D_1～D_4 构成整流桥。设 $u_2=\sqrt{2}U_2\sin\omega t$，$D_1$～$D_4$ 均为理想二极管。

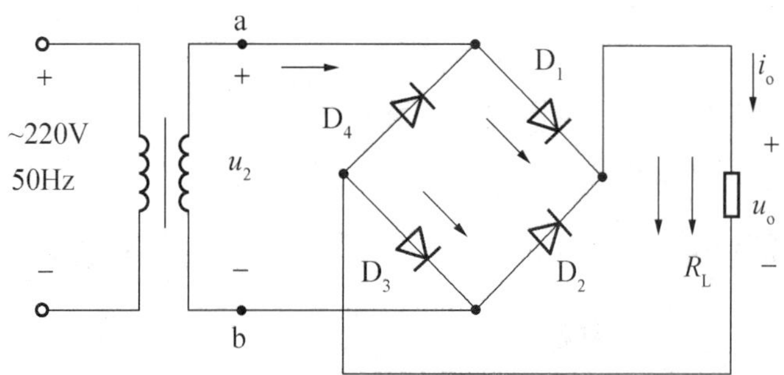

图 15.4　单相桥式整流电路

u_2 正半周，a 端电位高于 b 端电位，故 D_1、D_3 导通，D_2、D_4 截止，电流流经路径为 a 端→D_1→R_L→D_3→b 端(如图 15.4 中实心箭头所指)。

u_2 负半周，b 端电位高于 a 端电位，D_2、D_4 导通，D_1、D_3 截止，电流路径为 b 端→

$D_2 \to R_L \to D_4 \to$ a 端(流经负载 R_L 时，方向如图 15.4 中空心箭头所指)。即两对交替导通的二极管引导正、负半周电流在整个周期内以同一方向流过负载，u_2 及 u_o 的波形如图 15.5 所示。

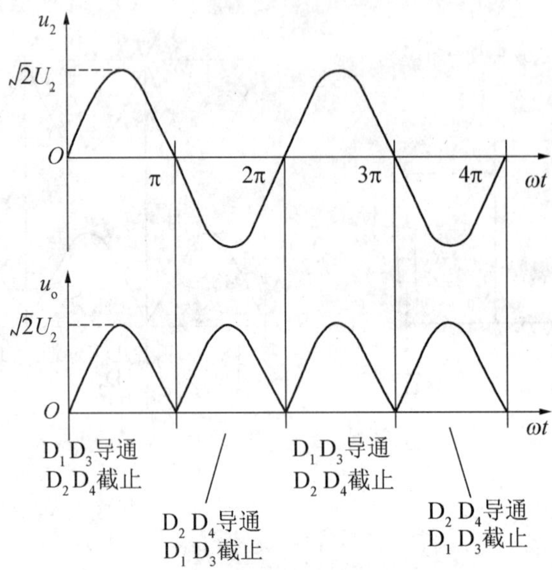

图 15.5　单相桥式整流电路波形

2)全波桥式整流电路参数计算

输出电压平均值 U_o。

$$U_o = \frac{1}{\pi}\int_0^{\pi}\sqrt{2}U_2 \sin \omega t \, \mathrm{d}(\omega t) = \frac{2\sqrt{2}}{\pi}U_2 \approx 0.9U_2 \tag{15-9}$$

输出电流平均值 I_o。

$$I_o = \frac{U_o}{R_L} \approx 0.9\frac{U_2}{R_L} \tag{15-10}$$

脉动系数 S

$$S = \frac{U_{O1M}}{U_O} = \frac{\dfrac{U_2}{\sqrt{2}}}{\dfrac{\sqrt{2}U_2}{\pi}} = \frac{\pi}{2} \approx 1.57 \tag{15-11}$$

二极管的平均电流：等于负载电流的平均值 I_o 一半

$$I_D = \frac{I_o}{2} = 0.45\frac{U_2}{R_L} \tag{15-12}$$

二极管所承受的最大反向电压 U_{RM}。

$$U_{RM} = U_{2m} = \sqrt{2}U_2 \tag{15-13}$$

15.3　滤波电路

整流电路的输出虽为单一方向的直流电，但因其含有较大的谐波成分，故波形起伏明显，脉动系数大，不能适应大多数电子设备的需要。一般整流电路之后，还需接入滤波电路(Filters)以滤除谐波成分，使脉动的直流电变为比较平滑的直流电。滤波通常是利用电

容或者电感的能量存储功能来实现的。实现滤波的形式很多，如电容滤波、电感滤波、复式滤波电路等。

1. 电容滤波

在桥式整流电路的基础上，输出端并联一个电容 C 就构成了电容滤波电路(Capacitance Filter)，如图 15.6 所示。

可见，电容滤波是通过电容的储能作用(充放电过程)实现的，即在 u_2 升高时，把部分能量储存起来(充电)，在 u_2 降低时，又把储存的能量释放出来(放电)，从而在负载 R_L 上得到一个比较平滑的、近似锯齿形的输出电压 u_o，使其脉动程度大为降低，并且平均值提高。若设整流电路内阻(即变压器次级内阻与二极管导通电阻之和)为 R'，则电容 C 的充电时间常数为 $\tau_c=(R'//R_L)\cdot C\approx R'C$，电容 C 放电的快慢取决于放电时间常数($\tau=R_L C$)的大小，时间常数越大，电容 C 放电越慢，输出电压 u_o 就越平坦，平均值就越高。

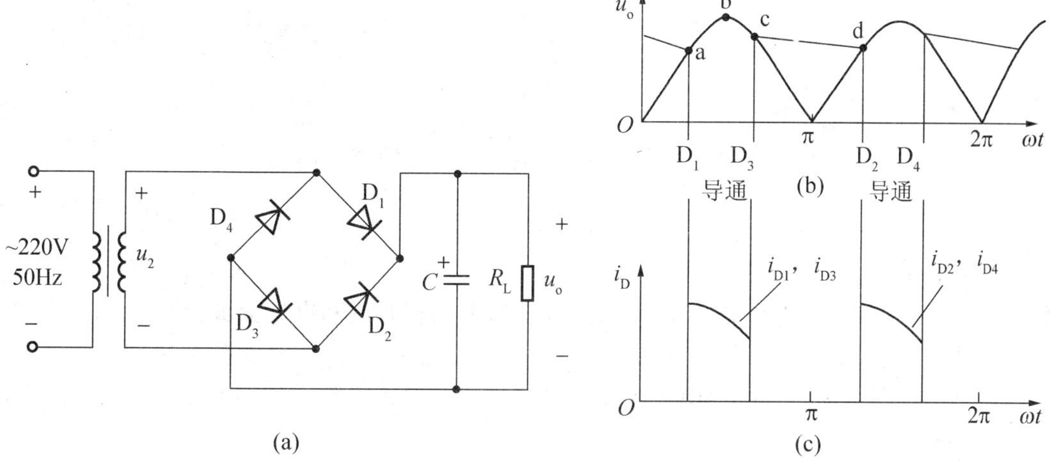

图 15.6 单相桥式整流电容滤波电路及工作波形

(a) 电路 (b) 理想情况下 u_o 波形 (c) 二极管电流波形

电容滤波电路的计算比较麻烦，因为决定输出电压的因素较多。工程上有详细的曲线可供查阅，一般常采用近似估算。

半波 $$U_O=U_2$$

全波 $$U_O=1.2U_2\text{(有载)}$$

为了获得平滑的输出电压，一般要求 $R_L\geqslant(10\sim15)\dfrac{T}{\omega C}$，即

$$\tau=R_L C\geqslant(3\sim5)\frac{T}{2}$$

滤波电容一般选择体积小、容量大的电解电容器，使用时，使其正极接高电位端，如接反会损害电解电容器。加入滤波电容后，二极管导通时间缩短，且在短期内承受较大的冲击电流(i_C+i_o)，为保证二极管的安全，选管时应放宽。

单相半波整流电容滤波电路中，二极管承受的反向电压为 $u_{DR}=u_C+u_2$，当负载开路时，二极管承受的反向电压最高，为 $U_{RM}=2\sqrt{2}U_2$。

2. 电感滤波

当负载电流较大时，电容滤波已不适合，这时可选用电感滤波(Inductance Filter)，如图 15.7 所示(图中的桥式整流部分采用了简化画法)。

电感与电容一样具有储能作用。当 u_2 升高导致流过电感 L 的电流增大时，L 中产生的自感电动势能阻止电流的增大，并且将一部分电能转化成磁场能储存起来；当 u_2 降低导致流过 L 的电流减小时，L 中的自感电动势又能阻止电流的减小，同时释放出存储的能量以补偿电流的减小。这样，经电感滤波后，输出电流和电压的波形也可以变得平滑，脉动减小。显然，L 越大，滤波效果越好。

由于 L 上的直流压降很小，可以忽略，故电感滤波电路的输出电压平均值与桥式整流电路相同，即 $U_O \approx 0.9U_2$。

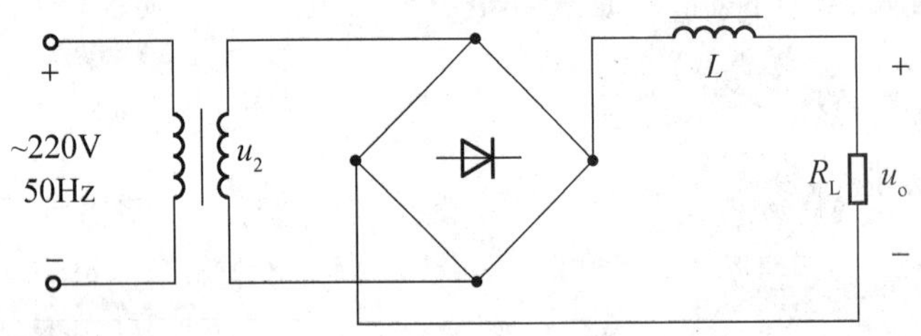

图 15.7　单相桥式整流电感滤波电路

3. 复式滤波

采用单一的电容或电感滤波时，滤波效果欠佳。为进一步减小脉动程度，通常采用复式滤波，常见的复式滤波电路有 LC 型滤波电路(由电感滤波和电容滤波组成)、LCπ 型滤波电路(电容滤波和 LC 型滤波电路的组合)、RCπ 型滤波电路(电容滤波和 RC 型滤波电路的组合)等，如图 15.8 所示是 RCπ 型滤波电路，将里面的电阻 R 换成电感 L 就称为 RCπ 型滤波电路。

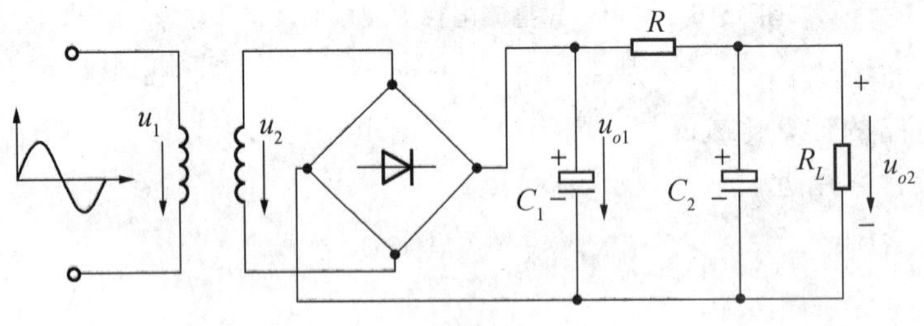

图 15.8　RCπ 型滤波电路

15.4　直流稳压电源

将不稳定的直流电压转换成稳定的直流电压的电路称为直流稳压电路。直流稳压电路按调整器件的工作状态可分为线性稳压电路和开关稳压电路两大类。线性稳压电路使用简单易行，但转换效率低，体积大；开关稳压电路体积小，转换效率高，但控制电路较复杂，随着自关断电力电子器件和电子集成电路的迅速发展，开关电源已得到越来越广泛的应用。

1. 稳压电路的性能指标

稳压电路的稳压性能主要可通过稳压系数 S_r 和输出电阻 R_O 两项参数来衡量。稳压系数 S_r 定义为在固定负载条件下，输出电压变化量 ΔU_O 与输入电压变化量 ΔU_i 之比，即 $S_r = \left.\frac{\Delta U_o}{\Delta U_i}\right|_{R_L}$ = 常数

工程上还有一个类似的概念，称为电压调整率 S_u，是指当输入电压变化±10%时的输出电压变化量 ΔU_O。稳压系数和电压调整率均表征了稳压电路抗电网电压波动能力的大小，S_r 或 S_u 越小，电路的稳压性能越好。

输出电阻定义为在固定输入电压条件下，负载变化产生的输出电压变化量 ΔU_O 与负载输出电流变化量 ΔI_O 之比，即 $R_o = \left.\frac{\Delta U_o}{\Delta I_o}\right|_{U_i}$ = 常数。

工程上也有一个类似的概念，称为电流调整率 S_i，是指当 I_O 在 $0 \sim I_{Omax}$ 范围内变化时的输出电压变化量 ΔU_O。输出电阻和电流调整率均表征了稳压电路抗负载变化能力的大小，R_O 或 S_i 越小，电路的稳压性能越好。

2. 并联型稳压电路(硅稳压二极管)

硅稳压二极管稳压电路的电路图如图 15.9 所示。

它是利用稳压二极管的反向击穿特性稳压的，由于反向特性陡直，较大的电流变化，只会引起较小的电压变化。

1）当输入电压变化时如何稳压

根据图 15.9 可知 $U_o = U_Z = U_i - U_R = U_i - I_R R$，$I_R = I_L + I_Z$。

输入电压 U_i 的增加，必然引起 U_o 的增加，即 U_Z 增加，从而使 I_Z 增加，I_R 增加，使 U_R 增加，从而使输出电压 U_o 减小。这一稳压过程可概括如下。

$U_i \uparrow \to U_o \uparrow \to U_Z \uparrow \to I_Z \uparrow \to I_R \uparrow \to U_R \uparrow \to U_O \downarrow$

这里 U_o 减小应理解为，由于输入电压 u_I 的增加，在稳压二极管的调节下，使 U_o 的增加没有那么大而已，U_o 还是要增加一点的，这是一个有差调节系统。

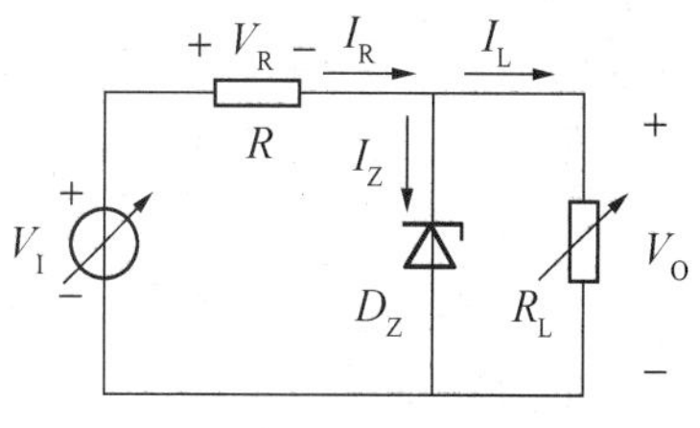

图 15.9 并联型稳压电路

2）当负载电流变化时如何稳压

负载电流 I_L 的增加，必然引起 I_R 的增加，即 U_R 增加，从而使 $U_Z = U_o$ 减小，I_Z 减小。I_Z 的减小必然使 I_R 减小，U_R 减小，从而使输出电压 U_o 增加。这一稳压过程可概括如下。

$$I_R \uparrow \to U_R \uparrow \to U_Z \downarrow (U_O \downarrow) \to I_Z \downarrow \to I_R \downarrow \to U_R \downarrow \to U_O \uparrow$$

3. 串联型稳压电路

1）线性串联型稳压电路

稳压二极管的缺点是工作电流较小，稳定电压值不能连续调节。线性串联型稳压电源工作电流较大，输出电压一般可连续调节，稳压性能优越。目前这种稳压电源已经制成单片集成电路，广泛应用在各种电子仪器和电子电路中。线性串联型稳压电源的缺点是损耗较大、效率低。串联型稳压电路如图 15.10 所示。

2）电路的结构

线性串联型稳压电源主要由四部分构成，如图 15.10(a)所示。

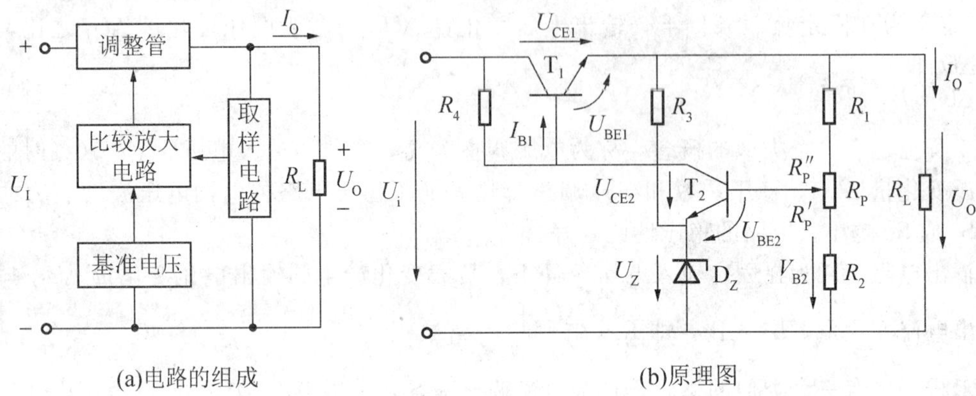

(a)电路的组成　　(b)原理图

图 15.10　串联型稳压电路

(a) 电路的组成　(b) 原理图

(1) 取样环节。由 R_1、R_2、R_P 组成的分压电路构成，它将输出电压 U_o 分出一部分作为取样电压 U_F，送到比较放大环节。

(2) 基准环节。由稳压二极管 VD_Z 和电阻 R_3 构成的稳压电路，为电路提供一个稳定的基准电压 U_Z，作为调整、比较的标准。

(3) 比较放大环节。由 T_2 和 R_4 构成的直流放大器，其作用是将取样电压 U_F 与基准电压 U_Z 比较放大后来控制调整管 T_1。

(4) 调整环节。由工作在线性放大区的调整管 T_1 组成，T_1 的基极电流受比较放大电路输出的控制，它的改变又可使集电极电流和集射电压 U_{CE1} 改变，从而达到自动调整稳定输出电压的目的。

3）电路的工作原理

(1) 输入电压变化，负载电流保持不变。输入电压 U_i 的增加，必然会使输出电压 U_o 有所增加，输出电压经过取样电路取出一部分信号 U_F 与基准源电压 U_Z 比较，获得误差信号 ΔU。误差信号经放大后，用 U_{o1} 去控制调整管的管压降 U_{CE} 增加，从而抵消输入电压增加的影响。

$$U_i\uparrow\rightarrow U_o\uparrow\rightarrow U_F\uparrow\rightarrow U_{o1}\downarrow\rightarrow U_{CE}\uparrow\rightarrow U_o\downarrow$$

(2) 负载电流变化，输入电压保持不变。负载电流 I_L 增加，必然会使输入电压 U_i 减小，输出电压 U_o 必然下降，经过取样电路取出一部分信号 U_F 与基准电压源 U_Z 比较，获得的误差信号使 U_{o1} 增加，从而使调整管的管压降 U_{CE} 下降，从而抵消因 I_L 增加使输入电压减小的影响。

$$I_L\uparrow\rightarrow U_i\downarrow\rightarrow U_o\downarrow\rightarrow U_F\downarrow\rightarrow U_{o1}\uparrow\rightarrow U_{CE}\downarrow\rightarrow U_o\uparrow$$

4）输出电压调节范围的计算

用电位器($R_P=R'_P+R''_P$)可以调节输出电压 U_o 的大小，则

$$U_O=\frac{R_1+R_P+R_2}{R_2+R'_P}(U_{BE2}+U_Z)\approx\frac{R_1+R_P+R_2}{R_2+R'_P}U_Z \tag{15-14}$$

因此，输出电压的范围可以确定如下。

最大值为

$$U_{\mathrm{Omax}} \approx \frac{R_1 + R_P + R_2}{R_2} U_Z$$

最小值为

$$U_{\mathrm{Omin}} \approx \frac{R_1 + R_P + R_2}{R_2 + R_P} U_Z$$

4. 集成稳压器

集成稳压器是将稳压电路的主要元件甚至全部元件制作在一块硅基片上的集成电路，因为其使用方便，外围所用的元件不多，性能稳定，内部具有限流保护、过压保护和过热保护等措施，所以在对稳定性要求不太高、输出电压不太高或输出电流不太大的场合获得了广泛应用。除此之外，在其他应用场合，它也常常作为组成元件之一使用。

集成稳压器的种类很多，作为小功率的直流稳压电源，应用最为普遍的是三端式串联型集成稳压器。三端式是指稳压器仅有输入端、输出端和公共端 3 个界限端子。如 78XX 系列，如 7805、7812 等，其中 78 后面的数字代表该稳压器输出正电压的数值，以伏特为单位。例如 7805 表示稳压输出为＋5V，7812 表示稳压输出为＋12V 等；输出负电压的可选用 79XX 系列，如 7906、7924 等，其中 79 后面的数字代表该稳压器输出负电压的数值，例如 7906 表示稳压输出为－6V，7924 表示稳压输出为－24V 等。集成稳压器的实物图及典型应用如图 15.11 所示。

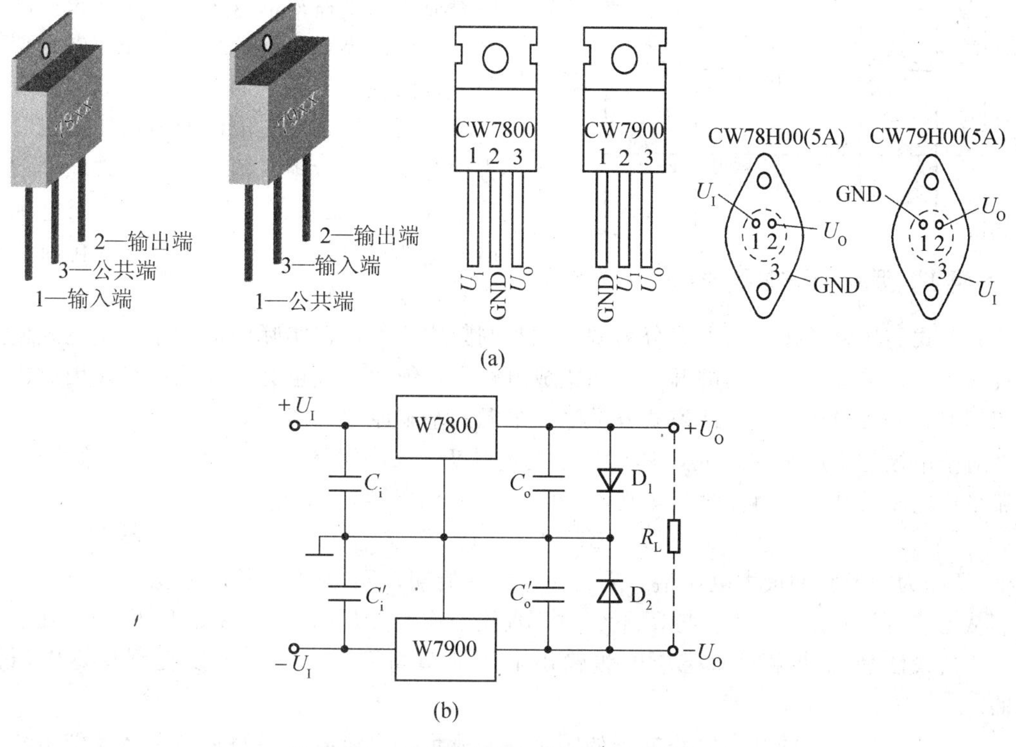

图 15.11　集成稳压器实物图及其典型应用

(a) 实物图　(b) 集成稳压器的典型应用

15.5 开关稳压电源

随着电子技术的发展，电子系统的应用领域越来越广泛，电子设备的种类也越来越多，对电源的要求更加灵活多样。电了设备的小型化和低成本化使电源以轻、薄、小和高效率为发展方向。传统的晶体管串联调整稳压电源，是连续控制的线性稳压电源，这种传统稳压电源技术比较成熟。并且已有大量集成化的线性稳压电源模块，具有稳定性能好、输出纹波电压小、使用可靠等特点。但其通常都需要体积大且笨重的工频变压器和隔离使用，滤波器的体积和重量也很大。而调整管工作在线性放大状态，为了保证输出电压稳定，其集电极与发射极之间必须承受较大的电压差，导致调整管功耗较大，电源效率很低，一般只有45%左右，另外，由于调整管上消耗较大的功率，所以需要采用大功率调整管并装有体积很大的散热器，于是它很难满足电子设备发展的要求。从而促成了高效率、体积小、重量轻的开关电源的迅速发展。

开关型稳压电源采用功率半导体器件作为开关，通过控制开关的占空比调整输出电压。以功率晶体管(GTR)为例，当开关管饱和导通时，集电极和发射极两端的压降接近于零，在开关管截止时，其集电极电流为零，所以其功耗小，效率可高达70%～95%。而功耗小，散热器也随之减小，同时开关型稳压电源直接对电网电压进行整流滤波调整，然后由开关调整管进行稳压，不需要电源变压器；此外，开关工作频率在几十千赫，滤波电容器、电感器数值较小。因此开关电源具有重量轻，体积小等特点。另外，由于功耗小，机内温升低，从而提高了整机的稳定性和可靠性。而且其对电网的适应能力也有较大的提高，一般串联稳压电源允许电网波动范围为220V±10%，而开关型稳压电源在电网电压从110～260V范围内变化时，都可获得稳定的输出电压。

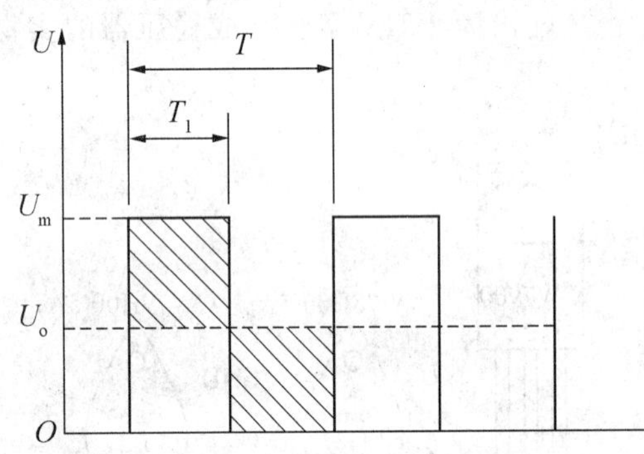

图 15.12 调宽式开关稳压电源的基本原理图

开关式稳压电源按控制方式分为调宽式和调频式两种，在实际的应用中，调宽式使用得较多，在目前开发和使用的开关电源集成电路中，绝大多数也为脉宽调制型。因此主要介绍调宽式开关稳压电源。调宽式开关稳压电源的基本原理如图15.12所示。

对于单极性矩形脉冲来说，其直流平均电压U_o取决于矩形脉冲的宽度，脉冲越宽，直流平均电压就越高。直流平均电压U_o可由下列公式计算。即

$$U_o = U_m \times T_1 / T$$

式中，U_m为矩形脉冲最大电压值；T为矩形脉冲周期；T_1为矩形脉冲宽度。

从上式可以看出，当U_m与T不变时，直流平均电压U_o将与脉冲宽度T_1成正比。这样，只要设法使脉冲宽度随稳压电源输出电压的增高而变窄，就可以达到稳定电压的目的。

开关式稳压电源的基本电路框图如图15.13所示。交流电压经整流电路及滤波电路整流滤波后，变成含有一定脉动成分的直流电压，该电压进入高频变换器被转换成所需电压值的方波，最后再将这个方波电压经整流滤波变为所需要的直流电压。

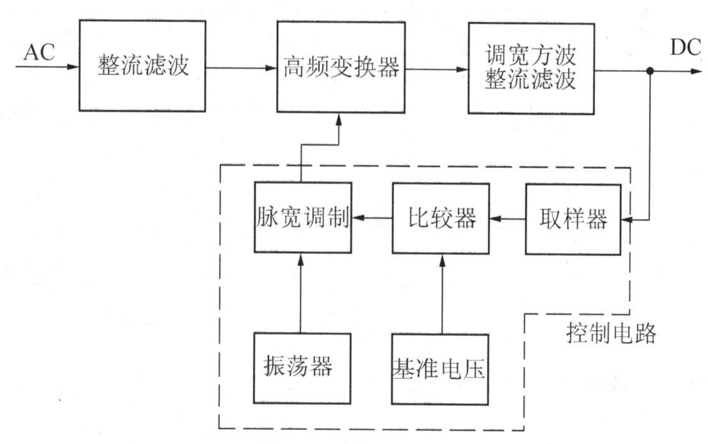

图 15.13　开关稳压电源组成框图

控制电路为一脉冲宽度调制器，它主要由取样器、比较器、振荡器、脉宽调制及基准电压等电路构成。这部分电路目前已集成化，制成了各种开关电源用集成电路。控制电路用来调整高频开关元件的开关时间比例，以达到稳定输出电压的目的。

开关式电源与串联式稳压电源相比，主要差别在于换能器的调整方式不同，它不是通过改变调整管的内阻来改变调整管压降以实现输出电压 U_o 稳定的，而是通过控制调整管的导通时间来实现输出电压 U_o 稳定的。所以开关电源中调整管工作在开关状态。

习　　题

1. 填空题

(1) 直流稳压电源由变压器，________电路、________电路和稳压电路四部份组成。

(2) 单相半波整流电路中，设变压器二次电压为 $u_2=\sqrt{2}U_2\sin\omega t$，则负载上的电压平均值为 $U_L=$________，流过二极管的电流为 $I_D=$________，流过负载的直流电流为 $I_L=$________。

(3) 桥式整流电路采用了______只二极管，若变压器二次电压为 $u_2=\sqrt{2}U_2\sin\omega t$，则负载上的电压平均值为 $U_L=$________，流过二极管的电流为 $I_D=$________，流过负载的直流电流 $I_L=$________。

(4) 采用电容滤波的单相桥式整流电路中，设变压器二次电压有效值为 U_2，其输出平均电压最高可达________，最低为________，计算一般取________。

(5) 在稳压管稳定电路中，稳压管与______并联联接，其输出电压由______决定。

(6) 稳压管稳定电路稳压作用的实质是通过________调整电流的作用和________调压作用，达到稳压的目的。

(7) 串联型稳压电源由____________电路、____________电路、__________电路和______________电路四部分组成。

2. 如图 15.14 所示的桥式整流、滤波电路中，变压器次级电压的有效值为 10V，$R_L=10\Omega$，求(1)不加电容 C，整流输出电压 V_L，输出电流 I_L。(2)加上电容 C，输出电压 V_L，输出电流 I_L。

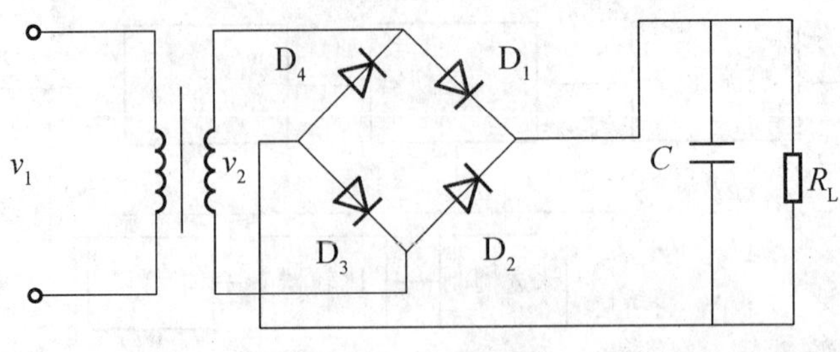

图 15.14　题 2 图

3. 两个稳压二极管，稳压值分别为 7V 和 9V，将它们组成如图 15.15 所示的 4 种电路，设输入端电压 V_1 的值是 20V，求各电路输出电压 V_2 的值是多少？

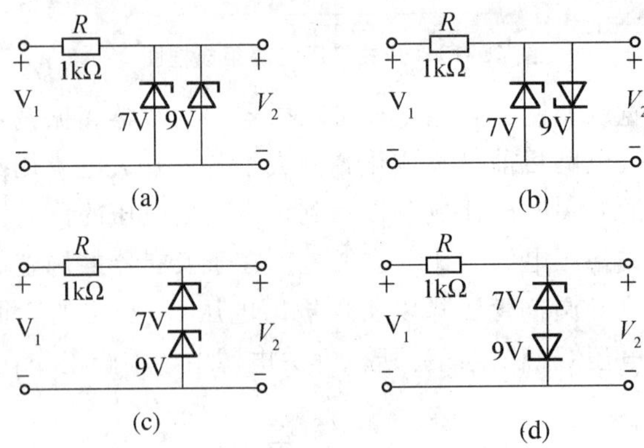

图 15.15　题 3 图

4. 电路图如图 15.16 所示。(1)在电路中，调整元件是__________，比较放大管是______________。提供基准电压的元器件是__________和__________。采样电路的作用是____，它由_______________3 个元件构成。C 元件的作用是________________________________。

(2) R_2 的滑动触点向上移，输出电压 U_o(　　)。

(A)降低　　(B)提高　　(C)无影响　　(D)变化因元件参数而不同

(3) U_o 升高，会引起 U_b(　　)。

(A)降低　　(B)升高　　(C)无影响　　(D)不确定

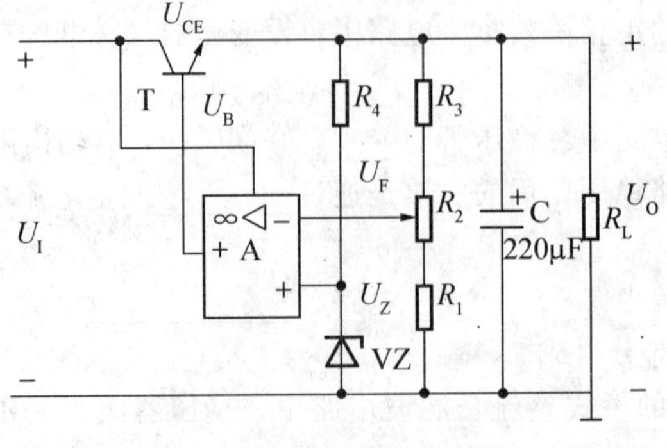

图 15.16　题 4 图

5. 三极管串联稳压电路如图 15.17 所示。

(1) 画出该稳压器的结构方框图。

(2) 当输入电压 U_I波动下降时，用简式说明稳压过程。

(3) 当三极管的 U_{BE} 为 0.7V 时，估算可调输出电压的最小值和最大值。

(4) 说明题图中以下(VZ、T、R_2、C)元件的作用。

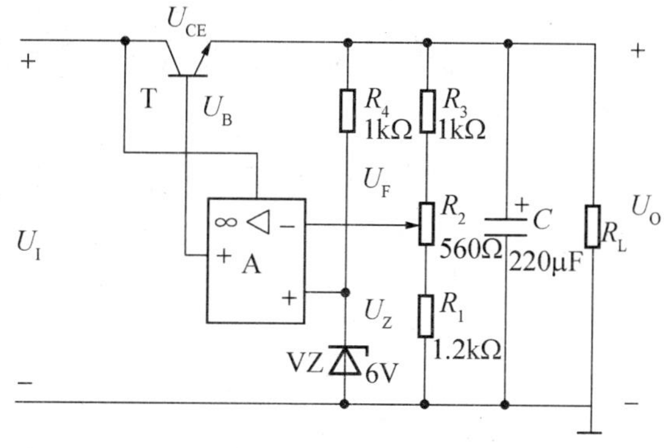

图 15.17　题 5 图

第三部分

数字电子技术

第16章

数字逻辑基础

知识要点	教学重点	教学难点
(1) 数的进制和运算、编码和二进制代码 (2) 基本逻辑运算、逻辑代数的基本定律、逻辑函数的代数变换和化简，以及逻辑函数的卡诺图化简	(1) 二进制的运算，常用的编码 (2) 基本逻辑运算，逻辑函数的变换及化简	逻辑函数的化简法

引言

1. 模拟信号和数字信号

电子电路中的信号可以分为两大类：模拟信号和数字信号。模拟信号是时间连续、数值也连续的信号。模拟信号来自于自然界客观存在的一些物理量，如速度、压力、温度、声音等。这些量通过传感器转换成电信号，是随时间连续变化的，可以用测量仪器测量出某个时刻的瞬时值，或有效值，或某段时间之内的平均值，这种信号就是模拟信号，处理模拟信号的电路称为模拟电路。

数字信号在时间上和数值上均是离散的。如电子表的秒信号、生产流水线上记录零件个数的计数信号等。这些信号的变化发生在一系列离散的瞬间，其值也是离散的。这种数字信号只有两个离散值，常用数字 0 和 1 来表示，注意，这里的 0 和 1 没有大小之分，只代表两种对立的状态，称为逻辑 0 和逻辑 1，也称为二值数字逻辑。处理数字信号的电路称为数字电路。

数字信号在电路中往往表现为突变的电压或电流，图 16.1 就是一种典型的数字信号，从图中可以看出，该信号有两个特点：第一，信号只有两个电压值 5V 和 0V。相对而言，5V 为高电压，0V 为低电压。可以用 5V 表示逻辑 l，用 0V 表示逻辑 0；当然也可以用 0V 表示逻辑 1，用 5V 表示逻辑 0。因此这两个电压值又常被称为逻辑电平。5V 为高电平，0V 为低电平。第二，信号从高电平变为低电平，或者从低电平变为高电平是一个突然变化的过程，发生在某些离散的时刻。所以这种信号又称为脉冲信号。

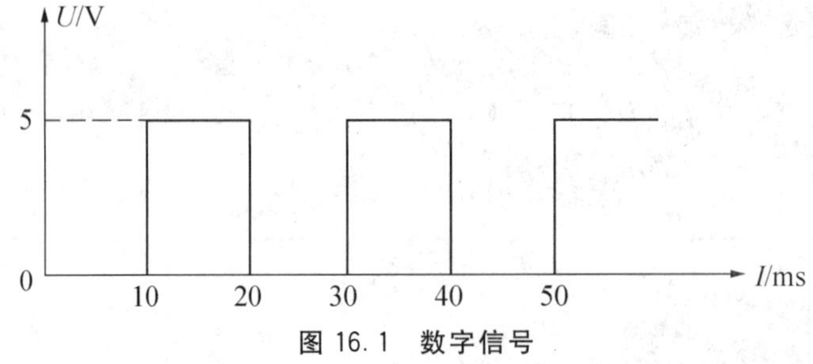

图 16.1 数字信号

2. 数字电路

传递与处理数字信号的电子电路称为数字电路。数字电路与模拟电路相比有下列优点。

(1) 由于数字电路是以二值数字逻辑为基础的，只有 0 和 1 两个基本数字，易于用电路实现，与模拟电路相比主要由下电路来实现，比如可用二极管、三极管的导通与截止来表示数字信号的逻辑 0 和逻辑 1，所以数字电路结构简单，容易制造，允许电路有较大的离散性，便于集成及系列化生产。

(2) 由数字电路组成的数字系统工作可靠，精度较高，抗干扰能力强。它可以通过整形很方便地去除叠加于传输信号上的噪声与干扰，还可利用差错控制技术对传输信号进行查错和纠错。

(3) 数字电路不仅能完成数值运算，而且能进行逻辑判断和运算，这在控制系统中是不可缺少的。

(4) 数字信息便于长期保存，比如可将数字信息存入磁盘、光盘等长期保存。

(5) 数字集成电路产品系列多、通用性强、成本低。

由于具有一系列优点，数字电路在电子设备或电子系统中得到了越来越广泛的应用，计算机、计算器、电视机、音响系统、视频记录设备、光碟、长途电信及卫星系统等，无一不采用了数字系统。

16.1 数制与码制

在日常生活中，人们习惯于使用十进制，可是在数字电路中常使用二进制，有时也使

用八进制或十六进制。

1. 几种常用的计数体制

1) 十进制(Decimal)

十进制是人们最熟悉、应用最广泛的一种计数方法。它由0～9共10个不同的数字符号组成，其计数规律为“逢十进一”或“借一当十”。因此，十进制就是以0为基数的计数体制。每一个数字处在不同数位所代表的数值是不同的，例如，十进制数123.45可表示为

$$123.45=1\times10^2+2\times10^1+3\times10^0+4\times10^{-1}+5\times10^{-2}$$

其中10^2、10^1、10^0、10^{-1}、10^{-2}分别为百位、十位、个位、小数点后第一位、小数点后第二位的“权”，由此可见位数越高，“权”值越大，相邻高位的权值是相邻低位权值的10倍。任意十进制数可表示为

$$(N)_D=\sum_{i=-\infty}^{\infty}K_i\times10^i$$

其中K_i为基数10的i次幂的系数，它可为0～9中任一个数字。

十进制虽然是人们最习惯的计数体制，却很难用电路来实现。因为要使一个电路或者一个电子器件具有能严格区分的10个状态，来与十进制的10个不同的数字符号一一对应，是比较困难的。因此在计数电路中一般不直接使用十进制。

2) 二进制(Binary)

二进制数只由两个数字符号0和1组成，它同十进制数一样，自左到右由高位到低位排列。计数规律为“逢二进一”或“借一当二”。因此，二进制就是以2为基数的计数体制。同十进制数一样，每个数字处在不同数位代表不同数值。例如，二进制数1001.01所代表的十进制数是

$$(1001.01)_2=1\times2^3+0\times2^2+0\times2^1+1\times2^0+0\times2^{-1}+1\times2^{-2}=(8.25)_{10}$$

其中2^3、2^2、2^1、2^0、2^{-1}、2^{-2}分别为相应位的“权”，相邻高位是相邻低位权值的2倍。

同样，二进制数的表示法可扩展到小数，小数点以右的权值是基数2的负幂。任意二进制数可表示为

$$(N)_B=\sum_{i=-\infty}^{\infty}K_i\times2^i$$

其中K_i为基数2的i次幂的系数，它只能是0或者1。

二进制与十进制制相比，其优点如下：

(1) 二进制数只有两个数字符号0和1，因此很容易用电路元件的状态来表示：例如，三极管的截止和饱和，继电器的接通和断开，灯泡的明和灭、电平的高和低等，都可以将其中一个状态规定为0，另一个状态规定为1，来表示二进制数。这种表示简单可靠，所用元件少，存储和传送二进制数也十分可靠。

(2) 二进制的基本运算规则与十进制运算规则相似，但要简单得多。例如两个一位十进数相乘，其规律要用“九九乘法表”才能表示，而两个一位二进制数相乘，只有4种组合。因此用电路来实现二进制运算十分方便可靠。

与十进制相比，二进制的缺点如下。

(1) 人们对二进制数不熟悉，使用不习惯。

(2) 同样表示一个数，二进制数要比十进制数位数多。例如，2位的十进制数87变为二进制数为1010111，需7位。

因此，用数字系统运算时，通常先将人们熟悉的十进制原始数据转换成二进制数。运算结束后，再转换成人们所易接受的十进制数。

3）十六进制(Hexadecimal)与八进制(Octal)

由于二进制数比十进制数位数多，不便于书写和记忆，因此在计算机应用中经常用十六进制数或八进制数来表示二进制数。

十六进制数有0、1、2、3、4、5、6、7、8、9、A、B、C、D、E、F共16个数字符号，计数规律为“逢十六进一”或“借一当十六”。因此，十六进制数的基数是16，十六进制就是以16为基数的计数体制。

每一个数字处在不同数位代表不同的数值，例如将十六进制数4DE.A8转换成十进制数为

$(4DE.A8)_{16}=4\times16^2+D\times16^1+E\times16^0+A\times16^{-1}+8\times16^{-2}=(1246.65625)_{10}$

其中16^2、16^1、16^0、16^{-1}、16^{-2}分别表示相应位的“权”。

十六进制数可表示为

$$(N)_H=\sum_{i=-\infty}^{\infty}K_i\times16^i$$

其中K_i为基数16的i次幂的系数，它可为0～F中任一个数字。

同理，八进制数有0，1，2，3，4，5，6，7共8个数字符号计数规律，为“逢八进一”或“借一当八’。八进制是以8为基数的计数体制。

八进制数可表示为

$$(N)_O=\sum_{i=-\infty}^{\infty}K_i\times8^i$$

其中K_i为基数8的i次幂的系数，它可为0～7中任一个数字。

4）数制之间的转换

(1) 二进制、八进制、十六进制转换成十进制：按权展开相加法。

(2) 十进制转换为其他进制：十进制的整数部分与小数部分分别转换。

整数部分采用“除基取余法”：整数部分逐次除以基数，依次记下余数，直至商为0。小数部分采用“乘基取整法”小数部分连续乘以基数，依次取整数，直至小数部分为0，或达到要求的精度。读数方向：从上到下。

【例16-1】 将十进制数37.48转换成二进制数、八进制数，小数点后保留3位。

解： $(37.48)_{10}=(37)_{10}+(0.48)_{10}$

(1) 十进制数37.48转换成二进制数。

整数部分

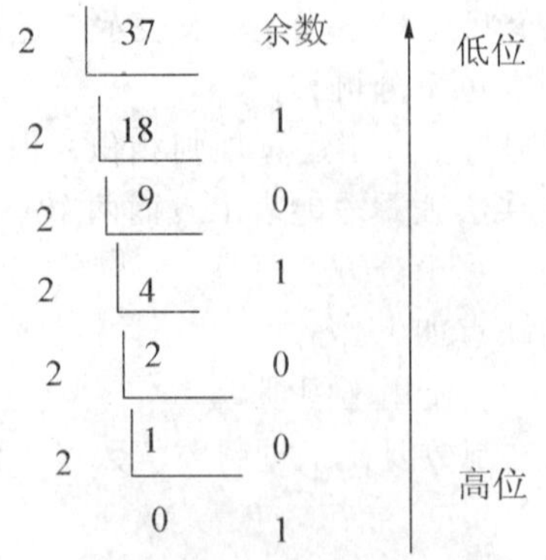

除数	被除数/商	余数	
2	37		低位 ↑
2	18	1	
2	9	0	
2	4	1	
2	2	0	
2	1	0	
	0	1	高位

$(37)_{10}=(100101)_2$

小数部分

	整数	
0.48		高位
× 2		
0.96	0	
0.96		
× 2		
1.92	1	
0.92		
× 2		低位
1.84	1	↓

小数部分$(0.48)_{10}=(0.011)_2$

所以，$(37.48)_{10}=(100101.011)_2$

(2) 十进制数 37.48 转换成八进制数

$(37)_{10}=(45)_8$

		余数	低位 ↑
8	37		
8	4	5	
	0	4	高位

$(0.48)_{10}=(0.365)_8$

	整数	
0.48		高位
× 8		
3.84	3	
0.84		
× 8		
6.72	6	
0.72		
× 8		低位
5.76	5	↓

所以，$(37.48)_{10}=(45.365)_8$

(3) 二进制与八进制、十六进制间的转换。

① 二进制与八进制的转换。规则：每 3 位二进制数相当于一位八进制数。二进制数转换为八进制数：以小数点为中心，分别向左、向右两边延伸，每 3 位二进制数为一组，用对应的八进制数来表示；不足 3 位的，用 0 补足。八进制转换为二进制：每位八进制数用 3 位二进制数来代替，去掉多余的 0(最前面和最后面的 0)。

② 二进制与十六进制的转换(类似于二进制与八进制的转换)。规则：每 4 位二进制数相

当于一位十六进制数。二进制数转换为十六进制数：以小数点为中心，分别向左、向右划分延伸，每4位二进制数用一位十六进制数来表示；不足4位的，用0补足。十六进制转换为二进制：每位十六进制数用4位二进制数来代替，去掉多余的0(最前面和最后面的0)。

【例16-2】 将二进制数1001101.010转换为八进制数和十六进制数。

解： 二进制　　001　001　101.　010

八进制　　1　1　5.　2

所以$(1001101.010)_2=(115.2)_8$

二进制　　0100　1101.　0100

十六进制　　4　D.　4

所以$(1001101.010)_2=(4D.4)_{16}$

2. 常用编码

编码：用按一定规则组成的二进制码去表示文字、数字、符号等，如ASCII码、汉字内部码。

由于数字系统是以二值数字逻辑为基础的，因此数字系统中的信息(包括数值、文字、控制命令等)都是用一定位数的二进制码表示的，这个二进制码称为代码。

用二进制代码表示有关信息的过程称为二进制编码。一位二进制代码有0、1两种状态，可表示两项信息；两位二进制代码有00、01、10、11共4种组合方式，可表示四项信息。因此，对N项信息进行编码时，可用公式$2^n>N$来确定需要使用的二进制代码的位数n。

二进制编码方式有多种，二—十进制码，又称BCD码(Binary－Coded－Decimal)是其中一种常用的码。BCD码是在人们习惯的十进制数与数字系统使用的二进制数之间建立一种联系，即用二进制代码来表示十进制的0～9共10个数。

要用二进制代码来表示十进制的0～9共10个数，至少要用4位二进制数。4位二进制数有16种组合，可从这16种组合中选择10种组合分别来表示十进制的0～9这10个数，选哪10种组合，有多种方案，这就形成了不同的BCD码。具有一定规律的常用的BCD码见表16-1。

表16-1 常用的BCD码表

十进制数	8421码	2421码	5421码	余三码
0	0000	0000	0000	0011
1	0001	0001	0001	0100
2	0010	0010	0010	0101
3	0011	0011	0011	0110
4	0100	0100	0100	0111
5	0101	1011	1000	1000
6	0110	1100	1001	1001
7	0111	1101	1010	1010
8	1000	1110	1011	1011
9	1001	1111	1100	1100
位权	8421 $b_3b_2b_1b_0$	2421 $b_3b_2b_1b_0$	5421 $b_3b_2b_1b_0$	无权

表 16－1 中的 8421BCD 码是从 4 位二进制数的 0000 到 1111 共 16 种组合中选取了前 10 种，其余 6 种组合是无效的。在这种编码方式中，二进制数码每位的位权与自然二进制码的位权是一致的，即 b_0 位的权为 $2^0=1$，b_1 位的权为 $2^1=2$，b_2 位的权为 $2^2=4$，b_3 位的权为 $2^3=8$。例如，二进制码 0101 表示的十进制数为 $0\times8+1\times4+0\times2+1\times1=5$，因此这种 BCD 码称为 8421BCD 码，是一种有权码。8421BCD 码是应用最普遍的 BCD 码。

同样 2421 码和 5421 码也是有权码，只是 b_3 位的权分别为 2 和 5，其他位的权同8421 码。

余 3 码是由 8421 码加 3(0011)得来的，例如，8421 码的 4(0100)加 3 (0011)得余 3 码的 4(0111)。余 3 码是一种无权码。

特别提示

BCD 码用 4 位二进制码表示的只是十进制数的一位。如果是多位十进制数，应先将每一位用 BCD 码表示，然后组合起来。

【例 16－3】　将十进制数 34.15 转换为 8421 码。

解：

3　　4　　.1　　5

0011　　0100　　.0001　　0101

$$(34.15)_{10}=(11\ 0100.0001\ 0101)_{8421BCD}$$

【例 16－4】　将 8421 码$(100101100011)_{8421BCD}$转换为十进制数。

解：

1001　　0110　　0011

9　　6　　3

$$(100101100011)_{8421BCD}=(963)_{10}$$

16.2　基本逻辑运算

一个实际的数字系统，其电路是非常复杂的。在分析和设计数字电路时，常常借助于一种数学工具——逻辑代数。逻辑代数描述的是逻辑关系，逻辑关系是指某事物的条件(或原因)与结果之间的关系。条件与结果均包含相互对立的两个方面，所以逻辑代数中的逻辑变量和逻辑值也只有两种，即 0 和 1。这里的 0 和 1 不表示数量的大小，只表示相互对立的两个方面：1 表示条件具备或事情发生；0 表示条件不具备或事情不发生。

1. 基本逻辑运算

逻辑代数中只有与、或、非 3 种基本运算。

1) 与运算

现实生活中有这样一种因果关系：只有当决定一件事情的条件全部具备之后，这件事情才会发生，这种因果关系称为与逻辑。

图 16.2(a)是一个典型的与逻辑电路，决定灯亮这件事的条件是开关 A 与 B。只有当开关 A 与 B 全闭合时，灯 L 才会亮，只闭合 A、只闭合 B 或 A、B 都不闭合时灯 L 不会亮。所以这个电路符合与逻辑关系。

可以用列表的方式表示上述逻辑关系，如图16.2(b)所示。左边列出两个开关所有可能的组合(或状态)，右边列出相应的灯的状态。这种完整的表达所有可能的逻辑关系的表格称为真值表。

如果用二值逻辑0和1来表示，并设1表示开关闭合或灯亮，0表示开关不闭合或灯不亮，则得到如图16.2(c)所示的表格，称为逻辑真值表。

若用逻辑表达式来描述，则可写为

$$L=A\cdot B$$

式中小圆点“·”表示A、B的与运算，也称逻辑乘。在不致引起混淆的前提下，乘号“·”可以省略。与运算的规则为：0·0=0；0·1=0；1·0=0；1·1=1。可概括为一句话：“有0出0，全1才是1。”

在数字电路中能实现与运算的电路称为与门电路，其逻辑符号如图16.2(d)所示。

与运算可以推广到多变量：$L=A\cdot B\cdot C\cdot\cdots$

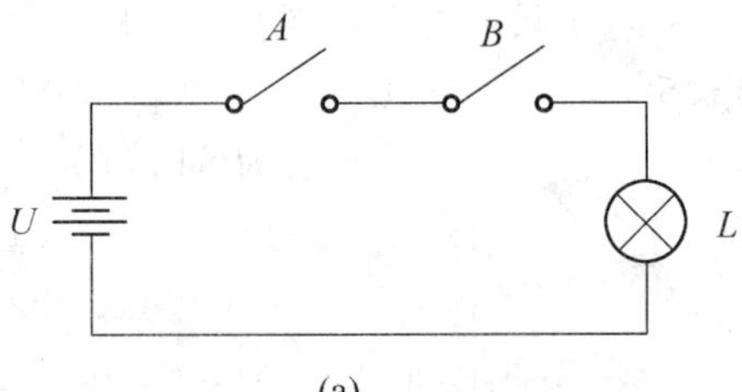

(a)

A	B	灯L
不闭合	不闭合	不亮
不闭合	闭合	不亮
闭合	不闭合	不亮
闭合	闭合	亮

(b)

A	B	$L=A\cdot B$
0	0	0
0	1	0
1	0	0
1	1	1

(c)

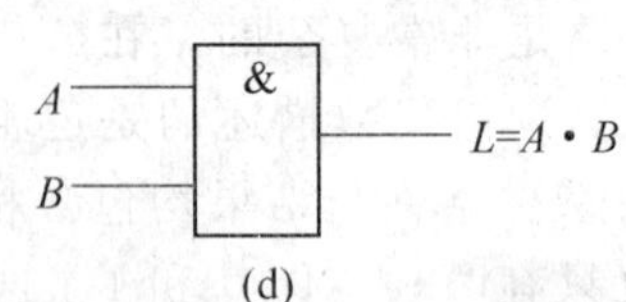

(d)

图16.2　与逻辑运算

(a) 电路图　(b) 真值表　(c) 逻辑真值表　(d) 逻辑符号

2)或运算

现实生活中还有这样一种因果关系：当决定一件事情的几个条件中，只要有一个或一个以上条件具备，这件事情就会发生，这种因果关系称为或逻辑。

将图16.3中的两个开关由串联改为并联，图16.3(a)所示，就成为一个或逻辑电路。很显然，只要开关A或B接通或二者都闭合，则灯亮；而当A和B均不闭合时，则灯不亮，其真值表如图16.3(b)所示，逻辑真值表如图16.3(c)所示。若用逻辑表达式来描述，则可写为

$$L=A+B$$

式中小圆点“+”表示 A、B 的或运算，也称逻辑加。或运算的规则为：$0+0=0$；$0+1=1$；$1+0=1$；$1+1=1$。可概括为一句话：“有1出1，全0才是0。”

在数字电路中能实现或运算的电路称为或门电路，其逻辑符号如图16.3(d)所示。

或运算可以推广到多变量：$L=A+B+C+\cdots$

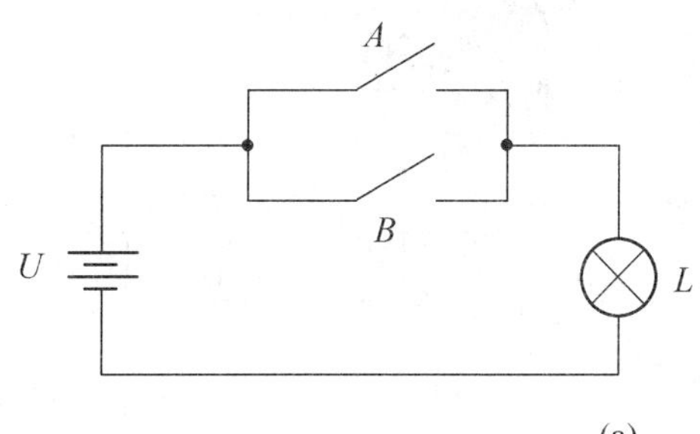

(a)

A	B	灯L
不闭合	不闭合	不亮
不闭合	闭合	亮
闭合	不闭合	亮
闭合	闭合	亮

(b)

A	B	$L=A+B$
0	0	0
0	1	1
1	0	1
1	1	1

(c)

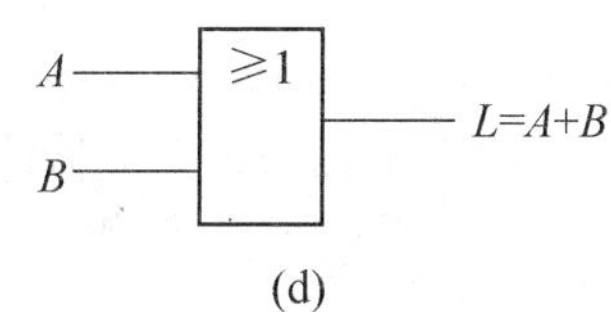

(d)

图16.3　与逻辑运算

(a) 电路图　(b) 真值表　(c) 逻辑真值表　(d) 逻辑符号

3)非运算

非逻辑是指这样一种因果关系：事情发生与否，仅取决于一个条件，而且是对该条件的否定。即条件具备时事情不发生：条件不具备时事情才发生。

例如图16.4(a)所示的电路，当开关 A 闭合时，灯不亮；而当 A 不闭合时，灯亮。

真值表如图16.4(b)所示，逻辑真值表如图16.4(c)所示。

若用逻辑表达式来描述，则可写为

$$L=\overline{A}$$

式中 A 上面的一横“—”表示非运算，读作非或者反。非运算的规则为：$\overline{0}=1$，$\overline{1}=0$。在数字电路中实现非运算的电路称为非门电路，其逻辑符号如图16.4(d)所示。

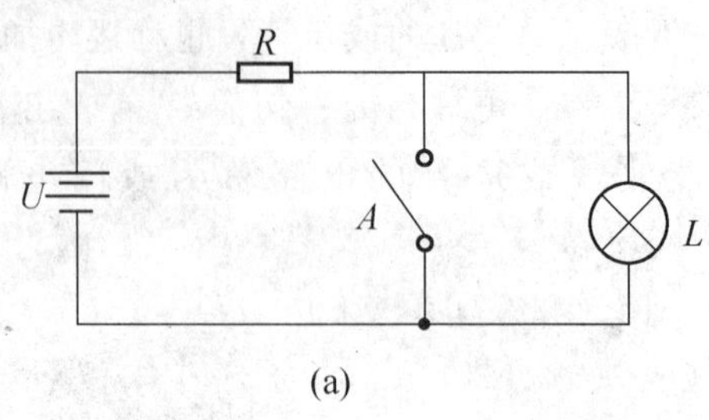

(a)

开关A	灯L
不闭合	亮
闭合	不亮

(b)

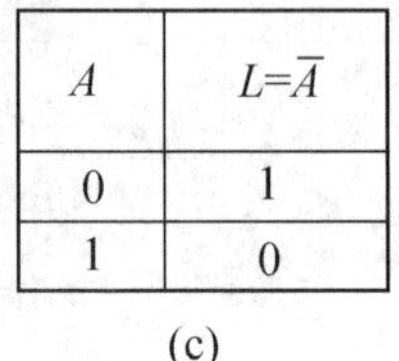

A	$L=\overline{A}$
0	1
1	0

(c)

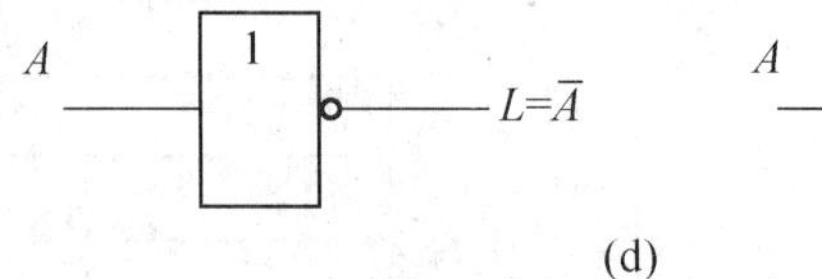

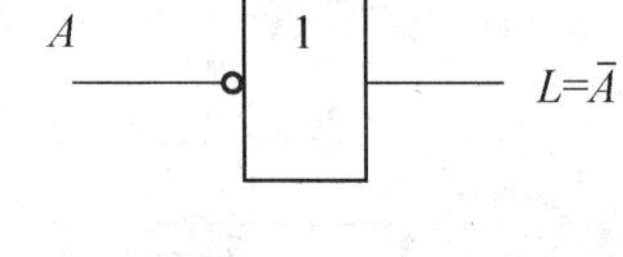

(d)

图 16.4　与逻辑运算

(a) 电路图　(b) 真值表　(c) 逻辑真值表　(d) 逻辑符号

2. 复合逻辑运算

1)“与非”运算

“与”和“非”的组合。有专门实现这种运算的实际器件(如 TTL 与非门等)。

逻辑符号如下。

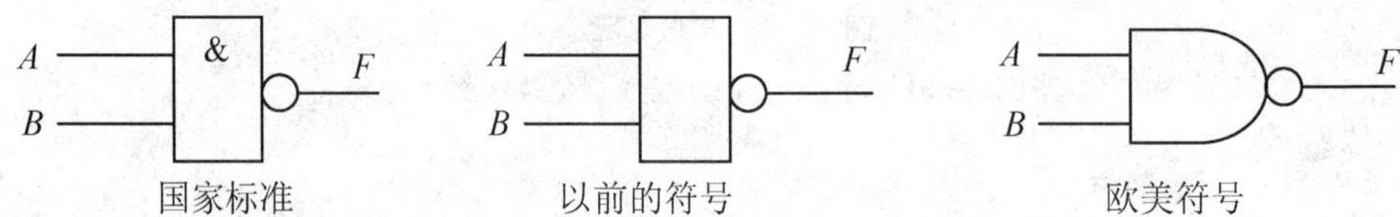

表达式：$F=\overline{AB}$。真值表：(略)。逻辑功能为：有 0 出 1，全 1 出 0。

2)“或非”运算

“或”和“非”的组合。也有专门实现这种运算的实际器件(如 TTL、CMOS 与非门等)。逻辑符号如下。

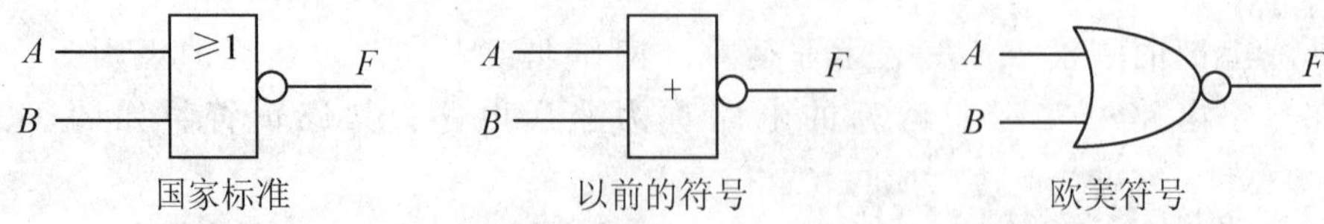

表达式：$F=\overline{A+B}$。真值表：(略)。逻辑功能为：有 1 出 0，全 0 出 1。

3）“与或非”运算

逻辑符号如下。

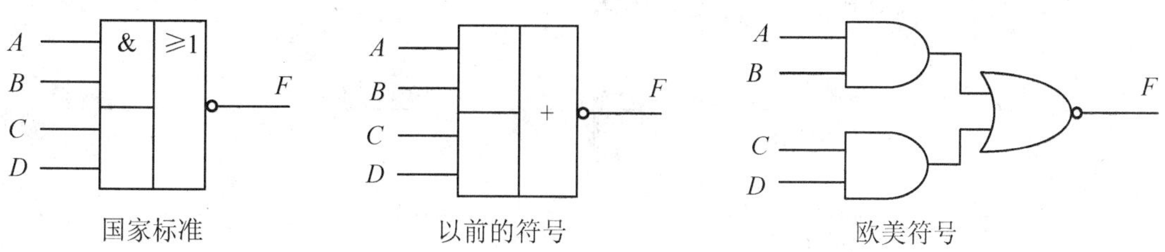

表达式：$F=\overline{AB+CD}$。真值表：（略）。

4）“异或”运算

逻辑功能：两变量状态相异出 1，相同出 0。真值表：（略）。

表达式：$F=A\oplus B=\overline{A}B+A\overline{B}$。

逻辑符号如下

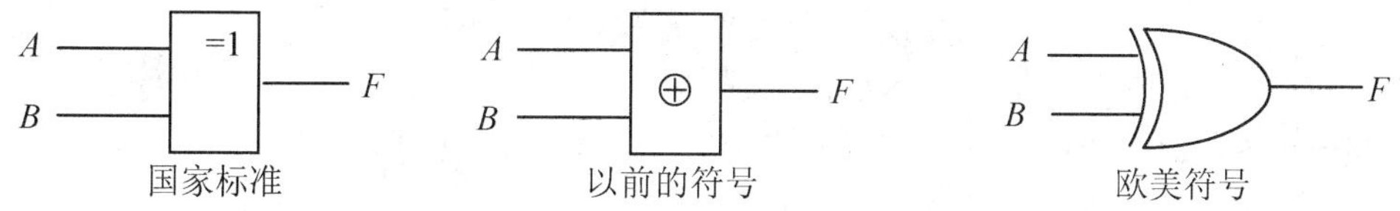

“异或”运算的几个等式。

$$A\oplus 0=A；A\oplus 1=\overline{A}；A\oplus\overline{A}=1；A\oplus A=0。$$

5）“同或”运算

逻辑功能：两变量状态相异出 0，相同出 1。

逻辑符号如下。

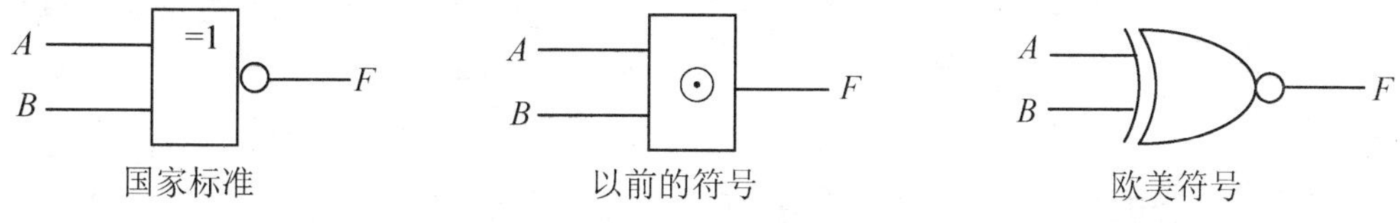

与“异或”运算正好相反，也称“异或非”运算。“异或”运算的几个等式(略)。

16.3　逻辑代数的基本定律

逻辑代数又称为布尔代数，是由英国数学家乔治·布尔于 19 世纪中叶提出的，是种用于描述客观事物逻辑关系的数学方法。逻辑代数和普通代数一样，有一套完整的运算规则，包括公理、定理和定律，用它们对逻辑函数式进行处理，可以完成对电路的化简、变换、分析与设计。

1. 逻辑代数的基本公式

逻辑代数的基本公式见表 16－2，主要包括 9 个定律，即交换律、结合律、分配律、互补律、0－1 律、对合律、重叠律、吸收律和反演律。其中有的定律与普通代数相似，有的定律与普通代数不同，使用时切勿混淆。

表 16-2 逻辑代数的基本公式

序号	公式	序号	公式
1	$0\cdot A=0$	10	$1'=0\quad 0'=1$
2	$1\cdot A=A$	11	$1+A=1$
3	$A\cdot A=A$	12	$0+A=0$
4	$A\cdot A'=0$	13	$A+A=A$
5	$A\cdot B=B\cdot A$	14	$A+A'=1$
6	$A\cdot(B\cdot C)=(A\cdot B)\cdot C$	15	$A+B=B+A$
7	$A\cdot(B+C)=A\cdot B+A\cdot C$	16	$A+(B+C)=(A+B)+C$
8	$(A\cdot B)'=A'+B'$	17	$A+B\cdot C=(A+B)\cdot(A+C)$
9	$(A')'=A$	18	$(A+B)'=A'\cdot B'$

式(1)、(2)、(11)和(12)给出了变量与常量间的运算规则。

式(3)和(13)是同一变量的运算规律，也称为重叠律。

式(4)和(14)表示变量与它的反变量之间的运算规律，也称为互补律。

式(5)和(15)为交换律，式(6)和(16)为结合律，式(7)和(17)为为分配律。

式(8)和(18)是著名的德·摩根(De. Morgan)定理，亦称反演律。在逻辑函数的化简和变换中经常要用到这一对公式。

式(9)表明，一个变量经过两次求反运算之后还原为其本身，所以该式又称为还原律。

式(10)是对 0 和 1 求反运算的规则，它说明 0 和 1 互为求反的结果。

这些公式的正确性可以用列真值表的方法加以验证。如果等式成立，那么将任何一组变量的取值代入公式两边所得的结果应该相等。因此，等式两边所对应的真值表也相同。

表 16-2 中的互补律、0—1 律、对合律、重叠律等是根据与、或、非 3 种基本运算法则推导出来的。表中略为复杂的公式可用其他更简单的公式来证明。

2. 逻辑代数的基本规则

1) 代入规则

将逻辑等式中的某一变量代入另一个逻辑函数，此等式仍成立。

【例 16-4】 $\overline{AB}=\overline{A}+\overline{B}$。用 BC 代替等式中的 B 得

$\overline{A(BC)}=\overline{A}+\overline{BC}=\overline{A}+\overline{B}+\overline{C}$

反复运用代入规则可得 $\overline{ABCD\cdots}=\overline{A}+\overline{B}+\overline{C}+\overline{D}+\cdots$。扩大了等式的应用范围。

2) 对偶规则

如果将任一逻辑函数式 $F=f(A, B, C, \cdots)$ 中所有的

· 换成 + + 换成 · 0 换成 1 1 换成 0	得到的新函数式 F′就是 F 的对偶式。此即对偶规则，运用时注意： ①原运算顺序不变(可运用扩号保证)； ②原式的长短非号保持不变！

【例 16－5】　求 $F=\overline{\overline{A}B\cdot\overline{B+CD}+(\overline{\overline{C}}+D)B}$的对偶式。

解：$F'=\overline{[(A+\overline{B})+\overline{B(C+D)}]\cdot\overline{(\overline{C}D+B)}}$

F 与 F'互为对偶，$(F')'=F$。

还要注意到：对偶关系不是相等的关系，即 $F'\neq F$。

运用对偶规则可以使要记忆的公式减少一半。观察表 16－2 中的基本公式可以发现，只要记住左半部分，运用对偶规则就能得到右半部分。

3）反演规则

如果将任一逻辑函数式 $F=f(A, B, C, \cdots)$中所有的

- · 换成＋
- ＋换成 ·
- 0 换成 1
- 1 换成 0
- 原变量　换成　反变量
- 反变量　换成　原变量

所得到的新函数 $\overline{F}$ 就是 F 的反函数。此即反演规则。运用时注意：

①原运算顺序不变(可运用扩号保证)；

②原式的公共非号保持不变。

【例 16－6】　求 $F=(A+\overline{B}\cdot\overline{C\cdot\overline{D}})\cdot\overline{E}$ 的反函数。

解：$\overline{F}=\overline{A}\cdot(B+\overline{\overline{C}+D})+E$

公共非号也可以改变，但在消去公共非号的同时，公共非号下面的子函数保持原状。如上例：$\overline{F}=\overline{A}(B+C\overline{D})+E$，与 $\overline{F}=\overline{A}\cdot(B+\overline{\overline{C}+D})+E$ 相等。(应用摩根定律)从原函数求反函数的过程叫做反演。摩根定律是进行反演重要工具。

例如，将 $F=(A+\overline{B}\cdot\overline{C\cdot\overline{D}})\cdot\overline{E}$ 两边同时取反并反复运用摩根定律的：

$$\overline{F}=\overline{(A+\overline{B}\cdot\overline{C\cdot\overline{D}})\cdot\overline{E}}=\overline{(A+\overline{B}\cdot\overline{C\cdot\overline{D}})}+E=\overline{A}\cdot\overline{\overline{B}\cdot\overline{C\cdot\overline{D}}}+E=\overline{A}\cdot(B+C\cdot\overline{D})+E$$

当函数较简单时，可以用摩根定律求反，当函数比较复杂时，用反演规则求反比较方便。

16.4　逻辑函数的代数变换与化简

1. 逻辑表达式

完备函数的概念：已经学习过 3 种最基本的逻辑运算逻辑与、逻辑或、逻辑非，用它们可以解决所有的逻辑运算问题，因此可以称之为一个“完备逻辑集”。

每种函数对应一种逻辑电路。同一个函数逻辑有多种表达形式：

$F=AC+\overline{A}B=AC+BC+\overline{A}A+\overline{A}B=C(A+B)+\overline{A}(A+B)$(冗余定理、互补律)

$=(A+B)(\overline{A}+C)$

$=\overline{\overline{\overline{AC}\cdot\overline{\overline{A}C}}}$　$\leftarrow\overline{\overline{AC+\overline{A}B}}$(还原律、摩根定律)

$=\overline{\overline{\overline{A+B}+\overline{\overline{A}+C}}}$　$\leftarrow\overline{\overline{(A+B)(\overline{A}+C)}}$(还原律、摩根定律)

$=\overline{\overline{AC+\overline{A}B}}=\overline{\overline{A}\,\overline{B}+A\overline{C}}$　$\leftarrow(A+B)(\overline{A}+C)$(反演规则再求反)

$=ABC++A\overline{BC}+\overline{A}BC+\overline{A}B\overline{C}\leftarrow AC(B+\overline{B})+\overline{A}B(C+\overline{C})$（用互补律配项）

2. 关于逻辑函数化简的几个问题

1）化简的意义

对于一个逻辑函数来说，如果表达式比较简单，那么实现这个逻辑函数所需要的元件(门电路)就比较少。所以化简的意义是节约器材、降低成本、提高可靠性。

2）什么是最简与或式

理论分析原则：在与或表达式中，若与项个数最少，且每个与项中变量的个数也最少，则该式就是最简与或式。

表达式最简，不一定就节约器材，还有利用率的问题(经济问题)、可靠性问题、工作速度问题、消除竞争冒险问题等。

3. 逻辑函数的代数化简法

用基本公式和常用公式进行推演的化简方法叫做公式化简法。

能否快速准确地得到最简结果，与对公式的掌握的熟练程度及化简经验密切相关(熟能生巧，实践出真知)。

大致可归纳为以下几种方法。

1）并项法

利用 $A+A=1$，将两项合并为一项，消去一个变量。(或者利用全体最小项之和恒为“1”的概念，把 2^n 项合并为一项，消去 n 个变量。)

【例 16－7】 $F=(A\bar{B}+\bar{A}B)C+(AB+\bar{A}\bar{B})C=(A\bar{B}+\bar{A}B+AB+\bar{A}\bar{B})C=C$

或者：$F=(A\bar{B}+\bar{A}B)C+(AB+\bar{A})C=(A\oplus B)C+(\overline{A\oplus B})C=C$

或者：$F=(A\bar{B}+\bar{A}B)C+(AB+\bar{A}\bar{B})C=\overline{AB}C+\overline{AB}C+ABC+\overline{AB}C$

$=AC(\bar{B}+B)+\bar{A}C(B+\bar{B})=AC+\bar{A}C=C$

【例 16－8】 $F=AB\bar{C}+\bar{A}C+\bar{B}\bar{C}=(\bar{A}B+A+\bar{B})\bar{C}$

$=(\bar{A}B+\overline{\overline{A+\bar{B}}})\bar{C}=(\bar{A}B+\overline{\bar{A}B})\bar{C}$

$=\bar{C}$

2）吸收法

利用 $A+AB=A$ 吸收多余项。

【例 16－9】 $F=\overline{AC}+\overline{ABC}D(E+F)=\overline{AC}+\bar{A}CBD(E+F)=A\bar{C}$

【例 16－10】 $F=\bar{A}+\overline{A\overline{BC}}(B+\overline{AC+D})+BC=\bar{A}+(\bar{A}+BC)(B+\overline{AC}\bar{D})+BC$

$=(\bar{A}+BC)+(\bar{A}+BC)(B+\overline{AC}\,\bar{D})$

$=\bar{A}+BC$

3）消去法

利用 $A+\bar{A}B=A+B$ 消去多余的因子。

【例 16－11】 $F=AB+\bar{A}C+\bar{B}C=AB+(\bar{A}+\bar{B})C=AB+\overline{AB}C=AB+C$

4）消项法

利用 $AB+AC+BC=AB+AC$ 消去多余的项。

消项法与吸收法类似，都是消去一个多余的项。只是前者运用冗余定理，后者利用吸收律(I)。

【例 16 - 12】　$F= A\overline{B}+AC+\overline{C}D+ADE = AB+AC+\overline{C}D$

5）配项法

利用 $A=AB+A\overline{B}$ 将一项变为两项，或者利用冗余定理增加冗余项，然后(配项目的)寻找新的组合关系进行化简。

【例 16 - 13】　$F=A\overline{B}+B\overline{C}+\overline{B}C+\overline{A}B$

$=A\overline{B}+B\overline{C}+\overline{B}C+\overline{A}B+\overline{A}C$（冗余定理）

$=A\overline{B}+\overline{A}C+B\overline{C}+\overline{B}C+\overline{A}B$

$=\overline{AB}+\overline{A}C+\overline{BC}$

或者 $F=A\overline{B}+B\overline{C}+\overline{B}C+\overline{A}B$

$=A\overline{B}(C+\overline{C})+B\overline{C}(A+\overline{A})+\overline{B}C+\overline{A}B$(前 2 项变为 4 项)

$=A\overline{B}C+A\overline{B}\,\overline{C}+AB\overline{C}+\overline{A}B\overline{C}+\overline{B}C+\overline{A}B$

$=\overline{B}C+A\overline{C}+\overline{A}B$

在实际化简时，上述方法要综合利用。公式法化简的优点是没有任何局限性；缺点是化简结果是否最简不易看出。

【例 16 - 14】　$F=(A+B)(A+\overline{B})(\overline{A}+B)(\overline{A}D+C)+\overline{\overline{A}+\overline{B}+C}(BC\overline{D}+C\overline{D})$

$=AB(\overline{A}D+C)+AB\overline{C}(C\overline{D})$

$=ABC$

公式法化简时采用与或式比较方便，基本公式比较容易记忆和套用。当遇到或与式的时候，可以利用对偶规则，将或与式转换为与或式。化为最简式后，再利用对偶规则换回或与式(原函数的最简式)。

例如上例：$F=(A+B)(A+\overline{B})(\overline{A}+B)(\overline{A}D+C)+\overline{\overline{A}+\overline{B}+C}(\overline{B}C\overline{D}+C\overline{D})$

$=(A+B)(A+\overline{B})(\overline{A}+B)(\overline{A}D+C)$

$F'=AB+A\overline{B}+\overline{A}B+\overline{A}C+CD \leftarrow (\overline{A}+D)C$

$=A+\overline{A}B+\overline{A}C+CD$

$=A+B+C+CD$

$=A+B+C$

$F=(F')'=ABC$

16.5　逻辑函数的卡诺图法化简

16.5.1　最小项

1. 定义

对于 N 个变量，如果 P 是一个含有 N 个因子的乘积项，而且在 P 中每个变量都以原变量或反变量的形式作为一个因子出现，且仅出现一次，则称 P 是 N 个变量的一个最小项。

简单地说：最小项就是包含全部变量的与项。例如：$\overline{A}\,\overline{B}\,\overline{C}$、$\overline{A}\,\overline{B}C$、$\overline{A}B\overline{C}$、$\overline{A}BC$、$A\overline{BC}$、$AB\overline{C}$、$\overline{ABC}$、$ABC$ 都是 3 个变量的最小项。

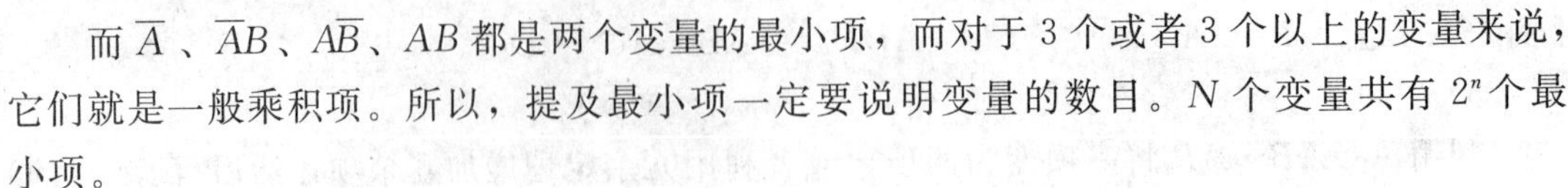

而 $\overline{A}$ 、$\overline{A}B$、$A\overline{B}$、AB 都是两个变量的最小项，而对于 3 个或者 3 个以上的变量来说，它们就是一般乘积项。所以，提及最小项一定要说明变量的数目。N 个变量共有 2^n 个最小项。

2. 性质

取 3 个变量的全体最小项观察：$\overline{A}\,\overline{B}\,\overline{C}$、$\overline{A}\,\overline{B}C$、$\overline{A}B\overline{C}$、$\overline{A}BC$、$A\overline{B}\overline{C}$、$A\overline{B}C$、$AB\overline{C}$、$ABC$。

对应的取值组合为 000、001、010、011、100、101、110、111。

(1) 每个最小项都对应了一组变量取值。对任一最小项，只有与之对应的那一组变量取值才是，它的值为“1”。

(2) 任意两个不同最小项之积恒为 0。

(3) 全体最小项的逻辑和恒为 1。

(4) 两个逻辑相邻的最小项可以合并为一项，从而消去一个因子。

3. 最小项标准表达式

任何一个逻辑函数都能表示成最小项之和的形式，而且这种表示形式是唯一的，这就是标准与或式，也叫最小项标准表达式。

由一般式→标准与或式的变换步骤如下。

(1) 用公式把一般式化为一般与或式。

(2) 若式中的某一项缺少某个变量，就用该变量的原变量和反变量之和去乘这一项，然后拆成两项，直到补齐所缺变量为止。

【例 16 - 15】 写出 $F=\overline{AB+\overline{B}C}$的标准与或式。($F=\overline{AB}\cdot\overline{\overline{B}C}=\overline{A}B+\overline{AC}+\overline{BC}$)

解：(1) 化为一般与或式 $F=\overline{A}B+\overline{BC}$。

(2) 补齐所缺变量。

$$F=\overline{A}B(C+\overline{C})+\overline{B}\,\overline{C}(A+\overline{A})=\overline{A}\,\overline{B}\,\overline{C}+A\overline{B}\,\overline{C}+\overline{A}BC+\overline{A}B\overline{C}$$

也可以由 $F=\overline{AB+\overline{B}C}$列出真值表，直接写出最小项标准表达式。

最小项标准表达式的另一种表示形式：$\overline{A}\ \overline{B}\ \overline{C}$、$\overline{A}\ \overline{B}C$、$\overline{A}B\overline{C}$、$\overline{A}BC$、$A\overline{B}\overline{C}$、$A\overline{B}C$、$AB\overline{C}$、$ABC$。

对应的取值组合为：000、001、010、011、100、101、110、111。

二进制换十进制	0	1	2	3	4	5	6	7
记为	m_0	m_1	m_2	m_3	m_4	m_5	m_6	m_7

$F=\overline{A}\,\overline{C}+\overline{ABC}+\overline{A}BC+A\overline{B}\,\overline{C}$还可以表示成：

$F=m_0+m_2+m_3+m_4$ 或者写成 $F=\sum m(0,2,3,4)$。

根据逻辑函数的特点，这种表示方法①便于转换成卡诺图；②便于写出反函数。比如 $F=\sum m(0,2,3,4)$的反函数为 $\overline{F}=\sum m(1,5,6,7)$。

16.5.2 卡诺图化简法

将 n 变量的全部最小项各用一个小方块表示，并使具有逻辑相邻性的最小项在几何位置上也相邻地排列起来，所得到的图形称为 n 变量最小项的卡诺图。因为这种表

示方法是由美国工程师卡诺(M. Karnaugh)首先提出的，所以将这种图形称为卡诺图。

图16.5中画出了二到五变量最小项的卡诺图。图形两侧标注的0和1表示使对应小方格内的最小项为1的变量取值。同时，这些0和1组成的二进制数所对应的十进制数大小也就是对应的最小项的编号。

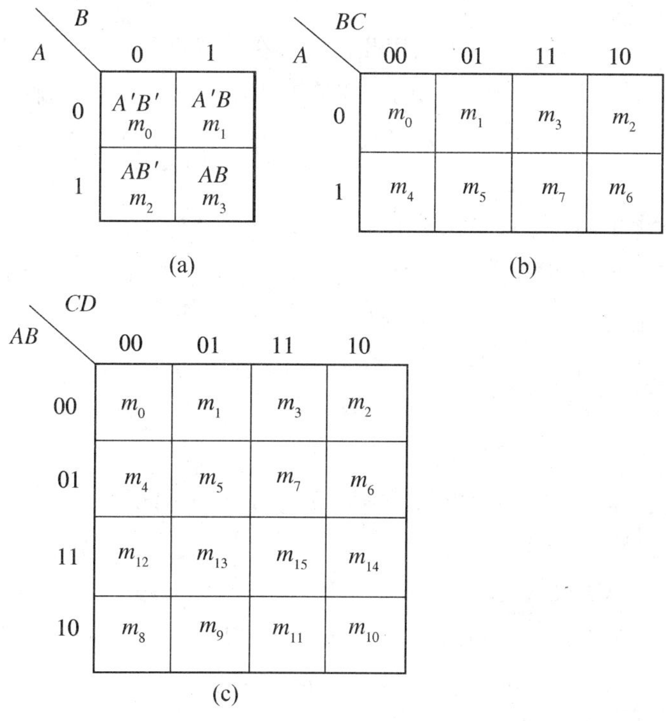

AB \ CDE	000	001	011	010	110	111	101	100
00	m_0	m_1	m_3	m_2	m_6	m_7	m_5	m_4
01	m_8	m_9	m_{11}	m_{10}	m_{14}	m_{15}	m_{13}	m_{12}
11	m_{24}	m_{25}	m_{27}	m_{26}	m_{30}	m_{31}	m_{29}	m_{28}
10	m_{16}	m_{17}	m_{19}	m_{18}	m_{22}	m_{23}	m_{21}	m_{20}

(d)

图16.5　中画出了二到五变量最小项的卡诺图(续)

(a) 两变量(A, B)最小项的卡诺图　(b) 三变量(A、B, C)最小项的卡诺图

(c) 四变量(A, B, C, D)最小项的卡诺图　(d) 五变量(A, B, C, D, E)最小项的卡诺图

为了保证图中几何位置相邻的最小项在逻辑上也具有相邻性，这些数码不能按自然二进制数从小到大地顺序排列，而必须按图中的方式排列，以确保相邻的两个最小项仅有一个变量是不同的。

从图 16.5 所示的卡诺图上还可以看到，处在任何一行或一列两端的最小项也仅有一个变量不同，所以它们也具有逻辑相邻性。因此，从几何位置上应当将卡诺图看成是上下、左右闭合的图形。

在变量数大于、等于 5 以后，仅仅用几何图形在两维空间的相邻性来表示逻辑相邻性已经不够了。例如，在图 16.5(d)所示的五变量最小项的卡诺图中，除了几何位置相邻的最小项具有逻辑相邻性以外，以图中双竖线为轴左右对称位置上的两个最小项也具有逻辑相邻性。

既然任何一个逻辑函数都能表示为若干最小项之和的形式，那么自然也就可以设法用卡诺图来表示任意一个逻辑函数。具体的方法是：首先将逻辑函数化为最小项之和的形式，然后在卡诺图上与这些最小项对应的位置上填入 1，在其余的位置上填入 0，就得到了表示该逻辑函数的卡诺图。也就是说，任何一个逻辑函数都等于它的卡诺图中填入 1 的那些最小项之和。

【例 16-16】 用卡诺图表示下列逻辑函数。

$$Y=A'B'C'D'+A'BD'+ACD+AB'$$

解：首先将 Y 化为最小项之和的形式。

$$\begin{aligned}Y&=A'B'C'D'+A'B(C+C')D'+A(B+B')CD+AB'(C+C')(D+D')\\&=A'B'C'D'+A'BCD'+A'BC'D'+ABCD+AB'CD+AB'CD'+AB'C'D+AB'C'D'\\&=m_0+m_6+m_4+m_{15}+m_{11}+m_{10}+m_9+m_8\end{aligned}$$

画出四变量最小项的卡诺图，在对应于函数式中各最小项的位置上填入 1，其余位置上填入 0，就得到如图 16.7 所示的函数 Y 的卡诺图。

AB \ CD	00	01	11	10
00	1	0	0	0
01	1	0	0	1
11	0	0	1	0
10	1	1	1	1

图 16.7 例 16-16 的卡诺图

1. 卡诺图化简函数的依据

逻辑相邻的 2^n 个最小项相加，能消去 n 个变量。

逻辑相邻：相同变量的两个最小项只有一个因子不同，则它们在逻辑上相邻。

例如：$ABC+AB\overline{C}=AB$

$$ABC+\overline{AB}\,\overline{C}=\overline{A}\,\overline{B}CD+\overline{A}BCD+ABCD+\overline{AB}CD=CD$$

AB \ CD		(C)	(C)
$\overline{A}\,\overline{B}\,\overline{C}\,\overline{D}$ 0	$\overline{A}\,\overline{B}\,\overline{C}D$ 1	$\overline{A}\,\overline{B}CD$ 3	$\overline{A}\,\overline{B}C\overline{D}$ 2
$\overline{A}B\overline{C}\,\overline{D}$ 4	$\overline{A}B\overline{C}D$ 5	$\overline{A}BCD$ 7	$\overline{A}BC\overline{D}$ 6
$AB\overline{C}\,\overline{D}$ 12	$A\overline{C}BD$ 13	$ABCD$ 15	$ABC\overline{D}$ 14
$A\overline{B}\,\overline{C}\,\overline{D}$ 8	$A\overline{B}\,\overline{C}D$ 9	$A\overline{B}CD$ 11	$A\overline{B}C\overline{D}$ 10

B（第2、3行）　A（第3、4行）　D（第2、3列）

图 16.8　例 16－16 的卡诺图化简

在卡诺图中合并最小项的规律(以 4 个变量为例)。

(1) 相邻的 2 个最小项可以合并为一项，消去一个变量(挨着，一行两端，一列两端)。

(2) 相邻的 4 个最小项可以合并为一项，消去 2 个变量(组成方块，一行，一列，两行末端，两列末端，四角)。

(3) 相邻的 8 个最小项合并为一项，消去 3 个变量(两行，两列，两边的两行或者两列)。

【例 16－17】　$\sum m(0,8)=\overline{B}\,\overline{C}\,\overline{D}$(一列的两端)

$\sum m(0,2,8,10)=\overline{B}\,\overline{D}$(四角)

$\sum m(4,6,12,14)=B\overline{D}$(两行末端)

$\sum m(4,6,12,14)=\overline{A}B$(一行)

$\sum m(1,3,5,7,9,11,13,15)=D$(两列)

$\sum m(0,1,2,3,8,9,10,11)=\overline{B}$(两边的两行)

2. 化简步骤

(1) 画函数 F 的卡诺图。

(2) 把可以合并的最小项分别圈出，每个包围圈中的最小项可合并为一项。

(3) 把各个合并项加起来即可。

【例 16－18】　把 $F(A,B,C,D)=\sum m(0,6,8,9,10,11,12,13)$化为最简与或式。

解： 把 4 个包围圈对应的乘积项加起来。

$$F(A,B,C,D)=A\overline{B}+A\overline{C}+\overline{B}\,\overline{C}\,\overline{D}+\overline{A}B\overline{C}D$$

也可以圈“0”，但得出的是$\overline{F}$。

$$\overline{F}=\overline{A}D+\overline{A}\,\overline{B}C+ABC+\overline{A}\,\overline{B}C$$

3. 化简注意事项

(1) 所有为1的最小项必须在某一个包围圈中，且圈中1的个数必须是2^n个。

(2) 卡诺图中的1可以重复使用(重叠律)，但每个包围圈中应至少含一个新1。否则，该乘积项就是多余的，如图16.10(a)所示。

(3) 包围圈中1的个数越多越好(变量少)，而包围圈的个数越少越好(乘积项少)，如图16.10(b)所示。

(4) 圈1得原函数，圈0得反函数。

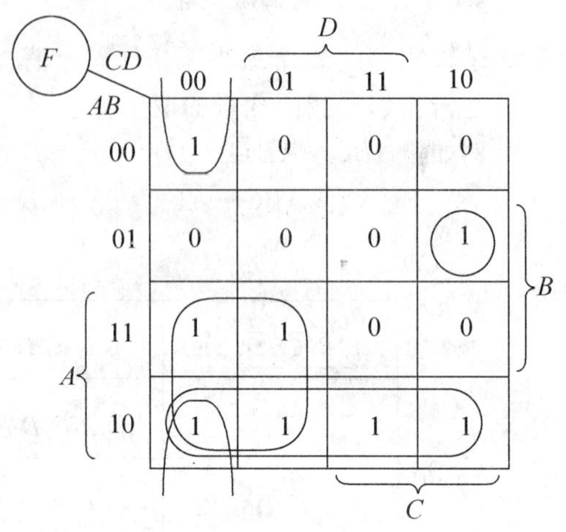

图16.9 例16-18卡诺图

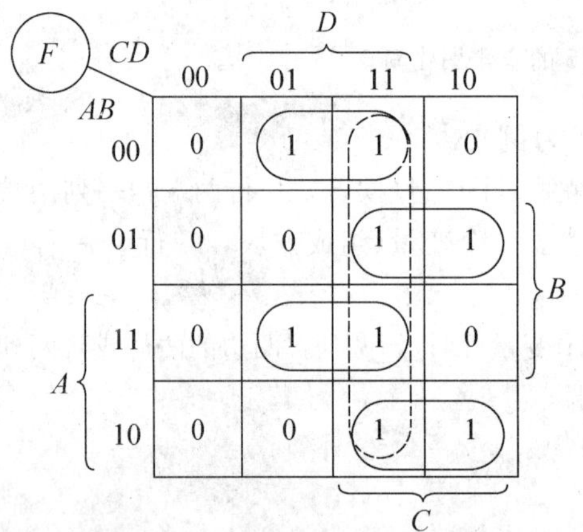

虚线包围圈中的4个1都被圈过，所以与虚线包围圈对应的CD项是多余的。

(a)

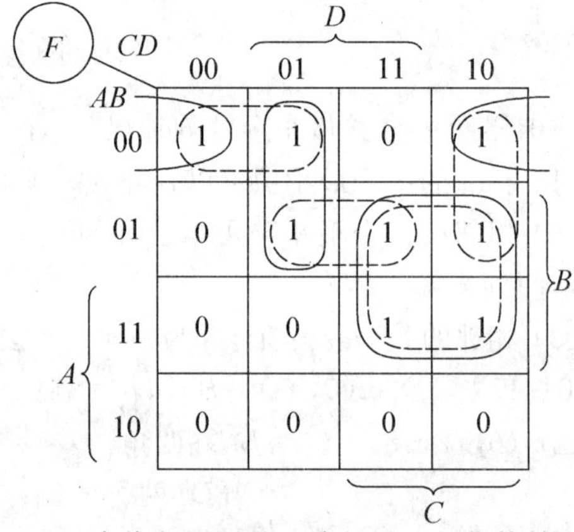

实线包围圈是正确的圈法，化简结果含三个与项。而虚线包围圈是错误的，结果含四个与项。

(b)

图16.10 卡诺图化简注意事项

如果给出的是或与式，可以先用对偶规则化为与或式，再填入卡诺图化简。为获得原函数，对化简结果运用一次对偶规则即可。

16.5.3 具有约束的逻辑函数的化简

1. 什么叫约束、约束项、约束条件

(1) 各逻辑变量取值之间的相互制约关系叫做约束。

例如液位控制系统真值表见表16-3。

表16-3　液位控制系统真值表

A	B	C	M_S	M_L
0	0	0	0	0
0	0	1	×	×
0	1	0	×	×
0	1	1	×	×
1	0	0	1	0
1	0	1	×	×
1	1	0	0	1
1	1	1	1	1

A(40m)、B(30m)、C(20m)分别代表不同的液位高度，高于某点取“0”，低于某点取“1”。M_S、M_L代表两台电动机，“1”转“0”停。

$ABC=000$，液位≥40m，M_S、M_L均为“0”。$ABC=001$，表示液位低于20m，又高于30m(或者40 m)，显然，这种情况不可能出现。

同理，$ABC=010$、011、101都不会出现，这就是变量取值的约束。

(2) 不可能出现的取值组合所对应的最小项就是约束项。

(3) 全体约束项之和构成的表达式叫约束条件。本例为：$\overline{A}\,C+\overline{A}B\,\overline{C}+\overline{A}BC+A\,\overline{B}C=0$，或者写成 $\sum d(1,2,3,5)=0$。约束条件是一个值恒为0的表达式。

上例中的逻辑函数可表示成

$M_S=\sum m(4,7)+\sum d(1,2,3,5)$

$M_L=\sum m(6,7)+\sum d(1,2,3,5)$

$M_S=A\,\overline{B}\,\overline{C}+ABC$

或者　$\overline{A}\,C+\overline{A}B\,\overline{C}+\overline{A}BC+A\,\overline{B}C=0$(约束条件)

$M_L=AB\,\overline{C}+ABC$

$\overline{A}\,C+\overline{A}B\,\overline{C}+\overline{A}BC+A\,\overline{B}C=0$(约束条件)

2. 在卡诺图中怎样处理约束项

在与约束项对应的小方格中打“×”，表示与约束项对应的值是“0”或“1”是无意义的(因为这种取值组合永远不会出现)。

液位控制系统的卡诺图如图16.11所示。

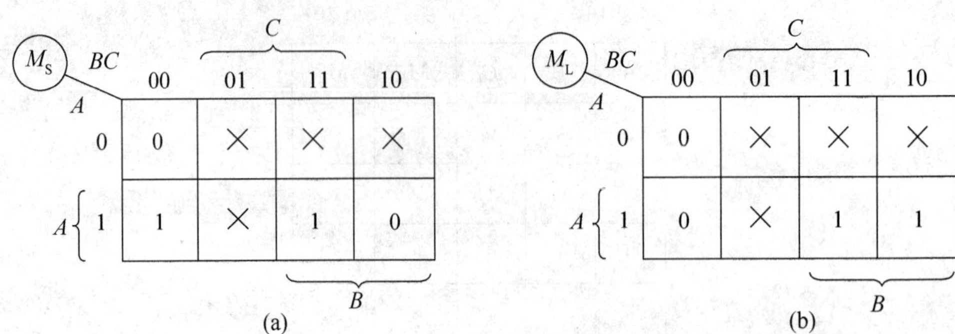

图 16.11　液位控制的卡诺图

3. 怎样利用约束条件化简具有约束的逻辑函数

图形化简时，要根据化简的需要，任意设定约束项为“1”或“0”。因为与约束项对应的取值组合永远不会实现，所以在包围圈中的“×”就当“1”看待。而在圈外的“×”就当“0”看待。即约束项的值对结果没有影响。

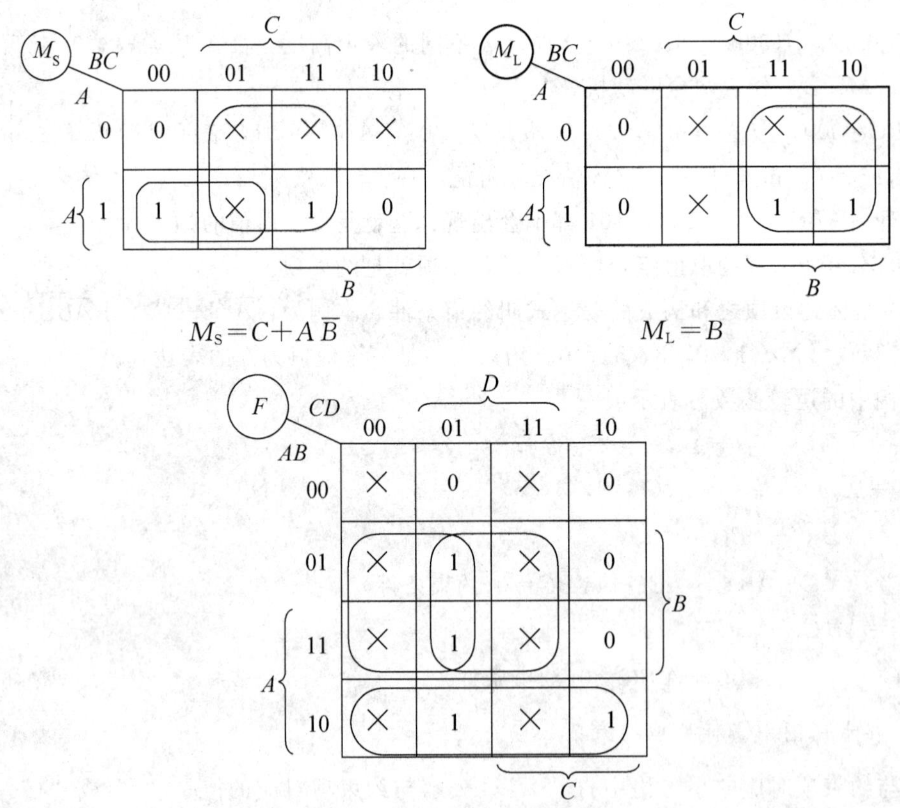

对约束项的处理方式(当成 0 或 1)不同，所得到的表达式也不同。

$F=A\overline{B}+BD$

$F=A\overline{B}+B\overline{C}$

但是，只要变量的取值不违反约束条件，两个式子的结果都是对的。

公式化简时可以根据化简的需要任意加上或去掉约束条件。

原因是约束条件是一个值恒为“0”的式子，由自等律知：$A+0=A$。

4. 卡诺图的运算

1）判明函数关系

与真值表异曲同工：判别两个函数是否相等、互补等。

2）完成与、或、异或、同或运算

【例 16-19】 已知 $F_1=\overline{A}\,\overline{D}+\overline{C}D+C\overline{D}$，$F_2=ABC+A\overline{C}\,\overline{D}+\overline{A}D+CD$

求：$F_1 \oplus F_2$

解：用观察法将 F_1、F_2 填入卡诺图运算。

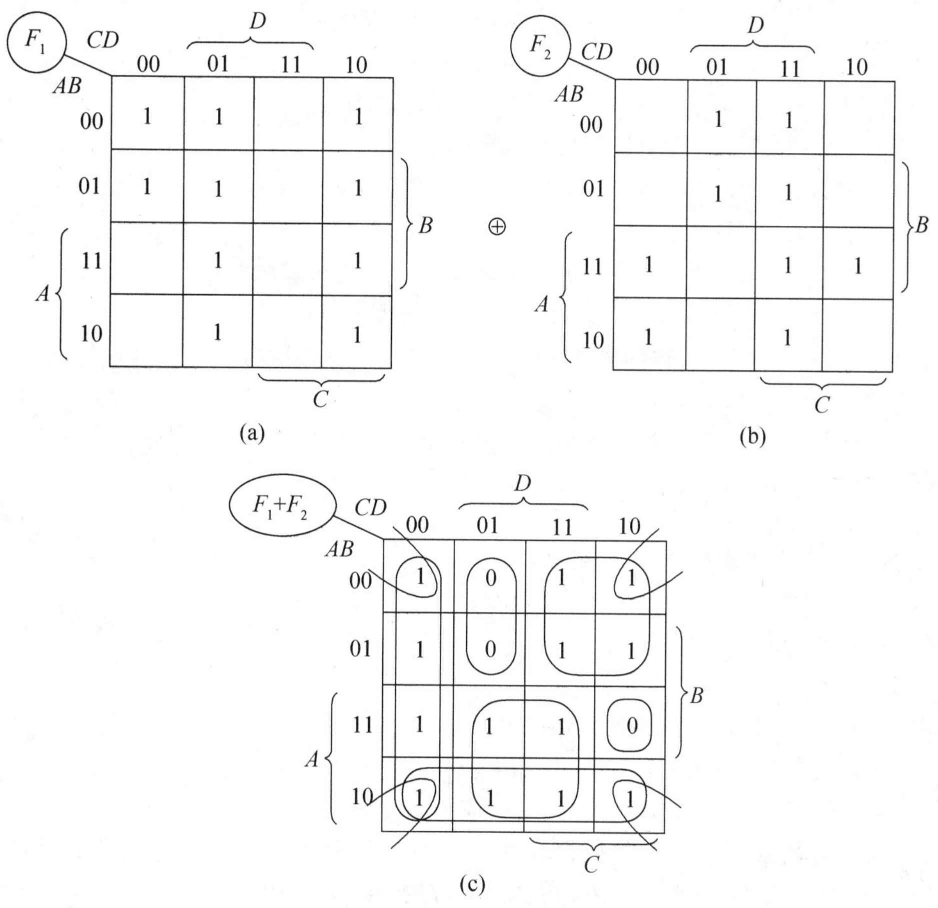

图 16.12 例 16-19 卡诺图

由卡诺图得

$F_1+F_2=\overline{C}\,\overline{D}+A\overline{B}+AD+\overline{A}C$

本例若圈“0”，则得反函数

$\overline{F_1+F_2}=\overline{A}\,\overline{C}D+ABC\overline{D}$

习　题

1. 将下列十进制数转换为二进制数。

(1) 54　　(2) 0.473　　(3) 135.625　　(4) 100000

2. 将下列二进制数转换为十进制数。

(1) 10.1001　　(2) 10110.0101

(3) 1101101.111　　(4) 1110101.110

3. 把下列各数转换成十进制数(小数取3位)。

(1) $(78.6)_{16}$　　(2) $(5ECA.B)_{16}$

(3) $(754.2)_8$　　(4) $(534.6)_8$

(5) $(431.2)_5$　　(6) $(632.5)_7$

4. 把下面已知基数的数变换成指定基数的数。

(1) 十进制数225.246转换成二进制、八进制、十六进制数

(2) 二进制数11010101.011转换成十进制、八进制、十六进制数

(3) 八进制726.77转换成十进制、二进制、十六进制数

(4) 十六进制数2BC5.E转换成十进制、二进制、八进制数

5. 将四进制数312.32转换成五进制数，再将十进制数转换成五进制数。

6. 完成下列数的加减运算。

(1) $(11011)_2+(10111)_2$　　$(11011)_2-(10111)_2$

(2) $(76.5)_8+(57.4)_8$　　$(76.5)_8-(57.4)_8$

(3) $(EDF.A3)_{16}+(ACB.25)_{16}$　　$(EDF.A3)_{16}-(ACB.25)_{16}$

7. 将下列各十进制数转换为BCD码。

(1) $(892.56)_{10}$　　(2) (526.72)

(3) $(786.25)_{10}$　　(4) $(645.89)_{10}$

8. 将下列各BCD码转换为十进制。

(1) $(1001，0111，0110.0101，0100)_{8421BCD}$

(2) $0101，1000，1100.1010，0111)_{余3}$

9. 将二进制数$(11011001.1)_2$转换为对应的余3码。

10. 将八进制数$(756.32)_8$转换为对应的8421BCD码。

11. 将十六进制数$(AEFC.6B)_{16}$转换为对应的5421BCD码。

12. 某数(1100，1101，1110.1111)对应的十进制数为$(678.9)_{10}$，问该数是什么BCD码?

第17章 逻辑门电路

知识要点	教学重点	教学难点
(1) 基本半导体开关元件，分立元件门电路 (2) TTL逻辑门电路的基本结构，集成逻辑门电路的系列简介 (3) CMOS逻辑门电路及相关集成门电路	(1) 二极管、三极管的开关特性 (2) 三态门的结构及应用	逻辑门电路的应用

引言

逻辑门电路：用以实现基本和常用逻辑运算的电子电路。简称门电路。

基本和常用门电路有与门、或门、非门(反相器)、与非门、或非门、与或非门和异或门等。

逻辑 0 和 1：电子电路中用高、低电平来表示。

获得高、低电平的基本方法：利用半导体开关元件的导通、截止(即开、关)两种工作状态。

17.1 二极管、三极管的开关特性

1. 二极管的开关特性

1）开关特性

二极管的开关特性如图 17.1 所示。

u_i=0V 时，二极管截止，如同开关断开，u_o＝0V。u_i＝5V 时，二极管导通，如同 0.7V 的电压源，u_o＝4.3V。

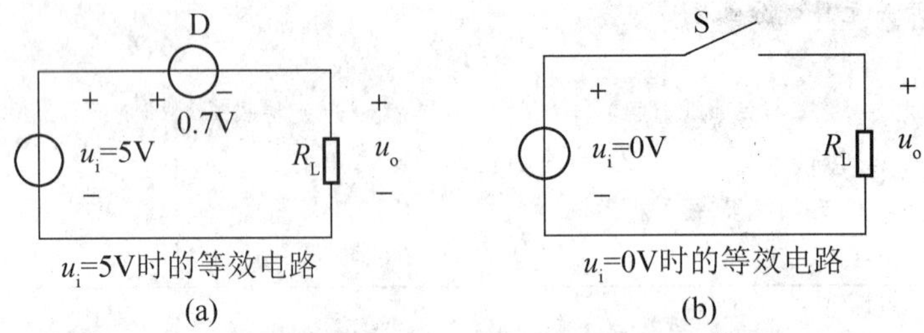

图 17.1 二极管的开关特性示意图

2）主要开关参数

(1) 最大平均电流：指管子长期使用时允许通过的最大正向平均电流。

(2) 最高反向工作电压：指二极管反向工作的最大允许值，约为击穿电压的一半。

(3) 反向饱和电流：指最高反向工作电压下的反向电流值，越小越好。

(4) 反向恢复时间：在一定负载下，二极管电流从正向一定值变化到反向一定值需要的时间。

3）二极管门电路

与门(图 17.2)。

或门(图 17.3)。

2. 三极管的开关特性

1）开关特性

三极管的开关特性工作原理电路及输入/输出特性曲线如图 17.4 所示。

2）主要开关参数

(1) 饱和压降(U_{BES}，U_{CES})：U_{BES}是指三极管饱和时，基极与发射极间的压降。一般硅管 U_{BES}≈0.7V，锗管 U_{BES}≈0.3V。

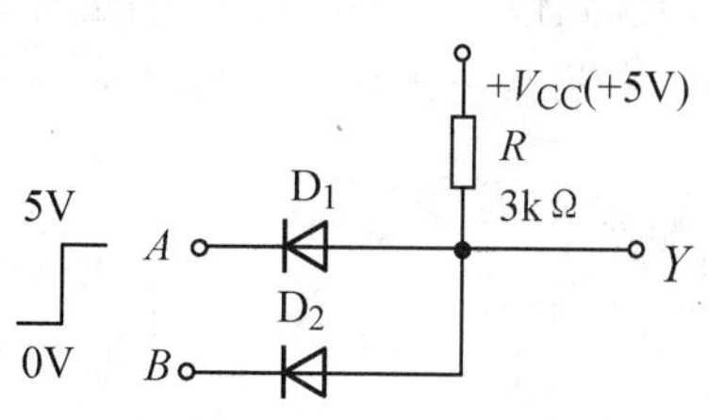

A	B	Y
0	0	0
0	1	0
1	0	0
1	1	1

u_A u_B	u_Y	D_1 D_2
0V 0V	0.7V	导通 导通
0V 5V	0.7V	导通 截止
5V 0V	0.7V	截止 导通
5V 5V	5V	截止 截止

A & Y
B

图 17.2 二极管与门

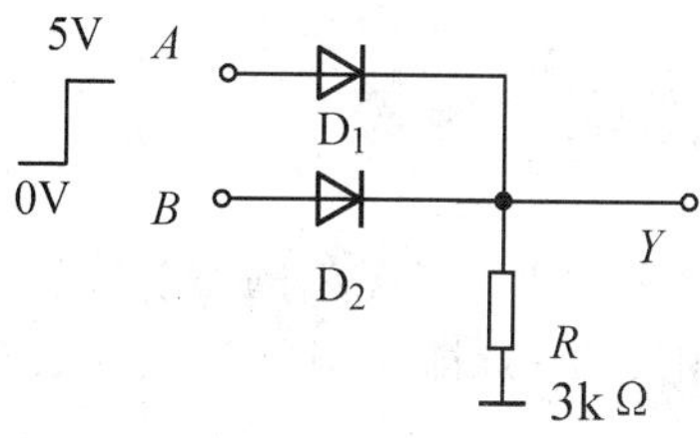

A	B	Y
0	0	0
0	1	1
1	0	1
1	1	1

u_A u_B	u_Y	D_1 D_2
0V 0V	0V	截止 截止
0V 5V	4.3V	截止 导通
5V 0V	4.3V	导通 截止
5V 5V	4.3V	导通 导通

$Y=A+B$

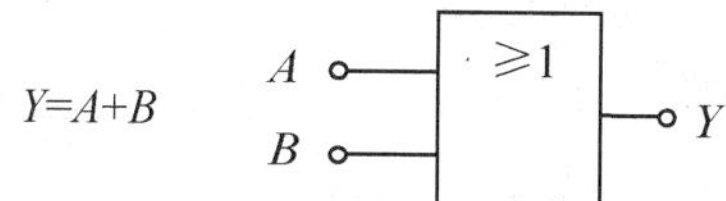

图 17.3 二极管或门

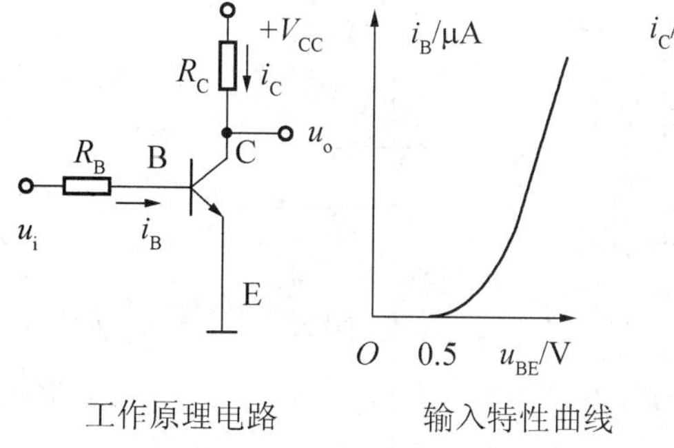

工作原理电路 输入特性曲线

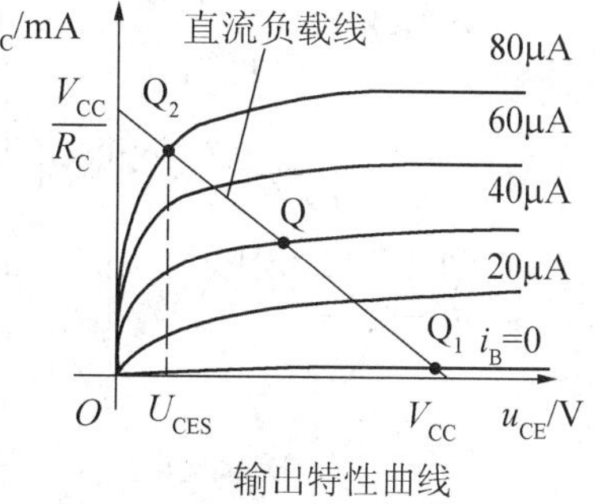

输出特性曲线

图 17.4 三极管的开关特性

U_{CES}是指三极管饱和时，集电极与发射极间的压降。一般硅管 $U_{CES}\approx0.3$V，锗管$U_{CES}\approx0.1$V。

(2) 开通时间(t_{on})：三极管由截止状态转换到饱和状态所需的时间。

(3) 关断时间(t_{off})：三极管由饱和状态转换到截止状态所需的时间。

3) 三极管非门

三极管非门电路图、逻辑符号及功能表如图 17.5 所示。

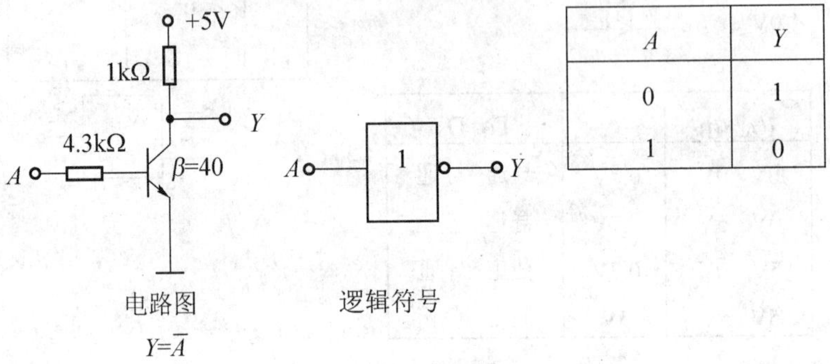

A	Y
0	1
1	0

图 17.5 三极管非门

17.2 TTL 逻辑门电路

电路问世几十年来，经过电路结构的不断改进和集成工艺的逐步完善，至今仍广泛应用。几乎占据着数字集成电路领域的半壁江山。TTL 即三极管—三极管逻辑电路，其输入级和输出级都采用三极管，因而得名。

17.2.1 TTL 与非门的基本结构

以如图 17.6 所示的 TTL 与非门的电路结构为例，分别对电路的输入级、中间级、输出级做相应的分析。

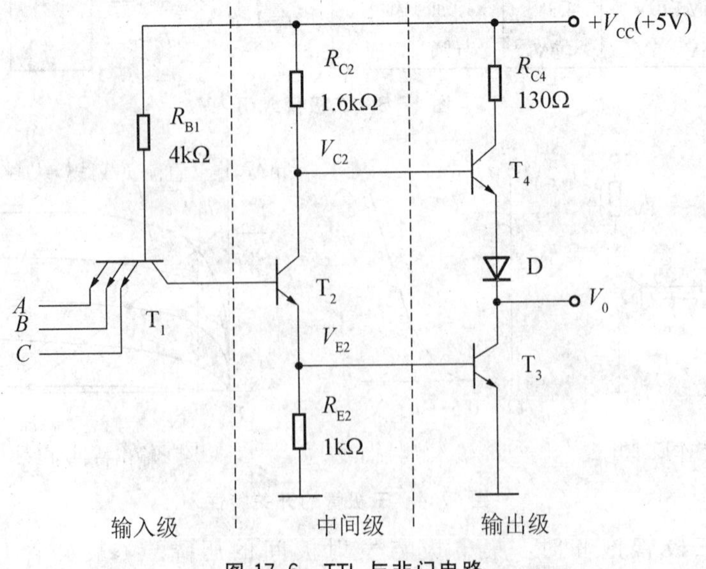

图 17.6 TTL 与非门电路

(1) 输入级。TTL 是用二极管与门做输入级组成的电路，电路中的 D_1、D_2、D_3、D_4 的 P 区是相连的，如图 17.7(a)所示；多发射极三极管如图 17.7(b)所示，可用集成工艺反应它的逻辑关系，使其具有三极管的特性。一旦满足了放大的外部条件，为迅速消散 T_1 饱和时的超量存储电荷，提供足够大的反向基极电流，PN 结不改变原来具有的放大作用，从而大大提高了关闭速度。

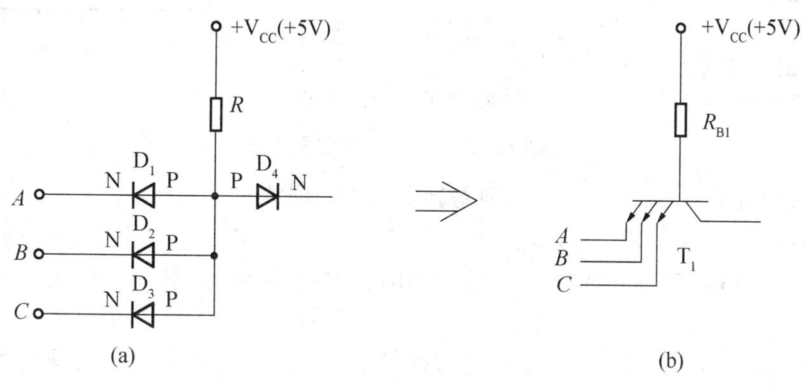

图 17.7 TTL 与非门输入级的由来

(a) 二极管与门 (b) 多发射级三极管

(2) 中间级。在电路的开通过程中利用 T_2 的放大作用，为输出管 T_3 提供较大的基极电流，加速了输出管的导通。另外 T_2 和电阻 R_{C2}、R_{E2} 组成的放大器有两个反相的输出端 V_{C2} 和 V_{E2}，以产生两个互补的信号去驱动 T_3、T_4 组成的推拉式输出级。所以 T_2 和电阻 R_{C2}、R_{E2} 组成的放大器常称为中间级。

(3) 输出级。输出级应有较强的负载能力，由于 T_3 和 T_4 受两个互补信号 V_{C2} 和 V_{E2} 的驱动，所以在稳态时，它们总是一个导通，另一个截止。当输出低电平时，T_3 饱和导通，T_4 截止。这时，电路的输出电阻为 T_3 的饱和电阻，较小，所以带负载能力较强。而且由于 T_4 截止，T_3 的集电极电流可以全部用来驱动负载，当输出高电平时，T_3 截止，T_4 导通。由于 T_4 组成射极输出器，输出阻抗很小，所以带负载能力也较强。T_3、T_4 的这种结构，称为推拉式输出级。

17.2.2 TTL 集成逻辑门电路系列简介

1. 常用的 TTL 与非门

常用 TTL 与非门引脚图如图 17.8 所示。

$Y=\overline{A \cdot B}$ $\quad$ $Y=\overline{A \cdot B \cdot C \cdot D}$

74LS00 内含 4 个 2 输入与非门，互换型号有 SN7400、SN5400、MC7400、MC5400、T1000、CT7400、CT5400 等。

74LS20 内含 2 个 4 输入与非门，互换型号有 SN7420、SN5420、MC7420、MC5420、CT7420、CT5420、T1020 等。

2. TTL 系列集成电路

(1) 74：标准系列，前面介绍的 TTL 门电路都属于 74 系列，其典型电路与非门的平均传输时间 $t_{pd}=10\text{ns}$，平均功耗 $P=10\text{mW}$。

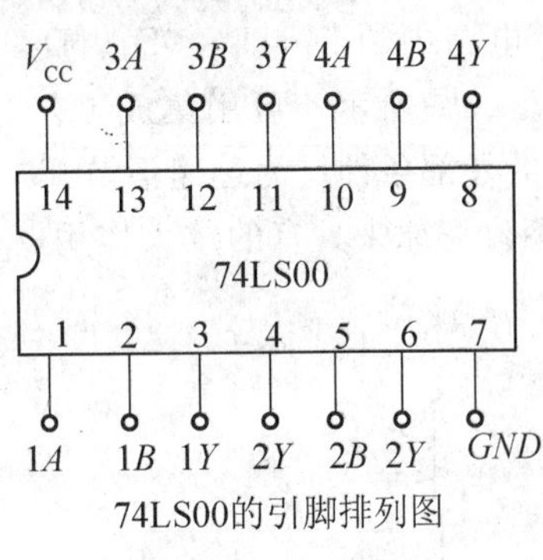

74LS00的引脚排列图

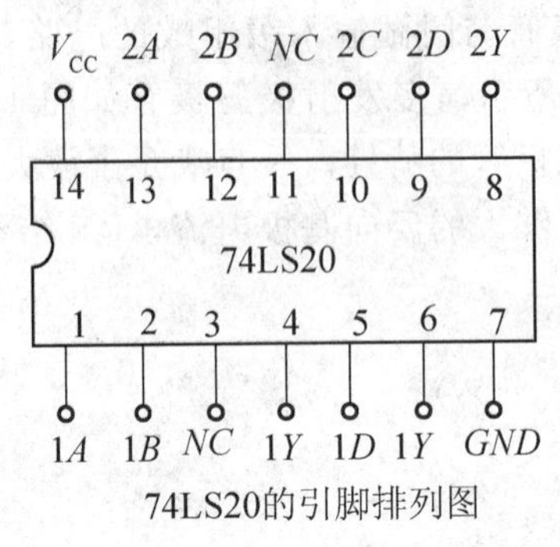

74LS20的引脚排列图

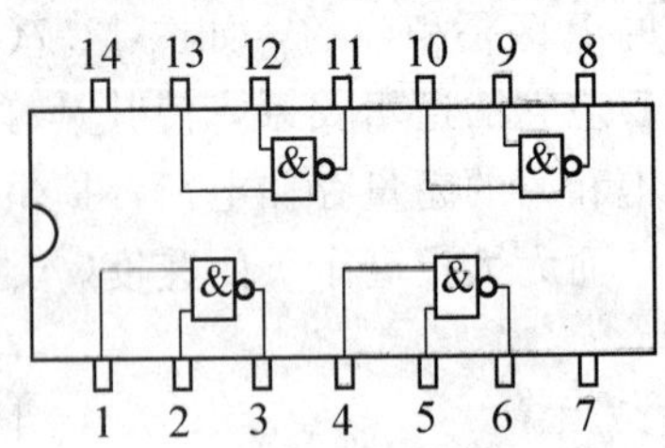

图 17.8 常用 TTL 与非门引脚图

(2) 74H：高速系列，是在 74 系列基础上改进得到的，其典型电路与非门的平均传输时间 $t_{pd}=6$ns，平均功耗 $P=22$mW。

(3) 74S：肖特基系列，是在 74H 系列基础上改进得到的，其典型电路与非门的平均传输时间 $t_{pd}=3$ns，平均功耗 $P=19$mW。

(4) 74LS：低功耗肖特基系列，是在 74S 系列基础上改进得到的，其典型电路与非门的平均传输时间 $t_{pd}=9$ns，平均功耗 $P=2$mW。74LS 系列产品具有最佳的综合性能，是 TTL 集成电路的主流，是应用最广的系列。

3. TTL 系列集成电路主要参数

(1) 输出高电平 U_{OH}：TTL 与非门的一个或几个输入为低电平时的输出电平。产品规范值 $U_{OH}\geqslant 2.4$V，标准高电平 $U_{SH}=2.4$V。

(2) 高电平输出电流 I_{OH}：输出为高电平时，提供给外接负载的最大输出电流，超过此值会使输出高电平下降。I_{OH}表示电路的拉电流负载能力。

(3) 输出低电平 U_{OL}：TTL 与非门的输入全为高电平时的输出电平。产品规范值 $U_{OL}\leqslant 0.4$V，标准低电平 $U_{SL}=0.4$V。

(4) 低电平输出电流 I_{OL}：输出为低电平时，外接负载的最大输出电流，超过此值会使输出低电平上升。I_{OL}表示电路的灌电流负载能力。

(5) 扇出系数 N_O：指一个门电路能带同类门的最大数目，它表示门电路的带负载能力。一般 TTL 门电路 $N_O\geqslant 8$，功率驱动门的 N_O 可达 25。

(6) 最大工作频率 f_{max}：超过此频率电路就不能正常工作。

(7) 输入开门电平 U_{ON}：是在额定负载下使与非门的输出电平达到标准低电平 U_{SL} 的输入电平。它表示使与非门开通的最小输入电平。一般 TTL 门电路的 $U_{ON}\approx 1.8$V。

(8) 输入关门电平 U_{OFF}：使与非门的输出电平达到标准高电平 U_{SH} 的输入电平。它表示使与非门关断所需的最大输入电平。一般 TTL 门电路的 $U_{OFF}\approx 0.8$V。

(9) 高电平输入电流 I_{IH}：输入为高电平时的输入电流，也即当前级输出为高电平时，本级输入电路造成的前级拉电流。

(10) 低电平输入电流 I_{IL}：输入为低电平时的输出电流，也即当前级输出为低电平时，本级输入电路造成的前级灌电流。

(11) 平均传输时间 t_{pd}：信号通过与非门时所需的平均延迟时间。在工作频率较高的数字电路中，信号经过多级传输后造成的时间延迟，会影响电路的逻辑功能。

(12) 空载功耗：与非门空载时电源总电流 I_{CC} 与电源电压 V_{CC} 的乘积。

特别提示

TTL 集成电路使用注意事项

(1) 电源电压及电源干扰消除。

54 系列电源(5 ±0.5)，V74 系列电源(5 ±0.25)V；

电源滤波用 10～100 μF 电容，每隔 6～8 个门接高频滤波电容 0.01～0.1 μF。

(2) 输出端的连接。

普通输出端不能并联使用，不能直接接电源或地；TSL 门输出端可并联使用；OC 门输出端可并联使用但公共端与电源间接有负载 R_L。

(3) 多余输入端的处理。

多余输入端按逻辑关系接电源，或经 1～10kΩ 的电阻接电源。

可将多余输入端并联；

与非门的多余输入端可悬空；

或非门的多余输入端接地。

17.2.3 TTL 门电路的其他类型

三态输出门又称 TSL 门(Ttistare Logic)，是指电路输出除了高电平、低电平两个状态以外，还有第三个状态，叫做高阻态。电路如图 17.9(a)所示，是在普通 TTI 与非门电路的基础上增加一个非门 G 和二极管 D_1 组成的。图 17.9(b)为其逻辑符号，EN 为控制端，也称使能端。其工作原理如下。

当 EN＝0 时，G 输出为 1，D_1 截止，与 P 端相连的 T_1 的发射结也截止。三态门相当于一个正常的二输入端与非门，输出 $L=\overline{AB}$，称为正常工作状态。

当 EN＝1 时，G 输出为 0，即 $V_P=0.3V$，这一方面使 D_L 导通，$V_{C2}=1V$，T_4 和 D 截止；另一方面使 $V_{B1}=1V$，T_2、T_3 也截止。这时从输出端 L 看进去，对地和对电源都相当于开路，呈现高阻。所以称这种状态为高阻态，或禁止态。

这种 EN＝0 时为正常工作状态的三态门称为低电平有效的三态门。如果将图 17.9(a)中的非门 G 去掉，则使能端 EN＝1 时为正常工作状态，NE＝0 时为高阻状态，这种三态门称为高电平有效的三态门，逻辑符号如图 17.9(c)所示。

三态门在计算机总线结构中有着广泛的应用，图 17.10(a)所示为三态门组成的单向总线。当 $EN_1=1$，$EN_2=EN_3=0$ 时则 G_2、G_3 处于高阻状态，A_1B_1 输入数据按与非关系出现在总线上；同理当 $EN_2=1$，其他使能端为 0 时，则 A_2B_2 输入数据按与非关系出现在总线上：当 $EN_3=1$ 时，则 A_3B_3 输入数据按与非关系出现在总线上。这样就实现了信号的分时传送。

图 17.10(b)所示为三态门组成的双向总线。当 EN 为高电平时，G_1 正常工作，G_2 为高阻态，输入数据 D_1 经 G_1 反相后送到总线上；当 EN 为低电平时，G_2 正常工作，G_1 为高阻态，总线上的数据 D_O 经 G_2 反相后输出 $\overline{D_O}$。这样就实现了信号的分时双向传送。

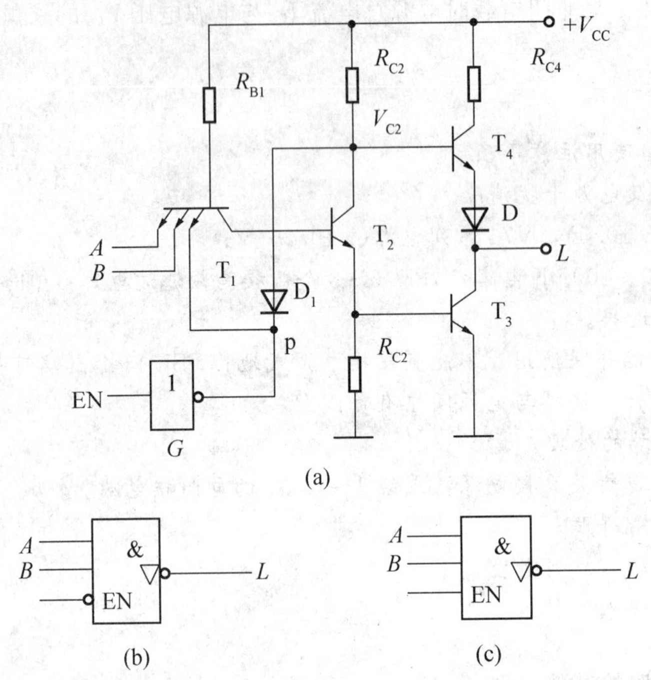

图 17.9 三态输出门

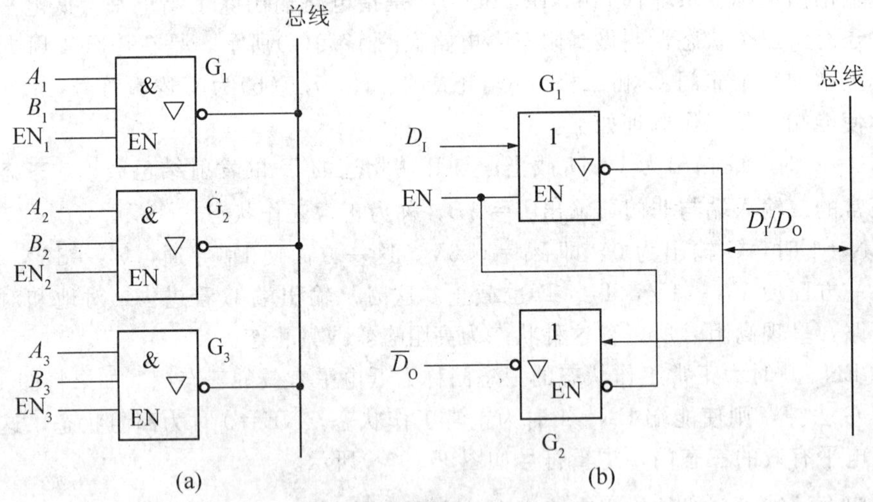

图 17.10 三态门组成的总线

(a) 单向总线 (b) 双向总线

17.3 MOS 逻辑门电路

MOS 逻辑门电路是继 TTL 之后发展起来的另一种应用广泛的数字集成电路。由于它功耗低、抗干扰能力强、工艺简单，几乎所有的大规模、超大规模数字集成器件都采用 MOS 工艺。就其发展趋势看 MOS 电路特别是 CMOS 电路有可能超越 TTL 成为占统治地位的逻辑器件。

17.3.1 CMOS 非门

CMOS 逻辑门电路是由 N 沟道 MOSFET 和 P 沟道 MOSFET 互补而成的，通常称为互补型 MOS 逻辑电路，简称 CMOS 逻辑电路。

图 17.11(a)所示为 CMOS 非门电路，其中 T_N 为 N 沟道增强型 MOSFET，在电路中作工作管，Tp 为 P 沟道增强型 MOSFE，作负载管。它们的栅极相连作为非门的输入端，漏极相连作为非门的输出端。T_P 的源极接正电源 V_{DD}，T_N 的源极接地。图 17.11(b)为其简化电路。要求电源 V_{DD} 大于两管开启电压绝对值之和，即 $V_{DD}>(V_{TN}+|V_{TP}|)$，且 $V_{TN}=|V_{TP}|$。

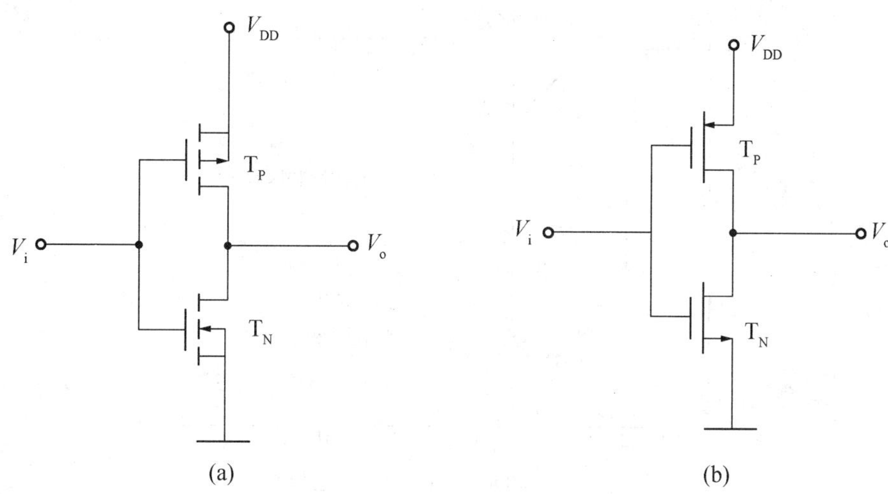

图 17.11 CMOS 非门电路

(a) 电路图 (b) 简化电路

1. 逻辑关系

(1) 当输入为低电平，即 $V_i=0V$ 时，T_N 截止，T_P 导通，T_N 的截止电阻约为 500MΩ，T_P 的导通电阻约为 750Ω，所以输出 $V_o \approx V_{DD}$，即 V_o 为高电平。

(2) 当输入为高电平，即 $V_i=V_{DD}$ 时，T_N 导通，T_p 截止，T_N 的导通电阻约为 750Ω，T_P 的截止电阻约为 500MΩ，所以输出 $V_o=0V$，即 V_o 为低电平。所以该电路实现了非逻辑。

通过以上分析可以看出，在 CMOS 非门电路中，无论电路处于何种状态，T_N，T_P 中总有个截止，所以它的静态功耗极低，有微功耗电路之称。

2. 电压传输特性

电路如图 17.11 所示，设 CMOS 非门的电源电压 $V_{DD}=10V$，两管的开启电压为 $V_{TN}=|V_{TP}|=2V$。按照 TTL 门电路作电压传输特性的方法可作出 CMOS 非门的电压传输特性曲线如图 17.12 所示。

(1) 当 $V_i<2V$ 时，T_N 截止，T_P 导通，输出 $V_o \approx V_{DD}=10V$。

(2) 当 $2V<V_i<5V$ 时，T_N 和 T_P 都导通，但 T_N 的栅源电压 $<T_P$ 的栅源电压绝对值，即 T_N 工作在饱和区，T_P 工作在可变电阻区，T_N 的导通电阻 $>T_P$ 的导通电阻，所以，这时 V_o 开始下降，但下降不多，输出仍为高电平。

(3) 当 $V_i=5V$ 时，T_N 的栅源电压 $=T_P$ 的栅源电压绝对值，两管都工作在饱和区，且导通电阻相等，所以 $V_o=(V_{DD}/2)=5V$。

(4) 当 $5V<V_i<8V$ 时，情况与(2)相反，T_P 工作在饱和区，T_N 工作在可变电阻区，T_P 的导通电阻 > T_N 的导通电阻，所以 V_o 变为低电平。

(5) 当 $V_i>8V$，T_P 截止，T_N 导通，输出 $V_o=0V$。

可见两管在 $V_i=V_{DD}/2$ 处转换状态，所以 CMOS 门电路的阈值电压(或称门槛电压) $V_{th}=V_{DD}/2$。

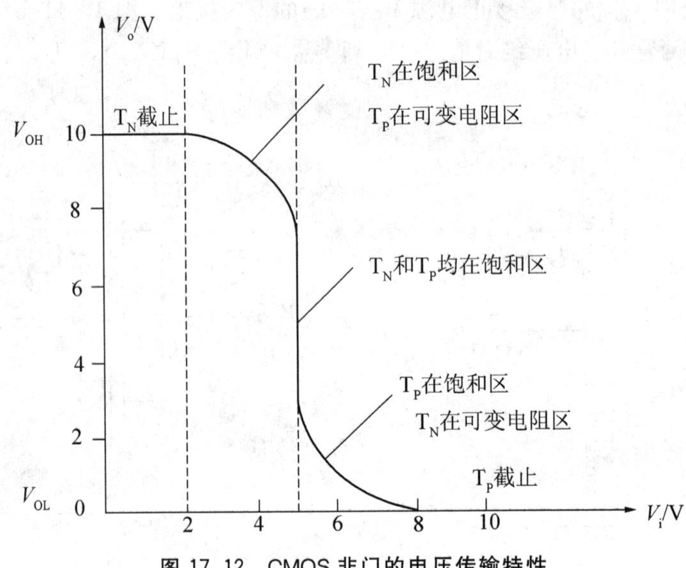

图 17.12 CMOS 非门的电压传输特性

17.3.2 其他的 CMOS 门电路

1. CMOS 三态输出门电路

图 17.13(a)所示为 CMOS 三态非门电路。它由两个 NMOS 管、两个 PMOS 管和一个反相器组成，其中 T_{N1} 和 T_{P1} 组成一个非门。其工作原理如下。

当 EN=0 时，T_{P2} 和 T_{N2} 同时导通，T_{N1} 和 T_{P1} 组成的非门正常工作。输出 $L=\bar{A}$。

当 EN=1 时，T_{P2} 和 T_{N2} 同时截止，输出 L 对地和对电源都相当于开路，为高阻状态。

所以，这是一个低电平有效的三态门，逻辑符号如图 17.13(b)所示。

2. CMOS 传输门

CMOS 传输门由一个 NMOS 管 T_N 和一个 PMOS 管 T_P 并联而成，如图 17.14(a)所示，逻辑符号如图 17.14(b)所示。图 17.14 中 C 和 $\bar{C}$ 为控制端，使用时总是加互补的信号。

CMOS 传输门可以传输数字信号，也可以传输模拟信号，其工作原理如下。

设两管的开启电压 $V_{TN}=|V_{TP}|$，如果要传输的信号 V_i 的变化范围为 $0\sim V_{DD}$，则将控制端 C 和 $\bar{C}$ 的高电平设置为 V_{DD}，低电平设置为 0。并将 T_N 的衬底接低电平 0V，T_P 的衬底接高电平 V_{DD}。

当 C 接高电平 V_{DD}，$\bar{C}$ 接低电平 0V 时，若 $0<V_i<(V_{DD}-V_{TN})$，T_N 导通；若

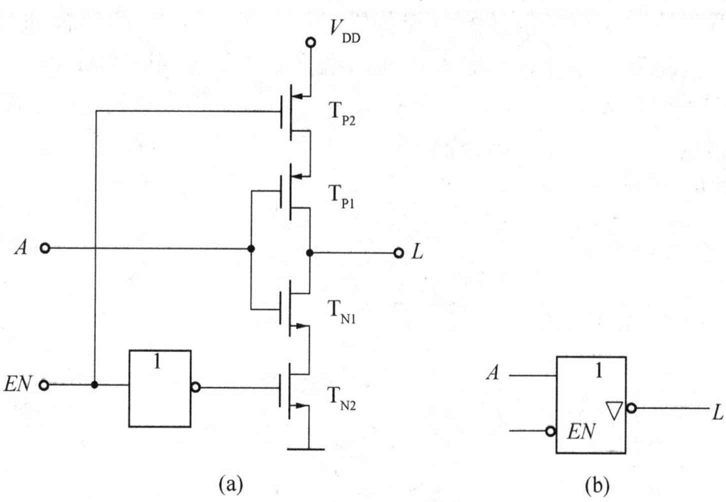

图 17.13 CMOS 三态门

(a) 电路图 (b) 逻辑符号

$|V_{TP}| \leqslant V_i \leqslant V_{DD}$，$T_P$ 导通。即 V_i 在 $0 \sim V_{DD}$ 的范围变化时，至少有一个管导通，输入与输出间呈低阻，将输入电压传到输出端，$V_o = V_i$，相当于开关闭合。

当 C 接低电平 0V，$\bar{C}$ 接高电平 V_{DD}，V_i 在 $0 \sim V_{DD}$ 的范围变化时，T_N 和 T_P 都截止。输出呈高阻态，输入电压不能传到输出端，相当于开关断开。

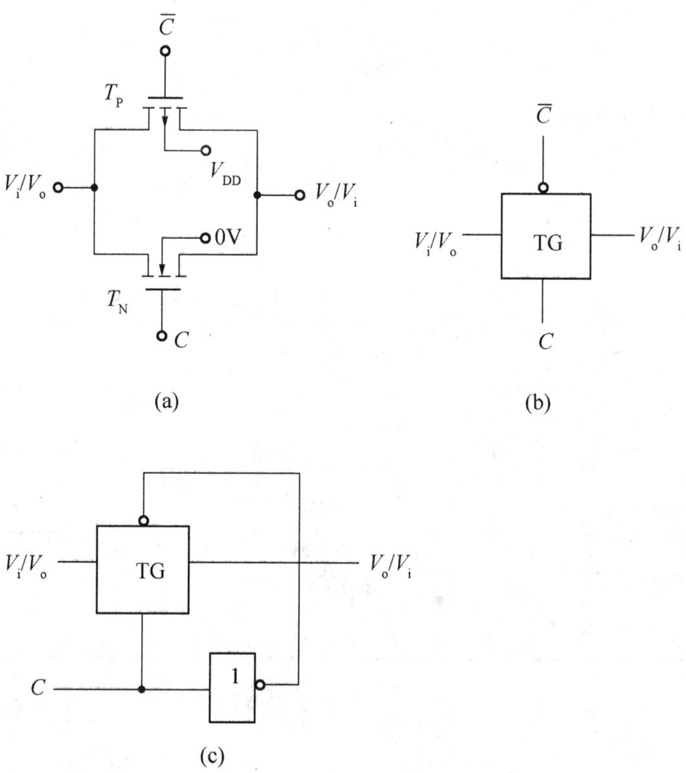

图 17.14 CMOS 传输门及模拟开关

(a) 传输门电路 (b) 传输门符号 (c) 传输门组成的模拟开关

可见 CMOS 传输门实现了信号的可控传输。由于 T_N 和 T_P 的源极和漏极可以互换，所以 CMOS 传输门是双向器件，即输入和输出端允许互换使用。CMOS 传输门的导通电阻小于 1kΩ，当后面接 MOS 电路(输入电阻达 $10^{10}\Omega$)或运算放大器(MΩ)时，可以忽略不计。将 CMOS 传输门和一个非门组合起来，由非门产生互补的控制信号，如图 17.14(c) 所示，称为模拟开关。

17.3.3 CMOS 集成门电路

1. CMOS 反相器(图 17.15)

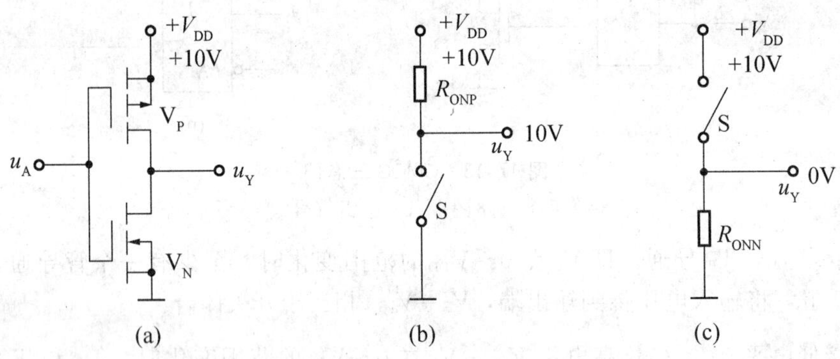

图 17.15 CMOS 反相器

(a) 电路 (b) V_N 截止、V_P 导通 (c) V_N 导通、V_P 截止

(1) $u_A = 0V$ 时，V_N 截止，V_P 导通。输出电压$u_Y = V_{DD} = 10V$。

(2) $u_A = 10V$ 时，V_N 导通，V_P 截止。输出电压$u_Y = 0V$。

2. CMOS 非门(图 17.16)

$G=\overline{A}$　　$H=\overline{B}$

CC4071 内含 6 个非门，互换型号有 CD4069UB、MC14069UB、C033、C063 等。

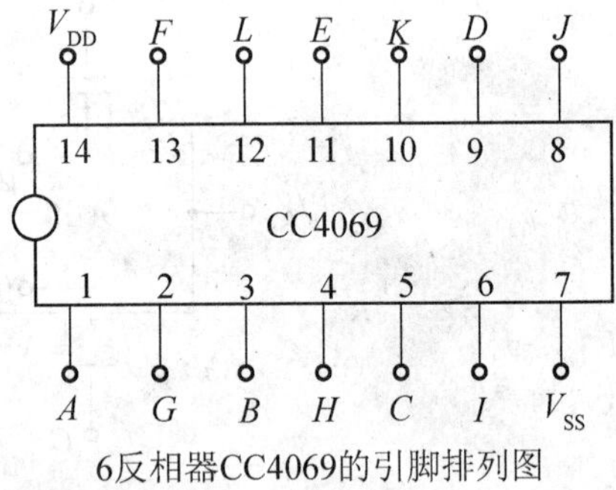

6反相器CC4069的引脚排列图

图 17.16 COMS 非门

3. CMOS 与非门(图 17.17)

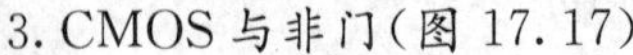

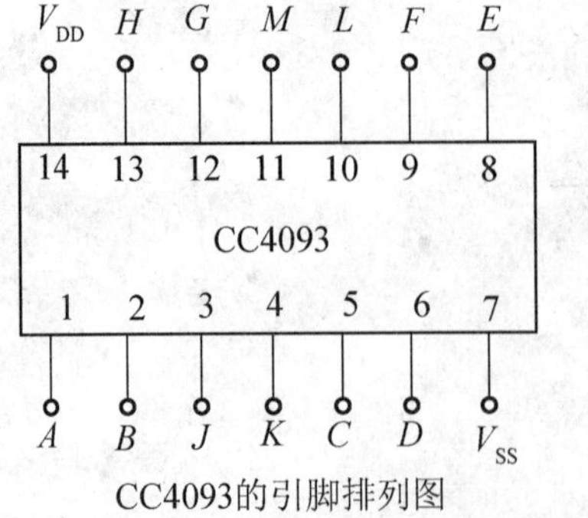

CC4093的引脚排列图

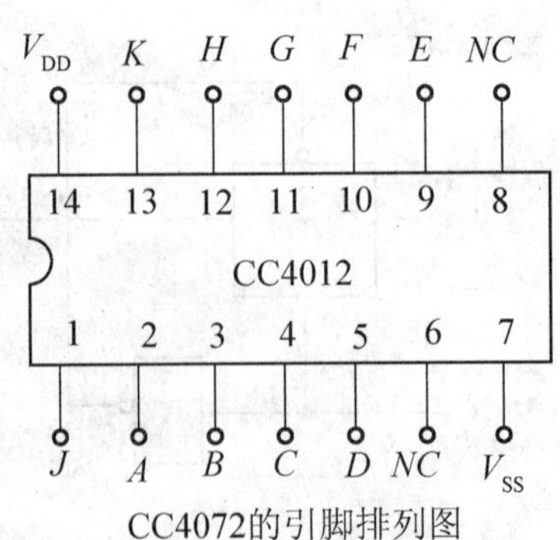

CC4072的引脚排列图

图 17.17 COMS 与非门

$J=\overline{A \cdot B}$　$K=\overline{C \cdot D}$　　　$J=\overline{A \cdot B \cdot C \cdot D}$

$L=\overline{E \cdot F}$　$M=\overline{G \cdot H}$　　　$K=\overline{E \cdot F \cdot G \cdot H}$

CC4093 内含 4 个 2 输入与非门，互换型号有 CD4093B、MC14093B 等。

CC4012 内含 2 个 4 输入与非门，互换型号有 CD4012B、MC14012B 等。

4. CMOS 或非门（图 17.18）

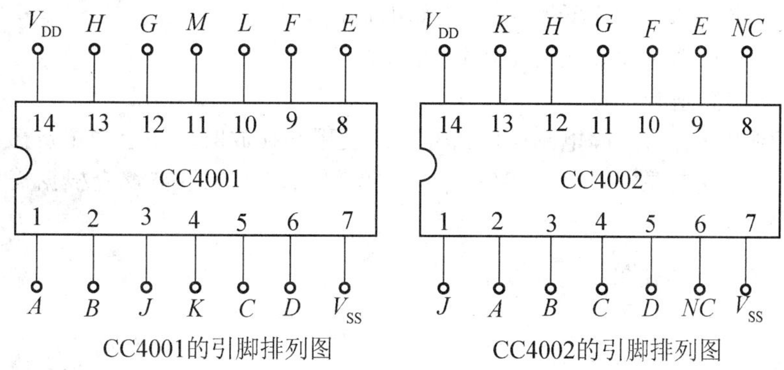

图 17.18　CMOS 或非门

$J=\overline{A+B}$　$K=\overline{C+D}$　　　$J=\overline{A+B+C+D}$

$L=\overline{E+F}$　$M=\overline{G+H}$　　　$K=\overline{E+F+G+H}$

CC4001 内含 4 个 2 输入与非门，互换型号有 CD4001B、MC14001B 等。

CC4002 内含 2 个 4 输入与非门，互换型号有 CD4002B、MC14002B 等。

5. CMOS 传输门（图 17.19）

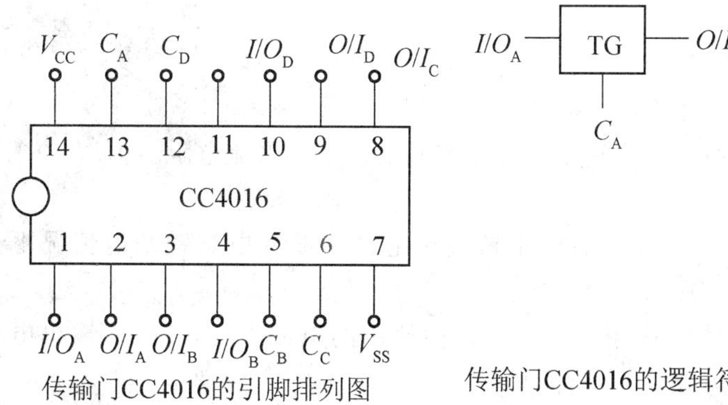

模拟开关真值表	
控制端	开关通道
C	I/O~O/I
1	导通
0	截止

图 17.19　COMS 传输门

CC4016 是 4 双向模拟开关传输门，互换型号有 CD4016B、MC14016B 等。

6. CMOS 数字电路的特点

(1) CMOS 电路的功耗比 TTL 电路小得多。门电路的功耗只有几个 μW，中规模集成电路的功耗也不会超过 100μW。

(2) CMOS电路的电源电压允许范围较大，约在3～18V，抗干扰能力比TTL电路强。

(3) 噪声容限大。

(4) 逻辑幅度大。

(5) 输入阻抗高。

(6) 扇出系数大。CMOS带负载的能力比TTL电路强。

(7) CMOS电路的工作速度比TTL电路的低。

(5) CMOS集成电路的集成度比TTL电路高。

(6) CMOS电路适合于特殊环境下工作。

(7) CMOS电路容易受静电感应而击穿，在使用和存放时应注意静电屏蔽，焊接时电烙铁应接地良好，尤其是CMOS电路多余不用的输入端不能悬空，应根据需要接地或接高电平。

7. CMOS集成电路使用注意事项

1) 电源电压

(1) 极性不能接反，

(2) CC4000系列电源3～15V，最大不超18V。

(3) HC系列电源2～6V，HCT系列4.5～5.5V，最大不超7V。

(4) CMOS电路实验或调试时，开始时先接直流电源后通信号源，结束时先关信号源后断直流电源。

2) 多余输入端的处理

(1) 多余输入端不能悬空；按逻辑关系把多余端接电源或接地。

(1) 多余输入端并联使用降低速度，一般输入端不并联使用，工作速度底时可以输入端并联使用。

3) 输出端的连接

(1) 输出端不能接电源或地。

(2) 同一芯片相同门电路可并联使用，可提高驱动能力。

(3) CMOS输出接有大电容负载时，在输出端和电容间要接一个限流电阻。

4) 其他

在使用和存放时应注意静电屏蔽。焊接时电烙铁应接地良好或在电烙铁断电情况下焊接。

不同系列集成门电路在同一系统中使用时，由于它们使用的电源电压、输入/输出电平的高低不同，因此需加电平转换电路。

习　题

1. 有一分立元件门电路如图17.20(a)所示，输入端控制信号如图17.20(b)所示。对应图17.20(b)画出输出电压V_0(F)的波形。

2. 对应图17.21所示的电路及输入信号波形画出F_1、F_2、F_3、F_4的波形。

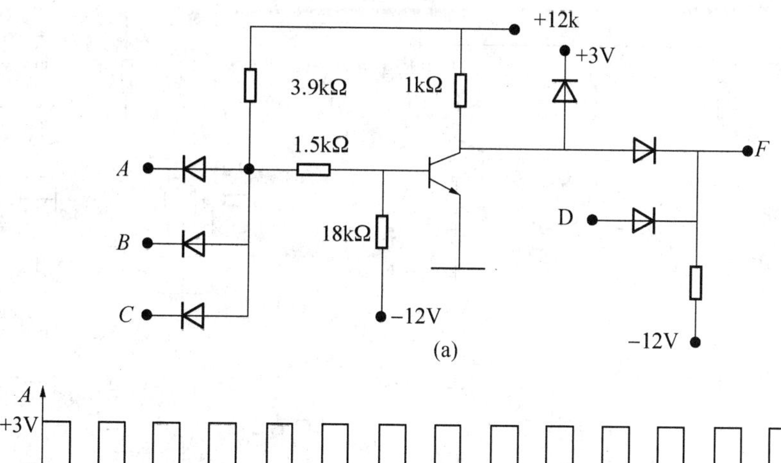

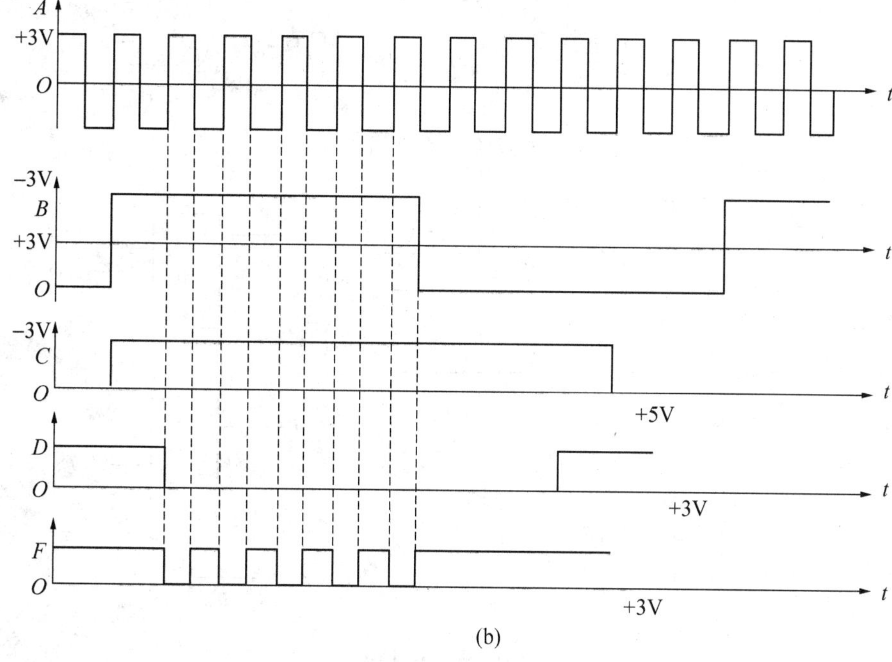

图 17.20 题 1 图

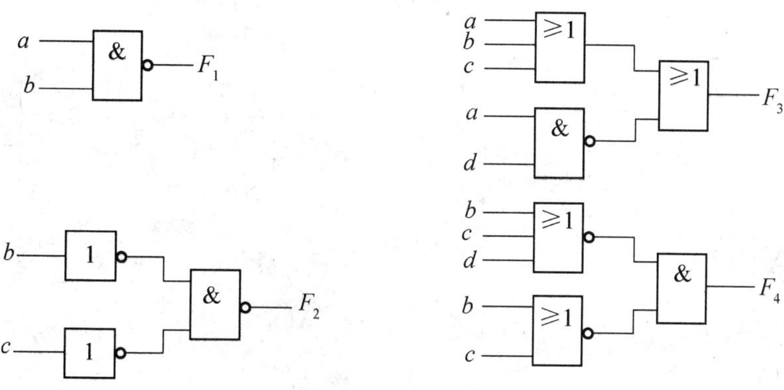

图 17.21 题 2 图

3. 试分析图 17.22 所示电路的逻辑功能，列出真值表。

4. 输入波形如图 17.23(a)所示，试画出 17.23(b)所示逻辑门的输出波形。

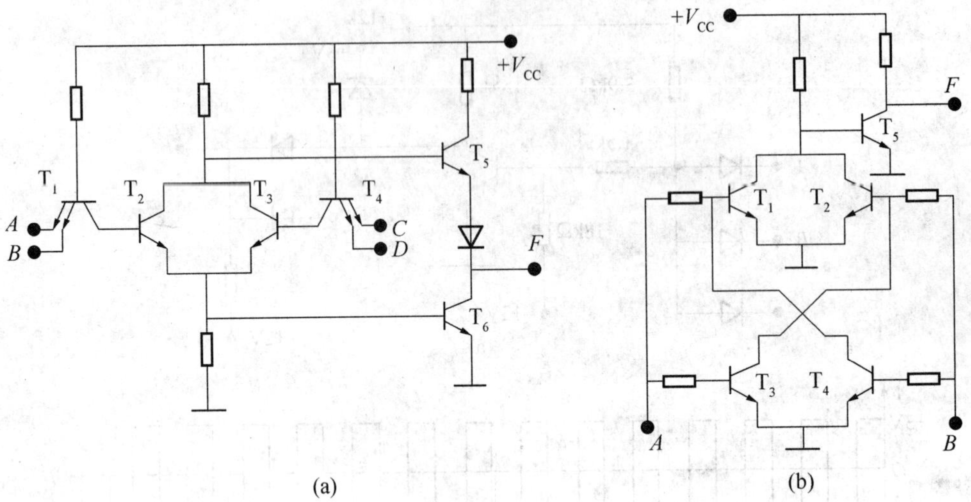

(a) (b)

图 17.22 题 3 图

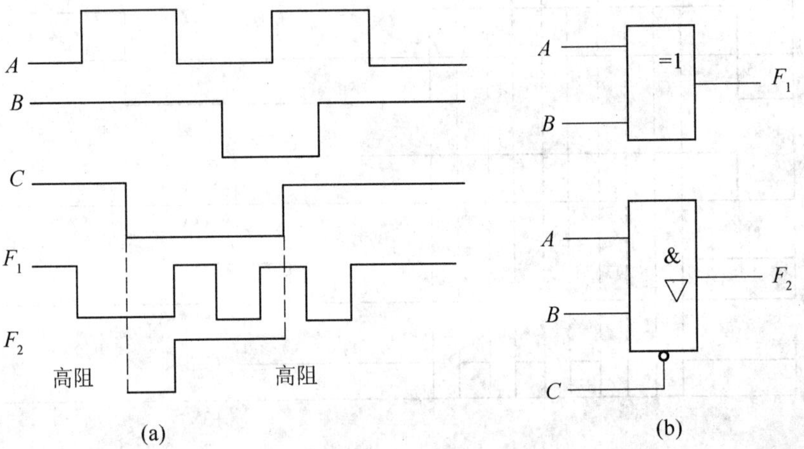

(a) (b)

图 17.23 题 4 图

5. 改正图 17.24 所示 TTL 电路中的错误。

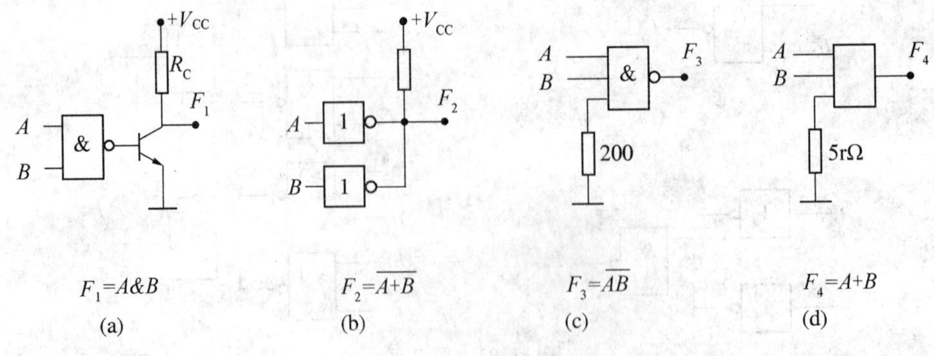

图 17.24 题 5 图

6. 电路如图 17.25(a)～(f)所示，已知输入信号 A、B 的波形如图 17.25(g)所示，试画出各个电路输入电压波形。

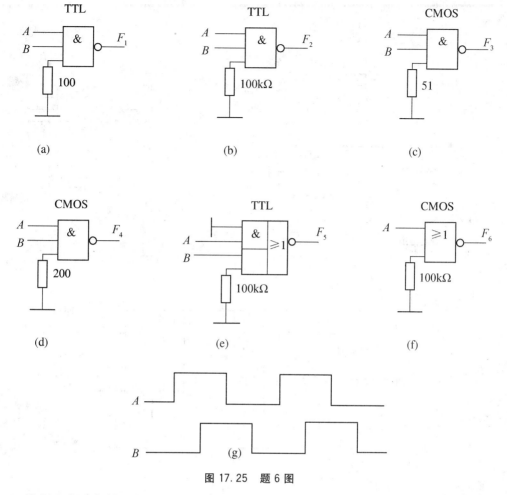

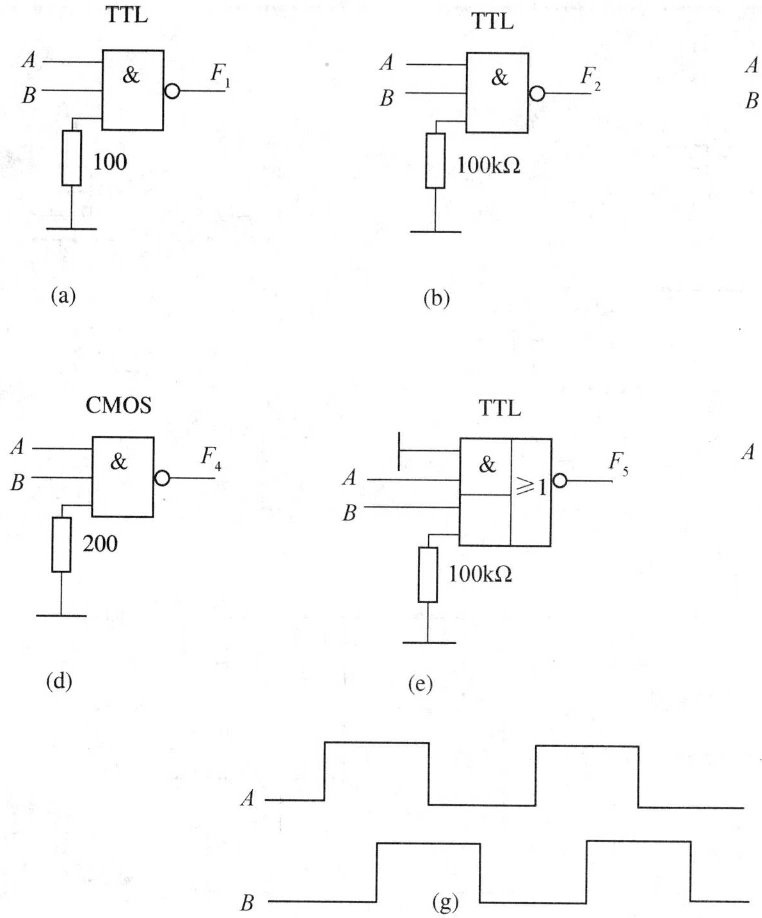

图 17.25 题 6 图

7. CMOS 电路如图 17.26(a)所示，已知输入 A、B 及控制端 C 的波形如图 17.26(b)所示，试画出 Q 端的波形。

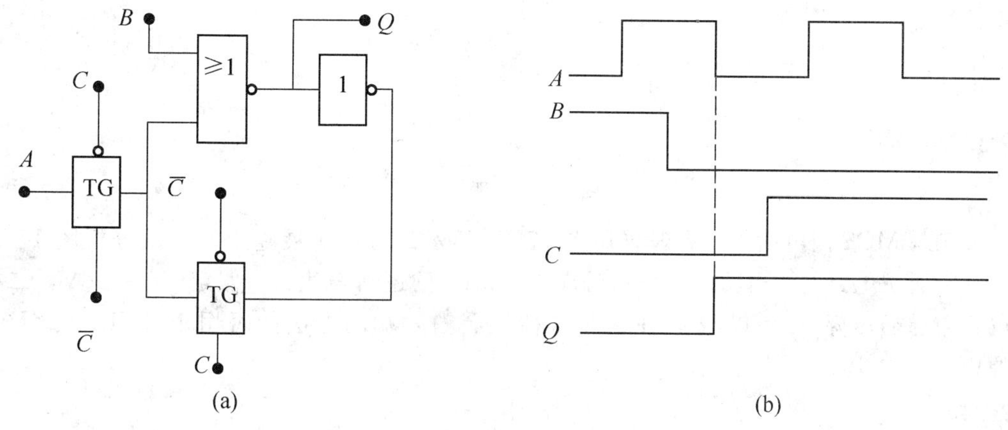

图 17.26 题 7 图

8. 分析图 17.27 所示各电路的逻辑功能。

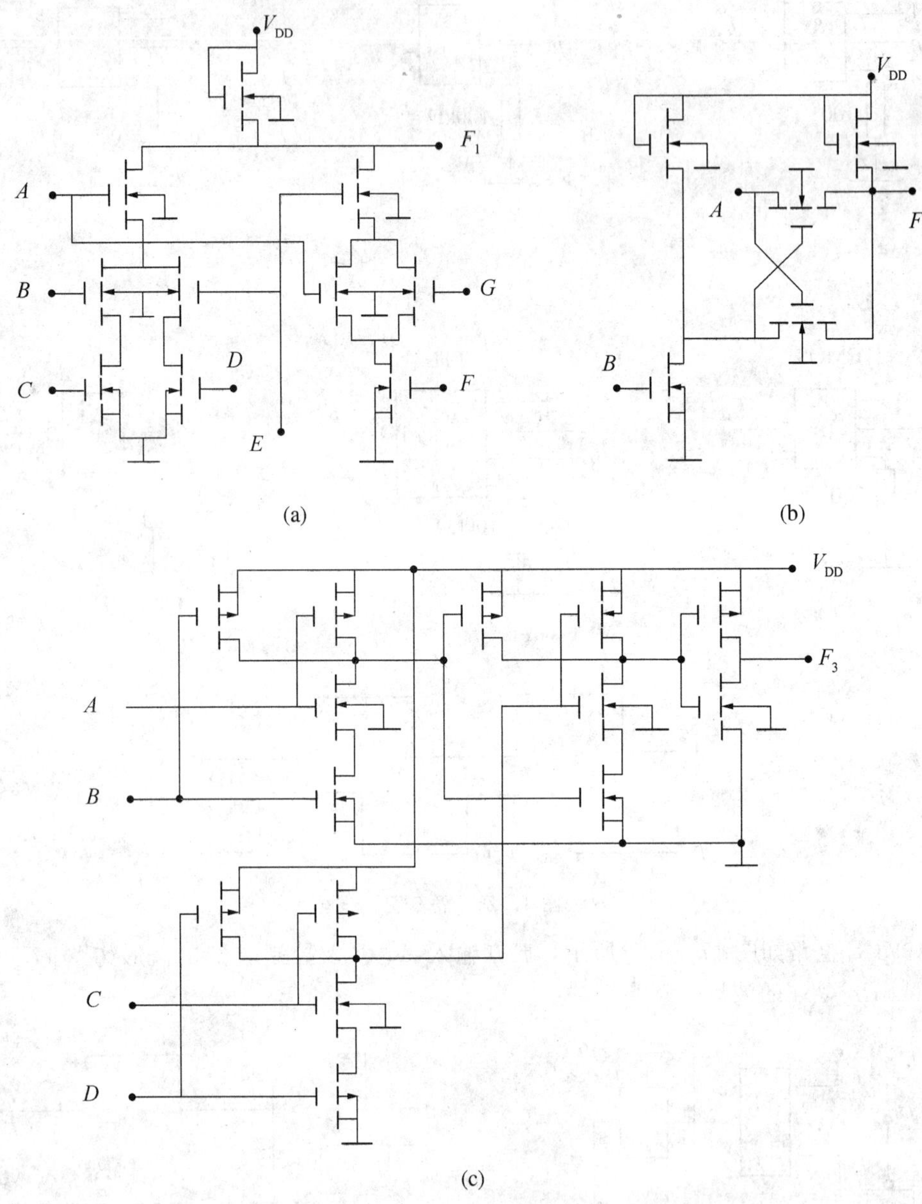

图 17.27 题 8 图

9. 在 CMOS 门电路中，有时采用图 17.28 所示的方法扩展输入端。试分析图 17.28 (a)、(b)所示电路的逻辑功能，分别写出 F_1 和 F_2 的逻辑表达式。假定 $V_{DD}=10V$，二极管的正向导通压降 $V_D=0.7V$，并说明这种扩展输入端的方法能否用于 TTL 电路及说明原因。

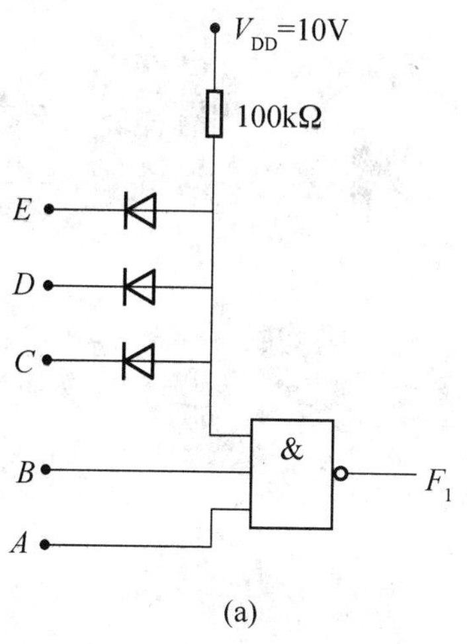

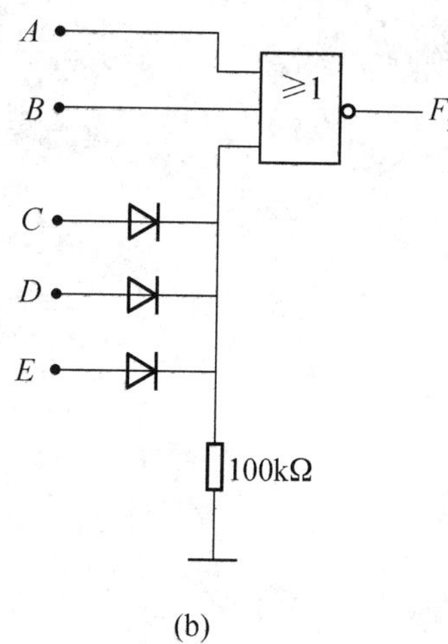

图 17.28 题 9 图

10. 试分析图 17.29(a)、(b)所示电路的逻辑功能，分别写出 Y_1 和 Y_2 的逻辑表达式，图中门电路均为 CMOS 门电路，本电路能否用于 TTL 门电路，并说明原因。

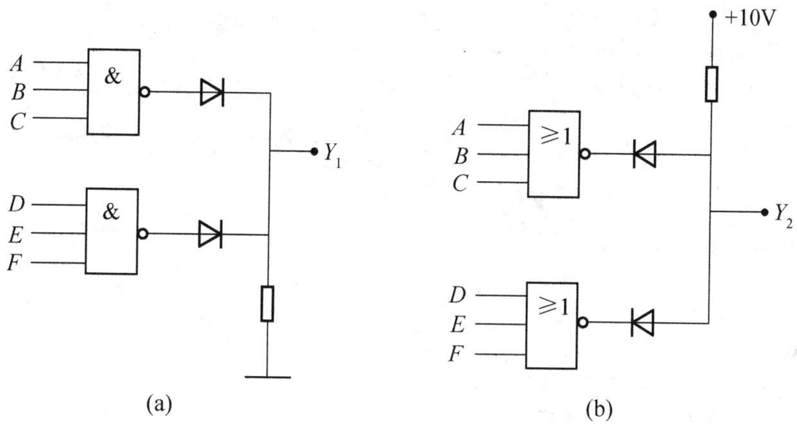

图 17.28 题 10 图

11. 试说明下列各种门电路中有哪些输出端可以并联使用。

(1) 具有推拉式输出端的 TTL 门电路

(2) TTL 电路的 OC 门

(3) TTL 电路的三态门

(4) 普通的 CMOS 门

(5) 漏极开路的 CMOS 门

(6) CMOS 电路的三态门

12. 试画出完成 $F=\overline{AB}+C$ 的 CMOS 逻辑电路。

第18章

组合逻辑电路

知识要点	教学重点	教学难点
(1) 组合逻辑电路的分析方法与设计方法 (2) 组合逻辑电路的应用，编码器、译码器、数据选择器及数字比较器	(1) 组合逻辑电路的基本分析方法 (2) 编码器、译码器的相互转换	组合逻辑电路的基本设计方法

引言

前面学习了门电路，对于一个数字系统或数字电路来讲，有了这些门电路就相当于一个建筑工程有了所需的砖瓦和预制件。从现在起，就可以用门电路来搭接一个具有某一功能的数字电路了。正像建一座高楼，不仅需要砖瓦和预制件等建筑材料，还需要有效的工具和合理的工艺一样，数字电路的分析与设计也需要一定的数学工具和一套有效的方法。本章介绍组合逻辑电路的分析方法与设计方法。按其结构和工作原理不同，数字电路可分为组合逻辑电路和时序逻辑电路两大类。第18章介绍组合逻辑电路，第20章介绍时序逻辑电路。

18.1　组合逻辑电路的分析和设计的一般方法

1. 组合逻辑电路的特点

组合逻辑电路是数字电路中最简单的一类逻辑电路，其特点是功能上无记忆，结构上无反馈。即电路任一时刻的输出状态只决定于该时刻各输入状态的组合，而与电路的原状态无关。生活中组合电路的实例有很多，如电子密码锁、银行取款机等。

根据组合逻辑电路的上述特点，组合电路就是由门电路组合而成的，电路中没有记忆单元，没有反馈通路，组合逻辑电路框图如图18.1所示。组合电路可以有若干个输入量：A_1、A_2、…、A_i。可以有若干个输出量：L_1、L_2、…、L_j。每一个输出量是全部或部分输入量的函数。

$$L_1 = f_1(A_1、A_2、...、A_i)$$
$$L_2 = f_2(A_1、A_2、...、A_i)$$
$$\cdots\cdots$$
$$L_j = f_j(A_1、A_2、...、A_i)$$

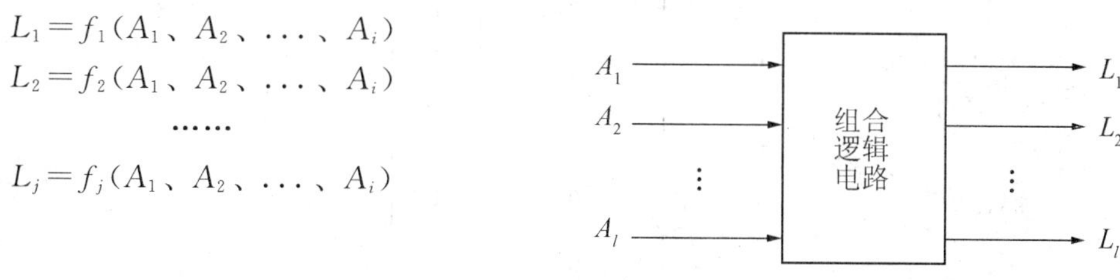

图18.1　组合逻辑电路框图

2. 组合逻辑电路的分析方法

分析是指对给定逻辑电路进行逻辑功能分析，以确定其功能。分析过程一般包含4个步骤，用图18.2所示的框图表示。如果电路比较简单，可以省略化简变换这一步，由表达式直接列出真值表。

分析：给定逻辑电路→逻辑功能。

步骤如下。

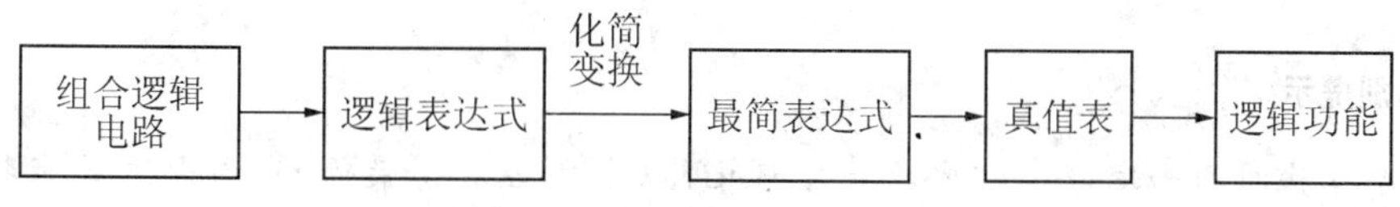

图18.2　组合逻辑电路分析步骤框图

【例 18-1】 组合电路如图 18.3 所示，分析该电路的逻辑功能。

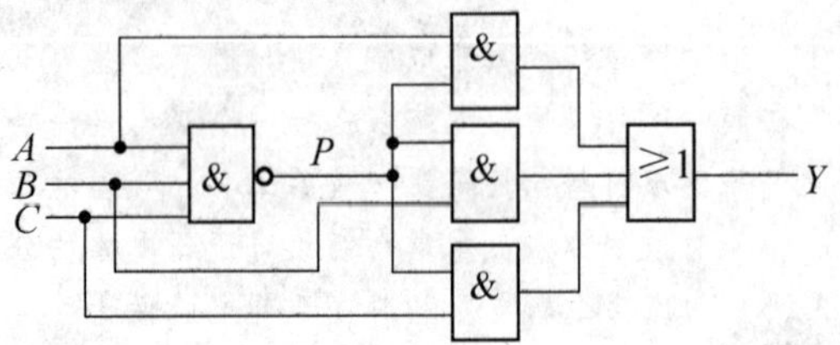

图 18.3 组合电路

解：(1)由逻辑图逐级写出逻辑表达式。为了写表达式方便，借助中间变量 P

$$P=\overline{ABC}$$

$$Y=AP+BP+CP$$

$$=A\,\overline{ABC}+B\,\overline{ABC}+C\,\overline{ABC}$$

(2) 化简与变换。因为下一步要列真值表，所以要通过化简与变换，使表达式有利于列真值表，一般应变换成与—或式或最小项表达式。

(3) 由表达式列出真值表，如图 18.4 所示。

真值表

A	B	C	Y
0	0	0	0
0	0	1	1
0	1	0	1
0	1	1	1
1	0	0	1
1	0	1	1
1	1	0	1
1	1	1	0

图 18.4 真值表

$$Y=\overline{ABC}(A+B+C)=\overline{ABC+\overline{A+B+C}}=\overline{ABC+\bar{A}\,\bar{C}}$$

(4) 分析逻辑功能：由真值表可知，当 A、B、C3 个变量不一致时，电路输出为“1”，所以这个电路称为“不一致电路”。

特别提示

(1)各步骤间不一定每步都要，如省略化简(本已经成为最简)；由表达式直接概述功能，不一定列真值表。

(2) 不是每个电路均可用简练的文字来描述其功能。如 $Y=AB+CD$。

3. 组合逻辑电路的设计方法

组合逻辑电路的设计就是给定逻辑设计要求，画出能实现设计要求的组合逻辑电路。设计过程与分析过程相反，设计：设计要求→逻辑图。组合逻辑电路的设计一般应以电路简单、所用器件最少为目标，并尽量减少所用集成器件的种类，因此在设计过程中要用到前面介绍的代数法和卡诺图法来化简或转换逻辑函数。步骤如下。

(1) 分析设计要求，列真值表。根据题意设输入变量和输出函数并逻辑赋值，确定它们相互间的关系，然后将输入变量以自然二进制数顺序的各种取值组合排列，列出真值表。

(2) 根据真值表写出输出逻辑函数表达式。

(3) 对输出逻辑函数进行化简：代数法或卡诺图法。

(4) 根据最简输出逻辑函数式画逻辑图。最简与或表达式、与非表达式、或非表达式、与或非表达式、其他表达式。

工程示例

1) 单输出组合逻辑电路的设计

【例 18-2】 设计一个三人表决电路，结果按“少数服从多数”的原则决定。

解：(1) 根据设计要求建立该逻辑函数的真值表。

设三人的意见为变量 A、B、C，表决结果为函数 Y。对变量及函数进行如下状态赋值：对于变量 A、B、C，设同意为逻辑“1”；不同意为逻辑“0”。对于函数 Y，设事情通过为逻辑“1”；没通过为逻辑“0”。

列出真值表如图 18.5(a)所示。

(2) 由真值表写出逻辑表达式：$Y=\bar{A}BC+AB\bar{C}+A\bar{B}C+ABC$。该逻辑式不是最简。

(3) 化简。由于卡诺图化简法较方便，故一般用卡诺图进行化简。将该逻辑函数填入卡诺图，如图 18.5(b)所示。合并最小项，得最简与或表达式：$Y=AB+BC+AC$。

A	B	C	Y
0	0	0	0
0	0	1	0
0	1	0	0
0	1	1	1
1	0	0	0
1	0	1	1
1	1	0	1
1	1	1	1

(a)

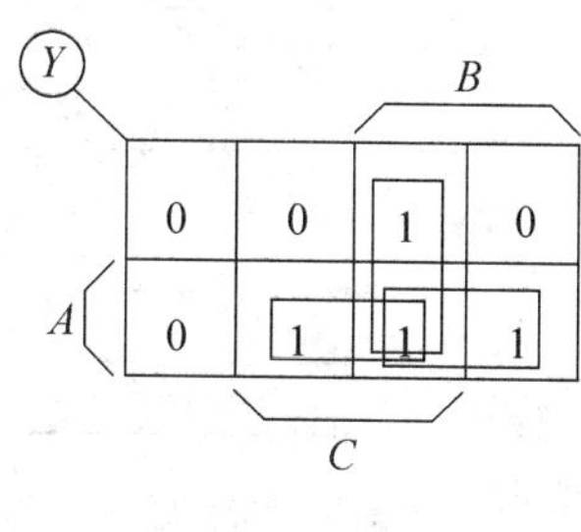

(b)

图 18.5　真值表

(4) 画出逻辑图，如图 18.6(a)所示。

如果要求用与非门实现该逻辑电路，就应将表达式转换成与非—与非表达式。

$$L=AB+BC+AC=\overline{\overline{AB}\cdot\overline{BC}\cdot\overline{AC}}$$

画出逻辑图，如图 18.6(b)所示。

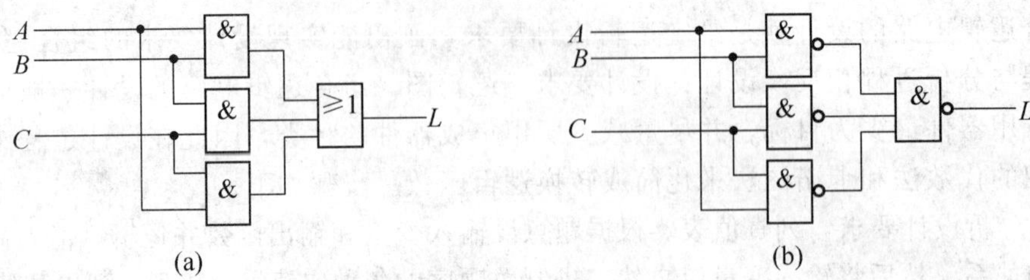

图 18.6 逻辑图

(a) 逻辑图 (b) 用与非门实现的逻辑图

2) 多输出组合逻辑电路的设计

【例 18-3】 设计一个电话机信号控制电路。电路有 I_0(火警)、I_1(盗警)和 I_2(日常业务) 3 种输入信号，通过排队电路分别从 Y_0、Y_1、Y_2 输出，在同一时间只能有一个信号通过。当同时有两个以上信号出现时，应首先接通火警信号，其次为盗警信号，最后是日常业务信号。试按照上述轻重缓急设计该信号控制电路。要求用集成门电路 7400(每片含 4 个 2 输入端与非门)实现。

解：(1) 列真值表。

对于输入，设有信号为逻辑“1”；没信号为逻辑“0”。

对于输出，设允许通过为逻辑“1”；不设允许通过为逻辑“0”。

(2) 由真值表 18-1 写出各输出的逻辑表达式。

$$Y_0 = I_0 \qquad Y_1 = \overline{I_0} I_1 \qquad Y_2 = \overline{I_0}\,\overline{I_1} I_2$$

这 3 个表达式已是最简，不需化简。但需要用非门和与门实现，且 L_2 需用三输入端与门才能实现，故不符和设计要求。

(3) 根据要求，将上式转换为与非表达式。

$$Y_0 = I_0 \qquad Y_1 = \overline{\overline{\overline{I_0} I_1}} \qquad Y_2 = \overline{\overline{\overline{I_0}\,\overline{I_1} I_2}} = \overline{\overline{\overline{I_0}\,\overline{I_1}} \cdot I_2}$$

表 18-1 真值表

输入			输出		
I_0	I_1	I_2	Y_0	Y_1	Y_2
0	0	0	0	0	0
1	×	×	1	0	0
0	1	×	0	1	0
0	0	1	0	0	1

(4) 画出逻辑图如图 18.7 所示，可用两片集成与非门 7400 来实现。

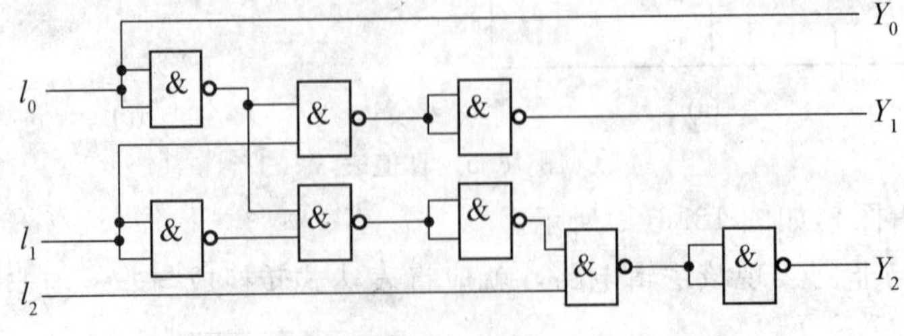

图 18.7 逻辑图

可见，在实际设计逻辑电路时，有时并不是表达式最简单，就能满足设计要求，还应考虑所使用集成器件的种类，将表达式转换为能用所要求的集成器件实现的形式，并尽量使所用集成器件最少，就是设计步骤框图中所说的“最合理表达式”。

4. 组合逻辑电路中的竞争冒险

前面在分析和设计组合逻辑电路时，都没有考虑门电路延迟时间对电路的影响。实际上，由于延迟时间的存在，当一个输入信号经过多条路径传送后又重新会合到某个门上，由于不同路径上门的级数不同，或者门电路延迟时间的差异，导致到达会合点的时间有先有后，从而产生瞬向的错误输出。这一现象称为竞争冒险。

1）产生竞争冒险的原因

图 18.8(a)所示的电路中，逻辑表达式为 $L=A\overline{A}$，理想情况下，输出应恒等于 0。但是由于 G_1门的延迟时间 t_{pd}，$\overline{A}$ 下降沿到达 G_2门的时间比 A 信号上升沿晚 t_{pd}，因此，使 G_2输出端出现一个正向窄脉冲，如图 18.8(b)所示，通常称为“1 冒险”。

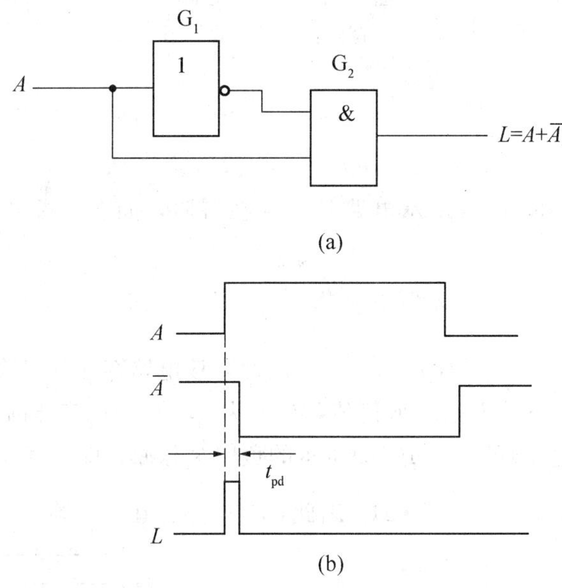

图 18.8　产生 1 冒险

(a) 逻辑图　(b) 波形图

在图 18.9(a)所示的电路中，由于 G_1门的延迟时间 t_{pd}，会使 G_2输出端出现一个负向窄脉冲，如图 18.9(b)所示，通常称之为“0 冒险”。

“0 冒险”和“1 冒险”统称冒险，是一种干扰脉冲，有可能引起后级电路的错误动作，产生冒险的原因是由于一个门(如 G_2)的两个互补的输入信号分别经过两条路径传输，由于延迟时间不同，而到达的时间不同。这种现象称为竞争。

2）冒险现象的识别

可采用代数法来判断一个组合电路是否存在冒险，方法如下。

写出组合逻辑电路的逻辑表达式，当某些逻辑变量取特定值(0 或 1)时，如果表达式能转换为：

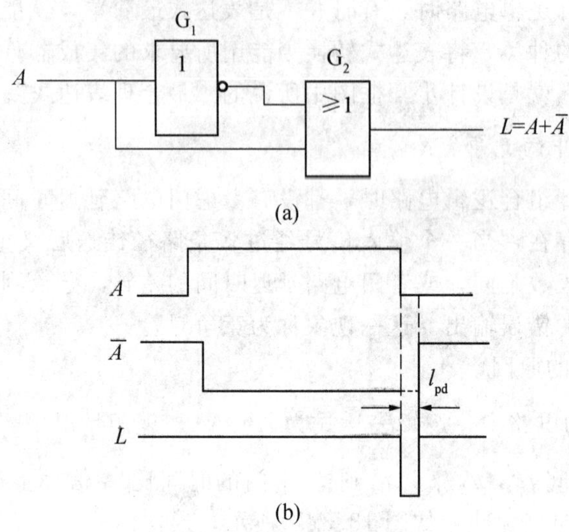

图 18.9　产生 0 冒险

(a) 逻辑图　(b) 波形图

$L=\bar{A}A$　　则存在 1 冒险；

$L=A+\bar{A}$　　则存在 0 冒险。

【例 18-4】　判断图 18.10(a)所示电路是否存在冒险，如有，指出冒险类型，画出输出波形。

解：写出逻辑表达式 $L=\bar{A}C+BC$。

若输入变量 $A=B=1$，则有 $L=C+\bar{C}$。因此，该电路存在 0 冒险。下面画出 $A=B=1$ 时 L 的波形。在稳态下，无论 C 取何值，L 恒为 1，但当 C 变化时，由于信号的各传输路径的延时不同，将会出现图 18.10(b)所示的负向窄脉冲，即 0 冒险。

如果令 $A=C=0$，则有 $L=B\cdot\bar{B}$，因此，该电路存在 1 冒险。

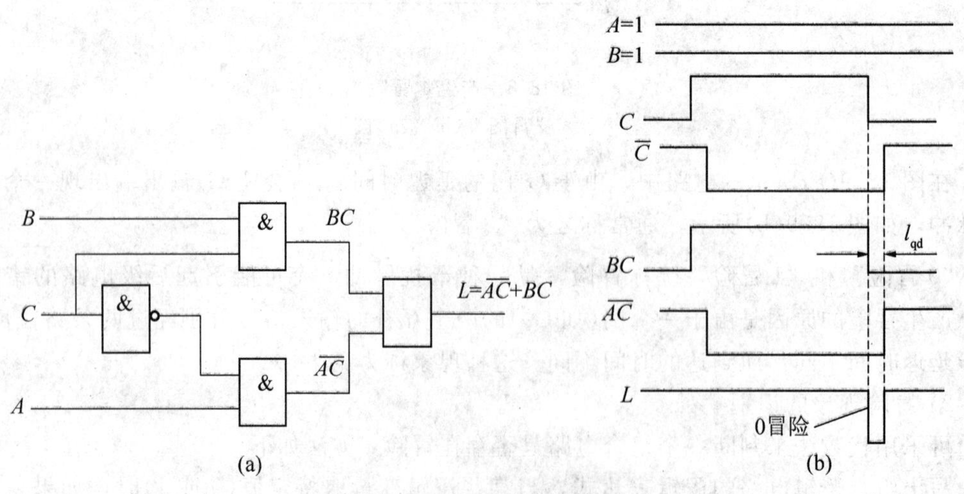

图 18.10　例 18-4 图

(a) 逻辑图　(b) 波形图

3)冒险现象的消除方法

当组合逻辑电路存在冒险现象时，可以采取以下方法来消除冒险现象。

(1) 修改逻辑设计，增加冗余项。在例18-4的电路中，存在冒险现象。如在其逻辑表达式中增加乘积项AB，使其变为$L=\bar{A}C+BC+AB$，则在原来产生冒险的条件$A=B=1$时，$L=1$，不会产生冒险。这个函数增加了乘积项AB后，已不是“最简”，故这种乘积项称冗余项。变换逻辑式，消去互补变量。

(2) 增加选通信号。在电路中增加一个选通脉冲，接到可能产生冒险的门电路的输入端。当输入信号转换完成，进入稳态后，才引入选通脉冲，将门打开。这样，输出就不会出现冒险脉冲。

(3) 增加输出滤波电容。由于竞争冒险产生的干扰脉冲的宽度一般都很窄，在可能产生冒险的门电路输出端并接一个滤波电容(一般为4－～20pF)，利用电容两端的电压不能突变的特性，使输出波形上升沿和下降沿都变的比较缓慢，从而起到消除冒险现象的作用。

18.2　编码器和译码器

18.2.1　编码器

编码：用代码表示特定对象的过程。例商品条形码、键盘编码器。

编码器：实现编码的逻辑电路。

二进制编码原则：用n位二进制代码可以表示2^n个信号，则对N个信号编码时，应由$2^n \geqslant N$来确定编码位数n。

1. 二进制编码器

(1) 二进制编码器：用n位二进制代码对2^n个信号进行编码的电路。

(2) 电路图，图18.11所示为3位二进制编码器。

输入：$I_0 \sim I_7$为8个需要编码的信号。

输出：Y_2、Y_1、Y_0为三位二进制代码。

由于该编码器有8个输入端，3个输出端，故称8线—3线编码器。

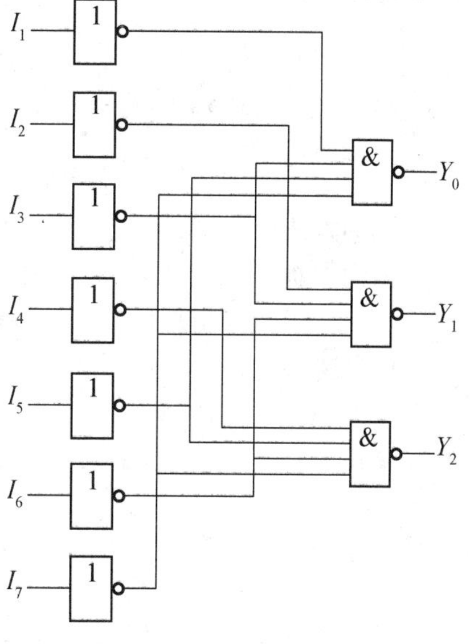

图18.11　二进制编码器

(3) 输出逻辑函数。

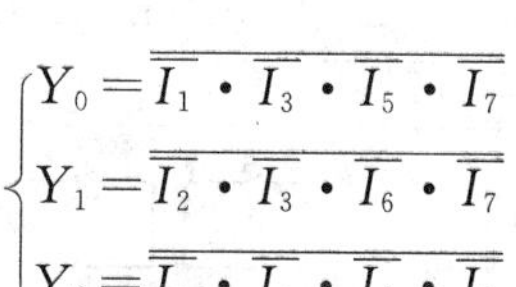

$$\begin{cases} Y_0=\overline{\overline{I_1}\cdot\overline{I_3}\cdot\overline{I_5}\cdot\overline{I_7}} \\ Y_1=\overline{\overline{I_2}\cdot\overline{I_3}\cdot\overline{I_6}\cdot\overline{I_7}} \\ Y_2=\overline{\overline{I_4}\cdot\overline{I_5}\cdot\overline{I_6}\cdot\overline{I_7}} \end{cases}$$

提问：为什么I_0未画在图中，且未出现在表达式中？或者，一般编码器输入的编码信号为什么是相互排斥的？

编码器在任何时刻只能对一个输入信号进行编码，不允许有两个或两个以上的输入信号同时请求编码，否则输出编码会发生混乱。这就是说，I_0、I_1……I_7 这 8 个编码信号是相互排斥的。在 $I_1 \sim I_7$ 为 0 时，输出就是 I_0 的编码，故未画。

(4) 真值表(表 18－1)。

表 18－2 真值表

输入								输出		
I_0	I_1	I_2	I_3	I_4	I_5	I_6	I_7	Y_2	Y_1	Y_0
1	0	0	0	0	0	0	0	0	0	C
0	1	0	0	0	0	0	0	0	0	1
0	0	1	0	0	0	0	0	0	1	C
0	0	0	1	0	0	0	0	0	1	1
0	0	0	0	1	0	0	0	:	0	C
0	0	0	0	0	1	0	0	:	0	1
0	0	0	0	0	0	1	0	:	1	C
0	0	0	0	0	0	0	1	:	1	1

(5) 分析。输入信号为高电平有效(有效：表示有编码请求)；输出代码编为原码(对应自然二进制数)。

2. 二—十进制编码器

提问：为什么要用二—十进制编码器？

人们习惯用十进制，而数字电路只识别二进制，则需要相互转换。例如键盘编码器。

(1) 二—十进制编码器：将 0～9 这 10 个十进制数转换为二进制代码的电路。

(2) 逻辑电路图，如图 18.12 所示。

需要编码的 10 个输入信号：$I_0 \sim I_9$。

输出 4 位二进制代码：Y_3、Y_2、Y_1、Y_0

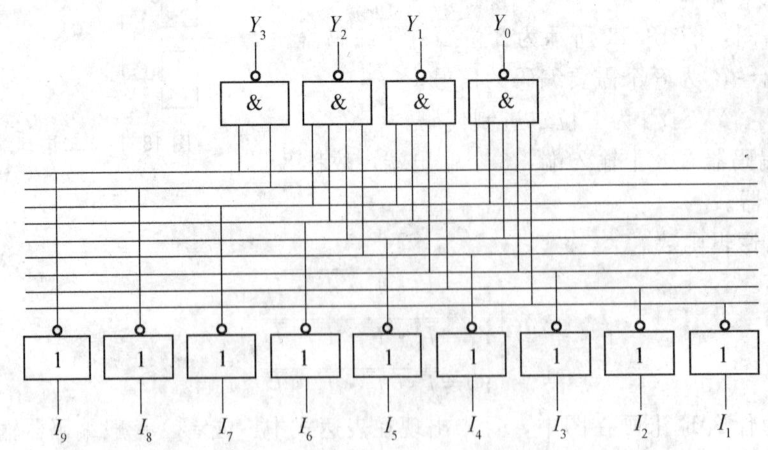

图 18.12 8421BCD 码编码器

(3) 输出逻辑函数。

$$\begin{cases} Y_0 = \overline{\overline{I_1} \cdot \overline{I_3} \cdot \overline{I_5} \cdot \overline{I_7} \cdot \overline{I_9}} \\ Y_1 = \overline{\overline{I_2} \cdot \overline{I_3} \cdot \overline{I_6} \cdot\cdot \overline{I_7}} \\ Y_2 = \overline{\overline{I_4} \cdot \overline{I_5} \cdot \overline{I_6} \cdot\cdot \overline{I_7}} \\ Y_3 = \overline{I_8} \cdot \overline{I_9} \end{cases}$$

(4)真值表(表 18.3)。

表 18－3　真值表

输　入										输　出			
I_0	I_1	I_2	I_3	I_4	I_5	I_6	I_7	I_8	I_9	Y_3	Y_2	Y_1	Y_0
1	0	0	0	0	0	0	0	0	0	0	0	0	C
0	1	0	0	0	0	0	0	0	0	0	0	0	1
0	0	1	0	0	0	0	0	0	0	0	0	1	C
0	0	0	1	0	0	0	0	0	0	0	0	1	1
0	0	0	0	1	0	0	0	0	0	0	1	0	C
0	0	0	0	0	1	0	0	0	0	0	1	0	1
0	0	0	0	0	0	1	0	0	0	0	1	1	C
0	0	0	0	0	0	0	1	0	0	0	1	1	1
0	0	0	0	0	0	0	0	1	0	1	0	0	C
0	0	0	0	0	0	0	1	0	1	1	0	0	1

(5)分析。当编码器某一个输入信号为 1 而其他输入信号都为 0 时，则有一组对应的数码输出，如 $I_7=1$ 时，$Y_3Y_2Y_1Y_0=0111$。输出数码各位的权从高位到低位分别为 8、4、2、1。

3. 优先编码器

(1) 提问：若多个信号同时有效，以上编码器能否正常工作？如何克服？

优先编码器：允许同时输入数个编码信号，而电路只对其中优先级别最高的信号进行编码。优先级别高的编码器信号排斥级别低的。优先权的顺序完全是根据实际需要来确定的。

(2) MSI 器件：二—十进制优先编码器 CT74LS147，又称为 10 线—4 线优先编码器。

真值表见表 18－4。

表 18－4　真值表

输　入									输　出			
$\overline{I_1}$	$\overline{I_2}$	$\overline{I_3}$	$\overline{I_4}$	$\overline{I_5}$	$\overline{I_6}$	$\overline{I_7}$	$\overline{I_8}$	$\overline{I_9}$	$\overline{Y_3}$	$\overline{Y_2}$	$\overline{Y_1}$	$\overline{Y_0}$
:	:	:	:	:	1	:	:	1	1	1	1	:
×	×	×	×	×	×	×	×	0	0	1	1	0
×	×	×	×	×	×	×	0	1	0	1	1	:

（续）

输			入						输		出	
$\overline{I_1}$	$\overline{I_2}$	$\overline{I_3}$	$\overline{I_4}$	$\overline{I_5}$	$\overline{I_6}$	$\overline{I_7}$	$\overline{I_8}$	$\overline{I_9}$	$\overline{Y_3}$	$\overline{Y_2}$	$\overline{Y_1}$	$\overline{Y_0}$
×	×	×	×	×	×	0	:	1	1	0	0	0
×	×	×	×	×	0	:	:	1	1	0	0	:
×	×	×	×	0	1	:	:	1	1	0	1	0
×	×	×	0	:	1	:	:	1	1	0	1	:
×	×	0	:	:	1	:	:	1	1	1	0	0
×	0	:	:	:	1	:	:	1	1	1	0	:
0	:	:	:	:	1	:	:	1	1	1	1	0

逻辑功能分析。根据 CT74LS147 的真值表(编码表)说明其逻辑功能。

(1) 数码输出端：$\overline{Y_3}$、$\overline{Y_2}$、$\overline{Y_1}$、$\overline{Y_0}$，为 8421BCD 码的反码。

(2) 编码信号输入端：$\overline{I_1}$～$\overline{I_9}$。

①输入低电平 0 有效，表示有编码请求；输入高电平 1 无效，表示无编码请求。

②优先级别：$\overline{I_9}$最高，$\overline{I_8}$次之，其余依次类推，$\overline{I_0}$的级别最低。

当$\overline{I_9}=0$时，其余输入信号不论是 0 还是 1 都不起作用，电路只对$\overline{I_9}$进行编码，输出$\overline{Y_3 Y_2 Y_1 Y_0}=0110$，为反码，其原码为 1001。其余类推。

③没有，这是因为当$\overline{I_1}$～$\overline{I_9}$都为高电平 1 时，输出$\overline{Y_3 Y_2 Y_1 Y_0}=1111$，其原码为 0000，相当于输入$\overline{I_0}$。因此，在逻辑功能示意图中没有输入端$\overline{I_0}$。

18.2.2 译码器及应用

1. 译码、译码器分类

译码器——能实现译码功能的电路称为译码器。

译码器按其功能特点为分为通用译码器和显示译码器两类。

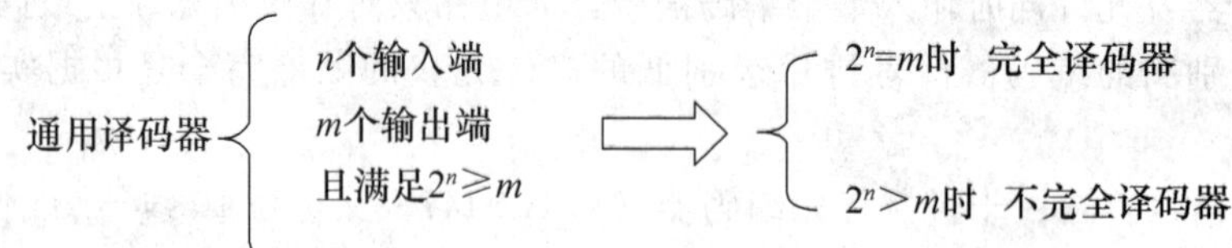

2. 二进制译码器

(1) 二进制译码器：将输入二进制代码译成相应输出信号的电路。

(2) 它有 2 个输入端、4 个输出端，因此，又称 2 线—4 线译码器。

① 逻辑图，如图 18.13 所示。

输入端：A、B，为二进制代码。

输出端：Y_3、Y_2、Y_1、Y_0，高电平有效。

② 真值表(表 18－5)。

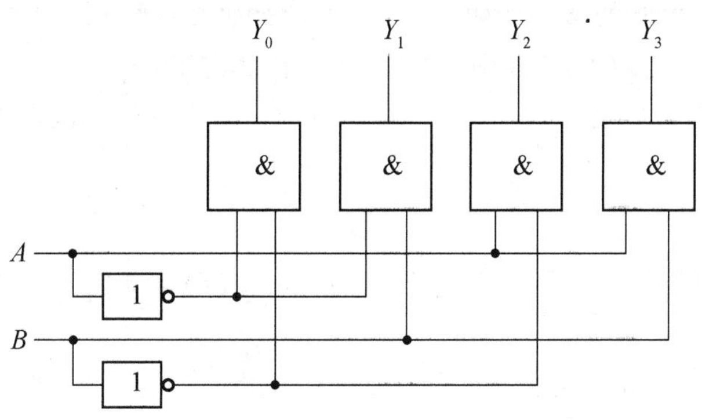

图 18.13　二进制译码器

表 18-5　真值表

输　入		输　出			
A	B	Y_0	Y_1	Y_2	Y_3
0	0	1	0	0	0
0	1	0	1	0	0
1	0	0	0	1	0
1	1	0	0	0	1

③ 输出逻辑函数式如下。

$Y_0=\overline{A}$　　　$Y_1=\overline{A}B$

$Y_2=A\overline{B}$　　　$Y_3=AB$

④ 典型集成电路产品及应用：2 线－4 线译码器的典型产品有 74LS139、74LS155、74LS156。

74LS139 是 2 线—4 线译码器，其外引线功能如图 18.14 所示。

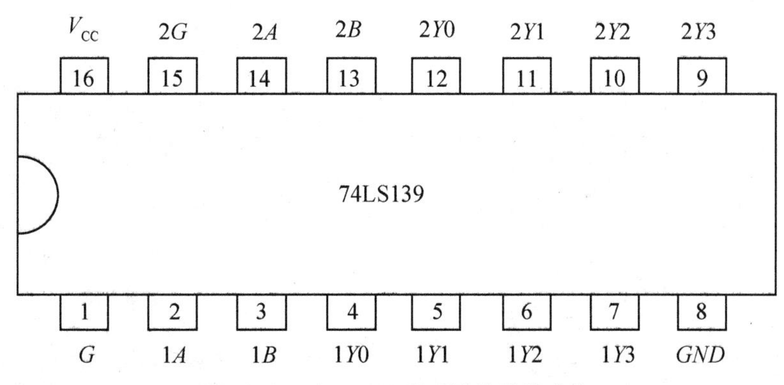

图 18.14　74LS139 译码器外引线功能

2 线—4 线译码器可以用于工业自动化控制。比如，有一种金属切削机械，其运转速度有低速和高速两种方式。在生产机械工作时，冷却泵还必须加油工作。油泵工作正常，泵不断给机械加油，泵出现故障则加油停止，应发出低速断油信号或高速停车信号，若设运转检测信号为 A，并令 $A=1$，高速运转；$A=0$，低速运转。冷却加油泵的工作检测情况以变量 B 表示，并令 $B=1$，泵工作故障，冷却加油停；$B=0$，泵工作正常。

将两个信号 A、B 作为输入，输入 2 线－4 线译码器时，其输入代码 00、01、10、11 将被译码成为表 10－4 中的 4 种状态输出，在 4 种状态下，Y_0、Y_1、Y_2、Y_3 各只有一个输出为高电平。其余为低电平。高低电平状态分辨出了机械的控制要求，从而实现了对机械工作过程的控制。

3. 二—十进制译码器

(1) 二一十进制译码器：将 4 位 BCD 码的 10 组代码翻译成 0～9 共 10 个对应输出信号的电路。

由于它有 4 个输入端，10 个输出端，所以，又称 4 线—10 线译码器。

(2) 4 线—10 线译码器 CT74LS42。

① 逻辑图如图 18.15 所示。

输入端：A_3、A_2、A_1、A_0，为 4 位 8421BCD 码。

输出端：Y_0～Y_9，低电平有效。

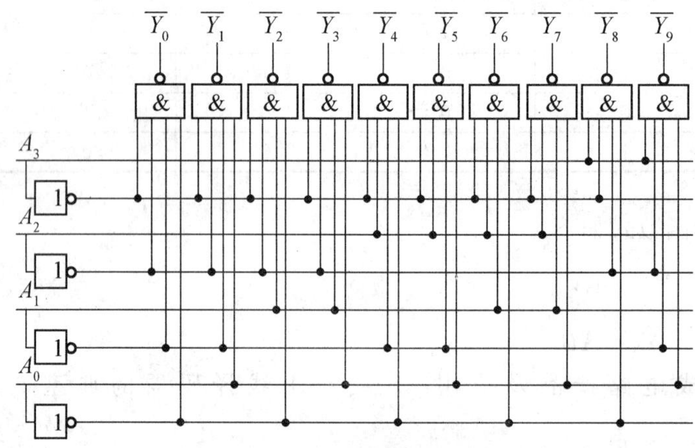

图 18.15　译码器

② 真值表(代码 1010～1111 没有使用，称作伪码)见表 18－6。

表 18－6　真值表

A	A_1	A_2	A_3	$\overline{Y_0}$	$\overline{Y_1}$	$\overline{Y_2}$	$\overline{Y_3}$	$\overline{Y_4}$	$\overline{Y_5}$	$\overline{Y_6}$	$\overline{Y_7}$	$\overline{Y_8}$	$\overline{Y_9}$
0	0	0	0	0	1	1	1	1	1	1	1	1	1
0	0	0	1	1	0	1	1	1	1	1	1	1	1
0	0	1	0	1	1	0	1	1	1	1	1	1	1
0	0	1	1	1	1	1	0	1	1	1	1	1	1
0	1	0	0	1	1	1	1	0	1	1	1	1	1
0	1	0	1	1	1	1	1	1	0	1	1	1	1
0	1	1	0	1	1	1	1	1	1	0	1	1	1
0	1	1	1	1	1	1	1	1	1	1	0	1	1
1	0	0	0	1	1	1	1	1	1	1	1	0	1
1	0	0	1	1	1	1	1	1	1	1	1	1	0

③ 逻辑函数式。

$$
\begin{cases}
\overline{Y}_0=\overline{\overline{A}_3\overline{A}_2\overline{A}_1\overline{A}_0}, & \overline{Y}_5=\overline{\overline{A}_3A_2\overline{A}_1A_0} \\
\overline{Y}_1=\overline{\overline{A}_3\overline{A}_2\overline{A}_1A_0}, & \overline{Y}_6=\overline{\overline{A}_3A_2A_1\overline{A}_0} \\
\overline{Y}_2=\overline{\overline{A}_3\overline{A}_2A_1\overline{A}_0}, & \overline{Y}_7=\overline{\overline{A}_3A_2A_1A_0} \\
\overline{Y}_3=\overline{\overline{A}_3\overline{A}_2A_1A_0}, & \overline{Y}_8=\overline{A_3\overline{A}_2\overline{A}_1\overline{A}_0} \\
\overline{Y}_4=\overline{A}_3A_2\overline{A}_1\overline{A}_0, & \overline{Y}_9=A_3\overline{A}_2\overline{A}_1A_0
\end{cases}
$$

由式可知，当输入伪码 1010～1111 时，输出 Y_9 到 Y_0 都为高电平 1，不会出现低电平 0。因此，译码器不会产生错误译码。

④ 功能变化：CT74LS42 可作 3 线—8 线译码器，输出 Y_8 和 Y_9 不用，并将作使能端使用。

4. 数码显示译码器

在数字系统中经常要将数字或运算结果显示出来，以便人们观测、查看。因此需要由显示电路来完成。

显示译码器主要由译码器和驱动器组成，常集中在一块芯片上，输入一般为二—十进制代码，其输入的信息用于驱动显示器件，显示出十进制数字来。

图 18.16(a)为七段发光二极管组成的数码显示器的外形。

图 18.16(b)利用字段的不同组合，可分别显示出 0～9 这 10 个数字。

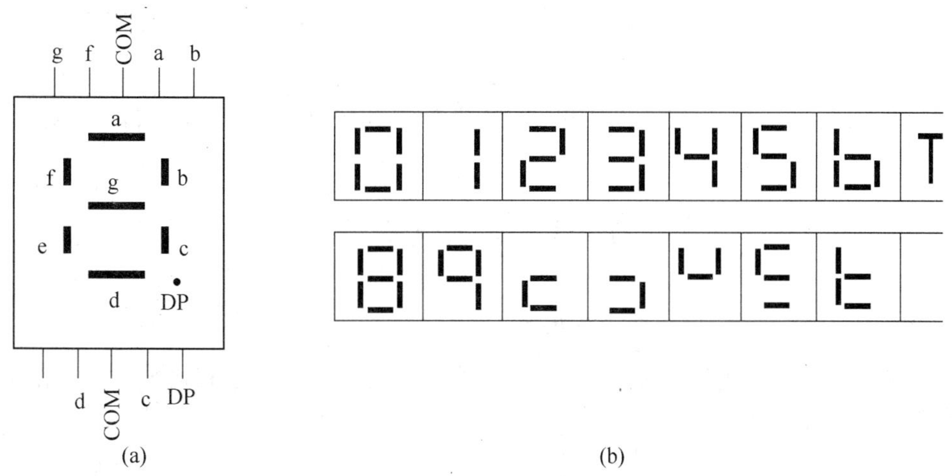

图 18.16　七段数字显示器及发光段组合图

(a) 显示器　(b) 段组合图

图 18.17 为半导体数码显示的内部接法。

液晶是液态晶体，它既具有液体的流动性，又有某些光学特性，其透明度及颜色受外加电场的控制，可做成电场控制的七段液晶数码显示器。

将液晶的 7 个电极做成 8 字形，则只要在 7 个电极上按七段字形的不同组合加上电压，便可显示出相应的数字。

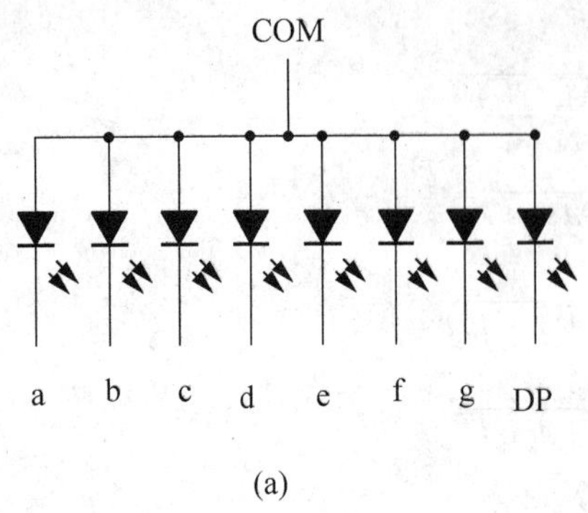

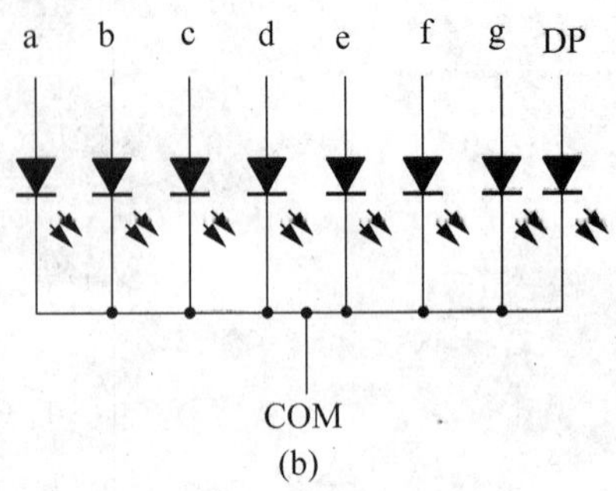

图 18.17 半导体显示器的内部接法

(a) 共阳极接法 (b) 共阴极接法

图 18.17 是驱动发光二极管显示器 74LS247，输出低电平有效，可驱动共阳极数码管。CT74LS247 输出高电平有效，可驱动共阴极数码管。

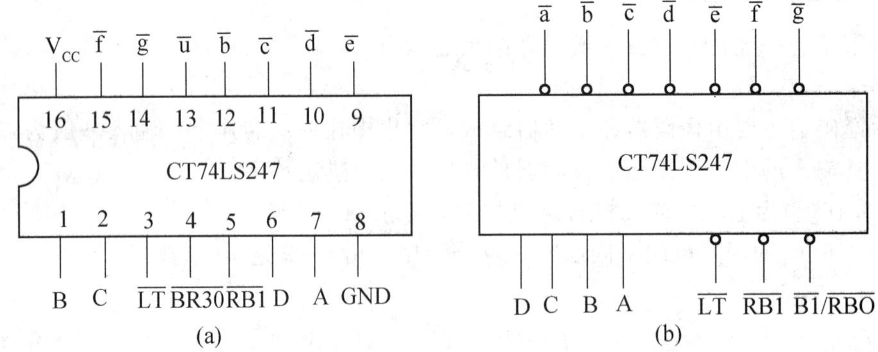

图 18.18 显示译码器 CT74LS247

(a) 管脚图 (b) 逻辑功能示意图

18.3 数据选择器

1. 数据选择器的基本概念及工作原理

数据选择器是根据地址选择码从多路输入数据中选择一路，送到输出。它的作用与图 18.19 所示的单刀多掷开关相似。

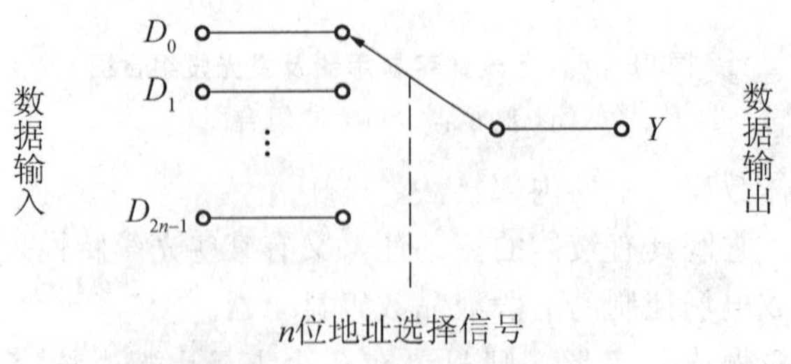

图 18.19 数据选择器示意图

常用的数据选择器有4选1、8选1、16选1等多种类型。下面以4选1为例介绍数据选择器的基本功能、工作原理及设计方法。

4选1数据选择器的功能表见表18－7。表中$D_0 \sim D_3$为数据输入端，A_1、A_0为地址选择信号，Y为数据输出端。G为低电平有效的使能端。由功能表可见，根据地址选择信号的不同，可选择对应的一路输入数据输出。如当地址选择信号$A_1A_0=10$时，$Y=D_2$即将D_2送到输出端（$D_2=0$，$Y=0$；$D_2=1$，$Y=1$）。

表18－7　4选1数据选择器功能表

输入							输出
G	A_1	A_0	D_3	D_2	D_1	D_0	Y
1	×	×	×	×	×	×	0
0	0	0	×	×	×	0	0
			×	×	×	1	1
	0	1	×	×	0	×	0
			×	×	1	×	1
	1	0	×	0	×	×	0
			×	1	×	×	1
	1	1	0	×	×	×	0
			1	×	×	×	1

根据功能表，可写出输出逻辑表达式。

$$Y=(\overline{A_1}\,\overline{A_0}D_0+\overline{A_1}A_0D_1+A_1\overline{A_0}D_2+A_1A_0D_3)\cdot\overline{G}$$

由逻辑表达式画出逻辑图如图18.20所示。

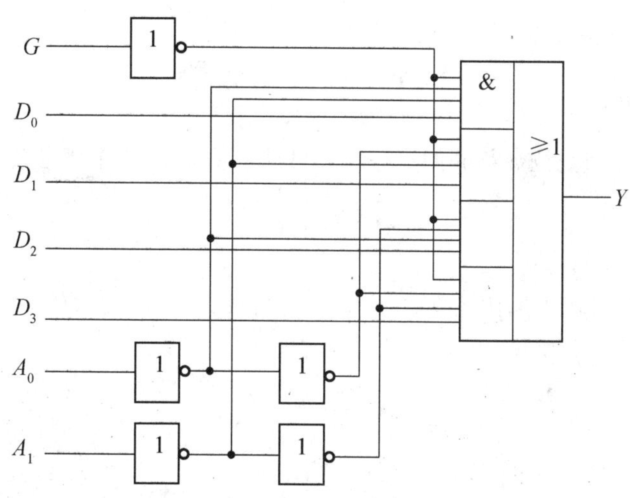

图18.20　4选1数据选择器的逻辑图

2. 集成数据选择器

74151是一种典型集成8选1数据选择器，其逻辑图和引脚图如图18.21所示。它有

8 个数据输入端 $D_0 \sim D_7$，3 个地址输入端 A_2、A_1、A_0，2 个互补的输出端 Y 和 $\bar{Y}$，1 个使能输入端 G，使能端 G 仍为低电平有效。74151 的功能表见表 18 - 8 所示。

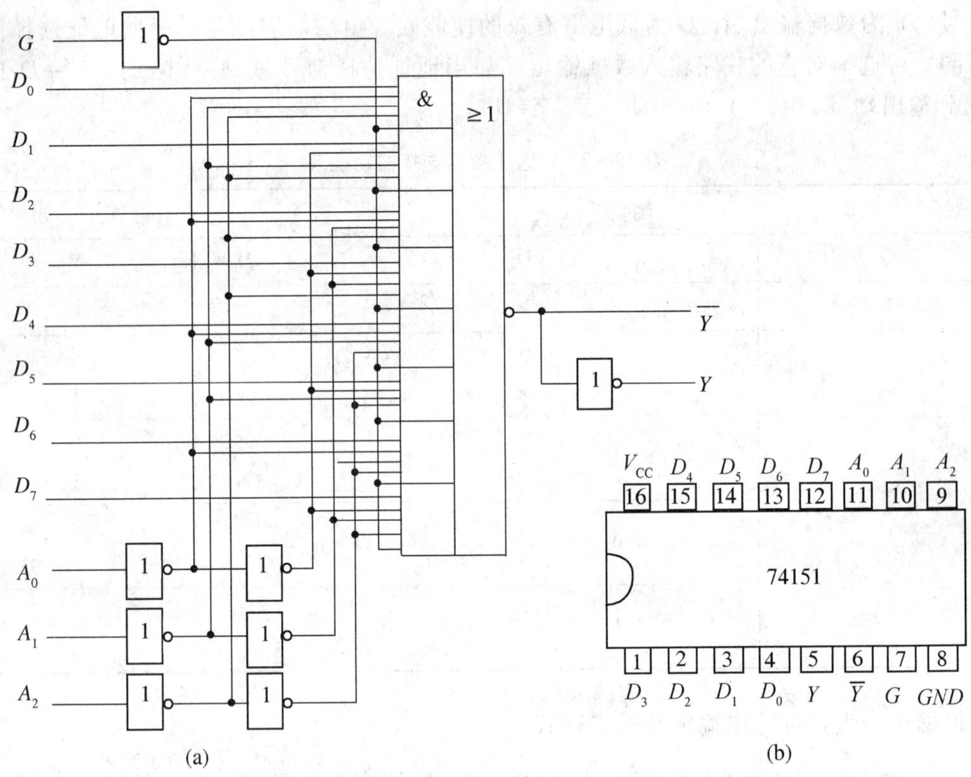

图 18.21　8 选 1 数据选择器 74151 的逻辑图和引脚图

(a) 逻辑图　(b) 引脚图

18.4　数值比较器

数值比较器是对两个位数相同的二进制整数进行数值比较并判定其大小关系的算术运算电路。

1. 一位数值比较器

1 位数值比较器的功能是比较两个一位二进制数 A 和 B 的大小，比较结果有 3 种情况，即 $A>B$，$A<B$，$A=B$。其真值表见表 18 - 9。

由真值表写出逻辑表达式。

$$F_{A>B}=A\bar{B}$$

$$F_{A<B}=\bar{A}B$$

$$F_{A=B}=\overline{AB}+AB$$

由以上逻辑表达式可画出逻辑图如图 18.22 所示。

表 18-9　1 位数值比较器真值表

输　　入		输　　出		
A	B	$F_{A<B}$	$F_{A>B}$	$F_{A=B}$
0	0	0	0	1
0	1	0	1	0
1	0	1	0	0
1	1	0	0	1

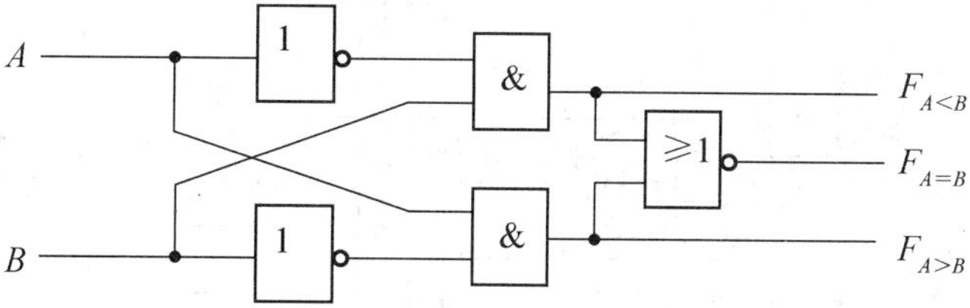

图 18.22　1 位数值比较器的逻辑图

2. 考虑低位比较结果的多位比较器

一位数值比较器只能对两个一位二进制数进行比较。而实用的比较器一般是多位的，而且考虑低位的比较结果。下面以两位为例讨论这种数值比较器的结构及工作原理。

两位数值比较器的真值表见表 18-10。其中 A_1、B_1、A_0、B_0 为数值输入端，$l_{A>B}$、$l_{A<B}$、$l_{A=B}$为级联输入端，是为了实现两位以上数码比较时，输入低位片比较结果而设置的。$F_{A<B}$、$F_{A>B}$、$F_{A=B}$为本位片 3 种不同比较结果输出端。不相等时无需比较低位，A_1、B_1 的比较结果就是两个数的比较结果。当高位相等($A_1=B_1$)时，再比较低位(A_0、B_0)，由 A_0、B_0 的比较结果决定两个数的比较结果。如果这两位都相等($A_1=B_1$、$A_0=B_0$)，则比较结果由低位片的比较结果 $l_{A>B}$、$l_{A<B}$、$l_{A=B}$决定。如果没有低位片参与比较级联输入端 $l_{A>B}$、$l_{A<B}$、$l_{A=B}$则应分别接 0、0、1、，$F_{A=B}=1$，即比较结果为 $A=B$。由此可写出如下逻辑表达式。

$$F_{A>B}=(A_1>B_1)+(A_1=B_1)\cdot(A_0>B_0)+(A_1=B_1)\cdot(A_0=B_0)\cdot l_{A>B}$$

$$F_{A<B}=(A_1<B_1)+(A_1=B_1)\cdot(A_0<B_0)+(A_1=B_1)\cdot(A_0=B_0)\cdot l_{A<B}$$

$$F_{A=B}=(A_1=B_1)\cdot(A_0=B_0)\cdot l_{A=B}$$

表 18-10　2 位数值比较器真值表

数值输入		级联输入			输　　出		
A_1　B_1	A_0　B_0	$l_{A>B}$	$l_{A<B}$	$l_{A=B}$	$F_{A<B}$	$F_{A>B}$	$F_{A=B}$
$A_1>B_1$	×　×	×	×	×	1	0	0
$A_1<B_1$	×　×	×	×	×	0	1	0
$A_1=B_1$	$A_0>B_0$	×	×	×	1	0	0
$A_1\neq B_1$	$A_0<B_0$	×	×	×	0	1	0
$A_1=B_1$	$A_0=B_0$	1	0	0	1	0	0
$A_1=B_1$	$A_0=B_0$	0	1	0	0	1	0
$A_1=B_1$	$A_0=B_0$	0	0	1	0	0	

根据表达式画出逻辑图如图 18.23 所示。图中用了两个一位数值比较器，分别比较(A_1、B_1)和(A_0、B_0)，并将比较结果作为中间变量，这样逻辑关系比较明确。

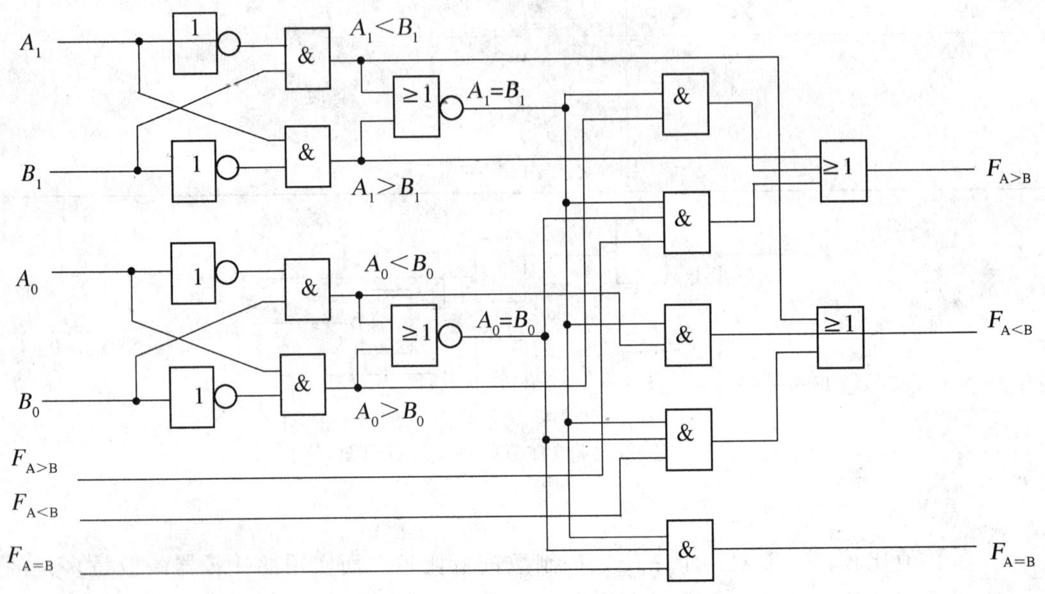

图 18.23　两位数值比较器逻辑图

18.5　算术运算电路

1. 加法器

(1) 半加器。只考虑两个一位二进制数的相加，而不考虑来自低位进位数的运算电路，称为半加器。

如在第 i 位的两个加数 A_i 和 B_i 相加，它除产生本位和数 S_i 之外，还有一个向高位的进位数。因此，

输入信号有加数 A_i，被加数 B_i。

输出信号有本位和 S_i，向高位的进位 C_i。

(2) 真值表根据二进制加法原则(逢二进一)，得以下真值表(表 18－11)。

(3) 输出逻辑函数式如下。

$$\begin{cases} S_i=\overline{A}_iB_i=A_i\overline{B}_i \\ C_i=A_iB_i \end{cases} \qquad (18-1)$$

(4)逻辑电路：由一个异或门和一个与门组成。

(5) 逻辑符号。

表 18－11　半加器的真值表

输入		输出	
A_i	B_i	S_i	C_i
0	0	0	0
1	0	1	0
1	1	0	1

2. 全加器

(1) 不仅考虑两个一位二进制数相加，还考虑来自低位进位数相加的运算电路，称为全加器。

如在第 i 位二进制数相加时，被加数、加数和来自低位的进位数分别为 A_i、B_i、C_{i-1}，输出本位和及向相邻高位的进位数为 S_i、C_i。因此，输入信号有加数 A_i、被加数 B_i、来自低位的进位 C_{i-1}，输出信号有本位和 S_i，向高位的进位 C_i。

(2) 真值表见表 18-12。

(3) S_i 和 C_i 的卡诺图，如图 18.24 所示。

表 18-12 真值表

输	入		输	出
A_i	B_i	C_{i-1}	S_i	C_i
0	0	0	0	0
0	0	1	1	0
0	1	0	1	0
0	1	1	0	1
1	0	0	1	0
1	0	1	0	1
1	1	0	0	1
1	1	1	1	1

A_i \ B_iC_{i-1}	00	01	11	10
0	0	1	0	1
1	1	0	1	0

(a)

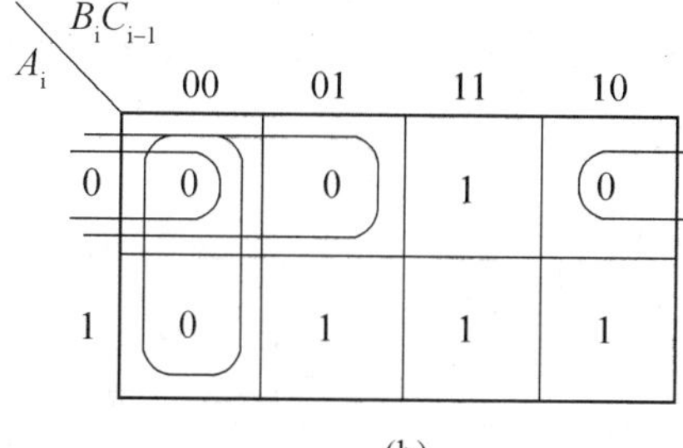

(b)

图 18.24 全加器的卡诺图

(a) S_i 的卡诺图 (b) C_i 的卡诺图

(4) 逻辑函数表达式。

采用圈 0 的方法化简，这时求得的反函数(与或式)为

$$\begin{cases}\overline{S_i}=\overline{A_i}B_i\overline{C_{i-1}}+\overline{A_i}B_iC_{i-1}+A_i\overline{B_i}C_{i-1}+A_iB_i\overline{C_{i-1}}\\ \overline{C_i}=\overline{A_iB_i}+\overline{A_iC_{i-1}}+\overline{B_iC_{i-1}}\end{cases} \tag{18-2}$$

由式(18-2)可求得 S_i 和 C_i 的输出逻辑函数表达式(与或非式)为

$$\begin{cases}\overline{S_i}=\overline{\overline{A_i}B_i\overline{C_{i-1}}+\overline{A_i}B_iC_{i-1}+A_i\overline{B_i}C_{i-1}+A_iB_i\overline{C_{i-1}}}\\ \overline{C_i}=\overline{\overline{A_iB_i}+\overline{A_iC_{i-1}}+\overline{B_iC_{i-1}}}\end{cases} \tag{18-3}$$

习 题

1. 写出图 18.25 所示电路中输出 F_1、F_2 和 F_3 的逻辑表达式。

2. 写出图 18.26 所示电路的逻辑函数表达式，其中以 S_3、S_2、S_1、S_0 作为控制信号，A、B 作为数据输入，列表说明输出 F 和 $S_3 \sim S_0$ 作用下与 AB 的关系。

3. 分析图 18.27 所示电路，写出 $COMP=0$，$Z=1$ 及 $COMP=1$，$Z=0$ 时 $Y_1 \sim Y_4$ 的函数表达式。列出真值表，指出电路完成什么逻辑功能。

4. 组合电路有 4 个输入 A、B、C、D 和一个输出 F。当下面 3 个条件中任一个成立

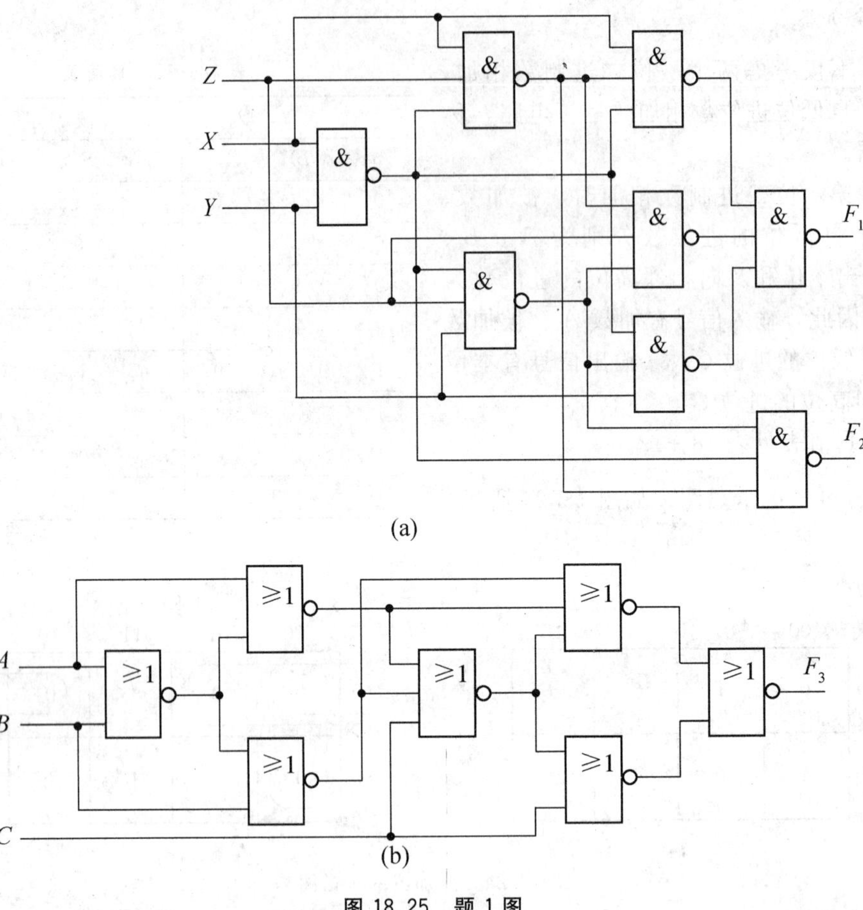

图 18.25　题 1 图

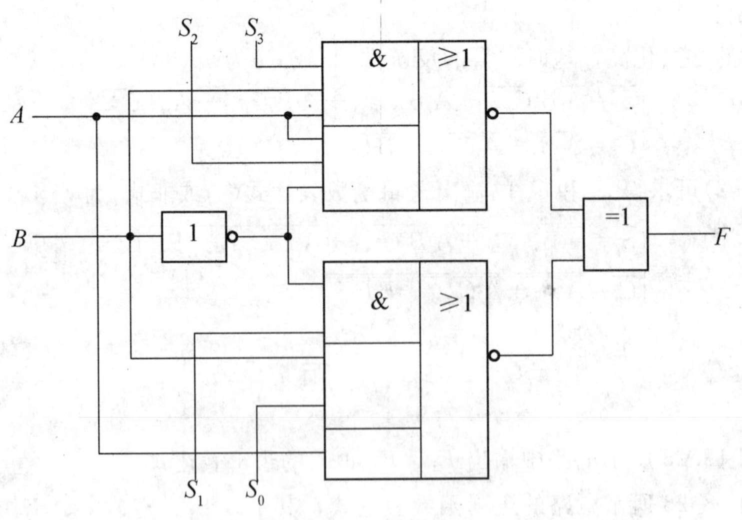

图 18.26　题 2 图

时，输出 F 都等于 1。

(1) 所有输入等于 1。

(2) 没有一个输入等于 1。

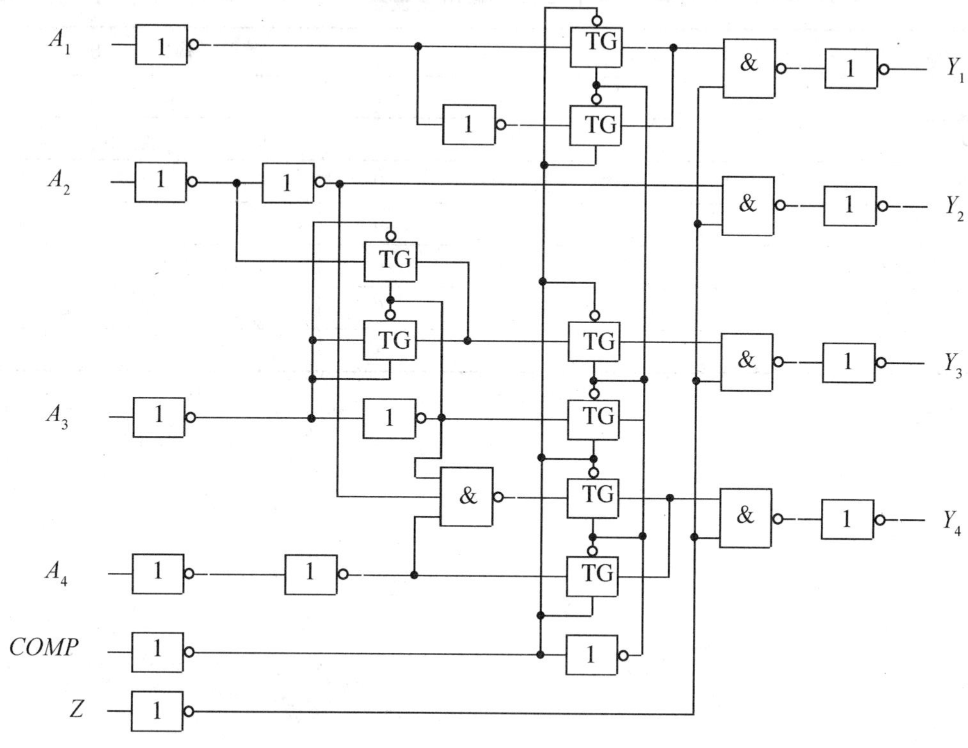

图 18.27　题 3 图

(3) 奇数个输入等于 1。

试设计该组合电路，并用与非门实现。

5. 设 $x=AB$ 代表一个两位二进制数，设计满足如下要求的逻辑电路，用与非门实现。

(1) $y=x^2$

(2) $y=x^3$

6. 分别用与非门、或非门设计如下组合电路。

(1) 三变量的多数表决电路。

(2) 三变量的非一致电路。

(3) 三变量的偶数电路。

7. 设计一个一位二进制数全减器电路，用与非门和异或门实现。

8. 用与非门实现下列代码的转换。

(1) 8421BCD 码转换为余 3 码。

(2) 8421BCD 码转换为 BCD 码。

9. 试分别设计能实现如下功能的组合电路。

(1) 输入是 8421BCD 码，能被 2 整除时输出为 1，否则为 0。

(2) 输入是余 8 码 N，当 $N\leqslant3$ 或 $N\geqslant8$ 时输出为 1，否则为 0。

10. 设计一个编码器，6 个输入信号和输出的 3 位代码之间的对应关系见表 18-13。

表 18-13　题 10 真值表

输入						输出		
A_0	A_1	A_2	A_3	A_4	A_5	x	y	z
1	0	0	0	0	0	0	0	1
0	1	0	0	0	0	0	1	0
0	0	1	0	0	0	0	1	1
0	0	0	1	0	0	1	0	0
0	0	0	0	1	0	1	0	1
0	0	0	0	0	1	1	1	0

第19章

触　发　器

知识要点	教学重点	教学难点
(1) 基本触发器和同步触发器 (2) RS 触发器、JK 触发器、D 触发器的基本结构、逻辑功能以及特性方程	(1) RS 触发器的组成、工作原理、逻辑功能和工作特点 (2) JK 触发器、D 触发器的逻辑功能和工作特点	同步 RS 触发器的工作原理

引言

实际中的许多电路，任何时刻的输出信号不仅取决于当时的输入信号，而且与电路以前所处的状态也有关，具有这样特征的电路称为时序逻辑电路。在时序逻辑电路中应该包含能够记忆电路以前所处状态的器件，该器件称为记忆元件。数字电路中的记忆元件称为触发器，含有触发器是时序逻辑电路的特征，也是判断一个电路是时序逻辑电路还是属于组合逻辑电路的依据。

触发器的种类很多，根据触发器电路结构的特点，可以将触发器分为主从触发器、维持阻塞触发器和CMOS边沿触发器等几种类型。根据触发器功能的不同，又可以将触发器分为RS触发器、JK触发器、T触发器和D触发器等几种类型。

19.1 RS触发器

19.1.1 触发器基本概念

1. 触发器概念

触发器：具有记忆功能的基本逻辑电路，能存储二进制信息的电路。

触发器具有如下3个基本特性。

(1) 有两个稳态，可分别表示二进制0和1，无外触发时可维持稳态。

(2) 外触发下，两个稳态可相互转换(称翻转)，已转换的稳态可长期保持(记忆、存储功能)。

(3)有两个互补的输出端，分别用Q和$\overline{Q}$表示。

2. 触发器的两个稳定状态

通常用输出端Q表示触发器的状态。

1状态：$Q=1$　$\overline{Q}=0$。记$Q=1$，与二进制数码1对应

0状态：$Q=0$　$\overline{Q}=1$。记$Q=0$，与二进制数码0对应

3. 触发器的分类

(1) 根据逻辑功能不同可分为RS触发器、JK触发器、D触发器、T触发器和T′触发器。

(2) 根据是否受时钟控制分为①异步触发器—基本RS触发器；②钟控触发器—同步触发器、主从触发器和边沿触发器。

(3) 根据电路结构不同可分为基本RS触发器、同步触发器、维持阻塞触发器、主从触发器和边沿触发器。

19.1.2 基本RS触发器

1. 基本RS触发器的电路组成及原理

1) 电路结构及逻辑符号(图19.1)

$Q=1$，$\overline{Q}=0$时，称为触发器的1状态，记为$Q=1$；

$Q=0$，$\overline{Q}=1$时，称为触发器的0状态，记为$Q=0$。

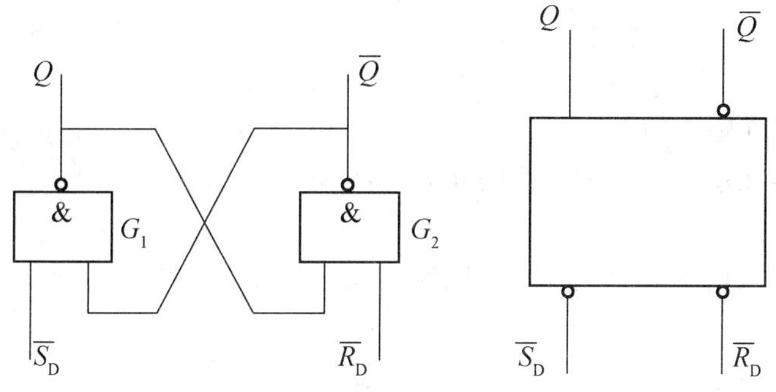

图 19.1 电路结构和逻辑符号

2）工作原理及逻辑功能

与非门组成的基本 RS 触发器特性表见表 19－1。

表 19－1 RS 触发器特性表

$\overline{R_D}$	$\overline{S_D}$	Q^n	Q^{n+1}	说明
0 0	0 0	0 1	× ×	触发器状态不定
0 0	1 1	0 1	0 0	触发器置 0
1 1	0 0	0 1	1 1	触发器置 1
1 1	1 1	0 1	0 1	触发器保持原状态不变

基本 RS 触发器特性表的简化形式见表 19－2。

表 19－2 RS 触发器特性表简化形式

$\overline{S_D}$	$\overline{R_D}$	Q^{n+1}
0	0	不定
0	1	1
1	0	0
1	1	Q^n

注意：置 0 端、置 1 端低电平有效。

约束条件：禁用$\overline{R_D}=\overline{S_D}=0$

2. 基本 RS 触发器逻辑功能的描述

1）特性表（真值表）

现态：触发器在输入信号变化前的状态，用 Q_n 表示。

次态：触发器在输入信号变化后的状态，用 Q_{n+1} 表示。

2）波形图

反映触发器输入信号取值和状态之间对应关系的图形称为波形图，如图 19.2 所示。

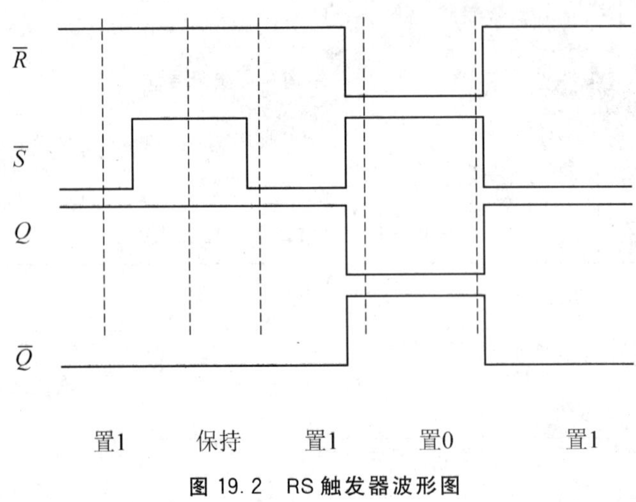

图 19.2　RS 触发器波形图

3. 基本 RS 触发器的两种形式

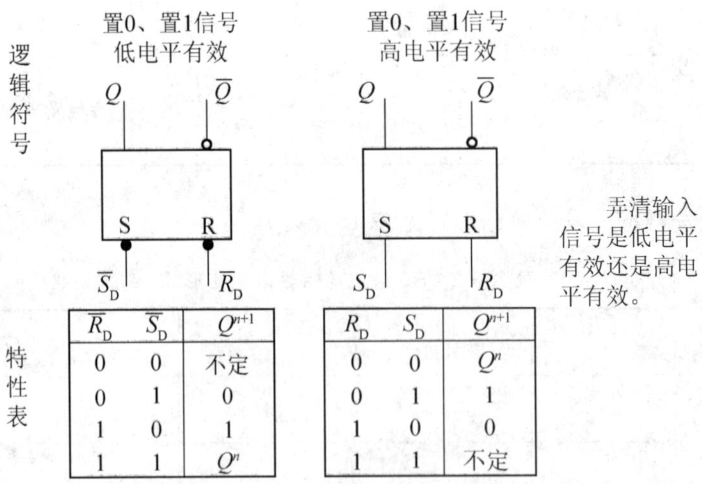

$\overline{R}_D$	$\overline{S}_D$	Q^{n+1}
0	0	不定
0	1	0
1	0	1
1	1	Q^n

R_D	S_D	Q^{n+1}
0	0	Q^n
0	1	1
1	0	0
1	1	不定

弄清输入信号是低电平有效还是高电平有效。

4. 基本 RS 触发器的特点

（1）触发器的次态不仅与输入信号状态有关，而且与触发器的现态有关。

（2）电路具有两个稳定状态，在无外来触发信号作用时，电路将保持原状态不变。

（3）在外加触发信号有效时，电路可以触发翻转，实现置 0 或置 1。

（4）在稳定状态下两个输出端的状态和必须是互补关系，即有约束条件。

基本 RS 触发器的优缺点如下。

优点：电路简单，是构成各种触发器的基础。

缺点：(1)输出受输入信号直接控制，不能定时控制。

(2)有约束条件。

19.1.3 同步触发器

实际工作中，触发器的工作状态不仅要由触发输入信号决定，而且要求按照一定的节拍工作。为此，需要增加一个时钟控制端 CP。

具有时钟脉冲控制的触发器称为时钟触发器，又称钟控触发器。

同步触发器是其中最简单的一种，而基本 RS 触发器称为异步触发器。

1. 同步 RS 触发器的电路结构与工作原理

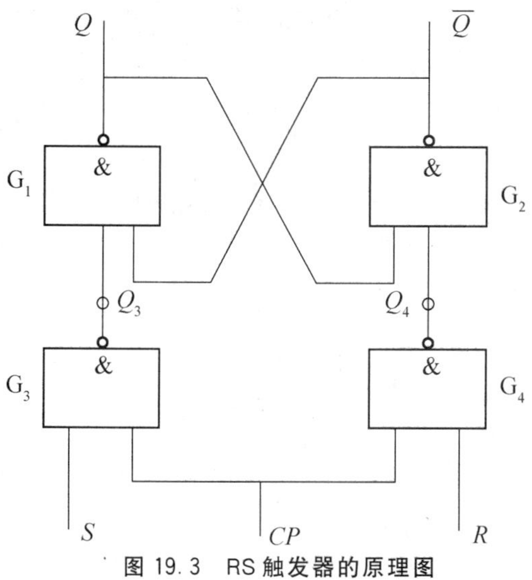

图 19.3 RS 触发器的原理图

RS 触发器的原理图如图 19.3 所示。$CP=0$ 时，G_3、G_4 被封锁，输入信号 R、S 不起作用。基本 RS 触发器的输入均为 1，触发器状态保持不变。

$CP=1$ 时，G_3、G_4 解除封锁，将输入信号 R 和 S 取非后送至基本 RS 触发器的输入端。

2. 逻辑功能与逻辑符号

异步置 0 端 R_D 和异步置 1 端 S_D 不受 CP 控制。

实际应用中，常需要利用异步端预置触发器值(置 0 或置 1)，预置完毕后应使 $R_D=S_D=1$。

R	S	Q^{n+1}
0	0	Q^n
0	1	1
1	0	0
1	1	不定

(a)

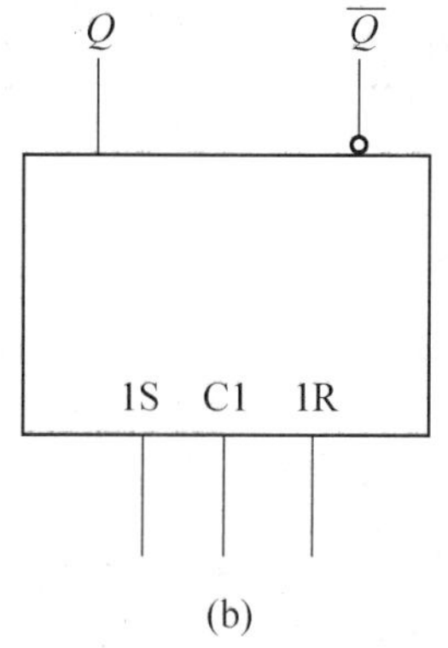

(b)

图 19.4 同步 RS 触发器的真值表和逻辑符号

(a) 真值表 (b) 逻辑符号

3. 同步 RS 触发器的特性表与特性方程

特性方程指触发器次态与输入信号和电路原有状态之间的逻辑关系式，其特性表见表 19－3。

表 19－3　特性表

R_D	S_D	Q^n	Q^{n+1}
0	0	0	0
0	0	1	1
0	1	0	1
0	1	1	1
1	0	0	0
1	0	1	0
1	1	0	×
1	1	1	×

主要特点如下。

(1) 时钟电平控制。在 $CP=1$ 期间接收输入信号，$CP=0$ 时状态保持不变，与基本 RS 触发器相比，对触发器状态的转变增加了时间控制。

(2) R、S 之间有约束。不能允许出现 R 和 S 同时为 1 的情况，否则会使触发器处于不确定的状态。

波形图如图 19.5 所示。

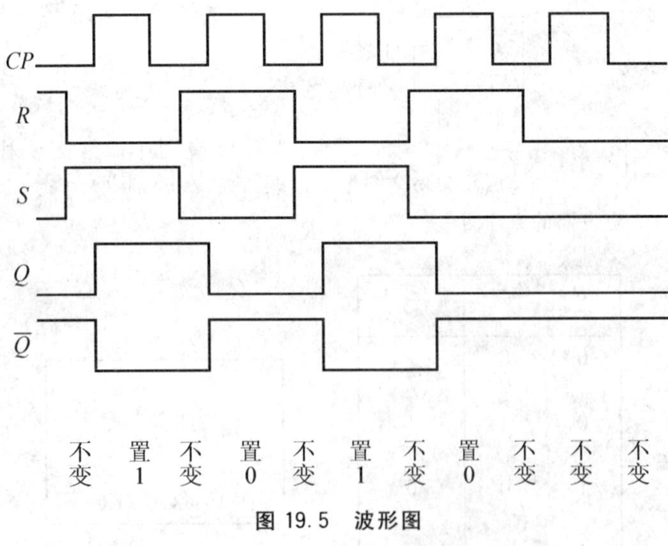

图 19.5　波形图

19.2　JK 触发器

同步 JK 触发器的逻辑符号、功能表和特性表如图 19.6 所示。

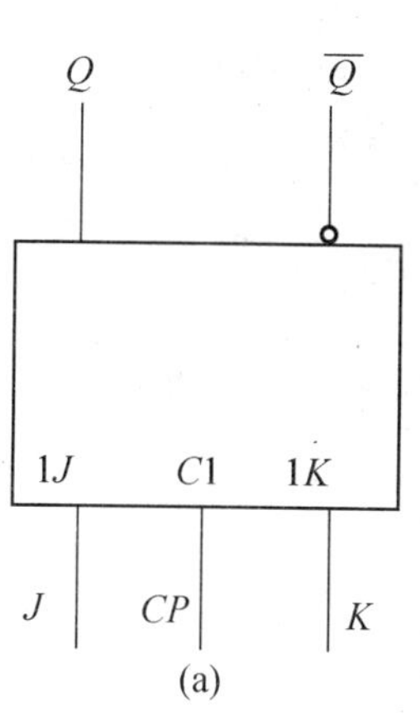

(a)

CP	J	K	Q^{n+1}	说明
1	0	0	Q^n	不变
	0	1	0	置0
	1	0	1	置1
	1	1	$\overline{Q^n}$	翻转
0	×	×	Q^n	不变

(b)

J	K	Q^n	Q^{n+2}
0	0	0	0
0	0	1	1
0	1	0	0
0	1	1	0
1	0	0	1
1	0	1	1
1	1	0	1
1	1	1	0

(c)

图 19.6 同步 JK 触发器的逻辑符号、功能表和特性表
(a) 逻辑符号 (b) 功能表 (c) 特性表

19.3 D 触发器

19.3.1 同步 D 触发器

同步 D 触发器的逻辑符号和功能表如图 19.7 所示。

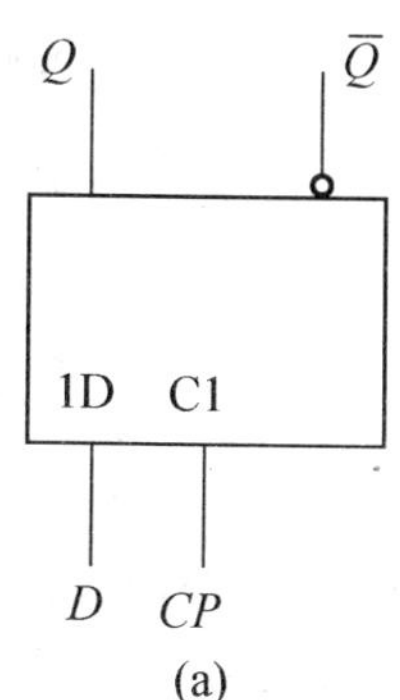

(a)

CP	D	Q^{n+1}	说明
1	0	0	置0
	1	1	置1
0		Q^n	不变

(b)

图 19.7 同步 D 触发器的逻辑符号和功能表
(a) 逻辑符号 (b) 功能表

特点：Q^{n+1}跟随 D 信号。

【例 19－1】 试对应输入波形画出图 19.8 中 Q 端波形（设触发器初始状态为 0）。

解： Q 端波形如图 19.8 所示。

D 触发器特性表见表 19－4。

特性方程 $Q^{n+1}=D$

表 19－4 D 触发器特性表

D	Q^n	Q^{n+1}
0	0	0
0	1	0
1	0	1
1	1	1

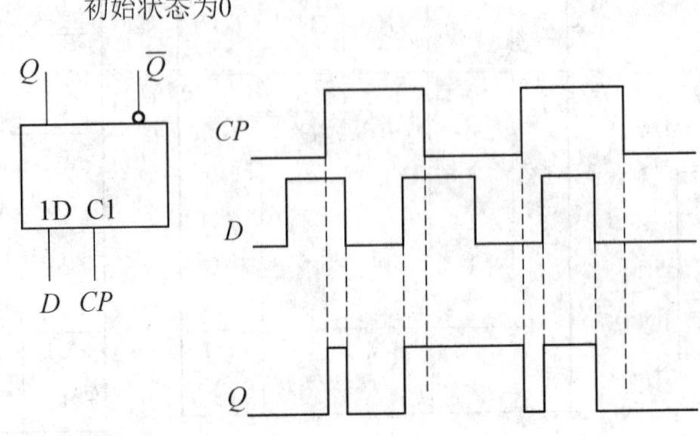

图 19.8 例 19-1 图

19.3.2 无空翻触发器

1. 无空翻触发器的类型和工作特点

1) 主从触发器

工作特点：$CP=1$ 期间，主触发器接收输入信号；$CP=0$ 期间，主触发器保持 CP 下降沿之前状态不变，而从触发器接受主触发器状态。因此，主从触发器的状态只能在 CP 下降沿时刻翻转。这种触发方式称为主从触发式。

2) 边沿触发器

工作特点：只能在 CP 上升沿(或下降沿)时刻接收输入信号，因此，电路状态只能在 CP 上升沿(或下降沿)时刻翻转。

这种触发方式称为边沿触发式。

特别提示

(1) 弄清时钟触发沿是上升沿还是下降沿。

(2) 弄清有无异步输入端，异步置 0 端和异步置 1 端是低电平有效还是高电平有效。

(3) 异步端不受时钟 CP 控制，将直接实现置 0 或置 1。触发器工作时，应保证异步端接非有效电平。

(4) 边沿触发器的逻辑功能和特性方程与同步触发器的相同，但由于触发方式不一样，因此，它们的逻辑功能和特性方程成立的时间不同。边沿触发器的逻辑功能和特性方程只在时钟的上升沿(或下降沿)成立。

2. 边沿触发器工作波形分析举例

【例 19-2】 设触发器初态为 0，如图 19.9 所示试对应输入波形画出 Q_1、Q_2 的波形。

解： D 触发器特性方程为 $Q^{n+1}=D$，因此 $Q_2^{n+1}=D=\overline{Q_2^n}$。

Q_1、Q_2 波形图如图 19.10 所示。

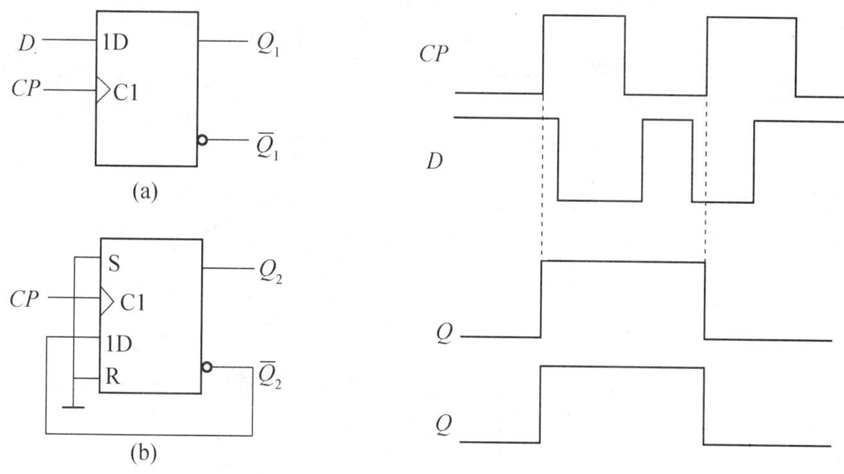

图 19.9 D触发器及其组成电路

(a) 逻辑符号 (b) 电路

图 19.10 例 19-2 波形图

【例 19-3】 图 19.11 为分频器电路，设触发器初态为 0，试画出 Q_1、Q_2 的波形并求其频率。

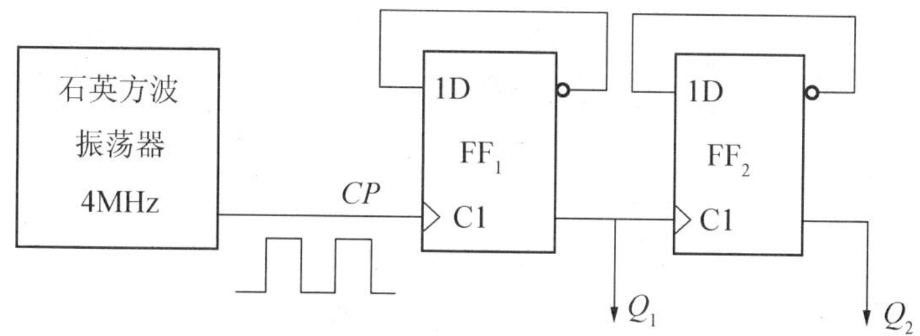

图 19.11 例 19-3 图(1)

两个 D 触发器均构成 CP 触发的计数触发器，Q_1、Q_2 波形图如图 19.12 所示。

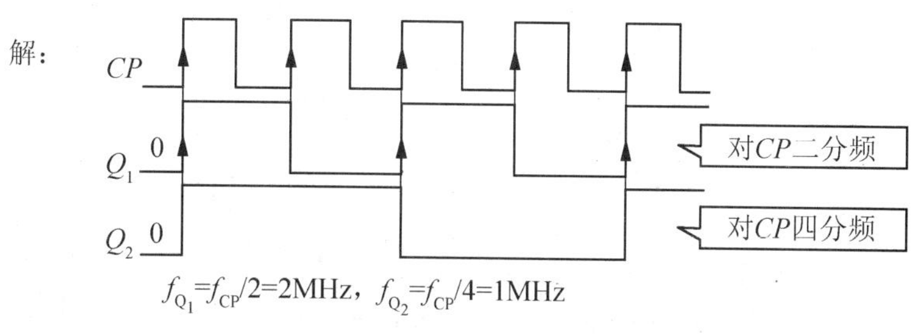

图 19.12 例 19-3 图(2)

习 题

1. 分析图 19.13 所示的由两个或非门组成的基本触发器，写出真值表、状态转换真值表、特征方程、约束条件、状态转换图及激励表。

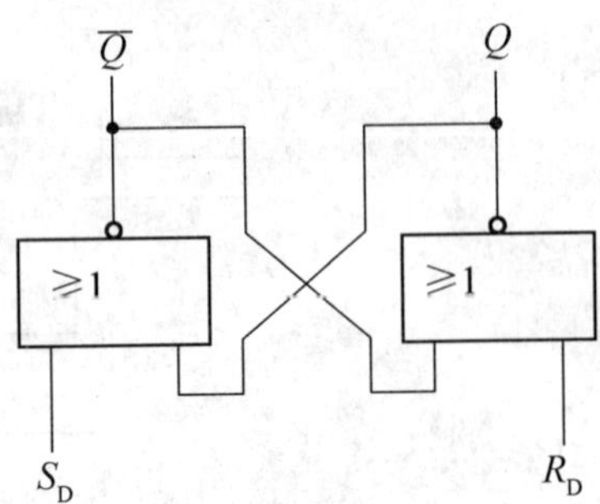

图 19.13 题 1 图

2. 分析图 19.14 所示的由两个与或非门组成的钟控触发器，写出真值表、状态转换真值表、特征方程、约束条件、状态转换图及激励表。

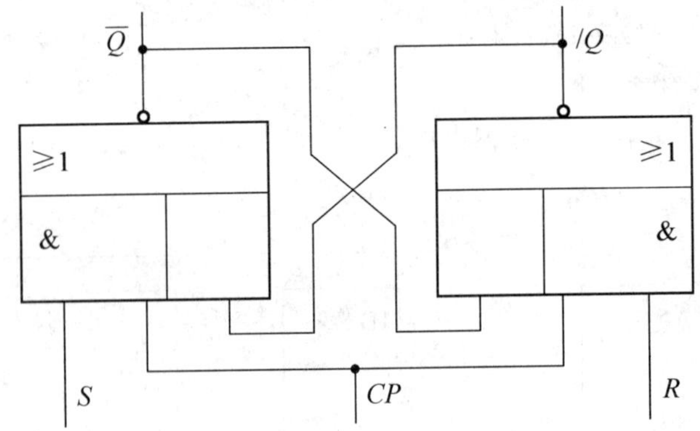

图 19.14 题 2 图

3. 试画出图 19.15 所示电路 v_0 输出波形。（设初始状态 $v_0=0$）

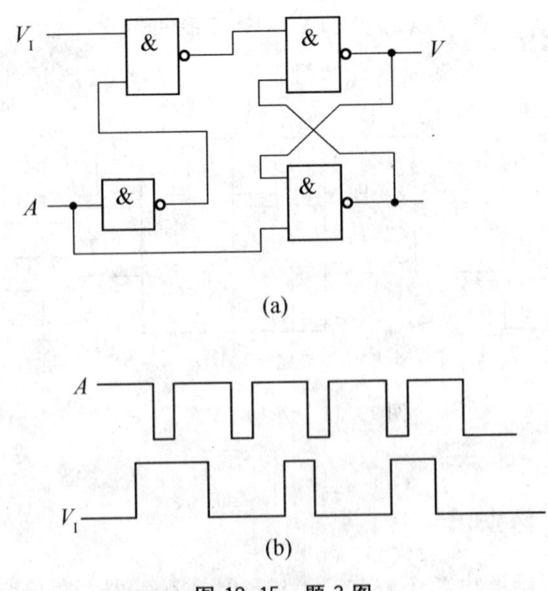

图 19.15 题 3 图

4. 试画出图 19.16 所示电路中输出 V_{01}，V_{02} 的波形。

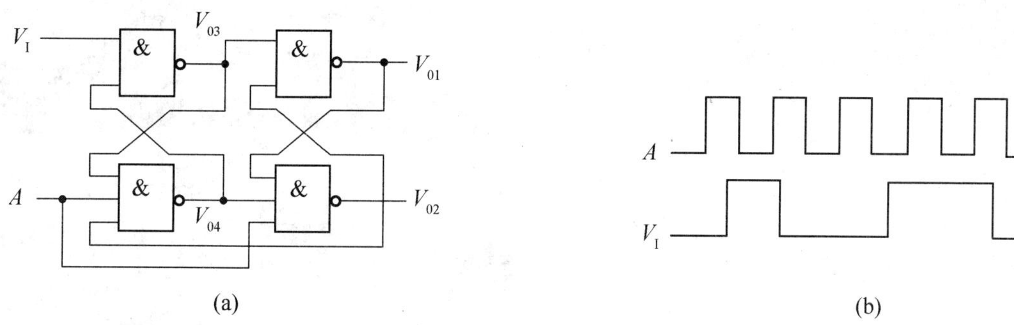

图 19.16 题 4 图

第20章 时序逻辑电路

知识要点	教学重点	教学难点
(1) 时序逻辑电路的特点、分析方法 (2) 寄存器的概念，移位寄存器的逻辑功能 (3) 计数器的概念、分类，会分析同步计数器和异步计数器	(1) 时序逻辑电路的分析方法 (2) 移位寄存器的逻辑功能 (3) 计数器的概念、分类	计数器的分析方法

引言

在数学电路中，根据触发器在时序逻辑电路中状态的翻转是否同步的特征，可将时序逻辑电路分为同步时序逻辑电路和异步时序逻辑电路。触发器的状态同时发生翻转的时序逻辑电路称为同步时序逻辑电路；触发器的状态不是同时发生翻转的时序逻辑电路称为异步时序逻辑电路。

20.1　移位寄存器

寄存器的功能就是存储二进制代码，是由具有存储记忆功能的触发器和门电路构成的。一个触发器只能存储一位二进制数。

1. 基本寄存器

D 触发器有 74LS171、74LS175 等集成电路，如图 20.1 所示。下面以 74LS175 为例。

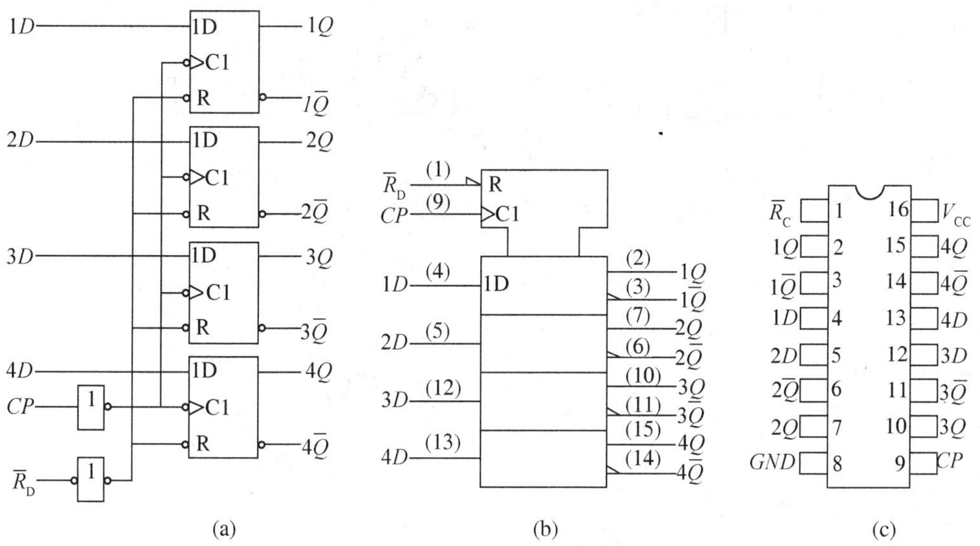

图 20.1　D 触发器集成电路

数码寄存器 74LS175 由 4 个 D 触发器组成，2 个非门分别作清零和寄存数码控制门。$1D$～$4D$ 是 4 个数据输入端，$1Q$～$4Q$ 是数据输出端，$1\overline{Q}$～$4\overline{Q}$ 是反码输出端。

74LS175 的功能表见表 20-1，其功能如下：

(1) 异步清零。在 $\overline{R}_D$ 端加低电平，各触发器异步清零。清零后，应将 $\overline{R}_D$ 接高电平，以不妨碍数码的寄存。

(2) 并行输入数据。在 $\overline{R}_D=1$ 的前提下，将所要存入的数据 D 依次加到数据输入端，在 CP 脉冲上升沿的作用下，数据将被并行存入。

(3) 记忆保持。$\overline{R}_D=1$ 时，若 CP 无上升沿(通常接低电平)，则各触发器保持原状态不变，寄存器处在记忆保持状态。

(4) 并行输出。可同时在输出端并行取出已存入的数码及它们的反码，其功能表见表 20-1。

表 20－1　基本寄存器功能表

输入			输出	
$\overline{R}_D$	CP	D	Q	$\overline{Q}$
L	×	×	L	H
H	↑	H	H	L
H	↑	L	L	H
H	L	×	Q_0	$\overline{Q}_0$

2. 移位寄存器

移位寄存器除了具有存储记忆功能外，还有移位功能，逻辑图如图 20.2 所示，其功有表见表 20－2。

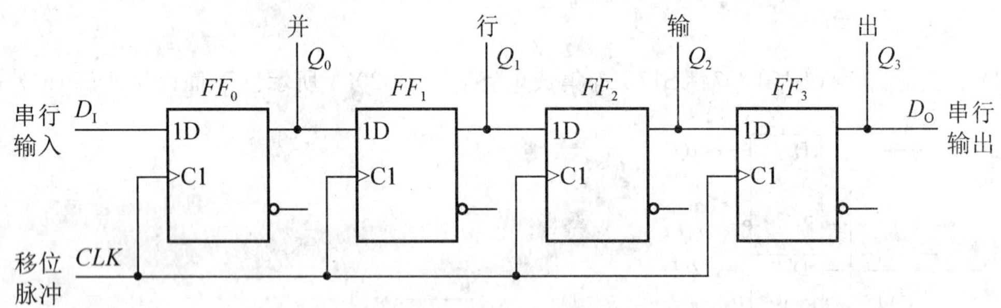

图 20.2　由 D 触发器构成的移位寄存器

表 20－2　移位寄存器功能表

输入										输出			
$\overline{R}_D$	S_1	S_0	CP	D_{SL}	D_{SK}	A	B	C	D	Q_A	Q_B	Q_C	Q_D
L	×	×	×	×	×	×	×	×	×	L	L	L	L
H	×	×	L	×	×	×	×	×	×	Q_{A0}	Q_{B0}	Q_{C0}	Q_{D0}
H	H	H	↑	×	×	a	b	c	d	a	b	c	d
H	L	H	↑	×	H	×	×	×	×	H	Q_{An}	Q_{Bn}	Q_{Cn}
H	L	H	↑	×	L	×	×	×	×	L	Q_{An}	Q_{Bn}	Q_{Cn}
H	H	L	↑	H	×	×	×	×	×	Q_{Bn}	Q_{Cn}	Q_{Dn}	H
H	H	L	↑	L	×	×	×	×	×	Q_{Bn}	Q_{Cn}	Q_{Dn}	L
H	L	L	×	×	×	×	×	×	×	Q_{An}	Q_{Bn}	Q_{Cn}	Q_{D0}

74LS194 由 4 个 D 触发器组成，并行置数的切换功能。其中 R_D 是清零端，D_{SL}、D_{SR} 是左、右移数据输入端，S_1、S_0 是使能控制端，$ABCD$ 是并行数据输入端，$Q_AQ_BQ_CQ_D$ 是数据输出端。具体功能如下：

(1) 异步清零。在 R_D 端加低电平，各触发器异步清零。清零后，应将 R_D 接高电平，以不妨碍寄存器工作。

(2) 保持。在 $R_D=1$ 或 $S_1S_0=00$ 时，寄存器处于保持状态，即寄存器输出状态不变。

(3) 并行置数。在 $R_D=1$ 及 $S_1S_0=11$ 时，上升沿可进行并行置数操作，即 $Q_AQ_BQ_CQ_D=abcd$(输入数据)。

(4) 右移。在 $R_D=1$ 及 $S_1S_0=01$ 时，在 CP 上升沿作用下，寄存器内容依次向右移动1位，而 DSR 端接受输入数据。

(5) 左移。在 $R_D=1$ 及 $S_1S_0=10$ 时，在 CP 上升沿作用下，寄存器内容依次向左移动1位，而 D_{SL} 端接受输入数据。

3. 寄存器的应用

(1) 时间延时。串行进入，串行输出，起到延时作用。

(2) 串/并行数据的转换。串/并相互转换。

(3) 时序控制电路。用一组移位寄存器组成一个右移循环电路。

(4) 计数、分频。由移位寄存器可以组成计数器，从每一个触发器的输出就可以实行对串行输入信号的分频。

20.2 二进制计数器和BCD码十进制计数器

计数器：用以累计输入计数脉冲CP个数的电路，主要由触发器组成。

模：计数器累计输入脉冲的最大数目称为计数器的“模”，用 M 表示。计数器的“模”实际上为电路的有效状态数。

计数器的分类如下。

按计数进制分：二进制计数器、十进制计数器、任意进制计数器。

按计数增减分：加法计数器、减法计数器、加/减法计数器。

按计数器中触发器翻转是否同步分：异步计数器、同步计数器。

20.2.1 异步计数器

1. 异步二进制计数器

1) 异步二进制加法计数器

(1) 电路构成：由4个JK触发器组成4位异步二进制加法计数器。4个触发器都接成T′触发器，下降沿触发，各触发器的CP输入端不接在一起。如图20.3所示。

(2) 工作原理。

① 计数器置0：$\overline{R}_D$端加上负脉冲，使各触发器都为0状态，即 $Q_3Q_2Q_1Q_0=0000$。

② 输入第一个脉冲：当输入第一个计数脉冲 CP 时，第一位触发器 FF_0 由0状态翻转到1状态，Q_0 端输出正跃变，FF_1 不翻转，保持0状态。此时计数器状态为 $Q_3Q_2Q_1Q_0=0001$

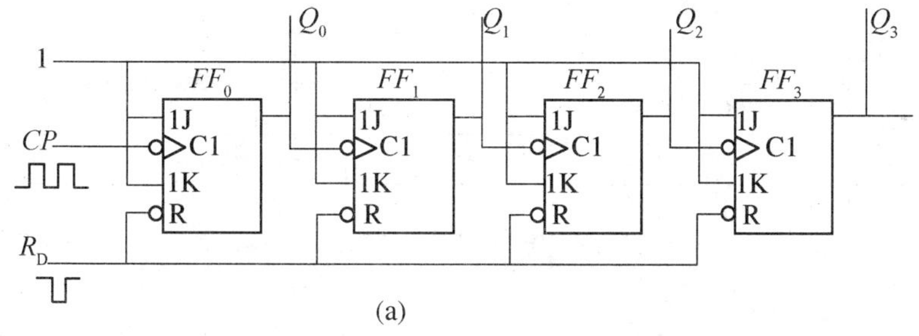

图20.3 由JK触发器组成的4位异步二进制加法计数器和工作波形

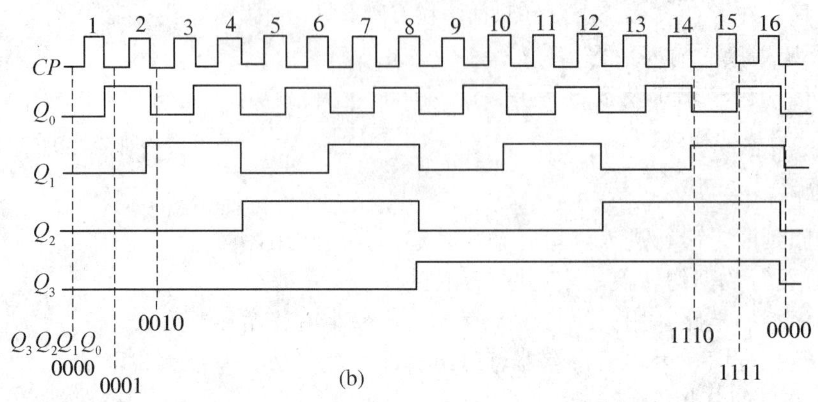

图 20.3　由 JK 触发器组成的 4 位异步二进制加法计数器和工作波形(续)

(a) 逻辑图　(b) 工作波形

③ 输入第二个脉冲：当输入第二个计数脉冲 CP 时，FF_0 由 1 状态翻到 0 状态，Q_0 输出负跃变，FF_1 则由 0 翻到 1 状态，Q_1 输出正跃变，FF_2 保持 0。此时计数器状态为 $Q_3Q_2Q_1Q_0=0010$。

④ 连续输入计数脉冲：根据上述计数规律，当连续输入计数脉冲 CP 时，只要低位触发器由 1 状态翻到 0 状态，相邻高位触发器的状态便改变。

⑤ 输入第 16 个计数脉冲：当输入第 16 个计数脉冲 CP 时，4 个触发器都返回到初始的 $QQ_3Q_2Q_1Q_0=0000$ 状态，同时计数器的 Q_3 输出一个负跃变的进位信号。若再输入一个脉冲则开始新的循环。可见此电路为十六进制计数器。

计数器中各触发器的状态转换顺序见表 20－3。

表 20－3　4 位二进制加法计数器状态表

计数顺序	计数器状态			
	Q_3	Q_2	Q_1	Q_D
0	0	0	0	0
1	0	0	0	1
2	0	0	1	0
3	0	0	1	1
4	0	1	0	0
5	0	1	0	1
6	0	1	1	0
7	0	1	1	1
8	1	0	0	0
9	1	0	0	1
10	1	0	1	0
11	1	0	1	1
12	1	1	0	0
13	1	1	0	1

（续）

计数顺序	计数器状态			
	Q_3	Q_2	Q_1	Q_D
14	1	1	1	0
15	1	1	1	1
16	0	0	0	0

(3) 波形图：图 20.2(b)为 4 位二进制加法计数器的工作波形图(时序图或时序波形)，由图可知，输入计数脉冲每经一级触发器，其周期增加一倍，即频率降低一半。一位二进制计数器就是一个 2 分频器($2^1=2$)，4 位二进制计数器就是一个 16 分频器($2^4=16$)。

由 D 触发器组成的 4 位异步二进制加法计数器的逻辑图如下图 20.4 所示。

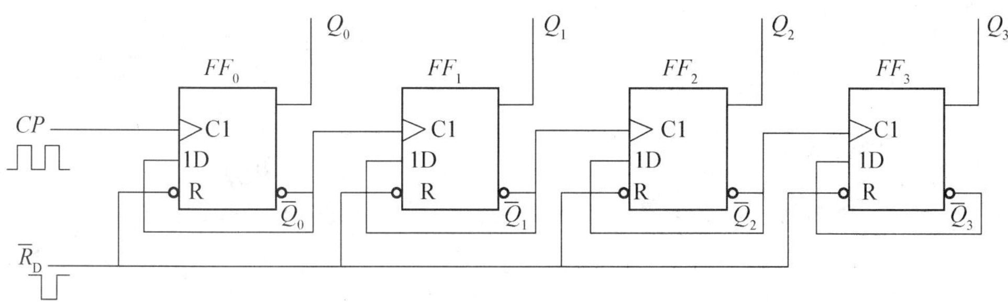

图 20.4　由 D 触发器组成的 4 位异步二进制加法

与 JK 触发器组成的计数器不同，由于 D 触发器是上升沿触发，因此每个触发器的进位信号由 $\overline{Q}$ 端输出。(工作原理视时间安排自行分析)

2. 异步二进制减法计数器

电路构成：由 4 个 JK 触发器组成 4 位二进制减法计数器。4 个触发器都接成 T′触发器，下降沿触发，如图(20.5)所示。

1) 工作原理

计数器置 0：$\overline{R}_D$端加上负脉冲，使各触发器都为 0 状态，即 $Q_3Q_2Q_1Q_0=0000$。

输入第一个脉冲：当输入第一个减法计数脉冲 *CP* 时，第一位触发器 FF_0 由 0 状态翻转到 1 状态，$\overline{Q}_0$ 端输出负跃变脉冲，FF_1 由 0 状态翻转到 1 状态，$\overline{Q}_1$ 输出负跃变信号，使 FF_2 由 0 状态翻到 1 状态。同理 FF_3 也由 0 状态翻到 1 状态，使计数器翻到 $Q_3Q_2Q_1Q_0=1111$。

输入第二个脉冲：当 *CP* 端输入第二个减法计数脉冲时，计数器的状态为 $Q_3Q_2Q_1Q_0=1110$。

连续输入计数脉冲：根据上述计数规律，当连续输入计数减法脉冲 *CP* 时，只要低位触发器 $\overline{Q}$ 由 1 状态翻到 0 状态，相邻高位触发器的状态便改变。

输入第 16 个计数脉冲：当输入第 16 个减法计数脉冲 *CP* 时，4 个触发器都返回到初始的 $Q_3Q_2Q_1Q_0=0000$ 状态，同时计数器的 Q_3 输出一个负跃变的进位信号。若再输入一个脉冲则开始新的循环。此电路是十六进制减法计数器。

2) 状态表

4 位二进制减法计数器状态表见表 20-4。

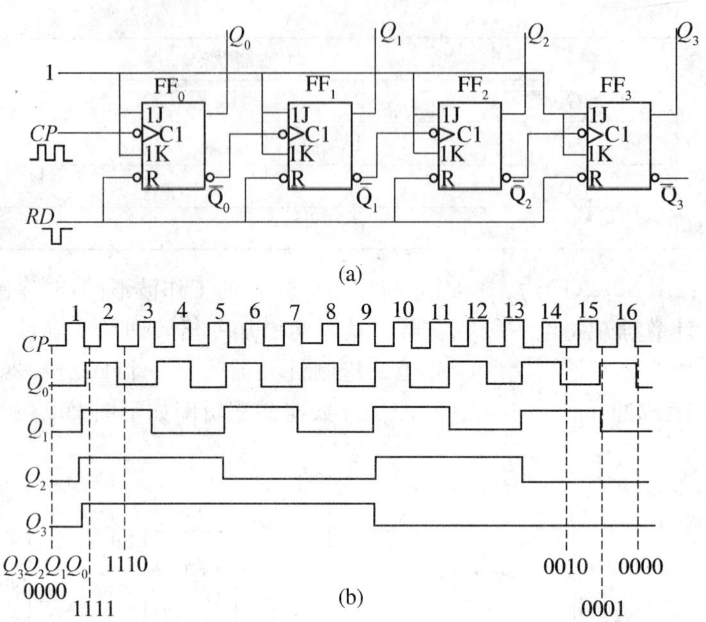

图 20.5　由 JK 触发器组成的 4 位二进制减法计数器和工作波形

(a) 逻辑图　(b) 工作波形

表 20-4　4 位二进制减计数器状态表

计数顺序	计数器状态			
	Q_3	Q_2	Q_1	Q_D
0	0	0	0	0
1	1	1	1	1
2	1	1	1	0
3	1	1	0	1
4	1	1	0	0
5	1	0	1	1
6	1	0	1	0
7	1	0	0	1
8	0	0	0	0
9	0	1	1	1
10	0	1	1	0
11	0	1	0	1
12	0	1	0	0
13	0	0	1	1
14	0	0	1	0
15	0	0	0	1
16	0	0	0	0

二进制加法计数器和二进制减法器计数器的区别：把二进制加法计数器中各触发器的输出由 Q 端改为 $\overline{Q}$ 端后，二进制加法计数器便成为减法计数器了。

3. 异步十进制加法计数器

1）电路构成

在 4 位异步二进制加法计数器的基础上，利用 0000～1001 前 10 个状态，而跳过 1010～1111 后 6 个状态，即可构成异步十进制加法计数器。电路如图 20.6 所示。

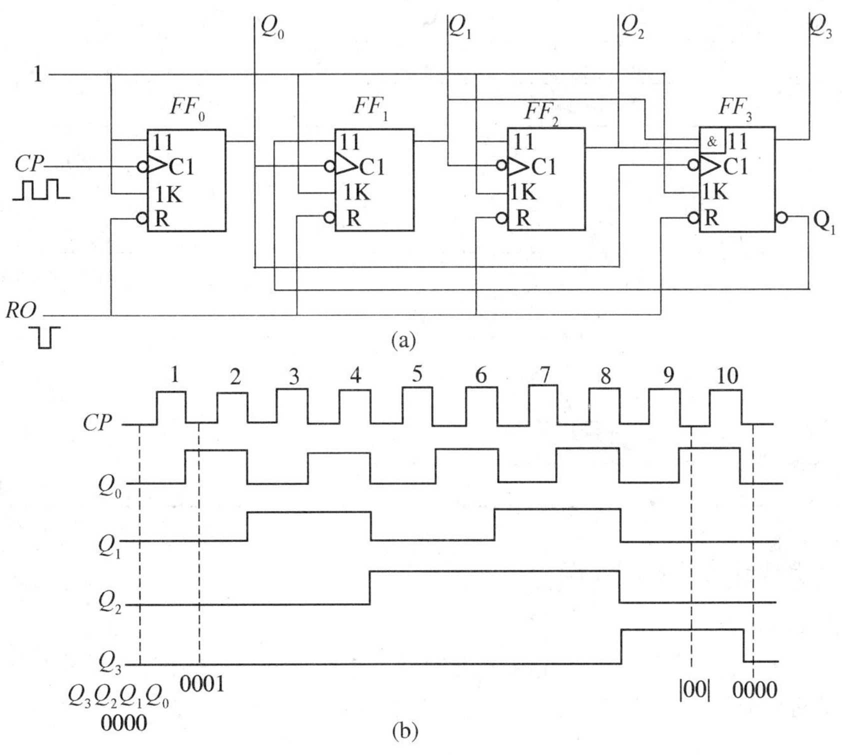

图 20.6　8421BCD 码异步十进制加法计数器和加工波形

（a）逻辑图　（b）工作波形

2）工作原理

输入前 6 个计数脉冲：FF_0 和 FF_2 为 T′触发器，在输入前 8 个计数脉冲时，FF_3 为 0 状态，$\overline{Q}3=1$，这时 $J1=\overline{Q}3=1$，FF_1 也为 T′触发器。计数器按异步二进制加法计数规律计数。

输入第 7 个计数脉冲：在输入第 7 个计数脉冲时，计数器的状态为 $Q_3Q_2Q_1Q_0=0111$。这时 $J3=Q_2Q_1=1$，$K3=1$。

输入第 8 个计数脉冲：在输入第 8 个计数脉冲时，FF_0 由 1 状态翻转到 0 状态，Q_0 输出的负跃变一方面使 FF_3 由 0 状态翻到 1 状态，同时，也使 FF_1 由 1 状态翻到 0 状态，FF_2 也随之翻到 0 状态。这时，计数器的状态为 $Q_3Q_2Q_1Q_0=1000$，$\overline{Q}_3=0$，使 $J1=\overline{Q}_3=0$。因此，在 $Q_3=1$ 时，FF1 只能保持在 0 状态，不能再次翻转。

输入第 9 个计数脉冲：在输入第 9 个计数脉冲时，计数器的状态为 $Q_3Q_2Q_1Q_0=1001$。此时，$J3=0$，$K3=1$。

输入第 10 个计数脉冲：当输入第 10 个计数脉冲时，计数器从 1001 状态返回到初始的 0000 状态，电路从而跳过了 1010～1111 这 6 个状态，实现了十进制计数，同时 Q_3 端输出一个负跃变的进位信号。

3)状态表

十进制计数器状态表见表 20－5。

表 20－5　十进制计数器状态表

计数顺序	计数器状态			
	Q_3	Q_2	Q_1	Q_n
0	0	0	0	0
1	0	0	0	1
2	0	0	1	0
3	0	0	1	1
4	0	1	0	0
5	0	1	0	1
6	0	1	1	0
7	0	1	1	1
8	1	0	0	0
9	1	0	0	1
10	0	0	0	0

4. 集成异步计数器 CT74LS290

1) 电路结构

CT74LS290 为集成异步二－五－十进制计数器，由一个一位二进制计数器和一个五进制计数器两部分组成。其结构框图、逻辑功能示意图和管脚图如图 20.7 所示。

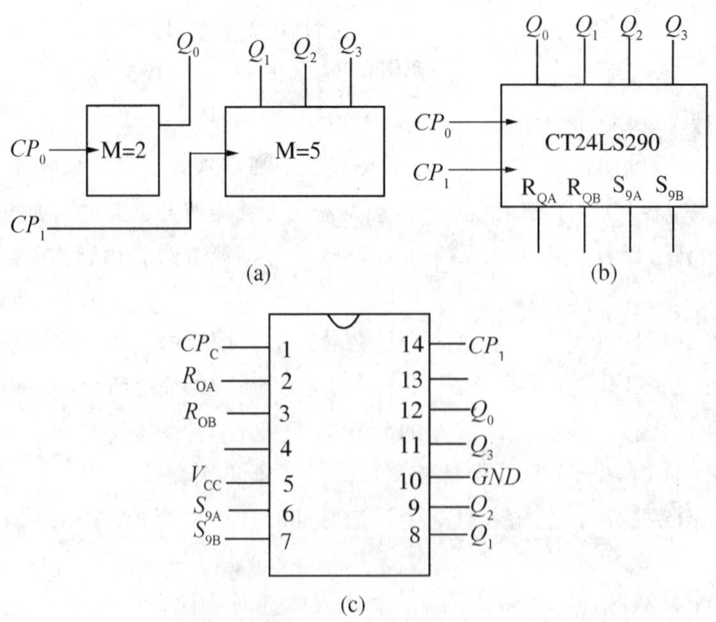

图 20.7　CT74LS290 的结构嵌图、逻辑功能示意图和管脚图

(a) 结要框图　(b) 逻辑功能示意图　(c) 管脚图

图中 R_{0A} 和 R_{0B} 为置 0 输入端，S_{9A} 和 S_{9B} 为置 9 输入端(高电平有效)。

2) 逻辑功能

逻辑功能表见表 20－6。

表 20－6　CT74LS290 的功能表

输　入			输　出				说　明
R_{DD}	R_{DD}	CP	Q_3	Q_2	Q_1	Q_n	
1	0	×	0	0	0	0	置 0
0	1	×	1	0	0	1	置 9
0	0	1	计　数				

异步置 0 功能：当 $R_0=R_{0A}$． $R_{0B}=1$，$S_9=S_{9A}$． $S_{9B}=0$ 时，计数器置 0，即 $Q_3Q_2Q_1Q_0=0000$。与时钟脉冲 CP 无关，称为异步置 0。

异步置 9 功能：当 $R_0=R_{0A}$． $R_{0B}=0$，$S_9=S_{9A}$． $S_{9B}=1$ 时，计数器置 9，即 $Q_3Q_2Q_1Q_0=1001$。也与时钟脉冲 CP 无关，称为异步置 9。

计数功能：当 R_{0A}． $R_{0B}=0$，$S_9=S_{9A}$． $S_{9B}=0$ 时，计数器处于计数工作状态，有 4 种情况：

(1) 构成一位二进制计数器：计数脉冲由 CP_0 端输入，从 Q_0 输出。

(2) 构成异步五进制计数器：计数脉冲由 CP_1 端输入，输出为 $Q_3Q_2Q_1$。

(3) 构成 8421BCD 码异步十进制计数器：将 Q_0 与 CP_1 相连，计数脉冲由 CP_0 端输入，输出为 $Q_3Q_2Q_1Q_0$。(用得最多)

(4) 构成 5421BCD 码异步十进制加法计数器：将 Q_3 与 CP_0 相连，计数脉冲由 CP_1 端输入，从高位到低位输出为 $Q_0Q_3Q_2Q_1$。

3) 利用反馈归零法获得 N(任意正整数)进制计数器

异步置 0 反馈归零法：异步置 0 与时钟脉冲 CP 没有任何关系，只要异步置 0 输入端出现置 0 信号，计数器便立刻被置 0。利用异步置 0 输入端获得 N 进制计数器时，应在输入第 N 个计数脉冲 CP 后，通过控制电路产生一个置 0 信号加到异步置 0 输入端上，使计数器置 0 实现 N 进制计数。

同步置 0 反馈归零法：和异步置 0 不同，同步置 0 输入端获得置 0 信号后，计数器并不能立刻被置 0，只是为置 0 创造条件，还需要再输入一个计数脉冲 CP，计数器才被置 0。利用同步置 0 端获得 N 进制计数器时，应在输入第$(N-1)$个计数脉冲 CP 时，同步置 0 输入端获得置 0 信号，在输入第 N 个计数脉冲 CP 时，计数器才被置 0，回到初始的零状态，实现 N 进制计数。

利用反馈归零法获得 N 进制计数器的方法如下。

用 S_1，S_2，…，S_N 表示输入 1，2，…，N 个计数脉冲 CP 时计数器的状态。

(1) 写出计数器状态的二进制代码：例如构成十二进制计数器，利用异步置 0 反馈归零法时，$S_N=S_{12}=1100$；利用同步置 0 反馈归零法时，$S_{N-1}=S_{12-1}=S_{11}=1011$。

(2) 写出反馈归零函数：即是根据 S_N 或 S_{N-1} 写置 0 端的逻辑表达式。

(3) 画连线图：主要根据反馈归零函数画连线图。

【例 20-1】 试用 CT74LS290 构成六进制计数器。

解：(异步反馈归零法)

(1) 写出 S_6 的二进制代码。

$$S_6=0110$$

(2) 写出反馈归零函数。由于 CT74LS290 的异步置 0 信号为高电平有效，因此

$$R_0=Q_2Q_1=R_{0A}R_{0B}$$

(3) 画连线图：将异步置 0 输入端 R_{0A} 和 R_{0B} 接 Q_2、Q_1，同时将 S_{9A} 和 S_{9B} 接 0，Q_0 与 CP_1 相连。连线如图 20.8(a)所示。

用同样的方法，也可将 CT74LS290 构成九进制计数器，如图 20.8(b)所示。

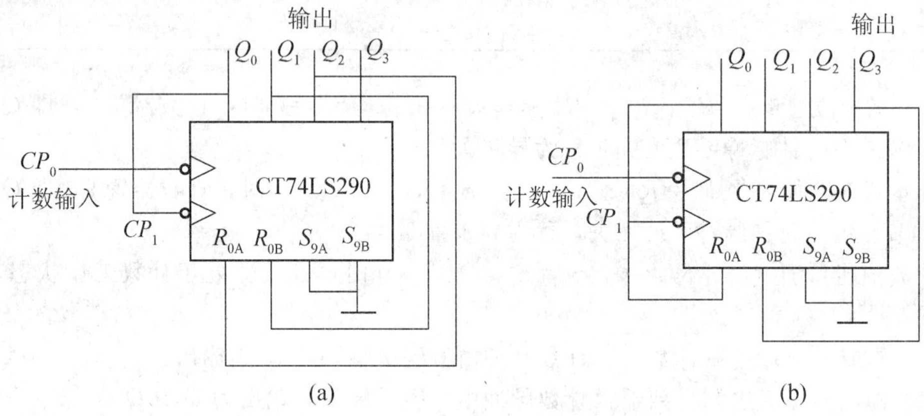

图 20.8 CT74LS290 构成六进制计数器和九进制计数器

(a) 六进制计数器 (b) 九进制计数器

20.2.2 同步计数器

1. 同步二进制计数器

(1) 同步二进制加法计数器

电路构成：由 4 个 JK 触发器组成 4 位同步二进制加法计数器，下降沿触发，如图 20.9 所示。

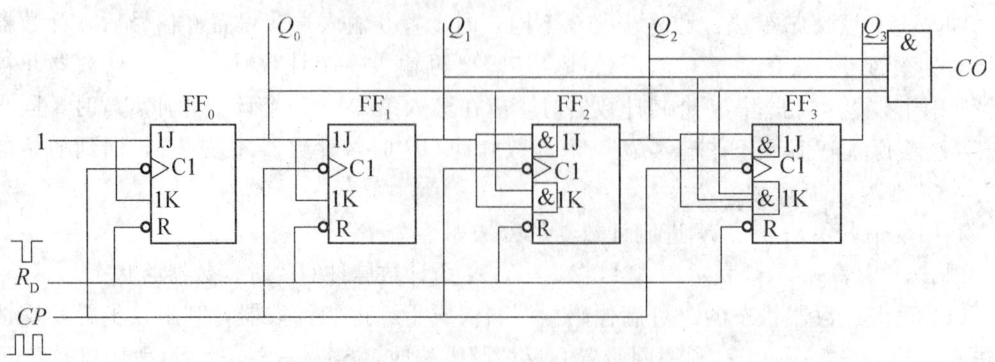

图 20.9 由 JK 触发器组成的 4 位同步二进制加法计数器

(2)工作原理：

①写方程式。

a. 输出方程： $CO=Q_3^nQ_2^nQ_1^nQ_0^n$。

b. 驱动方程。 $J_0=K_0=1$

$J_1=K_1=Q_0^n$

$J_2=K_2=Q_1^nQ_0^n$

$J_3=K_3=Q_2^nQ_1^nQ_0^n$

c. 状态方程。将驱动方程代入 JK 触发器的特性方程 $Q^{n+1}=J\overline{Q^n}=\overline{K}Q^n$ 得到电路的状态方程。

$$\begin{cases} Q_0^{n-1}=J_0\,\overline{Q_0^n}+\overline{K_0}Q_0^n-\overline{Q_0^n} \\ Q_1^{n-1}=J_1\,\overline{Q_1^n}+\overline{K_1}Q_1^n=Q_0^n\,\overline{Q_1^n}+\overline{Q_0^n}Q_1^n \\ Q_2^{n-1}=J_2\,\overline{Q_2^n}+\overline{K_2}Q_2^n=Q_1^nQ_D^n\,\overline{Q_2^n}+\overline{Q_1^nQ_D^n}Q_2^n \\ Q_3^{n-1}=J_2\,\overline{Q_3^n}+\overline{K_3}Q_3^n=Q_2^nQ_2^nQ_D^n\,\overline{Q_3^n}+\overline{Q_2^nQ_1^nQ_D^n}Q_3^n \end{cases}$$

② 列状态转换真值表：4 位二进制计数器共有 $2^4=16$ 种不同的组合。设计数器的现态为 $Q_3^nQ_2^nQ_1^nQ_0^n=0000$，代入上述输出方程和状态方程后得 $C_O=0$ 和 $Q_3^{n+1}Q_2^{n+1}Q_1^{n+1}Q_0^{n+1}=0001$。这说明在第一个计数脉冲作用下，电路由 0000 翻到 0001，然后将 0001 作为现态代入上二式中进行计算，以此类推，可得如图 20.10 所示的状态转换真值表。

计数脉冲序号	现　　态				次　　态				输　　出
	Q_3^n	Q_2^n	Q_1^n	Q_0^n	Q_3^{n+1}	Q_2^{n+1}	Q_1^{n+1}	Q_0^{n+1}	CO
1	0	0	0	0	0	0	0	1	0
2	0	0	0	1	0	0	1	0	0
3	0	0	1	0	0	0	1	1	0
4	0	0	1	1	0	1	0	0	0
5	0	1	0	0	0	1	0	1	0
6	0	1	0	1	0	1	1	0	0
7	0	1	1	0	0	1	1	1	0
8	0	1	1	1	1	0	0	0	0
9	1	0	0	0	1	0	0	1	0
10	1	0	0	1	1	0	1	0	0
11	1	0	1	0	1	0	1	1	0
12	1	0	1	1	1	1	0	0	0
13	1	1	0	0	1	1	0	1	0
14	1	1	0	1	1	1	1	0	0
15	1	1	1	0	1	1	1	1	0
16	1	1	1	1	0	0	0	0	1

图 20.10　状态转换真值表

③ 逻辑功能：由状态转换真值表可看出，此电路在输入第 16 个计数脉冲 CP 后返回到初始的 0000 状态，同时输出端 CO 输出一个进位信号，因此该电路为同步十六进制加

法计数器。

2）同步二进制减法计数器

要实现4位二进制减法计数，必须在输入第一个减法计数脉冲时，电路的状态由0000变为1111。为此，只要将4位二进制加法计数器的输出由Q端改为$\overline{Q}$端，便成为同步二进制减法计数器。

3）集成同步二进制计数器CT74LS161

(1) 电路构成：集成4位二进制同步加法计数器CT74LS161的管脚图和逻辑功能示意图如图20.11所示。其中$\overline{LD}$为同步置数控制端，$\overline{CR}$为异步置0控制端，CT_P和CT_T为计数控制端，$D_0 \sim D_3$为并行数据输入端，$Q_0 \sim Q_3$为输出端，CO为进位输出端。

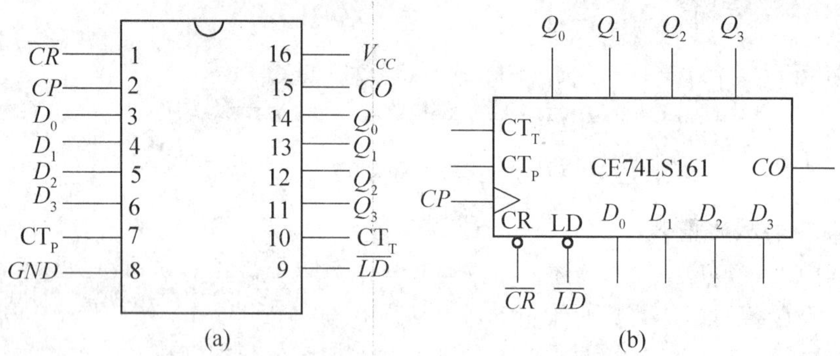

图20.11 CT74LS161的管脚图和逻辑功能示意图

(a) 管脚图 (b) 逻辑功能示意图

(2)逻辑功能：逻辑功能见表20-7。

异步置0功能：当$\overline{CR}=0$时，计数器被置0，即$Q^3Q^2Q^1Q^0=0000$。

同步并行置数功能：当$\overline{CR}=1$，$\overline{LD}=0$时，在CP上升沿时，并行输入的数据$d_3 \sim d_0$被置入计数器，即$Q^3Q^2Q^1Q^0=d_3d_2d_1d_0$。

计数功能：当$\overline{LD}=\overline{CR}=CT_P=CT_T=1$，CP端输入计数脉冲时，计数器进行二进制加法计数。

保持功能：当$\overline{LD}=\overline{CR}=1$，且$CT_P$和$CT_T$中有0时，计数器的状态保持不变。

4）利用反馈置数法获得N进制计数器

原理：利用同步置数控制端获得N进制计数器时，应在输入第$(N-1)$个计数脉冲时，使同步置数控制端获得反馈的置数信号，这样，在输入第N个计数脉冲CP时，计数器返回到初始的预置数状态，从而实现N进制计数。

方法：(1)写出计数器状态的二进制代码。利用同步置数端获得N进制计数器时，写出S_{N-1}对应的二进制代码。

(2) 写出反馈置数函数。即根据S_{N-1}写出置数端的逻辑表达式。

(3) 画连线图：主要根据反馈置数函数画连线图。

【例20-2】 试用CT74LS161构成十进制计数器。

解： 设计数器从$Q_3Q_2Q_1Q_0=0000$状态开始计数，由于采用反馈置数法获得十进制计数器，因此应取$D_3D_2D_1D_0=0000$，从0开始计数。

(1) 写出S_{N-1}的二进制代码为：$S_{N-1}=S_{10-1}=S9=1001$。

(2) 写出反馈归零(置数)函数：$\overline{LD}=\overline{Q_1 Q_D}$。

(3) 画连线图如图 20.12(a)所示。

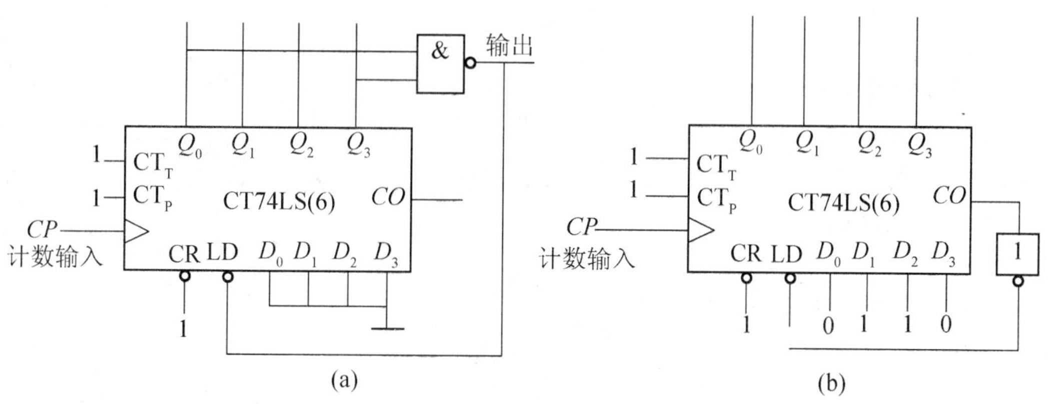

图 20.12 用 CT74LS161 构成十进制计数器的两种方法

(a) 用前 10 个有效状态 (b) 用后 10 个有效状态

利用反馈归零法构成十进制计数制，可以像上例利用 4 位自然二进制数的前 10 个状态 0000～1001 来实现，也可以利用 4 位自然二进制数的后 10 个状态 0110～1111 来实现，此时数据端输入的数据应为 $D_3D_2D_1D_0=0110$，从 CT74LS161 的进位输出端 C_O 取得反馈置数信号最简单。电路如图 20.12(b)所示，计数状态顺序表见表 20-8。

表 20-8 CT74LS161 计数状态顺序表

计数顺序	计数器状态				计数顺序
	Q_3	Q_2	Q_2	Q_0	
0	0	0	0	0	无数状态
1	0	0	0	1	
2	0	0	1	0	
3	0	0	1	1	
4	0	0	0	0	
5	0	0	0	1	
6	0	1	1	0	0
7	0	1	1	1	1
8	1	0	0	0	2
9	1	0	0	1	3
无数状态	1	0	1	0	4
	1	0	1	1	5
	:	1	0	0	6
	:	1	0	1	7
	:	1	1	0	8
	:	1	1	1	9

【例 20-3】 试用 CT74LS161 构成十二进制计数器。

解：可以用异步置 0 和同步置数端构成十二进制计数器。设计数器初始状态为 0000。

利用异步置 0 反馈归零法实现。

写出 S_{12} 的二进制代码：$S_{12}=1100$。

写出反馈归零函数：$\overline{CR}=\overline{Q_1Q_2}$。

画连线图如图 20.13(a)所示。

利用同步置数反馈归零法实现。

取 $D_3D_2D_1D_0=0000$。

写出 S_{N-1} 的二进制代码：$S_{12-1}=1011$。

写出反馈归零函数：$\overline{LD}=\overline{Q_1Q_1Q_D}$。

画连线图如图 20.13(b)所示。

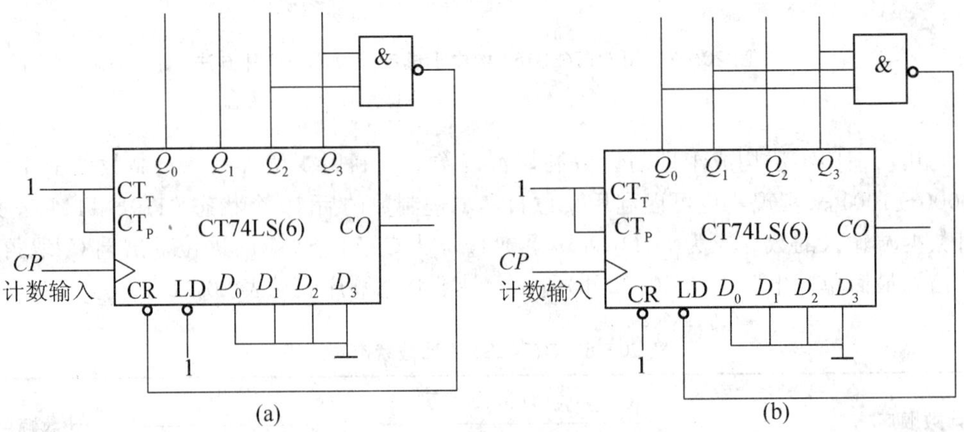

图 20.13 用 CT74LS161 构成十二进制计数器的两种方法

(a) 用异步置 0 的控制 $\overline{CR}$ 归零 (b) 用同步置数控制端 $\overline{LD}$ 归零

5）同步二进制加/减计数器

由上述二进制计数器工作原理可知：当从 Q 端输出信号时，为加法计数器；当从 $\overline{Q}$ 端输出信号时，则为减法计数器。

(1) 工作原理：实现加/减计数的关键是控制电路在加/减控制信号作用下，能将 Q 端或 $\overline{Q}$ 端的输出信号加到相邻高位 T 触发器的 T 输入端上。

(2) 电路构成：如图 20.14 所示为 4 位同步二进制加/减计数器的逻辑图。其中 M 为加/减控制信号，当 $M=1$ 时，电路进行加法计数；当 $M=0$ 时，电路进行减法计数。

2. 同步十进制加法计数器

电路构成：由 4 个 JK 触发器组成 8421BCD 码同步十进制加法计数器如图 20.15 所示，下降沿触发。

1)工作原理

(1) 写方程式。

① 输出方程：

$$CO=Q_3^nQ_0^n$$

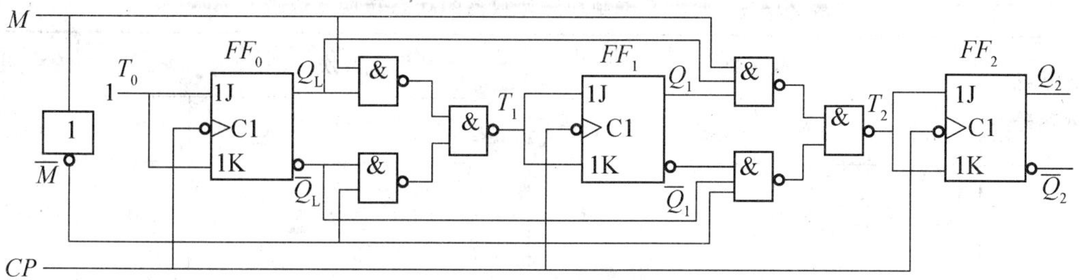

图 20.14　三位同步二进制加/减记数器

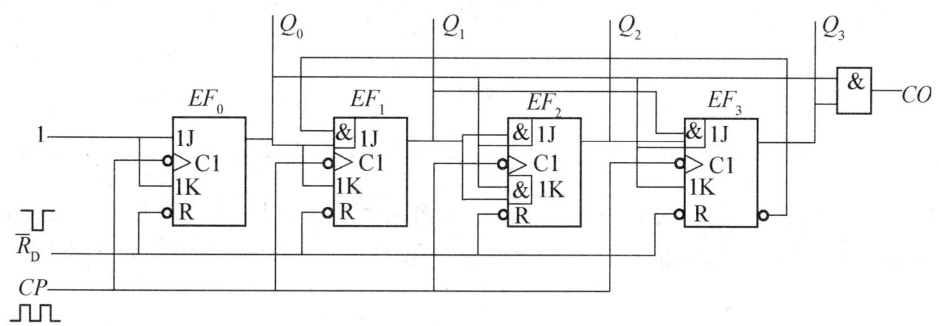

图 20.15　8421BCD 码同步十进制加法计数器

② 驱动方程：

$$\begin{cases} J_0 = K_0 \\ J_1 = Q_3^n Q_0^n,\ K_1 = Q_0^n \\ J_2 = K_2 = Q_1^n Q_0^n \\ J_3 = Q_2^n Q_1^n Q_0^n,\ K_3 = Q_0^n \end{cases}$$

③ 状态方程：将驱动方程代入 JK 触发器的特性方程 $Q^{n+1} = J\,\overline{Q^n} + \overline{K}Q^n$ 得到电路的状态方程。

$$\begin{cases} Q_0^{n+1} = J_0\,\overline{Q_0^n} + \overline{K_0}Q_0^n - \overline{Q_0^n} \\ Q_1^{n+1} = J_1\,\overline{Q_1^n} + \overline{K_1}Q_1^n = Q_0^n\,\overline{Q_1^n} + \overline{Q_0^n}Q_1^n \\ Q_2^{n+1} = J_2\,\overline{Q_2^n} + \overline{K_2}Q_2^n = Q_1^n Q_6^n\,\overline{Q_2^n} + \overline{Q_1^n Q_0^n}Q_2^n \\ Q_3^{n+1} = J_3\,\overline{Q_3^n} + \overline{K_3}Q_3^n = Q_2^n Q_1^n Q_6^n\,\overline{Q_3^n} + \overline{Q_0^n}Q_3^n \end{cases}$$

2）状态转换真值表

设计数器的现态为 $Q_3^n Q_2^n Q_1^n Q_0^n = 0000$，代入上述输出方程和状态方程计算后得 $CO = 0$ 和 $Q_3^{n+1} Q_2^{n+1} Q_1^{n+1} Q_0^{n+1} = 0001$，这说明在输入第一个计数脉冲作用下，电路由 0000 翻到 0001。然后将 0001 作为现态代入上二式中进行计算，以此类推，可得表 20－9 所示状态转换真值表。

表 20-9 同步十进制加法计数器的状态转换真值表

计数脉冲序号	现态				次态				输出
	Q_3^n	Q_2^n	Q_1^n	Q_0^n	Q_3^{n+1}	Q_2^{n+1}	Q_1^{n+1}	Q_0^{n+1}	CO
1	0	0	0	0	0	0	0	1	0
2	0	0	0	1	0	0	1	0	0
3	0	0	1	0	0	0	1	1	0
4	0	0	1	1	0	1	0	0	0
5	0	1	0	0	0	1	0	1	0
6	0	1	0	1	0	1	1	0	0
7	0	1	1	0	0	1	1	1	0
8	0	1	1	1	1	0	0	0	0
9	1	0	0	0	1	0	0	1	0
10	1	0	0	1	0	0	0	0	1

(3) 逻辑功能：由上表可以看出，电路在输入第 10 个计数脉冲后返回到初始的 0000 状态，同时 CO 向高位输出一个下降沿的进位信号，因此电路为同步十进制加法计数器。

3. 集成十进制同步计数器

(1) 电路构成：集成十进制同步加法计数器 CT74LS160 的管脚图如图 20.15 所示。其中 $\overline{LD}$ 为同步置数控制端，$\overline{CR}$ 为异步置 0 控制端，CT_P 和 CT_T 为计数控制端；$D_0 \sim D_3$ 为并行数据输入端，$Q_0 \sim Q_3$ 为输出端，C_O 为进位输出端。

(2) 逻辑功能：CT74LS160 逻辑功能表见表 20-10。

表 20-10 CT74LS161 的功能表

输入									输出					说明
$\overline{CR}$	$\overline{LD}$	CT_P	CT_T	CP	D_3	D_2	D_1	D_0	Q_1	Q_2	Q_3	Q_n	CO	
0	×	×	×	×	×	×	×	×	0	0	0	0	0	异步置 0
1	0	×	×	↑	d_1	d_2	d_3	d_0	d_1	d_2	d_3	d_0	×	$CO=CT_TQ_3Q_0$
1	1	1	1	↑	×	×	×	×	计数				×	$CO=Q_3Q_0$
1	1	0	×	×	×	×	×	×	保持				×	$CO=CT_TQ_3Q_0$
1	1	×	0	×	×	×	×	×	保持				0	

异步置 0：当$\overline{CR}=0$时，计数器置 0，即 $Q_3Q_2Q_1Q_0=0000$。

同步置数：当$\overline{CR}=1$，$\overline{DL}=0$时，在输入时钟脉冲 CP 上升沿的作用下，长行输入的数据 $d_3 \sim d_0$ 被置入计数器，即 $Q_3Q_2Q_1Q_0=d_3d_2d_1d_0$。

计数：当$\overline{LD}=CT_P=CT_T=1$，$CP$ 端输入计数脉冲时，计数器按照 8421BCD 码的规律进行十进制加法计数。

保持：当$\overline{LD}=\overline{CR}=1$，且 CT_P和 CT_T中有 0 时，计数器的状态保持不变。

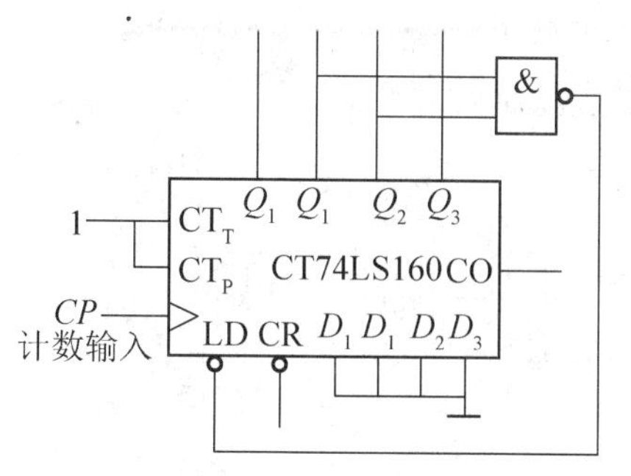

图 20.16 用 CT74LS160 构成七进制计数器

【例 20-4】 试用 CT74LS160 构成七进制计数器。

解：（1）写出 S_{N-1} 的二进制代码：$S_{N-1}=S_{7-1}=S_6=0110$。

（2）反馈归零函数：取 $D_3D_2D_1D_0=0000$，则 $\overline{LD}=\overline{Q_1Q_2}$

（3）画连线图：如图 20.16 所示。

利用 CT74LS160 的异步置 0 控制端$\overline{CR}$，也可以构成七进制计数器。

20.2.3 利用计数器的级联获得大容量 *N* 进制计数器

一般集成计数器都设有级联用的输入端和输出端，只要正确连接这些级联端，就可以获得所需大容量 N 进制的计数器。

由两片 CT74LS290 级联组成 100 进制异步加法计数器，如图 20.17 所示。

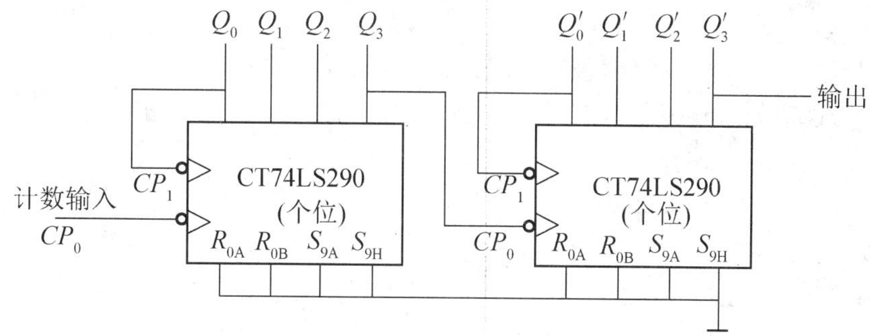

图 20.17 两片 CT74LS290 构成的 100 进制加法计数和器

(1)由两片 CT74LS160 级联组成 100 进制同步加法计数器，如图 20.18 所示。

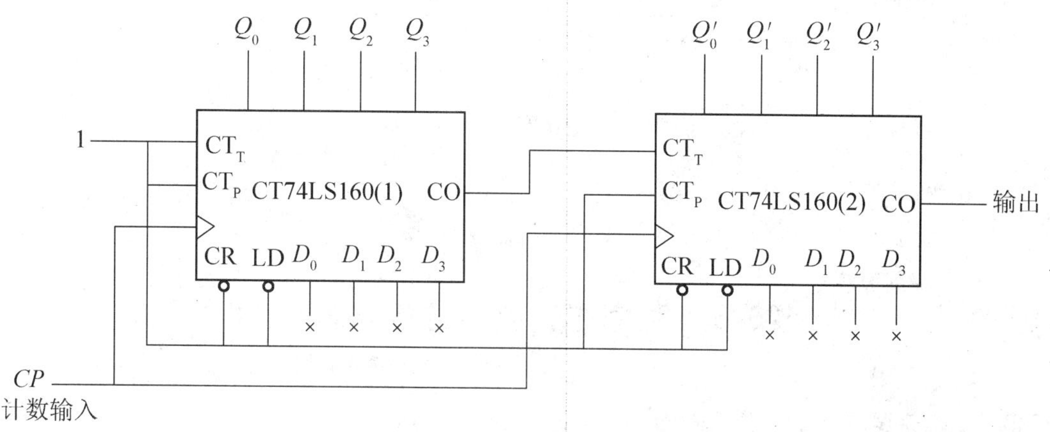

图 20.18 两片 CT74LS160 构成的 100 进制计数器

由图 20.18 可知：低位片 CT74LS160(1)在计到 9 以前，其进位输出 $CO=Q_3Q_0=0$，高位片 CT74LS160(2)的 $CT_T=0$，使高位片保持原状态不变。当低位片计到 9 时，其输

出 $CO=1$，即高位片的 $CT_T=1$，此时高位片才能接收 CP 端输入的计数脉冲。所以，输入第 10 个计数脉冲时，低位片回到 0 状态，同时使高位片加 1。

(2) 由两片 4 位二进制数加法计数器 CT74LS161 级联成五十进制计数器，如图 20.19 所示。

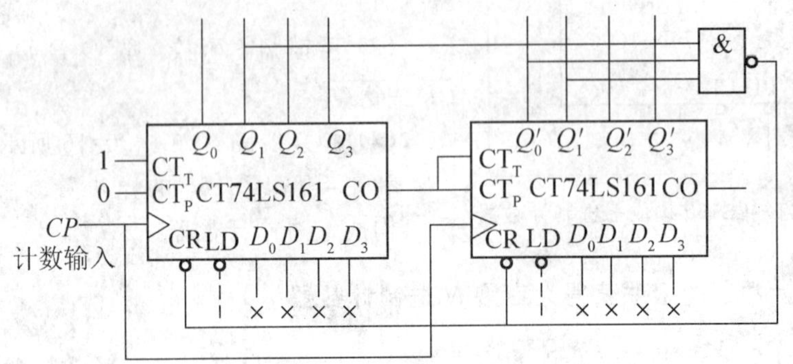

图 20.19　两片 CT74LS161 构成的五十进制计数器

十进制数 50 对应的二进制数为 00110010，因此当计数器计到 50 时，计数器的状态为 $Q_3'Q_2'Q_1'Q_0'Q_3Q_2Q_1Q_0=00110010$，其反馈归零函数为 $\overline{CR}=\overline{Q_1Q_DQ_1}$，此时与非门输出低电平 0，使两片 CT74LS161 同时被置 0，从而实现五十进制计数。

(3) 由两片 CT74LS290 构成二十三进制计数器，如图 20.20 所示。

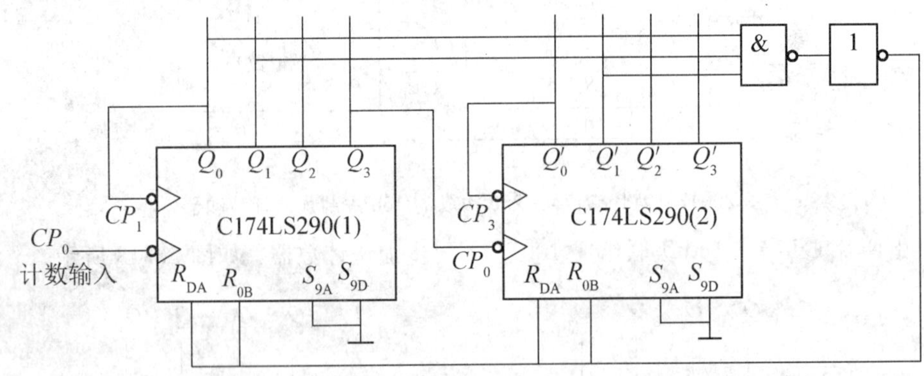

图 20.20　CT74LS290 构成的二十三进制计数器

当高位片 CT74LS290(2)计到 2，低位片计到 3 时，与非门组成的与门输出高电平 1，使计数器回到初始的 0 状态，从而实现二十三进制计数。

20.3　时序逻辑电路分析与设计

20.3.1　时序逻辑电路的基本概念

1. 时序逻辑电路的基本结构及特点

时序逻辑电路(简称时序电路)在任何时刻的稳定输出不仅取决于该时刻电路的输入，还取决于电路过去的输入所确定的电路状态，即与输入的历史过程有关。

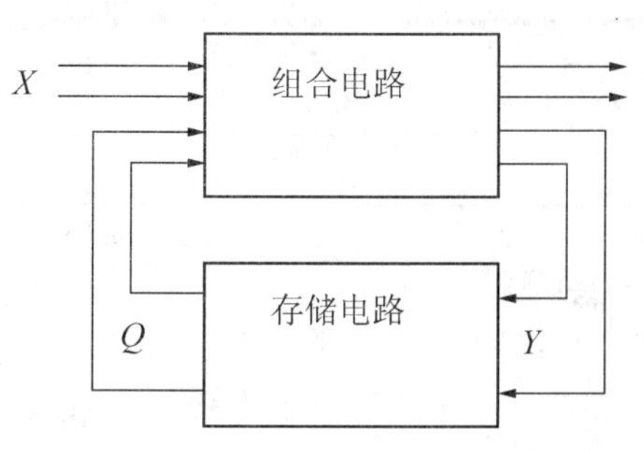

图 20.21　时序电路的结构框图

时序逻辑电路可用图 20.21 所示的逻辑框图来描述。

输出方程　$Z=F_1(X, Q^n)$

驱动方程　$Y=F_2(X, Q^n)$

状态方程：　$Q^{n+1}=F_3(Y, Q^n)$

其中 X 为输入变量集合，即 $X=\{X_1, X_2, \cdots, X_i\}$；

Z 为输出变量集合，即 $Z=\{Z_1, Z_2, \cdots, Z_j\}$；

P 为存储单元输入变量集合，即激励，$Y=\{Y_1, Y_2, \cdots, Y_r\}$；

Q 为存储单元输出变量集合，即时序电路状态集合，$Q=\{Q_1, Q_2, \cdots, Q_r\}$。

特点如下。

(1) 除含有组合电路外，还有存储电路，因而有记忆功能。

(2) 具有反馈支路。

2. 时序电路的分类

根据输出 Z 与现态 Q^n 及输入 X 的关系分类

米利型时序电路：其输出不仅与现态有关，还决定于电路当前的输入。

穆尔型时序电路：其输出仅决定于电路的现态，与电路当前的输入无关；或者根本就不存在独立设置的输出，而以电路的状态直接作为输出。

根据时序逻辑电路按其存储单元状态变换的时间控制可以分为两大类。

(1) 同步时序逻辑电路：逻辑电路中的存储单元(触发器)具有相同的时钟信号，并在同一时刻进行各自状态的转换。

(2) 异步时序逻辑电路：逻辑电路中的存储单元(触发器)有不完全相同的时钟信号，各存储单元状态转换在不同时刻进行。

根据时序逻辑电路按其存储单元状态变换的时间控制可以分为两大类。

同步与异步电路的比较如下：

① 同步时序电路的速度高于异步时序电路。

② 同步时序电路的结构较异步时序电路复杂。

3. 时序电路功能的描述方法

时序电路的逻辑功能可用逻辑方程式、状态表、状态图、时序图、卡诺图和逻辑图 6 种方式表示，这些表示方法在本质上是相同的，可以互相转换。

1) 逻辑方程式

输出方程　$Z=F_1(X, Q^n)$

驱动方程　$Y=F_2(X, Q^n)$

状态方程：$Q^{n+1}=F_3(Y, Q^n)$

2) 状态转换表

状态表以表格形式表示输入变量 X 和时序电路原状态 Q^n 与输出变量 Z 和时序电路次状态 Q^{n+1} 之间的转换关系，见表 20-11。

表 20－11　时序电路的状态表

输　入	现　态	次　态	输　出
X	Q^n	Q^{n+1}	Z

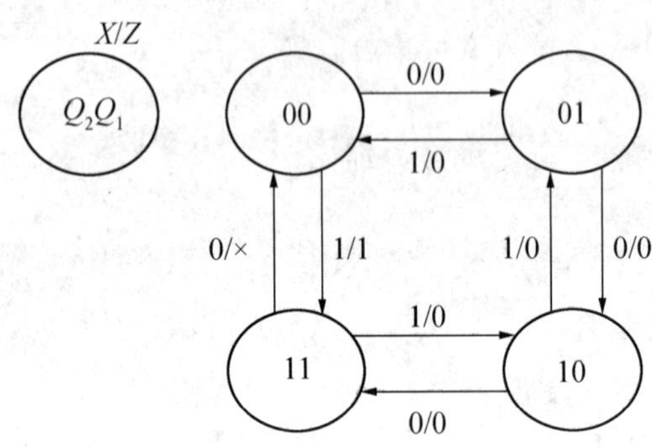

图 20.22　时序电路的状态图

3）状态转换图

状态图则是以图形的形式来表示这种转换关系，比状态表更直观地描述状态转换与循环规律，如图 20.22 所示。分别表示两个状态变量、一个输入变量、一个输出变量某个时序电路的状态表和状态图。

4)时序图

图 20.23 是电路的工作波形图。它能直观地描述时序电路的输入信号、时钟信号、输出信号及电路的状态转换等时间上的对应关系。

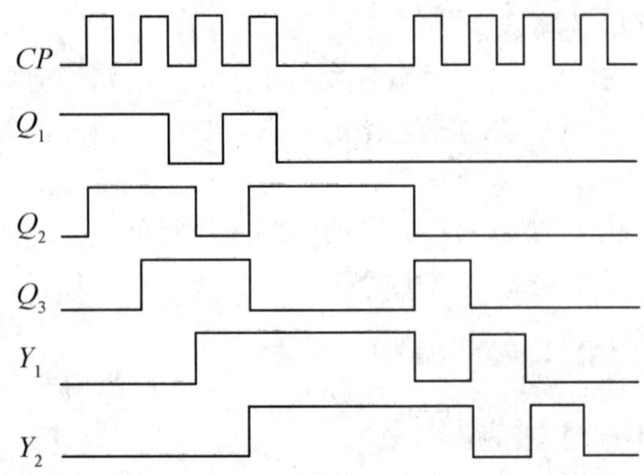

图 20.23　时序电路波形图

20.3.2　时序逻辑电路的分析方法

时序逻辑电路的分析根据给定的逻辑电路图，通过分析，求出它的输出 Z 的变化规律，以及电路状态 Q 的转换规律。从而获得该时序逻辑电路的逻辑功能和工作特性。

1. 时序逻辑电路的一般分析步骤

(1) 根据给定时序逻辑图写出各触发器的时钟方程、激励方程和输出方程。

(2) 将激励方程代入各触发器的特征方程得触发器次态方程，即时序电路的状态方程。

(3) 根据状态方程和输出方程，分析得出时序电路的状态表。

(4) 由状态表可以画出状态图。

(5) 画出各触发器输出端 Q 的时序波形和输出逻辑波形图。

(6) 用文字描述电路的逻辑功能。

需要说明的是以上步骤并非必须的固定程式，实际分析时，可根据实际情况加以取舍。例如，同步时序电路中各触发器具有相同的时钟信号，即相同的时钟方程，因此分析时，时钟方程可以不写。

2. 同步时序电路的分析举例

【例20-5】 分析图20.24电路的逻辑功能。

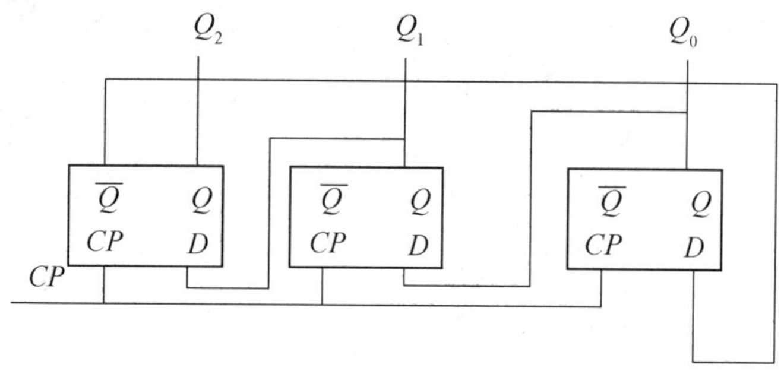

图20.24 例20-5图

解： 该电路没有输入和输出，所以直接写激励方程和状态方程。

(1) 写出激励方程。

$$D_0=\overline{Q_2^n}$$
$$D_1=Q_0^n$$
$$D_2=Q_1^n$$

(2) 写出状态方程。

$$Q_0^{n+1}=D_0=\overline{Q_2^n}$$
$$Q_1^{n+1}=D_1=Q_0^n$$
$$Q_2^{n+1}=D_2=Q_1^n$$

(3) 状态表见表20-12。

表20-12 例题状态表

Q_2^n	Q_1^n	Q_0^n	Q_2^{n+1}	Q_1^{n+1}	Q_0^{n+1}
0	0	0	0	0	1
0	0	1	0	1	1
0	1	1	1	1	1
1	1	1	1	1	0
1	1	0	1	0	0
1	0	0	0	0	0

(4) 状态图如图20.25所示。

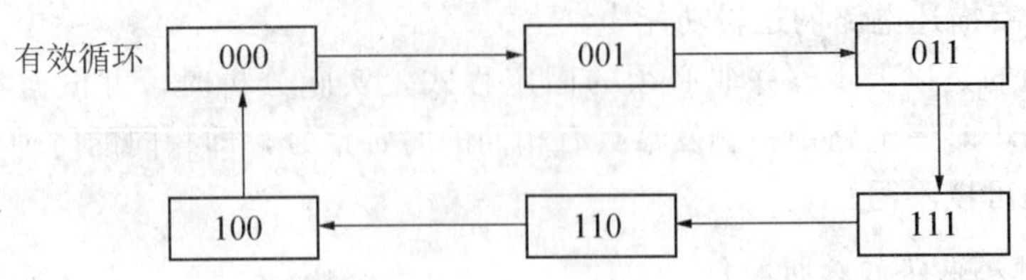

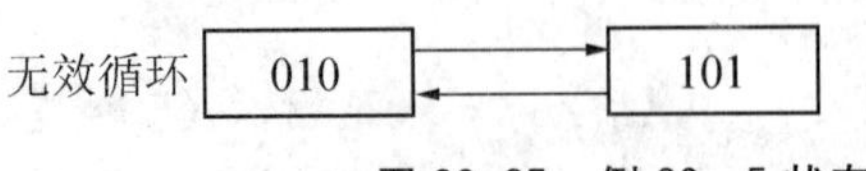

图 20.25　例 20－5 状态图

(5) 时序图如图 20.26 所示。

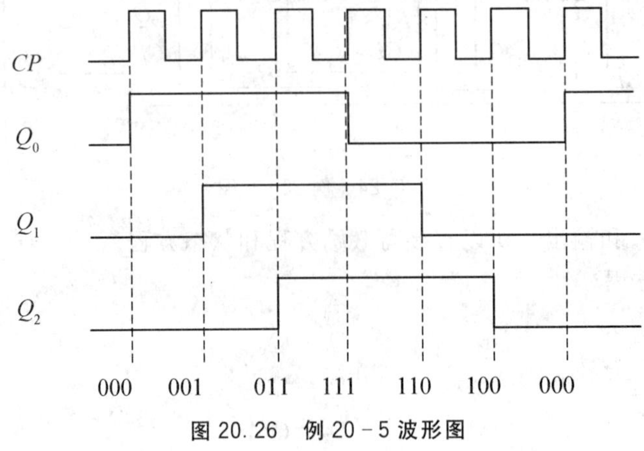

图 20.26　例 20－5 波形图

(6) 电路功能分析。该电路是一个不能自启动的六进制计数器。

3. 异步时序电路分析举例

异步电路由于电路中的触发器不是共用一个时钟，就要特别注意状态的变化与时钟一一对应的关系。异步电路分析方法，包括写时钟方程、输出方程、激励方程、状态方程；画状态表、状态转换图和时序图。

【例 20－6】　分析图 20.27 电路的功能。

(1) 时钟方程。

$$CP_0=CP \qquad CP_1=\overline{Q_0^n} \qquad CP_2=CP$$

(2) 激励方程。

$$J_0=\overline{Q_2^n} \qquad J_1=Q_0^n \qquad J_2=Q_1^nQ_0^n$$

$$K_0=1 \qquad K_1=1 \qquad K_2=1$$

(3) 状态方程。

$Q_0^{n+1}=\overline{Q_2^n}\,\overline{Q_0^n}$　　($CP\downarrow$)

$Q_1^{n+1}=Q_0^n\,\overline{Q_1^n}$　　($Q_0^n\downarrow$)

$Q_2^{n+1}=Q_0^nQ_1^n\,\overline{Q_2^n}$　　($CP\downarrow$)

(4) 状态转换表见表 20－13。

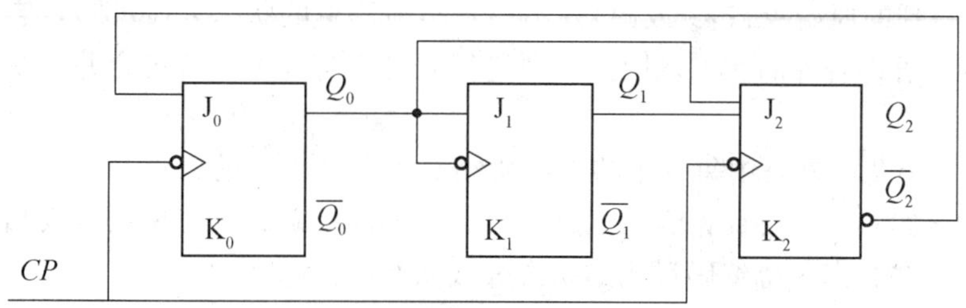

图 20.27　逻辑电路图

表 20-13　状态转换表

态序	Q_2	Q_1	Q_0	Q_2^{n+1}	Q_1^{n+1}	Q_0^{n+1}
0	0	0	0	0	0	1
1	0	0	1	0	1	0
2	0	1	0	0	1	1
3	0	1	1	1	0	0
4	1	0	0	0	0	0
5	1	0	1	0	1	0
6	1	1	0	0	1	0
7	1	1	1	0	0	0

(5) 状态转换图如图 20.28 所示。

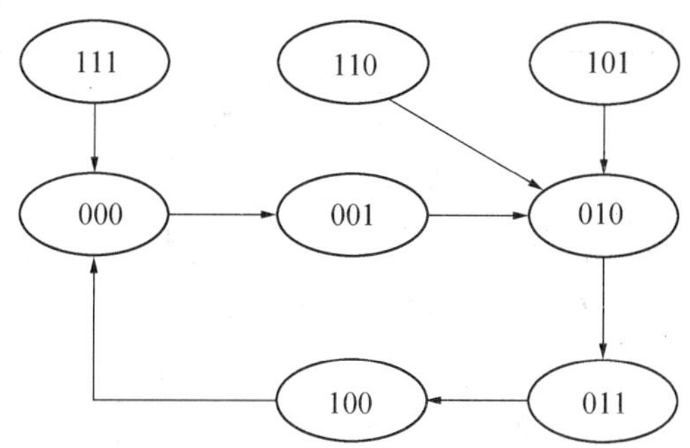

图 20.28　例 20-6 状态图

(6) 逻辑功能说明。为异步五进制加法计数器。

20.3.3　同步时序逻辑电路的设计方法

时序逻辑电路的设计(又称时序电路综合)是时序逻辑电路分析的逆过程。时序电路设计根据给定时序电路逻辑功能要求，选择适当逻辑器件，设计出符合逻辑要求的时序电路。这里讲述的时序电路的设计方法仅为同步时序电路设计的一般方法。同步时序电路设计的一般步骤如下。

(1) 根据给定的逻辑功能要求确定输入变量(集合)X、输出变量(集合)Z 以及该逻辑电路应包含的状态，并以字母 S_0、S_1、…表示这些状态。

(2) 分别以这些状态为原始状态，分析在每一种可能的输入条件下应转入的状态(即次状态)及相应的输出，即可获得原始状态表或原始状态图。

(3) 以上得到的原始状态表(或图)并不一定是最简单的状态表(或图)，它可能包含多余状态，即存在可以合并的状态，因此需要进行状态化简或称为状态合并，从而得到最简状态表(或图)。

(4) 得到的简化状态表中每一个状态都必须分配一个唯一的二进制代码，即进行状态编码。编码的方案不同，设计得到的电路结构也不相同。确定状态编码方案后，用相应的二进制码替代这些状态，得编码形式的状态表或状态图。

(5) 根据简化状态表中包含的状态个数 M 确定触发器个数 n，即

$$2^{n-1} < M \leqslant 2^n$$

并选定触发器类型。

(6) 根据编码后的状态表及触发器的特征方程，写出各触发器的激励方程和输出方程。

(7) 根据激励方程、输出方程和触发器类型画出时序逻辑电路图。必要的话还需检查电路的自启动能力。

习　题

1. 电路如图 20.29 所示，列出状态转换表，画出状态转换图和波形图，分析电路功能。

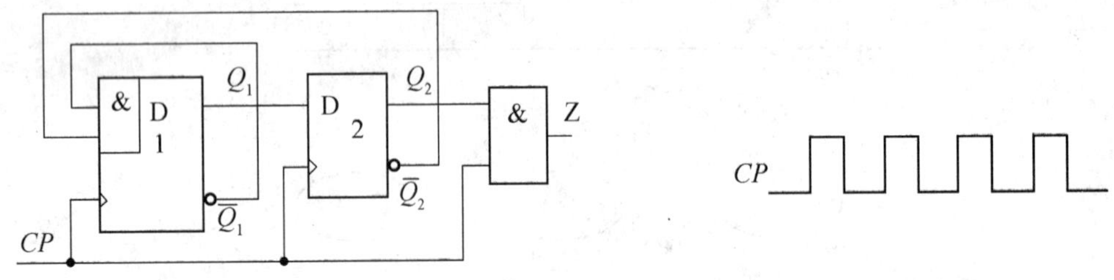

图 20.29　题 1 图

2. 试分析图 20.30 所示电路，作出状态转换表及状态转换图，并作出输入信号为 0110111110 相应的输出波形(设起始状态 $Q_2Q_1=00$)。

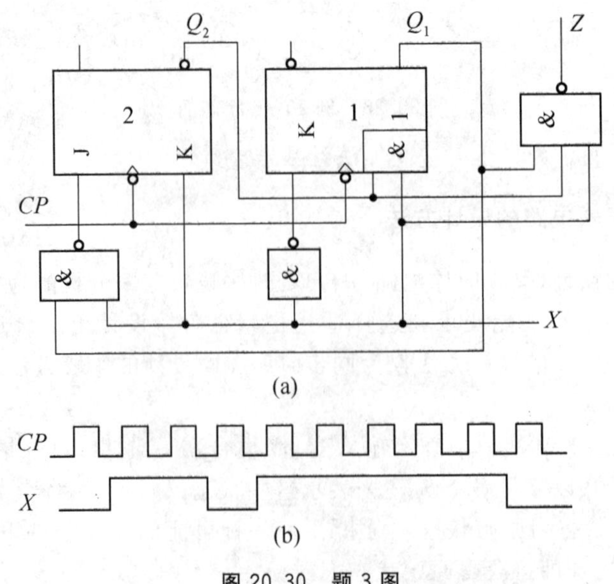

图 20.30　题 3 图

3. 设计一个“1 1 1 1”序列信号检测器，设输入信号为 X，输出信号为 Z。

X：0 0 1 1 0 0 0 1 1 1 1 1 1 0 1 …

Z：0 0 0 0 0 0 0 0 0 0 1 1 0 0 …

4. 已知某计数器电路如图 20.31 所示，分析它是几进制计数器，并画出工作波形，设电路初始状态 $Q_2Q_1=00$。

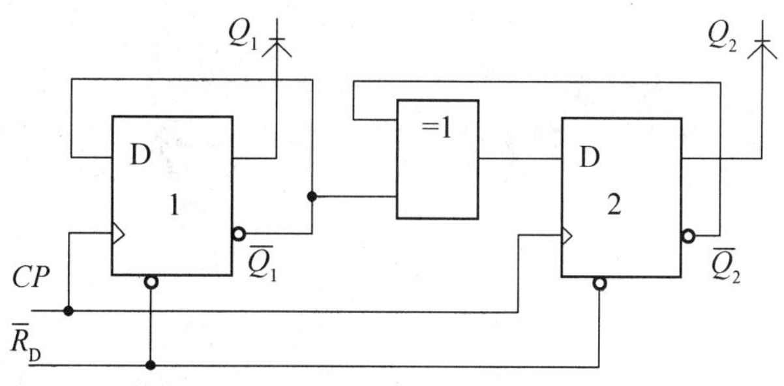

图 20.31　题 5 图

5. 分析图 20.32 所示计数器电路，画出状态转换图，说明是几进制计数器，有无自启功能。

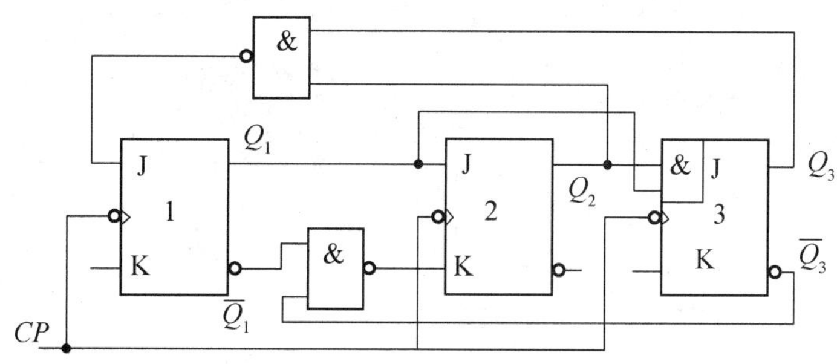

图 20.32　题 6 图

6. 分析图 20.33 所示计数器电路，写出各级出发器特征方程，画出状态转换图，说明电路是否具有自启动能力。

设计数器是具有自启能力的模 6 计数器。

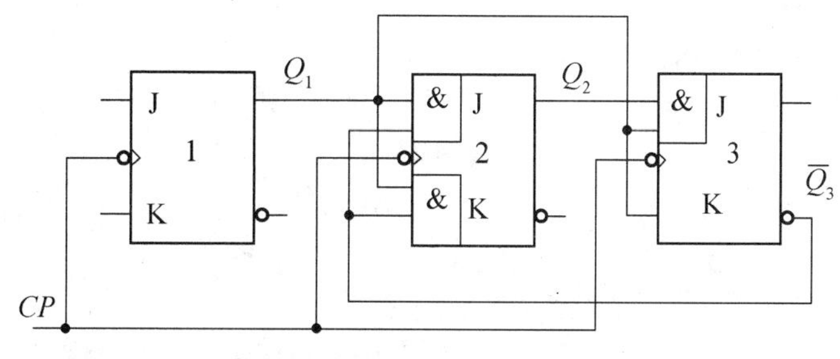

图 20.33　题 7 图

7. 用 JK 触发器设计模 9 同步加法计数器。

8. 用 D 触发器设计模 7 同步加法计数器。

9. 用 JK 触发器设计模 7 同步减法计数器。

第21章

脉冲信号的产生与变换电路

知识要点	教学重点	教学难点
(1) 555集成定时器的电路结构及其功能 (2) 多谐振荡器的工作过程及应用 (3) 施密特触发器的电路组成及应用 (4) 单稳态触发器的电路组成及应用	(1) 555集成定时器的电路结构及其功能 (2) 单稳态触发器的电路组成及应用	单稳态电路的特点

引言

在数字电路系统中，常常需要各种脉冲波形，例如时钟脉冲、控制过程的定时信号等。这些脉冲波形的获取，通常采用两种方法：一种是利用脉冲信号产生器直接产生；另一种则是通过对已有信号进行变换使之满足系统的要求。

本章以中规模集成电路 555 定时器为典型电路，主要讨论 555 定时器构成的施密特触发器、单稳态触发器、多谐振荡器以及 555 定时器的典型应用。

21.1　555 定时器

555 集成定时器是一种电路结构简单、使用方便灵活、用途广泛的多功能中规模集成电路。

555 集成定时器的主要应用：多谐振荡器、单稳态触发器、施密特触发器等。

555 集成定时器的主要特点：电源电压范围宽、与 TTL 及 CMOS 兼容、可带一定功率的负载。

555 集成定时器的型号：TTL 单定时器为 555，双定时器为 556；CMOS 单定时器为 7555，双定时器为 7556。

1. 电路组成

555 集成定时器由 5 部分组成：基本 RS 触发器、比较器、分压器、三极管开关、输出缓冲器。其管脚和内部结构如图 21.1 所示。

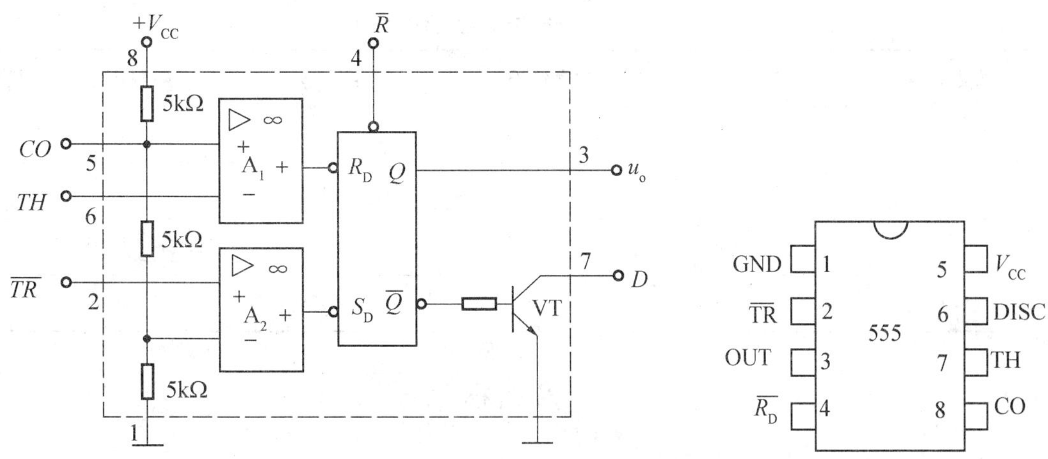

图 21.1　555 定时器的管脚和内部结构

1)基本 RS 触发器

R 为置“0”复位端，$R=0$ 时，$Q=0$，$Q=1$，电路复位。

2) 比较器

由两个集成运算放大器 A_1、A_2 构成两个电压比较器。设正向输入端中压为 $V+$，反向输入端电压为 $V-$，$V+\geqslant V-$时，输出高电平，$V+\leqslant V-$时，输出低电平。

3）分压器

由 3 个 5kΩ 电阻串联构成(555 因此得名)，为比较器 A_1 和 A_2 提供参考电压，A_1 的正端 $V+=2Vcc/3$，A_2 的负端 $V-=Vcc/3$。

如果在电压控制端 CO 另加控制电压，则可改变比较器 A_1 和 A_2 的参考电压。若不使用 CO 端，则可通过一个 0.01μF 电容接地，以旁路高频干扰。

4）三极管开关

三极管 VT 用开关使用，受触发器的 Q 端控制，当 $Q=$ “0” 时，VT 截止，$Q=$ “1” 时，VT 饱和导通。

5）输出缓冲器

由反相器 G3 构成，作用是提高定时器带负载能力和隔离负载对定时器的影响。

5G555 定时器的 8 个引出端分别为接地端、低触发端、输出端、复位端、电压控制端、高触发端、放电端、电源端

2. 工作原理

表 20－1 为 555 定时器的功能表。

(1) 复位：当 $R=0$ 时，$Q=1$，输出 $OUT=0$，VT 饱和导通。

(2) 置 0：当 $R=1$，$TH>2Vcc/3$，$TR>Vcc/3$ 时，C1 输出低电平，C2 输出高电平，$\overline{Q}=1$，$Q=0$，$OUT=0$，VT 饱和导通。

(3) 置 1：当 $R=1$，$TH<2Vcc/3$，$TR<Vcc/3$ 时，C1 输出高电平，C2 输出低电平，$\overline{Q}=0$，$Q=1$，$OUT=1$，VT 截止。

(4) 保持：当 $R=1$，$TH<2Vcc/3$，$TR>Vcc/3$ 时，C1 输出高电平，C2 输出高电平，基本 RS 触发器保持原来状态不变，因此 OUT、VT 也保持原状态不变。

表 21－1　555 定时器功能表

阈值输入 v_{11}	触发输入 v_{12}	复位 R_0	输出 y_D	放电管 T
×	×	0	0	导通
$<\frac{2}{3}Vcc$	$<\frac{1}{3}Vcc$	1	1	截止
$>\frac{2}{3}Vcc$	$>\frac{1}{3}Vcc$	1	0	导通
$<\frac{2}{3}Vcc$	$<\frac{1}{3}Vcc$	1	不变	不变

21.2　多谐振荡器

21.2.1　自激多谐振荡器

多谐振荡器：能产生矩形脉冲波的自激振荡器。

用 555 定时器构成的多谐振荡器如图 21.2(a)所示，图 21.2(b)为工作波形。

电路工作过程分析如下。

第一暂稳态：V_{CC} 经 R_1 和 R_2 对电容 C 充电，电容电压 V_c 按指数规律上升，充电时间常数时$(R_1+R_2)C$，内部放电管 T 截止，输出电压 V_o 为高电平。

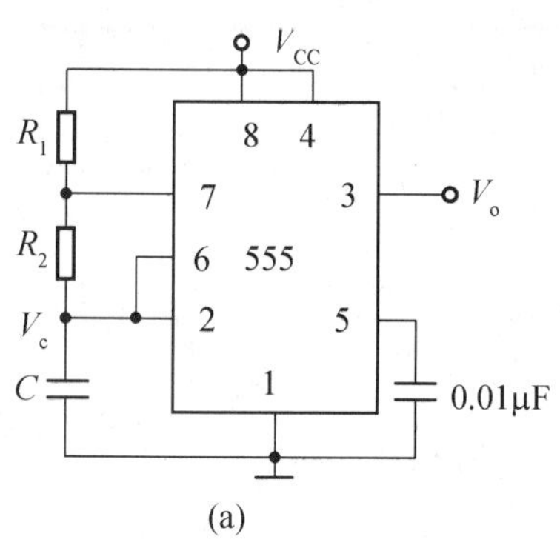

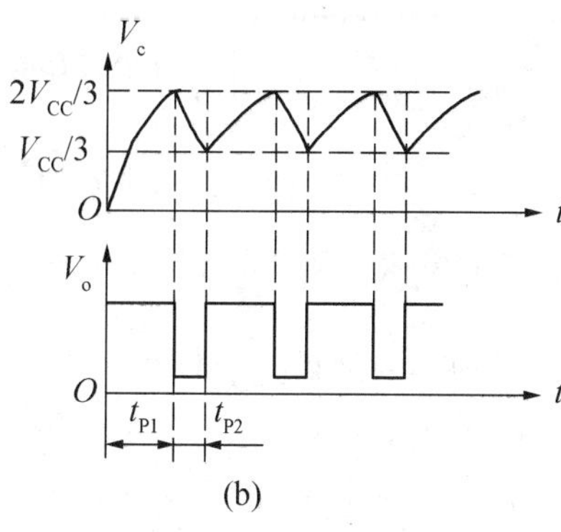

图 21.2　多谐振荡器电路和波形

(a) 555 定时器构成多谐振荡器电路　(b) 555 定时器构成多谐振荡器工作波形无

自动翻转 1：电容电压 V_c 上升至 V_{CC}时，内部放电管 T 由截止变为导通，C 充电结束，输出电压 V_0 从高电平翻转为低电平，电路自动进入第二暂稳态。

第二暂稳态：内部放电管 T 饱和导通，C 通过 R_2 和 T 放电，V_c 按指数规律下降，放电时间常数为 R_2C，输出电压 V_0 为低电平。

自动翻转 2：电容电压 V_c 下降至 V_{CC}时，C 放电结束，输出电压 V_o 从低电平翻转为高电平。内部放电管 T 由导通变为截止，电路自动进入第一暂稳态。

第一暂稳态的脉冲宽度 t_{p1}：

$$t_{p1}\approx 0.7(R_1+R_2)C$$

$$t_{p2}\approx 0.7R_2C$$

周期 T：

$$T=t_{p1}+t_{p2}\approx 0.7(R_1+2R_2)C$$

占空比：

$$q=\frac{T_1}{T}=\frac{R_1+R_2}{R_1+2R_2}$$

V_{CC} 经 R_1 和 R_2 对 C 充电。当 u_c 上升到 $2V_{CC/3}$时，$u_o=0$，T 导通，C 通过 R_2 和 T 放电，u_c 下降。当 u_c 下降到 $V_{CC/3}$时，u_o 又由 0 变为 1，T 截止，V_{CC}又经 R_1 和 R_2 对 C 充电。如此重复上述过程，在输出端 u_o 产生连续的矩形脉冲。

利用半导体二极管的单向导电特性，把电容 C 充电和放电回路隔离开来，再加上一个电位器，便可构成占空比可调的多谐振荡器，如图 21.3 所示。

可计算得　$T_1=0.7R_1C$

$T_2=0.7R_2C$

占空比

$$q=\frac{T_1}{T}=\frac{T_1}{T_1+T_2}$$

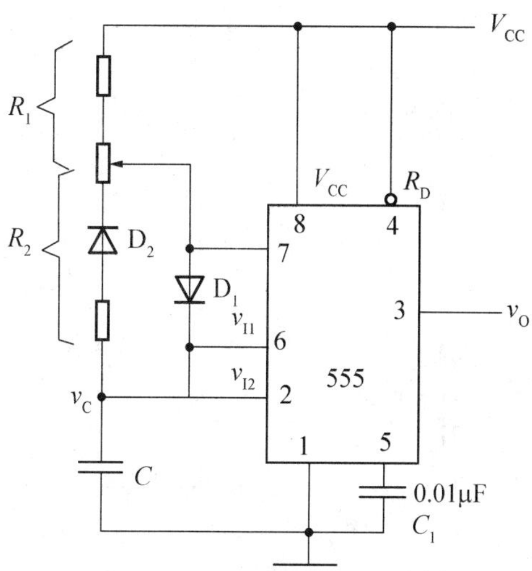

图 21.3　多谐振荡器电路图

$$=\frac{0.7R_1C}{0.7R_1C+0.7R_2C}$$

$$=\frac{R_1}{R_1+R_2}$$

21.2.2 石英晶体多谐振荡器

1. 石英晶体的选频特性

有两个谐振频率。当 $f=f_s$ 时，为串联谐振，石英晶体的电抗 $X=0$；

当 $f=f_p$ 时，为并联谐振，石英晶体的电抗无穷大，石英晶体特性和符号 如图 21.4 所示。

由晶体本身的特性决定：$f_s \approx f_p \approx f_0$（晶体的标称频率）。

石英晶体的选频特性极好，f_0 十分稳定，其稳定度可达 10－10～10－11。

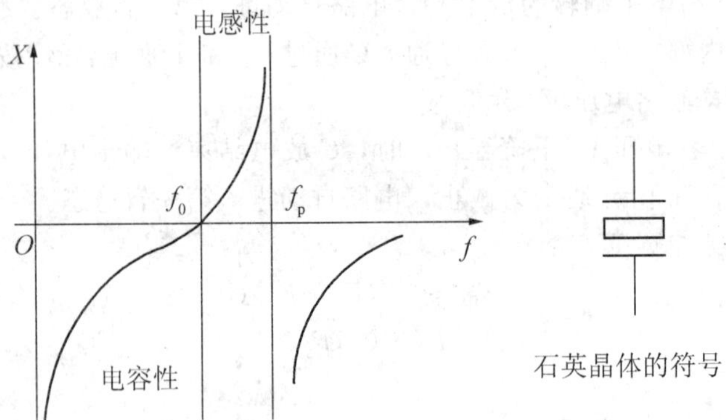

图 21.4 石英晶体特性和符号

1)串联式振荡器

串联式振荡器电路图如图 21.5 所示。

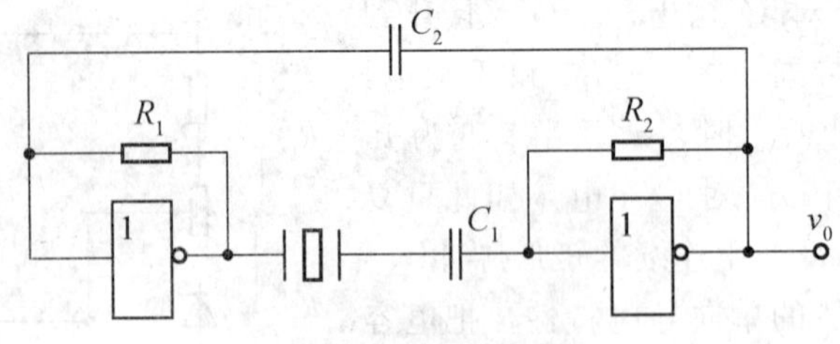

图 21.5 串联式振荡器

R_1、R_2 的作用——使两个反相器在静态时都工作在转折区，成为具有很强放大能力的放大电路。

对于 TTL 门，常取 $R_1=R_2=0.7\sim2\text{k}\Omega$，若是 CMOS 门则常取 $R_1=R_2=10\sim100\text{M}\Omega$；$C_1=C_2$ 是耦合电容。

石英晶体工作在串联谐振频率 f_0 下，只有频率为 f_0 的信号才能通过，满足振荡条件。因此，电路的振荡频率为 f_0，与外接元件 R、C 无关，所以这种电路振荡频率的稳定度很高。

2）并联式振荡器。

并联式振荡如图 21.6 所示。

R_F 是偏置电阻，保证在静态时使 G_1 工作转折区，构成一个反相放大器。晶体工作在略大于 f_S 与 f_P 之间，等效一电感，与 C_1、C_2 共同构成电容三点式振荡电路。电路的振荡频率为 f_0。

反相器 G_2 起整形缓冲作用，同时 G_2 还可以隔离负载对振荡电路工作的影响。

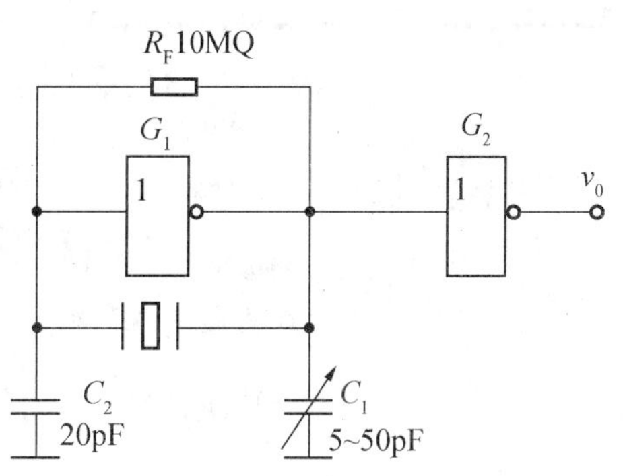

图 21.6 并联式振荡器

2. 多谐振荡器应用实例

1）简易温控报警器(图 21.7)

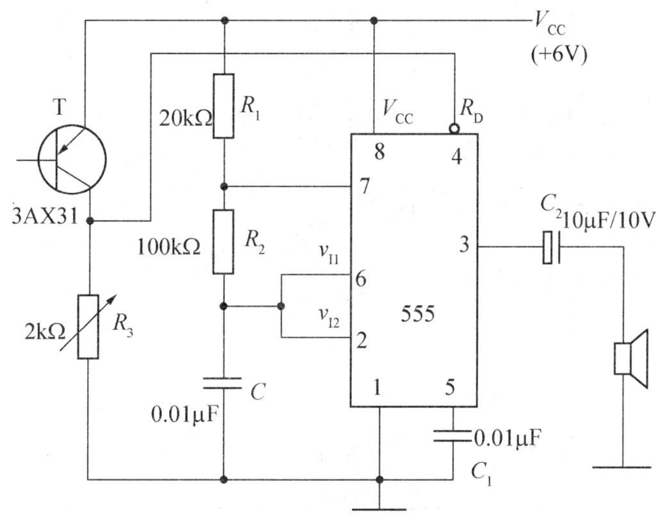

图 21.7 简易温控报警器

2)秒脉冲发生器(图 21.8)

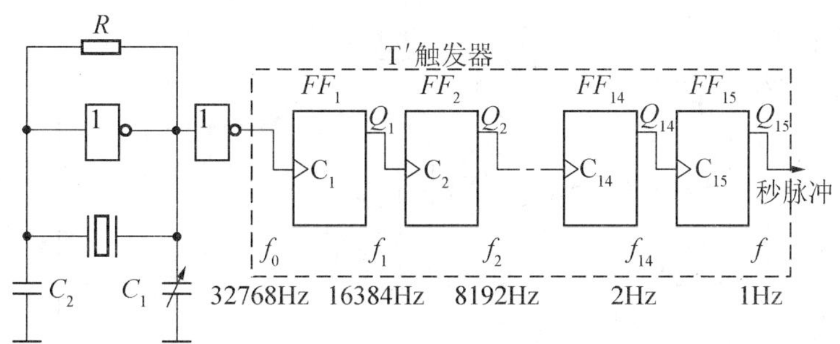

图 21.8 秒脉冲发生器

CMOS 石英晶体多谐振荡器产生 f_o=32768Hz 的基准信号，经 T 触发器构成的 15 级异步计数器分频后，便可得到稳定度极高的秒信号。

这种秒脉冲发生器可做为各种计时系统的基准信号源。

21.3 施密特触发器

施密特触发器——具有回差电压特性，能将边沿变化缓慢的电压波形整形为边沿陡峭的矩形脉冲。

1. 用 555 定时器构成的施密特触发器

1）电路组成及工作原理(图 21.9)

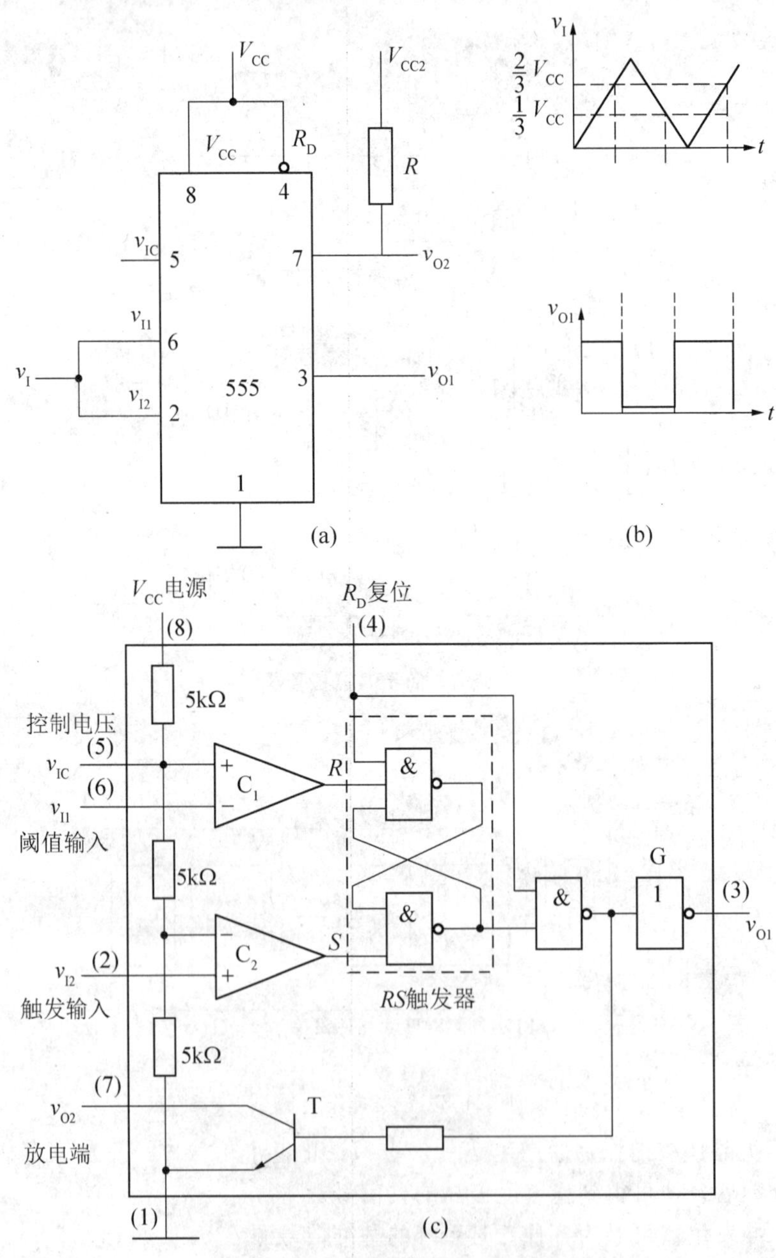

图 21.9 电路组成和工作原理

2)电压滞回特性和主要参数

(1) 电压滞回特性，如图 21.10 所示。

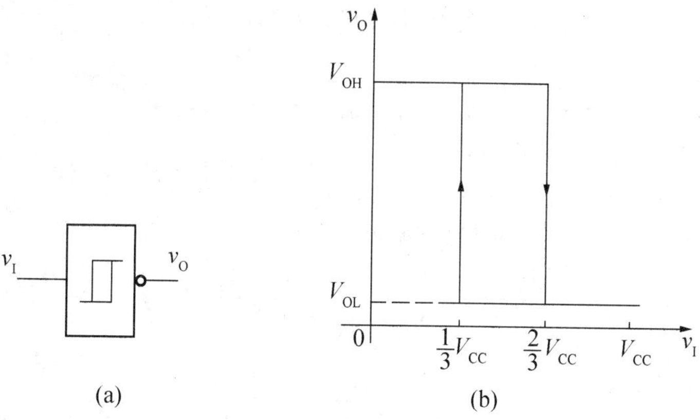

图 21.10　电压回滞特性

(a) 电路符号　(b) 电压传输特性

(2)主要静态参数。

① 上限阈值电压 V_{T+}——v_I 上升过程中，输出电压 v_O 由高电平 V_{OH} 跳变到低电平 V_{OL} 时，所对应的输入电压值。$V_{T+}=2/3V_{CC}$。

② 下限阈值电压 V_{T-}——v_I 下降过程中，v_O 由低电平 V_{OL} 跳变到高电平 V_{OH} 时，所对应的输入电压值。$V_{T-}=1/3V_{CC}$。

3) 回差电压 ΔV_T　　　　$\Delta V_T=V_{T+}-V_{T-}=1/3V_{CC}$。

2. 集成施密特触发器

CMOS 集成施密特触发器 CC40106 和 TTL 集成施密特触发器 74LS14 分别如图 21.11 所示。

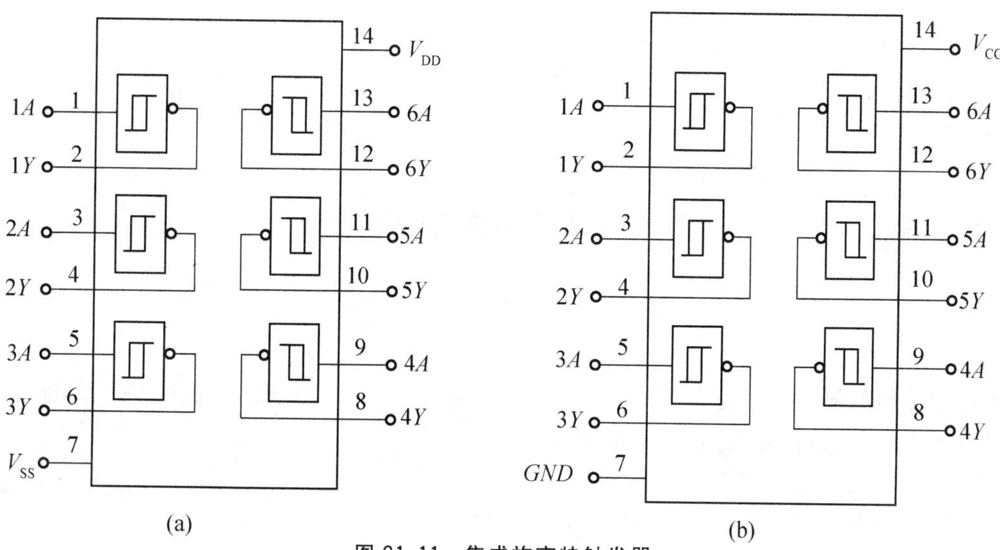

图 21.11　集成施密特触发器

(a) CC40106　(b) 74LS14

3. 施密特触发器的应用举例

(1) 用作接口电路——将缓慢变化的输入信号，转换成为符合 TTL 系统要求的脉冲波形，如图 21.12 所示。

(2)用作整形电路——把不规则的输入信号整形成为矩形脉冲，如图 21.13 所示。

(3)用于脉冲鉴幅从一系列幅度不同的脉冲信号中，选出那些幅度大于 V_{T+} 的输入脉冲，如图 21.14 所示。

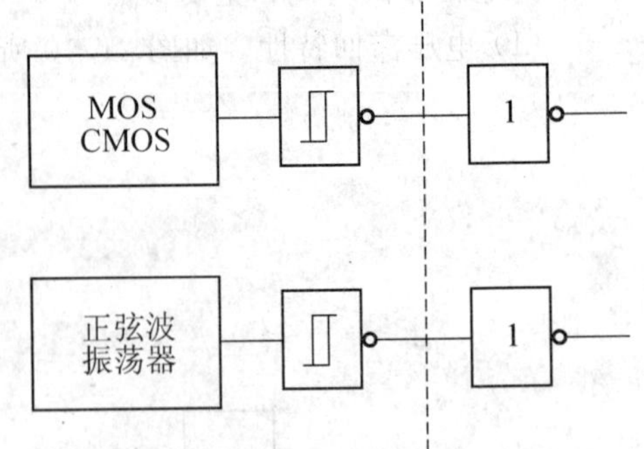

图 21.12 施密特触发器作接口电路

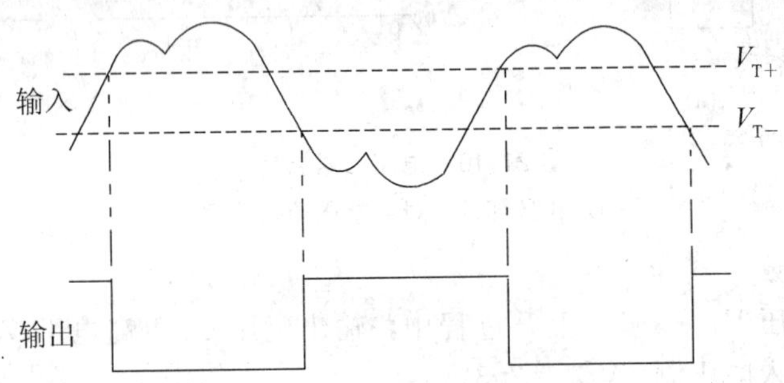

图 21.13 施密特触发器作整形电路

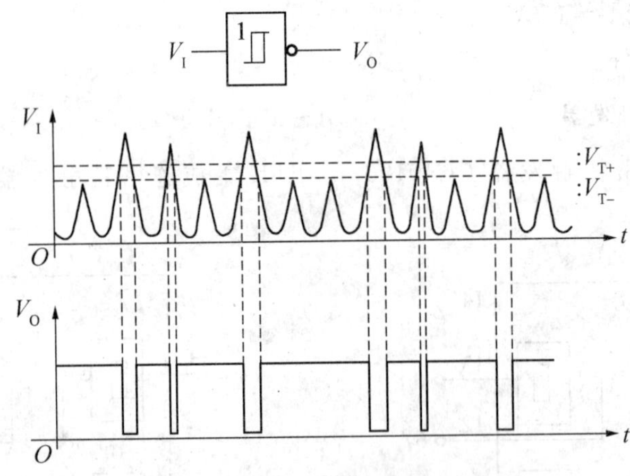

图 21.14 施密特触发器作脉冲鉴幅

21.4 单稳态触发器

单稳态触发器有一个稳态和一个暂稳态；在触发脉冲作用下，由稳态翻转到暂稳态；暂稳状态维持一段时间后，自动返回到稳态。

1. 用 555 定时器组成单稳态触发器

电路组成及工作原理和输出波形如图 21.15 所示。

(1) 无触发信号输入时电路工作在稳定状态。当 $v_I=1$ 时，电路工作在稳定状态，即 $v_o=0$，$v_c=0$。

(2) v_I 下降沿触发当 v_I 下降沿到达时，v_O 由 0 跳变为 1，电路由稳态转入暂稳态。

(3) 暂稳态的维持时间。在暂稳态期间，三极管 T 截止，V_{CC}经 R 向 C 充电。时间常数 $\tau_1 = RC$，

v_C 由 0V 开始增大，在 v_C 上升到 $2V_{CC}/3$ 之前，电路保持暂稳态不变。

(4) 自动返回(暂稳态结束)时间。当 v_C 上升至 $2V_{CC}/3$ 时，v_O 由 1 跳变为 0，三极管 T 由截止转为饱和导通，电容 C 经 T 迅速放电，电压 v_C 迅速降至 0V，电路由暂稳态重新转入稳态。

(5) 恢复过程。当暂稳态结束后，电容 C 通过饱和导通的放电三极管 T 放电，时间常数 τ_2 = RCESC，经过(3～5)τ_2 后，电容 C 放电完毕，恢复过程结束。

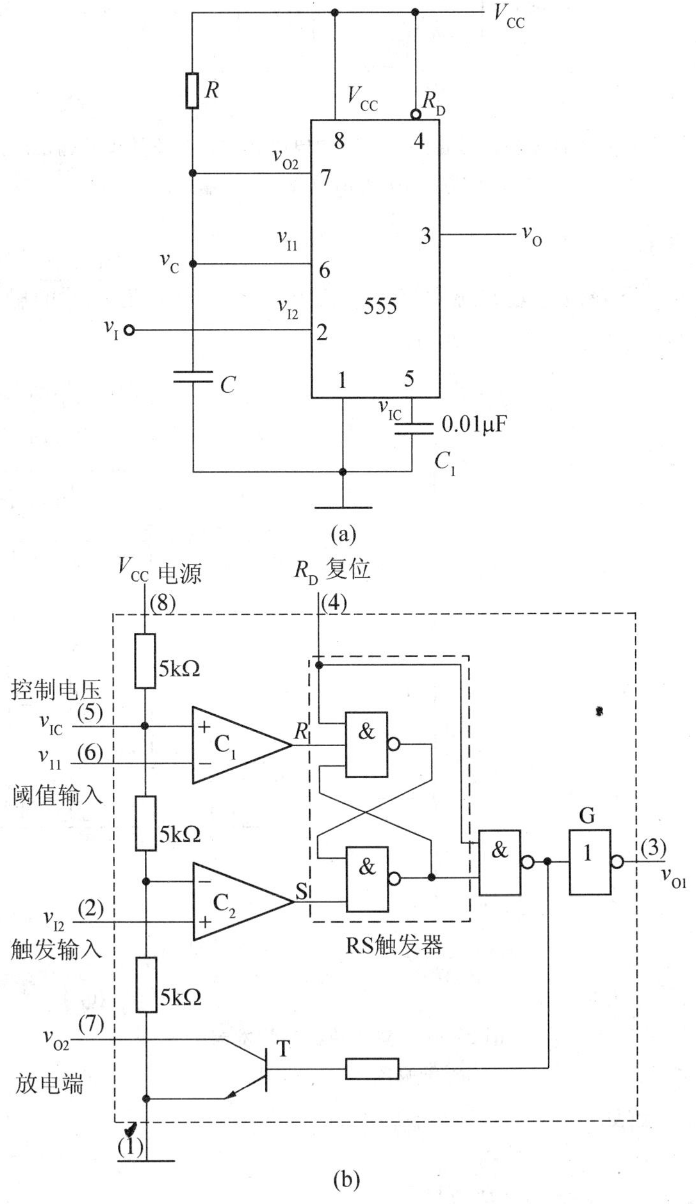

图 21.15　555 定时器组成的单稳态触发器的电路组成，工作原理及输出波形

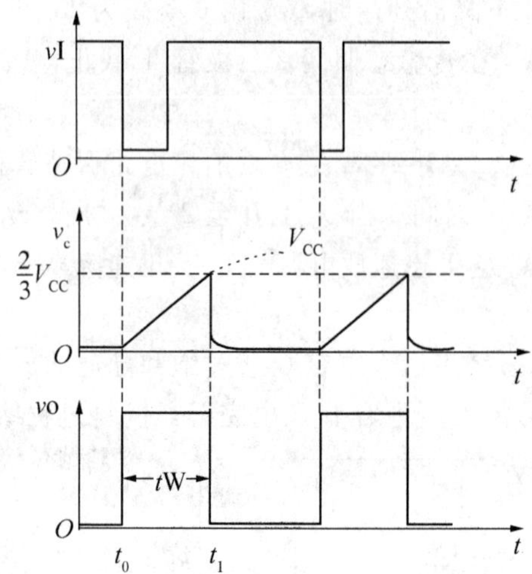

图 21.15　555 定时器组成的单稳态触发器的电路组成，工作原理及输出波形(续)

(a) 电路组成　(b) 工用原理　(c) 输出波形

2. 集成单稳态触发器 74121

A_1 和 A_2 是两个下降沿有效的触发信号输入端，B 是上升沿有效的触发信号输入端。74121 的管脚图和功能表如图 21.16 所示。

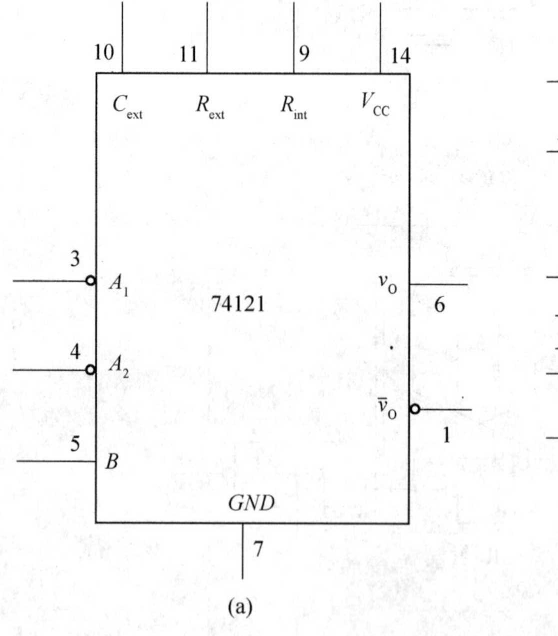

(a)

集成单稳态触发器74121的功能表

输入			输出		工作特征
A_1	A_2	B	v_O	$\bar{v}_O$	
0	×	1	0	1	保持稳态
×	0	1	0	1	
×	×	0	0	1	
1	1	×	0	1	
1	↓	1	⊓	⊔	下降沿触发
↓	1	1	⊓	⊔	
↓	↓	1	⊓	⊔	
0	×	↑	⊓	⊔	上升沿触发
×	0	↑	⊓	⊔	

(b)

图 21.16　集成单稳态触发器

(a) 管脚图　(b) 功能表

74121 的主要参数如下。

(1) 输出脉冲宽度 t_W。

使用外接电阻：　　$t_W \approx 0.7 R_{ext} C$。

使用内部电阻：　　$t_W \approx 0.7 R_{int} C$。

(2) 输入触发脉冲最小周期 T_{min}

$$T_{min}=t_W+t_{re}$$

t_{re}是恢复时间。

(3) 周期性输入触发脉冲占空比 q。

定义：　　　　$q=t_W/T$。

最大占空比：　　$q_{max}=t_W/T_{min}$。

74121 内部电阻＝2kΩ，外接电阻 R_{ext} 可在 1.4～40kΩ 之间选择，外接电容 C 可在 10pF～10μF 之间选择，所以，当 $R=2\text{k}\Omega$ 时，最大占空比 q_{max} 为 67%；当 $R=40\text{k}\Omega$ 时，最大占空比 q_{max} 可达 90%。

3. 单稳态触发器的应用

1) 延时与定时

(1)延时。

图 21.17 中，v_O 的下降沿比 v_I 的下降沿滞后了时间 t_W。

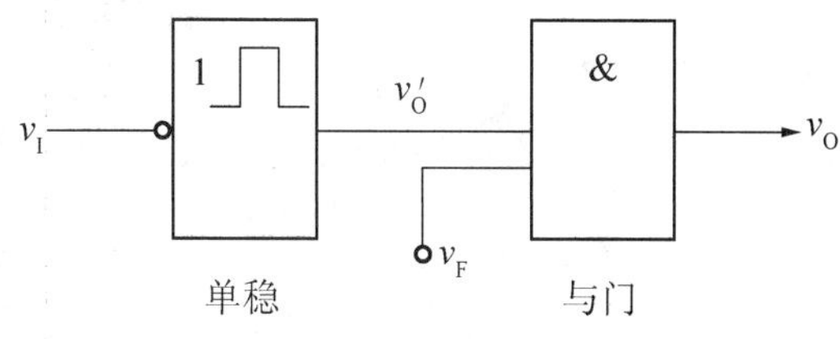

图 21.17　延时

(2) 定时。

当 $v_O=1$ 时，与门打开，$v_O=v_F$。当 $v_O=0$ 时，与门关闭，v_O 为低电平。显然与门打开的时间是恒定不变的，就是单稳输出脉冲 v_O 的宽度 t_W，如图 21.18 所示。

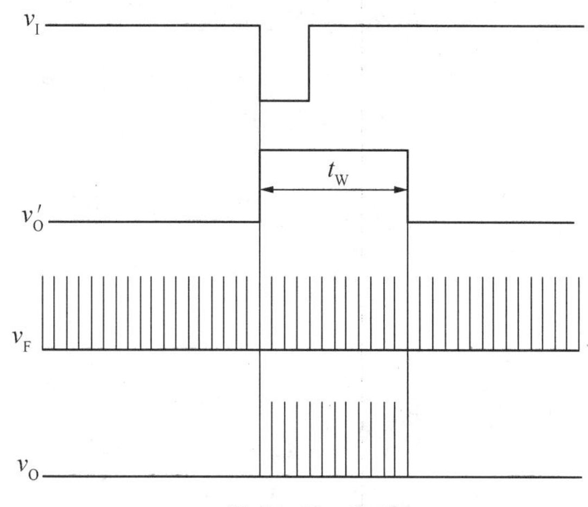

图 21.18　定时

2) 整形

单稳态触发器能够把不规则的输入信号 v_I，整形成为幅度和宽度都相同的标准矩形脉冲 v_O。v_O 的幅度取决于单稳态电路输出的高、低电平，宽度 t_W 决定于暂稳态时间，波形如图 21.19 所示。

3)触摸定时控制开关

555 定时器构成单稳态触发器。只要用手触摸一下金属片 P，由于人体感应电压相当于在触发输入端(管脚 2)加入一个负脉冲，555 输出端便输出高电平，灯泡(R_L)发光，当暂稳态时间(t_W)结束时，555 输出端恢复低电平，灯泡熄灭。该触摸开关可用于夜间定时照明，定时时间可由 RC 参数调节，如图 21.20 所示。

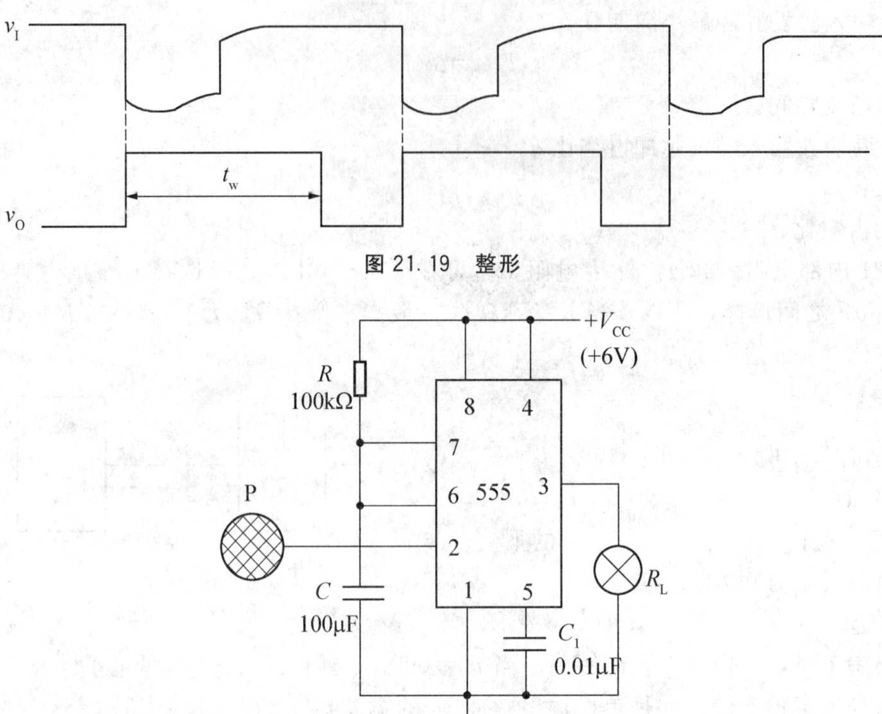

图 21.19　整形

图 21.20　定时控制开关

习　题

图 21.21 为 TTL 与非门构成的微分型单稳态电路，试画出在输入信号 v_i 作用下，a，b，d，e，v_o 各点波形，求出输出 v_o 的脉冲宽度。

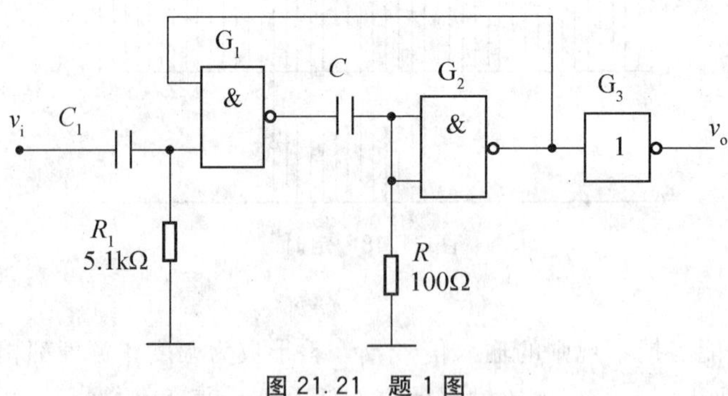

图 21.21　题 1 图

2. 图 21.22 所示为 TTL 与非门构成的积分型单稳态电路，若输入 v_1 为宽度为 20μs 的正脉冲，画出 a，b，c，d，v_o 的波形。为使积分型单稳态电路能正常工作，对输入脉冲有什么要求？

3. 由两级积分型单稳所组成的电路如图 21.23(a)所示，输入信号为图 21.23(b)，假论输入信号中所有正向脉冲足够宽，两级单稳均能正常工作，问：

(1) 请画出与 v_1 对应的 v_{o1}、v_{o2}、v_{o3} 波形；

(2) 要改变输出 v_{o3} 的正脉冲的宽度，应调整电路中哪些参数？

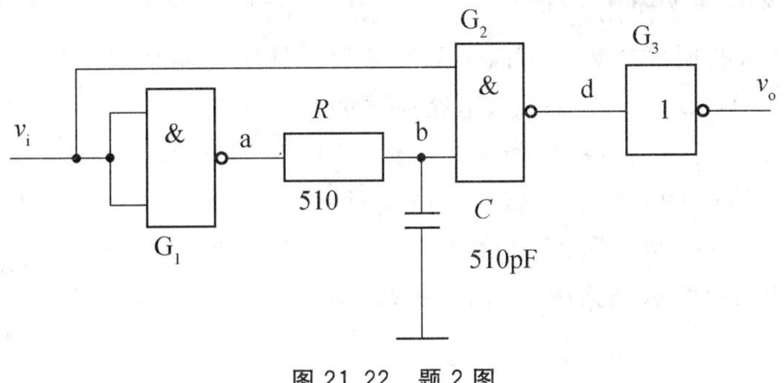

图 21.22　题 2 图

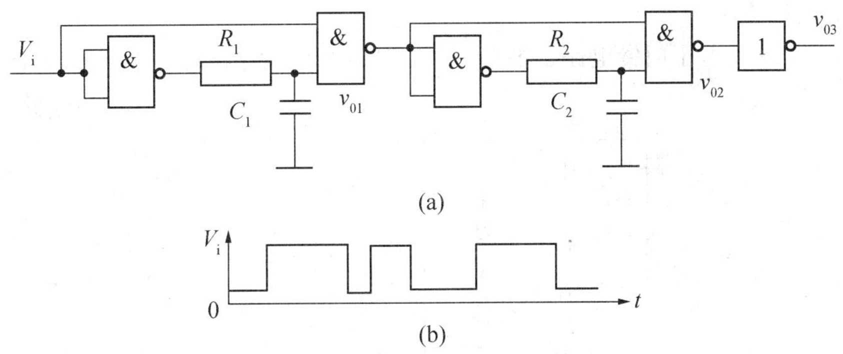

图 21.23　题 3 图

4. 利用集成单稳态触发器 CT74121，要得到输出脉冲宽度等于 3ms 的脉冲，外接电容 C 应为多少？(假定内部电阻 R_{int} 2kΩ 为微分电阻)。

5. 设某零件加工过程中需要加热处理，先在 50℃的炉温下预热 3 秒钟，停 2 秒后再送 100℃的炉温下加热 10 秒钟，加热完毕后要求报警。试用单稳态触发器 CT74121 实现以上控制。

6. 电路图 21.24 所示，已知石英晶体的振荡频率为 1MHz，试画出 v_0 和 Q^3 的波形关系，并计数它们的频率。

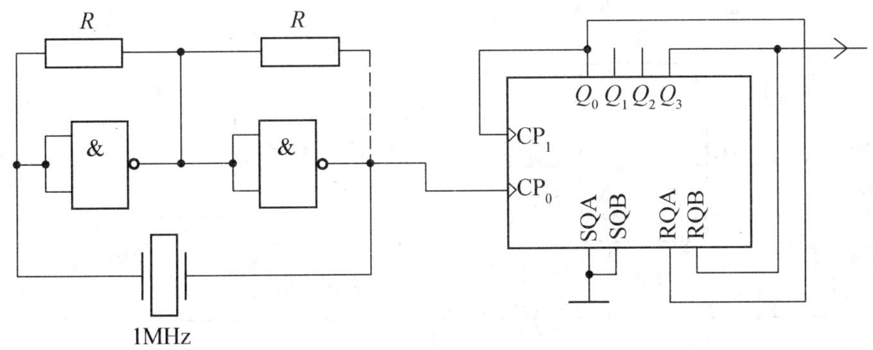

图 21.24　题 6 图

7. 在使用 555 定时器组成的单稳态触发器(图 21.25)时，对输入脉冲的宽度有无限制？当输入脉冲的低电平持续过长时，电路应作何修改？

8. 在图 21.26(a)所示的环形振荡器电路中，试说明：

(1) R. C. R_S各起什么作用?

(2) 为降低电路的振荡器频率可以调哪些参数?是加大还是减小?

(3) 若 $R=200\Omega$,$C=0.01\mu F$,求电路振荡频率为多少?

9. 用 555 定时器接成的施密特触发器电路如图 21.26(a)所示,试问:

(1) 当 $V_{CC}=12V$,而且没有外接控制电压时,V_{T+},V_{T-} 及 ΔV_T 各为多少伏?

(2) 当 $V_{CC}=9V$,控制电压 $V_{CO}=5V$ 时,V_{T+},V_{T-} 及 ΔV_T 各为多少伏?

10. 在图 21.27(a)所示电路中,若 $R_1=R_2=5.1k\Omega$,$C=0.01\mu F$,$V_{CC}=12V$,试计算电路的振荡频率。

11. 试用 555 定时器设计一个多谐振荡器,要求输出脉冲的振荡频率为 20kHz,占空比等于 75%。

12. 图 21.28 为电子门铃电路,根据 555 定时器的功能分析它的工作原理(图中 S 为门铃按钮)。

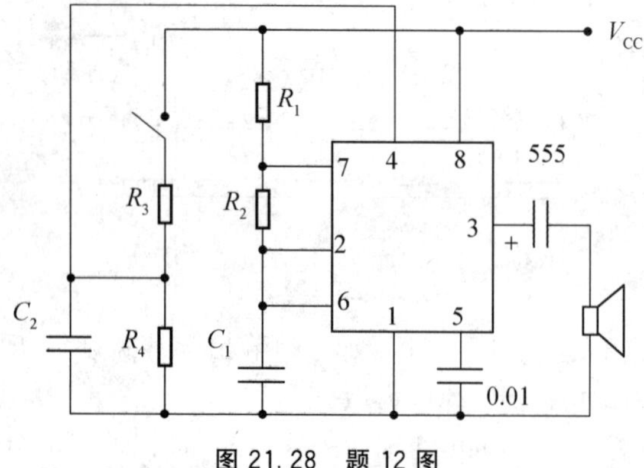

图 21.28 题 12 图

13. 图 21.29 是用 555 定时器接成的延迟报警器。当开关 S 断开后,经过一定的延迟时间 t_d后喇叭开始发出声音,如果在延迟时间内将 S 重新闭合,喇叭不会发出声音,在图中给定的参数下,试求延迟时间 t_d以及喇叭发出的声音的频率。

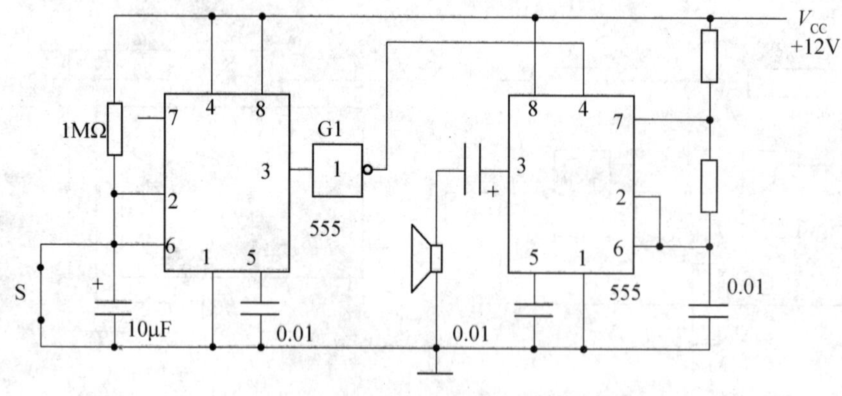

图 21.29 题 13 图

参考文献

[1] 郭红霞，潘斌，胡庆．电工基础［M］．成都：电子科技大学出版社，2009.

[2] 周希章，周全，赵柳．如何保证安全用电［M］．北京：机械工业出版社，2002.

[3] 刑迎春，王晓，吴宇．电工电子技术基础［M］．大连：大连理工大学出版社，2010.

[4] 童诗白，华成英．模拟电子技术［M］．北京：高等教育出版社，2001.

[5] 康华光．电子技术基础［M］．4版．北京：高等教育出版社，1998.

[6] 周常森，范爱平．数字电子技术基础［M］．济南：山东科学技术出版社，2002.

[7] 林平勇，高嵩．电工电子技术［M］．2版．北京：高等教育出版社，2004.

[8] 阎石．数字电子技术基础［M］．4版．北京：高等教育出版社，1998.

[9] 周筱龙，潘海燕．电子技术基础［M］．2版．北京：电子工业出版社，2006.

北京大学出版社高职高专电子信息系列规划教材

序号	书号	书名	编著者	定价	出版日期
1	978-7-301-11566-4	电路分析与仿真教程与实训	刘辉珞	20.00	2007.2
2	978-7-301-12182-5	电工电子技术	李艳新	29.00	2007.8
3	978-7-301-12181-8	自动控制原理与应用	梁南丁	23.00	2007.8
4	978-7-301-12180-1	单片机开发应用技术	李国兴	21.00	2007.8
5	978-7-301-09529-5	电路电工基础与实训	李春彪	31.00	2007.8
6	978-7-301-12392-8	电工与电子技术基础	卢菊洪	28.00	2007.9
7	978-7-301-12386-7	高频电子线路	李福勤	20.00	2008.1
8	978-7-301-12384-3	电路分析基础	徐　锋	22.00	2008.5
9	978-7-301-13572-3	模拟电子技术及应用	刁修睦	28.00	2008.6
10	978-7-301-13575-4	数字电子技术及应用	何首贤	28.00	2008.6
11	978-7-301-14453-4	EDA 技术与 VHDL	宋振辉	28.00	2009.2
12	978-7-301-14469-5	可编程控制器原理及应用(三菱机型)	张玉华	24.00	2009.3
13	978-7-301-12385-0	微机原理及接口技术	王用伦	29.00	2009.4
14	978-7-301-12390-4	电力电子技术	梁南丁	29.00	2009.4
15	978-7-301-12383-6	电气控制与 PLC(西门子系列)	李　伟	26.00	2009.6
16	978-7-301-12391-1	数字电子技术	房永刚	24.00	2009.7
17	978-7-301-12387-4	电子线路 CAD	殷庆纵	28.00	2009.8
18	978-7-301-12382-9	电气控制及 PLC 应用(三菱系列)	华满香	24.00	2009.9
19	978-7-301-16898-1	单片机设计应用与仿真	陆旭明	26.00	2010.2
20	978-7-301-16830-1	维修电工技能与实训	陈学平	37.00	2010.7
21	978-7-301-17324-4	电机控制与应用	魏润仙	34.00	2010.8
22	978-7-301-17569-9	电工电子技术项目教程	杨德明	32.00	2010.8
23	978-7-301-17696-2	模拟电子技术	蒋　然	35.00	2010.8
24	978-7-301-17712-9	电子技术应用项目式教程	王志伟	32.00	2010.8
25	978-7-301-17730-3	电力电子技术	崔　红	23.00	2010.9
26	978-7-301-17877-5	电子信息专业英语	高金玉	26.00	2010.10
27	978-7-301-17958-1	单片机开发入门及应用实例	熊华波	30.00	2011.1
28	978-7-301-18188-1	可编程控制器应用技术项目教程(西门子)	崔维群	38.00	2011.1
29	978-7-301-18322-9	电子 EDA 技术(Multisim)	刘训非	30.00	2011.1
30	978-7-301-18144-7	数字电子技术项目教程	冯泽虎	28.00	2011.1
31	978-7-301-18470-7	传感器检测技术及应用	王晓敏	35.00	2011.1
32	978-7-301-18630-5	电机与电力拖动	孙英伟	33.00	2011.3
33	978-7-301-18519-3	电工技术应用	孙建领	26.00	2011.3
34	978-7-301-18770-8	电机应用技术	郭宝宁	33.00	2011.5
35	978-7-301-18520-9	电子线路分析与应用	梁玉国	34.00	2011.7
36	978-7-301-18622-0	PLC 与变频器控制系统设计与调试	姜永华	34.00	2011.6
37	978-7-301-19310-5	PCB 板的设计与制作	夏淑丽	33.00	2011.8
38	978-7-301-19326-6	综合电子设计与实践	钱卫钧	25.00	2011.8
39	978-7-301-19302-0	基于汇编语言的单片机仿真教程与实训	张秀国	32.00	2011.8
40	978-7-301-19153-8	数字电子技术与应用	宋雪臣	33.00	2011.9
41	978-7-301-19525-3	电工电子技术	倪　涛	38.00	2011.9